FOLIO POLICIER

Arkadi et Gueorgui Vaïner

38, rue Petrovka

Traduit du russe

Gallimard

Titre original :

МЕСТО ВСТРЕЧИ ИЗМЕНИТЪ НЕЛЪЗЯ

Russes d'origine juive, frères et juristes de formation, Arkadi et Gueorgui Vaïner font partie des plus célèbres auteurs de romans noirs de leur pays. Ils ont également publié en France, aux Éditions Gallimard, *L'Évangile du bourreau* et *La corde et la pierre*. Gueorgui Vaïner, un temps journaliste et correspondant de l'agence Tass, a de son côté coécrit avec Leonid Slovine *La face cachée de la lune*, paru en Série Noire en 1995.

CHAPITRE PREMIER

Offres d'emplois : chefs comptables, ingénieurs et techniciens du bâtiment, ingénieurs mécaniciens, ingénieurs en automobiles, mécaniciens-auto, chauffeurs, manutentionnaires, expéditeurs, dactylos, agents de méthodes, surveillants de travaux, ouvriers du bâtiment toutes qualifications.

Annonce.

— Assieds-toi pour le moment, écoute bien pour t'instruire, dit Gleb Jeglov, qui m'oublia aussitôt.

Soucieux de ne pas me faire remarquer, je m'installai tout contre le mur orné d'une vieille affiche défraîchie : « *Employé du commissariat de l'Intérieur ! En économisant l'électricité, tu aides le front !* »

Cela faisait un moment que le front n'existait plus ; mais il n'en fallait pas moins économiser l'électricité, l'ampoule distillait toujours une faible lumière. Le jour gris de septembre tirait imperceptiblement sur un soir terne et pluvieux, la poire jaune de 100 Watts formait une tache aux contours imprécis sur la vitre embuée aux reflets bleuâtres. Un courant d'air froid s'engouffrait dans le bureau par la fente du châssis de la fenêtre, sur laquelle se détachaient deux rubans de papier blanc collés en croix [1].

Je ne leur en voulais pas de parler comme si, sur ma chaise cannée aux pieds squelettiques et incongrus, était assis un mannequin et non pas moi, Chaparov, leur nouveau collaborateur et camarade. Je comprenais qu'ici ne se trouvait pas un simple service judiciaire mais son foyer le plus ardent, celui de la répression du banditisme, prestigieuse institution où personne n'avait le temps de me former au b.a-ba. Et je me morfondais de cette situation gênante où je tenais le rôle du cancre qui, après une année d'école buissonnière, se sent complètement dépassé par ses camarades appliqués et passionnés par leur travail. Je m'obligeais à me concentrer sur leurs propos avec l'espoir de déceler la moindre faille dans leurs raisonnements et leurs conclusions. Mais j'avais beau faire, j'ignorais les détails de l'opération dont ils discutaient avec un tel entrain. Je ne voulais pas poser de questions et seules certaines phrases, certaines répliques m'aidaient à saisir le sens de la mission nommée « Infiltration de la bande ».

Le voleur Senka Touzik, que Jeglov avait intimidé ou convaincu — je n'avais pas bien compris —, avait promis de nous mettre sur la piste de la bande du « Chat noir ». Il avait consenti à informer les voyous qu'un quidam recherchait de vrais caïds pour monter un gros casse. Pour infiltrer la bande, on avait fait venir un agent de Yaroslavl : personne ne pourrait le reconnaître à Moscou, même fortuitement. Or, Touzik avait téléphoné le matin même pour dire que le quidam en question serait attendu à 21 heures sur le boulevard Tsvetnoï, troisième banc à gauche, entrée côté marché central.

1. Ce dispositif, courant pendant la guerre, servait à amortir les vibrations des explosions.

L'agent Vekchine qui devait jouer le rôle du quidam ne me plut pas du tout. Il avait des cheveux raides couleur de paille, des yeux ronds d'oiseau et un tatouage bleu, « Vassia », sur la main droite. Il s'obstinait à faire croire que la rencontre ne l'inquiétait pas, qu'il n'avait pas peur des voyous et qu'il en avait vu d'autres chez lui, à Yaroslavl. Il ne cessait de faire de l'esprit et racontait des blagues auxquelles il riait le premier. S'adressant à moi comme à un débutant, il lança :

— Tu jactes l'argomuche ?

J'ai commandé une compagnie disciplinaire et vu de vrais durs comme Vekchine n'en a sans doute jamais croisé, même en rêve, je parle donc couramment l'argot, mais je choisis de me taire. Vekchine partit d'un rire bref et dit à Jeglov :

— Tout ira comme sur des roulettes, camarade capitaine !

Je crus percevoir une note hystérique dans sa voix de gamin.

— Ils n'auront pas le temps de se retourner ! Ils se feront avoir vite fait !

Je changeai de position pour dégourdir ma jambe ankylosée, la chaise cannée émit un grincement déchirant et tout le monde me regarda. Devant mon silence persistant, ils se tournèrent à nouveau vers Vekchine et Jeglov dit, en martelant la table du tranchant de la main :

— Retiens bien, Vekchine : on ne te demande aucune initiative, ne t'avise surtout pas de jouer au dur. Ta mission est simple, tu n'es qu'un minus, un vague comparse. On t'a envoyé comme contact. S'ils sont d'accord pour faire la caisse d'épargne où travaille votre indic, c'est le caïd en personne qui viendra leur causer. Vous voulez les contacter parce que vous êtes en sous-nombre et que vous n'avez qu'un feu.

— Et s'ils me demandent pourquoi le caïd n'est pas venu lui-même ?

Les yeux ronds de chouette de Vassia Vekchine brillaient ; il ne cessait de frotter l'une contre l'autre ses paumes rouges d'enfant aux fins poignets qui dépassaient loin des manches de son veston étriqué poil de souris.

— Tu diras que le caïd n'est pas barjot au point de se fourrer dans un traquenard : des fois que les poulets seraient à leurs trousses. Toi, tu risques rien parce que t'es pas fiché, et puis tu ne veux rien dire à personne sur le coup en perspective parce que t'es pas encore au parfum...

Jeglov avait l'air fâché et triste à la fois, et j'eus l'impression qu'il n'était pas, lui non plus, très sûr du gosse. J'eus brusquement l'idée de me proposer à la place de Vekchine. Bien sûr, c'était mon premier jour dans le service, mais j'étais certain de me débrouiller au moins aussi bien que lui. Si je ratais cette mission et si le truand flairait le piège, je pourrais toujours le neutraliser et le conduire aussi sec 38, rue Petrovka [1]. À force de trimbaler des prisonniers à travers les premières lignes, je savais qu'un homme dans une pareille situation peut en dire long, très long. Je ne doutais pas non plus qu'une fois au service, le voyou que j'aurais interpellé ne tarderait pas à se mettre à table. Confier cette mission à ce blanc-bec de Vekchine ne me disait rien qui vaille.

Je me balançai à nouveau sur ma chaise dont le dossier recourbé portait une plaque de l'intendance, ronde en fer-blanc semblable à une médaille, et dis, après m'être éclairci la gorge :

— On a peut-être intérêt à mettre la main sur l'ennemi pour causer sérieusement avec lui ici ?

Tout le monde se tourna vers moi. Il y eut un silence suivi d'un rire homérique. Vekchine riait de sa voix de

1. 38, rue Petrovka : équivalent, à Moscou, du 36, Quai des Orfèvres parisien.

fausset, Jeglov y allait de son baryton doux, Ivan Passiouk lâchait par saccades des grappes solides de sergent en écartant paresseusement ses lèvres desséchées, le photographe Gricha essuyait des larmes d'hilarité sous les verres épais de ses lunettes.

Je promenai sans hâte mon regard d'un visage à l'autre avant de me fixer sur Jeglov. Soudain, il arrêta de rire et tous l'imitèrent comme s'il en avait donné l'ordre silencieux : « Fixe ! » Seul Vekchine, sur sa lancée, s'esclaffa encore une ou deux fois, incapable de maîtriser sa gaieté de gamin.

Jeglov posa sa main sur mon épaule et dit :

— Allons, mon pote, c'est pas le front ici ! Nous n'avons que faire des prisonniers.

Je fus étonné que Jeglov eût si bien deviné mes pensées. Bien sûr, le mieux aurait été de garder le silence et qu'ils oublient ma proposition, laquelle, à en juger par leur réaction, leur avait paru idiote, incongrue et d'une ignorance crasse. Mais j'étais déjà lancé et j'ai tendance, plutôt qu'à l'excitation fiévreuse, à foncer tel un char. Je demandai donc d'une voix calme et sourde :

— Et pourquoi vous n'avez « que faire » des prisonniers ?

Jeglov fit tourner entre ses doigts une cigarette et haussa les épaules :

— Au front, c'est bien simple : le prisonnier que tu amènes est un adversaire, un point c'est tout. Ici, le voyou que tu arrêtes n'est un ennemi qu'une fois que tu as prouvé qu'il a commis un crime. Si on le prend avant, il nous envoie promener.

— Comment ça, « il nous envoie promener » ? S'il est prisonnier, il doit répondre aux questions qu'on lui pose. Et les preuves, on les obtiendra plus tard, dis-je avec conviction.

Jeglov alluma sa cigarette, en tira une bouffée et demanda, imperturbable :

— Et si le prisonnier ne dit rien, qu'est-ce qu'on en fait, au front ?

— Comment ? m'étonnai-je encore. On le traite d'après les lois martiales, voyons !

— Exactement, convint Jeglov. Mais pourquoi ? Parce qu'il est soldat ou officier de l'armée ennemie, qu'il te combat les armes à la main et que sa faute n'est pas à démontrer.

— Et le voyou, il n'est pas armé, lui ? m'obstinai-je.

— Il peut parfaitement ne pas porter d'arme.

— Et alors ?

— Eh bien, qu'il soit voyou, c'est pas marqué sur son passeport ! C'est même tout le contraire, c'est marqué que c'est un citoyen, domicilié quelque part, tiens, au 5, Krivokolenny. Essaie donc de le prendre au bluff !

— Pour parler sérieusement, les gros criminels sont pires que les fascistes, dit Vekchine en faisant rouler ses petits yeux couleur de miel. C'est avec ce passeport précisément qu'ils dévalisent et tuent leurs congénères ! Pires que les fascistes ! répéta-t-il avec conviction.

« Voyez-moi cet expert ! » pensai-je en m'abstenant de tout commentaire : j'avais compris que je n'avais plus aucune chance de me faire envoyer au rendez-vous à sa place.

La réunion ne s'éternisa pas. Jeglov me donna un bon de déjeuner et tout le monde descendit à la cantine située au rez-de-chaussée, à l'exception de Vekchine. On lui avait apporté une demi-miche de pain et une conserve de bœuf dont il ne fit qu'une bouchée en buvant à même la carafe et en léchant ses doigts maigres et pleins d'envies. Autour du tatouage « Vassia » aux lettres irrégulières, sa main était parsemée de verrues qui me rappelèrent, sans que je sache trop pourquoi, une croyance de gamin selon laquelle ce sont les chasseurs de grenouilles qui en attrapent. « C'est encore un môme, pensai-je avec condescendance, ayant déjà pardonné à Vekchine ses chicanes. Il est tout jeunot. »

À ce moment-là, j'ignorais que le « môme » avait à son actif non seulement l'arrestation d'une trentaine de petits malfrats, mais aussi celle de la bande de Yacha l'Emmerdeur, cueillie grâce à ses dons exceptionnels pour gagner la confiance des criminels.

— T'as ton arme ? lui demanda Jeglov.

— Et comment donc !

Vekchine souleva le pan de son veston de lustrine et tapota l'étui de son revolver.

— Je ne m'en sépare jamais.

Jeglov se fendit d'un sourire ironique :

— Il va falloir le laisser ici. Il ne te servira à rien…

— Vraiment ? sourit à son tour Vekchine en détachant son holster.

Le temps semblait figé. Les minutes s'écoulaient paresseusement, et si le balancier de cuivre patiné de l'horloge n'avait oscillé avec indolence dans son coffre on aurait pu croire qu'elle s'était arrêtée à tout jamais. La pluie jouait sur les vitres comme un harmonica cassé, avec un son d'une monotonie insupportable. Une ambulance hurla soudain, des pas tantôt traînants tantôt lourds se faisaient entendre dans le couloir. Enfin, à 20 h 30, quand Jeglov se leva et dit : « Bon, on y va ! », tout le monde bondit sur ses pieds, s'affaira bruyamment en enfilant impers et casquettes et s'agglutina devant la porte. Jeglov tourna le commutateur, les ombres tapies dans les coins parurent se précipiter pour écraser la faible lueur jaune de l'ampoule, et dans ce noir d'encre on perçut le murmure du poste de radio : « *Il est 20 h 30 à Moscou. Vous allez entendre des romances et des airs d'opéras interprétés par l'artiste émérite de la République de Russie, Pantofel-Netchetskaïa…* »

Dans la rue Kolobovski, Vekchine partit devant. Nous le suivîmes à une centaine de mètres, puis notre groupe se clairsema à son tour et, quand Vassia s'assit sur le banc du boulevard Tsvetnoï, le troisième à gauche de l'entrée côté marché central, isolé au milieu des buissons mais bien visible, nous nous installâmes, Jeglov et moi, devant une droguerie fermée, derrière le kiosque de cireur condamné par une grosse planche.

Depuis notre position, nous apercevions la silhouette frêle de Vekchine recroquevillé sur le banc sous le crachin froid de septembre. Le visiteur que tout le monde attendait ne pouvait ni venir, ni partir sans qu'on le voie. La rue était presque déserte. Un tram passa, éclairé de l'intérieur par une lumière bleue. Je regardai le cadran lumineux de ma montre, un trophée de guerre, et soufflai à Jeglov :

— Il est 21 h 15.

Jeglov me pressa fortement la main. J'aperçus alors un homme de haute stature près de Vekchine. Il resta un moment debout avant de s'asseoir. Je n'arrivais pas à comprendre d'où il avait surgi ; tous les accès étaient surveillés. Je regardai Jeglov, qui murmura :

— Il a sauté du tram en marche.

Pendant les longues minutes qui suivirent, tout en moi bouillonna de dépit et d'indignation : je ne comprenais pas qu'il nous fallût rester tapis derrière le kiosque, parler à voix basse en attendant la fin de l'entretien alors qu'il nous aurait été si facile de mettre la main au collet de ce malfrat devant nous, là, à quelques centaines de pas.

Un tram arrivait avec fracas de la place Troubnaïa et je pensai un instant qu'il allait nous faire perdre de vue notre objectif. Mais le voyou se leva brusquement, tapota Vassia sur l'épaule, puis tourna les talons, enjamba la clôture en fer forgé du boulevard et, après avoir couru un moment à côté du wagon grinçant et brinquebalant, sauta prestement sur le marchepied. Les feux rouges arrière filaient déjà en direction de la rue Samotiotchnaïa, Vassia n'avait pas bougé de son banc.

Cinq minutes passèrent, Vekchine restait toujours planté là-bas. Jeglov émit un long sifflement discret, mais Vassia ne tourna même pas la tête.

— Il attend peut-être encore quelqu'un ? conjecturai-je.

Dix autres minutes passèrent, nous nous levâmes et allâmes lentement en direction de Vekchine, toujours immobile. En arrivant à sa hauteur, après tout ce que j'avais vu à la guerre je compris que Vassia était mort. Il nous fixait de ses yeux ronds grands ouverts, une petite larme transparente accrochée à un cil et un mince filet de sang coulant de sa bouche. Le long couteau fiché droit dans son cœur avait transpercé de part en part son maigre corps de gamin et s'était fiché dans le dossier du banc ; c'est pour cela que Vassia était resté assis droit comme un élève sage. Il avait l'air si petit, sans défense et irrémédiablement humilié que j'en eus des frissons dans le dos.

— Ce salaud de bandit lui a fait cracher le morceau ! fit sourdement Jeglov.

— C'est à nous de le venger, dis-je.

En me tournant alors vers Passiouk médusé, j'ordonnai :

— Appelle une ambulance !

CHAPITRE 2

La faculté de droit de l'Université d'État Lomonossov fait savoir que le 10 octobre 1945, à 18 heures, à la réunion du Conseil scientifique, Evsikov Kh. P. soutiendra publiquement sa thèse de docteur en droit sur le thème « Les aveux comme preuves dans la procédure pénale soviétique ».

Nous revînmes au service vers minuit et Jeglov alla immédiatement faire son rapport à ses supérieurs. Tous s'assirent exactement comme trois heures et demie auparavant : Passiouk dans le coin, dans le fauteuil poussiéreux et défoncé, Kolia Taraskine sur le lugubre canapé en similicuir, le photographe Gricha sur le rebord de la fenêtre, en plein courant d'air, et moi, enfin, sur ma petite chaise cannée ornée de sa plaque de l'intendance.

Seul manquait Vassia Vekchine. La chaise de Jeglov derrière le bureau tout usé était également vide, mais on devinait aux papiers qui traînaient, aux encriers déplacés et aux chemises ouvertes que le maître de céans était sorti et allait revenir d'un moment à l'autre. Vekchine, lui, avait passé trop peu de temps ici pour laisser la moindre trace dans ce bureau impersonnel et cela donnait l'impression qu'il n'y était jamais venu, que l'opération n'avait pas été préparée, qu'on n'avait pas discuté de la capture des prisonniers, qu'il n'avait pas ri de sa frêle voix de gamin. Et pourtant, la conserve vide de corned-beef américain que Vekchine mangeait quelques heures plus tôt en léchant ses doigts maigres constellés de verrues était encore posée sur le rebord de la fenêtre et l'étui, avec son revolver, était pendu derrière la porte blindée du coffre.

Je gardais ma main sur les yeux, hanté par l'image du brancard où reposait son corps refroidissant déjà, que l'on avait fait glisser dans l'ambulance, par la trappe blanche surmontée d'une grosse croix rouge qui s'était refermée dans un claquement sourd comme si elle venait d'avaler sa proie, par la ZIS filant en rugissant après nous avoir lâché au nez un nuage de fumée chargée d'une âcre odeur d'essence.

La scène de crime ne fut ni photographiée, ni figée, aucun procès-verbal ne fut rédigé. Le fait que ces opérations que je croyais essentielles pour l'enquête aient été négligées me fit à nouveau penser au front, où il n'y avait pas de place pour les formalités et les procédures d'aucune sorte.

Je me disais que Vassia Vekchine était mort comme à la guerre et croyais en mon for intérieur que Jeglov avait eu raison de ne pas organiser, sur le boulevard Tsvetnoï, sous cette sale pluie nocturne, la mise en scène réglementaire avec, au milieu de l'inévitable attroupement de badauds, établissement du périmètre de sécurité, constatations, prises de vue, prélèvements, enquête de voisinage, etc. Il me semblait que la mort de Vassia n'en aurait été que dépréciée. Pour moi qui avais acquis toute mon expérience au combat, il convenait de récupérer le corps de notre camarade et de partir, comme c'est l'usage sur le front, afin de lui rendre hommage comme il se doit.

C'est d'ailleurs ce qui fut fait, sauf quand l'ambulance arriva. Jeglov écarta la jeune femme médecin couverte d'une capote militaire jetée sur les épaules et marmonna promptement : « Un instant, docteur ! », ôta son écharpe, en enveloppa avec d'infinies précautions le manche du poignard et le retira de la plaie d'un geste sec. La jeune femme regardait Jeglov, ahurie, cependant qu'il tendait à Passiouk le poignard en disant :

— Prends-le avec précaution, Ivan, il reste peut-être des empreintes sur le manche…

Maintenant, Jeglov faisait son rapport sur l'échec de l'opération. Bien que ne connaissant aucun supérieur à la Petrovka, je pouvais aisément imaginer le savon qu'on lui passerait…

Les heures s'écoulèrent. Kolia Taraskine s'était assoupi dans le canapé et faisait à coup sûr des cauchemars, à en juger par les longs gémissements plaintifs qu'il poussait. Passiouk avait étalé un journal sur la table et, après avoir démonté son arme, en graissait chaque pièce. Gricha sifflotait un air triste.

Je me redressai sur la chaise et demandai à Passiouk :

— C'est quoi cette bande, le « Chat noir » ?

Passiouk leva sur moi ses yeux gris clair, remua les sourcils et dit lentement :

— La bande.

Et il ajouta après un silence :

— C'est une bande comme une autre. Ces pillards, ces assassins sont de fieffés salauds. Si, grâce à Dieu, on réussit à leur mettre la main dessus, ils y passeront tous. Demande plutôt à Six-sur-Neuf, y'a pas meilleur causeur que lui…

Gricha, le photographe, devait être déjà habitué à ce surnom peu commun, soit il faisait peu de cas de l'opinion de Passiouk, soit, encore, son envie de parler était la plus forte ; quoiqu'il en fût, il ne répondit rien, se contentant d'un geste dans la direction de Passiouk et répondit avec mépris en traînant sur les mots :

— Une baaande comme une aaautre ! Mais elle ne ressemble à aucune autre bande, c'est pour ça qu'on nous a mis sur cette affaire…

— Surtout toi, laissa tomber Passiouk en desserrant ses minces lèvres desséchées pour esquisser un léger sourire. On ne compte plus que sur toi…

Le photographe reprit à mon intention :

— Cela fait plus d'un an qu'on la recherche sans arriver à trouver la moindre piste. Si j'étais Lev Cheïnine [1], j'aurais à coup sûr écrit un livre à ce sujet !

— Écrire quoi, puisqu'il n'y a aucune piste ? demandai-je.

— Il finira bien par y en avoir ! répondit Six-sur-Neuf avec conviction. C'est vrai qu'ils sont retors, ces canailles. Ils cambriolent les appartements cossus, dévalisent les magasins d'alimentation, les entrepôts, abattent les gens sans sourciller. Et partout où ils passent ils laissent soit un dessin de chat au fusain, soit un chaton vivant.

— Pour quoi faire ? m'étonnai-je.

— Pour faire de l'épate, pour se payer notre tête, pour signer leurs forfaits…

La porte s'ouvrit, Jeglov fit son apparition et tout le monde se tourna vers lui.

— Ben voilà : toi, Passiouk, tu iras demain de bonne heure à Yaroslavl accompagner le corps de Vassia à sa dernière demeure et tu nous représenteras. Tu vas aussi tâcher de consoler sa mère. Quoique, par tous les diables, de quelle consolation peut-il être question ?

Son visage était noir, comme brûlé, et les excroissances sur ses pommettes roulaient comme des cailloux.

1. Lev Cheïnine, auteur soviétique de romans policiers.

Passiouk essuya ses doigts maculés de graisse avec un bout de journal, qu'il plia soigneusement et jeta dans la corbeille, se leva et dit brièvement :

— À vos ordres, ce sera fait...

— Taraskine et Chaparov, vous allez patrouiller avec moi en ville.

— Et moi alors ? demanda Gricha Six-sur-Neuf sur un ton plaintif. Qu'est-ce que je fais, moi ?

— Tu viens aussi avec nous, où veux-tu qu'on te mette ?! Tout le monde au lit et immédiatement !

Je dormis d'un sommeil léger et inconsistant comme la brume du petit matin. J'avais l'impression d'avoir fermé les yeux un instant plus tôt quand je me réveillai en sursaut, pris de panique à l'idée de me mettre en retard. Il faisait très noir et très froid dans ma chambre, et c'était bien difficile de sortir de mon lit douillet. Je dégageai ma main de dessous la couverture et regardai le cadran phosphorescent de ma montre : les aiguilles étaient comme plaquées sur 6 h 30. Je jurai de dépit ; c'était une demi-heure de sommeil en moins, et je me dis que j'étais en train de perdre l'habitude prise au front de dormir profondément en profitant de chaque minute pour récupérer le manque de sommeil de la veille et tâcher d'arracher ne serait-ce qu'un instant à celui du lendemain.

Je pris sur la chaise posée à côté du lit une cigarette Nord, secouai le briquet et aspirai profondément ma première bouffée. Rien ne peut se comparer à cette première bouffée matinale, quand la fumée chaude et sèche rampe dans les poumons et fait légèrement tourner la tête en apportant au corps une délicieuse sensation de désœuvrement, loin des allées et venues, de l'agitation et des soucis.

La fenêtre de ma chambre donnait sur le carrefour de la porte de Sretenka et, chaque fois que les voitures quittaient le boulevard en direction de la place

Dzerjinski en faisant tourner leur moteur au ralenti, la lumière de leurs phares, telle deux épais faisceaux blancs, transperçait la vitre, se ruait à l'intérieur, butait contre le mur, se figeait, un instant indécise, puis sautait brusquement au plafond, qu'elle traversait en diagonale de taches vives et inquiétantes, avant de se cacher dans le coin, derrière la corniche, comme s'il existait un trou par où quitter la pièce à tout jamais.

Couché sur le dos, je regardais les taches bleutées sauter du mur au plafond, et fumais ma cigarette en me disant que je n'aurais sans doute pas la vie facile à la Criminelle. Un peu plus d'une journée s'était écoulée depuis le moment où j'avais pénétré dans le bâtiment jaune à deux étages de l'ancien hôtel particulier qu'occupait la Direction de la milice judiciaire de Moscou (MOUR), et où j'avais présenté mon laissez-passer, étais monté au premier, avais trouvé le bureau n° 64 et frappé à la porte.

— C'est ouvert ! m'avait répondu une voix grêle.

J'étais entré et m'étais présenté de façon réglementaire :

— Lieutenant-chef Chaparov. Je suis à votre disposition.

Le maître des lieux, de toute évidence le fameux inspecteur-chef Gleb Jeglov, chef du service de répression du banditisme chez qui on m'avait envoyé en formation, était assis derrière un bureau encombré de dossiers et de feuilles dactylographiées. Je fus étonné que le célèbre inspecteur ne payât pas de mine ; il était très maigre et grand, et ses lunettes à monture d'écaille et aux verres épais étaient posées de travers sur son nez cartilagineux. C'est sans doute à cause de ce physique chétif qu'il se donnait un air grand seigneur. Il regardait au-dessus de ma tête en levant haut le menton, et bien que cela s'expliquât vraisemblablement par la faiblesse de sa vue, il n'en avait pas moins l'air singulièrement hautain.

— Eh bien, bonjour, Chaparov ! finit-il par dire. Le service du personnel a déjà téléphoné à ton sujet. C'est bien l'idée que nous nous faisions de toi…

Je ne compris pas qui était ce « nous » et, me sentant mal à l'aise, je répondis en haussant les épaules :

— J'ai rien de spécial…

— Bien sûr, t'as rien de spécial, mais c'est précisément de gars des premières lignes, comme toi, dont nous avons besoin. Tu sais de quoi nous nous occupons ?

Je fis oui de la tête. Mon geste devait manquer d'assurance car l'inspecteur leva un doigt et déclara, d'un air important :

— Du banditisme, des assassinats, des agressions à main armée. C'est pas des bagatelles, hein ! T'étais dans les renseignements, au front ?

— Exactement. Chef de compagnie de reconnaissance.

— Ça tombe bien. Au printemps, on va recruter du monde dans les écoles de droit, on va t'y parachuter vite fait…

La porte s'ouvrit alors avec fracas et un gars basané fit irruption dans le bureau. Ses cheveux étaient d'un noir de jais, ses yeux à la fois gais et méchants, et ses épaules tenaient à peine dans son veston. Il me regarda furtivement et éclata d'un rire cassant comme s'il venait de renverser un paquet de sucre en morceaux :

— C'est toi, Chaparov ? Salut ! Moi, c'est Jeglov…

Ahuri, je regardai l'homme derrière le bureau quand Jeglov lui lança :

— Allons, père Grigori, dégage de ma chaise !

— J'ai fait un peu de travail, dit Grigori d'un ton grave et pensif, et il se redressa comme un trépied de photographe sur la plage.

— Je parie que vous avez déjà fait connaissance ? fit Jeglov.

— Enfin, plus ou moins, bredouillai-je.

Grigori hocha la tête :

— J'étais en train de mettre notre camarade au parfum…

Jeglov le regarda de biais et s'esclaffa :

— Retiens bien, Chaparov, voici Gricha Ouchivine en personne, photographe comme pas un, fils aîné du baron de Münchausen. Il aurait pu gagner un argent fou en faisant des photos, mais il voue un amour désintéressé à la Criminelle…

— Écoute Jeglov, j'en ai marre de tes boutades vexantes ! hurla Gricha — son visage se couvrit de taches rouges et les verres de ses lunettes s'embuèrent. Si tu veux te disputer avec moi…

— Dieu m'en garde, Gricha ! éclata de rire Jeglov. Chaparov est un militaire et il est bien placé pour te comprendre. Après tout, c'est pas ta faute si la commission médicale refuse de te classer. Mais qu'est-ce que je parle de galons ? Hein, Gricha ? C'est le cœur intrépide et l'esprit vif qui décident de tout ! Je parie que tu nous en remontreras un jour !

Gricha aurait voulu riposter mais un homme épais au visage gris et un tout jeune homme pénétrèrent dans le bureau. J'appris qu'ils se nommaient Passiouk et Vekchine. Peu après accourait Kolia Taraskine, qui annonça dans un murmure haletant qu'on venait de recevoir un coup de fil de Senka Touzik : les voyous avaient fixé un rendez-vous.

C'est ainsi que je pris mon service dans l'équipe de Jeglov.

Mikhaïl Bomzé était seul dans la cuisine de l'immense logement communautaire. Il était assis sur un tabouret bancal devant sa table — il y en avait neuf à la cuisine — et mangeait des patates bouillies accompagnées d'oignons. Il envoyait dans sa bouche un appétissant morceau de pomme de terre, trempait avec précaution un quartier d'oignon dans la salière, l'examinait attentivement de ses yeux plissés de myope comme pour se convaincre que le sel ne l'avait en rien altéré, puis se mettait à mastiquer lentement avec un bruit sec. Il me regarda avec le même détachement pensif et proposa :

— Volodia, prenez des oignons : il y a là des vitamines, du piquant et du défi, c'est-à-dire tout ce qui manque à la vie.

Et il gloussa, en hochant son crâne d'œuf.

— Mikhal Mikhalytch, les oignons, c'est plein d'amertume, répondis-je en m'installant en face de lui. Je vais plutôt vous faire une omelette avec des œufs en poudre !

— Merci, mon ami, vous devez manger beaucoup vous-même ; vous êtes encore jeune et devez avoir bon appétit.

Il me regardait en plissant les yeux, le visage quadrillé de rides, la peau brune parsemée de taches sombres de vieillesse. C'est peut-être à cause de sa tête plantée loin de son tronc court, trapu et monté sur de frêles jambes, d'où jaillissaient de larges mains, qu'il me faisait penser à une brave tortue archaïque. Comme pour souligner la ressemblance, il portait un ample costume brun à carreaux.

Je jetai sur la poêle un morceau de saindoux, fouettai les œufs en poudre dans un bol, l'émulsion jaune grésilla sur la fonte noire, et je rapportai de ma chambre une miche de pain de seigle et six morceaux de sucre qui me restaient encore. Et comme Bomzé avait du thé, le petit déjeuner fut des plus réussis.

Le vieux mangeait peu, il mâchait avec lenteur et indifférence. Je voyais bien qu'il n'en tirait aucun plaisir, on aurait dit qu'il exécutait une tâche ennuyeuse et monotone. Il finit par poser sa fourchette et dit :

— D'ailleurs, vous n'êtes plus un gamin. Vous êtes déjà un homme. Quel âge avez-vous ?

— Vingt-deux ans.

— Vingt-deux, vingt-deux…

Il sortit un instant sa petite tête pointue de sa carapace avant de l'y rentrer :

— Comme j'étais heureux à vingt-deux ans !

Emporté par les souvenirs, il ferma les minces membranes bleuâtres de ses paupières ; on l'aurait cru assoupi. Mais ses pattes remuèrent sur la table, et il demanda :

— Volodia, êtes-vous heureux à vingt-deux ans ?

Je haussai les épaules :

— Enfin, je crois que tout va bien…

— Moi, je le savais à coup sûr, que j'étais heureux. Et le bonheur, jadis immense, se rétrécit petit à petit jusqu'à atteindre la taille d'un calcul biliaire…

Je le regardai de biais : une tristesse persistante était figée comme une larme refoulée dans le coin de son œil terne et noir. J'eus pitié du vieux, sa nostalgie était trop grande.

— Mikhal Mikhalytch, mais qu'est-ce que vous avez à languir tout seul ici ? Vous avez bien des parents ou des amis à Kiev, ce serait bien d'aller les voir, ça serait plus gai…

Bomzé hocha sa petite tête sèche toute labourée de rides, et sa large bouche de tortue esquissa un sourire voilé de tristesse.

— L'escargot a beau voyager, il ne quitte jamais sa coquille. Et puis, dit-il après un moment de réflexion, ils sont tous déjà vieux et les vieux ne sont pas faits pour vivre ensemble. Il vaut mieux qu'ils s'installent quelque part à côté des jeunes, ça donne un sens à leur vie passée…

Le fils de Bomzé, étudiant en quatrième année au Conservatoire, avait été tué devant Moscou en octobre 1941. Il jouait du violoncelle, était très myope et offrait des fleurs à sa mère chaque fois qu'il touchait sa bourse. Personne dans notre logement n'offrait jamais de fleurs à qui que ce soit, et ces petits bouquets avaient fait naître envers le jeune homme un sentiment de pitié mêlé de respect, car bien que cette dépense fût parfaitement inutile, les fleurs poussant en abondance dans les environs de la ville, les voisins y voyaient quelque chose de sublime et de touchant. Elles prirent une signification tangible lorsque les vieux Bomzé reçurent l'avis de décès de leur fils. La mère, qui n'avait jamais été malade, ne tint pas le coup et mourut trois jours plus tard pendant la nuit, dans son sommeil. Les voisins qui avaient fait sa dernière toilette et l'avaient enterrée au cimetière allemand se souvenaient surtout, sans trop savoir pourquoi, de ces fleurs — comme si cela avait été la première chose à leur revenir en mémoire de la courte vie de ce garçon myope aux gestes vifs qui tirait de son violoncelle des mélodies traînantes et nerveuses à la fois, émouvantes et hermétiques.

— Volodia, êtes-vous content de votre nouveau travail ? demanda Mikhal Mikhalytch.

— Comment vous dire... Je n'ai pas encore pu faire le point moi-même, répondis-je de façon évasive.

Je pensais à Vassia Vekchine, il ne devait pas être plus âgé que le fils de Mikhal Mikhalytch. Je m'arrêtai là parce qu'il n'était pas souhaitable que le vieux sût comment j'avais passé ma première journée au MOUR. Je consultai ma montre et commençai à m'affairer.

— Laissez donc, Volodia, je ferai la vaisselle. Après tout, je ne risque pas de me mettre en retard pour le travail, il n'est jamais trop tard pour faire de l'esprit...

Bomzé avait un emploi peu ordinaire. Avant la guerre, je ne comprenais pas qu'on puisse considérer comme tel une bagatelle pareille : Mikhal Mikhalytch était un faiseur professionnel de mots d'esprit. Il en inventait pour les journaux et les magazines, qui le payaient chichement et de façon irrégulière, mais il ne se formalisait pas et revenait à la charge avec une nouvelle provision de blagues, qu'il reprenait si elles ne plaisaient pas. Il aimait répéter qu'il n'était heureusement pas payé pour ses meilleurs mots d'esprit. Sa profession s'appelait « humoriste-miniaturiste » et je me demandais toujours comment un homme aussi triste et effacé pouvait inventer des blagues et des histoires vraiment drôles.

J'eus l'impression que Mikhal Mikhalytch voulait dire quelque chose d'important, mais Choura Baranova surgit à ce moment-là dans la cuisine avec ses cinq marmots, dans un boucan indescriptible fait de remue-ménage, de courses échevelées, de trépignements, de cris et de pleurs. Les enfants piquaient les pommes de terre dans l'assiette de Bomzé, me tiraient par le ceinturon, l'un plongea sous le pan de ma capote pour tâter l'étui de mon pistolet, un autre monta sur les genoux du vieux : ils avaient tous envie de crier, de courir, ils avaient faim, ils avaient soif de vivre. Et je compris pourquoi le vieux ne voulait pas partir d'ici pour aller chez ses amis ou chez ses parents à Kiev.

CHAPITRE 3

LA PÊCHE

La pêche rapporte de plus en plus de belles prises sur les pièces d'eau des environs de Moscou. Le brochet prend le mieux sur le réservoir de l'Istra, où l'on attrape des spécimens de 4 ou 5 kilos. La perche, d'assez grosse taille (600 à 700 grammes), mord également bien.

Moscou-Soir.

Un grand désordre régnait dans le service : l'agent Soloviev venait de gagner 50 000 roubles sur une obligation à lots émise avant la guerre. Le veinard, tout content et fier, recevait, un peu gêné, les compliments des uns et des autres, y compris de ceux qu'il connaissait à peine. Le triomphe atteignit son comble lorsque se présenta le rédacteur du journal de la Direction, accompagné d'un photographe. Soloviev fut pris d'un accès de modestie et bredouilla qu'il n'avait rien fait de spécial, mais le rédacteur le persuada rapidement, arguant que son portrait dans le journal n'allait pas être publié pour faire admirer ses beaux yeux mais pour souligner l'importance politique de cette affaire.

Puis vint Jeglov, à qui Soloviev raconta pour la millième fois comment il avait vérifié la veille les numéros des obligations de premier tirage d'après-guerre, « tout simplement histoire de tuer le temps » :

— Et là, les gars, c'était la même série ! Quand j'ai vu le lot, 50 000, j'ai hésité à vérifier le numéro. « Et si, pensai-je, ça n'est pas le bon et que je me retrouve dans les autres numéros gagnants… » J'ai posé le journal sur le canapé et suis sorti fumer un coup…

— Et ton cœur battait la chamade, dit Jeglov avec compassion.

— Tout juste… approuva Soloviev avec candeur. J'appelle Zina. « Zina, que je lui dis, vérifie le numéro ; t'as la main heureuse… » Mais là, les gars, une chance pareille, c'est pas le lot de tout le monde…

— Ben tiens ! confirma Jeglov. La fortune n'est pas dupe, elle choisit ceux qui le méritent. Tiens, et comment tu vas le dépenser ?

— Ha, comment le dépenser ? !

Soloviev partit d'un rire heureux :

— Quand on a des sous, les dépenser, c'est pas un problème !

— Ça n'est pas un problème… reprit Jeglov en hochant la tête. C'est à voir. Il faut y penser mûrement. Moi, je pense que Fedia Menilkov, de la 3e brigade, a bien agi en la circonstance…

— Et qu'est-ce qu'il a fait ? demanda Soloviev, intrigué.

— Juste avant la guerre, il a gagné à la loterie une voiture ZIS-101, d'une valeur de 27 000.

— Et alors ?

— Comment « et alors » ? En vrai patriote, Fedia a estimé que rouler dans sa propre voiture à un moment où la situation internationale était aussi tendue était malvenu. Il a donc fait don de son lot à la Société d'aide aux armées, compris ?

Ces paroles firent sur Soloviev l'effet d'une douche froide, son visage se ternit, il hésita, remua les lèvres en pensant à la meilleure façon de répondre, et finalement, dit :

— Camarade Jeglov, toi et moi sommes des gens intelligents et nous devons comprendre que la guerre est finie. L'État a organisé exprès un tirage de ces obligations pour aider les gens qui ont traversé des temps difficiles en y laissant bien des plumes.

Jeglov arbora un sourire moqueur, tapota Soloviev sur l'épaule et fit, mi-figue, mi-raisin :

— Allons Soloviev, toi seul es intelligent. Moi, je ne suis qu'un amateur… Certes, j'aurais pu te refiler une adresse différente de celle de la Société, mais je vois que tu considères cette idée avec circonspection. Bon, soit, on se limitera à du cognac sur ton capital gagné. C'est entendu ?

Soloviev était visiblement content de la tournure que prenaient les choses.

— Pas de problème entre amis ! dit-il avec un air important. On va arroser ça comme c'est l'usage !

— Tu ne vas pas faire marche arrière ? Tu sais, les promesses, ça se donne et ça se reprend, fit Jeglov d'un air incrédule. On va avoir quelqu'un à taper pour arriver jusqu'à la paye, hein ? ajouta-t-il sur sa lancée.

Soloviev s'empressa d'approuver, mais on sentait bien qu'il ne partageait pas les projets de Jeglov.

— Je vais de ce pas acheter un piano pour ma fille, dit-il. La pauvre gosse est obligée de changer deux fois de tram pour aller à l'école… À ma femme, Zina, j'achète le coupon de velours que j'ai vu au magasin d'occasion, rue Stolechnikov. Il est rose et vraiment chic, il coûte 250…

— T'as au moins des petits éléphants sur ta commode ? s'enquit Jeglov.

— Qu'est-ce que c'est que ces éléphants ? demanda Soloviev.

— Sept petits éléphants allant par taille croissante et qui portent bonheur.

— Et toi, tu en as ? demanda Soloviev après un temps de réflexion.

— Oui, j'en ai, mentit Jeglov en arborant un air affecté.

Soloviev rit à gorge déployée et hurla :

— Tu en as, moi pas, mais n'importe comment, c'est moi que la chance a choisi ! Allons, camarade Jeglov, c'est de la superstition, ne compte surtout pas sur les petits éléphants…

— Idiot, va ! dit Jeglov.

Il voulait ajouter quelque chose mais la sonnerie du téléphone retentit. Gleb décrocha et, au fur et à mesure qu'il parlait, son sourire s'effaça, son visage s'allongea et ses lèvres se pincèrent.

— Bien, dit-il brièvement dans le combiné. Nous partons tout de suite.

Il raccrocha et ordonna :

— En route tout le monde ! Il y a un cadavre d'enfant rue Oulanski !

Un vieux car rouge et bleu était garé dans la cour, près de la cantine. Six-sur-Neuf me lança :

— Regarde, Chaparov ! Crois-en tes yeux, ce car est la merveille du siècle ! Il roule sans l'aide de l'homme…

L'Opel Blitz, butin de guerre, en avait certainement vu des vertes et des pas mûres durant sa longue vie. Avec ses suspensions et ses amortisseurs complètement défoncés, le véhicule semblait traîner par terre sa carrosserie ventrue montée sur de maigres pneus, rafistolés tant bien que mal. Toute cette mécanique mal fichue à la gueule plate, comme écrasée, lui donnait un air de bouledogue, énorme et malade.

Son conducteur, Kopyrine, tournait autour en donnant des coups de pied dans les roues, et hochait la tête d'un air mécontent sans prêter attention aux quolibets des inspecteurs. Il me regarda, et comme j'étais probablement le seul à ne pas tourner en dérision son jouet, il me dit sur un ton de confidence :

— Si seulement je pouvais dégoter deux pneus de Dodge et les monter à l'arrière de Ferdinand, il n'aurait pas de prix.

— Ferdinand ? demandai-je avec sérieux.

Kopyrine éclata de rire :

— C'est comme ça que nos grands bêtas ont baptisé mon véhicule, et maintenant tout le monde l'appelle ainsi. Ils disent qu'il ressemble au canon allemand Ferdinand.

Je souris : l'engin, bas et ramassé, avait effectivement quelque chose de l'aspect massif et puissant du canon automoteur.

— Tu t'es déjà retrouvé face à face avec un de ces canons ? demanda Kopyrine.

— Ça m'est arrivé, répondis-je.

Jeglov accourut. Kopyrine monta dans la cabine, ouvrit la porte passager à l'aide d'un long levier jadis nickelé et qui montrait aujourd'hui sa patine de cuivre sans avoir rien perdu de son chic, une poignée cintrée sur un support ouvragé. Un énorme berger gris cendré, Abrek, sauta le premier dans le car, le maître-chien Alimov monta à sa suite, Kolia Taraskine plongea prestement à l'intérieur, Six-sur-Neuf grimpa maladroitement les marches en faisant cliqueter sa panoplie de photographe, le médecin légiste s'avança à son tour avec d'infinies précautions, comme s'il montait dans une barque ; enfin, en deux temps trois mouvements, je pris place sur un coin du siège avant. Jeglov se hissa sur le marchepied, nous balaya du regard comme pour un tour d'inspection et finit par faire signe au conducteur de démarrer.

Kopyrine appuya sur l'accélérateur ; le démarreur émit une plainte si ténue et lamentable — la batterie était vraiment vieille — que le chien Abrek leva la tête, dressa les oreilles et lui répondit par un grondement rauque et bref. Six-sur-Neuf qui trônait sur le siège du receveur ouvrait déjà la bouche pour faire un commentaire de son cru, quand Jeglov lui jeta un regard bref et souffla :

— Tais-toi.

Le moteur éternua enfin, puis encore une fois, les crépitements se muèrent en pétarade, il rugit joyeusement, noya la cour dans un nuage âcre de fumée bleue, et Ferdinand se mit en branle, avança jusque dans la rue Bolchoï Karetny et mit le cap sur la Ceinture des jardins.

Rue Oulanski, la foule se massait, dans la cour, devant la porte d'un immeuble de quatre étages. Kopyrine freina crânement. Le maître-chien se précipita le premier avec Abrek, nous dévalâmes les marches métalliques qui résonnaient sous nos talons. Une jeune fille en uniforme de la milice s'avança à notre rencontre et porta réglementairement la main à la visière :

— Sergent Sinitchkina au rapport. C'est une fausse alerte, l'enfant est vivant, c'est tout simplement un enfant abandonné.

— Pourquoi n'avez-vous pas établi ça tout de suite ? maugréa Jeglov. Pourquoi diable dérangez-vous le MOUR pour des bagatelles ?

La fille rougit et répondit rapidement :

— Les voisins ont téléphoné à la permanence municipale avant que je me sois rendue sur les lieux. Je suis arrivée il y a dix minutes et j'ai tout de suite téléphoné au MOUR, mais vous étiez déjà partis.

— Où est l'enfant, maintenant ? demanda Jeglov.

— Là-haut, dans un appartement, montra Sinitchkina d'un geste de la main. Il n'y avait pas de raison qu'il continue d'endurer le froid.

— Vous ne pouviez pas vérifier plus tôt si l'enfant était mort ou non ? continuait d'interroger Jeglov, toujours mécontent.

— C'est le plombier Miliaev qui l'a découvert dans la cage d'escalier, devant la porte du grenier.

Un gars de petite taille avec une jambe de bois et vêtu d'une capote noire de la Marine toute maculée surgit de derrière elle et débita, en avalant la fin de ses phrases :

— Punaise, que penser d'autre quand, en montant au grenier pour vérifier la fixation de la conduite d'eau principale, je vois là ce petit paquet tout enveloppé ; pas un vagissement, pas un cri, rien, pas un bruit, un silence de mort. J'ai peur à l'idée qu'une charogne, une saleté a tué son propre bébé, alors je me précipite aussi sec à l'appartement 32, ils ont un téléphone, et j'appelle la milice pour qu'elle retrouve ce démon enjuponné.

— Je vois, fit Jeglov. Bon, Chaparov, puisque nous sommes là, montons un peu voir cet enfant trouvé…

— Qu'est-ce qu'on va en faire de ce petit ? demanda Sinitchkina. Il est si minuscule que je ne vois pas comment il peut se passer de mère.

— Il finira bien par devenir grand ! lança Jeglov en s'engageant dans l'escalier. Le pays ne l'abandonnera pas, l'État le prendra en charge, et qui sait s'il ne sera pas meilleur que les autres enfants, choyés et cajolés.

— Est-ce qu'on va rechercher sa mère ? Il fait pitié ce petit…

— Qu'est-ce qu'il en a à fiche d'une mère pareille ? ! marmonna Jeglov. Mais il faut quand même essayer d'établir son identité, on peut s'attendre à tout de la part d'une telle engeance…

Un puissant hurlement de gosse nous accueillit sur le palier du quatrième ; la porte de l'appartement 32 était ouverte et une vieille était en train de bercer le bébé enveloppé dans une couverture.

— Il est réveillé et réclame à manger, dit-elle en nous tendant le paquet, comme si nous pouvions le nourrir.

Avec d'infinies précautions je pris l'enfant dans mes bras et constatai avec étonnement à quel point il était léger. Sa frimousse avait rougi sous l'effort de la colère, il ouvrait d'un air fâché sa minuscule bouche sans dents en lançant des cris stridents. Désemparé, je lui dis :

— Allons, patiente donc, marmot, patiente un peu... Patiente, mon trésor, on va bien inventer quelque chose...

Jeglov me regarda avec un sourire :

— Tu crois aux signes ?

— Oui, avouai-je.

— Alors, c'est un bon signe. Un garçon trouvé, c'est un bon signe, dit Jeglov en souriant, et il demanda à Sinitchkina de démailloter l'enfant.

— Pour quoi faire ? s'étonna la jeune fille — je ne compris pas non plus pourquoi il fallait démailloter le bébé affamé et certainement transi de froid.

— Faites ce qu'on vous dit de faire...

Sinitchkina démaillotait le bébé sur la table avec des gestes précis et rapides, et j'avais plaisir à regarder ses mains blanches, tendres, fluettes, qui paraissaient particulièrement fragiles avec leurs poignets graciles sortant des manches du drap grossier de sa capote. Elle fronçait sévèrement ses sourcils démodés, larges et fournis, et non pas épilés ou légèrement rasés pour former des arcs réguliers à peine marqués.

Jeglov prit le bébé dans ses bras, qui hurla de plus belle. En tenant avec une grande précaution mais d'une main ferme cette petite boule molle et vagissante, tira son linge mouillé et remit le drôle à Sinitchkina :

— C'est tout, vous pouvez l'emmailloter. Regarde, Chaparov, il a une tache de naissance sur la tête.

Il y avait effectivement une tache brune, grosse comme un haricot, derrière l'oreille gauche.

— Et alors ?

— C'est bien. Il aura de la chance dans la vie. Deuxièmement, il y a ici, dans le coin du lange, un tampon à moitié effacé, signe qu'il provient d'une maternité ou d'une crèche. Emballe-le, on va le passer à nos experts, ils sauront lire ce qui était écrit sur le tampon. Ensuite, d'après la tache de naissance, on va établir l'identité du bébé. À propos, quel âge donnes-tu au gamin ?

— Deux à trois semaines, je crois, avançai-je sans grande conviction.

— Allons bon ! douta Jeglov. Il a bien deux mois.

— Je dirais un mois, dit Sinitchkina. Il est si minuscule…

— Regardez-moi ces jeunes ! s'esclaffa la vieille qui s'était bornée à nous observer en silence. On voit tout de suite que vous n'avez pas eu d'enfant à vous. Il a trois mois, ce bonhomme : regardez, il commence à perdre son duvet de naissance, il lui pousse de vrais cheveux. Ça veut dire qu'il a trois mois passés…

— C'est bien, il sera grand plus vite, sourit Jeglov. Bon, toi, Chaparov, tu files avec Sinitchkina à la maternité. Quelle est la plus proche ? Ah oui, la maternité Grauermann, rue Arbat. Qu'ils examinent le gamin, des fois qu'il serait malade, et qu'ils lui donnent à manger. Ce soir, on le transférera à la Maison de l'enfant, on va régler ça.

— Écoute, Jeglov, et s'ils refusaient de le recevoir, à la maternité ? demandai-je.

Jeglov fit une moue contrariée :

— Mais voyons, Volodia, qu'est-ce qui te prend ? Tu es un représentant du pouvoir et tu as sur les bras un enfant déjà adopté par ce pouvoir. Qui oserait redire quelque chose après ça ! Si toutefois quelqu'un essaie de râler, fais-le taire. Un point, c'est tout ! En route !

Je portais l'enfant qui, réchauffé, s'était tu. Jeglov me précédait dans l'escalier en marmonnant à mon intention, par-dessus son épaule :

— ... Mon paternel était, pour sûr, un mec formidable. Il a vite fait une tapée d'enfants — moi et mes quatre frères et sœurs — et il est parti à la ville, histoire de gagner beaucoup de fric. Il faut bien lui rendre justice ; il ne nous oubliait jamais, il nous envoyait tous les mois une lettre avec surtaxe. Il est même venu un jour avec des bonbons et de la pâte dentifrice comme cadeaux. Trois jours plus tard, il volait notre vache. Et pour qu'on ne retrouve pas de traces, il lui avait mis de vieilles godasses. C'est peut-être depuis ce temps-là que j'ai la passion des enquêtes criminelles. Hein, qu'en penses-tu, Chaparov ?

Je grommelai vaguement quelque chose en guise de réponse.

— Tu vois, Chaparov, la bonne histoire que je t'ai racontée...

Mais la voix de Jeglov n'était pas du tout gaie et je ne pouvais pas voir son visage dans la pénombre de l'escalier.

Nous sortîmes de l'immeuble. Les badauds étaient toujours là et Kolia Taraskine leur répétait pour la énième fois :

— Mais circulez, circulez, camarades, il ne s'est rien passé, circulez...

Le plombier Miliaev, vêtu de sa capote de la Marine, agitait devant le nez de Kopyrine son doigt noir et sec et expliquait sur le ton de la confidence, en se balançant légèrement sur sa jambe de bois :

— La première qualité de l'homme, c'est d'être humain, je le sais pour sûr, moi...

Jeglov secoua la tête comme pour chasser les souvenirs qui lui étaient venus dans l'escalier. Le soin délibéré qu'il mettait à éviter mon regard me fit comprendre qu'il s'en voulait de ses confidences. Il lança au chauffeur, dans un rire sec et fâché :

— Écoute, Kopyrine, comme tu es le plus humain de nous tous, tu vas vite fait transporter Chaparov et le sergent Sinitchkina à la maternité et te rendre aussitôt au 61e commissariat, c'est tout près, nous y allons à pied. Je veux téléphoner à la Petrovka, nous vous attendrons là-bas.

Sinitchkina monta dans le car et je lui tendis l'enfant. Jeglov me retint par l'épaule et me souffla à l'oreille :

— Intéresse-toi au sergent ! C'est une brave fille ! Et puis, n'oublie pas l'adresse de la maternité, tu pourrais en avoir besoin toi-même...

Curieusement, je me sentis gêné. Pourtant, je l'avais regardée comme un milicien parmi d'autres, les filles constituaient maintenant plus de la moitié des effectifs de la milice et la quasi-totalité des sergents de ville.

Ferdinand se mit en branle. Jeglov agita la main à notre intention. Serrant l'enfant contre elle, Sinitchkina regardait par la vitre embuée. Son visage rond et tendre, comme celui d'une adolescente, laissait deviner une mélancolie diaphane, une tristesse légère comme une gaze. Il me vint soudain à l'esprit que je ne devais pas la détailler aussi fixement, les paroles de Jeglov avaient effacé le plaisir simple et naturel que j'avais éprouvé en la regardant emmailloter le bébé, en observant ses mains agiles. Je ne la regardai pas moins avec avidité et intérêt. J'aurais bien voulu lui adresser la parole mais, étrangement, aucun sujet approprié ne me vint.

— Pourquoi vous êtes si triste ? demandai-je à la fin.

Elle me regarda et sourit :

— J'étais en train de penser à ce qu'allait devenir ce bonhomme.

— Général, avançai-je.

— Pas forcément. Il deviendra peut-être médecin, un excellent médecin qui soignera les gens. C'est formidable, n'est-ce pas ?

— Oui, ce serait magnifique, convins-je. Et s'il entrait dans la milice ? Devenait inspecteur ?

Sinitchkina pouffa de rire :

— Quand il aura grandi, il n'y aura plus de bandits. Quel âge avez-vous ?

— Vingt-deux.

— Il aura vingt-deux ans en 1967. Ce sera la belle vie, vous vous rendez compte ?

— Ah oui, certainement.

— Il y a longtemps que vous êtes au MOUR ?

J'étais confus à l'idée de lui dire que c'était mon deuxième jour et je bredouillai évasivement :

— Non, pas du tout. Je reviens tout juste du front.

— Moi, j'ai demandé qu'on m'envoie au front, mais on a refusé. Vous ne savez pas si on va prochainement démobiliser les femmes de la milice ?

— Je ne sais pas, mais je pense que ça ne va pas tarder. Quand j'étais au service du personnel, j'ai entendu dire qu'on allait recruter beaucoup d'anciens soldats.

— Oh, pourvu que ça se fasse vite.

— Et qu'est-ce que vous allez faire dans le civil ?

— Je vais reprendre mes études à la faculté. J'ai dû les interrompre en deuxième année.

— C'était quoi comme faculté, médecine ?

— Non, soupira Sinitchkina. Je me suis fait recaler et je suis finalement entrée à l'École normale. Mais je pense qu'instruire les enfants c'est aussi une bonne profession. N'est-ce pas ?

— C'est vrai, fis-je avec un sourire.

Le car passa la place Sobatchia et freina devant la maternité. Sinitchkina dit :

— Ne perdez pas de temps avec moi et ne vous faites pas de soucis pour le bébé, je me débrouillerai toute seule.

J'aurais bien voulu lui demander son adresse, mais Kopyrine avait déjà ouvert la porte à l'aide de son levier-béquille nickelé et, calé sur le dossier de son siège, nous fixait avec un sourire narquois. Je me figurai qu'une fois de retour il raconterait à tout bout de champ comment, au lieu de s'occuper de son boulot, le nouvel inspecteur avait planté des jalons auprès de la sympathique jeune sergent ; tout le monde allait s'amuser à mes dépens et cette idée me poussa malgré moi à dire d'un ton sec :

— Bien. Remplissez toutes les formalités nécessaires et envoyez votre rapport, nous partons.

La fille me regarda avec étonnement et eut un battement de cils :

— À vos ordres. Au revoir.

Sa mince silhouette disparut derrière la porte de la maternité. Je la suivais encore du regard quand Kopyrine me dit dans le dos :

— Quel imbécile tu fais, Chaparov. Dire « envoyez votre rapport » à une fille pareille. À ta place, je lui ferais moi-même mon rapport tous les jours…

CHAPITRE 4

L'usine dont l'atelier des biens de grande consommation est dirigé par le camarade Goloubine a lancé la production de réchauds à pétrole connus sous le nom « Kérogaz ». Ils se distinguent non seulement par leur aspect et une bonne finition, mais aussi par une conception nouvelle, une économie de combustible et un fonctionnement silencieux.

Moscou-Soir.

Il était près de 14 heures quand Jeglov passa la tête par la porte :

— En route, on a tué un type par balle… Faites vite.

Et il referma la porte.

J'enfilai avec précaution ma capote et courus vers le car avec les autres. Il y faisait humide et froid, et y régnait une odeur âcre de mauvais tabac gris. Je regardai avec compassion le chien qui ouvrait compulsivement sa gueule énorme et secouait la tête. Je pensai que si les chiens pouvaient s'évanouir, Abrek aurait tout simplement perdu connaissance. Mais Abrek bâilla, remua, cala confortablement sa grosse tête sur les genoux du maître-chien et s'assoupit, ouvrant parfois les yeux lorsque le conducteur faisait hurler la sirène. Le car filait à grande vitesse, au moins 50 km/h, et je prenais plaisir à voir les autres véhicules ralentir et s'écarter pour laisser passer Ferdinand. Des gouttes de pluie sale coulaient lentement sur la vitre terne et l'habitacle n'était éclairé que par une minuscule ampoule de 15 watts, mais je remarquai que, chaque fois que les passagers des véhicules que nous doublions regardaient de notre côté, Six-sur-Neuf se donnait l'air grave de celui qui expédie des affaires d'État.

Profitant de l'occasion, Jeglov dormait, le médecin légiste discutait à voix basse avec Taraskine et même Six-sur-Neuf s'était calmé : il avait relevé le col de velours de sa veste, s'était enfoncé sa casquette à carreaux sur les yeux et était absorbé par ses pensées.

Quelque part dans le quartier de Nijnié Kotly, le car grinça et, après une ou deux secousses, s'immobilisa. Kopyrine ouvrit la portière avant avec son levier, je sautai le premier, les autres s'égrenèrent à ma suite. Nous fûmes accueillis par l'îlotier, un lieutenant grand et maigre portant une vieille capote usée. Il chercha du regard le supérieur parmi les arrivants ; son long visage triste exprimait le désarroi et le mécontentement. Ayant apparemment décidé que j'étais le chef, il porta la main à sa visière :

— Tentative d'homicide, mon supérieur, au moyen d'une arme à feu, en l'occurrence un fusil de chasse... Lieutenant Vorobikhine, ayant qualité de commissaire de quartier !

Jeglov esquissa un sourire et ordonna :

— Plus de précisions : où, quand, qui, contre qui ? Eh bien ! As-tu au moins assuré la surveillance de la scène de crime ?

Vorobikhine, qui n'avait pas reconnu le chef, se troubla, sa confusion s'accrut encore, il fit maladroitement claquer ses grosses bottes en cuir synthétique et se lança dans des explications embrouillées en désignant de la main la petite maison de plain-pied devant laquelle s'attroupaient des badauds :

— C'est là, dans cette maison, que ça a eu lieu... Firsov Elizar Ivanytch, un ancien soldat qui s'est battu au front, homme de bonne réputation, vit ici. Il recevait aujourd'hui son ami. Ils ont déjeuné, puis Elizar Ivanytch s'est mis à danser pendant que son ami jouait de l'accordéon. Et, sans qu'on s'y attende, un coup de feu a traversé la fenêtre et la vitre, clac ! bien sûr.

— Le coup a porté ? demanda Jeglov.

— Oui. Elizar Ivanytch a été touché à la tête et à l'épaule par une charge de grenaille.

— Et alors ?

— Une ambulance l'a emmené, il était vivant, mais sans connaissance.

— Allons-y !

Jeglov fit un geste de la main et s'élança vers la maisonnette tout en continuant à poser des questions :

— Quelqu'un a vu le criminel ?

— Personne, soupira l'îlotier. Son ami s'est tout de suite précipité vers Elizar Ivanytch, puis, quand sa femme a accouru, il s'est jeté dehors. Mais tu penses, il n'y avait plus trace du type qui avait tiré...

— Tu suspectes quelqu'un ? demanda Jeglov en pénétrant dans le jardinet par le portillon et en se dirigeant non pas vers la porte, comme je m'y attendais, mais vers les fenêtres, et en s'attardant devant celle qui était brisée.

— Difficile à dire... répliqua évasivement Vorobikhine. Nous avons bien sûr pas mal de racaille, mais personne n'a vu ce type. Comment arrêter quelqu'un dans ces conditions ?

— Oui, ça peut attendre, convint Jeglov. Il faut d'abord identifier l'individu en question. Bon, voilà ce qu'on va faire… Taraskine, Gricha, éclairez donc sous la fenêtre !

La terre meuble et humide était toute piétinée. Ayant intercepté le regard mécontent de Jeglov, Vorobikhine dit avec un geste d'impuissance :

— C'était comme ça quand je suis arrivé. Il y avait une foule de gens devant la fenêtre.

Jeglov grogna, questionna du regard le maître-chien Alimov, qui regarda à son tour Abrek et haussa les épaules :

— Mon capitaine, je vais essayer de le lâcher depuis la clôture. C'est moins piétiné là-bas…

Et il courut dehors avec le chien après avoir enroulé la laisse autour de sa main. Jeglov examina attentivement le châssis de la fenêtre fracturée, se retourna et me fit signe d'approcher :

— Viens ici. Tu vois, le trou dans la vitre extérieure n'est pas très grand, mais la vitre intérieure en a pris un sérieux coup. Y'a presque pas de traces de grenaille dans le montant de bois. Ça veut dire quoi ?

— Que c'était un tir groupé, dis-je.

— Ce qui veut dire ?

— Qu'on a tiré de près, depuis le jardinet.

— Exact, approuva Jeglov. C'est pourquoi vous allez me passer au peigne fin, Taraskine et toi, tout le jardinet devant les fenêtres, surtout ce groseillier, et trouvez-moi des traces des pieds du criminel. Si vous trouviez un bouton ou un mouchoir qui lui appartienne, je vous en serais particulièrement reconnaissant.

Taraskine approuva d'un air sérieux :

— Ce sera fait, chef, mais il ne me semble pas évident que le criminel ait préparé des pièces à conviction.

— Et s'il n'y a rien de tout ça là-bas ? demandai-je.

— Alors, il y aura forcément la bourre. Tu sais au moins ce que c'est ? ricana Jeglov. Celui qui cherche trouve toujours. Allez, au boulot, moi je vais à l'intérieur, il est temps d'y jeter un coup d'œil.

À mon grand étonnement, on trouva au bout de quelques minutes des traces nettes de chaussures dans le fourré du groseillier. Le sol argileux détrempé gardait une empreinte particulièrement profonde et impeccable d'une botte droite.

— C'est d'ici qu'il a tiré, le saligaud, dit Taraskine. Tu vois, la fenêtre est dans l'axe et on voit parfaitement tout ce qui se passe à l'intérieur. Mais lui, on ne le voit pas depuis la rue à cause des buissons. Pan ! et bonsoir !

Accroupis, nous étions en train d'examiner soigneusement la bande de terre sous les fenêtres en éclairant le sol avec une lampe de poche sans rien trouver d'intéressant quand je remarquai une boule de papier enfoncée dans l'argile par un talon. Je la dégageai précautionneusement avec mon canif, l'éclairai de très près avec la lampe et l'étalai sur ma paume ; il s'agissait d'un morceau de journal puant la fumée acide de la poudre brûlée. C'était la bourre.

Le maître-chien était de retour. Abrek n'avait pas flairé de piste et Alimov maugréait contre le manque de coopération de la population. Quant à moi, je cédais déjà à l'impatience d'être complimenté pour mon premier succès. Or Jeglov prit mon rapport sur nos découvertes comme quelque chose qui allait de soi.

— Parfait, ça va, se borna-t-il à dire en se tournant vers Gricha le photographe :

— Kopyrine va aller à l'hôpital, va avec lui, tu passeras à la rédaction de notre journal, ils ont des collections de journaux là-bas. Il te faudra examiner en tout premier lieu la *Pravda*, *Izvestia* et *Moscou-Soir*. Tu défripes la bourre pour tâcher de savoir de quel journal provient ce papier. Si tu y parviens, essaie d'en trouver un exemplaire et rapporte-le aussi sec. C'est compris ?

— Compris, confirma Six-sur-Neuf. Un jour, d'après une page arrachée, j'ai trouvé le propriétaire…

— Oui, c'est ça, le coupa Jeglov. Bon, en route et fais vite !

Gricha se dirigea vers le car et Jeglov demanda au commissaire de quartier :

— Vorobikhine, qui possède des fusils de chasse dans ton secteur ?

— Ça ne me revient pas, dit Vorobikhine après un temps de réflexion. Je crois que c'est plutôt la pêche qui se pratique.

— Senka Pronine s'amusait avec un fusil, intervint brusquement le petit bonhomme maigrelet en veste grise ouatinée, le voisin de Firsov que Jeglov avait pris comme témoin.

— Pronine ? redemanda le commissaire de quartier. Non, il y a belle lurette qu'il a troqué sa pétoire contre un vélo.

— Il faut le voir à tout prix, dis-je. Il est en quels rapports avec Firsov ?

— Normaux, il n'y avait rien entre eux, répondit Vorobikhine.

— Je crois que de toute façon il en connaît plus long que toi sur les chasseurs, dit Jeglov au commissaire de quartier. Qui se ressemble s'assemble, les pêcheurs comme les chasseurs !

Pronine confirma les dires du commissaire de quartier et montra même le vélo, un vieil Oukraïna usé aux pneus dépareillés : l'un noir et l'autre vert, sans doute un trophée de guerre. Il se montra également catégorique sur les chasseurs :

— Pas un seul dans tout le quartier. Si j'ai vendu ma pétoire, c'est parce qu'y avait personne avec qui aller à la chasse.

Mais alors que nous revenions chez Firsov, il nous rattrapa et déclara tout haletant :

— J'avais complètement oublié ! Il y a deux semaines, Tolik Chkandybine m'a emprunté de la poudre et de la grenaille, pour cinq cartouches en tout. Je lui ai même demandé : « Quoi, tu vas à la chasse ? — Je vais à la campagne et j'irai peut-être chasser dans les bois. Il paraît qu'on y faisait bonne chasse dans le temps », qu'il me dit.

— Il possède donc un fusil ? demanda Jeglov en jetant à Vorobikhine un regard plein d'ironie.

— Non, dit Pronine avec empressement. C'est pour ça que je l'ai oublié. Il dit que c'est son grand-père qui a un fusil à deux canons, il garde l'écurie du kolkhoz.

Jeglov congédia Pronine d'une tape amicale sur l'épaule. Vorobikhine dit pensivement à voix basse comme s'il se consultait lui-même :

— Ce Chkandybine est précisément une sacrée canaille. Il a fait plus d'un séjour en prison. En plus, c'est le voisin de Firsov.

— Est-ce qu'ils ont eu des démêlés, des disputes ? demanda Jeglov, très intéressé.

— J'en sais rien. J'ai pas entendu dire. Je n'ai recueilli aucune déclaration de qui que ce soit à ce sujet.

Jeglov finit par craquer et dit d'un ton sarcastique à ce balourd de commissaire de quartier :

— Écoute, Vorobikhine, mais qu'est-ce que tu fous ici, hein ? T'as pas entendu ça, t'as pas vu ça, t'es pas au courant de ci, et pour le reste encore moins.

Vexé, Vorobikhine fit une moue, grommela quelque chose pour se justifier, mais Jeglov ne l'écoutait déjà plus. Il avançait à grandes enjambées vers la maison, tandis que le commissaire de quartier essayait en vain de le rattraper.

C'est ce soir-là que je pensai pour la première fois que Jeglov irait toujours jusqu'au bout. Je ne savais pas encore si cela me plaisait ou me mécontentait ; si j'admirais l'expérience de Jeglov et son aptitude à tirer le meilleur de ses hommes, j'étais néanmoins terrorisé par sa manière de faire une croix de façon instantanée et irrévocable sur les gens qui l'avaient déçu, comme s'il effaçait d'un coup de chiffon un mot au tableau noir.

Une fois à l'intérieur, Jeglov demanda à la femme et aux voisins de la victime :

— Allez, les amis, essayez de vous rappeler, réfléchissez et dites-moi si Tolik Chkandybine avait une dent contre Elizar Ivanytch, hein ?

La femme ne pouvait rien dire de précis, mais le fouineur de voisin y alla de son information :

— Et comment ! Ils ont eu une vraie bataille... Ce Tolik Chkandybine, la dernière fois qu'il est revenu du camp de prisonniers, il s'ennuyait ferme : presque tous ses copains avaient été ramassés par les vôtres, c'est-à-dire par vos collègues. Il ne savait que faire, errant tous les soirs comme une âme en peine. Alors il s'est mis à rassembler des gosses, histoire de leur raconter des contes sur la belle vie du milieu. Les gamins, eux, bien sûr, sont toute ouïe et ce salaud y va de son boniment. Elizar Ivanytch a tout de suite pigé pourquoi il s'attachait les gamins, il leur offrait du vin et des cigarettes. La semaine dernière, alors qu'Elizar Ivanytch passait à côté du groupe, il a entendu un gosse jurer comme un charretier. Alors, n'y tenant plus, il s'approche d'eux et dit à Tolik : « Écoute, arrête ce cirque, ta vie tu peux en faire tout ce que tu veux, mais fiche la paix à ces gosses. » Tolik, lui, s'esclaffe : « Je ne les appelle pas, c'est eux qui viennent se coller à moi, je dois les chasser ou quoi ? » qu'il dit. Elizar Ivanytch n'a pas voulu engager la discussion, il lui a mis son gros poing devant le nez et a expliqué : « Je t'ai dit quelque chose. Si tu recommences, je ne vais pas appeler la milice, je vais te corriger moi-même tant et si bien que même ta mère ne te reconnaîtra plus ! » Chkandybine a bondi, il a piqué une crise, il avait même de l'écume aux lèvres, il ne voulait visiblement pas perdre la face, et le voilà qui lance à Firsov : « La ferme, espèce d'enchossé... avant d'avoir goûté mon surin ! Je vais te faire sortir toutes tes tripes ! » Elizar Ivanytch, sans s'énerver, lui a porté un léger coup sur la gueule, si bien que l'autre s'est couvert de sang et ne tenait plus sur ses jambes. Elizar Ivanytch a ensuite chassé les gosses et l'histoire a fini là...

— Il a bien dû y avoir une suite, dit pensivement Jeglov en se levant. Allons tirer les vers du nez à ce Tolik.

Le chauffeur Kopyrine apparut sur le seuil de la porte : il annonça que la blessure n'était heureusement pas grave et que les médecins promettaient de ne garder Firsov qu'une semaine ou deux.

— Il y a juste quelques petites réparations à faire, affirma Kopyrine. Vidange, graissage, masticage, une couche de peinture et il est bon pour rouler...

— Quelle vidange ? demanda la femme, terrorisée.

Jeglov rit de bon cœur.

— Faites pas attention, notre Kopyrine est convaincu que Dieu a créé l'homme à l'image de l'automobile.

Je tirai avec impatience Jeglov par le bras :

— Ce Chkandybine, il ne va pas mettre les voiles pendant que nous perdons notre temps ici ?

— Bon, on y va, approuva Jeglov. Et toi, mon ami, tu vas nous conduire chez ce personnage, fit-il à l'intention du voisin.

Jeglov s'arrêta près de la maison de Chkandybine.

— Pars en avant avec Abrek, dit-il au maître-chien. Qu'il aboie un bon coup.

— Mais vous plaisantez, Gleb Gueorguievitch ! fit Alimov sur un ton de reproche. Abrek n'aboie pas sans raison. Si au moins il avait trouvé une piste...

— S'il y avait une piste, le coupa Jeglov, j'aurais aboyé contre Chkandybine mieux que ton chien. Fais ce qu'on te dit de faire !

— À vos ordres, répondit le maître-chien en pinçant ses lèvres minces et sèches, manifestement décidé à n'en faire qu'à sa tête.

Une fois à l'intérieur, Abrek se mit effectivement à gronder et à aboyer, mais j'eus l'impression que ce n'était que pour la forme, pour obéir à son maître. Or le gars noiraud enveloppé dans une couverture faite de chutes de tissu qui était vautré sur le lit réagit de manière inattendue à l'apparition du molosse. Dressé sur son séant et fixant des yeux l'animal avec crainte, il demanda sur un ton arrogant et apeuré à la fois : « C'est à quel sujet ? Qui vous êtes ? » Visiblement conscient que sa question sonnait faux, le gars fit une grimace vers Vorobikhine, comme s'il avait mangé quelque chose d'aigre, et dit d'une voix traînante :

— Mais qu'est-ce que vous avez à me courir après ? J'ai rien à me reprocher, moi, je travaille dans une coopérative...

— Allez, Chkandybine, habille-toi, dit Jeglov à voix basse sur un ton menaçant. Nous sommes du MOUR.

— Vous n'êtes pas de l'église en tout cas. Pourquoi vous me collez après ?

— Habille-toi, je te dis, fit Jeglov en baissant encore la voix au point de nous faire peur à tous.

Chkandybine n'osa plus protester. Il enfila en silence son pantalon, chaussa ses bottes chic aux tiges en accordéon, attrapa son veston pendu au dossier de la chaise.

— Et maintenant, dis-nous, ma bonne pâte, où est le fusil, proposa tranquillement Jeglov.

— J'ai pas de fusil, répondit rapidement Chkandybine. Vous pouvez fouiller toute la maison !

— On n'y manquera pas, promit Jeglov. Mais tu ferais mieux d'économiser notre temps, on en tiendra compte. Tâche de coopérer, comme on dit...

— J'ai dit que j'avais rien de semblable chez moi.

— Taraskine, surveille-le, ordonna Jeglov. Et nous, on va chercher pendant ce temps…

La perquisition était toujours en cours lorsque Six-sur-Neuf pénétra dans la pièce et posa en silence un journal devant Jeglov. Ce dernier ordonna de débarrasser la table et y déplia le journal. Je vis que c'était un vieux numéro de *Moscou-Soir*, daté du 2 septembre, provenant d'une collection, à en juger par les trous dans la marge. Jeglov le lissa nonchalamment de la main et demanda à Chkandybine :

— Tu lis *Moscou-Soir* ?

— Qu'est-ce que j'en ai à fiche ? répliqua Chkandybine. Je fume des cigarettes du commerce.

— J'y suis, dit Jeglov.

Il s'approcha de l'armoire, que j'avais déjà fouillée, et retira le tiroir à linge, où chemises, chaussettes et maillots étaient entassés. Jeglov les en sortit en levant le petit doigt avec un air de dégoût et extirpa du tiroir un morceau de journal grossièrement déchiré, qui tapissait le fond en contre-plaqué.

— C'est toi qui l'as étalé ou tu as demandé à quelqu'un de le faire ?

— C'est moi, dit Chkandybine tout étonné.

— Parfait, approuva Jeglov.

Il examina attentivement le morceau de papier, le posa sur la table et l'étala par-dessus le *Moscou-Soir*. Je m'approchai et découvris avec étonnement que le bout de journal provenait d'un numéro de *Moscou-Soir* du 2 septembre.

— Viens un peu ici, Chkandybine, regarde et écoute-moi bien, dit Jeglov. Je me suis fait apporter ce journal de la rédaction bien avant la perquisition, c'est le numéro du 2 septembre. Et voilà qu'on extrait exactement le même de ton tiroir. Mais regarde, regarde un peu. C'est bien ça ?

— C'est ça, approuva Chkandybine, maussade.

— Je te demande par quel sortilège je suis tombé dans le mille, hein ?

— J'en sais rien.

Chkandybine haussa les épaules.

— Écoute, mon ami, ne hausse surtout pas les épaules quand Jeglov te parle ! Réfléchis et tâche de bien répondre !

— Mais c'est vrai que je n'en sais rien ! supplia Chkandybine, l'air sincère.

Je ne comprenais pas plus que lui où Jeglov voulait en venir.

— Bon, tu vas le savoir tout de suite, promit Jeglov. Passe-moi l'enveloppe ! dit-il en faisant signe à Gricha.

Six-sur-Neuf lui tendit une enveloppe contenant un morceau de papier arraché.

— Tu vois, ce papier tout froissé, dit Jeglov, c'est nous qui l'avons repassé. C'est ce camarade, fit Jeglov en me désignant, qui l'a trouvé chiffonné et légèrement brûlé sous la fenêtre du camarade Firsov sur qui tu as tiré...

Tout en parlant Jeglov essayait de faire coïncider le morceau de papier avec le reste du journal. Il sourit d'aise quand il s'y ajusta parfaitement :

— Le papier froissé, c'est la bourre, mon cher citoyen Chkandybine, la bourre de ton fusil que nous allons maintenant retrouver à coup sûr. Viens voir un peu comme ce bout de papier correspond à ton journal. C'est précisément d'ici que tu l'as arraché quand tu fabriquais ta sale cartouche. Mais il y a eu maldonne, ça passe pas avec le MOUR.

— J'aurai combien en moins si je donne moi-même ce fusil ? demanda sourdement Chkandybine.

— Ça, c'est une conversation d'homme. Je t'avais bien dit dès le début d'économiser notre temps, fit Jeglov en partant d'un grand rire. Un tiers, je crois, à coup sûr. J'y veillerai moi-même ! conclut-il avec assurance.

Dehors, il faisait tout à fait noir. Une pluie fine et monotone tombait sans discontinuer.

Il faisait si froid dans le bureau que j'en avais les pieds glacés, et quand j'en fis part à Jeglov, il se mit à rire : « En revanche, tu ne souffriras pas de la chaleur en été, un vrai paradis ! » me dit-il. C'était une bien piètre consolation, mais je n'avais pas le temps de me distraire, car le téléphone sonnait sans arrêt.

— Je vais m'absenter un moment, dit Jeglov.

Il rajusta sa vareuse, se donna un coup de peigne devant le miroir curieusement encastré dans la porte intérieure du coffre et s'évapora. Le bruit de ses pas résonnait encore dans le long couloir quand le téléphone sonna à nouveau. Je décrochai :

— Ici l'inspecteur Chaparov.

C'était le milicien de service du 37e commissariat.

— Un citoyen s'est présenté à nous, il est ouvrier dans le bâtiment. Ils intervenaient aujourd'hui sur une maisonnette, rue Vorontsov, et ils ont découvert une cachette dans le mur, sous la couche de plâtre, en arrachant une latte. Il y avait un bocal de verre dedans... Allô ?

— Oui, j'écoute, dis-je avec précipitation.

— Il y avait vingt pièces d'or de 10 roubles du temps de Nicolas...

— Et alors ?

— Le coéquipier de ce citoyen, c'est lui qui a découvert le bocal, il lui a refilé cinq pièces pour acheter son silence et s'est accaparé le reste. Qu'est-ce qu'on doit faire ?

— Comment ? Mais il faut prendre ce spoliateur de trésor en flagrant délit, un point c'est tout.

— À vos ordres ! répliqua le milicien avant de raccrocher.

C'est alors que je fus pris d'un doute : aujourd'hui, j'avais eu plus d'une occasion de me convaincre que certaines évidences ne l'étaient pas toujours du point de vue des investigations criminelles et que pouvaient en découler des réalités pas toujours analogues à ce dont on peut faire l'expérience dans la vie courante. Je pensai encore que le milicien du 37e commissariat, qui n'en était vraisemblablement pas à son premier jour de service, n'avait pas de cette affaire une image aussi simple que moi, puisqu'il avait demandé des instructions... J'hésitai un peu puis composai le numéro de notre standard et appelai le 37e. Le milicien de service répondit immédiatement.

— Allô, dis-je avec effort, et je toussai. Ici Charapov du MOUR, c'est au sujet de cet or...

— On y va tout de suite, déclara le milicien.

— Attends un peu. Ça demande peut-être réflexion. Tu vois, je suis nouveau ici...

— Vraiment ? répliqua l'autre, tout joyeux. C'est aussi mon cas, je suis là depuis une semaine et c'est la première fois que j'ai un problème pareil ! Et, pour comble de malheur, il n'y a aucun supérieur en vue...

— Raison de plus pour patienter. Sinon, on risque de se casser les dents. Je vais consulter quelqu'un, ne quitte pas.

Je posai le combiné et allai dans le bureau voisin, chez Taraskine, qui revenait à peine du restaurant Moscou, dans le spacieux hall duquel une altercation avait éclaté entre deux groupes de fêtards. L'air grave, il faisait la morale à la fille grossièrement maquillée qui en était à l'origine et qui maintenant sanglotait.

— Puisque tu es venue accompagnée, tu dois te conduire en conséquence. Et qu'est-ce que tu fais ? Tu fais des yeux doux aux autres au lieu de regarder dans ton assiette.

— Taraskine, j'ai à te parler, dis-je.

— Kotova, sors un instant dans le couloir, dit Taraskine à la fille, qui s'arrêta instantanément de sangloter et se leva.

Je vis alors que sa belle robe était déchirée jusqu'à la taille et qu'elle tenait à la main sa longue natte, visiblement fausse. J'exposai avec précipitation le fond du problème. Taraskine déclama à brûle-pourpoint, en imitant les inflexions de la voix de Jeglov :

— Un trésor ou un mégot caché dans la terre ou dans le mur est la propriété unique et indivise de l'État. Il doit à ce titre être obligatoirement restitué aux autorités, déduction faite de la prime allant à celui qui l'a découvert. L'appropriation d'un trésor est punie par la loi. T'as donné une bonne consigne, Charapov, reprit-il de sa voix normale après avoir soufflé. Cet incident ne concerne pas le MOUR. Continue dans le même esprit. Hé, Kotova, tu peux entrer !

Je terminai l'entretien avec le milicien de service et revins à la circulaire où il était question des mesures urgentes que devait prendre le juge d'instruction en cas d'usage illicite des marques de la Croix et du Croissant Rouges. Je venais d'assimiler les méthodes d'instruction de ce délit lorsque Jeglov arriva. Rasé de près, il embaumait l'eau de Cologne Carmen. Il ouvrit le coffre, s'admira quelques instants devant le miroir secret, opération qui le remplit d'aise car, en refermant la porte, il se mit à chanter, on ne peut plus faux : « *En premier lieu, en premier lieu, les avions… Et les filles ? Et les filles viennent après…* » Il se promenait dans le bureau en faisant crisser ses bottes brillantes et s'arrêta devant moi :

— Eh bien, mon ami ? Comment va le service ?

— On travaille, dis-je, imperturbable.

— Et pendant ce temps, on a volé la voiture de Liakhovski.

— Quoi ? Quelle bagnole ?

— Une bagnole comme une autre. Une limousine M-1, d'une valeur de 9 000 roubles avant-guerre. Mais la question n'est pas là.

— C'est-à-dire ?

— Pense un peu à qui on l'a volée. Le pilote Liakhovski, Héros de l'Union soviétique, décoré ! Ça te dit quelque chose ?

— Et comment ! Je n'ai pas fait le rapprochement tout de suite. Comment ça s'est passé ?

— De la façon la plus simple…

Le téléphone sonna. L'agent de service informa Jeglov qu'une maison de plain-pied brûlait dans le quartier de Maslovka, près du stade Dynamo.

— Elle est en bois ? se fit préciser Jeglov. Ça brûle fort ?

L'agent confirma que la maison était en bois et qu'elle flambait.

— Le temps d'y aller, elle aura brûlé tout à fait, hein ?

L'agent confirma également.

— Bon, dit Jeglov, tant qu'il n'y a pas de morts, nous n'avons rien à faire là-bas : c'est aux vaillants pompiers de s'en occuper.

— Ben, moi, dit l'agent, c'était juste pour vous informer.

— Allez, salut, fit Jeglov en raccrochant. Les chefs ont, dans le temps, eu une bonne idée, poursuivit-il d'un ton rêveur. Celle de départager les services, si bien qu'une brigade s'occupe des voleurs à la tire, une autre des cambrioleurs, une troisième des trafiquants, et même des changeurs de devises au noir, une quatrième, comme la nôtre, des braqueurs… Mais en fait on te met sur le dos un tas de broutilles qui te font oublier l'essentiel.

— Mais nous sommes bien le SRB, le service de répression du banditisme ? m'étonnai-je. Non ?

— C'est ça et c'est pas ça. Tu vois bien toi-même de quoi tu t'occupes.

— Je vois, mais on est de permanence aujourd'hui. Et puis, les voyous, eux, ne sont pas cultivés en serre. Je crois qu'ils ont partie liée avec toute sorte de truands de moindre envergure.

Jeglov arqua son sourcil épais :

— Vas-y, vas-y toujours.

— Pourquoi je dis ça ? fis-je un peu gêné. Aux premières lignes, tout le monde coopère étroitement, qu'il s'agisse des artilleurs, des fantassins ou des éclaireurs : l'artillerie appuie par ses tirs, l'infanterie fait don des soldats, le service de reconnaissance fournit des renseignements… Là-bas aussi il existe une grande diversité d'ennemis, disons du voleur à la tire au gros poisson. Je me souviens qu'il y avait en face de nous une unité de chasseurs d'infanterie triés sur le volet, de vrais durs, allez donc les cueillir un par un sans effort !

Jeglov posa le pied sur la chaise, tira sur sa botte pour en lisser les plis, l'examina avec un air satisfait et dit :

— Imagine qu'au lieu de te mettre sur un de ces durs chasseurs d'infanterie, on t'envoie chercher des bottes à l'arrière, hein ?

— Et alors ?! Ce sont des choses qui arrivent. Un soldat sans bottes n'est pas un soldat, tout le monde doit être vêtu, chaussé, nourri et j'en passe. Après tout, on n'est pas supposé faire tout le temps le héros aux premières lignes. Le voleur à la tire, si je comprends bien, empoisonne bien la vie des gens, lui aussi.

— Qu'est-ce que tu as comme salade dans la tête ! ricana Jeglov. T'as en plus une théorie inspirée du front pour n'importe quelle situation.

J'allai objecter quand le téléphone sonna à nouveau. Après avoir écouté son interlocuteur quelques instants, Jeglov lui expliqua avec des expressions bien choisies qu'il s'adressait à la Crim et qu'il avait bien autre chose à faire que de s'occuper des vols de pigeons dévolus aux commissariats de quartier.

— Sinon, vous finirez bientôt par arrêter d'attraper les souris.

Jeglov me regarda du coin de l'œil et je compris que ça m'était principalement destiné. Ayant décidé que j'aurais le temps de revenir à la question litigieuse, je demandai :

— Et alors, cette bagnole à Liakhovski ?

— Ah, la M-1... Il est donc passé chez lui pour se changer.

La porte s'ouvrit et l'agent de permanence passa la tête :

— Jeglov, en route ! Un cambriolage rue Petchatnikov.

Nous ne nous libérâmes que vers 3 heures du matin, pourtant les couloirs de la Direction étaient aussi animés qu'en pleine journée. Chaque bureau était éclairé, des agents en uniforme et en civil allaient et venaient, des miliciens escortaient voleurs et fraudeurs ; derrière chaque porte, on entendait des bruits de voix assourdis. Dans le bureau du fond du couloir retentissait celle de Vaska Kolodiaga, en train de simuler une crise d'épilepsie. J'étais encore à la permanence quand on l'avait amené, et il avait déjà commencé son numéro.

Je me rendis aux toilettes, ouvris le robinet et me débarbouillai longtemps en m'ébrouant et en soufflant bruyamment ; l'eau froide qui me dégoulinait dans le cou me donnait l'impression d'effacer en partie le fardeau écrasant de la fatigue accumulée tout au long de cette journée interminable. Je peignai ensuite mes cheveux et y traçai une raie : ils paraissaient tout à fait clairs, presque blancs dans la glace, et le gros peigne en aluminium avait du mal à passer à travers mes épis. Puis je m'essuyai avec mon mouchoir et allai voir Jeglov.

Même lui, après ces deux journées, semblait épuisé. Assis à son bureau, il examinait attentivement un papier. Il leva sur moi un regard hébété :

— Basta, Volodia ! Va te coucher maintenant. J'aurai besoin de toi demain matin, frais et dispo !

— Et toi, alors ?

— Je vais m'étendre sur ce canapé. Pas la peine d'aller au foyer, à Bachilovka. Tu habites de quel côté, toi ?

— Rue Sretenka.

— Mais dis donc, y'en a qui sont bien installés !

— Tu peux venir passer la nuit chez moi. Pas moyen de dormir ici avec ce boucan !

— Le boucan, je m'en fiche comme de l'an 40. Si on me laissait faire, je roupillerais bien une trentaine de plombes dans ce boucan. Mais dormir chez soi, ça vaut mieux. T'as une douche ?

— J'en ai une, mais il faut d'abord allumer le chauffe-eau.

— Je m'en balance, je prendrais même une douche froide. Ça fait une semaine qu'il n'y a pas d'eau du tout au foyer où j'habite. Il y a d'autres locataires dans ta pièce ?

— Je suis seul, il y a de la place. Je mets à ta disposition un superbe canapé.

Jeglov ouvrit le coffre-fort et en tira trois livres, qu'il me tendit :

— Prends-les et lis dès que tu as une minute de libre, c'est ton université pour le moment. Mets-y une feuille blanche et note tout ce que tu ne comprends pas, tu me demanderas après. Si, toutefois, tu parviens à les lire chez toi, ce dont je doute fort, tu devras en faire le résumé dans un cahier…

Il dénicha encore deux boîtes de conserve plates tout au fond du coffre, les fourra dans les poches de son veston et enfila son pardessus pendant que je feuilletais les livres, en l'occurrence *Le Code pénal de la République de Russie*, *Le Code des procédures pénales de la République de Russie* et *Criminologie*. Les codes étaient de petit format mais très épais avec d'innombrables articles, dont chacun renfermait une quantité de points et de paragraphes, si bien que je fus littéralement terrorisé à l'idée de devoir les apprendre tous par cœur. Seul *Criminologie* était abondamment illustré, mais les photos représentaient des pendus et des égorgés, des empreintes et des traces diverses, des bouts de corde et de fils, de nombreuses armes à feu, différents modèles de couteaux et de poings américains, le tout pris dans une profusion de schémas et de tableaux.

— On y va ? demanda Jeglov.

Je fourrai les livres dans mes poches et me dirigeai vers la porte :

— Écoute, Jeglov, tu as vraiment retenu tout ça ?

— Enfin, plus ou moins. C'est le boulot. La loi aime la précision : on s'en éloigne juste d'un brin et c'en est fait d'un innocent.

— Où as-tu fait tes études ? Quel diplôme as-tu ?

Jeglov pouffa de rire :

— Neuf années d'école plus trois sur une voie de garage. Attends plutôt qu'on règle leur compte à ces ordures, à cette vermine, pour faire nos études de droit et obtenir notre diplôme. Tu sais comment s'appelle notre spécialité ?

— Non.

— La jurisprudence ! C'est pas une mince affaire !

— Je ne pèse pas encore lourd comme juriste.

— Retiens bien, Chaparov, c'est la conception révolutionnaire du droit qui compte surtout dans notre métier ! Tu ignores encore le droit et ça va de soi, mais ta conscience doit être celle d'un révolutionnaire, d'un komsomol[1] ! C'est précisément cette conscience qui doit te guider dans la défense de la justice et des lois de notre société !

Les paroles de Jeglov retentissaient sous les hautes voûtes de la cage d'escalier étroite et sombre, si bien qu'on aurait pu croire qu'il parlait devant une salle pleine, et je me retournai malgré moi, histoire de regarder si nous étions suivis par une foule de jeunes collaborateurs à qui un Jeglov fatigué, de retour du service, avait décidé de prodiguer quelques bons conseils.

Nous pénétrâmes dans la salle de permanence qui était moins animée à cette heure. Soloviev buvait du thé dans un gobelet en aluminium tout en mordant dans une tranche de pain de seigle saupoudrée de sucre d'Asie, cristallisé et jaune. Jeglov nota quelque chose dans le registre de service de son écriture nette et droite dont chaque lettre se détachait comme s'il la dessinait soigneusement avec sa fine plume. Il écrivait très vite et sans la moindre rature, et les pages qu'il avait remplies n'avaient nul besoin d'être retapées à la machine. Il apposa sa signature liée, inclinée, avec un tas de petits ronds, de crochets et de courbures et terminée par un grand trait arrondi et régulier qui m'évoqua le réseau Brun enroulé devant les tranchées.

— Alors, Petia, on se la coule douce ? demanda-t-il d'une voix traînante à Soloviev.

Je me dis que Gleb Jeglov devait être fâché de voir le lieutenant-chef passer son temps à se servir du thé et du bon pain quand il n'arrivait pas à l'occuper à quelque chose d'utile.

L'inspecteur de service avait la bouche pleine et mâchonna quelque chose d'incompréhensible. Un éclat passa dans les yeux de Jeglov et je compris qu'il avait

1. Importante organisation communiste de jeunesse créée en 1918 et considérée comme la réserve du parti.

trouvé comment tirer parti de l'inutile existence nocturne de Soloviev.

— Dis un peu, Petia, il vient d'où, ce sucre de première ? Il n'était pas distribué dans nos rations ! Allez, vide ton sac, il vient d'où, ton sucre ?

Jeglov ne cessait de rire et je me demandais s'il parlait sérieusement. Soloviev avala sa bouchée et des larmes jaillirent sous l'effort :

— Mais qu'est-ce que tu as à me coller ? Quelle histoire pour du sucre ! C'est la sœur de ma femme qui a envoyé un colis de Kokand ! T'es aussi corrosif que la soude caustique, toi !

Jeglov ouvrit un des tiroirs de sa table :

— Mon cher Petia, je ne suis pas corrosif, je suis juste ! Toucher le gros lot et avoir sa belle-sœur à Kokand n'est pas à la portée de tout le monde ! Tiens, Chaparov et moi, nous n'avons ni gîte, ni couvert, je ne gagne qu'aux dames, et c'est bonsoir pour prendre du thé ! Allons, sois humain, ne sois pas avare et donne-nous un peu de sucre.

Tout en pestant, Soloviev nous versa du sucre jaune en gros cristaux dans un morceau de papier journal roulé en cornet, et, pendant qu'il lui débitait de sa voix de baryton : « Mais verse, verse, n'agite pas tes mains comme ça, tu vas en répandre davantage par terre », Jeglov tira de sa poche un couteau à cran d'arrêt dont la lame surgit du manche comme un éclair, trancha rapidement la moitié du morceau de pain de Soloviev et la fourra dans sa poche.

Soloviev s'indigna :

— Tu sais, Jeglov, tu as du culot ! Pour le pain, on n'avait rien…

— Pour le sucre non plus, ricana Jeglov. Petia, t'es un radin doublé d'un individualiste, tu n'as pas le sens de la collectivité. Tu pourrais acheter une centaine de pains pour tout le monde au prix du marché noir pour fêter ton gros lot ! L'organisation des Jeunesses communistes a négligé ton éducation, il va falloir le leur signaler !

— Tu devrais plutôt t'en prendre à toi-même ! bougonna Soloviev. Au lieu de me remercier, tu m'insultes…

— Tu vois, Petia, ton sens de l'humour vacille. Tu pourrais partager de toi-même avec tes camarades affamés après un rude travail…

— Faut croire que je me repose ici, hein ? demanda Petia avec un sourire — je me rendis compte que l'audace de Jeglov ne lui déplaisait pas.

— Petia, toi, tu réfléchis sans avoir à bouger de ta place, nous, on passe la journée à courir, si bien que notre ration devrait être augmentée en conséquence. Bon, ceci dit, on te salue et grosses bises ! Tiens, j'ai failli oublier : Ivan Passiouk viendra demain matin, dis-lui de ne pas bouger, j'aurai besoin de lui…

Je me retournai sur le seuil de la porte et vis qu'un bon sourire éclairait le visage rond, couvert de taches de rousseur, de Soloviev, qui hochait la tête de droite à gauche.

Une fois dehors, une bourrasque de vent humide nous obligea à marcher tête baissée vers le boulevard. À mi-chemin de la place Troubnaïa surgit un tram de nuit, désert et grinçant, éclairé de l'intérieur par des ampoules distillant une lumière bleue désagréable. Nous sautâmes en marche sur le marchepied et, pendant tout le chemin jusqu'à la rue Strétenka, Jeglov fit paresseusement la cour à la jeune conductrice.

En arrivant chez moi, je tournai le commutateur et Jeglov promena rapidement son regard sur la pièce : de la porte à la fenêtre, de la commode au lit, comme s'il l'avait mesurée avec un décamètre. Puis, sans retirer son imper, il se laissa tomber sur une chaise et dit, satisfait :

— Un vrai palais. À dix minutes de marche du boulot. T'as rien contre, si je vis quelque temps chez toi ? J'en ai vraiment marre de me traîner tous les jours jusqu'à ce foyer de malheur de la maudite Bachilovka ! Un vrai martyre ! Une heure et demie de perdue tous les jours, c'est complètement idiot, vu que j'ai pas de temps du tout. Alors, c'est entendu ?

— Entendu, convins-je volontiers.

Ce serait plus gai de partager la chambre avec quelqu'un et Jeglov me semblait susceptible de m'apprendre pas mal de choses.

— T'as rien contre le fait qu'on casse la croûte avant d'aller au dodo ? demanda-t-il. J'ai une tripe qui dit bernique à l'autre.

Je fis bouillir de l'eau à la cuisine pendant que Gleb mettait sur la table le cornet de sucre, le morceau de pain et les boîtes de « *luncheon meat*[1] » américain. De petites clés étaient soudées sur le fond des boîtes aux couleurs vives. Jeglov enroulait la bande de fer-blanc sur la clé avec des gestes rapides et précis comme s'il remontait une horloge sophistiquée en prenant soin de ne pas en abîmer le mouvement. Le couvercle tinta et Jeglov vida dans l'assiette un morceau de viande d'un rouge suspect dont l'aspect et l'odeur n'avaient rien à voir avec les conserves de chez nous.

— On dit que les Américains les fabriquent exprès pour nous avec de la viande de baleine.

Fasciné, je regardai la viande alors que l'eau m'en venait à la bouche.

— Sûr que c'est pas du bœuf fraîchement tué, approuva Jeglov. Ils se le gardent. L'impérialisme mondial tirera de sacrés profits de notre malheur ! À nous le sang et les souffrances de la guerre, à eux les choux gras !

1. Conserves de viande, « *luncheon* », désignant de manière familière le déjeuner.

— C'est connu, ça, approuvai-je tout en avalant avec délectation cette délicieuse viande. En juillet, au bourg d'Oberammergau, on leur a restitué les Studebaker qu'ils avaient mis à notre disposition dans le cadre du prêt-bail. Eh bien, ils les voulaient en parfait état, complets, avec tous les écrous en place. Puis ils les mettaient sous presse juste devant nous. De vrais goujats !

— Exactement ! Et pendant ce temps, dans nos campagnes, les femmes s'attellent elles-mêmes ou attellent les vaches pour les travaux de labour. J'ai récemment reçu une lettre de ma mère, qui écrit ce qu'ils abattent comme boulot pour relever l'économie. Attends un peu, nous aurons des véhicules bien meilleurs que leurs Stude. Ce temps viendra, Chaparov, c'est moi qui te le dis : chaque travailleur pourra s'acheter une limousine. Tu t'y entends en voiture ? Tu aimes ça ?

— Beaucoup ! La voiture, c'est comme un être vivant pour moi.

— Alors, tu l'auras un jour, promit Jeglov. Apporte donc la bouilloire. On a beau dire, elle est délicieuse, cette baleine…

Nous prîmes du thé, qui avait un arrière-goût de pétrole à cause du sucre cristallisé et jaune, et nous mangeâmes de grosses tranches de pain. Jeglov se leva, s'étira en faisant craquer ses articulations et dit :

— Je m'installe sur le canapé, t'as rien contre ?

Nous nous déshabillâmes et nous couchâmes rapidement. Je notai que Jeglov avait tiré d'un geste automatique le long pistolet noir de son étui et l'avait fourré sous son oreiller. Tout en m'enveloppant dans mes couvertures, je lui dis :

— T'as bien secoué les puces à Chkandybine aujourd'hui…

— Quel Chkandybine ? Ah, cet idiot qui a tiré un coup de pétoire ?

— Mais oui ! Tout a marché au poil, comme sur des roulettes. C'était du beau travail ! J'aimerais bien apprendre à faire pareil.

— Tu apprendras. Ce sont des détails. Tu dois surtout apprendre à faire parler les témoins, c'est bien la chose la plus importante et la plus difficile dans notre métier.

— Pourquoi ? demandai-je en m'appuyant sur le coude.

— Parce que si le criminel est pris la main dans le sac, t'as rien à fiche là-dedans. Mais ça arrive rarement. Le plus souvent, c'est le témoin qui est le personnage principal de l'instruction, pour la bonne raison que, dans l'affaire la plus ténébreuse qui soit, il se trouvera toujours un bonhomme qui a vu, entendu, sait, se souvient ou se doute de quelque chose. Ta tâche à toi consiste à lui arracher ces renseignements...

— Mais alors pourquoi toi, tu sais obtenir ces renseignements et pas Kolia Tataskine ?

Dans l'obscurité, on pouvait percevoir son sourire.

— Parce que, premièrement, il est encore jeune et, deuxièmement, parce qu'il ignore les six règles de Gleb Jeglov. Soit, je vais te les confier.

— Tu m'obligeras bien, dis-je sans y croire.

— Retiens-les une fois pour toutes parce que je ne te les répéterai pas. La première règle, c'est comme le *pater noster* : quand tu parles aux gens, tâche de garder le sourire. Il faut plaire aux gens, c'est essentiel. Un inspecteur qui ne sait pas faire parler le témoin bénéficie à tort d'une carte de rationnement. C'est compris ?

— Compris. Sauf que j'ai des dents gâtées, c'est pas grave ?

— C'est même mieux comme ça, ça te donne un air bonasse. Retiens maintenant la deuxième règle de Jeglov : il faut savoir écouter attentivement pour que ton homme se mette à parler de lui-même. Tu sais comment t'y prendre ?

— Difficile à dire, bredouillai-je, sans grande conviction.

— C'est précisément la troisième règle : trouver au plus vite le sujet qui l'intéresse, le touche de près.

— C'est pas une mince affaire : trouver le sujet qui intéresse quelqu'un que tu ne connais pas !

— C'est pour ça qu'il y a une quatrième règle : manifeste dès le début un intérêt sincère pour ton homme, tu comprends ? Ne lui montre pas où tu veux en venir, mais efforce-toi d'entrer dans sa peau, de le comprendre, de savoir comment il vit, qui il est ; et là, il faut vraiment faire de très gros efforts. Si tu y parviens, il te dira tout.

La voix de Jeglov, ensommeillée et comme voilée, se fit de plus en plus basse avant de s'évanouir tout à fait. Il s'endormit sans m'avoir parlé des deux dernières règles. Il dormait sans faire aucun bruit : sans souffler du nez, sans remuer ni parler dans son sommeil, si bien que pas un seul ressort du canapé usé ne grinçait sous lui et, pendant que je sentais le sommeil me gagner, j'eus le temps de penser que c'est de cette façon-là que doivent dormir les fauves…

CHAPITRE 5

LES ENTREPÔTS DE COMMERCE DE DÉTAIL DE LA DIRECTION MOSCOVITE D'APPROVISIONNEMENT EN COMBUSTIBLE SONT PLEINS DE BOIS DE CHAUFFAGE

Les Moscovites peuvent s'approvisionner en combustible sans se presser, sans craindre qu'il vienne à manquer. Mais il est parfaitement naturel que personne ne veuille différer cette affaire en prévision des froids. C'est pour cela qu'il y a actuellement du monde dans les entrepôts.

Moscou-Soir.

Les premiers jours au MOUR, je fus étourdi par l'avalanche d'événements, de douleurs et de misères humaines que je devais désormais démêler, constater, résoudre et rétablir. Les idées préconçues que j'avais sur les activités du MOUR furent mises à mal en l'espace d'une journée : la mission de protection de la justice et de la sécurité des hommes dégageait très peu de romantisme alors qu'elle entraînait un labeur harassant et une certaine forme d'impuissance. Au sentiment de gêne et d'inutilité que j'avais pu ressentir se mêlait la crainte de ne jamais réussir à acquérir la ruse percutante et la ténacité de Jeglov, la perspicacité de Tassiouk et l'énergie débordante de Taraskine.

Mais un jour passa, puis un autre, la semaine s'acheva sans repos et ces pensées s'effacèrent d'elles-mêmes, faute de temps : le travail ne m'accordait pas une minute de liberté et quand, après minuit, nous revenions avec Jeglov dans notre appartement de la rue Strétenka, je n'avais même pas la force de me servir un thé ; je plongeais comme une masse dans un sommeil sans rêves, épais et visqueux comme une marée noire, pour en resurgir à moitié abasourdi, arraché par la sonnerie déchirante du vieux réveil qui m'avait été offert par Mikhal Mikhalytch.

Jeglov avait eu le temps de faire connaissance avec tous les locataires. Chourka Baranova le regardait avec admiration parce que, non seulement il était très bel homme, mais parce qu'il avait su calmer Semion, son ivrogne et tapageur de mari. La toute première fois que Semion, après s'être saoulé, s'était mis à faire des siennes, Jeglov était sorti dans le couloir, lui avait tordu le bras, l'avait couché souplement sur le plancher dans une posture des plus inconfortables et avait dit sans forcer la voix mais en détachant chaque syllabe : « Si tu recommences ton numéro, c'est-à-dire si je t'entends ou si Chourka se plaint que tu lui tapes dessus, je te fais coffrer vite fait. Ça fait un an et demi de trop que tu te balades en liberté, espèce de diable nasilleur ! » Ou bien ce fut l'effet du ton sinistre de Jeglov, ou bien celui de la posture humiliante dans laquelle il s'était retrouvé, mais, depuis, Semion se gardait bien de faire du tapage, même quand il était pris de boisson.

Les autres locataires appréciaient le soin que Jeglov portait à sa mise et à sa propreté : le matin, il s'enfermait dans la salle de bains et se douchait à l'eau froide en gémissant. Puis il allait à la cuisine, et pendant que le thé ou le café chauffait, posait sa longue jambe galbée sur le tabouret et achevait de faire reluire ses bottes d'officier en box-calf. Il n'avait pas encore mis de chemise sur son maillot de corps bleu, mais le pistolet était déjà dans son étui, à la ceinture de sa culotte bouffante. Les locataires louchaient sur l'étui avec un mélange de crainte et de respect. En grand chef qu'il était, un peu condescendant à l'égard de ces gens du commun, il se montrait toujours accessible et faisait de l'esprit ou acceptait de raconter un épisode édifiant de sa vie extraordinaire.

Seul Mikhal Mikhalytch prenait ses distances avec Jeglov. Il marmonnait, chaque fois qu'il le croisait à la cuisine ou dans le couloir : « Les hommes que j'ai croisés sur mon chemin… » Ou quelque chose de tout à fait inintelligible comme : « On va vers les étoiles par des voies étroites, mais pas en les évitant… » Sans doute était-il en train d'inventer ses refrains. Les autres locataires avaient de la sympathie pour Jeglov. Il n'était pas présomptueux et ne se donnait pas de grands airs, me disaient-ils à son sujet.

Le 21, Jeglov dit, avant d'aller au travail :

— Eh bien, Volodia, aujourd'hui il va falloir nous libérer plus tôt que d'habitude.

— Pourquoi, m'étonnai-je, bien que je ne fusse pas opposé à l'idée de quitter le bureau plus tôt.

— Aujourd'hui, c'est la « journée du tchékiste », la paye. C'est ta première paye au MOUR et ça s'arrose comme il se doit…

Mais nous ne pûmes pas nous libérer plus tôt pour arroser ma première paye parce que, à proprement parler, nous ne la touchâmes pas ; je ne pouvais pas même imaginer l'importance qu'aurait dans ma vie cette journée grise de septembre, encore moins l'influence qu'elle allait exercer sur mes rapports avec Jeglov.

Ce jour-là, Larissa Grouzdeva fut assassinée. Ou plutôt, elle avait été assassinée la veille, mais nous n'en fûmes informés que le lendemain par l'expert, qui nous apprit que la mort était survenue dix-huit à vingt heures plus tôt, c'est-à-dire la veille au soir.

Quand nous pénétrâmes dans la pièce, j'aperçus pardessus l'épaule de Jeglov un corps de femme gisant sur le plancher. Allongé dans une raideur anormale, les pieds tendus vers la porte, on n'en voyait pas la tête, cachée sous la chaise au pied de laquelle s'agrippaient des mains.

La jeune sœur de la victime poussa un cri sourd et éclata en sanglots. « Nadia », avait-elle dit en tendant la main à Jeglov dans l'escalier quand nous étions montés pour forcer la porte derrière laquelle personne ne répondait depuis hier. Nadia me bouscula, se précipita à l'intérieur, mais Jeglov l'empoigna :

— Vous n'avez strictement rien à faire ici maintenant ! Gricha, reste avec la femme à la cuisine ! lançat-il sans se retourner.

Toutes ses forces la quittèrent, elle s'amollit et se laissa emmener à la cuisine. Ne tenant plus sur ses jambes, elle tomba sur une chaise et ses cris cessèrent. Seuls les sanglots refoulés retentissaient, étouffés, dans l'appartement désert et silencieux.

J'avais compris que Nadia vivait avec sa mère, qu'ici logeait sa sœur Larissa, qu'elle lui avait téléphoné en vain toute la soirée de la veille, qu'elle avait commencé à se faire du souci, qu'elle était venue ici et avait vu depuis la rue de la lumière dans la cuisine. Or il n'y avait pas de raison que ce soit allumé en plein jour…

Après avoir forcé la porte, nous étions entrés dans l'antichambre où l'on avait du mal à circuler librement et, depuis le seuil, j'avais aperçu des jambes nues d'une blancheur laiteuse, tournées en travers de la pièce vers la porte. La robe de chambre de soie bleue était retroussée, et le spectacle de ces jambes raides bien galbées avait provoqué en moi un sentiment intense de honte, comme si l'assassin m'avait contraint à contempler le spectacle impudique de l'outrage absolu et rendu caduques les interdits qui nous distinguent des animaux sauvages.

Jeglov pénétra dans la pièce, s'attarda un instant, pensif, devant le corps gisant sur le sol, puis s'agenouilla dans un mouvement souple et preste, regarda sous la chaise, se tourna vers nous et dit à l'expert :

— Blessure par balle à la tête. Procédez à vos examens, nous allons inspecter les lieux pendant ce temps. Taraskine, les témoins, vite. Tu feras ensuite l'enquête de voisinage pour glaner le plus de renseignements possible.

Il me semblait inconcevable de faire quoi que ce soit dans cette pièce : aller et venir, examiner les lieux, prendre des notes et des photos alors que la morte gisait à demi-nue. Au lieu de procéder aux constatations d'usage, je me baissai pour rabattre sa robe de chambre. Or, Jeglov, qui me tournait le dos, lança brusquement sans s'adresser à personne en particulier mais je compris que c'était à mon intention :

— Ne rien toucher ! Ne toucher à rien avec les mains…

Je me redressai, haussai les épaules et, pour dissimuler ma confusion, fixai les yeux sur la table dressée pour le thé. La tasse, à peine entamée, gardait une trace très pâle de rouge à lèvres et je fus soudain pris d'une nausée irrépressible. Je sortis rapidement dans la cuisine pour boire à même le robinet ; l'eau m'aspergeait le visage, la nausée s'estompa puis passa tout à fait, laissant place à un léger vertige et à un sentiment insupportable de gêne et de culpabilité. Je me rendais compte qu'elle m'avait été causée par le spectacle de la mort, et m'en étonnai en mon for intérieur : ma longue expérience de la guerre m'avait fait voir bien des choses qui auraient dû depuis longtemps me rendre insensible à ce genre de situation, d'autant que je ne m'étais jamais montré particulièrement sensible. Mais la mort revêtait un tout autre aspect au front. C'était la mort de soldats engagés dans une guerre devenue familière au fil des mois et des ans malgré son caractère toujours imprévisible. Sans trop y penser, je sentais que l'anéantissement de quantités d'hommes était une loi triste et tragique de la guerre. Or dans le cas présent, la mort était une injustice criante, un événement qui contrastait brutalement avec la vie en temps de paix. Le fait qu'une femme ait été arrachée à la vie par la décision arbitraire d'un misérable, alors qu'elle avait traversé les affres d'une guerre si longue, si meurtrière et sanglante, était pour moi une absurdité.

La radio marchait à tue-tête dans la cuisine, le disque noir du haut-parleur vibrait en résonnant sous l'effet de la voix aiguë de Nina Panteleïeva, qui exécutait laborieusement des mesures de *Talianotchka*. Tout en pressant son mouchoir contre son visage bouffi par les larmes, Nadia tendit la main pour couper le son. Je la retins malgré moi par la main :

— Il ne faut pas, laissez, Nadia, que tout reste… comme… c'était avant…

Jeglov fit une apparition dans la cuisine :

— Nadia, j'ai à vous poser quelques questions.

La jeune fille hocha la tête d'un air résigné.

— De quoi s'occupait votre sœur ?

Nadia soupira convulsivement, mobilisant toutes ses forces pour ne pas pleurer, mais des larmes coulèrent à nouveau sur ses joues.

— Larotchka avait beaucoup de talent… Elle rêvait de devenir actrice… Elle n'a pas pu entrer à l'école de théâtre après ses études secondaires, c'est très difficile, vous savez… Mais elle s'exerçait tout le temps, prenait des leçons…

— Elle ne travaillait pas ?

— Mais si. Elle a trouvé une place de costumière au théâtre dramatique, elle a un goût excellent. Elle profitait de chaque minute libre pour étudier. Elle connaissait tous les rôles par cœur…

Je me souvins d'un film de guerre que j'avais vu récemment : une actrice malveillante et présomptueuse profite de son influence pour tenir sa rivale à l'écart de la scène. Mais un jour elle exagère et ne vient pas au théâtre. Le metteur en scène se voit obligé de donner son rôle à la jeune fille qui occupe au théâtre un emploi disons de coiffeuse, et son jeu brillant séduit aussi bien la troupe et le metteur en scène que le public. Fleurs, ovations, larmes de haine de l'actrice déchue… Cette pauvre fille devait également rêver qu'on la fasse venir un jour de son atelier de costumes pour lui proposer de jouer le rôle principal à la place de la star tombée malade.

— Et son mari, que fait-il dans la vie ?

Nadia perdit contenance :

— Voyez-vous… Ils vivent séparément.

— Oui ? redemanda poliment Jeglov. Pourquoi ?

— Comment vous dire… Nadia haussa les épaules. C'était un mariage d'amour, ils ont été heureux pendant trois ans. Puis tout a été de travers.

— Ouais, acquiesça Jeglov. Mais pourquoi donc ?

— Vous comprenez, il est microbiologiste, médecin. Il n'appréciait pas beaucoup la passion que Larotchka vouait au théâtre… ou, à vrai dire, c'est pas tout à fait ça…

— Et quoi alors ?

— Vous comprenez, la vie théâtrale a ses lois, sa spécificité… enfin… les représentations finissent tard, il y a souvent des dîners, des fleurs…

— Des admirateurs, enchaîna Jeglov. C'est ça, hein ?

— Je crois… convint Nadia d'un ton hésitant. Il n'y avait rien de vraiment sérieux, mais Ilia Sergueïevitch s'opposait même au plus innocent des flirts.

— Mouais, je vois… lâcha Jeglov — et moi je me dis que je serais également opposé même au plus léger des flirts.

— Eh bien, continua cependant la jeune fille, ils ont commencé à se quereller et c'est allé jusqu'au divorce.

— Ils ont divorcé ? demanda Jeglov.

— Non, ils n'ont pas eu le temps. Vous comprenez, Larotchka n'y tenait pas tellement, et Ilia n'insistait pas, d'autant plus que…

Nadia s'interrompit.

— D'autant plus que quoi ? demanda Jeglov d'un ton cassant. Nadia, vous devez comprendre que ce n'est pas par curiosité que je vous interroge. Je n'ai personnellement que faire de leurs affaires ! Ce que je veux, c'est avoir une vue d'ensemble pour mettre la main sur l'assassin, vous comprenez ?

— Je comprends, dit Nadia égarée. Je ne vous cache rien. Voyez-vous, Ilia Sergueïevitch a trouvé une autre femme et se proposait de l'épouser. Larotchka avait beau ne plus l'aimer et être séparée de lui, ça lui était désagréable…

Ivan Passiouk passa la tête par la porte, aperçut Jeglov et s'approcha :

— Gleb Gueorguievitch, reluquez un peu le papelard que j'ai dégotté dans le buffet.

Et il tendit à Jeglov une feuille arrachée d'un carnet. Une phrase y avait été tracée à la hâte : « *Lara ! Pourquoi ne réponds-tu pas ? Il est grand temps de régler nos problèmes. Est-ce que c'est le temps ou le papier qui te manque ? Décide, sinon je vais tout arranger moi-même…* » Suivait une signature illisible.

Jeglov relut la note, la plia soigneusement, la rangea dans son porte-cartes et fit un signe de la tête à Passiouk :

— Vous pouvez continuer.

Puis, se tournant vers Nadia :

— Bon, et ensuite ?

— Quoi « ensuite » ? C'est tout, soupira Nadia.

— Vous soupçonnez quelqu'un ? demanda Jeglov.

— Mais non, que Dieu m'en garde ! s'exclama la fille en levant les mains devant son visage comme pour se protéger. Qui pourrais-je suspecter ?

— Mais, voyons, ça pourrait être Ilia Grouzdev, dit Jeglov d'un ton pensif. Si je vous ai bien comprise, Larissa lui refusait le divorce, or, il voulait en épouser une autre… hein ?

— Que dites-vous là ? ! s'écria avec horreur Nadia. Ilia Sergueïevitch est un homme bien, il n'est pas capable de… d'une chose pareille !

— Est-ce qu'on peut dire tout de suite qui est capable de quoi ? C'est votre manque d'expérience, insista Jeglov.

Je vis dans ses yeux bruns saillants, braqués sur le visage de Nadia, passer la même flamme que lorsqu'il avait interrogé Chkandybine, dans le quartier de Pérovo, l'homme qui avait tiré à travers la fenêtre un coup de fusil sur son voisin…

— Eux, c'est-à-dire Larissa et Grouzdev, qu'est-ce qu'ils avaient comme rapports ces derniers temps ? reprit-il.

— Mais on sait bien quels rapports ils avaient, prononça lentement Nadia. Ils étaient comme les gens qui sont en instance de divorce.

— Eh bien, vous voyez ! dit Jeglov. C'est bien ce que nous allons noter : mauvais rapports.

Mais Nadia s'entêta, s'opposant à la conclusion de Jeglov.

— Certes, leurs rapports n'étaient pas bons, dit-elle. Mais Larissa, tout récemment encore, disait en ma présence à Ira — c'est sa copine au théâtre — que les intellectuels divorcent en gens civilisés : doucement, paisiblement et poliment. Ilia Sergueïevitch donnait à Larissa de l'argent et des vivres, payait le loyer…

— À qui est l'appartement ? demanda instantanément Jeglov.

— C'était son appartement à lui, à Ilia Sergueïevitch. Quand ils se sont séparés, il a décidé que Larissa ne devait pas retourner chez sa mère, d'autant que c'est très exigu chez nous, c'est une pièce de douze mètres carrés.

— Et alors ?

— Lui non plus n'a pas où se loger. Il loue pour le moment à Lossinka une pièce avec terrasse à une bonne femme. Ils avaient décidé d'échanger cet appartement contre deux pièces dans des logements d'habitation communautaire.

— Je vois… dit, d'une voix traînante, Jeglov, que je soupçonnais d'avoir une idée derrière la tête.

Il demanda à Nadia où travaillait Grouzdev et envoya un agent le chercher en lui enjoignant de ne rien lui dire de plus que le fait qu'il y avait un problème chez lui. Puis il tira du porte-cartes la note trouvée par Passiouk et la montra à Nadia.

— Vous connaissez cette écriture ?

Nadia lut la note, hésita un peu et dit :

— C'est écrit de la main d'Ilia Sergueïevitch.

Jeglov récita sans regarder la note :

— « *… Décide, sinon je vais tout arranger moi-même…* » Ça veut dire quoi, selon vous ?

— Je crois qu'il s'agit de l'échange. Ilia Sergueïevitch avait trouvé une formule qui ne disait pas grand-chose à Larotchka et elle ne pouvait pas s'y résoudre.

— Elle ne s'occupait pas de l'échange elle-même ?

— Non. Vous n'avez pas connu Larotchka. Elle ne savait pas garder les pieds sur terre...

Nadia refoula un sanglot.

— Euh... Dites-moi... attaqua lentement Jeglov et je compris à son visage, à ses yeux qui s'étaient brusquement rétrécis, qu'il venait d'avoir une nouvelle idée. Dites, c'était la première formule d'échange ou...

— À vrai dire, non, ce n'était pas la première, avoua tout simplement Nadia. Ilia Sergueïevitch avait déjà trouvé bon nombre de bons appartements, il ne manque pas de gens qui désirent avoir un logement à part.

— Je vois... prononça lentement Jeglov, et il se remit à examiner la note qu'il éloigna de ses yeux à la manière des presbytes.

— Croyez-vous que ce message contienne des menaces ?

— Mais non... commença Nadia.

À ce moment-là, on entendit un bruit de pas sur le palier et Jeglov lui coupa la parole.

— Ne vous pressez pas, réfléchissez... Nous en reparlerons plus tard. Et maintenant je vous prie de faire le tour de l'appartement pour voir s'il y manque quelque chose, c'est très important.

La porte d'entrée claqua et une foule de gens envahit l'appartement : le procureur Pankov, derrière qui s'agitait Taraskine, lequel avait amené des témoins en la personne d'une balayeuse et d'un vieux comptable du syndic des immeubles.

— Tous mes respects, Sergueï Ipatitch, dit Jeglov à l'adresse de Pankov.

Je sentis un mélange de respect et d'effronterie dans sa voix. Pankov baissa ses lunettes sur le bout de son nez et nous regarda par-dessus les verres.

— Bonjour Jeglov, dit Pankov.

Dans sa réponse étaient subtilement mélangées l'approbation et l'ironie, ce qui laissait penser qu'ils se connaissaient tous les deux depuis longtemps. Puis il jeta un regard vers nous et dit d'un ton alerte :

— Salut, fins limiers, braves gaillards !

Pankov était vieux et malingre : son visage semblait endormi, mais peut-être était-ce dû au fait que ses yeux étaient toujours plissés derrière ses lunettes sans monture, complètement démodées. Pankov ôta et posa soigneusement dans l'entrée ses caoutchoucs à la doublure flamboyante de molleton rouge vif. Il ouvrit son grand parapluie noir et le mit à sécher dans la cuisine. Ensuite, il pénétra dans la pièce, jeta un coup d'œil sur la victime, frotta ses mains engourdies par le froid, murmura quelque chose à l'intention de Jeglov et lança enfin :

— Attaquons, avec votre permission. Écoutez-moi bien : pas d'agitation, ne rien toucher avec les mains, me signaler tout ce que vous remarquerez d'intéressant. Allez…

Jeglov se tourna vers moi :

— Toi, Chaparov, tu rédigeras le procès-verbal.

— Moi ? ! ! !

— Bien sûr, toi. Prends un bloc-notes, écris vite mais, surtout, que ça soit lisible. Prends l'habitude…

« *L'examen des lieux est effectué pendant la journée,* écrivis-je alors sous la dictée de Jeglov, *par temps couvert, éclairage naturel. La pièce, de cinq mètres sur trois et demi, est rectangulaire, une fenêtre à trois battants orientée au nord-ouest. La porte d'entrée et les fenêtres de la pièce et de la cuisine, avant l'examen des lieux, étaient fermées et ne portaient pas de traces d'effraction.* »

Un peu plus tard, nous allâmes à la cuisine fumer une cigarette. Je demandai alors à Jeglov quelle aide pourrait bien nous apporter le vieux Pankov qui, après avoir donné encore quelques ordres, à mon avis inutiles, s'était installé confortablement dans un fauteuil et, apparemment, s'était coupé de tout ce qui se passait dans l'appartement.

— Eh non, mon bon ami, dit Jeglov, ce petit vieux ne piétinera pas tes plates-bandes, c'est un vieux loup de mer en la matière. Il a démêlé de ces crimes, tu ne peux pas avoir idée. Un, notamment, dans le sixième passage de Marina Rochtcha ; nous l'avons démêlé ensemble. Nous avons été récompensés tous les deux : chacun de nous a eu droit à un séjour gratuit dans une maison de repos... De plus, la loi veut que toutes les affaires d'assassinat soient dirigées par le Parquet. Mais ça, c'est pour la forme, l'enquête, tout le travail opérationnel, c'est à nous qu'il incombe.

Comme s'il avait senti qu'on parlait de lui, Pankov entra dans la cuisine et plaça devant Jeglov un morceau de métal de forme allongée.

— Eh bien, Gleb Gueorguievitch, vous voyez, nous avons la balle. Qu'est-ce que vous allez nous en dire ?

Et il se mit soudain à rire, d'un rire de vieillard qui dégénéra en quinte de toux.

Jeglov sortit une loupe de sa poche, prit la pince de Pankov et examina la pièce à conviction. Il la tourna et la retourna, la scrutant avec beaucoup de soin. C'est tout juste s'il ne la porta pas à son nez, et je m'attendais même à ce qu'il l'essaye sous la dent. À quoi bon, c'était une balle comme les autres, une balle de pistolet toute banale...

— Il faut chercher la douille, ce sera plus sûr.

Pankov laissa échapper avec un sourire plein de malice :

— Ce serait encore mieux si l'on pouvait jeter un coup d'œil sur l'arme elle-même...

Jeglov fit quelques pas dans la cuisine en faisant couiner ses bottes élégantes, frotta son front de ses deux paumes et lâcha :

— Nous disons donc, Sergueï Ipatitch, que c'est une balle de calibre 6,35, tirée par un Omega ou un Bayard.

J'en restai ébahi : ce n'était pas la première fois que j'en voyais une, bien sûr, je savais faire la différence entre une balle pour revolver ou pour fusil. Mais arriver à déterminer la marque de l'arme, ça, c'était une vraie acrobatie ! Comme s'il compatissait à mon ignorance, Pankov demanda timidement à Jeglov :

— D'où tenez-vous ça, mon cher ?

— De la balle, Sergueï Ipatitch, répondit Jeglov avec sang-froid. Six entailles orientées vers la gauche, cette empreinte qui saute aux yeux parle d'elle-même !

— Dans ce cas, comment expliquez-vous ceci ?

Pankov sortit de sa poche un petit paquet soigné en papier journal, le défit, sortit d'un morceau d'ouate la douille, petite, jaune cuivre et percutée.

— Cette douille est de fabrication soviétique…

— Où était-elle ? demanda Jeglov avec empressement.

— Là où elle devait être, à gauche du corps. On peut supposer qu'elle a été éjectée normalement.

— Hum… cette douille est soviétique, aucun doute. Eh bien, inscrivons cela parmi les énigmes…

Jeglov réfléchissait.

— N'importe comment, il faut chercher l'arme. Allons…

Restaient à faire les constatations au centre de la pièce principale, sur le corps et sur la table.

Jeglov demanda à Nadia s'il y avait une arme dans la maison. Elle fit non de la tête et haussa les épaules sans mot dire. Jeglov dit à Passiouk et à Gricha :

— Partagez-vous le local et passez-moi au peigne fin le moindre recoin, cherchez l'arme et tout ce qui peut avoir un rapport quelconque. Vite ! Inscris ! dit-il en se tournant vers moi.

« L'appartement est propre, aucun désordre à signaler. D'après la sœur de la victime, le mobilier se trouve à sa place habituelle.

« Au centre de la pièce, une table ronde recouverte d'une nappe blanche propre.

« Autour de la table, quatre chaises, n° 1, 2, 3 et 4 (voir schéma). Les chaises n° 2 et 4 sont éloignées chacune d'environ cinquante centimètres de la table.

« Au milieu de la table, un pot de confiture (apparemment de cerises), une théière en faïence, un pain coupé en tranches (au toucher, il doit être d'hier), un couteau de cuisine, une demi-plaque de chocolat Étiquette d'argent dans son emballage.

« Sur la table, en face de la chaise n° 2, une tasse contenant un liquide ressemblant à du thé, pleine aux deux tiers. Sur le bord de la tasse, une trace de couleur rouge, apparemment du rouge à lèvres. À côté, une soucoupe avec de la confiture et un verre à moitié rempli d'un liquide rouge foncé, pouvant être du vin.

« Sur la table, en face de la chaise n° 4, une tasse contenant un liquide ressemblant à du thé, pleine. Une soucoupe avec de la confiture. Un verre avec un dépôt de couleur rouge foncé s'apparentant à du vin. Une bouteille d'un demi-litre portant une étiquette "Vin d'Azerbaïdjan. Kurdamir", presque pleine d'un liquide rouge foncé semblable à celui contenu dans les verres. Sur une soucoupe à part, une demi-plaque de chocolat croquée à un endroit… Un cendrier de cristal dans lequel se trouvent trois mégots de cigarettes de la marque Delhi dont l'embout de carton est plié de manière caractéristique. Une cuiller à thé… »

Nadia s'était approchée de Jeglov et elle le toucha timidement au bras :

— Excusez… Vous m'avez demandé de regarder les affaires de Larissa…

— Alors ?

— Il me semble… Il y a une chose que je n'arrive pas à trouver. Elle avait une valise neuve, grande, jaune, elle n'est nulle part.

— Bon, compris, dit Jeglov en hochant la tête. Et ses affaires ?

— Dans l'armoire, il y avait son manteau de fourrure imitation loutre. Une robe rouge en panne de soie. Un tailleur en tissu bleu nuit, plusieurs chemisiers. Je ne vois rien de tout ça…

— Et ailleurs, vous avez regardé ? Ça traîne peut-être ailleurs ?

Nadia fondit en larmes :

— Non, nulle part, j'ai regardé… Et ses bijoux aussi ont disparu de sa cassette. Tenez, regardez…

Elle mena Jeglov au buffet, ouvrit la porte du haut, en tira une volumineuse cassette en bois de santal avec des incrustations de hêtre, ouvrit le couvercle : au fond se trouvaient quelques bijoux de pacotille, des boutons ; des reçus, un singe en bronze.

— Quels bijoux y avait-il ici ? demanda Jeglov, l'air affairé.

— Une montre en or… des boucles d'oreille avec des turquoises… un lézard…

— Quel lézard ?

— C'était un bracelet comme ça, en spirale, en forme de lézard avec des yeux en émeraudes. Il lui manquait un œil, dit la jeune fille en essayant de se souvenir. Ses bagues, elle les avait toujours aux doigts.

Jeglov se tourna vers la victime, dans un mouvement brusque se dirigea vers elle et se pencha sur le corps : il n'y avait plus de bagues à ses doigts.

Nadia regarda avec horreur sa sœur, cacha son visage dans ses mains et, une nouvelle fois, fondit en larmes en articulant avec peine :

— On l'a volée !… Volée ! On l'a tuée pour la voler… Ma pauvre…

Passiouk, debout sur la chaise devant la bibliothèque, dit :

— Gleb Gueorguievitch, des balles…

Et il tendit une boîte bleue à Jeglov, qui examina la boîte, sourit, et la montra à Pankov : en grosses lettres jaunes et rouges était inscrit BAYARD. Pankov ouvrit la boîte : de l'emballage en nid-d'abeilles, comme des épines, pointaient des balles gris foncé à bouts pointus. Cependant, le triomphe de Jeglov ne dura pas longtemps, et ce fut précisément moi qui y mis fin.

— Ces munitions sont bien des munitions de Bayard, fis-je remarquer, mais la boîte est pleine. Aucune alvéole n'est vide.

— Ce n'est rien, dit fermement Jeglov. Ici, comme on dit, on brûle, et si on cherche bien, on trouve. Toi, Chaparov, mets-toi ça dans le crâne : celui qui cherche finit toujours par trouver, ne prends pas l'habitude de te laisser aller au découragement, t'as compris ?

Je fis oui de la tête, mais Jeglov avait déjà trouvé de quoi m'occuper :

— Tu vois, Ivan a sorti tout une liasse de papiers de l'armoire. Regarde-les, peut-être qu'il y a dedans quelque chose qui concerne notre affaire.

Nadia s'empressa alors de dire :

— Ce sont des lettres personnelles de Larissa, laissez-les.

Mais Jeglov lui coupa sèchement la parole :

— Quelle différence à présent, qu'elles soient personnelles ou pas, il faut qu'on y jette un coup d'œil, peut-être qu'elles nous mèneront à une piste quelconque. Chaparov, lis tout ça, après tu me feras un résumé.

Nadia fit un geste d'impuissance de la main, porta son mouchoir à ses yeux et fondit en larmes, alors que Jeglov était déjà en train d'envelopper les munitions dans un morceau de papier journal.

Peu enthousiaste à l'idée de fouiller dans des documents personnels, je m'installai au bureau près de la fenêtre pour classer, sans empressement, les papiers, parmi lesquels, outre les lettres, se trouvaient aussi des télégrammes, des petits mots et des quittances de loyer. Je disposai le tout en différents tas en fonction des expéditeurs. Ces tas n'étaient guère nombreux, car les expéditeurs étaient presque toujours les mêmes : la mère de Larissa ; Grouzdev, son mari ; une femme, apparemment une amie, qui s'appelait Ira ; et un certain Arnold Zélentoul, par lequel je décidai de commencer. Les premières lettres étaient des déclarations d'amour passionnées, décrivant un amour inextinguible, de grand seigneur, et truffées de références à des auteurs classiques, « *… te souviens-tu, chez Schiller ?…* », et, pour autant que je n'avais jamais eu à lire, encore moins à écrire, de telles lettres, je les parcourus avec beaucoup d'intérêt, jusqu'au moment où elles commencèrent à m'ennuyer, car l'ardeur de la passion d'Arnold diminuait de lettre en lettre pour faire place à une banale prose axée sur les difficultés de la vie en commun avec un seul petit salaire d'intendant… La dernière lettre avait été écrite plus d'un an auparavant et, s'achevant par des lamentations sur le mauvais sort qui ne leur permettrait pas, à lui et à Larissa, de vivre ensemble, annonçait leur rupture. Pauvres créatures ! Je repoussai les lettres d'Arnold pour prendre celles d'Irina, lorsqu'un milicien entra en coup de vent.

— Camarade capitaine, nous vous avons amené le citoyen Grouzdev. Il peut entrer ?

Grouzdev se tenait dans l'entrebâillement de la porte, comme cramponné au montant et, je ne sais pourquoi, je regardai d'abord cette main crispée, blanche comme si elle était plâtrée. Chaque articulation y formait une tache jaunâtre, et l'on sentait dans cette main, sillonnée par les lignes bleues des veines, une épouvante terrible.

Son immobilité dégageait une telle émotion que je n'arrivais pas à la quitter des yeux et à regarder Grouzdev en face. Je ne repris vraiment tous mes sens que lorsque j'entendis sa voix :

— Qu'est-ce que ça veut dire ?

Personne ne dit mot. Nadia se précipita sur lui en poussant un cri ; il était pour elle le seul homme avec qui partager sa douleur et auprès de qui l'apaiser un peu. Grouzdev détacha sa main de la porte, on aurait dit qu'il décollait ses doigts l'un après l'autre. Tous ses gestes se décomposaient comme au ralenti. Sa main décrivit un grand cercle dans les airs, se posa sur la tête de Nadia et, indifféremment, avec indolence, se mit à la caresser tandis que ses lèvres desséchées par le vent murmuraient :

— Ça... ma petite Nadia... quel malheur... nous frappe...

Il n'avait pas détaché le regard de Larissa. À quoi pensait-il ? À sa première rencontre avec elle ou à la dernière fois qu'ils s'étaient vus ? À la première fois qu'elle était entrée dans cette maison ou à son corps, demi-nu, la tête transpercée par une balle, gisant dans une pièce envahie par des intrus qui prenaient soudain le contrôle d'un espace intime où, alors qu'il débarquait comme un spectateur en retard, se déroulait un drame complexe et tragique ? Son visage osseux et laid reflétait un grand étonnement mêlé de terreur. Peu à peu sa perplexité s'estompa, comme l'humidité s'évapore de l'asphalte chaud, jusqu'à ce que ne soient plus visibles que les stigmates de la peur, les taches rouges et irrégulières de l'émotion.

Depuis le moment où Grouzdev était entré, Jeglov le fixait sans relâche de ses yeux perçants légèrement exorbités. Inquiet, Grouzdev tourna la tête vers lui et demanda :

— Pourquoi me regardez-vous ainsi ?

Jeglov haussa les épaules :

— Drôle de question. Je vous regarde comme je regarde toujours.

— Non, vous me regardez comme si vous me soupçonniez, fit Grouzdev en hochant la tête.

— Citoyen, ne tournons pas autour du pot, dit Jeglov, manifestement fâché, à en juger par sa moue et par le ton qu'il avait employé. Dites-moi plutôt quand vous avez vu la victime pour la dernière fois ?

— Il y a dix jours.

— Où ?

— Ici.

— Pour quoi faire ?

— Nous faisons un échange d'appartements, j'ai fait à Larissa plusieurs propositions…

Grouzdev parlait lentement, ouvrant à peine ses lèvres sèches, et je n'arrivais pas à comprendre pourquoi il mettait autant de temps à répondre. Avait-il tant de mal à se remettre ? Pankov prit part à la conversation :

— Vous soupçonnez quelqu'un ?

Grouzdev lui décocha un regard méchant :

— Pour cela, il faut avoir des raisons. Moi, je n'ai pas de raisons de soupçonner qui que ce soit.

Il avait articulé ces mots avec autorité et dans sa voix perçait un brin d'hostilité.

— Bien sûr, dit Pankov en souriant d'un air bonasse. Mais peut-être existe-t-il quelqu'un dont il faudrait s'occuper avec plus d'attention, qu'en pensez-vous ?

— De telles gens, il y en avait plein qui tournaient autour de Larissa, ces derniers temps, dit méchamment Grouzdev avant de se taire et de se mettre à respirer lourdement. Je l'avais prévenue que toute cette vie avec le monde de Melpomène finirait mal…

— Vous voulez parler de ses relations avec les gens de théâtre, précisa Jeglov. Question logement, ça va ? poursuivit-il, l'air de rien.

— Non, ça ne va pas ! le coupa Grouzdev. Mais cela n'a rien à voir avec l'affaire… ajouta-t-il avec défi.

Il sortit de la poche de son manteau un mouchoir et essuya la sueur qui lui perlait sur le front.

— Qui sait, qui sait, dit soudain Jeglov d'une voix fluette en sortant un bout de papier de son porte-cartes et en le tournant dans tous les sens avant de le recacher là où il l'avait pris. Vous avez une arme ?

J'aurais pu jurer qu'à cette question inattendue Grouzdev sursauta ! Il était très troublé, car il reprit son mouchoir ; pour la première fois de ma vie, je vis un homme, pâle comme un linge, le visage couvert de sueur.

— Non, dit lentement Grouzdev. C'est impossible. Je n'y avais pas pensé…

— À quoi vous n'aviez pas pensé ? demanda Jeglov sur un ton tranquille.

— Je l'avais complètement oublié.

— Allez, allez… dit Pankov en pressant Grouzdev.

— Est-ce que c'est vraiment avec… J'avais un pistolet qu'on m'avait laissé après la guerre. Je l'avais complètement oublié.

Grouzdev parlait de manière peu compréhensible, avec difficulté, comme si ses lèvres et sa langue s'étaient tout à coup ankylosées. Il se leva et se dirigea vers le buffet, mais s'arrêta au milieu de la pièce et se tourna vers Pankov :

— Vous l'avez trouvé ? C'est avec lui ?

— Montrez-nous où vous l'aviez mis, demanda Pankov.

Grouzdev s'approcha du buffet, ouvrit la porte du haut, en tira une cassette, dans laquelle, d'après ce qu'avait dit Nadia, se trouvaient les bijoux qui avaient été volés. De ses mains tremblantes, il ouvrit le couvercle, regarda, l'air hébété, à l'intérieur. Pankov se leva et se dirigea vers lui, les miliciens s'approchèrent également.

— Il n'est pas ici. Je le gardais dans cette cassette.

— Quand l'avez-vous pris ? enchaîna Jeglov.

Grouzdev, comme s'il ne désirait pas parler à Jeglov, répondit à Pankov :

— Je ne l'ai pas pris. Croyez-moi, je ne sais pas où il est !

Pankov écarta les bras, comme pour dire : « Vous ne savez pas, que peut-on y faire, nous vous croyons... », mais Jeglov sortit d'un journal plié la boîte de balles :

— Est-ce que vous connaissez cet objet ?

— Oui, répondit Grouzdev en détournant les yeux. Je le connais... je le connais... Ce sont mes munitions.

De ses doigts tremblants, il déposa dans la soucoupe, sur le buffet, son mégot, sortit une cigarette de son paquet de dix Delhi, souffla dans le filtre de carton, en écrasa l'embout de ses doigts et l'alluma. Je voyais bien qu'il était en proie à une vive émotion et j'avais du mal à le regarder ; je détournai les yeux et fixai mon regard sur le cendrier de cristal posé sur la table. Dedans se trouvaient toujours des mégots et je me souvins avoir noté dans mon bloc-notes, sous la dictée de Jeglov, « *... trois mégots de Delhi* ».

Je les examinai attentivement et en eus le souffle coupé : les embouts étaient écrasés de telle manière qu'ils ressemblaient à des empennages de bombes d'aviation. Et Grouzdev venait d'écraser sa cigarette exactement de la même manière ! Le regard fixé sur un point, il fumait en tirant souvent et profondément sur sa cigarette, si bien que, à chaque bouffée, ses joues se creusaient alors que sa pomme d'Adam montait et descendait.

— Citoyen Grouzdev, dites, est-ce que votre épouse fume ? Ou plutôt, fumait ?

Étonné, Jeglov me regarda, mécontent, mais je ne lui prêtai aucune attention et pressai Grouzdev, qui n'avait pas l'air impatient de me répondre :

— Elle fumait ? ajoutais-je en désignant d'un geste maladroit de la tête le corps de Larissa.

Grouzdev regarda attentivement sa cigarette, puis, sans même dissimuler son étonnement, répondit, découragé :

— Non. Elle ne supportait même pas l'odeur du tabac. J'allais toujours fumer à la cuisine.

— Dans ce cas, comment pouvez-vous expliquer…

Mais Jeglov se dressa soudain entre nous, fit claquer bruyamment ses doigts, à la manière d'un prestidigitateur, et dit, en traînant sur chaque syllabe :

— U-ne mi-nu-te ! Vous, citoyen Grouzdev, vous vivez maintenant avec une autre femme, n'est-ce pas ?

Grouzdev lui décocha un regard en biais et acquiesça sèchement, avec hostilité, d'un signe de la tête, semblant signifier : « Eh bien, oui, et alors, qu'est-ce que ça peut vous faire ? ! »

— Donnez-moi son adresse, s'il vous plaît, demanda Jeglov.

— Naturellement, dit Grouzdev, un rictus sur les lèvres. J'espère que vous n'avez pas l'intention de lui faire subir un interrogatoire ? Elle n'a rien à voir avec ça…

— Nous verrons bien, promit Jeglov sans conviction. Volodia, inscrit !

Grouzdev dicta l'adresse et, pendant que je la notais sur mon bloc-notes, il dit, s'adressant plus à Pankov qu'à Jeglov :

— Je vous prierai de ne pas informer la locataire en titre. C'est notre seul logement pour l'instant… Vous devez en tenir compte.

— Pour l'instant, je ne peux rien vous promettre, dit sèchement Pankov en mordillant sa lèvre inférieure plutôt flasque. L'enquête nous dira ce que nous avons à faire…

Grouzdev objecta d'une voix fluette pleine de méchanceté :

— Vous m'excuserez, je ne suis pas un spécialiste, mais il me semble… Bref, est-ce que l'enquête ne va pas bientôt finir de tourner autour de ma modeste personne ? Le temps, lui, il passe…

Sans le regarder, Jeglov répondit avec indifférence :

— Pourquoi donc votre personne ? On va étudier tout ça… comme il se doit…

— Mais vous me prenez pour un idiot ! cria Grouzdev. Je ne vois peut-être pas que vous me soupçonnez ? Quelle bêtise ! Le pistolet, les balles, les mégots… Attends un peu, ils vont tout me mettre sur le dos !

Grouzdev m'adressa un regard plein de mépris, alluma une nouvelle cigarette, jeta d'un geste sec le mégot en direction de la soucoupe qu'il rata, et le regarda finir de se consumer sur le tapis.

Jeglov le ramassa, il l'éteignit avec minutie dans la soucoupe.

— Ne vous énervez pas, camarade Grouzdev, dit-il d'une voix douce, presque cordiale. Nous vous comprenons, nous compatissons, peut-on dire… à votre chagrin. Mais vous aussi vous devez nous comprendre, ce n'est pas pour nous-mêmes que nous travaillons. On mettra tout ça au clair. Viens, Chaparov, j'ai des consignes à te passer.

Il tourna les talons et se dirigea de sa démarche souple et rapide vers la porte. Alors qu'il était déjà près de la sortie, il s'adressa à Grouzdev :

— Ne soyez pas fâché, Ilia Sergueïevitch, aidez plutôt nos camarades à s'y retrouver dans les affaires, voyez si tout est en place.

Dans le couloir, après m'avoir coincé contre le portemanteau, Jeglov me dit, d'une voix hachée et méchante :

— Écoute-moi bien, l'aigle. Nous disons donc que pour l'instant tu ferais mieux de garder tes questions si intelligentes pour toi. Tu es la cinquième roue du chariot, compris ? Écrase-toi un peu…

— Mais, je… dis-je, révolté.

— Écrase-toi, qu'on te dit ! gueula Jeglov. Tu as remarqué, pour les cigarettes, murmura-t-il. Très bien, chapeau ! Moi, si tu veux le savoir, j'avais saisi dès qu'il est entré, mais, note bien, je ne l'ai pas fait voir. Assimile bien, mets-toi bien dans ta belle petite tête une fois pour toutes : les questions, dans notre boulot, c'est très important ! Il faut les poser au bon moment, pour toucher en plein dans le mille, compris ?

Je fis non de la tête et haussai les épaules.

— Bon, ce n'est pas le moment de parler de ça, je t'expliquerai plus tard que c'est quelque chose de très sérieux, promit Jeglov. Pour l'instant, ouvre grand tes yeux, observe bien, enregistre tout. Comme on dit chez vous dans l'armée : fais comme je fais ! Un point, c'est tout ! Et plus de coup de franc-tireur, t'as compris ?

Je fis signe que oui. Je me sentais comme un chien devant la truffe duquel on aurait jeté un morceau de sucre qu'on aurait ensuite ramassé et remis dans sa poche. Quelle preuve indiscutable j'avais trouvée quand même, il ne restait plus qu'à passer à l'attaque maintenant : un, deux, rapidité, détermination ! Bon sang… il s'avérait donc que tout n'était pas si simple… Jeglov devait savoir ce qu'il faisait quand même…

— Bien, chef, je ferai comme tu fais. Je suis tout ouïe.

Jeglov sourit, me poussa légèrement en appuyant son poing sur mon ventre et dit :

— Voilà Taraskine qui nous a ramené un client, allons donc l'interroger…

Taraskine, à qui Jeglov avait demandé de faire l'enquête de voisinage, ramenait un témoin intéressant. Le témoin, un voisin de palier des Grouzdev, ressemblait à un rongeur. Petit, légèrement voûté, avec des épaules étroites, il parlait en clignant de ses minuscules yeux noirs, mobiles sous ses sourcils épais :

— Eh bien, elle, ma femme, m'avait envoyé vider le seau à ordures… je sors dans l'entrée, et v'là Ilia Serguéitch qui descend l'escalier… Bien sûr, on s'est croisés… Moi, bonjour Ilia Serguéitch, que j'dis, et lui, il m'dit : bonjour, Fedor Petrovitch… Ça s'est passé comme ça, citoyens chefs, exactement…

— Et après, quoi ? demanda, plein de bonhomie, Jeglov.

— Eh bien… Naturellement… Je vais avec mon seau vers la sortie de service. Et Ilia, donc, Serguéitch, lui, il sort dans la rue par la porte principale.

Jeglov plissa les yeux, se tourna vers la pièce où il avait laissé Grouzdev et écarta les bras, comme s'il voulait tous nous embrasser :

— Allez, mes aigles, on est plutôt à l'étroit ici. Faites demi-tour…

Et au voisin, il demanda très poliment :

— Nous ne vous dérangerons pas si nous retournons chez vous ? Si cela ne vous gêne pas, bien entendu…

Il se dégageait tant d'autorité naturelle de sa demande que le voisin acquiesça fébrilement de la tête, comme flatté :

— Naturellement, à quoi bon le demander, entrez, camarades chefs, mon logement est libre !…

Nous passâmes dans la pièce du voisin, nous assîmes à une table bancale recouverte d'une vieille toile cirée.

— Bien, ici on sera plus tranquilles, dit Jeglov.

Et il se mit à lui parler comme s'ils discutaient tous les deux depuis des heures et avaient un instant été dérangés :

— Donc, Ilia Sergueïevitch est sorti dans la rue et vous, vous avez pris la sortie de service…

— Exact ! confirma le voisin.

— Quand dites-vous que cela s'est passé ?

— Hier, vers le soir. J'avais dormi après mon équipe de nuit, j'avais mis des patates à cuire et j'étais sorti avec mon seau, comme on dit.

Je sentis un léger frisson. Assurément Grouzdev mentait et il suffisait d'organiser sans délai une confrontation pour lever le doute et le coincer. Jeglov rectifia la position et devint encore plus sérieux. Taraskine eut un sourire malicieux, incapable de dissimuler son triomphe. Jeglov se leva, fit quelques pas dans la pièce, regarda par la fenêtre ; tous se taisaient, attendant que le chef pose ses questions. S'adressant au maître de maison, il dit sur un ton autoritaire et grave :

— Nous sommes de la section de lutte contre le banditisme. Je m'appelle Jeglov, ça vous dit quelque chose ?

Respectueux, le maître de maison se leva, et Jeglov lui tendit la main par-dessus la table :

— Enchanté.

Le maître de maison saisit la large paume de Jeglov à deux mains, la secoua et dit avec empressement :

— Lipatnikov. Je m'appelle Lipatnikov, Fedor Petrovitch. Enchanté.

Comme à son habitude, Jeglov posa son pied sur le barreau de la chaise pour exhiber sa belle botte, regarda le voisin droit dans les yeux et dit sur un ton confidentiel :

— Le problème auquel nous sommes confrontés, Fedor Petrovitch, est des plus sérieux, vous comprenez vous-même…

Le voisin acquiesça de sa tête ébouriffée.

— Par conséquent, tout doit être exact, dans les moindres détails.

— Je comprends, camarade Jeglov, dit le voisin pour faire voir qu'il avait bien saisi.

— Donc, je vous demande : vous ne vous trompez pas, c'est bien hier que cela s'est passé ? Ou bien, peut-être que c'était ces jours-ci ?

— Que dites-vous là, camarade Jeglov ? demanda le voisin, vexé. On est des gens sobres, on boit pas, on n'est pas des bavards à la noix qui feraient pas la différence entre hier et aujourd'hui ! C'était hier, que Dieu m'en soit témoin, hier !

— Bon, très bien, dit Jeglov. Continuez donc, Fedor Petrovitch, essayez de vous rappeler, le plus précisément possible, à quelle heure c'était.

Le voisin répondit vite, sans même réfléchir :

— Ça, camarade Jeglov, je ne pourrai pas le dire, je sais pas quelle heure il était. Vers le soir, c'est sûr, mais l'heure, moi, je m'en moque bien. Dans notre appartement, nous n'avons même pas de montres, la pendule est cassée et nous ne pensons même pas à la faire réparer.

La vieille pendule accrochée au mur marquait toujours 2 heures et n'avait plus de balancier.

— Et comment allez-vous donc au travail ? s'étonna Jeglov.

— Je ne me réveille jamais en retard, affirma le voisin. Depuis toujours je me lève en même temps que les poules. Et, en plus, y'a la radio qui se met à gueuler là-bas, comment ne pas se réveiller dans ces conditions ?

Jeglov regarda le disque noirâtre, déchiré d'un côté, du haut-parleur préhistorique qui laissait alors s'échapper la voix épaisse de Reisen sur l'air de Kontchak du *Prince Igor*. Il réfléchit et jeta un nouveau regard vers le haut-parleur avant de demander :

— Comment ça, il reste branché vingt-quatre heures sur vingt-quatre ?

— Ouais, il me gêne pas, même après l'équipe de nuit, je dors avec lui, répondit en souriant Fedor Petrovitch, découvrant ses longues incisives.

Les yeux de Jeglov jetèrent un éclat vif :

— Peut-être que vous vous souviendrez de ce qu'il diffusait quand vous êtes sorti avec votre seau, hein, Fedor Petrovitch ?

Surpris, le voisin regarda Jeglov. Bizarre, où tout ça est en train de dévier, semblait-il se dire, mais après quelques instants de réflexion, il annonça :

— C'était un match de football. « Une retransmission en direct du stade Dynamo », ajouta-t-il selon la formule rituelle pour plus de clarté.

Je compris enfin où Jeglov voulait en venir quand il s'enquit :

— Alors, dans ce cas, on est tous les deux des mordus, hein, Fedor Petrovitch ? Quelle mi-temps c'était donc ?

Fedor Petrovitch soupira lourdement et hocha la tête :

— Non. Ça m'intéresse pas, comme on dit... j'écoutais comme ça, parce que j'avais rien d'autre à faire, excusez-moi, hein. Je pourrai pas vous dire quelle « machine » c'était.

— Peut-être que vous vous souvenez de ce que le journaliste disait quand vous êtes sorti avec le seau, hein ? demanda Jeglov, plein d'espoir.

Le voisin haussa les épaules :

— Ah oui, il était déjà fini, ce match. Oui, il était fini, j'avais mis les patates à cuire et c'est après seulement que j'ai pris mon seau.

— Vous êtes sûr qu'il était fini ? demanda Jeglov qui avait retrouvé son sourire.

— Oui.

— Combien de temps vous vous êtes affairé autour de vos patates ?

— Comment ça, combien de temps ? Elles étaient déjà épluchées, je n'ai eu qu'à les mettre sur le feu et j'ai pris mon seau.

— Donc, vous avez rencontré Ilia Sergueïevitch cinq-dix minutes après la fin du match ?

Fedor Petrovitch leva les yeux au plafond, remua les lèvres d'un air perplexe :

— Eh bien, ça doit être ça…

Jeglov plissa les yeux, retira son pied de la chaise, fit quelques pas dans la pièce tout en se parlant à lui-même avant de s'adresser à Taraskine :

— Qui jouait hier, dis-moi ?

— Le Club de l'Armée contre Dynamo, répondit Taraskine, sûr de lui.

— Juste, approuva Jeglov. Dynamo a gagné par 3 à 1. Nous disons donc : début à 17 heures, plus quarante-cinq minutes, plus un quart d'heure pour la mi-temps, ça nous fait 18 heures. Plus quarante-cinq minutes, plus dix… Bon… 18 h 45, 19 heures au maximum… Après, le thé et d'autres blablablas… Tout concorde ! Tu saisis, Chaparov ? !

Je saisissais très bien : vers 19 heures, Nadia téléphonait à Larissa et celle-ci lui demandait de la rappeler une demi-heure plus tard, occupée par une conversation très sérieuse. Maintenant, on savait avec qui…

Nous saluâmes cordialement Fedor Petrovitch et revînmes à l'appartement des Grouzdev, où les procédures d'usages s'achevaient. Le légiste dictait les premiers résultats de l'examen du corps, que Pankov notait scrupuleusement dans son procès-verbal, demandant parfois qu'on lui répète certains termes médicaux. Passiouk, qui aime tant l'ordre et la propreté, remettait à leur place les affaires, repoussait les tiroirs, fermait les portes restées ouvertes. La voiture de la morgue arriva, les infirmiers pénétrèrent dans la pièce et, pour ne pas les voir soulever et emporter le corps de Larissa, j'allai à la cuisine où était assis Grouzdev, les bras accoudés sur la table, la tête inclinée entre ses mains, le regard fixe, sous l'œil scrutateur de Gricha Six-sur-Neuf.

Quelques minutes plus tard, Pankov entra dans la cuisine et demanda de but en blanc :

— Ilia Sergueïevitch, où étiez-vous hier soir à 19 heures ?

Grouzdev releva la tête, nous fixa de ses yeux embués traversés par un regard hostile et avala sa salive dans un spasme :

— Hier soir, à 19 heures, j'étais à la maison. Je veux dire à Lossinka... Vous perdez votre temps, ajouta-t-il après un silence, ce n'est pas moi qui ai tué Larissa.

— L'enquête a recueilli certains renseignements, dit Gleb d'une voix ferme, démontrant qu'hier à 19 heures vous étiez ici !

— L'enquête ! répéta Grouzdev haineusement. Vous, vous ne pensez qu'à mettre les gens derrière les barreaux ! Mais qui sont ces gens, vous vous en moquez bien ! Et ça, au lieu de chercher l'assassin...

— Écoutez, Grouzdev, le coupa Pankov. Des voisins vous ont vu, à quoi bon nier ?

— Ils m'ont vu à 16 heures, pas à 19 ! s'emporta Grouzdev.

— Au début de notre conversation, vous avez dit que cela faisait dix jours que vous n'étiez pas venu ici, rappela avec empressement Jeglov.

Et je vis qu'il était mécontent de Pankov, tout comme il l'avait été de moi quand j'avais parlé des cigarettes.

— Je n'ai pas dit ça, dit Grouzdev, les yeux traversés par un éclair méchant. J'ai dit que je n'avais pas vu Larissa depuis dix jours...

— Et hier ? demanda nonchalamment Jeglov.

— Hier, je ne l'ai pas vue, répondit Grouzdev à contrecœur. Elle n'était pas chez elle.

— Tout est clair, nous disons donc…

Jeglov mit ses mains derrière son dos et commença à faire les cent pas dans la cuisine. Pankov se rendit dans la pièce d'à côté, fit signer le procès-verbal aux témoins, leur donna l'autorisation de partir et revint avec Passiouk à la cuisine.

— Je vous prierai de signer, vous aussi.

Il tendit le procès-verbal à Grouzdev, mais celui-ci eut un geste de recul, avança ses paumes et hocha brutalement la tête.

— Je n'ai pas l'intention de signer votre paperasse, déclara-t-il d'un ton bourru.

— Comment comprendre ça ? demanda gravement Pankov. Vous étiez bien présent pendant nos constatations, alors ?

— Vous le comprendrez comme vous voudrez, répondit Grouzdev sèchement.

Il réfléchit un instant et ajouta :

— D'ailleurs, quand je suis arrivé, vous aviez déjà tout mis sens dessus dessous…

Pankov se mordit les lèvres, qu'il avait déjà très fines, et hocha la tête en signe de reproche.

— Vous avez tort, vous avez tort de faire la mauvaise tête…

Grouzdev fit un geste de dépit de la main et se tourna vers la fenêtre. C'est Jeglov qui rompit le silence en demandant avec un air faussement décontracté :

— Ilia Sergueïevitch, à Lossinka, on peut confirmer que vous étiez chez vous hier soir ?

— Bien sûr, lança avec dédain Grouzdev, sans même se retourner.

— Je peux vous demander qui ?

— Puisqu'il en est ainsi, ma femme et la locataire en titre de l'appartement.

— Je comprends, dit Jeglov. Et en ce moment, elles sont là-bas ?

— À l'évidence... Où peuvent-elles être ?

— Très bien.

Jeglov posa une botte sur le tabouret, en tira sur la tige, admira un instant son brillant et fit de même avec l'autre.

— Passiouk, on a la cire à cacheter, le sceau ?

— Qu'est-ce que vous croyez ? répondit Ivan en ukrainien.

— Bien, Nadia, je vais vous demander de vider, provisoirement bien sûr, cette valise-ci, pour les pièces à conviction.

Nadia acquiesça, ouvrit la valise et entreprit d'en sortir les affaires qu'elle contenait pour les ranger dans l'armoire à linge, tandis que Jeglov m'ordonnait :

— Tu rangeras tout là-dedans. Emballe tout bien soigneusement et ne laisse pas d'empreinte. Bouche correctement la bouteille pour qu'elle ne fuie pas. Ah oui, n'oublie pas non plus les lettres, emballe tout le paquet, on les examinera chez nous.

— Et la bouteille, c'est pour quoi ? m'étonnai-je.

— La bouteille, c'est une pièce à conviction, dit Jeglov. Nous devons la saisir. Après, les experts décideront si elle est d'une utilité quelconque.

Se tournant vers Grouzdev, il lui dit poliment :

— Vos clés, Ilia Sergueïevitch, celles de cet appartement.

Grouzdev continuait de regarder, sans mot dire, par la fenêtre, et je me dis alors que je n'aurais jamais imaginé demander les clés de cette manière ni même songé qu'il les avait. J'aurais, au contraire, supposé que, puisqu'ils s'étaient quittés, il n'était pas logique qu'il soit en possession des clés de l'appartement de sa femme. Mais Grouzdev ne répondit rien et Jeglov sortit un formulaire de son porte-cartes qu'il tendit à Pankov. Ce dernier entreprit de le remplir et, en y regardant de plus près, je vis que c'était un mandat de perquisition. Sans montrer le moindre signe d'impatience, Jeglov dit à Grouzdev :

— Nous avons besoin des clés, Ilia Sergueïevitch. Nous allons devoir mettre provisoirement l'appartement sous scellés.

Grouzdev se retourna brutalement :

— Je n'ai pas de clés. Comment pourrais-je les avoir ? ! Essayez de vous mettre dans la tête qu'un homme civilisé ne garderait jamais par-devers soi les clés de l'appartement d'une femme qui lui est devenue étrangère ! Étrangère, vous comprenez, étrangère !

— Vous avez tort de le prendre comme ça… dit Pankov d'une voix inamicale, et il donna le mandat à Pankov. Bon, ça suffit comme ça, terminons-en.

— Tout le monde dehors ! lança Jeglov. Vous, citoyen Grouzdev, vous allez devoir venir avec nous au 38, rue Petrovka, au siège du MOUR. Nous avons encore quelques points à préciser…

Dans l'escalier, Jeglov se tint en retrait avec Passiouk et Taraskine, à qui il confia le mandat tout en disant à voix basse :

— Allez à Lossinka. Vous effectuerez sans tarder une perquisition à cette adresse, cherchez tout ce qui peut avoir trait à notre affaire, compris ? Surtout la correspondance, vous rapportez tout ici. Ensuite, vous interrogez sa concubine et la locataire, séparément, bien sûr : où il était hier, qu'est-ce qu'il a fait toute la journée, minute par minute, compris ? Et vous vous ramenez à la maison au triple galop !

CHAPITRE 6

La capitale compte actuellement 111 mères de familles nombreuses décorées de l'ordre gouvernemental suprême : l'Ordre de la mère-héroïne. Chacune d'entre elles a donné le jour et élevé dix enfants et plus.

Le Bolchevik de Moscou.

Pankov rentra chez lui après avoir demandé que, dès le lendemain matin, on lui montre tout ce qui aurait été rassemblé. Ferdinand, troublant quelque peu le silence nocturne des rues, nous ramena bientôt à la Petrovka. Pendant tout le parcours, nous ne desserrâmes pas les dents, jusqu'au bureau du service de garde. Jeglov installa Grouzdev sur une chaise et lui donna du papier et un porte-plume :

— Je vous prierai d'exposer le plus en détail possible toute la chronologie de votre vie avec Larissa et de lister toutes ses fréquentations. Vous me ferez un exposé bien détaillé et à part de votre journée d'hier, s'il vous plaît, heure par heure, minute par minute, littéralement.

— Ma vie avec Larissa, c'est mon affaire à moi, s'emporta Grouzdev. En ce qui concerne ses fréquentations, cherchez quelqu'un d'autre en matière de dénonciation. Excusez, mais je ne suis pas un mouchard…

— Écoutez, Grouzdev, dit Jeglov avec lassitude, j'en ai assez. Pourquoi me contredisez-vous sans arrêt ? Vous n'êtes pas un mouchard, vous êtes témoin dans cette affaire. Pour l'instant, en tout cas. Et, conformément à la loi, vous êtes tenu de fournir toutes les indications qui peuvent intéresser l'enquête. Si bien que vous feriez mieux d'arrêter votre cinéma. Écrivez ce qu'on vous dit.

Grouzdev haussa les épaules. Il trempa la plume dans l'encrier mais, de nouveau, repoussa le papier sur le côté :

— À qui faut-il adresser ceci ? Et aussi, comment intituler ce document ?

— Intitulez-le : « Explication ». Et adressez-le au chef du MOUR, le lieutenant-général Makhankov. Nous reporterons ensuite les renseignements fournis dans le procès-verbal de l'interrogatoire. Allons, Chaparov, dit Jeglov, et nous sortîmes dans le couloir.

— Pourquoi tu lui as dit d'écrire au nom du général ? demandai-je, intéressé.

— Pour l'impressionner, ça ajoutera à sa culpabilité. Si jamais il a l'intention de mentir, ça ne sera pas à n'importe qui, mais au général en personne. Peut-être qu'il n'osera pas. Allons chez moi, on va casser une petite croûte.

Nous entrâmes dans notre bureau, posâmes la bouilloire sur le feu, allumâmes une cigarette. Je regardai l'heure : 00 h 05. Jeglov prit sur le rebord de la fenêtre une très belle boîte en fer avec une inscription en lettres platines « Prince Albert » — comme l'odeur de tabac s'était éventée depuis très longtemps, elle contenait du sucre —, sortit du coffre-fort une miche de pain que j'avais eu le temps d'acheter la veille pour fêter la « journée du tchékiste ». À l'aide de mon couteau d'éclaireur au manche en plexiglas de couleur qui coupait comme une lame de rasoir, je fis de fines tranches de cet appétissant pain de seigle, les saupoudrai généreusement de sucre, tandis que Jeglov préparait le thé. Notre dîner fut un véritable repas de roi. Je coupai ma tartine en petits losanges afin de ne pas semer du sucre partout. En buvant par lichettes le thé brûlant et odorant, je demandai :

— Qu'est-ce que tu penses de Grouzdev, hein, Gleb ?

— C'est son œuvre, ça ne fait pas de doute... Ce mec-là n'est pas bien compliqué, j'en ai fait danser d'autres. Un zigoto, une fois, je me souviens, avait mis en scène une attaque de bandits ; nous arrivons, sa femme a été tuée ; lui, il est allongé dans l'autre pièce, blessé et ligoté, avec un chiffon dans la bouche, l'appartement est complètement retourné, tout est sens dessus dessous, tous les bijoux ont disparu. On commence l'enquête, il se défend de toutes ses forces : « je me tuerai, crie-t-il, sans ma chère épouse ! »

Jeglov rassembla avec minutie dans sa paume toutes les miettes qui étaient sur le journal pour les expédier dans sa bouche et se mit à réfléchir.

— Bon, bon, et après ?

— Après, j'ai découvert qu'il avait une maîtresse. Et, comme je le soupçonnais très fort, je lui ai balancé en pleine poire : « Avouez, vous avez tué votre chère épouse, hein ? » Qu'est-ce qu'il a pas pu faire, les mots me manquent pour te raconter son cirque, il s'est plaint de moi partout, il est même allé jusqu'à Mikhaïl Kalinine, tu te rends compte, jusqu'au président du Soviet suprême !

— Et toi, t'as fait quoi ?

Jeglov leva la tête, étira son corps souple et puissant, caressa son ventre, l'air satisfait, et dit dans un sourire plein de ruse :

— Je l'ai fait mettre sous les verrous pour refroidir un peu son ardeur. Il est resté cinq jours à moisir sans être interrogé et, pendant ce temps, j'ai fait parler sa maîtresse : elle avait acheté une petite maison, et va savoir avec quel fric ? Avec les 30 000 roubles que lui avait donnés son amant — elle a dû le reconnaître — alors que lui, il se plaignait que c'était justement la somme emportée par les voleurs, qui ne lui avaient pas laissé un kopeck ! Je le fais remonter de la cellule pour une confrontation avec sa chérie. Dès qu'il la voit, il dit : « Dispensez-moi de cet interrogatoire, je dois réfléchir encore… » Bien. Je le convoque le surlendemain et il a pas le temps d'ouvrir la bouche que je lui colle la conclusion de l'expertise.

— Quelle expertise ?

— Tu sais, dans la pièce, dans ce bazar, il y avait un poste de radio qui traînait par terre. Un Telefunken, une prise de guerre, je m'en souviens encore. Et ce type gueulait à tue-tête que les voleurs avaient cherché de l'argent dans le poste, n'en avaient pas trouvé et, de rage, l'avaient jeté par terre. Les experts concluaient de manière catégorique que si le poste avait heurté violemment le sol, il aurait subi des dommages irréparables. Mais le poste marchait toujours, comme neuf.

— Ah bon, donc ce serait lui qui l'aurait posé sur le sol pour faire croire qu'il avait été jeté.

— Exact. C'est d'ailleurs ce que je lui ai dit. Et lui, il s'est mis à genoux : « Ne m'envoyez pas à la potence, je vous en prie, je rachèterai ma faute… » Voilà, y'a des mecs comme ça dans la vie. Toi, habitue-toi à lutter sans pitié contre eux, comme le peuple l'exige de nous.

— Et Grouzdev ?

— Il est à point, dit Jeglov avec nonchalance. Il va faire encore un peu le malin, puis il craquera, que peut-il faire d'autre ? Nous avons toutes les preuves en main, et comme mec, il est plutôt faiblard, nerveux.

Je me levai :

— Je vais aller voir ce qu'il fabrique.

— Non, jamais de la vie, m'arrêta Jeglov. Il faut le laisser un peu macérer seul à seul, comme on dit, avec sa conscience. Mais toi, surtout, ne crois pas que c'est dans le sac, de telles affaires ne sont pas si simples, nous aurons encore pas mal de boulot dessus…

— Bien, acquiesçai-je volontiers. Tu as promis de me parler plus en détail des questions, dans une enquête…

— Ah, se souvint Jeglov, c'est possible. Bien sûr, on ne peut pas tout expliquer par des mots, il faudra vérifier la théorie par la pratique…

Je souris, mais Jeglov s'énerva :

— Pourquoi tu rayonnes comme un samovar ? !

C'est une affaire sérieuse ! Comprends que lorsqu'on entend un criminel il est comme une bête aux abois, tendu au maximum, la peur le remue tout entier : que sait l'enquêteur, que peut-il prouver, que va-t-il demander maintenant ? Cette tension intérieure, cette peur, il faut donc la faire monter jusqu'à ce qu'il soit littéralement terrorisé, t'as compris ? Et comment on fait ça ? C'est très simple. Les questions doivent aller crescendo : au début, sur des vétilles, sur ceci, cela, des détails — celui-ci a dit, celle-ci a vu, celui-là a entendu… Le criminel voit bien que t'es au courant de l'affaire et que t'es pas seulement venu ici pour parler de la pluie et du beau temps. Bon. Alors, tu lui balances un fait béton…

— Et lui, imagine-toi, il nie.

— Très bien ! Parfait ! Il nie, et toi tu lui allonges une confrontation, et de une ! Par exemple, à la confrontation, tu lui présentes un complice…

— Et lui, il nie toujours…

— Et toi, tu lui amènes un témoin, et de deux ! L'expertise sur la table, et de trois ! Une pièce à conviction bien solide, et de quatre ! Alors, ton mec, il est prêt, il doit reconnaître ce qu'il a fait et tout raconter lui-même et, en plus, expliquer pourquoi il a menti depuis le début.

— Bon, admettons. Et après ?

— Ensuite, tu lui proposes d'étaler lui-même, tout seul, devant toi, son activité criminelle. Bien sûr, il va tout de suite te jurer qu'il a fait fausse route une seule et unique fois dans sa jeunesse, et encore, parce qu'il était saoul. Toi, tu te désoles, tu hoches la tête : « Voilà que tu recommences à me bourrer le mou, mec, j'ai simplement pitié de toi quand je pense à ce qui va t'arriver à force de me mener en bateau comme ça ! » Lui, il dit : « Comment ça ? » et toi, par la bande, prudemment, tu cites, par exemple, le sixième passage de Monetchikovski où il y a eu un vol, mais aucune piste.

— Et tu crois vraiment qu'il va tomber dans le panneau ?

— Évidemment ! Au premier épisode, c'était pareil, je l'avais pris à froid, de loin. Il me donne tout un fourgon de mecs qui sont déjà au trou ; moi, je lui expose des faits, organise des confrontations et tout le saint-frusquin, après quoi il doit tout reconnaître et se justifier. C'est pourquoi il se lève, te regarde dans les yeux, se frappe la poitrine et reconnaît « sincèrement » le dernier de ses crimes. Procès-verbal, nous disons donc, plus les signatures et tout le reste…

Le téléphone sonna, c'était Pankov qui, arrivé chez lui, demandait si Grouzdev avait avoué.

— Non, pas encore, dit Jeglov. Mais ne vous en faites pas, Sergueï Ipatitch, il va craquer…

Ayant reposé le combiné, Jeglov plaisanta :

— Repose en paix, mon cher camarade… Il se fait vieux, Pankov. Avant, il n'aurait pas lâché son client avant de l'avoir fait avouer, même s'il avait fallu en baver une partie de la nuit, toute la nuit, voire toute une journée pour arriver à ses fins. Marrant…

— Gleb, ne détourne pas la conversation. Tu me parlais du rôle des questions dans une enquête. Tu sais bien que je n'ai pas le temps d'apprendre dans les livres.

— Bravo Chaparov ! Avec ta persévérance, tu feras un enquêteur de première. Écoute. Donc, notre client a craqué au cours du deuxième épisode, alors, sans tarder ; tu lui murmures une troisième petite adresse. Celle-là aussi doit être béton. À ce moment-là, il se met à comprendre que, pour la deuxième affaire, il a craqué pour rien, sans preuves, et, bien sûr, il est très déçu. Il saute sur ses jambes de gaillard, triture avec rage ses mains blanches, jure par le bon Dieu, sur la tête de sa mère, qu'il n'a plus rien d'autre sur la conscience, qu'il a tout dit, absolument tout ! Alors toi, comme la première fois, tu lui fais refaire, encore une fois, un tour de manège : le témoin-receleur, le passant-témoin oculaire, le complice à la confrontation. Une fois de plus, il se retrouve coincé, avec excuses et autres nigauderies. C'est alors le moment de jouer l'indignation, de lui expliquer, à ce salaud, que s'il faut lui tirer les vers du nez comme ça à chaque fois, lui prouver tout point par point, alors le juge populaire n'aura pas assez d'articles dans le Code pénal pour punir un gredin de menteur aussi invétéré et impertinent. « L'affaire de la Yakimanka, donc, c'était pas toi, Babiégorodski, c'est pas ton boulot non plus, t'as rien à voir avec le vol de la Pliouchtchikha, etc., et ainsi de suite », bref, tu lui déballes toutes les affaires non résolues de l'année en cours, en tout cas celles qui sont dans son style…

— Comme ça, de trouille, il pourrait peut-être bien tout se mettre sur le dos ? Je veux dire qu'il sera peut-être prêt à se mettre sur le dos les affaires des autres, hein ?

— Sois tranquille, me rassura Jeglov en se versant une tasse de thé froid qu'il but d'un trait à moitié. Un professionnel ne se vantera jamais d'un coup commis par un autre… Dans ce genre d'enquêtes, en tout cas. À quoi tu sers, toi ? Il faut tout vérifier après ! Et lui, si tu travailles bien, avec intelligence, il te déballera tout ce qu'il a sur la conscience, comme on dit, pour aujourd'hui, pour demain et même pour les trois années à venir ! Apprends, tant que je suis vivant !

Il se frappa la poitrine d'un air satisfait.

— J'apprends, dis-je sérieusement. J'ai parfaitement compris la méthode ! Raconte-moi encore d'autres trucs, je ferai de mon mieux pour…

Des pas retentirent dans le couloir, j'ouvris la porte, jetai un coup d'œil et vis Passiouk et Taraskine approcher à toute vitesse. Passiouk fut le premier à entrer dans la pièce. Essoufflé, il alla droit vers le bureau de Jeglov, sortit de l'immense poche de son imperméable en toile à bâche un rouleau de papiers, écarta avec soin le pain, posa le rouleau sur la table et dit :

— C'est le procès-verbal de la perquisition et des auditions des femmes.

— Vous avez trouvé quelque chose ? demanda Jeglov, intéressé.

— Rien de spécial, dit Ivan avec un sourire plein de malice.

— Que disent les femmes ?

— La sienne dit qu'il était à la maison à partir de 18 heures…

— Et la locataire en titre ?

Taraskine prit enfin la parole :

— Sa locataire dit qu'on ne l'a pas vu de la matinée et que, le soir, dans leur véranda, il n'y a pas eu un bruit. Elle n'a pas entendu sa voix. Après son départ pour la gare, le matin, elle dit ne pas l'avoir revu.

— Tout est clair, dit Jeglov. Nous disons donc qu'il n'était pas là-bas.

— Et sa femme ? demandai-je.

— Qu'est-ce que t'es naïf, Chaparov ! éclata de rire Jeglov. Où est-ce que t'as vu une femme qui fournit pas un alibi à son mari ? ! Réfléchis un peu…

En guise de réponse, je pris sur la table les procès-verbaux des auditions pour les lire ; Jeglov, lui, fit quelques pas dans la pièce pour réfléchir un peu :

— Ouais, et ce « rien de bien spécial » que vous avez trouvé là-bas ?

Passiouk replongea la main dans la poche de son imperméable, en sortit un petit paquet en papier journal, qu'il posa sans se presser sur la table à côté des procès-verbaux. Jeglov le défit. Dans ses mains, l'acier gris-bleu du pistolet renvoya un reflet pâle et froid. C'était le pistolet Bayard !

Dans la pièce, la fumée, telle un brouillard sur un marécage, formait une couche si épaisse que nos yeux en pleuraient et, malgré le froid — on n'avait pas encore commencé à chauffer —, j'ouvris la fenêtre.

La pluie avait cessé, on avait l'impression que les premières gelées seraient pour cette nuit, le ciel s'était libéré des nuages effilochés restés suspendus très bas au-dessus de la ville toute la journée ; dans cette profondeur d'encre, des étoiles s'étaient mises à scintiller. Debout près de la fenêtre, je respirai profondément l'air frais de la nuit, en réfléchissant aux vicissitudes de la destinée humaine. Au front, tout était simple, sans même parler de l'attitude vis-à-vis de l'ennemi — d'ailleurs, quelle attitude c'était, à bien y réfléchir ? ! : « Tue le salaud de fasciste ! », un point, c'est tout ! Mais ici, malgré tous mes efforts, je n'arrivais pas à comprendre, à réaliser qu'un homme intelligent, cultivé, médecin de surcroît, puisse tuer une femme, même son ex-épouse, et tout ça à cause des quelques mètres carrés d'un logement quelconque !

Ce motif ne faisait pas l'ombre d'un doute. C'est précisément dans ce sens que Jeglov s'était exprimé, et, moi-même, je pensais à la même chose. À vrai dire, la police d'assurance au nom de Larissa, qui avait été trouvée à Lossinka, là où était caché le pistolet Bayard, dans une fente derrière le compteur électrique, avait fait naître en moi les premiers doutes. L'assurance avait été conclue la veille de l'assassinat et ce, pour une somme importante. Et, comme l'expliqua Jeglov, le mari de Larissa, Grouzdev, avait toutes les raisons légales de réclamer la prime d'assurance sous forme d'héritage. À mon avis, il y avait encore un fait important : la disparition des affaires et bijoux les plus précieux de Larissa. Quand je demandai à Jeglov comment l'interpréter, il expliqua avec un sourire en coin :

— Tu comprends, Volodia, il n'y a pas de crimes sans analogie : il y a toujours quelque part, un jour, quelque chose de semblable qui est arrivé à quelqu'un. C'est à ça que nous, fins limiers, nous servons, à comparer les circonstances, à rapprocher des motifs, des ruses d'un même style…

— Et toi, t'as déjà enquêté sur une affaire dans le même genre ? demandai-je.

— Plus d'une fois et plus de deux, dit Jeglov. Par exemple, un mari tombe sur sa femme et son amant. Il en perd les pédales, son cœur bat à tout rompre dans sa poitrine, il saisit son revolver : pan ! pan ! et nous voilà avec deux cadavres sur les bras. Il reprend ses sens, fond en sanglots et accourt chez nous : « Punissez-moi, citoyens, je viens de tuer ma femme ! » Mais, parfois, c'est différent, comme aujourd'hui : un homme soupèse tout posément, comment détourner les soupçons et même, parfois, comment faire peser les soupçons sur un autre. Il prépare tout à l'avance, exécute tout avec sang-froid et se planque. « Je sais rien, je suis au courant de rien, je sais pas comment ça s'est passé : vous, les fins limiers, cherchez, remuez ciel et terre, mais il faut que vous me retrouviez l'assassin de la seule personne que j'ai jamais aimée ! »

— Donc, les affaires, il les a prises pour nous faire croire que c'était un vol, dis-je, content de ma perspicacité.

— Exact ! Tu vois juste. Ces machins, peut-être qu'il en a rien à faire… C'est donc uniquement pour tromper son monde. Mais peut-être aussi qu'il sait ce qu'il va en faire. C'est son pistolet qui me fait penser à ça. Un autre, à sa place, aurait balancé l'arme au diable, se serait débarrassé d'une pièce à conviction. Lui, tu vois, il l'a replanqué : c'est donc qu'il est attaché aux objets, que ça lui fait mal au cœur de les jeter, tu comprends ? Et puis il y a cette bague au doigt de Larissa, Nadia dit qu'elle vaut très cher, qu'elle l'avait héritée de sa grand-mère.

Taraskine amena Grouzdev. L'air abattu, il était recroquevillé sur lui-même, le menton enfoui dans le col relevé de son manteau. Son visage, qui s'était encore desséché au cours des dernières heures, avait pris un teint terreux, comme s'il était enfermé en prison depuis un mois. Ses paupières étaient rouges et enflées, ses yeux avaient perdu de leur éclat méchant, seules ses fines lèvres fortement serrées laissaient penser qu'il était décidé et sûr de lui.

— Vous n'avez pas écrit grand-chose pendant tout ce temps, se plaignit Jeglov en recevant de ses mains deux feuilles couvertes d'une écriture irrégulière, manquant de toute évidence de confiance.

Grouzdev serra ses lèvres encore plus fort, ne répondit rien, et Jeglov, qui n'y prêta pas la moindre attention, s'assit dans son fauteuil et se mit à lire, soulignant quelque chose au crayon. Puis il se leva, fit quelques pas dans le bureau, s'approcha tout près de

Grouzdev qui était assis sur une chaise en plein milieu du bureau et dit, sur un ton emprunt de gravité :

— Nous disons donc, citoyen Grouzdev, et nous allons être francs avec vous, que vous n'avez pas voulu écrire la vérité.

Et il agita nonchalamment les feuilles de papier.

— Vous avez tort. Ça c'est passé tout à fait différemment, et, en mentant, nous ne faisons qu'aggraver notre cas, compris ?

— Comment osez-vous ! explosa Grouzdev en bondissant de sa chaise. Comment osez-vous me parler ainsi ? Je ne suis pas un de ces escrocs avec lesquels, comme je l'ai entendu dire, dans votre maison, on n'a pas l'habitude de prendre de gants. Je suis médecin. Je suis candidat en médecine, si vous voulez le savoir ! Je me plaindrai !

Son pâle visage se couvrit de nouveau de taches couleur brique irrégulières, causées par la peur et l'émotion. Il se tenait tout près de Jeglov, prêt à mordre. Jeglov esquissa un geste imperceptible dans sa direction, et Grouzdev recula involontairement, si bien qu'il s'affala comme un sac sur sa chaise. Comme pour figer cette position, Jeglov posa son pied sur le barreau et dit sèchement, d'une voix menaçante :

— Au sujet des plaintes, ce n'est pas la première fois, loin de là. Mais au sujet des escrocs, tu as vu juste. T'es pas un escroc. Tu es un assassin.

J'en eus le souffle coupé. Je compris que le plus important allait commencer : Jeglov allait briser Grouzdev !

Pour l'instant, il n'y avait que le silence, un silence épais, visqueux, tendu, un silence interrompu par la respiration sifflante de Grouzdev et le grincement désagréable de la chaise sous le pied de Jeglov. De son élégante botte, il empiétait sur le pan du manteau de Grouzdev ; lorsque ce dernier voulut se tourner, il se retrouva prisonnier du manteau. On aurait dit que Jeglov l'avait épinglé sur sa chaise.

— Tu as été plutôt long… fit Jeglov, rompant enfin le silence.

Sa voix avait quelque chose d'inhabituel, de grinçant, elle dénotait un dédain sans bornes.

— Tu es malin. Mais, tu sais, chez nous, les malins, ils ont pas la belle vie…

— Qu'est-ce que… Qu'est-ce que vous racontez là ?

Grouzdev étouffait d'indignation. Enfin, il explosa dans un cri furieux :

— Vous êtes fou !

— Eh, eh, calme-toi… dit sèchement Jeglov, avec un sourire sarcastique. Sois un homme : tu t'es fait coincer, aie au moins le courage de le reconnaître. De plus, ça pourrait t'être utile, car la loi dit textuellement : « Les aveux volontaires entraînent une remise de peine… »

Dans le Code que j'avais lu la veille au matin, la formule était quelque peu différente, mais cette idée ne fit que traverser mon esprit et s'estompa rapidement, car Grouzdev se mit à parler :

— Écoutez, c'est une terrible méprise… Je ne crois pas… Vous me parlez comme si j'étais vraiment un assassin…

Sa voix était sifflante, hachée, il avait des larmes dans les yeux.

— Après tout, si vous ne me croyez pas, il faut encore que vous prouviez pourquoi, d'une manière ou d'une autre.

— Qu'y a-t-il donc à prouver ? demanda Jeglov, sûr de lui. Nous avons déjà prouvé l'essentiel, quant aux détails, ils finiront bien par confirmer les faits. Par exemple, que la balle a été tirée par votre pistolet. Au fait, je l'avais déjà déterminé à l'œil nu, sur les lieux du crime…

— Mais quelqu'un d'autre a parfaitement pu tirer avec le pistolet ! Vous avez pu vous convaincre vous-même qu'il n'était pas sur les lieux ! dit Grouzdev — il me sembla que son intonation était plutôt interrogative.

Je regardai Jeglov, qui m'adressa un clin d'œil à peine perceptible : « Tu vois comme il tâte terrain ? », avant de reprendre poliment et avec patience, comme un instituteur qui explique un problème simple à un élève bouché :

— Je vous ai déjà dit que c'est un détail. On mettra tout ça au clair, ne vous en faites pas, je vous le garantis. Lors d'une enquête criminelle, l'essentiel consiste à déterminer à qui profite le crime. Ça, n'importe quel étudiant le sait. Est-ce que ce crime vous profite à vous ?

Grouzdev bondit, réussissant cette fois à dégager son manteau :

— Mais, c'est absurde ! En raisonnant comme ça, on peut démontrer absolument n'importe quoi ! D'après ce que vous dites, on peut affirmer que les enfants ont intérêt à voir mourir leurs parents, une épouse, son mari, etc., et cela uniquement parce qu'ils sont tous héritiers…

— Mais vous, vous êtes dans un cas un peu différent, dit Jeglov en lui coupant la parole. Vous êtes héritier, mais il y a déjà longtemps que vous n'êtes plus son mari. Asseyez-vous ! ordonna-t-il. Écoutez donc ce que je vais vous dire. Pour votre propre bien…

Il retira son pied du barreau de la chaise, fit quelques pas dans le bureau, s'arrêta de nouveau devant Grouzdev et se mit à parler, marquant sèchement, d'un geste de la paume, chacune de ses phrases :

— Vous ne voulez plus vivre avec votre ancienne épouse, Larissa… Vous trouvez une autre femme, Galina Jeltovskaïa, votre assistante… Ce faisant, partout où vous le pouvez, vous laissez croire que vous conservez de bonnes relations avec votre ex-femme, vous lui donnez de l'argent, des provisions, vous payez le loyer… Mais Larissa ne peut pas loger ailleurs, et c'est alors que vous lui annoncez votre décision d'échanger cet appartement contre deux pièces dans des appartements communautaires… La perspective de vous retrouver avec des voisins dans une cuisine communautaire ne vous réjouit guère… De plus, l'appartement est à vous, puisque c'est celui de vos parents… Et Larissa, elle, n'a pas l'air d'être pressée d'en changer… Les dépenses croissent : une vie partagée entre deux foyers, ça coûte cher. Alors, vous prenez votre décision.

Grouzdev eut une quinte de toux, essuya ses yeux avec son mouchoir et dit dans un rictus :

— Tout cela serait amusant si…

— Si ce n'était pas la pure vérité, l'interrompit Jeglov. Vous prenez la décision de vous débarrasser de Larissa et, par la même occasion, de gagner de l'argent. Par un petit mot menaçant, celui-ci — Jeglov sortit de son porte-cartes la feuille de papier découverte lors de l'examen des lieux et l'agita devant les yeux de Grouzdev —, vous l'obligez à aller enfin au-devant de vos intérêts… pour ce qui concerne l'échange et encore d'autres choses… Vous vous rendez chez elle avec votre vin préféré, du chocolat, vous prenez le thé, discutez et, profitant d'un moment propice, vous tirez… Ensuite, après avoir mis en scène un vol — les affaires les plus précieuses sont volées, même les bagues qu'elle portait aux doigts ! — vous fermez doucement la porte et rentrez à Lossinka, où vous vous mettez d'accord avec Jeltovskaïa pour qu'elle dise que vous avez passé toute la soirée à la maison. Pour votre alibi !

Jeglov planta son regard lourd, exigeant, perçant dans les yeux de Grouzdev. Celui-ci, n'y tenant plus, tourna la tête et dit d'une voix sourde :

— Toute cette fable idiote est le fruit de votre imagination maladive. Je ne sais pas encore comment prouver… Je suis un peu perdu… Mais ne croyez surtout pas…

— Vous êtes plutôt entêté, à ce que je vois… se plaignit Jeglov. Eh bien, il va falloir parler une autre langue avec vous… la langue officielle, celle des procès-verbaux, si vous ne comprenez pas quand on vous parle normalement. Chaparov, prends donc un formulaire de mandat de dépôt. Écris.

Tout en déambulant dans le bureau, Jeglov dicta sans se presser les principales données concernant l'affaire, les renseignements sur l'état civil de Grouzdev. Puis, s'étant immobilisé à côté de ce dernier, qu'il ne quittait plus des yeux, il passa aux pièces à conviction. J'inscrivais avec beaucoup de soin : « … *En plus de ce qui a été exposé, à sa charge pèsent encore : un mot plein de menaces (pièce à conviction n° 1) ; les déclarations de Nadiejda Kolessova (pièce à conviction n° 2) ; des mégots de cigarettes Delhi, découverts sur les lieux du crime, cigarettes que fume aussi le citoyen Grouzdev (pièce à conviction n° 3) ; les déclarations du témoin Lipatnikov qui a vu Grouzdev sortant des lieux du crime dans la période de temps pendant laquelle Larissa Grouzdeva a été tuée ; les déclarations du témoin Nikodimova, locataire de Grouzdev, qui démentent son alibi ; la balle tirée par une arme du type pistolet Bayard (pièce à conviction n° 4), pistolet qui, selon les aveux du suspect, se trouvait chez son épouse…* »

Jeglov s'arrêta, fit un demi-tour sur les talons, s'approcha de son bureau et sortit d'un tiroir une feuille de papier qu'il tendit à Grouzdev :

— Prenez-en connaissance, c'est le procès-verbal de la perquisition effectuée chez vous, à Lossinka… La signature de Jeltovskaïa, vous la reconnaissez ?

— Oui, bafouilla Grouzdev. C'est son écriture…

— Lisez, ordonna Jeglov.

Et, sans que Grouzdev le voie, il sortit du même tiroir le Bayard et la police d'assurance.

— Qu'est-ce que c'est que ce délire ? demanda Grouzdev sans voix. Quel pistolet, quelle police ?

Sans lui prêter attention, Jeglov me dit :

— Écris : « … *et un pistolet Bayard découvert lors de la perquisition chez Grouzdev à Lossinoostrovskaïa (pièce à conviction n° 5) ; une police d'assurance au nom de Larissa Grouzdeva, contractée la veille de l'assassinat et découverte au même endroit (pièce à conviction n° 6)…* »

Et, se tournant vers Grouzdev, l'arme dans la paume de sa main droite et la police entre deux doigts de la main gauche, il cria :

— Ce pistolet-là ! Cette police-là ! Alors ? Vous les reconnaissez ?

Le visage de Grouzdev blêmit, il laissa tomber sa tête sur sa poitrine, et je devinai plutôt que je n'entendis distinctement :

— C'est tout… Mon Dieu !

Avec une voix saccadée, Jeglov poursuivit :

— J'avais prévenu… Comme vous le voyez, nous avons des preuves. Avouez !

Alors que j'étais convaincu que Grouzdev allait enfin se mettre à table, ce dernier se mura dans son silence.

— Le temps passe, Ilia Sergueïevitch… Ne traîne pas, à quoi bon…

Dans le bureau, il faisait toujours aussi froid, pourtant Grouzdev déboutonna son manteau et le col de sa chemise qui l'étouffait, de la sueur perlait sur son front. Sa pomme d'Adam proéminente eut plusieurs mouvements frénétiques, il ouvrit même la bouche, mais ne put prononcer un seul mot. Jeglov dit cordialement :

— Je comprends… C'est difficile… Mais, ôtez ce poids de votre âme, ça ira mieux après. Croyez-moi, Je sais…

— Vous savez… dit enfin Grouzdev dans un soupir, sur un ton plein d'ennui et de haine. Mon Dieu, quelle odieuse provocation !

Et soudain, s'étant tourné, allez savoir pourquoi, vers moi, il cria de toutes ses forces :

— Je n'ai pas tué ! Je n'ai pas tué, vous comprenez, espèces de monstres !

Ce cri me mit les nerfs à vif, je fus littéralement pris de panique. Je ne pouvais imaginer ce qui allait se passer. Quant à Jeglov, il dit tranquillement :

— Ah, c'est comme ça, une provocation. Bien, bien. Rusé, le mec. Chaparov, écris : « … *Tenant compte… du caractère sadique… et de la gravité particulière de cet acte… et aussi… du fait qu'en restant en liberté… Grouzdev, Ilia Sergueïevitch… peut entraver l'enquête ou bien se soustraire à la justice… choisir comme mesure pour l'en empêcher… de ne pas répondre aux convocations du tribunal ou d'entraver la marche de la justice… la détention provisoire…* »

Grouzdev était assis et ne regardait personne, insensible à ce qui se déroulait, comme s'il n'avait pas entendu ce que Jeglov venait de dire. Gleb me prit le mandat des mains, le lut rapidement et, sans s'asseoir à la table, apposa son étonnante signature, bien liée, inclinée, avec une foule de ronds, de crochets, de courbes, le tout se terminant par un grand trait circulaire bien régulier. Il agita le papier pour que l'encre sèche et dit à Passiouk :

— Conduis-le en cellule.

CHAPITRE 7

Léningrad, 11 octobre

Deux convois de chemin de fer sont arrivés à Léningrad en provenance de Sverdlovsk, ramenant dans leurs wagons les pièces d'exposition du trésor de l'art mondial qu'est l'Ermitage évacuées au début de la guerre.

TASS.

Pankov téléphona à 10 heures précises et demanda comment allaient les affaires avec Grouzdev.

— Il faudra bien qu'il se mette à table ! dit Jeglov sur un ton confiant.

Il reposa le combiné, alluma une cigarette, réfléchit, et nous ordonna à Taraskine et à moi d'aller voir ce que faisait le détenu.

— N'engagez pas de conversation avec lui. Rappelez-lui la lourdeur de la peine qu'il encourt et lisez-lui le passage du Code pénal concernant la remise de peine en cas d'aveux volontaires. Bref, essayez de voir dans quelles dispositions il est, mais sans trop manifester d'intérêt à sa personne. « C'est à toi de voir, car c'est toi qui devras répondre de ça », voilà ce que vous devez lui faire comprendre.

Taraskine abandonna bien volontiers ce qu'il était en train d'écrire — chaque fois qu'il fallait rédiger, même un ridicule rapport, il s'arrangeait pour s'en débarrasser sur quelqu'un d'autre —, et nous prîmes l'escalier de service qui donnait dans la cour où se trouvaient les cellules de détention préventive. Dans le bureau, Taraskine avait commencé à raconter à son fidèle auditeur, Passiouk, le sujet d'un nouveau film ; en cours de route, il décida de me faire profiter du récit. Arrivé à ma hauteur dans l'escalier, il me regarda dans les yeux et m'exposa à toute vitesse, comme s'il avait peur que je ne l'interrompe :

— Alors arrive Gribov, tu sais, il joue Chmaga, bref, il dit : « Allons, Gricha ! Notre place, qu'il dit, est au buffet ! »

Taraskine s'illumina d'un rire joyeux, ses yeux vifs gris brillèrent d'excitation.

— Au buffet ! Tu as compris ? Et Droujnikov le prend, tu comprends, par la taille et ils s'en vont tout fiers. Quant à Tarassova, elle est sans connaissance, mais eux, ils partent quand même sans lui prêter la moindre attention !

Nous sortîmes dans la cour intérieure, tristement éclairée par un pâle soleil automnal qui avait eu le temps d'assécher les flaques d'eau sur l'asphalte, passâmes à côté du chenil d'où nous parvenaient des glapissements, des aboiements et des rugissements sourds, caractéristiques du repas des fauves. Nous approchâmes de l'« édifice aux yeux mi-clos » des cellules de détention préventive, dont les fenêtres étaient cachées par des « muselières » en fer-blanc.

— Pourquoi as-tu l'air si réjoui ? demandai-je à Kolia Taraskine ?

— Comment ça, pourquoi ? s'étonna-t-il. Tarassova croyait qu'il allait sauter de bonheur, alors que, lui, il va au buffet !...

Les gonds de fer de la lourde porte grincèrent, le surveillant vérifia nos papiers et nous fit entrer. Au poste de garde, il prit nos armes, les déposa dans le coffre-fort, et nous conduisit au premier étage, où il ouvrit une des cellules :

— Grouzdev ! Debout !

C'était la première fois que je voyais une cellule et je l'examinai avec curiosité. C'était une petite pièce assez propre avec une fenêtre condamnée par une grille et meublée de deux lits de planches peintes. Grouzdev était couché et nous tournait le dos. En chemin, j'avais pensé que Grouzdev devait guetter le moindre bruit, le moindre signe, dans le couloir, annonçant une visite ; c'est lui qu'on venait enfin chercher ! Mais Grouzdev ne réagit pas immédiatement au cri du surveillant, bougea à peine, leva lentement la tête et se tourna vers nous. C'est alors seulement que je compris qu'il dormait. Il dormait ! Même moi, après ce qui s'était passé hier, j'avais eu du mal à m'endormir ! Avec un homme aux nerfs d'acier pareils, tout était effectivement possible…

— Grouzdev, debout, interrogatoire, répéta le surveillant.

Il verrouilla la porte et nous conduisit jusqu'à la salle d'audition : une pièce exiguë dotée d'une petite fenêtre aveugle, d'une table bancale et de chaises, vissées au sol pour qu'on ne puisse pas s'en servir comme arme.

Grouzdev entra et me jeta un regard ensommeillé, sans faire le moindre signe. Quant à Taraskine, il ne remarqua même pas sa présence. Cependant, je décidai de ne pas me fâcher et m'adressai poliment à celui que je considérais comme un prisonnier de guerre, de surcroît à terre :

— Bonjour, Ilia Sergueïevitch. Comment allez-vous ?

En réponse à cette question un peu incongrue, je le reconnais, il esquissa un sourire sarcastique :

— Vous devriez le savoir ! Vous y êtes pour quelque chose, non ?

— Euh… nous voulions vous demander… Peut-être que vous voulez libérer votre âme, hein ? Il serait temps, vous ne vous en sentirez que mieux.

Ses petits yeux enflés se rétrécirent encore jusqu'à ressembler à des meurtrières :

— Voyez-moi ça, le confesseur au pistolet…

Et il eut un rire grinçant.

Nullement vexé, je lui expliquai calmement l'article 48, sur les aveux volontaires. Après m'avoir écouté sans m'interrompre, il répondit en martelant ses paroles de la paume sur la table :

— Vous, jeune homme, mettez-vous bien dans la tête que vous vous trompez de personne : ne croyez pas que je prendrai tout sur moi pour vos beaux yeux. La vérité finira bien par éclater. Et vous feriez mieux de me laisser tranquille et de vous mettre à chercher le véritable assassin, au lieu de vous acharner sur le premier qui vous tombe sous la main et semble le mieux placé pour votre enquête. Vous voyez ce que je veux dire ?

Il réfléchit un peu, se frotta le front, cherchant s'il n'avait rien oublié. Puis il esquissa un sourire, comme si une idée lui était venue :

— Je sais comment je peux me venir en aide à moi-même. Je vous déclare officiellement que je ne vous dirai plus rien, ce n'est plus la peine de venir ici. Peut-être que cela vous forcera au moins à regarder autour de vous plus attentivement. C'est tout !

J'eus beau lui expliquer sur tous les tons qu'il se nuisait à lui-même en agissant de la sorte, qu'il dresserait le tribunal contre lui avec une telle attitude, etc., etc., il n'eut même pas un froncement de sourcils, nous tourna le dos, regarda par la fenêtre, comme s'il ne se sentait pas concerné et ne dit plus un seul mot, soudain devenu sourd et muet.

Taraskine bâilla et dit :

— Bien, Volodia, à quoi bon ? S'il ne veut pas parler, qu'il ne parle pas. Plus tard, il regrettera, mais il sera trop tard. Comme Droujnikov, qui n'a pas dit tout de suite à sa mère de quoi il retournait, après, tu vois quelle sale histoire ça a donné ! Allons-y !

Nous rentrâmes à la Direction. Je fis le récit de notre visite à Jeglov. Je pensais qu'il allait rouspéter, mais, au contraire, il sourit ironiquement du coin de la bouche — comme il est seul à savoir le faire — et dit :

— Qu'il fasse comme il veut. Nos lois donnent à l'accusé le droit d'être défendu. S'il veut se taire, c'est son droit, après tout, c'est aussi une méthode de défense.

Mon visage devait exprimer la surprise car Gleb expliqua :

— Ne sois pas étonné, l'aigle, nous ne pratiquons pas que le travail au corps. Il nous faut bien souvent, comment dire, travailler avec la tête, ruser. Et, lorsque l'accusé se tait, c'est comme s'il disait : « Étalez vos cartes sur la table, moi, je garde les miennes, j'ai le droit de passer mon tour, compris ? Je veux voir vos cartes et, ensuite, je réfléchirai aux atouts que j'ai. » Eh bien, qu'il se taise.

— Et nous, qu'allons-nous faire ? demandai-je.

— C'est très simple. Notre boulot. On va travailler sur les pièces à conviction. Pankov va arriver, il va nous donner ses indications. Grouzdev, qu'il reste où il est, qu'il réfléchisse. Pendant cinq ou six jours, il faut pas l'approcher, qu'il marine dans son jus comme on dit. Il va passer toute sa vie en revue, il va se souvenir de tous ses pêchés. Il va aussi essayer de comprendre où il a bien pu se tromper, faire un faux pas, ce qu'on a flairé, ce qu'on va lui servir demain. Tout à l'heure, c'est à cause du choc nerveux qu'il dormait, mais, bientôt, il en sera totalement incapable, sois tranquille.

Pankov arriva. Jeglov me mit à sa disposition et disparut avec Taraskine. Pankov plaça dans un coin ses caoutchoucs flambant neufs, accrocha son parapluie à un clou et me regarda par-dessus ses lunettes, ce qui me donna l'impression qu'il cherchait comment s'y prendre avec moi. Il se mit à se mordiller les lèvres et souffla :

— Donnez-moi le procès-verbal de perquisition.

Je lui apportai la chemise de l'affaire, l'ouvris à la première page ; Pankov avait retiré ses lunettes et les essuyait minutieusement. Il effectua cette opération très lentement, avec un vieux mouchoir bien propre, et je me pris à penser que ses lunettes étaient vraiment une pièce de collection : rondes, sans monture, avec un simple ressort jaune et un fil. Il les rechaussa, me fit un signe discret de la main pour m'inviter à m'asseoir à côté de lui, et se lança dans la lecture du procès-verbal, qu'il annota dans la marge avec un petit crayon doré au moyen de signes incompréhensibles. À la fin, il me dit :

— Crime classique par cupidité. Notez bien, jeune homme, que, dans le cas des crimes passionnels, c'est-à-dire perpétrés sous l'influence de fortes passions, les coupables sont toujours francs. Au contraire, quand il s'agit de motifs cupides, ils nient très souvent. Hier, j'ai parlé de cela à notre ami Gleb Gueorguievitch, mais il était un peu… comment dire… trop sûr de lui. De cela, il découle que, sans attendre les aveux de l'accusé, nous devons démontrer sa culpabilité au moyen de pièces à conviction, directes et même indirectes. Vous débutez dans le métier ?

Il retira ses lunettes. Le ressort avait laissé sur l'arête de son nez une profonde trace rouge. J'acquiesçai en silence. Il poursuivit sans me regarder :

— Cette affaire me semble assez classique pour que vous puissiez tirer une première impression profonde des principales caractéristiques du travail auquel vous avez décidé de vous consacrer…

— Sergueï Ipatitch, pourquoi considérez-vous cette affaire comme classique ?

— Parce que c'est un crime perpétré par un homme inexpérimenté qui nous a laissé des pièces à conviction. Il ne nous reste qu'à les analyser, les vérifier encore très soigneusement et, dans l'esprit des lois, trouver leurs liens avec la présente affaire. Alors, nous pourrons l'envoyer au tribunal, même si l'accusé ne daigne pas avouer : les preuves le condamneront d'elles-mêmes !

— Et si les preuves ne tiennent pas le coup ? demandai-je.

— Comment ça « ne tiennent pas le coup » ? s'étonna Pankov. Il le faut ! D'ailleurs… et puis, ne jouons pas les devins, nous ne sommes pas au séminaire.

Malgré la conviction de Pankov, qui m'avait déjà plusieurs fois passé un savon quand je cherchais la petite bête, je demandai :

— C'est bien si tout s'imbrique comme il faut, mais si ce n'est pas le cas ? Et si Grouzdev ne craque pas…

Pankov toussa, haussa les épaules, comme si j'avais posé une question totalement idiote :

— Hum… Hum… Eh bien… si ça ne s'imbrique pas… et si l'accusé n'avoue toujours pas… alors, le tribunal l'acquittera.

— Et le crime alors ? Qui va en répondre ?

— Voyez-vous, jeune homme, la science considère qu'il n'existe pas de crimes non élucidés. C'est ainsi, en théorie. Si bien que nous allons devoir nous mettre sérieusement à la tâche…

— Allons-y, fis-je pour mettre fin à toutes ces tergiversations. Quelles sont les instructions ?

— Satisfait que je le laisse enfin tranquille avec mes questions idiotes, Pankov hocha la tête :

— Prenez du papier, une plume, écrivez…

Je ne trouvai pas de porte-plume, mais me saisis du crayon de chef d'opérations qui se trouvait dans mon porte-cartes, rapporté de la guerre, et Pankov me dicta :

— « *Expertise balistique. Questions. Est-ce que le projectile et la douille découverts sur les lieux du crime appartiennent à la même balle ? Peut-on tirer une telle balle avec le pistolet Bayard découvert à Lossinoostrovskaïa ? Est-ce que le projectile a été tiré par ce même pistolet ? Est-ce que la douille a été éjectée par ce même pistolet ? Est-ce que ce pistolet est en mesure de tirer ? Par interrogatoire et par des moyens opérationnels, essayer de trouver la réponse à la question de savoir pourquoi le criminel a utilisé une munition d'une autre marque alors qu'il en possédait de marque Bayard…* »

J'écrivais rapidement, craignant de laisser passer un seul mot, bien que je ne comprisse pas exactement à qui pourraient bien servir toutes ces précisions, suffisamment évidentes comme ça. Mais je pensais que Pankov savait mieux que moi ce qu'il avait à faire.

— « *Expertise médicale. Questions. Peut-on déterminer plus précisément l'heure de la mort ? Préparer un moulage de la trace de dents sur la plaque de chocolat et le comparer avec les moulages de contrôle… Faire un moulage de la denture de Grouzdev… Ensuite, déterminer le groupe de la salive sur les mégots de cigarettes Delhi… Expertise dactyloscopique. Analyser toutes les empreintes digitales relevées, les comparer avec les empreintes de la victime, de son mari, de sa sœur afin de les identifier… Expertise chimique et organique combinée. Établir si le liquide dans la bouteille avec l'étiquette "Vin d'Azerbaïdjan. Kurdamir" est bien de ce vin, établir la présence ou l'absence de mélanges quelconques dans le liquide analysé, en cas de réponse positive, analyser ce mélange…* »

Je n'avais pas l'habitude d'écrire tant et si vite. Je secouai mes doigts ankylosés et Pankov promit :

— C'est bientôt fini. Écrivez : « *Expertise graphologique. Établir par qui a été écrit — Grouzdev ? — le mot comportant des menaces. Pour ce faire, obtenir de Grouzdev un texte de contrôle d'écriture libre et un texte sous la dictée… Ensuite : vérifier au cours de l'enquête le contenu de tous les documents écrits qui ont été saisis sur les lieux du crime. Interroger les collègues de la victime et de l'accusé, de sa concubine. Par enquête et méthode opérationnelle, prendre des mesures urgentes et actives afin de retrouver les biens de la victime qui ont été volés dans l'appartement…* » C'est tout.

Soulagé, Pankov me regarda avec satisfaction :

— C'est plus ou moins compréhensible, dis-je. C'est à cela qu'il va falloir s'atteler ?

— En liaison avec moi. Je demanderai d'abord toutes les expertises et vous, vous vous mettrez en contact avec les experts.

Après avoir laissé une liste entière de « mesures opérationnelles urgentes dans le cadre de l'enquête », Pankov remit ses lunettes dans leur étui, enfila ses caoutchoucs, prit son parapluie et partit. Jeglov revint presque aussitôt, l'air content. Je ne lui demandai rien mais lui montrai la liste de Pankov.

— C'est du sérieux, ironisa Jeglov. Dans l'ensemble, c'est parfaitement juste. Le vieux aurait pu s'occuper des formalités de l'enquête, nous, on est débordés par les affaires. Bon, c'est vrai que chaque procureur a au moins trente affaires sur le dos. Si nous attendons qu'il le fasse lui-même… Bon ! Si on allait manger un morceau ?

J'étais toujours prêt à manger, c'en était même devenu anormal ; pourtant je ressentais en permanence comme un creux à l'estomac, qui me faisait l'effet d'un troglodyte. Je m'efforçais même de fumer plus, on dit que ça coupe l'appétit, mais en vain. Les Américains, quand on les a rencontrés sur l'Elbe, mâchaient sans arrêt une sorte de gomme. Pas parce qu'ils avaient faim, bien sûr, nous étions tous très bien nourris là-bas, mais comme ça, pour le plaisir ; ils ont cette habitude-là. Ah, si j'avais eu une réserve de ces trucs, j'en aurais mâché sans cesse, ça coupe quand même un peu la faim. À quoi bon se rappeler tout cela, je n'ai pas tellement envie de repenser à la façon dont on se nourrissait au front…

— Bien, chef. On peut y aller ?

Jeglov n'eut pas le temps d'ouvrir la bouche qu'on frappa à la porte. Un général entra, un aviateur, son imperméable dans les mains. Tout couvert de médailles — les pilotes en ont toujours eu plus que les autres —, avec en plus l'Étoile de Héros de l'Union soviétique. Nous nous mîmes tous les deux au garde-à-vous :

— Bonjour, mon général !

— Repos. C'est bien la Direction de la milice judiciaire de Moscou, ici, le MOUR ?

— Exact, mon général, dit Gleb, avant de se présenter. Capitaine Jeglov, chef du Service opérationnel des enquêtes criminelles !

— Enchanté, sourit le général. Je m'appelle Liakhovski.

— Ah, bien sûr, j'y suis, mon général, dit Jeglov en souriant.

Je me souvins alors que lorsque nous étions de permanence, Jeglov avait commencé à me raconter l'histoire de la voiture volée du général, une M-1.

— Vous voyez, on l'a retrouvée, votre chère voiture, on a fait notre possible…

— C'est exact. Tout est en ordre. Je dois vous dire que j'étais bien chagriné, j'y suis habitué, et puis c'est vexant : ils me l'avaient volée sous le nez, les canailles. Mais notre brillante milice s'est montrée à la hauteur…

— Comment pourrait-il en être autrement, mon général, dit fièrement Jeglov. Est-ce que vous croyez qu'on va laisser faire les voyous dans notre glorieuse capitale ? Et laisser voler les voitures de nos remarquables héros ? Jamais !

Liakhovski s'approcha, serra cordialement la main de Jeglov et dit :

— Je me suis dit que j'allais venir saluer et remercier personnellement les camarades, et me voilà ! Vous êtes forts !

— Vous avez raison, Alexandre Vassiliévitch ! approuva Jeglov. Vous savez, les gars travaillent comme des lions, mais jamais personne ne vient nous remercier. Bien sûr, on ne travaille pas pour les mercis, mais une bonne parole, surtout de la part de quelqu'un comme vous, ça fait drôlement chaud au cœur.

Le général sourit avec bonhomie, il était évident que les paroles de Gleb l'avaient flatté. Du coup, Gleb décida de poursuivre dans la même veine :

— Alexandre Vassiliévitch, nous n'avons besoin de rien de tel, ni articles dans les journaux ni lettres de félicitations. Mais vous, vous êtes entré comme ça, et ça nous fait très plaisir…

Le visage de Liakhovski dénota aussitôt un certain souci en même temps qu'un soulagement :

— Écoutez, mais c'est une bonne idée, le journal ! Je n'y avais pas pensé. Avez-vous votre propre journal ?

— Oui, *Au poste de combat*, il se trouve ici même.

— Parfait. C'est une excellente idée. Vous m'excuserez, je n'ai pas bien entendu, comment vous appelez-vous ?

— Jeglov, capitaine de la milice, dit Gleb avec modestie.

— Et vous ? demanda le général en se tournant vers moi.

— Lieutenant-chef Chaparov, mon général, répondis-je comme si j'étais encore à l'armée, avant d'ajouter : Permettez-moi de préciser que je n'ai pas participé le moins du monde à cette affaire…

— Bien, fit le général, ponctuant ce mot d'un signe de tête.

Il inscrivit quelque chose dans un petit carnet à couverture en aluminium, nous serra la main et partit.

— Gleb, qu'est-ce qui t'as pris ? demandai-je. On n'a rien à voir dans cette affaire. La voiture, autant que je comprenne, c'est les gars du service des enquêtes de la Sécurité routière qui l'ont retrouvée, non ?

Jeglov me regarda, l'air étonné :

— Et alors ? Comment ça, « on n'a rien à voir dans cette affaire » ? D'après toi, eux, ce sont des étrangers pour nous ? Arrête ces histoires, Chaparov, nous faisons le même boulot. Si on nous félicite, c'est eux qu'on félicite. Si on les engueule, c'est nous qu'on engueule. Je sais pas, Vladimir, où t'as pris l'habitude de toujours mettre ton grain de sel, c'est pas tellement dans le caractère des éclaireurs, il me semble…

J'eus honte, mais me souvins du journal :

— Si jamais il écrit dans le journal que tu lui as retrouvé sa M-1, tu te débrouilleras…

— Si t'étais un peu plus futé, Chaparov, tu saurais bien que le journal publie jamais les noms des agents opérationnels. Ils imprimeront une note, la découperont et enverront à qui de droit. Quant à Vassiliévich, si ça lui chante, il peut inviter à une réunion du Komsomol le pilote héros Liakhovski, ça sera utile et intéressant pour tout le monde. T'as saisi ?

Il m'avait raconté tout ça sur le chemin vers la cantine, et il ne me restait plus qu'à m'étonner de son esprit inventif et vif. Je lui dis que, chez les éclaireurs, un gars comme lui aurait été drôlement le bienvenu. Gleb éclata de rire, me serra amicalement par l'épaule et dit :

— Suffit, grand penseur ! Restaurons-nous. Dès qu'on aura fini, direction les experts, il n'y a pas de temps à perdre avec l'affaire Grouzdev, il faut la boucler au plus vite et s'occuper sérieusement des « Chats », ils commencent à m'enquiquiner, ceux-là…

CHAPITRE 8

PRODUITS POUR LA POPULATION — ARTICLES NOUVEAUX

La production de l'artel « Metpromsoyouz » fait une large place aux serrures de portes, aux outils, aux articles en métal, à la vaisselle en aluminium. L'artel fabrique aussi des chaises, des armoires, des matelas à ressorts. Parmi les articles nouveaux qui seront mis en vente cette année figurent des traîneaux en métal pour enfants, des tricycles, des électrophones, des jeux de dames et de dominos en matière plastique.

Troud.

Le lendemain matin, à peine étions-nous entrés dans le local de la permanence que Soloviev jetait le combiné sur son socle et criait :

— En route, les gars ! Le « Chat noir » a encore dévalisé un magasin…

Et, pendant que notre vieux Ferdinand roulait en direction de la gare de Savelovo, je pensai que Jeglov possédait un don : hier, dans la soirée, il m'avait parlé des « Chats ». Maintenant, il était assis près de la fenêtre, renfrogné, de méchante humeur et nous regardait, l'air sombre. Taraskine demanda à Gricha :

— Pourquoi le film s'appelle-t-il *Fautifs sans faute ?*

Gricha éclata de rire, mais Jeglov l'interrompit avec colère :

— Si jamais j'apprends un jour que t'as encore caché un billet de 100 roubles dans le canon de ton pistolet, je te fais fautif *avec* faute…

— Qu'est-ce que je peux faire, Gleb Gueorguievitch ? implora Kolia. Avec son flair, elle devrait travailler chez nous ! La dernière fois, je les avais cachés dans l'étui. Elle les a trouvés ! Le pistolet, malgré tout, elle a peur d'y toucher…

Installé sur la banquette arrière, j'essayai, avec un morceau de fil de fer, de ficeler la semelle de ma chaussure élimée, mais le fil sautait régulièrement de la couture ; j'espérais que ma réparation de fortune tiendrait jusqu'au soir, à la maison.

Il ne s'agissait pas d'un magasin mais d'un entrepôt de produits alimentaires en demi-gros, rue Bachilovka, non loin d'un foyer de la milice. C'était une vieille maison en briques à un étage, sans fenêtres, avec un long auvent pour les camions et les chariots, une petite cour sale entourée d'une palissade fatiguée. Dans la cour, près de la porte en fer-blanc qui donnait dans l'entrepôt, se tenaient des gens en veste ouatinée passée par-dessus une blouse blanche ; un homme de petite taille en manteau de cuir et casquette de cadre leur parlait sur un ton aigre. Comme les autres lui répondaient avec respect, j'en déduisis qu'il devait être un grand chef du ravitaillement. Près de la porte, un îlotier impassible qui avait l'air de s'ennuyer gardait les lieux du crime.

— Où est le gardien ? lui demanda Jeglov.

L'îlotier désigna de la tête un vieux barbu. Jeglov l'appela et le vieux, tout en marmonnant et en se mouchant avec ses doigts, expliqua longuement et de manière très embrouillée qu'il pleuvait, qu'il s'était mis à l'abri sous l'auvent — du côté de la façade —, qu'il était un peu dur d'oreille vu son âge, « donc, par conséquent, les bandits, ils ont dû arriver par-derrière ». Le vieux ne les avait entendus ni lorsqu'ils étaient entrés ni lorsqu'ils étaient sortis de l'entrepôt. En fait, il devait dormir à poings fermés, et il n'avait découvert le vol qu'à l'aube en s'apercevant que le gros cadenas avait été arraché.

Passiouk était resté pour examiner la porte et le cadenas pendant que les autres, accompagnés par le directeur, étaient entrés à l'intérieur de l'entrepôt. Deux autres portes cadenassées avaient été également forcées, les sections vins et épicerie, ainsi que celle des viandes, avaient été dévalisées. On procéda d'abord à l'examen de la chambre froide, où, du fait des installations réfrigérantes, il gelait comme en décembre.

Sur un cageot retourné, un chaton noir frigorifié ouvrait une bouche rouge en forme de triangle et miaulait plaintivement. Le directeur dit, l'air perdu :

— La voilà, leur signature, à ces bandits…

Ce n'était rien qu'un pitoyable chaton, mais parce qu'il avait été abandonné là par les voleurs, les autres le regardaient comme s'il avait été venimeux. Jeglov saisit la petite créature par la peau du cou et la fixa des yeux comme s'il avait l'intention d'en tirer quelque renseignement. Mais le chat ne faisait que miauler, remuant convulsivement ses pattes.

— Ne serait-ce pas un des employés qui l'aurait laissé ici ? demanda Gleb.

— Que dites-vous là, camarade chef ! fit le directeur dans un geste de manche en cuir brillant. L'inspection sanitaire l'interdit, en plus, personne ici, jamais…

Jeglov donna le chaton à Kolia, qui le mit dans sa chemise et, aussitôt, la petite bête se calma.

— Alors, nous nous mîmes à compter les blessures… dit Jeglov. Allons voir ce qu'ils ont pris…

Le chef de section, un homme bien bâti au nez rouge avec des yeux d'ours à l'affût, marmonna :

— Bon, tout à l'air en place… Ouais… ouais… La deuxième chambre était ouverte, y'a rien dedans… Ouais…

Mais soudain, ce fut comme s'il avait perdu la voix ; il se tourna vers le directeur, horrifié :

— Vartan Ivanytch, le mélange !

— Quoi, le mélange ? demanda le directeur, irrité. Ils l'ont volé ?

— Ils l'ont volé… dit à voix basse le chef de section. Il y avait ici une boîte de vingt kilos qu'on gardait pour les fêtes, ajouta-t-il à notre intention.

— Le mélange, c'est quoi ? demanda Jeglov.

— De la poudre d'œuf, répondit immédiatement le directeur. De qualité supérieure, d'importation… Aïe, aïe, aïe, on l'avait gardé pour l'hôpital et eux, les salauds…

— Plus de conserves ! annonça le chef de section. Trois caisses d'américaines, avec les clés…

— De la viande ? s'inquiéta le directeur.

— Non, du bacon, la viande, elle est déjà livrée.

— Les caisses sont grosses ? demanda Jeglov. Lourdes ?

— Un mètre, lâcha le chef de section, sur cinquante centimètres de large. À peu près, bien sûr. Quant au poids brut, je vais vous le dire tout de suite.

Il sortit de sa poche une liasse de bons de livraison, les consulta.

— Voilà. Douze dizaines de boîtes… bon… net… Voilà, poids brut : soixante-douze kilos, poids net.

— Compris, dit Jeglov avec un signe de tête. Le reste est en place ?

— Oui, on dirait, dit le chef de section d'une voix traînante manquant de conviction. Il faudrait faire un inventaire.

À la section vins et épicerie, les voleurs avaient emporté une caisse de liqueur, une boîte de chocolat Étiquette d'argent, une caisse de trente-cinq kilos de saccharine et cinq paquets de cigarettes Herzégovina Flor.

— Pourquoi pensez-vous qu'ils en ont pris cinq ? demanda Jeglov à la jeune chef qui regardait les agents, l'air terrifié.

— Je ne pense pas, j'en suis sûre, dit-elle sans hésiter. Chaque cartouche contient vingt paquets. Il y avait trois cartouches, deux intactes, une entamée, j'ai moi-même expédié dix paquets au commissariat du Peuple aux approvisionnements. Donc, il restait dix paquets, et comme vous le voyez, nous n'en avons plus que cinq.

— Bien, bien…

Jeglov fit quelques pas, puis se tourna vers moi :

— Alors, l'aigle, qu'est-ce que t'en penses ?

Je n'étais guère à l'aise, car je n'avais aucune idée précise ; à dire vrai, je m'étais à une ou deux reprises laissé aller à penser que si nous avions pu les prendre sur le fait, ils en auraient vu, les salauds… Mais tout cela n'était pas très sérieux et, pour donner du poids à ce que j'allais dire, je toussotai dans mon poing :

— Je suppose qu'ils devaient être au nombre de cinq : chacun a pris un paquet de Herzégovina. Ils en ont pas pris plus parce que c'était du superflu et qu'ils avaient les mains occupées, tu comprends, par ce qu'ils emportaient… C'est ça ?

Comme Jeglov ne disait rien, je poursuivis mon monologue :

— Je pense que c'est ça. Ensuite, ils vont pas passer la nuit ici, et les caisses sont lourdes, même à deux c'est difficile… Combien de caisses, déjà ? Ça fait… attends… Trois, plus une, ça fait quatre, plus trois encore, ça fait sept, donc, s'ils étaient à deux, ça fait sept voyages. Quoi qu'on en dise, c'est risqué. Donc, à quatre, ça fait quatre voyages... Il faut chercher des traces dans la cour, du fait du poids elles doivent être profondes, il faut aussi trouver le trou dans la palissade, par où ils ont passé leur butin.

Une fois sortis dans la cour, nous découvrîmes quatre paires de traces bien marquées qui menaient à la palissade où trois planches avaient été retirées puis remises avec soin. Jeglov eut un sourire malicieux :

— Le fin limier ! T'as de la chance, le temps est vraiment humide aujourd'hui, la terre a bien conservé les traces. Mais, avec l'asphalte, qu'est-ce qu'on va faire ?

Effectivement, avec le trottoir de l'autre côté de la palissade, ce fut une autre affaire : il était tout sale, et avait été irrémédiablement piétiné par des centaines de personnes depuis le matin. Difficile de dire de quel côté les voleurs étaient partis. Cependant nous tombâmes tous d'accord pour penser que le plus vraisemblable était qu'ils avaient amené leur véhicule tout près de la palissade, et rapidement chargé leur butin avant de s'envoler.

Pendant que l'expert moulait les empreintes des pas, Jeglov organisa une petite conférence dans le bureau du directeur de l'entrepôt.

— Nous disons donc, camarades, fit-il en préambule, que la manière dont vous gardez le bien du peuple fera l'objet d'une conversation à part, et les coupables, punis sévèrement. J'ai calculé qu'on vous a pris dans les 800 000 roubles. D'après les prix en pratique sur le marché, bien sûr. C'est la première chose. Ensuite, vous allez organiser une commission pour rassembler ce qui reste et en faire l'inventaire : pour savoir si tout ce qui a été volé a bien été signalé, etc. Pour n'offenser personne, comme on dit, et sans citer de noms, je veux vous prévenir : je déconseille à quiconque d'essayer de faire passer quelque chose d'autre dans le butin, vous devez savoir que les voleurs, quand nous les aurons coincés, exposeront en détail tout ce qu'ils ont pris.

Il se dégageait une telle assurance de Jeglov que tous les employés signifièrent ensemble qu'ils avaient compris en mettant la main sur leur cœur. Jeglov poursuivit :

— Nous disons donc que ça, c'est la deuxième chose. Troisièmement : dès maintenant vous allez m'assurer la garde de la propriété socialiste comme il se doit, sinon vos visiteurs d'hier soir vous assommeront encore une fois ! C'est tout...

Je rentrai à la Direction vers six heures du soir et, aussitôt, me rendis à la cantine. J'avais déjà noté que ces derniers temps, je ressentais une faim qui ne me lâchait pas une sorte de manque chronique de nourriture. Mon organisme se révoltait contre les chiches rations qu'on nous servait ici, en ville, alors qu'il était habitué aux riches menus de l'armée, que les éclaireurs arrivaient à améliorer et à diversifier encore « grâce à leur mobilité sur le terrain et à leurs manœuvres tactiques sur les arrières de l'ennemi », comme aimait à le dire l'adjudant Formaniouk.

Au-dessus du guichet de la caisse, un morceau de papier annonçait aux collaborateurs : « *En vente, de la compote protéique, pas besoin de tickets !* » Je me payai bien volontiers trois portions de compote. Arrivé au point de distribution, je vis qu'un esclandre avait éclaté. Passiouk, rouge d'indignation, son assiette dans la paume, asticotait la jeune cuisinière couverte de taches de rousseur.

— Qu'est-ce que c'est que cette soupe, c'est la première fois que je vois ça, de l'eau froide avec du riz et des fruits secs ? Comment ça se mange ?

— Comprenez, dit pour se justifier la fille au nez en trompette, c'est un plat de restaurant étranger, c'est très bon et très nourrissant, une soupe aux fruits !

— J'en ai rien à faire de l'étranger, je sais ce que c'est, je l'ai parcouru à pied ! Une telle soupe, puisqu'elle est sucrée, c'est pas de la soupe mais de la compote ! Et avec du riz, ça fait de la bouillie, et même plus de la compote, pouah... Donnez-moi du borchtch !

Et Passiouk passa, l'air décidé, son assiette à la jeune fille.

— Quel manque de culture, se plaignit la cuisinière.

Mais elle ne discuta plus et servit une pleine assiette de borchtch à Passiouk, qui partit tout content à la recherche d'une table, tandis que les autres autour, manquant aussi de culture et ayant bien ri, demandèrent du borchtch comme soupe et de la soupe à la nouvelle mode, comme dessert.

Je réussis à obtenir d'elle les deux, et demandai à l'autre serveuse de me servir mon goulasch et mes trois verres de compote, un liquide gris épais avec des reflets violacés guère appétissant. Je m'installai près de la fenêtre, à côté de Passiouk, qui, ayant fini son borchtch, me communiqua les dernières nouvelles. Sur ordre de Jeglov, il s'était rendu au travail de Larissa Grouzdeva, au théâtre, où il avait appris que, la veille de sa mort, elle avait donné sa démission. À l'atelier des costumes, elle avait dit qu'elle voulait se reposer un peu dans le Midi.

— Où, précisément ? Avec qui ? demandai-je, intéressé.

— Elle a dit qu'elle irait en Crimée, voilà... Mais on ne sait pas avec qui. Les costumières disent qu'elle était drôlement bien, gentille et pas fière. Qu'elle avait apporté un gâteau pour faire ses adieux et qu'elle était de très bonne humeur.

Je suçai les os qu'ils avaient baptisés « goulasch » en réfléchissant à voix haute :

— Bizarre… Nadia n'a rien dit au sujet de sa démission et de son voyage dans le Midi. Il faudrait lui redemander : elle ne pouvait pas ne pas être au courant des projets de Larissa.

— Elle doit savoir, acquiesça Passiouk. D'autant plus que le même jour Larissa a retiré tout l'argent de son livret de caisse d'épargne.

— Quel argent ? dis-je, étonné. Elle avait de l'argent ?

— Elle en avait, confirma Passiouk. Jeglov a demandé par téléphone où il était placé, dans quelle agence, et j'y suis allé. La caissière m'a donné une fiche de renseignements, tiens, regarde…

Passiouk sortit de la poche de sa vareuse une feuille de papier pliée en quatre. Le compte de Larissa avait été ouvert en 1939, il avait grossi progressivement pour atteindre 8 500 roubles à la date du 20 octobre, somme qui, ce même jour, avait été retirée intégralement.

— Elle a tout sorti en une seule fois ?

— La caissière m'a encore dit qu'elle lui avait demandé de ne pas fermer son compte, de laisser au moins 50 roubles. Mais Grouzdeva a refusé.

Je goûtai à la compote, qui était assez bonne, et bus avec plaisir les trois verres. Passiouk m'attendit et nous remontâmes au bureau ensemble. Il s'installa à la table pour rédiger son rapport et, moi, rassasié et satisfait de mon déjeuner qui ferait également office de dîner, je me mis à faire les cent pas dans le bureau, réfléchissant aux dernières nouvelles dénichées par Ivan. Il me semblait qu'elles avaient quelque chose à voir avec les événements du matin, mais, pour l'instant, je n'arrivais pas à saisir ce lien.

CHAPITRE 9

TU AS BESOIN DE VINAIGRE, ACHÈTE « KABUL » !

Bizarres sont les méthodes de vente du magasin alimentaire n° 3 (passage Staropétrovski). Si le client a besoin de vinaigre, on ne lui en vend que s'il achète en même temps de la sauce « Kabul ». La pâte vitaminée est vendue, elle, accompagnée d'une quantité égale de marmelade et de légumes (en échange de tickets de rationnement). Lorsque les clients protestent, le directeur du magasin répond : « Chez nous, c'est comme ça. Si ça ne vous plaît pas, n'achetez pas ! »

Extrait du courrier des lecteurs.

Vers le soir, l'agitation et les allées et venues dans les couloirs de la Direction se firent plus intenses. Déjà imprégné des rythmes propres à l'institution complexe où je travaillais depuis peu, je compris qu'une opération de grande ampleur était en train de se préparer. Dans de tels cas, Jeglov expliquait : « La situation opérationnelle en ville a changé. » Lui-même, une demi-heure plus tôt, avait été convoqué par la hiérarchie, et j'avais vu des responsables de départements, d'équipes et de groupes opérationnels emprunter le long couloir menant au bureau du grand chef du MOUR.

Taraskine était assis à la grande table, il remplissait une demande de renseignements. Que ce soit le papier lui-même qui était de mauvaise qualité, la plume qui accrochait, ou bien encore, et c'était le plus probable, Kolia et ses gros problèmes avec l'écriture, toujours est-il que les lignes sur la feuille étaient loin d'être nettes, les lettres avaient l'air de se battre entre elles, les ratures et les taches grossissaient comme sur un buvard. Kolia, jurant comme un charretier, finit par recommencer sur une nouvelle feuille.

Ivan Passiouk lisait un manuel d'histoire. De temps à autre, il levait la tête et, l'air pensif, avec un bruit sec de ses lèvres gercées, il disait comme pour lui-même :

— Bon sang, il faut le faire, une guerre de cent ans ! Il faut le faire, se battre pendant cent ans ! Il y a de quoi devenir dingue…

Passiouk suivait, en sixième année, les cours du soir. Mais il apprenait mal et la professeur de littérature avait refusé de lui mettre une note pour le premier trimestre ; dans une rédaction rédigée à la maison dont le sujet était : « Pourquoi nous aimons Grinev et haïssons Chvabrine [1] », Passiouk avait écrit : « *Je n'aime pas Grinev parce que c'est un fils à papa stupide et je ne dirais pas que je hais Chvabrine, car, au moins, lui, en commun avec Pougatchev, il s'est dressé contre le tsarisme si haï.* » Jeglov, qui avait eu vent de cette rédaction, en avait ri aux larmes ; d'après lui, il ne faudrait pas s'étonner qu'on exclue Passiouk de l'école : « si tu es si intelligent que ça, va à l'Académie des Sciences, et pas en sixième année », lui avait-il dit.

Six-sur-Neuf me racontait une histoire incroyable sur une dompteuse qui était amoureuse à la folie de lui,

1. Héros de la nouvelle *La Fille du capitaine* d'Alexandre Pouchkine.

mais avait fini par partir avec un prestidigitateur polonais parce que ce dernier ne s'adressait à elle qu'en disant, invariablement : « Vous, la plus jolie des demoiselles… ». Gricha mentait naïvement, mais avec inspiration cependant et, en regardant les épais verres de ses lunettes, tout embués tant il s'était excité, son étroite poitrine de poulet toute gonflée et les grands gestes de ses maigres bras, je ne doutais pas un seul instant que le photographe crût sincèrement à cet amour impossible de la dompteuse. Gricha se serait sûrement encore souvenu de nombreux épisodes de ce remarquable roman, si Jeglov n'était rentré avec un sourire narquois et n'avait ordonné :

— Branle-bas de combat, les gars ! Opération dans toute la ville.

Les chefs avaient demandé de vérifier avec les groupes opérationnels — en s'appuyant sur la milice territoriale — tous les endroits louches où les éléments criminels avaient l'habitude de se retrouver, de même que les gens sans emploi et les filles aux mœurs douteuses.

Jeglov rit de sa voix sonore de baryton et hocha la tête comme si quelqu'un le chatouillait.

— Je ne vois rien de marrant, dit Passiouk. C'est une opération comme une autre. Une rafle ordinaire.

— Vrai, mais c'est autre chose qui est marrant, se réjouit Jeglov. Le pope de l'église près de la Potrovka, l'évêque Philimon, a invité deux filles chez lui hier, je me demande bien ce qui lui a pris de vouloir les « confesser ». Une fois chez lui, ils ont bu de l'alcool de prune. Le pope, bien sûr, il sait pas boire comme ces gonzesses, du coup, il s'est endormi. Alors, elles lui ont piqué sa croix pectorale avant de disparaître.

— Qu'est-ce que ça veut dire, c'est à cause d'un quelconque pope débauché qu'a éclaté tout ce tintouin ? se révolta Taraskine, indigné.

Jeglov s'arrêta soudain de rire, comme s'il venait de coudre ses lèvres. Il détailla Taraskine des pieds à la tête, fit un pas de côté et dit sans se presser, lâchant chaque mot entre ses lèvres serrées comme s'il crachait des pépins :

— D'après vous, camarade Taraskine, ça veut dire que s'il est serviteur du culte, alors, dans notre pays, la défense de ses droits n'est pas garantie, c'est ça ?

— Il n'avait qu'à pas aller traîner avec des filles de joie, dit Kolia sur un ton renfrogné.

— Taraskine, ton boulot est d'élucider les crimes et pas de t'occuper de la moralité des évêques ! Au sujet de la luxure, laisse donc leur Synode s'occuper de ça. Nous devons rechercher un objet ayant une immense valeur artistique, compris ? Demain, ils refileront cette croix byzantine à des receleurs qui la fondront. Eux, ils s'en balancent, de la valeur de nos objets de culte.

Je ne comprenais pas très bien ce qui prenait à Gleb de défendre avec tant d'ardeur la croix volée à l'évêque, mais j'avais déjà appris à saisir les nuances de ses intonations, surtout quand il « faisait l'éducation » de son groupe opérationnel. Il me sembla que c'était de ça qu'il s'agissait. Le matin, j'avais vu un pope à la permanence, un homme aux chairs molles, une loque avec une face d'image pieuse, sans âge et sans signes particuliers. Il me parut bizarre qu'un homme à l'air aussi minable puisse encore s'intéresser aux femmes.

Mais en écoutant Jeglov, je compris que les malheureuses aventures de l'homme d'Église n'étaient pas à l'origine de cette grande opération. Une de nos têtes pensantes devait avoir un plan pour coincer un gros bonnet par l'entremise de prostituées et, par la même occasion, les filles qui avaient pu voler la croix. Bien sûr, il n'était jamais nécessaire, dans ce genre d'opérations, que tout le monde fût au courant de tous les détails.

Je fus convaincu d'avoir raison lorsque Jeglov donna le signalement de deux femmes. Sur le visage impassible de Passiouk je pus lire qu'il pensait exactement la même chose que moi. Taraskine grommelait encore quelque chose pour lui-même mais Six-sur-Neuf, excité à l'idée de cette rafle, l'entraînait déjà derrière lui.

Nous avions décidé de mettre fin à nos pérégrinations nocturnes inutiles — plus cela allait, plus était menu le fretin — par le restaurant Narva, dont les prix n'étaient pas affichés à l'entrée. Nous approchâmes de la porte, le portier au visage rouge et osseux cria furieusement, au point que les veines de ses tempes se gonflèrent et se mirent à ressembler à des cordes :

— Toutes les places sont occupées ! Ne cherchez pas à forcer l'entrée, citoyens ! Un peu de tenue et de respect !

Jeglov dit en riant :

— Justement, on est venu t'en emprunter un peu ! Ouvre, on est du MOUR.

Les veines sur ses tempes se dégonflèrent, son visage s'éclaira d'un sourire mielleux et il eut un rictus découvrant ses dents jaunies, comme s'il venait d'apprendre que son propre père passait le voir pour boire un coup et parler de choses et d'autres qui font chaud au cœur :

— Entrez, camarades, entrez, on va vous trouver des places.

Taraskine dit avec mépris :

— Nos places sont réservées depuis longtemps, et sans votre aide.

Jeglov lui décocha un regard en biais, sourit ironiquement et dit d'une voix basse et ferme :

— La porte, à clé, ne laisser sortir personne, vérification d'identité. Toi, Chaparov, reste près de la porte.

Tous ensemble, coude à coude, nous débarquâmes dans la salle. Jeglov fit un signe de la main à l'orchestre qui jouait à tue-tête la dernière chanson à la mode, *Rosamünde*, et les musiciens lui obéirent instantanément, comme s'il était leur chef d'orchestre. Un instant encore le brouhaha du restaurant se poursuivit et, dans un coin, un mec bien parti, avec une sacrée tronche, continuait de gueuler de toutes ses forces : « Oh, oh, Rosamünde !... »

— Citoyens, je vous prie de m'excuser, dit Jeglov. Une simple formalité : préparez vos papiers et restez assis calmement à vos places.

Il fit rapidement le tour des petites tables du restaurant et examina avec attention les papiers, dévisageant sans se presser les titulaires des passeports et cartes d'identité. Le regard de Jeglov était si dense, si lourd que même moi, de loin, j'eus l'impression qu'il palpait littéralement le visage de ces gens. Sûrement que, sous son regard, ils ne se sentaient pas très à l'aise car beaucoup récupéraient leurs papiers en le remerciant avec un soupir de soulagement.

Jeglov proposait poliment mais fermement à ceux qui n'avaient pas de papiers de se mettre de côté, là où les attendait Passiouk, qui ne desserrait pas les dents. Tous s'indignaient et démontraient à ce dernier qu'on n'avait pas le droit de les arrêter. Imperturbable, Passiouk faisait un signe de la tête en guise d'acquiescement :

— Vous avez entièrement raison. C'est parfaitement vrai. Mais il faut toujours avoir ses papiers sur soi.

J'étais tellement pris par ce spectacle que je m'étais approché de la porte de la salle et n'entendis pas tout de suite la porte derrière moi grincer. Quand je réalisai, je me retournai et vis le portier au visage osseux qui repoussait doucement la targette, laissant derrière lui la porte des toilettes entrouverte. Je criai très fort :

— Taraskine, à ma place !

Je repoussai le portier et bondis dans la rue. Devant moi, une femme traversait la Ceinture des jardins en courant. Je piquai un sprint derrière elle, mais je me pris le pied gauche dans une pierre et ma maudite semelle, qui ces derniers jours n'avait tenu que par l'opération du Saint-Esprit, se détacha avec un craquement bizarre. Malgré tout, je courais beaucoup plus vite que la femme.

— Citoyenne, arrêtez !

Mais la créature accéléra son allure. À en juger par sa vitesse, ce devait être une toute jeune femme en pleine santé.

De l'école de musique située à l'angle de la rue sortit une foule de gosses accompagnés de leurs parents. La fille se faufila au milieu des étuis à violon et des cartables. Mes yeux s'étaient habitués à l'obscurité et j'avais repéré son châle clair. Je l'avais vue prendre un gamin par le bras, saisir son cartable et marcher à côté de lui, comme si de rien n'était. Malgré ma semelle de plus en plus défectueuse, je la rattrapai et la saisis par l'épaule :

— Eh, madame, c'est à vous que je m'adresse ! C'est après vous que je crie !

— Après moi ? dit-elle en levant ses sourcils soulignés au crayon. Que me voulez-vous ?

Le gamin n'en revenait pas et nous regardait sans mot dire.

— Rendez ce cartable à cet enfant et suivez-moi ! dis-je sévèrement.

La fille me regarda en clignant des yeux et émit un rire sifflant :

— Les chiens, ils vous laisseront même pas finir le Conservatoire !

Elle fourra le cartable sous le bras du gamin et vint vers moi.

Je la fis entrer dans le vestibule du restaurant en la tenant par le bras et avançai l'air menaçant vers le portier qui avait reculé vers sa petite table-placard près de l'entrée des toilettes.

— Pourquoi avez-vous laissé sortir cette femme ?

— Eh bien… donc… je pensais… je n'avais pas compris… je croyais qu'elle était avec vous, bêla le vieux, alors que son crâne chauve changeait progressivement de couleur, telle une lanterne chinoise, pour passer du gris pâle au cramoisi.

À ce moment, Jeglov sortit de la salle et, comme si de rien n'était, dit :

— Bravo, Chaparov, tu cours bien. Si tu étais un peu plus attentif, tu vaudrais de l'or. Oh ! Mais je connais ce visage ! s'écria-t-il en écartant largement les bras, comme s'il voulait embrasser la fille que j'avais arrêtée. Mania, je vois que tout ce que je dis ne sert à rien, tu veux pas changer de vie, tu joues toujours les cigales. Considère que tu as déjà chanté tout l'été, il est largement temps de t'assigner à résidence, au cent unième kilomètre.

J'examinai alors le visage de Mania : joli et rondelet, avec des yeux ronds de poupée de porcelaine, des lèvres dessinées en cœur au rouge, des boucles blondes frisées, rangées dans un filet à la mode. Sous un de ses yeux ronds et verts trônait un beau coquard enflé et luisant à souhait, comme une boule de Noël. Jeglov se tourna vers la salle et ordonna :

— Passiouk, Taraskine, embarquez-moi ceux qui n'ont pas de papiers dans le car. Tu vois, Volodia, fit-il en se tournant vers moi, tu as maintenant l'occasion de te frotter à Manka Obligation, une dame agréable à tous points de vue. Seulement, elle veut pas travailler ; au contraire, elle a un mode de vie antisocial.

— Eh, maudit flic, t'as partagé mon intimité, au moins, pour parler de mon mode de vie en public ? cria Manka Obligation, furieuse, avant de lâcher une bordée d'injures.

En regardant cette jolie petite bouche en cœur déverser une salve d'expressions que tous les charretiers réunis n'auraient pas comprises, je restai abasourdi. Jeglov éclata de rire et dit :

— Oh, Mania, Mania, quel mauvais exemple tu donnes à ce jeune homme…

Il jeta un coup d'œil autour de lui et fit un signe de la tête au portier blotti dans l'ombre près du vestiaire :

— Eh, toi, le vieux, j'ai failli t'oublier dans tout ce bazar.

Il s'approcha de sa table-placard, l'ouvrit sans cérémonie et se mit à sortir de là-dedans, à pleines mains, des paquets de Camel, des petites bouteilles d'eau de Cologne encore cachetées, des préservatifs étrangers, des cartes postales indécentes.

— Eh bien, c'est un véritable entrepôt de spéculateur, ici ! Un vrai magasin pour dépravés. Ramasse tout, vieux, tu vas venir avec nous.

Près de notre Ferdinand, Manka Obligation glissa ; je la rattrapai par le bras et l'aidai à monter dans le car. Ma main sentit alors un bracelet, qui serrait son poignet. La lumière blafarde ne me permit pas de bien le voir, mais il me sembla que ce bracelet avait la forme d'un lézard. Jeglov monta sur le marchepied, jeta un coup d'œil alentour et fit un geste de la main :

— En avant, Kopyrine. File à toute vapeur, notre bonne locomotive…

Les passants, arrêtés, discutaient, surexcités. Manka les regarda avec un dédain absolu :

— Eh vous, les mectons, qu'avez-vous à trembler comme ça ? éclata-t-elle de rire.

Et elle entonna une chanson cochonne. Kopyrine écouta les paroles très attentivement, hocha la tête, stupéfait, et dit d'un ton pensif :

— Drôles de gens que ces putes, elles ont pas besoin de maison, de famille, de repos, de bien-être, elles ont besoin que de cochonneries !

Je m'assis près de Jeglov sur la banquette avant et dis doucement :

— Il me semble que Manka a au bras un bracelet en forme de lézard.

— Vraiment ? s'intéressa Jeglov.

Il s'inclina vers la fille :

— Manka, tu me diras pas, au nom de notre vieille amitié, avec qui tu étais en train de passer une si belle soirée ?

— Qu'est-ce que ça peut te faire ? T'es jaloux, ou quoi ? T'as qu'à dire un mot, je te serai fidèle pour toujours. T'es un gars formidable ! Tes lèvres sont bien charnues, t'as un p'tit cul, donc, tu dois être champion en amour…

— De nous deux, on aura encore le temps de parler, mais, pour l'instant, parle-moi plutôt de ton cavalier. Peut-être que je le connais ?

Manka éclata de rire :

— Toi, tu le connais peut-être, mais, tu vois, j'ai pas eu le temps de lui demander son blase…

— Alors, pourquoi tu t'es sauvée ?

— Je faisais que sortir des toilettes au moment où vous êtes entrés. « Alors, que je pense, qu'ils passent » ; moi, j'éprouve aucun plaisir à te rencontrer si je peux l'éviter. Et vous, apparemment, c'est une véritable rafle que vous avez décidé de faire.

— Pourquoi donc t'as pas voulu me dire bonjour ?

Et, l'ayant prise gentiment par le bras, presque tendrement, Jeglov se mit à caresser sa manche, puis, comme s'il avait une absence, il garda sa main dans la sienne, qu'il tira un tout petit peu vers lui, imperceptiblement. Le poignet sortit de sa manche. Même dans la demi-obscurité, je distinguai parfaitement le lézard jaune-rouge avec un œil vert qui luisait.

— À quoi bon ? ! Déjà, la dernière fois, tu avais promis de me coffrer, il me semble, s'étonna Manka.

Gleb lâcha sa main et se leva.

— Oui, Mania, ça, c'est vrai, tu as raison. Cette fois-ci, en tout cas, c'est sûr, je vais te coffrer…

Nous débarquâmes en nombre dans la permanence et Mania, par habitude, suivit les autres clients vers la barrière, mais Jeglov l'arrêta :

— Mania, nous allons avoir à parler d'un sujet particulier tous les deux, viens, on va faire des messes basses.

Il cria alors au milicien de service :

— Soloviev, tu vérifieras ces cinq-là. Si tout est en ordre, qu'ils dégagent. Ne lâche pas le portier, on aura encore à parler de pas mal de petites choses avec lui. Mes gars t'apporteront le rapport.

Il me fit signe de la main comme pour me demander de le suivre. Avec Mania, nous montâmes au premier étage, maintenant silencieux et vide, entrâmes dans notre bureau, nous assîmes sans nous presser, et Jeglov dit, comme ça, comme s'il l'avait vu par hasard :

— Mania, il est joli, ton petit bracelet…

— Comment donc ! C'est un truc ancien, il vaut très cher !

— Combien tu l'as payé ?

Manka réfléchit un instant, fixant Jeglov de ses yeux tendres de poupée :

— Je l'ai pas acheté. C'est un héritage. En souvenir de ma chère petite maman…

— Eh bien ? s'étonna Jeglov. Mania, la dernière fois, t'avais dit que tu te souvenais pas de ta chère maman.

Manka cligna de ses longs cils passés au rimmel, les yeux restaient immobiles, vides de toute expression :

— Et alors ? Je ne renie pas ce que j'ai dit ! C'est en souvenir de maman que papa me l'a donné, mon pauvre papa qui est mort au front et qui m'a dit en partant à la guerre : « Garde-le bien, ma petite fille, c'est tout ce qui reste en souvenir de notre chère maman. » Lui aussi est mort, et je suis restée orpheline, toute seule, toute seule au monde. Et j'ai personne pour m'aider ou me soutenir, y'a que vous qui cherchez toujours à m'offenser, à dévaloriser ma pauvre vie qui est déjà pas très belle comme ça.

Jeglov fronça les sourcils :

— Mania, tu vas me faire pleurer ! Au sujet de ta maman, je dirai rien, je sais pas, mais ton père, lui, il a rien eu d'un héros. Au front, il a jamais fait la guerre, c'était un forceur de coffres de première, il était plutôt fort en la matière.

— Vous inventez des choses sur notre famille, dit amèrement Mania. C'est un péché, espèce d'en...foiré imbécile, et elle lâcha une nouvelle bordée d'injures.

— Bon ça va, dit Jeglov. J'en ai marre de m'engueuler avec toi.

Mania ouvrit son sac, en sortit un morceau de sucre et le propulsa très habilement de sa paume dans sa bouche. Elle ressemblait à un hamster en caoutchouc dans la vitrine du Monde des enfants de la rue Kirov. Elle était assise en face de nous, suçant avec plaisir son morceau de sucre et nous regardant de ses yeux vitreux. Jeglov s'installa à côté d'elle, la tête inclinée dans sa direction. Ils me firent penser à une carte postale coloriée avec deux amoureux et l'inscription : « *J'aime ma bien-aimée comme un pigeon sa colombe.* » Et, tout à fait tendrement, comme un vrai amoureux, Jeglov dit à Mania :

— Tes affaires sont mal engagées, ma petite. Cette fois-ci, tu t'en sortiras pas comme ça.

— Pourquoi ça encore ?

Mania lança un autre morceau de sucre dans sa bouche en se détournant quelque peu, comme si elle avait un peu honte de sa gourmandise.

— Ton bracelet qui vaut si cher, ton antiquité... il a été pris avant-hier sur une femme assassinée.

Jeglov se leva de sa chaise, passa de l'autre côté de son bureau et se mit, l'air absent, à y classer des papiers. Son visage aurait pu laisser penser qu'il venait d'annoncer à Mania qu'il pleuvait dans la rue, sans attendre de réponse en retour.

Pendant ce temps-là, je tirais de ma chaussure cette saleté de fil de fer et entrepris de fixer avec de la ficelle ma semelle qui bâillait :

— Je vais sûrement devoir les jeter, fis-je en m'adressant à Jeglov. Je prendrai mes bottes et les mettrai tous les jours.

— T'as qu'à aller à l'entrepôt, t'as droit à deux paires de semelles de cuir par an, ça fait partie de ton équipement.

— Où il est, l'entrepôt ?

— Rue Chelepikha, dit Jeglov, et il expliqua comment s'y rendre. En même temps, tu toucheras ta tenue d'hiver.

Nous parlâmes de choses et d'autres sans grand intérêt, puis Jeglov se leva, s'étira et dit à Manka :

— Eh bien, mon amie, prépare-toi, tu vas passer la nuit au dépôt et, demain, nous te confierons au Parquet.

— Pourquoi ça encore ? demanda-t-elle, arrêtant un instant de sucer son sucre.

— Mania, tu connais bien le fonctionnement de la maison. Tu dois savoir que nous, les enquêtes criminelles, c'est pas trop sérieux. Mais les assassinats qui peuvent se solder par la peine de mort, c'est le Parquet qui s'en charge.

— D'après toi, donc, pour un bracelet de pacotille, je risquerais la peine de mort ? demanda Mania qui avait parfaitement saisi l'allusion.

— Qu'est-ce que tu crois, qu'on va te donner des tickets d'alimentation supplémentaires pour ça ? Vous avez bousillé quelqu'un, maintenant, vous allez devoir payer.

— N'essaie pas de m'avoir par surprise, flic à la manque, dit Mania peu sûre d'elle.

Je compris alors que Jeglov l'avait brisée.

— Mania, que ton langage est grossier ! fit Jeglov en haussant les épaules. Je t'ai déjà dit que ça ne nous concernait pas. Tu diras tout ça au Parquet, nous, on s'en fout.

— Comment ça, vous vous en foutez ? ! s'indigna Mania. Quoi ? C'est la première fois que tu me vois ? Tu sais très bien que je n'ai jamais eu de relations avec des assassins.

— Je sais, acquiesça Jeglov. C'est exact. Mais les temps changent. Et puis je te rappelle que je suis inspecteur, pas ton avocat. Qui sait, peut-être que tu as bien pu tuer cette femme et que maintenant t'as son bracelet au bras. Comme on dit dans votre milieu, j'ai pas l'intention de me mouiller pour toi.

— Mais c'est Valia le Basané qui me l'a offert hier ! cria Manka. Qu'est-ce que je devais faire, lui demander un reçu de la bijouterie, ou quoi ? D'où que j'pouvais savoir où qu'il l'avait pris, ce bracelet ?

— Arrête, Mania, c'est pas sérieux, comme conversation. Bon, admettons que je puisse prendre ta défense. Alors, qu'est-ce que je dirai ? « Manka Obligation affirme que c'est le criminel Valia le Basané qui lui a offert ce bracelet, c'est ça, hein ? » Qui est-ce qui m'écoutera ? Réfléchis un peu, ce sont des mots vides de sens.

— Qu'est-ce que j'peux faire ? demanda Manka, écarquillant ses yeux ronds interloqués.

— Ha ! Que faire ? Il faut te rappeler que tu n'es pas Mania, mais Maria Kolyvanova, que tu es quelqu'un, une citoyenne, et pas n'importe quoi, que tu dois t'asseoir à cette table et écrire clairement comment, quand, dans quelles circonstances le voleur récidiviste Valentin Bissiaev t'a offert ce bracelet.

— Oui… écrire… dit-elle d'une voix traînante. Et après, il me battra à mort à cause de ce papier !

— Écris toujours. Moi, je me débrouillerai pour qu'il te laisse en paix. Ça m'étonnerait qu'il puisse te faire quelque chose, ici, dans ce bureau.

— Lui, peut-être, mais ses copains ? Dès qu'ils auront appris que je l'ai balancé, ils me feront la peau.

— Ils te feront la peau, ça, c'est sûr, acquiesça Jeglov. À vrai dire, ils peuvent aussi te la faire même si tu le balances pas. Ça, c'est dans le cas où tu continuerais de traîner dans leurs repaires louches, dans leurs quartiers, dans les gares et les restaurants. Il faut que tu travailles, tu fais honte à voir : une jeune fille en bonne santé comme toi qui mène une vraie vie de patachon ! Une vraie vie de chienne !

— Laisse ma vie privée tranquille ! Je comprends aussi bien que toi…

— Apparemment, t'as gagné, à force de comprendre. Bon, maintenant, je dois rentrer chez moi. Tu vas écrire cette déposition comme je te l'ai dit, hein ?

Mania réfléchit et acquiesça de la tête :

— Oui ! Je vais pas plonger pour eux ! Lui, il a failli m'envoyer en prison et moi, je devrais en baver ici à cause de lui ? !

Elle s'installa confortablement à la table de Jeglov, regarda, l'air inspiré, la feuille de papier posée devant elle et se mit à écrire avec une sorte de moue, comme si elle cherchait à attraper un morceau de sucre qui aurait sauté de ses lignes.

Jeglov s'approcha de moi et me confia à voix basse :

— File à la permanence, ramène deux témoins, on va procéder à la saisie du bracelet. Trouve Passiouk et Taraskine, qu'ils aillent cueillir le Basané chez lui.

CHAPITRE 10

Rome, le 30

La presse annonce que dans un entrepôt de la ville de Côme ont été volées 27 caisses contenant des archives de Mussolini et, notamment, sa correspondance très volumineuse avec Hitler, Ciano, Churchill

TASS.

Passiouk et Taraskine rentrèrent bredouilles après avoir vérifié le domicile de Valentin Bissiaev, absent depuis deux semaines, ainsi que quelques adresses de dames chez qui il aurait pu passer la nuit.

Les recherches auraient pu durer encore longtemps si Manka Obligation, qui commençait à s'ennuyer toute seule, n'avait craint qu'on ne ramène pas le Basané pour qu'il confirme ses dires et par là-même la lave de l'accusation d'assassinat et de vol qui pesait sur ses épaules. C'est pourquoi, au petit matin, elle dit à Jeglov :

— Et si vous alliez au parc Gorki, il y traîne souvent, il joue au billard…

Jeglov, qui consultait de vieux dossiers concernant le Basané, leva son regard sur elle et dit, l'air pensif :

— Ça, c'est une idée intéressante, Mania. Je vois qu'en toi est en train de naître une vraie conscience civique !

— J'en ai rien à foutre de ta conscience ! Il s'est accroché à une bande de joueurs de cartes, comme une punaise dans un tapis, et moi, à cause de lui, je dois écoper ? ! Moi non plus, j'ai aucune raison de moisir ici pour des trucs que j'ai pas faits !

Jeglov recopia plusieurs noms et adresses, tendit la feuille à Passiouk et leur ordonna, à lui et à Taraskine, de faire le tour de ces clients.

— Appelez Kopyrine et faites chauffer Ferdinand. Chaparov, Gricha et moi, on ira en métro. Dans deux heures à peu près, on sera rentrés. Toi, téléphone en cours de route pour dire où vous en êtes.

Pendant que le wagon traversait le pont de Crimée, longeait le quai et coupait à travers l'exposition du matériel saisi aux Allemands, Six-sur-Neuf nous raconta ses exploits au billard :

— D'ailleurs, pour être honnête, je gagnais tout simplement ma vie grâce à ça.

Son histoire était très longue, embrouillée, mais je saisis quand même que c'était sa bien-aimée, une Lilliputienne habitant Novoslobodskaïa où elle était officiellement enregistrée, qui lui avait fait passer le goût de ce jeu.

— Qu'est-ce que tu faisais avec une Lilliputienne ? demanda Jeglov sur un ton ironique.

— À proprement parler, elle n'était pas Lilliputienne, mais toute petite et faite comme une vraie déesse…

Je regardais les véhicules allemands fortement endommagés et ne pouvais me faire à l'idée que, six mois auparavant seulement, ces tas de ferrailles aujourd'hui brûlés, affreux et immobiles avec leur peinture de camouflage grossière, impuissants et dégoûtants auraient encore pu me tuer.

Alors tout s'estompa devant mes yeux, il n'y eut plus rien pour moi, ni ce jour gris et doux d'automne par lequel nous étions partis mettre la main sur le Basané, ni ce parc endormi aux arbres à demi dégarnis, ni cette eau dormante, telle du plomb, sur laquelle filait un bateau-mouche tout blanc portant l'inscription *Molokov* en lettres bleues sur l'étroite cabine du capitaine. Je revis alors cette soirée du mois d'avril dans le quartier Pankow de Berlin, où, alors que nous étions couchés sous un pont de la voie ferrée urbaine, de derrière nous, soudain, un Panther et deux véhicules blindés remplis de SS ouvrirent le feu et nous balayèrent depuis le pont de granit. J'avais immédiatement compris qu'ils tentaient une percée vers Schönhauserallee, là où les Allemands tenaient encore une puissante position fortifiée, prêts à frapper dans la foulée les arrières de notre batterie antichar et à tout broyer sur leur passage. Avec le Yakoute Mitrophane Zakharov, nous avions rampé rapidement vers le carrefour, à la rencontre du tank qui tournait déjà sur place, s'apprêtant à plonger dans la petite rue. Une rafale de mitrailleuse de gros calibre claqua sèchement au-dessus de nos têtes et atteignit les rails dans un grand fracas ; sans le vouloir, je m'aplatis contre les traverses et, lorsque je relevai la tête, je vis bondir, de la vitrine brisée du petit magasin à l'angle, Parakhine, un soldat plus très jeune, au caractère posé. C'était un palefrenier de Vologda, ombrageux, au visage pâle et boursouflé. Il courait tout droit vers le tank, sans sa mitraillette, une grappe de grenades dans la main. Je compris que Parakhine n'aurait plus jamais besoin de sa mitraillette. De cet homme malingre et voûté se dégageait une telle volonté que j'acquis la certitude que le Panther n'arriverait pas par-derrière sur les gars de la batterie, n'écraserait pas les canons sur les affûts, ne rougirait pas ses chenilles avec de la viande humaine. Les hommes d'un des véhicules blindés remarquèrent Parakhine, qui courait vers son destin, et la mitrailleuse tourna alors sur lui sa méchante gueule pointue et cracha le feu. Les balles projetèrent en l'air le soldat qui, dans ce dernier vol plané terrifiant, lâcha sa grappe de grenades en direction de la roue motrice de la chenille…

— … Chaparov, allons-y ! Qu'est-ce que t'as à rester flanqué là, t'as jamais vu de tanks, ou quoi ? entendis-je soudain Gricha crier après moi.

Dans la salle de billard, bien qu'il fût encore tôt, il y avait déjà pas mal de monde. Depuis l'entrée, Jeglov observa les joueurs et me dit :

— Là-bas, regarde, dans l'angle, à la quatrième table, c'est le Basané…

Des abat-jour carrés en tissu étaient suspendus au-dessus des tables, et les visages étaient cachés dans la demi-obscurité enfumée. Un gars se pencha, prépara sa queue, plongea dans le cône de lumière, frappa et, s'étant redressé, s'estompa de nouveau dans l'obscurité rouge-gris. J'avais parfaitement bien vu son visage net et basané, sa coiffure à la mode, ses mains longues et un insigne sportif au revers de sa veste. Un Ouzbek coiffé de la calotte nationale pénétra dans le faisceau de lumière et frappa. Le flux d'obscurité le happa aussitôt qu'il se fût écarté un peu de la table. Le gars à l'insigne, de sa voix de fausset, criait avant chaque coup :

— Deux bandes et dans le trou ! La boule adverse, je la mets dans le trou de droite, la mienne ira au milieu !

L'Ouzbek perdit très rapidement, paya et redisposa les boules. C'est alors que Jeglov cria sur un ton qui n'admettait pas de réplique :

— Une petite minute ! Le perdant est éliminé. Maintenant, c'est mon tour…

Le gars à l'insigne sportif regarda Jeglov et eut un sourire ironique :

— Mes respects, chef. Qu'est-ce qui vous prend, vous aussi vous êtes piqué par le jeu ?

— Que faire ? Si la montagne ne va pas à Mahomet…

— Pas possible, vous avez besoin de moi ?

— Oui, j'ai besoin d'un bon partenaire…

— Si vous l'aviez dit, je serais venu tout seul.

— Pour te joindre, c'est plutôt coton.

Jeglov le regarda en plissant les yeux.

— Avec toi, c'est comme dans la comptine pour les gosses. « *Valia est un bêta, il fume du tabac, il vole des allumettes, il ne dort pas dans sa maisonnette…* »

— J'ai jamais volé d'allumettes, dit sérieusement le Basané.

— Ça, je le sais. Tu dois certainement pas respecter les règles d'ici ? Tu joues pour du fric, hein ?

— Bien sûr, y'a que les gosses qui jouent pour du beurre, les vrais joueurs, eux, ils jouent pour du fric, sourit le Basané. On mise 50 par tête de pipe ?

Jeglov fit une moue dégoûtée de sa grosse lèvre inférieure :

— C'est avec Jeglov que tu veux jouer pour 50 ? Morveux !

— Combien, alors ? s'intéressa le Basané.

— 1 000.

— 1 000 ? Bon, acquiesça très volontiers le voleur en se réjouissant à l'avance à l'idée de plumer le grand Jeglov au billard, rêvant déjà à la légende qui le présenterait comme un exemple de vaillance face aux flics.

— Avant de parler de 1000, tu ferais mieux de me faire voir si tu les as, à moins que t'aies l'intention de jouer à crédit avec moi ?

Le Basané en fut vexé :

— Quoi ? Je connais pas les règles, moi ?

Il sortit alors de sa poche une liasse de billets.

— Bon, d'accord. Allez, commence.

— À la russe ou à l'américaine ?

— À la russe.

Jeglov attrapa un morceau de craie, le passa avec soin sur l'extrémité de la queue, qu'il fit tourner d'un mouvement régulier dans sa main avant de la placer devant son œil pour vérifier qu'elle était bien droite. Puis, il se tourna vers Gricha et dit :

— Va chez le directeur de la salle, il y a un téléphone, appelle la maison et demande que Passiouk et Taraskine viennent ici dès qu'ils seront de retour. Tu les attendras à l'entrée.

— Citoyen Jeglov, si vous tombiez la veste ? À moins que vous ayez peur pour vot'feu ? demanda avec une fausse politesse le Basané.

— Me donne pas de leçons, répondit Jeglov avec diplomatie. Et te fais pas de mauvais sang pour mon feu. Allez, on commence.

Le Basané ne fit pas exploser la pyramide avec sa boule mais se contenta de propulser cette dernière vers la bande ; la boule roula doucement et dispersa à peine celles du centre. Jeglov s'accroupit et, à l'œil, traça une ligne vers le trou du milieu ; d'un coup imperceptible, il y expédia la 6.

— Bon début, Gleb Gueorguievitch, dit le Basané. Je vais devoir vous demander des points d'avance.

— Moi, j'en ai rien à faire que tu m'en demandes ; en tout cas, le vendredi, j'en donne pas.

Jeglov frappa de nouveau, cette fois-ci assez fort, en biais, à travers tout le billard, en faisant glisser la queue sur sa main gauche et, ayant blousé une boule brossée, il sourit, content de lui :

— Soumets ton âme, car l'avenir de l'homme est corruption…

J'avais regardé, comme ensorcelé, la boule de Jeglov faire un rétro vers lui, du côté libre du billard, lui libérant de la place pour frapper. Mais, il rata son troisième coup : la boule crème roula sur le tapis vert éclatant, entra dans le trou, mais en rejaillit.

Le Basané plongea dans le carré éclairé au-dessus du billard et se coucha presque sur la table, s'efforçant d'atteindre une boule située plus loin, dans l'axe d'un trou.

— Retire tes pieds du billard ! ordonna Jeglov. Tu ferais mieux de mettre tes grandes bottes, on verrait pas que tes sabots touchent pas le sol !

Le Basané glissa de la table pour trouver une meilleure position. Alors qu'il allait frapper, Jeglov lui glissa doucement à l'oreille :

— Où tu l'as pris, le bracelet ?

Le Basané sursauta, sa main trembla, la queue dérapa sur la boule qui roula à côté du trou, heurta la bande et stoppa net :

— Quel bracelet ?

— Qu'est-ce que t'as à tout queuter ? Je vais t'apprendre à queuter ! L'As dans le coin de droite ! annonça Jeglov.

Il fit entrer la boule tout doucement dans la blouse et expliqua :

— Un bracelet en or en forme de lézard rouge-or, avec un œil en émeraude.

— Je sais pas de quoi vous parlez, chef ! répondit le Basané dont les yeux bleus s'illuminèrent d'un éclair.

Si je ne l'avais rencontré dans ce lieu, j'aurais donné ma tête à couper qu'il était étudiant, bon élève et sportif accompli.

— T'en as aucune idée ? demanda Jeglov en traînant sur les mots. Eh bien, dans ce cas, nous allons devoir nous rendre chez nous dès maintenant et, alors, je parlerai avec toi comme ça !

Et, d'un coup d'une force incroyable, il fit entrer avec fracas une boule dans le trou central.

— Tu vois, c'est ce genre de conversation qu'on va avoir tous les deux, lâcha-t-il en glissant tout en souplesse autour de la table dans ses bottes brillantes, et il porta un nouveau coup qui fit résonner et trembler la blouse. La 10 dans l'angle ! Je te parlerai comme ça, cordialement, avec persuasion, pour que tu comprennes bien le sens de ma question, pour que tu la comprennes par l'esprit, par le cœur, par le foie, par les reins et tout le reste de ton être pourri ! Si tu joues avec moi, tu comprendras tout de suite que c'est pareil que de battre à mort Manka Obligation… La 7 dans l'angle gauche !

La 7 heurta fortement la bande puis rebondit pour frapper une autre boule, qui glissa dans le trou. Le Basané blêmit, son visage fin s'allongea encore, il passa sa paume pleine de sueur dans sa magnifique chevelure.

— Citoyen Jeglov, j'arrive pas à comprendre de quoi vous parlez…

Jeglov s'arrêta, souffla un peu, regarda le Basané avec compassion et hocha la tête, l'air désolé :

— Tu comprends pas ?

— Parole d'honneur, je comprends pas !

— Écoute, Basané, peut-être que t'es pas coupable ? Ça doit être à ton sujet que, dans le *Manuel de psychiatrie judiciaire*, il est écrit : « *L'idiotie est le degré le plus élevé de la bêtise innée* », hein ? Qu'est-ce que t'as, ça va pas la tête ? fit Jeglov en vissant sa tempe du doigt.

Les coups du Basané étaient mal assurés, imprécis, les boules roulaient au petit bonheur la chance, et Jeglov lui assénait une nouvelle question avant chaque coup pour le déconcentrer un peu plus.

— À quoi bon queuter ! Les carottes sont cuites ! sourit méchamment Jeglov. Si je loge cette boule, j'ai gagné la partie…

Il s'approcha du Basané, lui marcha sur le pied de sa belle botte en box-calf et lui murmura à l'oreille :

— Basané ! T'es un monte-en-l'air, t'as jamais trempé dans des affaires de meurtre, c'est pourquoi, avant qu'il ne soit trop tard, tu vas t'allonger : où que t'as pris le bracelet ? Si tu comptes me bourrer le mou, tu connais déjà la suite…

Ils parlaient si doucement entre eux, penchés l'un vers l'autre, comme deux amis qui font une pause cigarette après une partie difficile, que, de la table voisine, les joueurs auraient pu envier une telle complicité.

De l'autre côté de la table, je ne pouvais saisir que des bribes de phrases. Je vis seulement que le Basané croisa les bras sur sa poitrine, écarquilla ses yeux clairs, essuyant même une larme de sa manche, et se signa. Des mots, comme des éclaboussures, jaillissaient de temps à autre de la bouillie chaude de leur conversation :

— … Aux cartes… au vingt et un… Kostia la Brique… pas d'fric… chez la modiste… je le connais pas… un pro… Kostia est pickpocket… plus revoir jamais la liberté…

Je n'entendis pas ce que Jeglov répondit, jusqu'à ce qu'il se retourne et dise dans un rictus ironique :

— Il jure ses grands dieux, le salaud, qu'il a gagné le bracelet aux cartes à la Brique. Qu'est-ce qu'on va faire, hein, Chaparov ? T'as une idée ?

— Oui, fis-je de la tête. Il faut coincer la Brique.

— On ne peut plus fine, comme idée ! Surtout, je ne m'attendais pas à une telle réponse !

Ensuite, il demanda au Basané :

— Écoute, Bissiaev, où qu'il « bosse », la Brique ?

— Il fait la tire dans les trolleybus : le 2, le 4, le B…

Pensif, Jeglov se balançait lentement d'avant en arrière en prenant appui à tour de rôle sur les talons et sur la pointe de ses pieds. Six-sur-Neuf fit son apparition suivi de Passiouk et Taraskine.

— Ferdinand est ici ? demanda Jeglov.

— Oui, on est venus avec, répondit Passiouk.

— C'est bien, bien, bien… marmonna Jeglov qui, de toute évidence, pensait à autre chose. Écoute, Valentin, lâcha-t-il soudain, tu veux pas faire un tour avec moi, en trolleybus ?

— Pourquoi ça encore ?

— Qui sait, peut-être on rencontrera la Brique, tu me présenteras, on se liera d'amitié, rit Jeglov de ses dents toutes blanches.

— Vous me prenez vraiment pour un vendu ! s'offensa le Basané. Que je donne un collègue à la poulaille, ça jamais !

— Tu sais, tu l'as déjà bien donné, éclata joyeusement de rire Jeglov. Eh, va-nu-pieds ! Moi, si c'est pas aujourd'hui, demain je le coincerai, la Brique, et je lui raconterai alors en détail comme je t'ai eu à l'épouvante, comme je t'ai fait cracher le morceau comme au dernier des morveux.

Le Basané soupira :

— Eh, citoyen Jeglov, que vous êtes dur ! Moi, je vous ai raconté tout ça en confiance, comme à un pote, on peut dire, et vous, vous voyez comme vous m'avez renvoyé la balle…

— Mens pas, mens pas ! Depuis quand Jeglov est-il pote avec les criminels ? Je vous ai poursuivis toute ma vie autant que mes forces me le permettaient et je continuerai à l'avenir jusqu'à ce qu'il n'en reste plus un de votre race ! Tu m'as raconté tout ça parce que tu sais que le bracelet est lié à une affaire de meurtre. Moi, pour l'instant, je ne te lave pas de tous soupçons, je continuerai à te travailler si tu veux pas m'aider. Pour le moment, tu vas pouvoir t'allonger sur un pieu au trou et réfléchir à la vie…

Le Basané releva fièrement la tête :

— C'est rien, la vie le dira bien…

Il enfonça sa main dans sa poche, en sortit son argent, compta 1 000 roubles et les tendit à Jeglov :

— Tenez, prenez votre dû, pour ce qui est du reste, on fera nos comptes plus tard.

Jeglov, les mains sur les hanches, se balançait lentement d'avant en arrière, le regardant droit dans les yeux, si bien qu'on aurait dit que le Basané faisait l'aumône. Puis, après avoir marqué une longue pause, comme pour bien entériner leurs positions respectives, il lâcha dans un rire sifflant :

— Je vois que t'es complètement dingue, le Basané ! Qu'est-ce que tu croyais, que Jeglov prendrait ton sale fric de voleur ? Dans ce cas, de quoi puis-je encore parler avec toi ? Ivan, fit-il à l'intention de Passiouk, il a plein d'argent dans les poches, procédez à sa confiscation officielle, pour infraction aux règlements des salles de billard. Quant à lui, vous le faites placer en garde à vue, je m'occuperai de lui quand je rentrerai.

Quand les agents eurent emmené le Basané, Jeglov me dit :

— On est en train de perdre notre temps à des conneries ! C'est absurde et une pure perte de temps !

— Pourquoi ?

— Parce que nous devrions chercher des preuves de la culpabilité de Grouzdev, et non pas nous occuper de ces moins-que-rien !

— Mais, le bracelet…

— Quoi, le bracelet ? Essaie de comprendre, pour l'instant tu as encore du mal à assimiler qu'un voleur à la tire, un pickpocket, ne sera jamais mêlé de près ou de loin à une affaire de meurtre. C'est la plus haute qualification qui existe chez les voleurs, il faut s'exercer pendant des années. Pour aller au turbin, ils ne prennent même pas un rasoir pour assurer leur sécurité mais une pièce de monnaie aiguisée ! C'est pourquoi on peut dire à l'avance que la Brique n'est pas impliqué dans le meurtre de Larissa Grouzdeva.

— Et le bracelet, comment l'a-t-il obtenu ?

— Mais, dis-moi, comment sais-tu quand le bracelet a disparu ? Elle a pu le perdre, le vendre, l'offrir, l'échanger contre du beurre, on a pu le lui voler, peut-être même que c'est le boulot de ce voleur qu'est la Brique !

— Dans ce cas, nous devons nous efforcer de le trouver, ce la Brique !

— Mais, pour satisfaire ta curiosité, il nous faudra perdre Dieu sait combien de temps, tu sais très bien que j'y croyais pas tellement quand j'ai promis au Basané que je coffrerai la Brique dès demain. Si c'était aussi simple que ça, nous les aurions déjà tous attrapés !

Je me tus, réfléchis et dis lentement :

— Tu sais, Gleb, pour l'instant, je ne te suis pas d'une grande utilité. Si tu n'as rien contre, je vais essayer de trouver la Brique moi-même.

Jeglov se mit en colère :

— Chaparov, écoute, tu sais que ce que j'aime pas du tout, ce que je peux pas supporter chez les gens, c'est l'entêtement. L'entêtement, c'est le premier signe de la bêtise ! Alors que les gens qui font notre métier doivent être souples, savoir s'adapter aux circonstances, aux événements, aux gens ! Tu sais bien que nous travaillons sur du matériau humain, et l'entêtement, quand on travaille avec des hommes, c'est la dernière des choses…

— Ce n'est pas de l'entêtement, dis-je, m'efforçant au maximum de ne pas faire voir que j'étais vexé. Mais, tu dis toi-même que nous travaillons sur un matériau humain et moi, je considère qu'on n'a pas le droit de priver un homme de sa dernière chance.

— Et c'est quel homme que nous voulons priver de sa dernière chance ?

— Grouzdev.

— Quoi ? Tu ne crois pas que c'est lui qui a tué sa femme ? ! s'étonna Jeglov.

— Je ne sais comment répondre. On pourrait croire qu'à part lui personne d'autre ne peut avoir fait ça. Ce bracelet est sa dernière chance pour que la vérité éclate.

— Comment comprendre ce que tu dis ?

— Comme ça : s'il a tué sa femme et emporté tous les objets de valeur de la maison, il ne va quand même pas vendre le bracelet dès le lendemain matin ! Personnellement, ce Grouzdev ne me plaît pas beaucoup, mais ce n'est pas un criminel. Rien à voir avec le basané ou la Brique qui, dès le lendemain, boivent et dépensent tout ce qu'ils ont volé. Y'a quelque chose qui ne colle pas dans notre version des faits, et c'est la raison pour laquelle je veux mettre la main sur ce pickpocket et lui demander comment il s'est procuré le bracelet.

— Je pourrais faire cent objections à ce que tu viens de dire, mais, admettons que tu aies raison. Bon, disons que tu as trouvé la Brique, et après ?

— Je l'interrogerai pour savoir où il a pris le bracelet.

— S'il te le dit, parfait. Mais s'il refuse de parler ? Et s'il t'envoie chier ?

— Comment ça ? ! m'indignai-je. Et les déclarations de Valentin Bissiaev ?

— La Brique crachera simplement à la gueule de Valentin Bissiaev et il te dira que c'est la première fois qu'il le voit. Alors, que feras-tu ?

— Alors ? dis-je en réfléchissant.

Alors, effectivement, rien n'avancerait, mais je sentais dans mes tripes qu'une telle impasse mettrait au jour une nouvelle possibilité, même si j'en ignorais les tenants et les aboutissants. J'étais même convaincu que Jeglov le savait, même s'il refusait de se lancer dans une telle démarche.

C'est ainsi que nous nous séparâmes pour vaquer chacun à nos occupations, mécontents l'un de l'autre. En le quittant, je lui demandai seulement :

— Gleb, qui c'est, au MOUR, qui s'occupe des voleurs à la tire ?

Jeglov éclata de rire :

— Oh ! c'est une figure imposante, le commandant Mourachko ! Va le voir, demande-lui conseil, peut-être qu'il te soufflera quelque chose qui te fera avancer…

Le commandant Kondrat Mourachko m'écouta avec compassion et compréhension. Mais il ne promit aucune aide concrète.

— Déjà qu'on ne vient pas à bout des affaires courantes, comment pourrait-on se permettre de rechercher la Brique pour une accusation qui ne tiendra pas, dit-il en écartant ses maigres bras.

Mourachko était un homme grisonnant, à la mise nette, qui n'avait aucune particularité. Il portait une chemise de satin très minutieusement raccommodée et tachée de blanc aux coudes.

— Notre boulot, poursuivit-il, est devenu plutôt insensé maintenant…

— Pourquoi ça ?

— Comment vous expliquer, jeune homme, vous êtes nouveau au MOUR, vous n'êtes pas au courant des vieilles affaires.

— Parlez-m'en et je serai au courant ! dis-je tout en m'installant plus confortablement sur ma chaise.

— Moi, je travaille depuis vingt-deux ans à cette place. Devant mes yeux, on peut le dire, ont défilé toutes les méthodes de la lutte contre la criminalité. Eh bien, avant la guerre on disait de manière tout à fait justifiée que, chez nous, la criminalité organisée était quasiment vaincue. Les perceurs de coffres avaient disparu, les cambrioleurs avaient été liquidés, les tronçonneurs n'existaient plus…

— Qu'est-ce que les « tronçonneurs » ?

— Les spoliateurs de troncs, les voleurs dans les églises. Des sacrés gars ! Bref, on en avait presque totalement fini avec les voleurs en tous genres. Mais pour ce qui est de mes clients, les voleurs à la tire, pas moyen ; là, on se trouve en face d'un truc un peu spécial, un vrai voleur à la tire, c'est une sorte d'aristocrate chez les voleurs, un spécialiste de la plus haute qualification.

— Intéressant, dis-je, en hochant la tête. Et moi qui pensais que les voleurs à la tire appartenaient à la plus basse classe, qu'ils étaient les plus insignifiants.

— Erreur ! dit Kondrat Mourachko en relevant son nez en forme de bec d'oiseau. Réfléchissez vous-même, quelle technique parfaite ils doivent posséder, quelle agilité dans les doigts, quelle précision dans les mouvements et quelle solidité nerveuse pour ne même pas ciller en prenant quelque chose dans les poches d'un homme normal, d'un homme qui ne dort pas, qui n'est ni saoul ni drogué ! Et, sans que rien le trahisse !

— Pourquoi dites-vous alors que votre travail est devenu insensé ?

— Parce que j'ai des remords. La guerre, la faim, les orphelins de père, les orphelins de père et de mère, des gens qui, parfois, n'ont même pas de quoi manger, se sont mis à jouer les voleurs à la tire. Et ce sont eux qui, pour l'essentiel, se font prendre. En plus, ils sont si nombreux qu'on est débordés, qu'on n'a plus le temps d'attraper les vrais pickpockets.

— Comment ça se fait ?

— J'ai très peu d'hommes et, en plus, ils présentent tous l'inconvénient d'être parfaitement connus du milieu.

— Mais ça, c'est très bien ? ! m'étonnai-je. C'est bien qu'ils les connaissent personnellement, non ?

— Qu'y a-t-il de bien là-dedans ? Un agent est en patrouille dans sa zone, dans un trolleybus, un pickpocket monte. Jusqu'au premier arrêt, il ne fait rien, il examine les lieux. Il a tout vu, repéré notre agent, le salue poliment. Bonjour, Piotr Ivanytch, et à l'arrêt suivant, il descend…

— Et vous les laissez partir ?

— Que peut-on faire d'autre ? Parfois, on les arrête, pendant douze heures on les travaille. Après une telle « conversation », ils vont disparaître pendant quelques jours. Ensuite, de nouveau, ils se remettent à chasser sur leurs terres.

— Avez-vous une photo de la Brique ?

— Bien sûr. Constantin Saprykine, né en 1920, trois condamnations ; il y a cinq mois, il a été expulsé de Moscou au-delà du cent unième kilomètre, pour mode de vie oisif et absence d'occupation bien précise mais, d'après mes renseignements, il se trouve la plupart du temps en ville…

— Dites-moi, s'il vous plaît, d'où lui vient son surnom ?

Le commandant Mourachko haussa ses malingres épaules :

— Difficile à dire. Peut-être parce que sa tête est rectangulaire. Longue, en forme de brique…

Il se mit à feuilleter un album épais, revint en arrière de quelques pages :

— Le voilà, admirez-moi ce beau jeune homme !

La photo montrait un homme au long visage chevalin avec une mâchoire prognathe, de petits yeux, des pommettes saillantes et affaissées et des sourcils en broussaille, un nez en trompette aux larges narines échancrées.

Quand je le quittai, Mourachko promit :

— Je préviendrai mes gars. Si jamais la Brique leur tombe entre les mains, nous vous le livrerons.

Lorsque je rentrai au bureau, Jeglov m'accueillit joyeusement :

— Alors, quels sont tes succès, l'aigle des enquêtes ?

— Pour l'instant, aucun. J'ai parlé à Mourachko.

— Que t'as dit notre rond-de-cuir gogolien Akaki Akakievitch ? sourit Jeglov. Le commandant de la milice Akaki Akakievitch…

— Je ne crois pas que ce soit un Akaki Akakievitch, mais un mec sérieux. Et il se passionne pour son boulot. Je pense que c'est tout simplement un homme bien.

À ma grande surprise, Passiouk donna soudain de la voix :

— Je connais pas Akaki Akakievitch, mais Mourachko, lui, il fait bien son boulot. Je sais que ses voleurs en ont peur comme du diable bien qu'il ne paie pas de mine. Là, Gleb Gueorguievitch, tu as tort de te moquer.

— S'il bosse aussi bien que ça, pourquoi tu vas pas dans son équipe ? demanda Jeglov en regardant Passiouk de biais.

— Parce que j'ai les doigts trop gros !

Passiouk tendit vers nous sa large paume.

— Être pickpocket ou les attraper, moi je peux pas, je manque de souplesse. Jeglov et moi éclatâmes de rire.

— Et toi, quels doigts tu as ? me demanda Jeglov.

— Piquer, je saurais pas, mais, pour ce qui est d'attraper, j'ai des idées, dis-je en souriant.

— Voyons un peu ça, fit Jeglov.

— Je me souviens bien de la tête de Saprykine, j'ai vu sa photo. Il faut que j'aille sur ses itinéraires et que j'essaie de le prendre la main dans le sac, alors ce sera plus facile de le faire parler du bracelet de Grouzdeva.

Jeglov me regarda l'air pensif, le visage calme et sévère, sans rien laisser rien transparaître, ni acceptation, ni rejet de mon plan. Ça en devint si pesant que je me mis à me tortiller sur ma chaise jusqu'à capter enfin le regard de Passiouk, qui cligna de l'œil en signe d'approbation. Je pris ça pour une incitation à accentuer ma pression sur Jeglov. Mais Jeglov me devança et dit d'une voix basse et distincte :

— Bravo, t'as bien vu le coup.

D'avoir eu cette idée, somme toute banale, qui, de surcroît, ne résolvait rien, sans compter qu'on n'avait pas la moindre idée de la façon de s'y prendre, me fit éprouver le sentiment d'avoir remporté une grande victoire et trouvé ma place dans la magistrale mécanique de l'accomplissement de la justice. Et ce sentiment me submergea. Jeglov, comme s'il avait deviné mes pensées, dit :

— Je te consacre la journée de demain, on empruntera les transports urbains ensemble. Peut-être que je pourrai t'être d'une utilité quelconque…

De tout mon cœur, je répondis :

— Merci à toi, Gleb. Je suis certain qu'à nous deux on l'attrapera !

Jeglov se leva, me salua avec cérémonie :

— Merci pour ta confiance. Donc, tu considères que moi aussi, je suis capable de faire quelque chose ?

Peut-être que je me trompais, mais j'avais saisi une note de dépit dans la voix de Jeglov. Ou bien d'irritation…

CHAPITRE 11

À Moscou, la nuit dernière, la température minimale était de – 2 °C. Aujourd'hui, à 14 heures, il faisait + 6 °C. Demain, à Moscou, d'après l'Institut central des prévisions météorologiques, le temps sera couvert sans précipitations importantes. La température pendant la nuit sera de – 3 à – 5 °C ; dans la journée, elle atteindra + 5 à + 8 °C.

Le matin, avant de partir pour notre long périple en trolleybus, Jeglov avait fait sortir Bissiaev de sa cellule. Ce dernier avait l'air quelque peu froissé, affamé, et semblait manquer de sommeil.

— Alors, la vie chez nous ne te plaît pas tellement, à ce que je vois ? demanda Jeglov.

— Qu'est-ce donc qui pourrait bien me plaire ici ? dit Bissiaev, exhibant ses dents dans un sourire veule et méchant à la fois. C'est pas une maison de cure pour anémiés…

— Moi, je vais te dire franchement, tu me plais beaucoup plus quand tu es ici.

— Vraiment ? demanda Bissiaev, peu sûr de lui.

— Oui, vraiment. Je regarde tes mains et ne cesse de m'étonner !

— Qu'est-ce qu'elles ont de si intéressant que ça, mes paluches ? demanda Bissiaev en les cachant instinctivement dans ses poches.

— T'es pas professeur, ni écrivain, ni médecin, bref, t'es un illettré imbécile. Mais tes paluches, elles sont douces, blanches, lisses, tes doigts sont bien soignés, t'as pas de durillons sur les paumes, pas une veine qui soit gonflée. Et, pourquoi ça ?

Bissiaev resta muet.

— Tu dis rien ? Moi, je vais te dire : parce que t'as jamais rien fait de valable de tes dix doigts. Tu as déjà vécu presque une trentaine d'années sur cette bonne Terre, t'as toujours eu quelque chose à bouffer, tu as bien bu, bien dormi et, pendant ce temps, tout un peuple bossait pour toi, te nourrissait, te chaussait et était aux petits soins pour toi. Et, il a aussi fait la guerre pendant que toi tu te la coulais douce à l'arrière avec ta hernie bidon. C'est pour ça que tes mains sont lisses, sans durillons, elles sont pas usées par le travail.

— Vous faites mon éducation ? dit Bissiaev en agitant sa chevelure soyeuse. À quoi bon ? C'est trop tard.

— Trop tard ? ! s'étonna Jeglov. Comment ça, trop tard ? Cette fois, je vais faire tout mon possible pour qu'on te mette en mains un pic, une pelle ou une hache et une scie. Il est temps de t'envoyer sur un chantier d'abattage de bois ou bien au creusement d'un canal quelconque. Il y a déjà trop longtemps que tu traînes dans cette ville bruyante ! Trop longtemps…

— Vous non plus, d'ailleurs, citoyen Jeglov, vous n'avez pas des mains de mineur ! cria Bissiaev dans un éclat de rire qui se transforma en un rictus de peur.

Jeglov sortit de derrière son bureau, s'approcha tout près de lui et, se balançant de nouveau d'avant en arrière sur les talons et la pointe des pieds, il dit en le regardant droit dans les yeux :

— Tu ne te trompes pas, c'est la vérité, le Basané. Mais, toute la vérité, si tu veux savoir, elle réside dans le fait que je suis un jeune mec fort et intelligent, que je passe le plus clair de mon temps à délivrer notre peuple des salauds puants de ton espèce ! Bien que je n'aie pas de cales sur les mains, si, par an, je coince une dizaine de tes petits copains, alors j'ai déjà économisé aux gens plus que ce que je gagne. Et, heureusement, j'en attrape plus que ça par an, de votre espèce ! Voilà quelle sera ma réponse, et souviens-toi, Basané : maintenant tu m'as mis en colère pour de bon !

— Quoi, quoi ? Y'a plus moyen de plaisanter ? lança Bissiaev, d'un ton incertain. Que ne peut-on pas dire quand on plaisante ? ! Vous avez plaisanté, moi aussi, mais vous, vous l'avez pris au sérieux.

— Je ne plaisantais pas, le coupa Jeglov. Tu ferais mieux de me répondre : as-tu réfléchi à mes questions sur Constantin Saprykine ?

— Qui c'est ? s'étonna tout à fait sincèrement Bissiaev.

— Constantin Saprykine, c'est ton copain, au sobriquet de la Brique.

— Oui ? Moi, je savais pas qu'il s'appelait Saprykine. C'est pas un copain à moi, je le connais, c'est tout ; je sais que tous l'appellent la Brique.

— Que vous êtes bizarres, vous, la racaille ! dit Jeglov en hochant la tête. Vous êtes comme des chiens bâtards errants : pas de nom ni de race, seulement quelques sales sobriquets. Alors, qu'est-ce que tu peux dire de la Brique ? C'est-à-dire de Saprykine ?

— Dieu, je sais pas. Il habite quelque part rue Achéoulov, c'est là-bas sa planque.

Nous ne pûmes rien tirer de plus de Bissiaev et nous partîmes donc en ville.

— Eh bien, Chaparov, on a trois itinéraires de trolleybus à sonder. Lequel on va choisir ? On va décider à pile ou face, hein ?

Je pesai tout minutieusement et proposai :

— Prenons le 9 dans la rue Sretenka. On se le fera une heure ou deux, puis on passera sur le 8.

— Pourquoi ça ?

— La Brique habite la rue Achéoulov, donc pour lui l'endroit le plus près où commencer à chasser, c'est la rue Sretenka. Ou il peut aller jusqu'à la place Kolkhoznaïa et alors se lancer sur la Ceinture des jardins.

— Non. Il va pas voler près de chez lui. Mais, à partir de la place Kolkhoznaïa, c'est parfaitement plausible. Allons-y.

Nous prîmes un trolleybus, regardâmes attentivement les passagers, descendîmes à un arrêt pour attendre le trolleybus suivant. Pendant la première heure, ce boulot m'intéressa ; pendant la deuxième, je commençais à fatiguer ; au bout de trois, j'avais comme une sonnerie de cloches dans la tête à cause du bruit, des bousculades de passagers, de l'odeur de caoutchouc brûlé, des hurlements stridents du moteur, des claquements secs du rhéostat qui se branchait et se débranchait chaque fois que le conducteur actionnait la pédale d'accélérateur, du défilé incessant de milliers de visages qu'il fallait examiner un à un. Quatre heures, cinq heures, kilomètre après kilomètre dans Moscou. Les rues glissaient derrière les fenêtres, les voitures klaxonnaient désespérément, le soir commençait à tomber, un léger vent d'automne soufflait, il se mit à pleuvoir, et je ne voyais pas la fin de ce voyage interminable qui ne nous menait nulle part.

J'en avais la tête qui tournait, une faim terrible me torturait, mais en voyant le visage imperturbable de Jeglov, je n'osai pas demander mon reste. Lui, passait méthodiquement de trolleybus en trolleybus et je commençai à me demander s'il n'avait pas décidé de me donner une bonne leçon.

Jeglov lâcha ironiquement :

— Réjouis-toi que nous ayons des cartes de transport avec la lettre B, sinon tout ton salaire y serait passé aujourd'hui.

À 18 h 30, nous montâmes dans le trolleybus 10 place Smolenskaïa. Je donnai un fort coup dans l'épaule de Jeglov : dans le passage se tenait un grand gars bien solide aux yeux dissimulés et à la mâchoire de cheval. Il était accroché à la poignée et rêvassait, compressé de tous les côtés par les passagers.

— Citoyens, faites passer, pour le billet, dit Jeglov à voix haute en me tendant sa pièce de monnaie. Imbécile, murmura-t-il, t'as failli me foutre hors du trolley. Passe vers l'avant et mets-toi près de lui, de dos, à trois pas…

— Mais alors ?

— Laisse tomber ! Exécution !

Je me frayai un passage au milieu de la foule et, en dépassant Saprykine dans ce magma humain, je compris qui était sa future victime : à côté de lui se tenait une femme assez grosse, bien habillée, tenant un grand sac de cuir. Cette grappe informe de passagers gargouillait, ronronnait, ballottée dans le ventre du trolleybus, ils soufflaient, se poussaient les uns les autres, se passaient de main en main de l'argent, puis dans l'autre sens des billets et de la monnaie, un esclandre éclata aussi soudainement qu'il se dissipa, tout cela à cause d'un pied écrasé, quelqu'un empestait l'ail, la respiration d'une cinquantaine de personnes se déposait en buée épaisse sur les vitres, on avait allumé la lumière blafarde, un homme avec un pince-nez, une serviette sous le bras, confortablement appuyé sur mon dos, lisait *Moscou-Soir*, la receveuse annonçait sur un ton monotone :

« Prochain arrêt : Novinski ! Prochain… Place de l'Insurrection ! Prochain… Rue Spiridonievski ! »…

J'avais une envie irrésistible de savoir ce qui se passait dans mon dos, mais mon sens du devoir me poussa à respecter à la lettre les ordres de Jeglov. Je ne comprenais pas ce que la Brique attendait, mais le fait qu'il restât sans bouger à côté de la femme en manteau marron confirmait que mes suppositions étaient exactes.

— Prochain… Maïakovskaïa… Prochain… Rue Likhov…

C'est alors que, soudain, retentit la voix de Jeglov, fine, perçante, et pleine d'une forte tension intérieure.

— Eh, arrête ! Arrête que je te dis ! Citoyenne, regardez votre sac !

Je me retournai subitement et cueillis la Brique qui tentait de se soustraire à l'étreinte de Jeglov ; je le secouai fermement par les épaules et me mis à gueuler, comme si nous jouions aux gendarmes et aux voleurs.

— Arrête de te débattre, t'es pris !

La Brique obtempéra immédiatement et dit d'une voix haute, sur un ton étonné et perdu :

— Citoyens ! Camarades ! À l'aide ! Voyez ce que font ces deux bandits à un honnête homme, en plein jour !

Un instant, on entendit seulement les roues gronder et siffler sur la chaussée, mais rapidement, les cris trouèrent ce silence et fusèrent de toutes parts. Les passagers paniquaient et hurlaient :

— Qu'est-ce qui se passe ?

— Qui ?

— On a attrapé un voleur !

— Où ?

— Deux gars sont en train de voler !

— Qui ?

— Et il y a une femme avec eux, pourtant elle a l'air bien !

— Mais non, le voleur, c'est celui à la tignasse !…
— Tenez-le !
— Qu'on arrête le trolley !
— Qui est témoin ?
— Ils ont flanqué un coup de couteau !

La Brique profita de la situation pour gueuler d'une voix nasillarde et traînante :

— Regardez, camarades, comment ils tordent le bras d'un gars qui a fait la guerre ! Quand je versais mon sang à Berlin, où étiez-vous, planqués, sales poux de l'arrière ! Attrapez-les, ce sont des criminels !

J'avais remarqué que, dans sa colère, il avait jeté une pièce de monnaie à terre qui avait rebondi, touchant ma jambe avant de disparaître quelque part sur le plancher.

Enfin, la femme retrouva ses esprits. Elle leva au-dessus de sa tête son sac plutôt bien lesté et cria d'une voix perçante :

— Regardez, il l'a coupé et, après, il a sorti mon porte-monnaie avec tous mes tickets de ravitaillement ! J'avais des tickets pour toute une famille ! Quelle honte !

Le voleur, qui se débattait dans mes bras, lui répondit en criant :

— Citoyenne, ma chère ! Ce sont eux qui ont piqué votre porte-monnaie et, maintenant, ils disent que c'est moi, ils cherchent à détourner l'attention ! Regardez autour de vous, ils ont dû jeter votre bourse ! Il faut les fouiller !

Dans cette cohue que le trolleybus lui-même avait du mal à contenir, seul Jeglov gardait le sourire. Soudain, je pensai à Mourachko. Ce ne devait pas être un rond-de-cuir quelconque, comme l'Akaki Akakievitch de Gogol !

Les passagers, comme si on leur en avait donné l'ordre, se serrèrent en un petit cercle autour de la victime, quand, soudain, un gamin cria :

— M'dame, là, il y a une bourse qui traîne par terre !

La bourse que la Brique n'avait pas eu le temps d'ouvrir, mais dont il avait quand même réussi à se débarrasser, gisait sur le plancher. De dépit, Jeglov se mordit la lèvre. Il cria d'une voix forte et autoritaire :

— Silence, camarades ! Nous sommes du MOUR, nous venons d'arrêter sous vos yeux un pickpocket, un récidiviste. Je vous prie de vous écarter et de nous laisser sortir du trolleybus. Nous invitons les témoins et la victime à nous suivre au 17ᵉ poste de la milice, qui se trouve à deux pas, dans la rue Kolobovski.

Il se tourna vers la Brique et marmonna entre ses dents :

— Saprykine, ramasse le porte-monnaie. Ramasse-le ou bien tu le regretteras pour de bon !

La Brique m'éclata de rire en pleine figure, fit un clin d'œil et dit à voix basse :

— Ton copain, il est idiot ! Pour que je ramasse ma propre condamnation ? !

Et, de nouveau, il gueula :

— Camarades, ne vous laissez pas prendre à leurs provocations ! Ils disent que j'ai pris le porte-monnaie, mais la citoyenne elle-même en est pas convaincue ! Y'a personne qu'a rien vu ! Pour eux, le principal c'est de foutre une croix dans une colonne, de coffrer un bonhomme ! En plus, avec quoi j'aurais bien pu couper le sac, fouillez-moi si vous voulez, j'ai rien sur moi qui coupe, ils mentent, un point c'est tout !

C'est seulement à ce moment que je compris que la pièce jetée au sol par la Brique était son « outil », une pièce de 5 kopecks aiguisée sur une tranche comme un rasoir.

Tout excité, je demandai leur contribution aux passagers, un gamin rampa même sous les banquettes sans la retrouver. Lorsque enfin nous descendîmes dans la rue Likhov, nous n'étions plus accompagnés que par la victime.

Jeglov tenait dans sa main la petite bourse, moi, je tenais la Brique par la manche. Le voleur ne cachait pas sa joie et se moquait de nous :

— Non, non, les chefs, c'est raté pour vous, c'est pas aujourd'hui encore que vous réussirez. Pour le tribunal, vous n'êtes pas des témoins, la mémé a poussé sa gueulante alors que vous m'aviez déjà mis la main au collet, la bourse est entre vos pognes, vous trouverez rien qui coupe sur moi, donc vous avez le bec dans l'eau. Et, en plus, vous allez encore vous faire passer un savon par vos chefs pour un travail aussi grossier. Non, vous n'avez pas encore trouvé de méthodes contre Kostia Saprykine.

Jeglov ne desserra pas les dents de tout le chemin et, alors que le poste de la milice était en vue, il lui dit d'une voix terne et inexpressive :

— Si, il existe des méthodes contre toi, la Brique. Il y en a, tu as tort de te faire du mouron…

Près de la lourde porte d'entrée du poste gonflée par l'humidité, Jeglov s'arrêta pour laisser passer Saprykine :

— Ouvre, les pauvres ont pas de serviteurs…

Saprykine saisit la porte qui résistait à deux mains et tira de toutes ses forces.

À ce moment-là, Jeglov se jeta sur lui.

Pendant que Saprykine avait les deux mains occupées, Jeglov l'attrapa au niveau du torse et, dans un geste rapide, lui glissa la bourse dans la chemise puis, le ceinturant avec fermeté, il cria d'une voix étouffée :

— Chaparov, la porte !

J'ouvris instantanément la porte, et Jeglov traîna Saprykine, qui se débattait comme un beau diable en glapissant, dans le couloir, en direction de la salle de permanence. De la permanence sortirent en courant des miliciens de garde à qui Jeglov cria :

— Pendant que je le tiens, trouvez des témoins ! Vite ! Il a une bourse volée dans sa chemise. Faites vite…

Quatre personnes étrangères au service, en plus des miliciens de garde, virent comment on récupérait la bourse. Abasourdie, la victime ne put rien dire d'autre que cette bourse était effectivement la sienne.

— Nous disons donc que t'es déjà condamné, dit Jeglov en souriant. Et, en plus, t'es un sacré idiot de t'être foutu de ma gueule. Tu connais le dicton : « Remue pas la merde, ça puera pas. » Maintenant, à la demande des auditeurs, on va assister à la deuxième partie du concert.

Il composa un numéro de téléphone :

— Commandant Mourachko ? Kondrat Philimonytch, bonjour, Jeglov à l'appareil. Ici, avec Chaparov, on t'a donné un petit coup de main. Oui, c'est ça, on a coincé la Brique. Comment donc ! Bien sûr, avec pièce à conviction à l'appui ! Voilà pourquoi je te téléphone, tu dois avoir une foule d'affaires en cours à lui mettre sur le dos, envoie un homme au 17e poste, nous sommes tous ici à nous reposer, qu'il s'en occupe comme il se doit. Oui, collez-lui tout ce que vous avez en réserve : n'hésitez pas, à quoi bon, que le tribunal le fasse plonger un maximum ! À quoi bon prendre des gants ! Salut !

Morose, Saprykine était tout ouïe, mais n'avait pas vu ce que moi j'avais remarqué : Jeglov n'avait composé que cinq chiffres !

— Alors, Saprykine, on a trouvé des méthodes pour toi ? demanda Jeglov après avoir raccroché.

— Je vois que t'es champion pour combiner n'importe quoi ! dit Saprykine entre ses dents, suintant la haine.

— Grince pas des dents comme ça après moi, répondit tranquillement Jeglov. Tu peux même les user jusqu'à la racine, j'en ai rien à faire ! En ce moment, tu es comme du torchis entre mes mains : si je le veux, je te laisse comme tu es et, si je veux, je peux crépir le mur avec toi !

— Avec toi, on peut s'attendre à tout.

— Tu m'as parfaitement compris. C'est pourquoi je te propose une conversation sérieuse : ou bien tu continues à jouer les têtus, comme le dernier des ânes, et le commandant Mourachko s'occupera de toi comme il faut…

— Kondrat Philimonytch n'aurait jamais fait des trucs aussi dégueulasses, dit la Brique.

— C'est exact. C'est pourquoi il n'attrape que des rigolos comme toi, alors que moi, je coince des assassins et des bandits. Mais il connaît bien son affaire et il te fera plonger un maximum, surtout que t'es coincé dans cette affaire avec une pièce à conviction. T'as saisi ?

— Admettons.

— Y'a rien à admettre, tout est clair. Mais il existe une variante…

— Et quoi encore ? demanda Saprykine dont la voix trahissait la crainte.

— Tu me parles d'une petite chose, comment, quand, dans quelles circonstances et où elle est tombée dans tes mains, et je m'occuperai moi-même de ton affaire, sans Mourachko, tu écoperas de deux ans et tu voleras jusqu'à ta maison natale comme une oie blanche. Compris ? demanda gravement Jeglov.

— Compris. Mais de quelle chose il s'agit ? demanda Saprykine qui fixa sur Jeglov un regard plein de défiance.

— De celle-ci. Jeglov sortit de sa poche le bracelet en or en forme de lézard.

— Et si je te le dis ? Comment je pourrai être sûr que tu vas pas recommencer tout ton cirque ?

— Je dois faire mon signe de croix, ou quoi ? Moi, tu sais, je crois pas en Dieu, j'ai pas de croix sur moi. Je peux jurer comme vous le faites vous, la racaille, bien que ça n'ait aucune valeur pour moi.

— Tu peux vraiment ?

— Ouais ! Jeglov mit une main sur son cœur, posa l'autre sur son front et débita à toute vitesse : « *Salaud serai à Tombov, Chien serai à Rostov, La gueule cassée à Pskov, Je reverrai plus la liberté, jamais !* »

Jeglov et Saprykine se sourirent mutuellement. Personne n'aurait pu croire qu'une demi-heure plus tôt le premier alpaguait le second, qui se débattait comme un beau diable pour ne pas aller au trou.

— Alors, on peut te croire ? Tu remettras pas ça ? demanda de nouveau la Brique.

— Écoute, tu vas me vexer ! dit Jeglov en écartant les bras. Je ne mens jamais. En ce qui concerne la bourse, nous savons très bien tous les deux que tu l'as pas emportée et que j'ai simplifié quelques petites formalités qui auraient pu prendre pas mal de temps. Et, de ce fait, tu dois me faire encore plus confiance.

— Eh bien, ce bracelet est clair, le Basané ne l'a pas volé. Il me l'a gagné aux cartes. Je lui ai misé pour 50.

— Et toi, où tu l'avais eu ?

— Aux cartes, aussi, il y a quelques jours, chez Vera la modiste, on a fait une partie de vingt et un. Je l'avais gagné à Fox.

— Quoi ? Fox avait pas de fric ? demanda Jeglov, imperturbable.

Je me réjouis : au ton de Jeglov, il était évident qu'il connaissait bien ce Fox.

— Tu dis ? Voyons, Fox, il est toujours bourré de fric ! Il est toujours plein aux as !

— Pourquoi il a joué le bracelet, dans ce cas ?

— Je sais pas comment c'est chez vous, dans la milice, mais chez nous, dans le milieu, pour les questions superflues, on peut se faire couper la langue.

— Et toi, qu'est-ce que t'en penses ?

— À quoi bon penser, ils ont piqué un bracelet quelque part, dit Saprykine en haussant les épaules.

Son long visage, avec ses petits yeux en forme de fente, était aussi immobile qu'une motte d'argile imbibée d'eau.

— Et toi, qu'est-ce que t'as à faire d'un bracelet volé ?

Saprykine remua ses lourdes lèvres et releva ses sourcils en broussaille :

— Si tu veux savoir, je l'ai pas acheté, je l'ai gagné. Et j'avais pas l'intention de le garder non plus. Je pensais le revendre mais j'ai pas eu de pot, alors je l'ai repassé à cet idiot de Basané. Et quoi, lui il s'est déjà fait piquer ?

Jeglov fit comme s'il n'avait rien entendu et demanda, l'air de rien :

— Fox, il traîne toujours chez Vera ?

— Je sais pas, je crois pas. Qu'est-ce qu'il y ferait ? Il a déposé la marchandise et il a mis les bouts !

— Qu'est-ce que tu dis là ? ! Est-ce que Vera s'occupe encore de ça ? s'étonna Jeglov.

Je le regardai et sentis un frisson au creux de l'estomac : en voyant l'éclat fébrile de ses yeux je compris enfin que Jeglov n'avait aucune idée de qui étaient cette Vera et ce Fox et qu'il avançait à tâtons, au petit bonheur la chance.

— Pourquoi elle s'en occuperait plus ? ! C'est pas pour elle qu'elle fait ça, mais pour les gros receleurs, et encore, pour pas grand-chose. Il faut bien qu'elle nourrisse ses deux moutards !

— Bien sûr, soupira de soulagement Jeglov. Les receleurs lui donnent de quoi s'en sortir, elle, elle est contente, elle touche un pourcentage pour le dépôt de tous ces trucs. C'est pas le bout du monde et, en plus, c'est plus une malheureuse qu'autre chose !

Je fus très étonné de voir avec quelle sincérité Jeglov se mit à plaindre la tenancière de ce repaire de voyous.

— Alors, t'as pas revu Fox, demanda Jeglov.

— Où je l'aurais revu ? Nous sommes allés ensemble jusqu'à la maison où crèche sa bonne femme, et je me suis tiré.

— Dis-moi, Saprykine, qu'est-ce que t'en penses, Fox, c'est un gars du milieu ou bien il vient de l'extérieur et trafique à l'occase ? demanda Jeglov comme s'il voulait flatter l'homme d'expérience chez la Brique.

— Je sais même pas quoi répondre. Par son allure, on dirait un gamin, mais c'est pas le cas, ça, je sais. Pour lui, tuer quelqu'un, c'est comme toi te moucher. Non, il a un sacré prestige chez nous, dit Saprykine en hochant sa longue tête carrée.

— Mais Fox, il aurait pas changé de job, par hasard ? avança Jeglov, l'air pensif.

— Tu sais, chez nous, personne sait exactement de quoi il s'occupe. Je me rappelle pas une seule conversation à ce sujet. Il va très rarement dans les repaires fréquentés, il travaille seul, comme un vieux loup qui se respecte. Il se montre parfois, balance sa marchandise et disparaît.

Jeglov se leva, fit quelques pas dans l'étroite pièce, s'étira.

— Eh, je suis fatigué aujourd'hui !

Il leva le combiné du téléphone et composa un numéro :

— Kondrat Philimonytch ? C'est Jeglov qui vous dérange encore une fois. Pour l'instant, j'annule mon appel, ici, on a éclairci pas mal de trucs avec Saprykine. Non, il se conduit bien. Et nous, on n'est pas en reste. Salut.

Jeglov reposa le combiné et dit à la Brique :

— Jeglov tient toujours sa parole. Tout se passera comme convenu. D'ac' ?

— D'ac' ! acquiesça un la Brique réjoui.

— Voilà, maintenant je vais seulement demander une voiture, et on va faire un petit tour, tu me montreras la maison où Fox est allé la dernière fois.

— Attends, attends ! On s'était pas mis d'accord pour ça, dit la Brique en se raidissant.

Mais Jeglov avait déjà enfilé son imper et lui tendait son chapeau :

— Allez, allez ! Souviens-toi de mon conseil : ne t'arrête jamais à mi-chemin. Allez, on y va, je sais parfaitement moi-même où aller, mais, avec toi, ça ira plus vite.

Tout en parlant, Jeglov le poussait vers la porte, paralysant ainsi la volonté de la Brique qui, maintenant, se demandait s'il n'avait pas été trop bavard. Avant même que le voleur pût décider quelque chose, ils étaient installés dans une M-1 de la milice prête à bondir. Saprykine fit un geste de la main :

— Direction la Bojedomka. N° 7.

Ils examinèrent rapidement la petite maison à un étage, firent demi-tour et revinrent au MOUR, au 38 de la rue Petrovka. Une fois arrivés, Jeglov extorqua en un tour de main l'adresse de Vera la modiste à Saprykine.

À 20 h 45, Jeglov expédia Saprykine sous bonne garde et ordonna au groupe opérationnel de monter à bord de Ferdinand.

— On va aller à Marina Rochtcha, chez Vera la modiste, dit-il brièvement, et malgré la fatigue accumulée en cette fin de semaine difficile, personne ne pensa même à répliquer.

Tous s'installèrent à leurs places habituelles sur les banquettes froides et glissantes. Jeglov monta sur le marchepied, inspecta ses troupes et fit un signe de la main à Kopyrine, qui, enclenchant son levier de vitesse nickelé, ébranla Ferdinand.

Jeglov s'assit à côté de moi sur la banquette. Pendant une bonne partie du trajet, je ne pus déterminer s'il somnolait ou s'il réfléchissait.

Six-sur-Neuf s'était installé avec Passiouk et lui expliquait que des ingénieurs avaient mis au point un appareil qui ressemblait à un poste radio mais dans lequel se trouvait un écran, tout petit, comme une soucoupe, et que, sur cet écran, on pouvait voir les films qui étaient projetés au cinéma Uranus, ou bien entendre les concerts de la Salle aux Colonnes. Passiouk agitait la tête de plaisir et répétait sans cesse : « Quel fils de diable ! Qu'est-ce qu'il va pas chercher ! Chaque mot est un mensonge ! Oh, Grichka ! » Et de nouveau, il reprenait, débordant d'enthousiasme : « Quel menteur tu fais, Grichka ! Si y'avait un championnat du monde, tu serais le meilleur, aucun doute là-dessus ! » Six-sur-Neuf bouillonnait et entreprit de démontrer que tout ce qu'il avait dit était la pure vérité, faisant passer Passiouk pour un ignare incapable de comprendre le progrès technique.

Jeglov me demanda d'une manière impromptue de sa voix lente :

— Pourquoi tu dis rien ? ! T'es fatigué ? T'es mécontent de quelque chose ?

Je remuai un peu et répondis évasivement :

— Comment te dire… Je ne sais pas moi-même.

— Dans ce cas, interroge-toi toi-même, alors, tu sauras !

Je me tus un moment, repris mes esprits et, lourdement, comme si je roulais des pierres avec ma langue, je dis :

— Je suis pas satisfait… C'est pas notre genre… La méthode que t'as utilisée avec la Brique…

— Quoi ? demanda Jeglov, qui n'en revenait pas. Qu'est-ce que t'as dit ?

— J'ai dit… lâchai-je d'une voix un peu plus vigoureuse, sentant que le premier pas, le plus difficile, était fait.

— J'ai dit que nous, les gars du MOUR, on peut pas employer des méthodes de voyous !

Jeglov était si étonné qu'il ne se mit même pas en colère. Il demanda seulement, l'air interloqué :

— Qu'est-ce que t'as, tu te sens pas bien ? De quoi tu parles ?

— Je parle de la bourse que t'as fourrée dans la chemise de la Brique.

— Ah ! lâcha Jeglov en traînant sur l'interjection avant que sa gorge ne se transforme en un moule à débiter de l'acier éclaboussant d'étincelles tant il était brûlant. Tu as vu juste, surtout si l'on considère ton droit de parler au nom de tous les collaborateurs du MOUR. Car c'est avec nous que t'as détaché une mère de trois enfants qui s'était pendue parce qu'un mec comme la Brique lui avait volé tous ses tickets d'alimentation et son argent. C'est toi, lors des perquisitions, qu'as trouvé chez eux des millions, alors que le peuple travailleur suait sang et eau pour le front. C'est dans ton dos qu'ils tiraient la nuit dans les rues ! C'est à travers toi qu'ils ont planté le couteau en plein cœur de Vechkine !

Mon sang bouillait dans mes veines, lourd comme du plomb en fusion :

— Je voudrais te dire que, pendant ce temps-là, si tu veux savoir, je me la coulais pas douce à me bâfrer dans un entrepôt quelconque, mais j'ai passé quatre années dans les tranchées, en première ligne, à traverser des champs de mines et des fils de fer barbelés ! Et, moi aussi, on m'a tiré dessus et voulu me planter des couteaux dans le dos, au moins autant qu'à toi ! C'est peut-être vrai que j'ai pas la trempe d'un agent opérationnel, mais y'a une chose que je sais : ce que c'est que l'honneur d'un officier !

Assis sur les banquettes arrière, les gars s'étaient tus et écoutaient notre conversation, qui prenait un tour plutôt sérieux. Jeglov bondit et, oscillant dans le car qui tremblait de toutes parts, s'inclina brutalement vers moi :

— Dis-moi donc, en quoi, d'après toi, j'ai entaché l'honneur des officiers ? Dis-le aux gars, moi, j'ai pas de secrets pour eux !

— Tu n'avais pas le droit de lui glisser la bourse dans sa chemise !

— Tu sais, il est pas encore trop tard, retournons au 17e poste, on fera tous les deux une déclaration disant qu'il a pas pris la bourse en coupant un sac, mais que c'est moi qui l'ai ramassée alors qu'elle était à terre et qui la lui ai glissée dans sa chemise ! On s'excusera, plus exactement, je m'excuserai moi, tout seul face à ce bon gars de Kosti Saprykine, et on le relâchera !

— C'est bien vrai, la bourse, il l'avait volée ! Est-ce que je discute de ça avec toi ? Mais nous n'avons pas le droit de nous abaisser à mentir, même si ce mensonge est purement formel et ne change rien aux faits !

— Si, ça change ! gueula Jeglov. Ça change quelque chose ! Parce que sans mon mensonge, ce voleur récidiviste qu'est la Brique ne serait pas en cellule et nous, nous pioncerions chez nous ! J'ai menti ! J'ai menti ! Je lui ai mis la bourse dans la chemise ! Mais pour qui j'ai fait ça ? Pour moi ? Pour mon frère ? Pour mon pote ? Je l'ai fait pour tout le peuple, moi, je travaille pour la justice humaine ! Laisser partir un voleur, c'est être à moitié complice de ses vols ! Et, puisque la Brique est un voleur, sa place est en prison ! Les gens n'en ont rien à faire des moyens que j'utilise pour le faire plonger ! Eux, tout ce qui les intéresse, c'est que le voleur soit en prison, un point, c'est tout ! Si tu veux, arrêtons

Ferdinand, sortons et demandons aux passants ce qu'ils préfèrent, ta vérité ou bien mon mensonge ? Alors, tu sauras si j'ai raison ou non…

Détournant le regard, je dis :

— Qu'est-ce que tu crois, que le tribunal, il pense comme tous ces gens dans la rue ? Ou bien qu'il travaille de manière indépendante ?

— Chez nous, si tu veux savoir, il s'appelle populaire, le tribunal. Et puis, qu'est-ce que tu veux dire par là ?

— Je veux dire que bien qu'il soit là pour représenter les intérêts de tous les gens qui sont dans la rue, il n'aurait jamais accepté cette histoire de bourse glissée dans sa chemise ! Et il aurait libéré la Brique.

— Et ça, d'après toi, c'est juste ?

Après une longue réflexion, je dis lentement :

— Je pense que c'est juste. Je pense que si l'on se permet de fermer les yeux sur la loi une fois, quand on en a besoin, puis une deuxième fois, si c'est nécessaire, puis ensuite qu'on se sert des lois pour boucher les trous chaque fois que nous en aurons besoin, alors ce sera plus une loi, mais une vraie matraque ! Oui, une matraque.

Personne ne pipait mot, le silence n'était rompu que par le ronronnement et les crachotements du vieux moteur fatigué.

Kolia Taraskine dit en souriant :

— Moi, parole d'honneur, ça me plaît drôlement comment Jeglov a possédé ce voleur.

Passiouk le regarda ironiquement, passa sa large paume dans ses cheveux, et dit d'un air apitoyé :

— T'es comme un gosse, t'as pas ton opinion, alors, t'aboies comme le veut le maître.

Et il se tut. Six-sur-Neuf se lança dans une longue explication sur la présomption d'innocence. À ce moment-là, Kopyrine freina, mit son levier de vitesse au point mort :

— Ça y est, les querelleurs, on est arrivé. Allez, là-bas, on va vous réconcilier.

La maison se trouvait dans le septième passage du quartier Marina Rochtcha, un peu à l'écart des autres baraques. Elle était petite, vieille et quelque peu déjetée. La lumière n'éclairait qu'une seule fenêtre. Jeglov donna l'ordre à Passiouk d'en faire le tour pour vérifier les issues.

Nous restâmes dissimulés à l'ombre d'un buisson déjà tout déplumé. Passiouk, essoufflé, fit le tour de la maison, regarda avec précaution par les fenêtres et nous fit signe de la main. Jeglov frappa à la porte à coups secs et forts. Après un certain temps, une voix féminine murmura :

— Kolia, c'est toi ?

— Oui, ouvre, marmonna Jeglov d'une voix indistincte.

Longtemps après, on entendit le bruit d'une serrure qu'on tire. La porte s'ouvrit et une femme, une lampe à pétrole à la main, dit, effrayée :

— Oui, qui c'est ?

— La milice. On est du MOUR. Voici notre mandat de perquisition.

Nous entrâmes dans la maison et eûmes l'impression de plonger dans un bocal d'air chaud fétide, sentant le chou fermenté, les boulettes de pomme de terre cuite aux graisses mélangées, le vieux bois séché, le pétrole brûlé et la crotte de souris. Je jetai un œil derrière le rideau, où deux garçonnets de cinq-sept ans dormaient, et me retournai alors vers les agents opérationnels qui remuaient à grand bruit les chaises dans la pièce principale :

— Faites moins de bruit, les gosses dorment.

Jeglov esquissa un sourire ironique, me fit un signe de tête et s'installa à la table.

— Allez, chef, donne tes ordres !

Je pris le passeport qui traînait sur le buffet, l'ouvris, le lus, jetai un regard sur le visage de la maîtresse de maison :

— Motorina, Vera Stepanovna ?

— C'est moi-même.

D'émotion, elle chiffonnait et défroissait sans cesse son tablier, le frottait dans ses mains ; à ses mouvements désordonnés, on aurait dit qu'elle le lavait dans une bassine invisible.

— Nous allons procéder à une perquisition, lui dis-je d'une voix peu ferme. Je vous propose de nous montrer de votre plein gré l'argent, les bijoux, les armes…

— Quelle arme encore ? demanda Motorina. Tout ce que j'ai comme bijoux dort là-bas sur le lit. À part ça, je n'ai rien du tout. J'ai que quelques tickets de ravitaillement et 40 roubles.

— Dans ce cas, nous allons faire venir des témoins et procéder à la perquisition.

— Cherchez ! dit-elle en écartant les bras. Tout ce que vous trouverez sera à vous.

— Vous n'êtes pas étonnée, dites-moi, ma bonne petite dame, qu'on fasse une perquisition chez vous ? demanda Jeglov, accoudé sur la table et la tête posée sur ses poings serrés.

— À quoi bon s'étonner ? ! Ce n'est pas pour votre bon plaisir que vous êtes venus dans ma pauvre bicoque en pleine nuit. Si vous cherchez, c'est que vous devez le faire.

— De quoi vivez-vous ? Quelles sont vos sources de revenus ?

Jeglov, les yeux plissés, la regardait bien en face.

— Je suis couturière, on me donne des habits à transformer, dit-elle dans un profond soupir. Là, je tape quelqu'un, ici, j'emprunte, c'est comme ça qu'on s'en sort.

— Qui donc te donne des habits à transformer ? Les voisins ? Des connaissances ? Tu peux citer des noms ?

— Diverses personnes, dit Motorina en hésitant. C'est pas possible de se souvenir de tous…

— C'est vrai ! lâcha Jeglov. On peut pas se souvenir de tous ! Dans ce cas, je vais te le rappeler, si t'as des trous de mémoire : tu prends des choses que les voleurs te donnent, tu les transformes, et les receleurs, eux, te les reprennent pour, profitant des besoins du peuple, les revendre sur les marchés et dans les magasins d'occasion. Si bien que vous vivez tous en profitant du malheur et du besoin des autres.

— Bien sûr, dit Motorina comme si elle était d'accord. Regarde comme je me suis enrichie en profitant du malheur des autres, tu vois, j'en ai trop pour moi toute seule, si tu veux, je peux partager avec toi.

— N'essaie pas de me prendre par les sentiments, dit Jeglov en faisant un signe de tête. Tu vois comme t'es installée, c'est un vrai club de jeu et de distractions pour voleurs…

Il eut un geste ample de la main, comme s'il invitait tout le monde à admirer le gramophone, tout un tas de disques, et la guitare, ornée de son luxueux ruban, accrochée au mur.

— Tu dois pas être facile à attendrir, toi, dit Motorina. Vous, citoyen, proposa-t-elle en se tournant vers moi, cherchez ce dont vous avez besoin. Et si ça vous dit, interrogez-moi, peut-être que je vous dirai ce que vous voulez si je le sais, pour que vous perdiez pas votre temps.

— Quand est-ce que Fox est venu chez vous ? demandai-je au petit bonheur la chance.

— Fox ? Il y a deux ou trois…

— Pourquoi il est venu ? Qu'est-ce qu'il a fait ?

— Il a rien fait. Il a déposé des affaires à lui chez moi, il vit pas avec sa femme. Il a donc repris le manteau de fourrure et est parti.

— Quelles affaires ? insistai-je auprès d'elle.

— Une valise, répondit calmement Motorina. Elle disparut derrière le rideau et en sortit une valise de cuir jaune avec une sangle au milieu, la même, exactement, que celle dont nous avait parlé Nadia Grouzdeva.

— Quel manteau il a pris, dites-vous ?

— Vous croyez que je l'ai examiné ? Le manteau était en fourrure noire, en loutre, il me semble. Il en a fait un baluchon et l'a emporté.

Dans la valise, on trouva un renard argenté, une robe en panne, un costume en tricot bleu nuit, deux vestes de femme en laine, presque toutes les affaires volées dans l'appartement de Larissa. C'était un succès formidable auquel il était difficile de croire. Il ne restait plus qu'à comprendre comment les affaires de Grouzdeva étaient tombées entre les mains de ce Fox qu'on ne connaissait pas.

— Comment avez-vous connu Fox ? demandai-je.

— C'est Petia la Paluche qui me l'a amené il y a quelques mois. Il a dit que c'était une connaissance, qu'il venait souvent en mission à Moscou et, comme il y a des problèmes pour trouver un hôtel, il m'a demandé de l'héberger. Il me payait un peu…

— Comment était Fox quand il est venu la dernière fois ?

Motorina me regarda avec étonnement et expliqua sans se presser :

— Il était bien mis, avec un uniforme militaire mais sans galons. Un homme très bien élevé : jamais de mots déplacés ou de grosses vannes pour vous draguer. Il passe rarement la nuit ici, il ramène plutôt ses affaires et, ensuite, il les récupère. Non, je ne dirai rien de mal de lui, c'est un homme bien.

— Dites, Vera Stepanovna, commençai-je en choisissant minutieusement mes mots, vous, vous avez vu des voyous de tout poil ici, vous savez faire la différence, qu'est-ce que vous pourriez nous en dire… ce Fox, c'est un criminel ou non ?

— Je ne crois pas, dit Motorina sur un ton réfléchi. C'est un homme de science.

Soudain, une idée inattendue me vint à l'esprit, mais avant que j'aie le temps d'ouvrir la bouche, Jeglov avait sorti la photo de Grouzdev de son porte-cartes et la tendait à Motorina :

— Allez, Vera, regarde, c'est lui ?

Motorina tripota longuement la photo, l'examinant sous toutes ses coutures, et dit, peu convaincue :

— Non, ça n'a pas l'air d'être lui, on dirait. Celui-ci est plus vieux. En plus, il a un grand nez. Et puis, il est pas aussi sympathique que Fox.

— Qu'est-ce que ça veut dire, « on dirait » ? s'irrita Jeglov. Tu l'as vu plus d'une fois, tu veux me faire croire que tu te souviens plus de lui ?

— Pourquoi je devrais le dévisager ? C'est pas mon mari, après tout ! Mais celui de la photo n'est pas Fox. Fox, il est un peu comme toi, dit-elle en s'adressant à Jeglov. Grand, bien bâti, vif. Les sourcils en broussaille, les cheveux noirs, crépus.

— Au sujet de la valise, qu'est-ce qu'il a dit ? Quand viendra-t-il ? demandai-je.

— Il a promis de venir ces jours-ci, avant de repartir chez lui. « Alors, qu'il a dit, je récupérerai mes affaires. »

Pendant que les agents opérationnels terminaient la perquisition, je m'informai auprès de Jeglov :

— Gleb, qui c'est ce Petia la Paluche ?

— Un voleur invétéré. Un salaud comme y'en a pas beaucoup…

— Ça serait dur de mettre la main dessus ?

— Va savoir ? Je sais même pas où le chercher.

— Quels moyens y'aurait de le contacter ?

— Je sais pas. Il faut réfléchir. On peut toujours essayer de le repérer grâce aux nénettes. Mais c'est plutôt rare qu'il leur fasse des confidences.

Jeglov se leva et se tourna vers Motorina :

— Deux agents resteront chez vous. Ils seront vos locataires pendant quelques jours !

— Pourquoi faire ? s'étonna-t-elle, mécontente.

— Parce qu'ils vont rester en embuscade chez vous. Vous n'avez pas le droit de sortir avant la fin.

— Et combien de temps ils vont donc rester en embuscade chez moi, hein ?

— Jusqu'au moment où Fox se présentera.

Il n'était pas encore 23 heures lorsque nous sortîmes. En marchant dans les incroyables ornières du septième passage, je respirais avec d'autant plus de plaisir l'air frais de la nuit que l'atmosphère qui régnait dans la maison de Vera m'avait semblé étouffante ; je réfléchissais à la formidable aventure qu'est la recherche d'un homme à partir de traces dispersées dans une ville de plusieurs millions d'habitants, comme un filet aux mailles distendues sans être englouti par la marée humaine, traces qui avaient pris naissance dans l'appartement des Grouzdev, avaient disparu avant de ressurgir, telles une source, dans le petit restaurant de second ordre Narva, avaient suivi des méandres tarabiscotées pour déboucher à nouveau en terrain découvert, dans le septième passage de Marina Rochtcha. Il ne restait qu'une certitude : de toute évidence, ce Fox appartenait au milieu. Quant à Grouzdev, candidat en médecine, homme respectable, allez comprendre ce qui pouvait bien le lier à un criminel. L'hypothèse selon laquelle Grouzdev aurait pu payer Fox ou le contraindre, d'une quelconque manière, à participer à ce crime, m'avait tout l'air de ressembler aux récits de Gricha Six-sur-Neuf.

Nous allâmes jusqu'au car, nous assîmes à nos places sans mot dire, Kopyrine claqua sa porte et Ferdinand s'ébranla. Les rues étaient désertes, nous roulions vite. On dépassa le parc pour enfants, un cimetière à l'abandon, avant de déboucher dans la rue Trifonovskaïa, puis dans l'Oktiabrskaïa. Sur la Place de la Commune, soudain, Taraskine lâcha, tout gai :

— R'garde, ils r'tirent l'camouflage du théâtre, hein ?

Le Théâtre de l'Armée Rouge était parfaitement éclairé, des nacelles de peintres à ses élégantes colonnes étaient suspendues. Les ramages verts si décriés qui avaient servi à le camoufler pendant les raids aériens, le déguisant en arbre surréaliste, étaient maintenant repeints avec soin, et les imposantes colonnes retrouvaient leur stricte beauté originelle.

Jeglov me dit :

— Nous disons donc, Volodia, nous rentrons à la Direction : il faut vérifier si Vera est dans nos fiches, on examinera en détail la valise avec les affaires. Toi et Taraskine, vous continuerez votre chemin vers la Bojedomka, vous me trouverez la femme dont a parlé la Brique. Tu me fais en vitesse une physionomie des environs et tu vas chez elle, vous pourriez vous ramasser une bastos à bon compte. Ensuite, vous agissez selon les circonstances. J'attends !

Par la rue Karetny, le car approcha de la porte de l'agent de permanence pour toute la ville, les gars sautèrent dans la rue tandis que Taraskine et moi nous continuâmes notre route en direction de la Bojedomka.

Nous laissâmes Ferdinand à un pâté de maisons du n° 7, et poursuivîmes à pied, d'une démarche lente et insouciante pour ne pas attirer l'attention, comme deux amis qui rentrent tard après avoir fait la fête. L'éclairage était blafard, les rares réverbères diffusaient leur lumière comme à contrecœur ; le vent d'octobre, pénétrant et mordant, sifflait lugubrement sous les porches. Au nº 7, il n'y avait pas un, mais trois bâtiments numérotés de 1 à 3. Les maisons étaient vétustes et déjetées, habillées de planches noircies et vermoulues. La Brique avait désigné le bâtiment 2, mais la liste des locataires ne figurait pas dans l'entrée, de plus, à quoi nous aurait-elle servi, puisque nous ignorions le nom de la connaissance de Fox ? Il nous fallait donc chercher le concierge, balayeur local.

— Eh ! Il aurait fallu aller chez l'îlotier ! regretta Taraskine dans un murmure.

Je n'avais pas encore eu le temps de l'approuver qu'un homme en bottes de feutre cousues, en chapka à oreillettes, sortit dans la cour. C'était le balayeur. Tirant à grosses bouffées sur une énorme cigarette roulée à la main, il s'approcha de nous, nous regarda avec suspicion et demanda d'une voix fine et grinçante qui n'allait pas avec le personnage :

— Vous cherchez quelqu'un, citoyens ? Quelle maison cherchez-vous ?

Je sortis en vitesse de la poche de ma vareuse mon laissez-passer tout neuf et, avec satisfaction — c'était la première fois que j'avais à le présenter — le montrai au balayeur.

— Nous voulons voir le gérant du nº 7. De toute urgence !

Le portier tira sur sa grosse cigarette, disparut derrière un véritable rideau de fumée et me répondit tout bas, comme s'il nous confiait un terrible secret :

— Voronov, Boris Nikolaïevitch. Ils vivent ici, à la gérance. Ils doivent sûrement dormir.

— Conduis-nous ! ordonna Taraskine.

Nous suivîmes le balayeur jusque chez le gérant. Ce dernier, comme nous pûmes bientôt nous en rendre compte, ne dormait pas, mais était assis dans son bureau, une grande tasse de thé dans son unique main, à lire un roman au titre alléchant, en mauvais état et tout couvert de graisse. Nous feuilletâmes le registre de la maison. Il devait être au moins aussi vieux que l'exemplaire de son roman, à la seule différence que sa lecture nous intéressait beaucoup plus que la sienne. Dans le bâtiment nº 2 habitaient quatre familles. Le mari et la femme Fainstein, tous deux nés en 1873, les Souétov, Maria Fominitchna, née en 1903, et ses fils jumeaux nés en 1935. Le nom de Souétov, Ivan Nikolaïevitch, né en 1900, était rayé et, sur le côté, à l'encre rouge était inscrit : « *Mort au front de la Grande Guerre le 17 déc. 1941.* » Les Kournakov avaient eu droit à deux traits du même genre et il ne restait plus que les femmes, apparemment la belle-mère et sa bru, Kournakova Zinovia, née en 1890, et Kournakova Raïssa, née en 1920. La liste des locataires du bâtiment nº 2 s'achevait sur le nom d'Ingrid Karlovna Sobolevskaïa, née en 1915. Les Kournakov et Sobolevskaïa habitaient le premier étage, c'est pourquoi je demandai aussitôt au gérant :

— Boris Nikolaïevitch, faites-nous une rapide description des locataires du premier étage.

— Si vous voulez.

Voronov, ayant coincé la boîte d'allumettes avec sa paume contre la table, alluma une cigarette avec beaucoup d'agilité.

— Sobolevskaïa est une femme cultivée, elle travaille comme chanteuse, elle est souvent en déplacement. Elle ne fait pas d'excès, elle paye son loyer régulièrement.

— Avant la guerre, elle était mariée, intervint le balayeur. Elle avait déménagé chez son mari. Il est mort au tout début des combats, il était dans les milices populaires. Alors, elle est revenue ici. C'est une locataire bien, elle fait attention à elle, c'est pas comme Katka

Mokroukhina, du 27, elle nous laisse pas en paix un instant, nuit et jour.

— Attends, Spiridon, qu'est-ce que tu craches là comme un vieux crapaud baveux ! dit le gérant, et le balayeur, vexé, se tut. Maintenant, les Kournakov. Zinovia Vassilievna travaille à la fabrique, elle est tisserande et sa belle-fille, Raïa, elle, reste à la maison, s'occupe du ménage : elle est malade, elle a des problèmes avec ses yeux. Ce sont dans l'ensemble des gens bien, simples.

Alors que nous quittions les lieux accompagnés par le balayeur, nous remarquâmes à l'une des fenêtres du premier étage une faible lumière. Le balayeur marmonna en la désignant :

— Sobolevskaïa...

— Écoute l'ami !

Je lui posai la main sur l'épaule.

— T'as pas vu par hasard si y'avait un gars qui venait la voir, assez jeune...

Spiridon se gratta la nuque et dit sur un ton qui manquait d'assurance :

— Qui sait ? Bien sûr qu'il y a des gens qui viennent... Bien sûr. Et des jeunes aussi. Et comment donc qu'il est ?

Dans notre empressement, nous n'avions pas demandé à la Brique de nous donner une description précise de Fox. À part celle très succincte de Vera : « Bien bâti, les sourcils en broussaille, grand, les cheveux noirs », je ne pouvais rien dire de plus de Fox !

— Il me semble qu'un gars dans ce genre est venu, dit en réfléchissant le balayeur, qui voulait surtout nous faire plaisir.

Et, sans y prêter attention, il répéta : « Grand, bien bâti. »

— En uniforme, mais sans galons, ajoutai-je, ce détail me revenant soudain.

— Mais, en ce moment, tous sont en uniforme et sans galons, rétorqua à juste titre le balayeur. Y'a pas longtemps, ici, j'ai entendu un gars qui disait au téléphone à un autre pour qu'il puisse le reconnaître : « J'aurai des caoutchoucs et un veston. »

— C'est juste, acquiesça Taraskine. Assez de tâter le terrain, allons chez elle, on verra bien une fois sur place.

Nous pénétrâmes dans l'entrée, sombre, sentant le vieux bois peint, les chats, la soupe au chou et la friture d'épluchures de pommes de terre que tout le monde avait déjà baptisée les « déguelniks ». Vers le premier étage menait un vieil escalier branlant, on aurait dit qu'à le regarder seulement on allait le faire gémir. Sur le palier intermédiaire brûlait une petite ampoule couverte de poussière.

— Attendez-moi ici, murmurai-je.

Et je montai de mon pas souple d'éclaireur, sans faire aucun bruit, pour coller mon oreille à la porte de Sobolevskaïa.

Silence absolu. Après avoir soupesé les arguments inhérents aux diverses possibilités : réveiller une femme seule et innocente ou nous retrouver face à face avec un mec dangereux, j'optai pour la dernière possibilité et décidai de ne pas recourir à des ruses éculées de faux télégrammes et autres subterfuges dans le même genre.

— Taraskine, va sous les fenêtres. Si jamais il décide de sauter, tu l'accueilles. Quant à toi, pépé Spiridon, tu viens avec moi. Elle te connaît ?

— Oui, marmonna le balayeur.

— Tu lui diras que la milice est avec toi, que c'est une vérification de papiers, tu t'excuseras.

Le balayeur fit signe qu'il avait compris, et nous montâmes au premier. Il fallut frapper assez longtemps à la porte avant qu'une voix ensommeillée de femme effrayée demande :

— Qui est là ?

— C'est moi, le balayeur, Spiridon Ivanytch, dit le grand-père après avoir toussoté pour s'éclaircir la voix. Vous m'excuserez, citoyenne Sobolevskaïa, pourriez-vous ouvrir un instant…

La porte s'entrebâilla, retenue par une chaîne. Dans le couloir sombre, on ne distinguait pas Sobolevskaïa, mais, de toute évidence, elle avait reconnu le balayeur, et dit sur un ton déjà plus tranquille, quoique révélant une certaine irritation :

— Qu'est-ce qui se passe, Spiridon Ivanytch ?

— Eh bien, voilà, c'est la milice, une vérification des papiers d'identité, ouvrez s'il vous plaît, dit le balayeur, d'un ton gêné.

Sobolevskaïa, après avoir retiré la chaîne, ouvrit la porte et alluma dans l'entrée. Je la saluai et, ayant immédiatement marmonné « Excusez », je fis le tour de l'appartement. Il n'y avait personne, ni dans les deux pièces, ni dans la minuscule cuisine, ni dans les tout aussi minuscules toilettes. Ce n'est qu'après m'en être assuré que je revins dans l'entrée et dis à la maîtresse de maison :

— Excusez, s'il vous plaît, ma petite dame. Nous vivons une époque difficile, il faut respecter les règles de séjour.

Sans la moindre compassion, Sobolevskaïa acquiesça de la tête. Elle portait un épais peignoir en éponge, sa tête était prise dans un foulard de soie jusqu'au niveau des sourcils, son visage était couvert d'une épaisse couche de crème blanche, si bien qu'il était impossible de distinguer ses traits. J'hésitai avant de demander :

— J'aurais besoin de m'entretenir un peu avec vous. Est-ce possible ?

Sobolevskaïa haussa les épaules :

— Eh bien… si c'est nécessaire… Excusez ma tenue. Mon visage est mon outil de travail. Passez au salon, je vous en prie.

Le salon, une petite pièce richement meublée, tranchait avec l'aspect délabré du bâtiment. Beaucoup de choses m'y plurent et m'étonnèrent : le beau tapis épais, posé sur le sol alors que beaucoup l'auraient accroché au mur, la lampe, par terre, qui ressemblait à un fin et long vase chinois avec un grand abat-jour pelucheux rouge bordeaux, et la petite table basse avec son cendrier en cristal et son tas de revues étrangères, les doux fauteuils moelleux et bas. J'étais tellement surpris par ce que je voyais que je faillis en oublier le but de ma visite, mais la maîtresse de maison, sans même m'avoir proposé de m'asseoir, me rappela sèchement à l'ordre :

— Eh bien, je vous écoute…

Je jetai un regard sur le balayeur qui était figé dans l'entrée :

— Merci, Spiridon Ivanytch, pour votre assistance. Je vous libère…

Le balayeur s'en alla et je m'assis avec précaution au bord du fauteuil en réfléchissant à la manière dont j'allais questionner Sobolevskaïa. Les lèvres pincées, elle avait allumé une longue cigarette russe odorante et s'était assise, elle aussi.

— Ces derniers temps, y'a toutes sortes de gens bizarres qui font des visites dans les appartements, commençai-je pour sonder le terrain.

Je n'étais pas très sûr encore de mon plan d'attaque ; mes mots et mes idées s'envolaient. De nouveau, j'enviai Jeglov, qui n'aurait pas été embarrassé dans ma situation. Je me lançai au petit bonheur la chance :

— Se faisant passer pour des employés de l'État, ils font des leurs et alors… Afin que vous soyez prévenue… Ces derniers temps, avez-vous eu des visites de ce genre ?

— Que des gens que je connais bien, répondit avec fermeté Sobolevskaïa, pour couper court.

Je décidai alors de demander sans détour :

— Et il y a quatre jours, le soir, qui était-ce ?

Sobolevskaïa serra le long tube de carton de la cigarette, leva d'un geste élégant son petit doigt, aspira une grosse bouffée, qu'elle expira en un long filet de fumée qui sentait le miel. Puis, sans se presser, traînant sur chaque mot, elle dit :

— Ah… C'est donc là que vous vouliez en venir. Eh bien… cette personne, effectivement, je ne la connais pas très bien.

Et elle se tut un long moment. Je sortis de ma poche un paquet tout chiffonné de Nord, en sortis une cigarette que je triturai un peu pour que le tabac soit moins tassé, frottai mon briquet, une prise de guerre, et l'allumai. Le silence s'éternisait, mais cela ne me gênait pas. Je tirai donc tranquillement sur ma cigarette, secouai avec soin la cendre jusqu'à ce que tout soit consumé et que ça sente le papier brûlé. Alors je me levai, vidai mes cendres dans le cendrier et regardait, l'air interrogatif, Sobolevskaïa.

— Je ne cacherai pas que j'aurais bien aimé mieux le connaître, dit-elle comme si de rien n'était, avec un geste de dépit. Hélas, ça ne s'est pas fait.

De nouveau, elle se tut, soupira profondément, ses yeux s'humidifièrent, puis se plissèrent avec méchanceté. Elle écrasa, rageuse, son mégot :

— C'est mon amant. Mon ex. Nous avons fait connaissance il y a six mois de ça, par hasard, et il m'avait semblé que… Ah !

Elle alluma une nouvelle cigarette.

— Bref, rien n'a marché entre nous et nous nous sommes séparés. Fox, c'est comme ça qu'il s'appelle. Plus exactement, Evgueni, mais il préférait que j'utilise son nom de famille.

— Il travaille ? demandai-je, l'air de rien à mon tour.

— C'est un secret ! Il ne veut jamais dire où il travaille, où il habite. Il vit entouré de secrets !

— Vraiment ?

— Une fois, il m'a laissé entendre qu'il n'était pas étranger au SMERJ.

— Au SMERCH, rectifiai-je. Ce qui signifie « Mort aux espions », lui expliquai-je par la même occasion.

— Peut-être, dit Sobolevskaïa sur un ton indifférent. J'y connais rien là-dedans. Et d'ailleurs, ce n'est pas ça qui est important. Je sais pas ce qu'il a trafiqué pour vous intéresser, vous, mais moi, je n'avais pas confiance en lui. Je savais bien qu'il finirait mal…

— Pourquoi ça ?

— Eh bien… je ne sais pas si vous me comprendrez… Comment vous dire, il est… il est pas ordinaire, vous comprenez ? Je ne parle pas de son physique, ah, ça non ! Quoi qu'il soit bien comme gars, malgré tout. Mais c'est autre chose que je voulais dire. Il est audacieux. Hardi. Fort. Pas comme la plupart des hommes de maintenant…

Un frisson me parcourut le dos, tant elle mit de dédain pour parler de « la plupart des hommes de maintenant », et, avec une compassion qui me surprit moi-même, je me pris à penser qu'elle avait dû en voir de toutes les couleurs dans la vie.

— Vous avez dit qu'il finirait mal…

— Ah oui ! Il a trop de toutes ces qualités. De tels gens ont bien du mal à se tenir dans les limites de ce qui est permis.

— Compris, fis-je de la tête. Ça fait longtemps que vous vous êtes séparés ?

— Trois mois. Et nous ne nous sommes plus revus, à part la fois que vous savez.

— Que s'est-il donc passé ? Pourquoi est-il venu ?

— Tout simplement pour son nécessaire à raser.

Je réfléchis et demandai sur le ton de la plaisanterie :

— D'un seul coup, comme ça, il a voulu se raser ?

Sobolevskaïa répondit tout à fait sérieusement :

— Il a un Gillette, un excellent rasoir étranger, qu'il aime beaucoup.

Cette explication ne me convainquit guère, mais j'avais compris qu'il n'était pas facile d'objecter à une telle interlocutrice et je poursuivis donc, le plus paisiblement du monde :

— Ah, bien. Où vit-il ?

Sobolevskaïa, pour la première fois depuis que nous parlions, esquissa un sourire :

— J'ai honte de ma légèreté, mais... il ne voulait pas le dire, et moi, je n'ai pas insisté...

Soudain, je compris qu'elle avait effectivement honte, à en pleurer, à en avoir mal, et qu'elle se moquait d'elle-même pour m'éviter d'avoir à le faire.

— Il a fait quelque chose de sérieux ? Si ce n'est pas un secret, bien sûr.

Malgré la compassion que j'éprouvais pour elle, je biaisai, fidèle à la leçon de Jeglov :

— Eh bien... Il ressemble drôlement à un gars qui veut pas payer sa pension alimentaire. Il a abandonné deux gosses et papillonne de-ci, de-là...

Je lui fis un large sourire et ajoutai, ayant baissé d'un ton :

— C'est votre balayeur qui nous a parlé de lui après avoir entendu son signalement...

Le visage de Sobolevskaïa affichait la même expression dégoûtée qu'auparavant. Sans lui laisser le temps de réfléchir, je demandai :

— Le nom, à lui tout seul, ça veut rien dire, vous n'avez certainement pas vérifié si tout ce qu'il a dit était vrai dans son passeport ? Décrivez-le, comment est-il ?

Sans me regarder, Sobolevskaïa lâcha avec dédain :

— Le rôle que vous m'avez dévolu n'est guère reluisant... Mais, pour ces deux malheureux enfants abandonnés et affamés... Eh bien, écoutez...

Je ne saisis dans sa voix aucune compassion à l'égard des « malheureux enfants abandonnés » de Fox, plutôt le ton vexé d'une maîtresse blessée dans son amour propre. Les yeux perdus dans l'angle de la pièce, Sobolevskaïa articula, sur un ton monocorde :

— Grand, bien bâti, large poitrine, taille étroite, jolie tête, altière, avec une abondante chevelure noire frisée, visage pâle, front haut, yeux bleus, sourcils bien fournis, nez d'aigle, bouche… sa bouche gâche un peu le portrait, ses lèvres sont trop fines, mais, pour un homme, c'est pas trop gênant… Ses dents sont régulières, il a une petite fossette au menton. Sa voix est un peu rauque, tendre cependant. Il est intelligent et courageux. Mais ça, ça vous intéresse sans doute pas… C'est tout !

Et, à ma grande surprise, elle éclata en pleurs.

CHAPITRE 12

L'hiver approche, de nombreux Moscovites font déjà réparer leurs bottes de feutre. Jusqu'à maintenant, ce travail était effectué à la main. L'ingénieur Diatlov a inventé une machine spéciale grâce à laquelle l'ouvrier peut recoudre jusqu'à 150 paires de bottes par jour.

Moscou-Soir.

Je me réveillai à six heures moins le quart, à cause du froid : avant de se coucher, Jeglov avait ouvert en grand, affirmant que l'air frais permet de récupérer deux fois plus vite. Sur la pointe des pieds, je courus jusqu'à la fenêtre, recroquevillé tant j'avais froid, la fermai et commençai ma gymnastique matinale. Plus j'accélérais mes mouvements de bras et de jambes, plus je me réchauffais. De derrière l'immeuble gris du commissariat aux communications se leva un soleil rouge légèrement voilé. Des tons lilas et gris se mirent à ramper sous les corniches et les toits, faisant apparaître une couche de givre argentée. L'air était transparent et dense, il sentait la neige et les conifères. Je rouvris la fenêtre.

De dessous la couverture émergea la tête ébouriffée de Jeglov qui, d'une voix enrouée, demanda avec inquiétude :

— On serait pas en retard, par hasard ?

— Allez, sors de là en vitesse, le thé va être prêt.

Pour le thé, nous avions quatre paquets de saccharine, un faitout de pommes de terre cuites froides, avec du sel fin Extra et deux boîtes de crabe. J'avais acheté les conserves l'avant-veille, au magasin d'à-côté, où elles étaient vendues avec de la levure protéique, sans tickets, au milieu de pyramides de boîtes Chatka et Ako, brillantes et bien rangées.

— Bien sûr, le crabe, c'est pas de la nourriture, dit Jeglov, une fois assis à table. C'est que de la broutille, du cafard de mer. Ça rassasie pas et ça n'a pas de goût. Ça fait pas le poids, par rapport aux écrevisses. Quoique, si on le sale bien et avec de la bière, c'est pas mauvais ; dans ce cas-là, on a un hors-d'œuvre pas mal du tout. Malgré tout, on ne peut pas dire que ce soit de la vraie nourriture.

En tant que responsable du ravitaillement, je me sentis vexé :

— C'est toi-même qui m'as demandé de ne pas dépenser nos tickets en ce moment, de les garder pour les fêtes, peut-être qu'alors ils mettront en vente des trucs qui valent le coup ! Nous avons économisé une dizaine de jours de tickets et toi, tu marmonnes !

— Quoi ? J'ai dit quelque chose, moi ? T'as eu entièrement raison. Mais, tu sais, quand on exprime son mécontentement au sujet de la bouffe, ça permet de se sentir plus grand soi-même, de se surpasser, comme si on était au-dessus de ça. Dis-moi, on a quelque chose à prendre avec nous ? Là-bas, en plein air, on va avoir une faim de loup.

— J'ai préparé un sac. On aura droit à la ration suivante : deux briquettes de concentré de pois, une miche de pain, trois navets, un petit morceau de lard et trois gros morceaux de sucre. Et de quoi faire du thé, ça va de soi. Ça suffira ?

— Oui. Peut-être qu'on pourrait prendre deux autres boîtes de crabe ?

— Là-bas, t'auras pas de bière pour le faire passer, dis-je sournoisement.

— Si tu croyais que j'allais t'attendre... sourit ironiquement Jeglov en sortant, de derrière le divan, une bouteille de vodka. Ça ira comme ça ?

— Mais c'est Byzance ! répondis-je, tout sourire. La seule chose, c'est que je n'ai rien à me mettre aux pieds, mes chaussures sont complètement foutues.

— Et tes bottes ?

— Ça va pas la tête, Jeglov ? ! C'est ma dernière paire, des bottes d'officier, en cuir, et tu voudrais que je patauge avec dans la boue ? Et qu'est-ce que je mettrai demain ?

— T'en fais pas ! Si on s'en sort, on t'en achètera des neuves.

— Ça, non, dis-je.

Et je partis voir Mikhal Mikhalytch.

Jeglov, quant à lui, enfila ses bottes élégantes, qu'il brossa encore une fois avant de partir, comme s'il allait faire un tour non pas dans les champs pour arracher des patates mais chez son supérieur hiérarchique. Il était fin prêt lorsque je revins chaussé de bottes de feutre cousues, avec une semelle en similicuir et le bout piqué à la machine. Pour couronner le tout, ces pompes étaient un peu trop petites pour moi.

— Arrête de te rendre ridicule, dit Jeglov. Dehors, il fait soleil, et toi, tu mets des bottes de feutre.

— Ça fait rien, ça fait rien. Après tout, je vais pas danser, mais travailler. On verra bien qui sera la risée des gens.

Nous marchions dans la ville qui semblait encore plus grande en ce dimanche matin ensoleillé et doux. Sur le boulevard de Sretenka, les tilleuls étaient absolument immobiles, et je dis non sans tristesse à Jeglov :

— Comme c'est dommage ! Le soleil va tout réchauffer, le givre va fondre et les feuilles se mettre à goutter…

Dans la rue Kirov, des ouvriers retiraient les panneaux de contre-plaqué qui avaient protégé les murs de verre de l'imposant édifice de la Direction des statistiques pendant les longues années de guerre. Sur la Place des Trois-Gares, les tramways ferraillaient avec vacarme, des gens couraient, chargés de sacs et de valises, et dans ce bruit, ce brouhaha infernal, perçaient les voix aiguës des gamins qui vendaient la revue satirique *Crocodile*, dix fois plus cher que ce qu'ils l'avaient payée le matin même.

Jeglov et moi nous nous dirigeâmes vers le quai nº 7, où nous devions retrouver nos collaborateurs de la Direction devant le train de banlieue. De loin, nous vîmes un groupe compact, et Passiouk et Taraskine nous faire de grands signes de la main. Nous nous approchions lorsqu'une jeune fille s'avança vers moi :

— Bonjour, camarade Chaparov !

J'étais si surpris que je ne dis mot.

— Vous ne me reconnaissez pas ?

Je regardais Varia Sinitchkina et maudissais ma foutue avarice de paysan qui m'avait fait préférer des veilles bottes raccommodées empruntées à Mikhal Mikhalytch. Jeglov, lui, qui me devançait en tout et pour tout, n'épargnait pas ses bottes pour les belles occasions, et, richement chaussé, aurait su parfaitement se comporter devant une jeune fille perdue de vue par maladresse et par timidité.

— Je m'appelle Sinitchkina, dit la jeune fille sur un ton hésitant. Nous avons conduit ensemble un petit gosse à la maternité…

Elle portait une veste ouatinée ceintrée et nouée par une ceinture, un pantalon de survêtement et des jolies bottes en cuir artificiel ; elle était toute fine, grande, son visage était doux et beau, et ses grands yeux gris, si bons et tranquilles que mon cœur fondit.

— Vous m'avez oubliée ? demanda de nouveau Sinitchkina.

— Je pense à vous tout le temps, répondis-je, étonné de mon audace. Depuis que vous êtes partie, je ne fais que penser à vous.

— Et au travail ? demanda-t-elle en riant. Quand vous travaillez, vous pensez aussi à moi ?

— Au travail, non, avouai-je. Pour moi, ce bon sang de boulot est comme un examen, j'ai sans arrêt peur d'oublier quelque chose, j'essaie d'être à la hauteur, de comprendre, de me souvenir. J'en ai la tête qui explose...

— C'est rien, vous vous y ferez, m'assura, tout à fait sérieusement, Sinitchkina. Moi aussi, au tout début, j'étais complètement dépassée. Je me suis même retrouvée aux arrêts. Mais ensuite, je m'y suis faite...

— Pourquoi donc aux arrêts ? m'étonnai-je.

— Ça ne faisait qu'un mois que j'étais engagée, et voilà qu'une de mes copines se marie avec son fiancé revenu du front. J'étais de garde jusqu'au soir, je n'avais donc pas vraiment le temps d'aller me faire faire une mise en plis. Mais je me suis dit qu'en une demi-heure il ne se passerait rien. J'ai donc quitté mon poste pour aller chez le coiffeur. J'y suis allée avec mon fusil — à l'époque nous montions encore la garde avec des fusils — et il a fallu que je tombe sur une ronde ! Alors, au lieu de mariage, j'ai eu droit à cinq jours d'arrêt !

Elle éclata joyeusement de rire. Capté par ses lèvres épaisses, régulières, brillantes et humides, je me mis à sourire, comme ensorcelé. Je remarquai avec étonnement que je n'éprouvais aucune honte à lui parler de ma maladresse et de ma balourdise et que je lui avais parlé, dès le premier instant, de ce que je cachais toujours avec soin aux yeux de mes camarades. Allez savoir pourquoi, ma gêne à cause de ces satanées bottes de feutre avait totalement disparu, et ne me restait plus que le sentiment de l'enjouement, de la pureté de cette jeune fille, et aussi un désir irrésistible de la prendre par la main.

C'est certainement ce que j'aurais fait si Varia ne m'avait désigné un homme qui avançait sur le quai :

— Ce monsieur va se ramasser…

Un homme âgé, bien en chair, ressemblant à un professeur, aux lunettes épaisses, cherchait, en plissant les yeux, une place libre. Il tenait entre ses mains des plants pris dans un sac de toile. Derrière lui, sur les planches du quai, traînaient les lacets de ses chaussures. Avant que j'aie eu le temps d'ouvrir la bouche, Varia Sinitchkina s'était élancée vers lui :

— M'sieur, attention, vous allez marcher sur vos lacets !

Elle se pencha et, rapidement, avec agilité, les lui relaça.

— Voilà, tout est en ordre !

Et avant que le gros bonhomme, troublé, ait pu répondre quoi que ce soit, elle revenait vers moi :

— Dites, comment vous appelez-vous ? Vous savez, ça me fait drôle de vous appeler « camarade Chaparov » !

— Volodia, répondis-je, troublé à mon tour.

— Vladimir. C'est un beau prénom, un prénom ancien. J'aime bien les prénoms anciens. Quand c'était la mode des prénoms étrangers, parfois ça donnait lieu à des trucs ridicules. À l'école, y'avait un garçon, Kourgouzov, ses parents l'avaient appelé Adolf. Vous vous imaginez ce qu'il a pu subir par la suite : Adolf

Kourgouzov ! C'était un garçon bien, il est mort en héros près de Iassy.

Jeglov me frappa dans le dos avec son doigt recourbé, comme s'il toquait à une porte :

— On peut y aller ? Le train va arriver, réveille-toi, s'il te plaît, il va falloir s'occuper de nos places.

Un train de banlieue bondé glissait lentement le long du quai, traversant de sa tête plate l'air lourd et transparent. Les passagers étaient agglutinés aux portes ouvertes, les gens sur le quai firent involontairement un pas en arrière. Jeglov s'élança dans le sas du wagon d'un joli saut souple et léger. Les passagers qui descendaient le poussaient avec leurs sacs, leurs baluchons et leurs boîtes, lui criaient dessus et le traitaient de tous les noms ; mais lui, imperturbable, pénétrait leur masse dense, répondait à leurs insultes en riant. Tous n'étaient pas encore sortis du wagon qu'il passait la tête par une fenêtre :

— Deux banquettes à notre disposition ! Dépêchez-vous !

Varia éclata de rire de bon cœur, je regardai Jeglov avec envie, Taraskine réagit comme s'il n'y avait rien d'étonnant dans la conduite de Jeglov, Passiouk hocha la tête : « Quel filou, oui vraiment, quel filou ! », tandis que Six-sur-Neuf racontait comment, pendant une semaine, il avait voyagé sur le toit d'un Pullman avec un gros bocal rempli de miel. Les collaborateurs de la Direction s'installèrent presque tous dans la même voiture, et s'éleva le bruit mêlé des conversations.

Jeglov avait déjà parié avec Mamykine, de la 2e section, que son groupe arracherait plus de pommes de terre que le sien :

— Au boulot on est les meilleurs, pour les patates c'est la même chose, on va vous en mettre plein la vue !

Six-sur-Neuf, installé au milieu d'un bouquet de filles du service de la circulation, terminait son histoire de

Pullman et expliquait que sa droite valait quatre-vingt-dix kilos, sa gauche quatre-vingt-quinze, d'ailleurs le champion de boxe d'URSS, Segalovitch, avait refusé de l'affronter. Les jeunes demoiselles de la milice tâtaient avec respect ses biceps et riaient aux éclats. Une blondinette râblée, Ramzina, du service de garde, caressa son dos un peu voûté et dit :

— Gricha, marie-toi avec moi, je ne laisserai personne t'offenser… Surtout pas Lev Segalovitch…

Les gars de la section de lutte contre le vol de propriété socialiste jouaient aux dominos sur une petite valise. Taraskine, qui les regardait de biais, leur dit d'un ton hautain, vexé de ne pas en être :

— C'est le jeu le plus intelligent au monde, après la marelle !

Passiouk se mit dans le coin et s'endormit aussitôt profondément. Varia dit, la voix pleine de pitié :

— Comme c'est malheureux ! L'homme passe un tiers de sa vie à dormir ! Vous vous imaginez comme c'est désolant de dormir vingt-cinq ans de sa vie ! C'est terrible ! Pendant vingt-cinq ans, tu es allongé sur le côté et rien d'intéressant ne t'arrive ! Heureusement, encore, qu'on fait des rêves. Vladimir, vous rêvez souvent ?

— Rarement… On se fatigue pas mal au boulot, vous savez, me justifiai-je.

— Moi, je rêve souvent ! dit Varia toute joyeuse, ses yeux gris brillant de tout leur éclat.

J'eus soudain très envie de pénétrer dans son sommeil, dans les vallées vertes et bleues des rêves, métamorphoses magiques du réel, de la suivre dans la somnolence nébuleuse du songe.

— Aujourd'hui aussi, vous avez rêvé ? demandai-je le plus sérieusement du monde.

— Oui ! Mais je ne me souviens pas de tout, c'était peu de temps avant que je me réveille. Je ne sais pas comment ça se fait, mais je rêvais que j'étais dans une grande maison, que je frappais à toutes les portes et que je distribuais des bleuets et des marguerites aux gens. Je ne sais pas pourquoi, mais il n'y avait que des bleuets et des marguerites. J'avais beau distribuer mes fleurs, mon bouquet ne se déplumait pas. Et je n'arrive pas du tout à me rappeler si je connaissais ces gens ou non…

Je pris sa petite main, qu'elle ne retira pas, et j'eus soudain une envie folle de lui raconter le rêve étonnant que j'avais fait l'hiver précédent dans un abri à moitié démoli, à la limite de la ville polonaise de Radom : j'avais vu alors, juste au moment où l'aube se levait, un pré bleu foncé avec des fleurs d'un jaune éclatant et le triste cheval de notre bataillon, Patchka, brouter tranquillement ; dans mon rêve, je voulais crier qu'il fallait le chasser de là, car il y avait des mines, mais ma langue paralysée restait muette et, à travers le champ bleu, le soldat Lioubotchkine, blond et couvert de taches de rousseur, avait couru vers Patchka et, je m'étais réveillé en hurlant : « Lioubotchkine a été déchiqueté par une mine ! » Mais je préférai ne rien en dire et, me penchant vers elle, lui bredouillai doucement :

— Varia, vous voulez savoir quel est mon rêve ?

— Oui ! J'aime bien savoir à quoi rêvent les gens !

— Je rêve qu'un jour quelqu'un frappera à ma porte, que j'ouvrirai et que je vous verrai…

— Et les marguerites et les bleuets ? se mit à rire Varia. On est déjà en octobre…

— Ce n'est pas grave. L'essentiel, c'est que vous veniez, dis-je en la regardant légèrement de biais.

Elle sourit et, doucement, prudemment, retira sa main de la mienne.

Jeglov avait emprunté une guitare et chantait, de sa voix de baryton, en frappant les cordes de la paume à la fin de chaque phrase. Je fus séduit par son interprétation, mais la manière dont Varia le regardait me plut moins. Comme si Jeglov ne lui avait jamais crié dessus dans la cour de la maison de la rue Oulanski ! J'aurais préféré qu'elle soit plus rancunière… Après plusieurs chansons, Jeglov rendit la guitare et se pencha à l'oreille de Vera pour lui murmurer quelque chose. Jeglov riait, ses yeux bruns lançaient des éclairs et ses grosses lèvres avançaient un peu, comme s'il y tenait une pomme de terre brûlante. Varia l'écoutait avec plaisir et cela m'était insupportable. Elle finit par dire, avec un geste de la main :

— Arrêtez ! Jamais, dans aucun film, y'a jamais eu un homme bien avec un pince-nez ! Ni dans les livres ni au cinéma, le héros positif n'a jamais porté de pince-nez. Vous savez, si je devais porter des lunettes, pour faire rager tout le monde j'achèterais exprès un pince-nez !

— Varia, tu crois que t'es positive ? demanda Jeglov redevenu sérieux. Tu es très négative, regarde un peu les regards que me jette Chaparov ! Il va me tuer ! Tout ça, à cause de toi !

Je rougis d'indignation et me mis à bredouiller. Jeglov s'apprêtait déjà à mettre les choses au clair avec moi quand Taraskine déclara :

— Sofrino. Le prochain arrêt est Achoukinskaïa, c'est là que nous descendons.

Il y avait environ quinze cents mètres jusqu'aux champs, nous marchions en bande le long du remblai de la ligne de chemin de fer, à travers bois, en suivant la berge de la rivière endormie. Dans les anses, des lentilles d'eau vertes formaient comme des bulles et, là où il y avait du courant, on voyait le fond rayé couvert de sable, avec les longs cheveux emmêlés des herbes aquatiques. Des toiles d'araignée chatoyantes étaient agitées par le vent, leurs fils collants se déposaient sans qu'on les sente, ou presque, sur nos visages. Des touffes d'herbe étaient raidies par les premières gelées matinales. Les buissons de myrtilles, avec leurs feuilles rigides, s'empourpraient ; la terre, couleur de bronze, s'était figée, et dans le bois on voyait encore, au milieu des taillis, des airelles des marais, qui semblaient givrées.

Varia allait devant avec Jeglov et je m'étais laissé distancer exprès. Mon humeur allait se gâtant, je n'avais pas envie de regarder par-devant, là-bas, où, à côté de Jeglov, sur le sentier bien dessiné, marchait Varia avec ses longues jambes sveltes, tandis que Jeglov, toujours monté sur ses bottes de box étincelantes, parlait à grand renfort de gestes amples. Tout un théâtre…

Passiouk me tapota sur l'épaule et me dit, dans un large sourire malicieux :

— Hé, mon gars, fais pas cette tête-là !

— Moi ? Qu'est-ce que j'en ai à faire ? dis-je en haussant les épaules. C'est pas mes oignons…

— C'est ce que je vois, que ça te concerne pas, pas plus que le Gitan qui t'a volé ton cheval !

Je ne répondis pas, fis seulement un geste de la main.

— Elle est jolie, la fille, nota Passiouk. Jeglov la lassera, il est trop pétillant. On l'appâtera pas avec un feu d'artifice comme ça, cette fille-là. La cire à modeler, c'est pas non plus son genre, fais-lui voir que t'as du caractère, me lança-t-il avec un regard plein de ruse.

Pendant que je réfléchissais à la manière de rivaliser avec Jeglov, nous arrivâmes aux champs. À la lisière se dressait une baraque en contre-plaqué où vivait le gardien, le grand-père Maxime. Le vieux nous accueillit joyeusement, demanda si quelqu'un, par hasard, avait amené « quelque chose pour réchauffer ses vieux os », nous distribua pelles, binettes et sacs, montra à chacun sa parcelle, s'assit sur un panier retourné, alluma sa bouffarde et ordonna :

— Allez, les jeunes, vous vous êtes assez promenés, vous avez assez respiré le bon air et bavassé, il est temps de se mettre à l'ouvrage.

Varia s'approcha de moi et me regarda droit dans les yeux :

— Volodia, est-ce que je pourrais bêcher à côté de vous ?

— Bien sûr ! dis-je, tout réjoui. Je pensais que vous iriez avec Jeglov…

Varia sourit, l'air rusé, et hocha la tête :

— Non. Je préfère avec vous.

Jeglov, lui, alignait déjà les gars de l'équipe face aux rangées de plants de pommes de terre :

— Je suis le premier ; Passiouk, le deuxième ; Taraskine, le troisième ; Gricha, le suivant, et Chaparov ferme la marche.

— Derrière moi, il y a Varia, dis-je avec fermeté.

Jeglov hocha la tête :

— Comme ça l'équipe de Mamykine va nous battre à plate couture ! Eux, ils ont pris Ramzina, et elle, elle pourrait trimbaler des poutres !

— Ça me regarde pas, répliquai-je.

Jeglov, après m'avoir glissé un regard rapide, haussa les épaules :

— Je n'ai rien contre Varvara. Je voulais simplement lui éviter un travail trop difficile…

Je ne continuai pas de discuter avec lui, jetai ma vareuse, crachai dans mes mains et saisis avec force le manche de la pelle.

— On y va ? demandai-je comme si je donnais un ordre.

Et, tous en chœur, nous enfonçâmes les lames brillantes de nos pelles dans la terre rougeâtre et meuble. La terre grasse glissa sur le métal ; les fines racines craquèrent, j'abaissai le manche de la pelle pour faire ressort jusqu'au niveau du sol, tandis que, de la main gauche, je le repris plus bas ; la croûte sèche éclata, s'ouvrit, je sortis toute la touffe d'un seul coup, la jetai de côté et la terre, en tombant, découvrit de gros tubercules jaune-rose.

Tous autant que nous étions, lorsque nous eûmes arraché les premières, lançâmes en chœur un cri enthousiaste et dénué de sens, comme font les gens depuis des milliers d'années quand ils réalisent quelque chose de difficile. Je tirai ma deuxième touffe et me retournai vers Varia, dont le rire joyeux me fit sentir des ailes me pousser. J'arrachai la suivante, jetai un coup d'œil vers Jeglov et eus envie de me moquer de ses bottes luxueuses qui l'empêchaient de rivaliser de force avec moi dans ce champ. Et j'enfonçai ma pelle dans la terre, retournai, fis tomber la terre les tubercules et, de nouveau, j'enfonçai la pelle, l'enfonçai... l'enfonçai...

Quel acharnement doublé de plaisir je mis pour bêcher cette terre rougeâtre et humide par une calme matinée ensoleillée, aux côtés d'une jeune femme aux yeux brillants de mille feux ! Il ne s'agissait plus de creuser, trempé d'une sueur acide, au zénith d'un soleil de juillet, une tranchée antichar près de Prokhorovka, et ce, sans jamais redresser le dos ni se désaltérer, en sachant qu'on n'est protégé que par une batterie de quarante-cinq et par une section à moitié décimée de fusils antichar, menacé par des Tigres capables, à tout moment, de surgir de derrière la colline et de vous réduire en miettes avec leurs chenilles affamées de viande humaine.

Ce n'est qu'une fois arrivé au bout de ma rangée que je me retournai et criai à Jeglov, qui haletait au loin :

— Eh, fais attention de tout bien arracher ! Jusqu'à la dernière petite patate !

Jeglov se redressa, se massa les reins et répondit :

— C'est par erreur que t'es arrivé chez nous à la section de répression du banditisme ! Tu t'es trompé de métier !

Et il se remit à creuser la terre avec acharnement.

Soudain quelqu'un posa doucement sa main sur mon épaule et je compris que c'était Varia :

— Volodia, force pas trop, tu vas t'épuiser, me dit-elle de sa voix délicate.

Je me retournai et la regardai. Je me rendis alors compte que ses yeux n'avaient pas la même couleur : l'un était gris clair, l'autre tirait sur le vert, ce qui donnait un air confiant, sans défense à son visage ; elle avait aussi des taches de rousseur à peine visibles sur le nez, à la racine duquel perlaient quelques gouttes de sueur. Comme elle m'avait tutoyé, pour la première fois, je décidai, à ma grande surprise, que ce serait avec elle que je me marierais et je lui répondis, à elle qui ne pouvait s'imaginer un seul instant que je venais de la choisir pour femme et qui aurait éclaté de rire si je le lui avais dit :

— Je ne force pas. Je travaille à mon rythme.

— Et commander les autres, t'en as pas envie ? demanda-t-elle en souriant.

Comme toutes femmes, Varia aimait les hommes de pouvoir, les chefs et les beaux parleurs, et je pensai qu'il me serait bien difficile de lui expliquer que lorsque, à dix-neuf ans, des ordres qu'on donne à une compagnie de cent vingt-trois hommes dépend le nombre de ceux qui reviendront vivants, on préfère, plus tard, ne plus avoir à répondre que de soi-même. De tous les chefs que j'avais pu voir au front, j'avais compris que les seuls vrais étaient ceux qui vivaient leur pouvoir comme une lourde responsabilité et non comme un privilège.

— J'ai pas envie ! dis-je tout à fait sincèrement.

— T'es marrant, comme gars, répondit tout de go Varia.

Je haussai les épaules :

— Eh bien, vous terminerez vos études et irez travailler dans une école où vous pourrez donner des ordres !

— Je veux travailler dans un orphelinat après mes études, c'est plus intéressant. C'est l'école et la famille à la fois.

Jeglov nous cria :

— Eh, les bavards, rejoignez les rangs ! Personne n'a ordonné le repos ! Dégainez les épées, bêches en terre !

— Tu ferez mieux de t'occuper du repas, va te renseigner, lui répondis-je.

Nous fîmes la pause-repas vers 13 heures. Les feux de camp se mirent à fumer. Nous nous étions répartis en petits groupes autour des provisions et de la vaisselle rudimentaire que nous avions sorties de nos sacs. Jeglov était parti compter les sacs de Mamykine et revint content. Dans les marmites cuisaient des patates à l'eau, tandis que les tubercules les plus beaux et les plus lisses avaient été mis dans la braise. On disposa la nourriture sur des journaux. Jeglov sortit une bouteille de vodka dont, crânement, d'un coup sur le cul, il fit sauter le bouchon, et dit :

— On va la goûter, la scélérate, celle qui, même à l'ombre, fait ses 40°.

Alors, Kolia Taraskine sortit, on ne sait d'où, une deuxième bouteille contenant un liquide jaunâtre et la tendit à Jeglov :

— On se fera aussi ce poison-là, comme on dit.

Passiouk frotta joyeusement ses immenses paluches :

— Oh, les gars, si vous saviez comme j'aime la vodka ukrainienne maison !

Jeglov tendit à Varia un quart en aluminium dans lequel clapotait l'amer liquide transparent et elle hocha la tête de manière amusante :

— No-o-on ! Non.

— Bois-en un peu, ça ne peut te faire que du bien ! Même les moines en boivent ! lança Jeglov.

Varia plissa les yeux et répondit, un large sourire aux lèvres :

— Camarade capitaine, en ce moment, vous avez l'air d'un vrai capitaine de pirates…

Jeglov leva les sourcils et mit ses mains sur ses hanches.

— … en train d'offrir de l'« eau de feu » aux indigènes, dit Varia en terminant sa phrase le plus sérieusement du monde, et il me sembla que Jeglov était fâché.

Puis elle s'approcha de moi, s'assit, me prit le quart des mains et y trempa à peine ses lèvres :

— À ta santé !

Vers le soir, alors que le soleil frôlait les cimes foncées des sapins, Ferdinand fit son apparition sur la route, cahotant maladroitement dans les ornières, comme si Kopyrine avait fait le plein, non pas à l'essence, mais à l'eau-de-vie. Derrière lui, dans son sillage, roulaient deux camions du service d'exploitation.

— On arrête ! nous ordonna Jeglov.

Mamykine, depuis sa parcelle, criait qu'il fallait continuer jusqu'à la nuit : ils avaient quelques sacs de retard sur nous.

— Jusqu'au matin si tu veux ! proposa Jeglov. À vrai dire, nous, on n'a plus rien à arracher, on peut vous donner un coup de main !

C'est alors que pour la première fois de la journée je ressentis de la fatigue : par manque d'habitude, j'avais mal au dos et les paumes en feu.

On compta les sacs. Mamykine et Jeglov se disputèrent : Mamykine affirmait que les nôtres étaient plus petits que les leurs, alors Jeglov proposa de vider les sacs et de compter les patates une à une. Ensuite, rapidement et dans la gaieté, on chargea les sacs dans les camions et on rassembla nos affaires. Kopyrine, toujours mécontent, faisait le tour de son car, donnait des coups de pied dans les pneus et marmonnait qu'à ce régime-là il faudrait bientôt changer les amortisseurs. Puis les véhicules crissèrent et se traînèrent vers la route, et nous reprîmes à pied la direction de la gare.

Le train était bondé. Une bousculade dans le vieux wagon jeta Varia dans mes bras. Étouffant de bonheur, je la serrai contre moi et, de chacun de mes muscles, de chaque parcelle de ma peau, je sentis son corps chaud et souple. Ses lèvres charnues et douces, et ses belles dents étincelantes, toutes proches, me donnèrent le tournis.

À la gare de Yaroslavl, la foule en ébullition nous éjecta du wagon, et je criai à Jeglov, qui regardait dans tous les sens :

— Gleb, attrape !

Et je lui jetai la clé de l'appartement.

— Et toi ?

La tête de Gleb émergea franchement du courant de malles, de paniers, de pelles et de binettes, où flottait même un filet avec un coq vivant.

— Je rentrerai plus tard…

Sur la Place des Trois-Gares, Varia et moi prîmes le tramway B, et elle me montra par la fenêtre :

— Regarde Volodia, c'est la première fois depuis la fin de la guerre…

Au-dessus d'un toit brillait d'une lumière bleue irrégulière une immense inscription au néon : « Gare de Léningrad ».

Le tramway nous promena en faisant pas mal de détours, ferraillant sur les rails et, lorsque nous descendîmes, rue Palikha, la dernière nuit chaude de l'automne était déjà commencée. Tourmenté par une arrière-pensée, je ne pus m'empêcher de demander à Varia :

— Jeglov est un gars étonnant, n'est-ce pas ?

Elle ne répondit rien, mais lorsque nous eûmes pénétré dans son entrée, elle dit, comme si elle avait pensé tout le temps à ma question :

— C'est un gars intelligent. Un mec bien.

Son intonation était bizarre, et je n'avais pas eu le temps de me ressaisir qu'elle m'ouvrait la porte pour que je m'en aille :

— Souviens-toi de mon numéro de téléphone. Si tu as le temps, téléphone-moi…

Dans le ciel filaient des étoiles, grosses et froides comme une grêle qui n'aurait pas voulu tomber. Le vent levait des trottoirs des morceaux de papier et des feuilles mortes, et moi, je courais derrière, essayant de les rattraper, chantant et me parlant à moi-même. Je rentrai à la maison à pied, comme si j'avais oublié que les tramways marchaient encore. Je ne cessais de me demander si Jeglov lui plaisait. Lorsque j'entrai dans la pièce, il dormait, entièrement recouvert de sa couverture. Il avait oublié d'éteindre la lumière.

Le gardien avait été tué dans l'annexe. Le système de surveillance était organisé de telle sorte qu'il devait passer la nuit à l'intérieur du local, jusqu'à l'ouverture. « Le magasin est tout en longueur, pendant qu'on en fait le tour à l'extérieur, on peut y pénétrer en dix endroits et, en premier lieu, depuis la cour », expliqua la directrice, une petite femme fluette portant un manteau de drap bleu avec un col de renard argenté. Elle habitait à proximité et était accourue lorsqu'elle avait entendu le chef de gardiennage donner l'alerte : au cours de sa ronde, le gardien n'avait pas répondu à ses coups de sonnette, et il s'était inquiété. Maintenant, la directrice tremblait de tout son corps, détournant avec application son regard du corps malingre du gardien qui gisait sur le sol près d'une rangée de bidons de lait ; elle s'efforçait d'expliquer pourquoi il se trouvait dans le magasin, comme si le fait qu'il ait été tué précisément à cet endroit et non pas dans la rue la rendait responsable de cette mort.

Pendant que le légiste, le juge d'instruction et le spécialiste de l'Identité judiciaire s'affairaient autour du corps, Jeglov, la directrice et moi montâmes à la salle des ventes. Derrière les comptoirs, dans les rayons, le passage était encombré de produits et d'articles, le tiroir-caisse avait été forcé et, sur le mur blanc du rayon des chaussures, avec un gros crayon noir ou peut-être un morceau de charbon, les malfaiteurs avaient dessiné un chat bien sympathique : les oreilles dressées, droites sur la tête, les yeux presque fermés, il se léchait de son étroite et longue langue. Au cou, comme sur les images des livres d'enfants, il portait un somptueux ruban. Jeglov hocha la tête, fit claquer sa langue. Difficile de savoir ce qui le mécontentait le plus du pillage ou du dessin effronté par lequel les malfaiteurs voulaient signifier qu'ils n'avaient pas peur de la milice, voire qu'ils la méprisaient et étaient fiers de leur ouvrage !

— Gleb, écoute, pourquoi ils font ça, hein ? demandai-je en montrant le dessin. À mon avis, ce dessin distinctif pourrait nous aider à leur mettre la main dessus.

— Dans un sens, c'est vrai, dit Jeglov en haussant les épaules. Mais on peut aussi voir les choses différemment. Peut-être qu'ils font les malins avec leur crânerie idiote, qu'ils pensent qu'au MOUR on n'est pas à la hauteur et qu'on ne les coincera jamais. Peut-être aussi que c'est autre chose, pis encore : ils comprennent tout parfaitement, mais prennent des risques pour terroriser la population, tu comprends, pour lui ôter toute envie de résister. Les gens, ils peuvent se dire : bon, puisque c'est le « Chat noir », il reste plus qu'à lever les mains en l'air sans discuter, sinon, ça peut coûter cher !

— Ça serait vrai s'ils s'attaquaient à des individus, objectai-je. Mais, la plupart du temps, ils s'en prennent à des magasins.

— Cela ne fait aucune différence. Demain, les cinquante vendeurs et employés de ce magasin répandront dans tout Moscou la nouvelle selon laquelle le « Chat noir » a tué un homme et volé pour 1 million de marchandise. Quelle publicité ! Secondo, le « Chat noir », avant que tu arrives, donnait plus dans les cambriolages d'appartement ; maintenant ils se recyclent dans les entrepôts et les magasins. Sûrement que ça rapporte plus.

Je jetai un nouveau coup d'œil sur le dessin et il me sembla soudain que le chat me faisait un clin d'œil sournois. Je ne sais pourquoi cela fit naître en moi une idée que je m'empressai de partager avec Jeglov :

— Gleb, écoute, tu sais, ça peut encore être pire, pour nous en tout cas…

— Oui ?

— Si parmi les malfrats se trouvent des pas aussi effrontés et hardis mais des plus rusés que ceux-ci, ils peuvent se mettre à bosser sous la marque du « Chat ». Tu te souviens, avec Vekchine, on avait un début de piste, mais si d'autres rusés font des leurs, alors, on pourra toujours chercher !

— N'aie pas peur ! dit Jeglov en me donnant une tape sur l'épaule. N'importe comment, ils ne nous échapperont pas. Avec des aigles comme toi ! Qu'est-ce que tu crois ? À condition qu'on se mette au boulot et qu'on arrête d'échafauder des théories à longueur de journée.

L'annexe était biscornue, un vrai Shangai, comme le dit Jeglov : devaient y être entreposés les produits d'un grand magasin universel vendant aussi bien des produits alimentaires que des articles manufacturés. C'est incroyable ce qui était entassé dans ces quelques boxes au sol cimenté et aux murs de plâtre bien lisse ! Huile, farine, sucre et autres denrées inodores étaient séparés des produits périssables comme le saucisson, les épices, les tonneaux de hareng. Les articles manufacturés étaient disposés à part : des rouleaux d'étoffes, de grands casiers à chaussures, des tas de vêtements. Tout cela, maintenant, ne donnait plus qu'une impression de chaos : les criminels avaient cherché les marchandises les plus chères et, dans leur empressement, n'avaient pas pris soin du reste.

Le crime avait été commis dans le local principal, à la réception. C'était une pièce toute en longueur, communiquant avec la cour par un tunnel en pente douce au sol couvert de parquet et par où on descendait, sur des petits chariots, les marchandises jusqu'à la cave. Le petit tunnel donnait sur la réception par une porte cochère fermée de l'intérieur par un crochet en fer forgé. En haut, dans la cour, le tunnel se terminait par une porte du même acabit fermée, de l'extérieur, par un gros cadenas pendu à une épaisse barre de fer. Les voleurs l'avaient facilement arraché car le bois était pourri. Quant à la porte donnant sur la réception, ils l'avaient forcée : à côté se trouvait un pieu aiguisé — une massive pince-monseigneur de cinquante centimètres de long —, qu'ils avaient fait passer sous une planche de la porte pour la faire sauter. Ensuite, le plus simplement du monde, ils avaient ouvert le crochet. À ce stade de l'enquête, il était difficile de dire comment le gardien s'était retrouvé à la réception : faisait-il sa ronde ou bien y avait-il été attiré par un bruit ?

Gricha avait remplacé la lampe d'origine par une ampoule puissante de 100 Watts pour faciliter le travail de constatations et de prises photographiques. Le gardien avait été frappé par-derrière, d'un coup de hache sur la tête ; apparemment, il était mort sur le coup : d'après les éclaboussures de sang sur le mur et la disposition du corps, le légiste détermina de manière certaine que le pauvre, après s'être affaissé, n'avait plus bougé. On pouvait même s'imaginer d'où il avait été atteint : dans le mur latéral de la réception se trouvait une sorte d'appendice, un petit recoin faisant penser à un débarras d'un mètre cinquante sur un mètre cinquante, avec une porte blindée s'ouvrant vers l'extérieur. J'avais remarqué sur le tranchant et le talon de la hache des traces de blanc de chaux et j'examinai donc minutieusement les murs et le plafond du débarras, sur lequel je finis par trouver une rayure récente et assez profonde, probablement laissée par l'assassin.

Abrek fit irruption dans la réception et, derrière lui, son maître, Alimov. Ils avaient certainement fini leur tour extérieur. Abrek décrivit un cercle dans la pièce, marqua l'arrêt sur un morceau de chiffon et aboya. Il exerça une telle résistance sur sa laisse que son maître eut du mal à maintenir son équilibre.

— Il suit une piste fraîche ! cria-t-il à Jeglov. Donne-moi quelqu'un !

Je n'avais encore jamais eu l'occasion de voir un chien au travail, et je regardai Jeglov en pointant un doigt sur ma poitrine. Gleb hocha la tête et je filai aussitôt derrière le maître-chien, qui avait déjà traversé le terrain vague et se dirigeait vers les granges à bois situées au fond de la cour. Je piquai un sprint pour rattraper Alimov. Entre les granges se trouvait un large passage permettant d'accéder à la cour suivante, située presque deux mètres en contrebas de la première, et nous débouchâmes sur le toit d'une petite grange ornée, à son extrémité, d'un pauvre pigeonnier.

Abrek, qui courait au bout de ses « rênes » longues de cinq mètres, fit un saut extraordinaire. Je me pris le pied dans le treillage du pigeonnier et faillis chuter. Après avoir traversé la cour à grande vitesse, il déboucha dans une petite rue tranquille aux pavés irréguliers et aux bas-côtés couverts d'herbe desséchée et poussiéreuse.

Ayant jeté un coup d'œil alentour, je me rendis compte que ce n'était pas une rue, mais un cul-de-sac, qui débouchait sur la cour à marchandises de la gare de Rjev. Mais le chien, après avoir traversé le passage, obliqua dans une cour cernée, elle aussi, de granges, de celles qui avaient poussé comme des champignons pendant la guerre. Un autre tas de sable, un talus donnant sur un toit, encore des pigeonniers, le tout à un rythme si soutenu que, en courant, je déboutonnai le col de ma vareuse. Alimov cavalait lui aussi derrière son chien, mais sans donner le moindre signe de fatigue. Encore un cul-de-sac couvert d'une herbe d'automne desséchée avec, au fond, une bâtisse trapue en brique rouge abritant un transformateur — sur sa porte une tête de mort et l'inscription « Danger de mort ! » Abrek marqua l'arrêt juste à côté. Il posa sa grosse tête à même le sol, dressa la queue, dirigea sa truffe à gauche puis à droite et, se redressant subitement sur ses pattes de derrière, prit appui sur la porte du transformateur ; dressé à hauteur d'homme, il se mit à aboyer avec insistance en direction d'Alimov, comme s'il l'invitait à agir sans tarder. Alimov caressa la tête du chien et me montra la porte d'un signe de tête :

— C'est ici !

Pour être franc, je fus pris d'un doute en examinant le gros cadenas, qui ne portait aucune trace d'effraction. Je fis le tour du transformateur et ne découvris aucun autre passage. Je saisis le cadenas avec mon mouchoir, le secouai et tirai un peu fort sur l'arceau. À ma grande surprise, le cadenas s'ouvrit. Je dégageai alors la porte et m'apprêtais à la tirer à moi quand Alimov m'arrêta :

— Volodia, attends... Si jamais y'avait quelqu'un dedans...

Positionnés de côté nous ouvrîmes prudemment et Alimov, avec la laisse la plus courte possible, envoya le chien en éclaireur. Ses aboiements joyeux et sourds alternant avec des glapissements inattendus de chiot nous firent comprendre qu'il n'y avait personne, et nous pénétrâmes à l'intérieur après avoir ouvert la porte toute grande pour laisser entrer la lumière du jour. Près du transformateur couvert de poussière, le long des murs, gisaient des affaires en vrac : deux rouleaux d'étoffe, plusieurs costumes, des manteaux, des boîtes de chaussures, deux sacs blancs contenant du sucre et beaucoup d'autres choses encore ; dans notre empressement, nous n'avions pas tout examiné.

Très satisfait, je donnai une tape sur l'épaule d'Alimov, qui me renvoya un clin d'œil ; ensemble nous éclatâmes de rire. Alimov regarda avec regret les sacs de sucre, soupira et sortit de sa poche un sac de papier, qu'il ouvrit, pour en extraire un morceau gris, irrégulier, de sucre raffiné. En soupirant encore une fois, il lança le morceau de sucre en l'air. Abrek ne tourna qu'à peine sa large tête, ses mâchoires claquèrent comme une culasse de canon, et un craquement à peine perceptible nous annonça que la récompense bien méritée était acceptée avec reconnaissance.

— Tu pourrais en donner à volonté à ton chien, fis-je, en désignant les sacs de sucre. Il l'a bien gagné.

— Non, il faut pas. Un chien doit travailler avec désintéressement, tu comprends ? C'est une sorte de patriotisme, une question d'honneur. Sinon, il risque de perdre de ses qualités. Tu crois qu'il ne comprend pas ? Il comprend tout…

Alimov serra un instant la tête d'Abrek contre lui. Il y avait eu tant de tendresse et de douceur dans ce geste bref, tant de dévouement dans le regard et dans le glapissement à peine audible du chien que j'en ressentis une sorte d'envie.

— Allez, on devrait continuer, dit Alimov.

Nous sortîmes du transformateur. Je refermai le cadenas avec soin. Nous regardâmes alentour ; en ce matin d'automne il n'y avait pas âme qui vive. Alimov ordonna à Abrek : « Cherche ! » Et la course effrénée reprit à travers les cours, les granges, les rues et les impasses, jusqu'à ce que la trace, encore chaude, le fît déboucher dans la première rue Mechtchanskaïa où des centaines d'ouvriers se pressaient au travail ; chacun d'entre eux laissait sur l'asphalte humide son odeur inimitable qui détournait l'attention du chien. Son flair très sensible était mis à rude épreuve par l'odeur empoisonnée des gaz d'échappement, par les arômes violents des eaux de Cologne des femmes, par la puanteur tenace du cirage, l'odeur chatouillante des nombreux caoutchoucs. Abrek ralentit, interrogea son maître du regard, revint plusieurs fois sur ses pas et finit par s'arrêter net. Il renifla l'air et se laissa aller à un large bâillement accompagné d'un craquement, découvrant ses terribles canines, pour l'instant inutiles.

— C'est tout, notre boulot est fini, dit Alimov en soupirant. Ah, si on était à la campagne…

— Campagne toi-même, dis-je pour le narguer. Il a déjà trouvé pas mal de choses, ton chien, tu devrais plutôt lui dire merci… Tu sais, Alimov, pour être franc, je ne comptais pas tellement dessus.

— Pourquoi ça ? demanda Alimov, vexé. Certains de nos chiens ont permis que soient restituées à leurs propriétaires plus de choses volées que certains agents opérationnels ont jamais pu le faire dans toute leur carrière.

— Tu exagères !

— À quoi bon discuter avec toi ! Tu as entendu parler d'Erikh ? Ou de Gueta ?

— Non, reconnus-je.

— Eh bien ! Ils auraient mérité des médailles. C'est le capitaine Guetman qui les avait dressés, et son Erikh a participé activement à l'arrestation de huit bandits armés. Le chien a été tué au cours de l'opération. C'était un de ces chiens… Mon Abrek, y'a rien à dire, c'est un as, mais pour être honnête il est pas à la hauteur d'Erikh.

— Et Gueta ?

— Une sacrée chienne policière, elle aussi. Elle était un peu bâtarde, Guetman l'avait ramassée alors qu'elle était encore toute petite. Elle a retrouvé pour 2 millions de roubles volés, tu vois ? Toi-même, t'as jamais dû voir autant de fric. Mais les chiens, ils vivent mal, dit-il pour terminer et sans que je comprenne bien où il voulait en venir.

— Pourquoi ?

— On se comporte pas comme il faut avec eux, les gens sont un peu comme toi. On commence à peine à s'y intéresser, mais avant, quand il n'y en avait que quatre, on nous chassait d'un endroit à l'autre, impossible de nous trouver de quoi abriter nos chiens. Bon, ensuite, ils nous ont donné une porcherie vide. Guetman, Roubtsov et moi, nous l'avons nettoyée, réparée, aménagée pour que les chiens puissent y vivre normalement, tout ça nous-mêmes. Mais il faudrait un vrai élevage, en règle, ils auraient vraiment pas de quoi le regretter.

— Je vois que t'aimes les chiens, Alimov.

— Comment ne pas les aimer ? Ils sont comme les gens !

Alimov entreprit de m'expliquer avec passion l'arbre généalogique millénaire qui avait permis de sélectionner son Abrek. J'appris que tous les chiens de berger — allemand, anglais, briard et belge — ont pour ancêtre un ancien berger asiatique qui, lui-même, descend d'un chien issu du croisement entre un loup et un chacal, dont le parent commun était le *Tomarctus* préhistorique. J'appris également que, malgré toutes ses qualités, le doberman, chien policier anglais, n'était pas adapté à nos climats, puisque, par grand froid, il perd son flair. Il était impossible d'arrêter Alimov, et je marchais sans me presser à côté de lui en me disant qu'il serait bon de ne pas trop traîner dans le coin, pour ne pas éveiller les soupçons et, peut-être, prendre les bandits sur le fait lorsqu'ils reviendraient chercher leur butin ; il faudrait aussi se renseigner sur l'électricien qui s'occupait du transformateur.

Après m'en être ouvert à Gleb, ce dernier envoya des agents repérer les lieux et me fit le résumé des investigations dans le magasin. Les braqueurs avaient fait du travail grossier. Dans la cour, on avait découvert des traces de chaussures, l'expert en avait fait des moulages de plâtre et était déjà parti au laboratoire pour les comparer avec ceux de l'avant-veille ; la pince-monseigneur et la poudre avait révélé trois belles empreintes digitales.

J'écoutai Jeglov d'une oreille distraite car une idée m'était venue à l'esprit :

— Écoute, Gleb, je voudrais vérifier quelque chose.

Après en avoir soigneusement enveloppé le manche dans mon mouchoir, j'essayai, à plusieurs reprises, de lever la hache au-dessus de ma tête. Mais le plafond était trop bas. Jeglov observa avec intérêt mes gesticulations. Je m'accroupis, et c'est alors seulement que la hache put décrire un arc de cercle complet en l'air, éraflant malgré tout le plafond au sommet de sa trajectoire.

— Tu veux donc dire que l'assassin est de très petite taille ? demanda Jeglov.

— Oui, c'est ce qu'il me semble. Mais l'expert dit que le coup a été porté avec une très grande force, n'est-ce pas ?

— Et encore… dit Jeglov, en aggravant mes doutes. Un homme de petite taille laisse généralement de petites traces de pieds. D'habitude, les gens petits ont de petits pieds, c'est le b.a-ba. Or, nous n'avons pas relevé de petites traces !

— Je comprends, mais le fait est, tu le vois toi-même, qu'un homme de taille normale, avec cette hache, n'aurait pu porter de coups que latéralement, alors que le gardien a été tué par un coup porté de haut en bas.

— C'est certain, reconnut Jeglov.

— Un homme normal doit presque s'accroupir pour frapper de la sorte. Il y a quelque chose que je ne comprends pas…

— Mouais, il y a de quoi. Il faut le noter dans le procès-verbal, on réfléchira plus tard, proposa Jeglov.

Soudain, j'y vis plus clair :

— Écoute, Gleb, tu sais de quoi je viens de me souvenir ? Une fois, en Pologne, on avait installé nos quartiers dans un petit village, Teplice, qu'il s'appelle, il me semble… Le fermier chez qui je me trouvais, un Polonais, était bossu. Haut comme trois pommes, il n'en avait pas moins une force incroyable. Une fois, pour un pari, il s'est glissé sous un percheron, on avait des bourrins très costauds pour tirer les pièces de soixante-seize, et, rends-toi compte, il a soulevé sans peine le cheval ! Je te jure que je ne mens pas !

— C'est une idée, Chaparov, dit Jeglov, des plus sérieux. C'est une idée. Bravo, l'éclaireur, tu m'as mis sur une voie, car chez les bossus, la pointure du pied ne dépend pas de la taille, ils peuvent même avoir de très grands pieds. Bravo ! Si tu te trompes pas, ça peut drôlement nous faciliter la tâche. Trouver un bossu, c'est plus facile. On ne perdra pas ça de vue.

Le groupe opérationnel se divisa : Taraskine et une section de miliciens en civil partirent sur les marchés pour rechercher les vendeurs en gros de produits alimentaires et manufacturés, dans la mesure où il paraissait évident que la bande n'avait caché dans le transformateur que ce qu'elle n'avait pas pu emporter et qu'elle essaierait de vendre rapidement le reste. Passiouk, accompagné de trois agents, fit le tour des receleurs, tandis que Jeglov, après avoir obtenu un inventaire et un contrôle comptable du magasin, rentra avec moi à la Direction faire son rapport à la hiérarchie.

Pendant que Jeglov discutait avec Svirski, je dessinai un schéma détaillé de l'attaque du magasin et me plongeai dans le gros dossier consacré au « Chat noir ». Taraskine rentra vers 14 heures et, devant sa mine déconfite, je n'eus pas à le questionner. Vers 15 heures, Passiouk rentra, bredouille lui aussi, et Taraskine demanda à Jeglov :

— Demande aux supérieurs, peut-être qu'ils nous laisseront rentrer chez nous ? On s'est pas encore reposés après les patates et, aujourd'hui, toute la nuit et toute la journée on est restés debout.

Jeglov laissa échapper un soupir de déception, fit une grosse moue avec sa lèvre inférieure et répondit :

— Eh, faiblards ! Moi, si on me donnait un bon repas, je pourrais encore abattre pas mal de boulot ! Mais j'irai voir la hiérarchie, vous vous traînez ici comme des mouches, vous n'êtes pas d'une grande utilité dans cet état-là !

À ce moment-là, la porte s'ouvrit et le colonel Kitaïne, le chef en second du MOUR, fit son entrée :

— Alors, comment ça va les aigles ?

Sans attendre la réponse, il s'adressa à Jeglov :

— Tu vieillis frérot, tu vieillis… Ta célèbre ténacité n'est plus ce qu'elle était, je vois pas les résultats, pour l'instant, rien que du bavardage et un ramassis de malfaiteurs. Nous attendons autre chose de toi.

Ce fut dit sans méchanceté, juste avec ironie, mais c'était comme s'il avait tout bonnement giflé Jeglov, dont le visage hâlé s'injecta de sang. Mais, malgré l'humiliation qu'il venait de subir en présence de ses subordonnés, Jeglov se contenta de baisser les yeux, connaissant trop bien la discipline.

— Merci pour votre confiance, dit-il simplement. Merci d'attendre encore quelque chose de moi.

Kitaïne ne prêta aucune attention au coup d'humeur de Jeglov et nous ordonna de nous rassembler au plus vite :

— Votre équipe sera la première à suivre le cours de sambo.

— Qu'est-ce que c'est encore, ce truc, avec quoi ça se mange ? demanda Passiouk.

— Un nouveau système de lutte à mains nues, souffla Kitaïne avec un sourire ironique.

— Bien vu ! se réjouit Passiouk. Moi, sans lutte, c'est comme si j'avais pas de pain à table : on reste des journées entières sans bouger, on dort trop, on est complètement rouillés. C'est justement le moment de faire un peu d'exercice, sinon on n'aura pas d'appétit.

Notre groupe s'aligna dans la salle de sport Dynamo où Kopyrine nous avait conduits. Il y faisait frisquet, l'éclairage y était plutôt défaillant, ça sentait la sueur et les tapis de gymnastique défraîchis. L'instructeur, un gars maigre au visage triste, me fit me placer à l'arrière, conformément à ma taille, derrière Taraskine, et dit sèchement à Gricha, qui nous tournait autour avec son appareil photo :

— Je vous prie de ne pas gêner les exercices.

Puis, regardant par-dessus nos têtes, il nous dit, d'une voix neutre et inexpressive, comme s'il avait mal aux dents :

— Je m'appelle Filimonov. Les cours avec votre groupe auront lieu deux fois par semaine. Comme vous n'étiez pas prévenus et que le chauffage fonctionne mal, aujourd'hui vous pouvez garder vos vêtements. Mais à l'avenir vous ferez les exercices en short et en baskets.

— Ça fait déjà six ans que je mets des caleçons informes de soldat, dit Passiouk, dans l'espoir qu'on le mettrait dehors… Couleur lilas, ajouta-t-il pour plus de sûreté.

L'instructeur ne tourna même pas la tête :

— Silence dans les rangs !

Je vis quels regard Passiouk posa sur les épaules étroites de l'instructeur, sur son visage grisâtre allongé. De toute évidence, Passiouk avait pitié de lui. Et puis ça le faisait marrer que ce rachot prétende nous apprendre à lutter. Jeglov faisait rouler les muscles de son dos, devant l'instructeur, la tête légèrement inclinée sur le côté et les yeux plissés. À lui non plus, Filimonov n'inspirait pas spécialement confiance.

— Je vais vous apprendre un nouveau système de lutte qui a été élaboré dans notre pays par les camarades Spiridonov et Volkov, professeurs d'éducation physique.

Il avait froncé son front bas dissimulé par une mèche comme s'il avait eu du mal à se rappeler le nom des inventeurs de cette nouvelle lutte.

— Ce système s'appelle « sambo », ce qui signifie « autodéfense sans armes »…

Filimonov prit Passiouk par la main et le fit avancer sur le tapis. Ils se faisaient face, devant nous. Pendant son explication, l'instructeur ne lâcha pas la main de Passiouk et ne sembla pas se rendre compte une seconde du ridicule de la situation dans laquelle ils se trouvaient.

— Le sambo est un système de prises de lutte visant à faire perdre l'équilibre. Il comprend des projections, des fentes, des coups utilisés dans la lutte et le pugilat. Il faut savoir que ce système est fondé sur la connaissance de l'anatomie…

— Si on a de la force dans les bras, dit Passiouk, on peut très bien se passer d'anatomie.

Filimonov se tourna vers lui :

— Votre tâche consiste à me faire tomber.

— Ça, c'est possible, répondit placidement Passiouk en faisant un pas vers lui.

Il tendit les bras pour saisir l'instructeur. Il eut même le temps de l'attraper, mais quelque chose d'incroyable se produisit alors sous nos yeux : l'instructeur bondit en avant comme un ressort, tira à peine Passiouk vers lui, le faucha avec ses jambes, et Passiouk s'affala avec vacarme sur le tapis. L'instructeur s'écarta d'un pas et resta là, immobile. Passiouk se leva en geignant :

— Quel fils de diable ! J'ai même pas eu le temps de…

— Juste, dit Filimonov. Votre tâche est d'apprendre à appliquer les prises de telle manière que votre adversaire n'ait pas le temps de faire de contre-prise. Ça, c'était un fauchage avant.

— Encore une fois ! dit Passiouk.

— En place, acquiesça Filimonov.

Cette fois-ci, Passiouk était sur ses gardes et réussit à rester debout pendant quatre secondes : poussée vers l'arrière, prise, projection par-dessus la hanche, et il se retrouva au sol.

L'instructeur avait fait une impression si forte à Passiouk qu'il allait au tapis avant même d'avoir eu le temps de le toucher. Filimonov le relevait et le forçait à lutter de nouveau, expliquant la meilleure manière de saisir l'adversaire :

— Fauchage avant… tirage à soi… double Nelson… coup du tranchant de la main…

L'instructeur tendit un couteau de carton à Jeglov et lui ordonna de l'attaquer. Chaque fois, il détournait habilement le couteau, quand il ne le lui faisait pas lâcher de force, si bien que Jeglov n'eut pas une seule fois l'occasion de lui porter un coup de son couteau de fortune. Mais Jeglov soudain s'énerva, recula d'un pas et jeta avec adresse le morceau de carton, qui tournoya jusqu'à la poitrine de l'instructeur.

— Ça, c'est pas dans les règles.

— Parce qu'on se met peut-être d'accord avec les voyous pour respecter les règles ? demanda Jeglov, content de lui.

— Pourquoi vous êtes-vous mis à l'écart ? me demanda Filimonov.

— Je me prépare psychologiquement.

— Venez sur le tapis !

J'avançai et, immédiatement, il plongea pour me ceinturer sous les genoux. J'avais appris ce truc chez les éclaireurs, et je me penchai en avant pour lui bloquer le bras. Il me tenait le genou, je lui tordais le bras, l'effet de levier étant plus long et donc plus douloureux. Mais au lieu de porter tout mon poids sur son bras coincé sous mon torse, je voulus le faire céder en position debout. Là, je fis une erreur dont il profita immédiatement pour s'accroupir et me pousser. Je tombai sur le dos et, avec mes genoux, l'attrapai pour le faire passer par-dessus moi. Mais je manquais d'élan, ou bien de sommeil et, basculant effectivement, Filimonov me coinça le bras d'une jambe et, de l'autre, me coupa la respiration. Je pus voir du coin de l'œil que les gars formaient un cercle autour de nous, Taraskine s'aplatit au sol pour mieux voir et Jeglov, avec sa grave voix de baryton, se mit à scander, quelque part au-dessus de ma tête :

— Volodia, Volodi-a, Volo-o-di-a !

Passiouk, lui, grondait :

— Chaparov, écrase-le, l'ennemi, qu'il sache ce qu'on vaut !

À la force des bras, je réussis à soulever la jambe de mon adversaire, lui faisant lâcher prise. Le répit fut de courte durée car il se redressa dans un saut vif et, sans me laisser reprendre mes esprits, me gratifia d'un fauchage arrière. Heureusement, j'avais réussi à le prendre à bras-le-corps et nous roulâmes ainsi au sol jusqu'au moment où il m'enfourcha, me fit tourner autour de lui et m'amena facilement sur le dos.

Nous nous relevâmes essoufflés, fatigués, mais contents de nous. Filimonov me donna quelques tapes sur l'épaule, il ne restait plus aucune trace de morosité dans sa voix :

— Tu as appris chez les éclaireurs ?

— Exact, répondis-je avec un sourire malicieux.

— Il faut que tu t'entraînes, au printemps, c'est le championnat du Dynamo.

Il ne manquait plus que ça ! Filimonov reprit son air sévère et dit :

— Camarades, je vous en prie, faites montre de beaucoup de sérieux en ce qui concerne les entraînements. Ce que vous apprendrez ici pourra peut-être vous sauver la vie un jour…

Sur ce, nous nous séparâmes.

Depuis le téléphone public du vestibule, Jeglov appela le milicien de service pour lui demander s'il avait des nouvelles de la surveillance à Marina Rochtcha. Il raccrocha en disant :

— Là-bas, tout est calme. Allons dormir un peu.

— Qui est de faction en ce moment ?

Jeglov se mit à rire :

— Notre millionnaire : Soloviev. Et aussi Toporkov, depuis un poste de quartier. Quand Soloviev sera relevé, il faudra lui organiser une fête somptueuse.

Taraskine approuva chaleureusement cette idée, Passiouk émit quelques doutes quant à la possibilité de tirer un seul kopeck de Soloviev, Gricha, lui, expliqua que les savants avaient établi que la moitié des billets de banque était infectés de microbes, quant à moi, je dis que je me foutais bien de tout ça, car j'avais trop envie de dormir.

CHAPITRE 13

Bientôt un groupe de criminels de guerre, complices d'Hitler, passera en jugement devant le Tribunal militaire international. Sur le banc des accusés se trouveront les plus proches compagnons d'Hitler au sein du parti nazi, des dirigeants de la machine de l'État et du parti : Hermann Goering, Rudolf Hess, Von Ribbentrop, Alfred Rosenberg et d'autres.

Le procès de Nuremberg contre les criminels de guerre sera un événement sans précédent dans l'histoire.

La Pravda.

« Comme en enfer », pensai-je. J'ignore pourquoi, mais je voyais l'enfer non pas comme une fournaise rouge et ronflante mais comme un espace silencieux, convulsivement froid, éclairé par une lumière blafarde, sans vie. Les fusées éclairantes éclataient dans les nuages gonflés de pluie avec un bruit de succion étouffé et brûlaient pendant cinq secondes avant de s'éparpiller en petites étincelles luisantes, puis l'obscurité retombait jusqu'au claquement mouillé suivant, et la surface rigide, huileuse du fleuve s'illuminait de nouveau d'une étrange teinte bleu-blanc.

— Tu en es sûr, Tadeusz ? demanda le commandant Savitch, chef de la reconnaissance de la division. Il ne peut y avoir d'erreur ?

— Non, dit, sûr de lui, le Polonais, en hochant la tête, et ses moustaches hérissées décrivirent un large demi-cercle, comme des essuie-glaces sur un pare-brise. Avant que notre monde aille à sa perte, avant que presque tous soient tués, avant la Grande Guerre, ici, toute la région prenait du sable. Il y a un grand trou, les gars y attrapaient des silures…

Il tendit son long bras, qui ne pliait pas, en direction de la rive allemande, au-delà de l'île, un no man's land, un morceau de terre brûlée, tailladée, labourée par les obus au milieu de la Vistule, par-delà le méandre ample du fleuve, vers l'endroit où, sur trente mètres, il y avait un trou dans les barbelés.

Les Allemands avaient planté des barbelés directement dans l'eau, sur trois rangées. Sur la rive, il y avait le réseau Brun. Mais là, allez savoir pourquoi, ils avaient ménagé un trou. Et, immédiatement derrière, un nid de mitrailleuse.

— N'agite pas les bras, grand-père, dis-je à Tadeusz. Reste allongé sans bouger…

D'ici on ne pouvait pas voir le trou dans les barbelés, il était à quinze cents mètres en aval. Mais pour l'atteindre, il fallait partir d'ici, et seulement d'ici. Fedotov considérait que l'éclaireur devait être accompagné de trois anges gardiens pour aller au succès, à savoir la hardiesse, la ruse et l'effet de surprise. Moi, je croyais en la patience, en la patience et en la patience, même lorsqu'elle confinait à la torture. Cela faisait huit jours que le corps enflé de Fedotov flottait dans l'eau grise et épaisse. Les griffes des barbelés avaient accroché sa vareuse, le fleuve, qui avait grossi avec les pluies, ballottait son corps contre un pilotis de sapin, et les Allemands tiraient dessus comme si c'était une cible. Prochine et

Bouryga avaient été chanceux, ils avaient été tués avant d'arriver au milieu de la rivière : les salauds d'en face ne pouvaient pas s'amuser avec leurs corps.

— Volodia, il nous faut à tout prix un prisonnier pour le faire parler ! dit Savitchev de sa voix enrouée, en passant sa grosse paluche sur sa gorge.

Son cou était ridé et hâlé. En disant cela, ses yeux injectés de sang avaient été traversés par un éclat terrible. À sa manière de dire « Volodia » et non point « camarade lieutenant », j'avais compris que ses yeux rougis me voyaient déjà flottant dans l'eau trouble et argileuse, accroché aux barbelés devant les pilotis, juste en face de la rive allemande.

L'attente fut longue. Pendant des heures, je restai allongé en première ligne, passant d'un poste d'observation à l'autre le long de cette portion d'un kilomètre et demi de rive, où, comme je le croyais et l'espérais, devait se trouver un passage vers l'ennemi. J'avais rampé jusqu'à la rive, avais mis très doucement des poutres à l'eau, des casques allemands et des boîtes de conserves vides, et étais resté plusieurs heures à observer où le courant les portait, et j'avais fini par découvrir l'endroit où nous nous trouvions alors, Savitchev, le vieux Polonais et moi. La barque à moitié coulée que, la veille, dans l'obscurité, nous avions poussée à partir de la rive, avait accosté vers le milieu de l'île. L'île était proche des Allemands, mais nous étions à couvert. Lorsque partaient les fusées éclairantes d'un blanc éblouissant, à partir de l'île, une longue ombre noire s'allongeait dans leur direction. Tandis que sur toute la distance jusqu'à nous régnait une lumière éclatante.

Savitchev était fébrile et parlait vite :

— Volodia, n'oublie pas, quand vous aurez fini, vous lancerez aussitôt une fusée verte à contre-courant. Nous vous organiserons un tir de barrage : toute la

143e division d'artillerie est débarquée, les premières lignes se trouvent sous notre feu.

Cependant le Polonais nous regardait, l'air triste, les moustaches tombantes.

— Volodia, tu es sûr que vous y arriverez à trois ? reprit Savitchev en me fixant de ses yeux rouges. Peut être qu'il faut renforcer le groupe d'interception ?

Levtchenko, qui se tenait dans mon dos, dit :

— Plus on est, plus on a de chances de se faire repérer.

Korobkov acquiesça de la tête.

Nous nous déshabillâmes complètement, seul un poignard était retenu par un lacet à nos poignets et, sans faire de clapotis, sans le moindre bruit, nous plongeâmes, d'abord Levtchenko, ensuite Korobkov, et moi en dernier. Le froid pénétra mon cœur, provoquant une douleur insupportable, emplit chacun de mes muscles de plomb en fusion et atteignit ma gorge, d'où il aurait bien voulu sortir en un terrible hurlement d'horreur et de souffrance. Il paralysa chaque veine et chaque articulation, m'emplissant d'un désir irrésistible de filer à toute vitesse en arrière, vers la berge, vers la puanteur familière d'un bon manteau de mouton bien chaud, vers la chaleur étouffante de la cabane, vers les siens !

Mais l'obscurité salvatrice entre deux éclairs mortels de fusées avait disparu, de nouveau retentit un claquement sourd et, dans le ciel bas et sale, se répandit une blancheur laiteuse, éblouissante et menaçante. Tous trois, pétrifiés par ce terrible froid pénétrant, nous inspirâmes profondément, ce fut comme si nos poumons s'emplissaient de bris de verre glacé, et nous plongeâmes en même temps, faisant d'énergiques mouvements des bras et des jambes pour pénétrer dans l'épaisseur visqueuse et dense de l'eau. Lorsque les fusées s'éteignirent, nous pûmes émerger quelques secondes, le temps de reprendre notre respiration et, de nouveau, sans s'arrêter un seul instant, nous fendîmes l'eau.

Nous accostâmes sur un banc de sable, à l'ombre d'une petite butte et trouvâmes rapidement la barque. Au fond, sous des pierres, se trouvaient trois chambres à air de Dodge avec des rustines collées. De nos mains tremblantes, nous déposâmes les chambres à air sur la berge, les coupâmes avec nos couteaux, en sortîmes une flasque d'eau-de-vie, des mitraillettes, des disques de balles de rechange, des grenades et des habits.

Nous bûmes l'eau-de-vie à même le goulot, nous emmitouflâmes dans des vestes ouatinées étriquées et, doucement, lentement, la chaleur revint dans nos corps. Avec les casques, nous écopâmes l'eau de la barque tandis que Levtchenko nous murmurait entre ses lèvres enflées :

— Remuez, remuez sans arrêt, c'est comme ça que vous vous réchaufferez.

Nous détachâmes les rames de sous les bancs ; les tolets étaient bien graissés. J'avançai vers l'avant, Sacha Korobkov prit place, Levtchenko poussa la barque plus profond dans l'eau et, sans bruit, souplement, sauta sur le banc arrière. Jusqu'à l'extrémité nord de l'île nous voguâmes tranquillement : les Allemands ne pouvaient pas nous voir. Ici, à l'ombre, il faudrait attendre jusqu'à 3 heures du matin la relève des patrouilles et des postes de garde pendant laquelle aucune fusée éclairante n'était tirée.

Vingt secondes qu'il faisait noir et j'ordonnai :

— Allez !

Sacha Korobkov tira puissamment sur les rames, qui fendirent sans bruit la surface noire de l'eau, et la barque fit un bond en avant. Un mouvement, un bond, un mouvement, un bond, l'eau se mit à frissonner contre la coque.

Enfant, j'avais peur de l'obscurité. Aujourd'hui, c'était la lumière qui m'effrayait, devenue synonyme d'ennemi et de mort.

Le fil barbelé grinça sous la proue, fit ressort et la repoussa en arrière. Je m'y accrochai et, tirant dessus, guidai la barque le long de la ligne.

Flop ! Une bulle brillante monta dans le ciel. On aurait dit qu'elle peinait à prendre de l'altitude ; elle s'emplissait lentement de la lumière tremblante du magnésium. Elle s'immobilisa avant d'éclater et de se répandre en de brèves étincelles rouges.

Mais nous ne craignions déjà plus la lumière, la barque était à l'abri, à l'ombre de la rive.

Je fis un signe de la main à Korobkov — « Scie ! » Chaque fois que je me trompais dans ma prise le long de la ligne de barbelés, une pointe rouillée et aiguë me rentrait dans la main. Mais, sous l'effet conjugué du froid et de l'effort, je ne sentais pas la douleur. La barque heurta quelque chose et stoppa net. Je tendis la main hors de la barque et touchai un sac lourd et mouillé à la surface de l'eau. Je ne réalisai pas tout de suite que j'étais en train de tripoter la veste ouatinée de Fedotov. Je me penchai par-dessus la proue, le bois s'enfonça dans mon ventre comme un couteau, je pris appui sur le banc de nage avec mes pieds et, de toutes mes forces, je tirai la veste vers moi. Le corps de Valia Fedotov, enflé, déchiqueté par les rafales de mitraillettes, se détacha des barbelés fixés aux pilotis de sapin. Quand je me rendis compte de ma méprise, je le replongeai doucement dans l'eau, sans faire d'éclaboussures, et le poussai loin de la berge. Quelques secondes encore je vis, dans la lumière laiteuse oblique d'une fusée, Fedotov filer dans le courant vers nos positions, comme une motte grise. Korobkov et Levtchenko le regardaient disparaître dans l'obscurité détrempée, je ressaisis les barbelés et tirai de nouveau la barque en prenant appui sur les fils.

Neuf fusées explosèrent pendant que nous avancions jusqu'au trou, à l'emplacement de la carrière de sable inondée par les grandes eaux d'automne, là où les Allemands n'avaient pas pu planter de pilotis à cause de la profondeur. Nous accostâmes sur la rive haute. Korobkov resta dans la barque, à l'abri de l'escarpement, tandis que Levtchenko et moi partions sur la pente raide : quelque part dans le coin, à une trentaine de mètres, devait se trouver le nid de mitrailleuse que nous devions approcher par l'arrière.

Levtchenko rampait devant moi, sans bruit, se tortillant comme un serpent, progressant de trois à quatre mètres puis stoppant ; nous écoutions le silence du front, rompu seulement par des rafales de mitrailleuses proches et par l'éclatement de fusées éclairantes. Je pensai alors à Sacha Korobkov resté seul dans une anse de la rive.

Nous entendîmes des voix à droite, juste au-dessus de l'escarpement. Et nous tombâmes immédiatement sur un boyau de communication ; pour nous approcher un peu plus nous rampâmes le long du parapet arrière. Une des voix était jeune, méchante, rapide, grasseyante, alors que la seconde était lente, enrouée, fatiguée, enrhumée. Il me sembla que la première engueulait la seconde : elle parlait sur un ton irrité tandis que l'autre se justifiait en répétant souvent le mot « Jawohl ». Une odeur de fumée de cigarette nous parvint de derrière le parapet. Sans nous être mis d'accord avec Levtchenko, nous plongeâmes ensemble par-dessus le muret.

Cela ne prit que deux ou trois secondes, mais par la suite je me suis souvenu de chaque détail : un des fascistes était assis sur une caisse près de la mitrailleuse, emmitouflé dans une couverture, tandis que l'autre, énervé, agitait ses bras devant son visage. Pour son plus grand malheur, il nous tournait le dos, et Levtchenko put lui enfoncer son couteau dans le cou ; l'Allemand s'effondra sans un bruit. Je sautai par-dessus le corps pour me jeter sur le mitrailleur enroué qui se levait déjà et le frappai avec la crosse de mon pistolet. Je le recouvris entièrement avec la couverture et, comme un sac, le hissai vers Levtchenko, qui était ressorti de la tranchée.

Au pas de course, nous traînâmes notre prisonnier jusqu'au bord de l'escarpement. On pouvait discerner dans l'obscurité la silhouette de Sacha Korobkov à côté de la barque, lorsque sur la rive quatre Allemands profitant de la nuit pour s'approvisionner en eau nous surprirent. Ils ne nous identifièrent pas immédiatement et l'un d'entre eux, levant son Schmaisser, cria, peu sûr de lui :

— *Halt ! Wer ist da ?*

Levtchenko poussa l'Allemand vers moi et, pendant que j'arrachais la goupille de ma grenade tout en maintenant au sol le prisonnier à l'aide de mon genou, il lança la sienne, qui explosa et me laissa de petites mouches remuantes dans les yeux. Korobkov avait également balancé une grenade et tiré une fusée verte en direction des nôtres pour qu'ils couvrent notre retour.

Nous tirâmes l'Allemand dans la barque, la poussâmes en eau profonde, donnâmes quelques coups de rames, lorsque soudain toute la rive de notre côté ne fut plus qu'un enfer de feu et de vacarme. Les mortiers hurlaient sinistrement et leurs « pruneaux » passaient en sifflant juste au-dessus de nos têtes pour aller s'écraser avec fracas sur la première ligne allemande ; les canons de cent ajustés tout droit tiraient lourdement et sèchement ; sur cette portion de rive, c'était toute la 143e division d'artillerie qui couvrait notre repli.

Les Fritz se réveillèrent à leur tour, les fusées éclairantes explosaient en salves, la surface de l'eau autour de nous était criblée par les rafales de mitrailleuses qui formaient de longs filets d'écume. Quand nous atteignîmes le milieu de la rivière, des obus de mortier commencèrent à exploser. Lorsqu'ils montaient au-dessus de nos têtes dans un bruit à vous glacer le sang, nous fermions les yeux et ramions avec plus de force encore. La barque laissa échapper un long craquement, je vis une planche entière arrachée par une rafale de gros calibre. L'eau, épaisse, noire, entra à gros bouillons à l'intérieur.

« Plus vite ! Ramez plus vite ! » criai-je, et je vis que Levtchenko, sans se presser, comme s'il réfléchissait à quelque chose, tombait par-dessus bord.

Je bondis de mon banc, la barque s'inclina et sombra. « Sacha ! Tiens le prisonnier ! » eus-je le temps de dire à Korobkov, et je plongeai, saisissant Levtchenko au collet.

Je ne me souviens plus comment on nous ramena — tous les quatre — sur la berge.

Le rêve avait duré autant que le raid de cette nuit-là, une heure et demie, quand la sonnerie stridente du téléphone me sortit du couloir silencieux et nocturne dans lequel je m'étais perdu.

Pieds nus, je courus jusqu'au téléphone. Tremblant de froid, je décrochai le combiné où retentissait déjà le cri de l'agent de permanence :

— Jeglov, c'est toi ? !

— Non, Chaparov à l'appareil.

— Ramenez-vous tout de suite, la surveillance de Marina Rochtcha a eu un pépin…

Jeglov, encore ensommeillé, n'arrivait pas à enfiler ses bottes, ses bandes molletières se tordaient, et il rouspétait tout bas d'une voix sifflante. Je passai ma vareuse devenue trop étroite, en serrai la ceinture en marchant, pris ma casquette à la main, tandis que, sous notre fenêtre, Ferdinand nous attendait, à faire du boucan et à klaxonner.

Kopyrine claqua la porte derrière nous et la ferma avec la poignée, comme s'il nous avait ramassés à la pelle sur la chaussée, et fila à grand fracas dans la rue Sretenka.

— Alors ? dit Jeglov à bout de souffle.

— Toporkov est grièvement blessé. Soloviev, grâce à Dieu, est sain et sauf. Je ne sais rien d'autre.

Hurlant, Ferdinand tourna et traversa la place Kolkhoznaïa à contresens, se fraya un passage dans le flux des véhicules et fila par la Ceinture des jardins vers la place Samotetchnaïa, en direction de Marina Rochtcha. Kopyrine respirait lourdement, Jeglov, taciturne, ne disait mot, et ce n'est qu'à l'approche de la maison de Vera la modiste qu'il demanda :

— A-t-on prévenu Svirski ?

— Certainement, dit Kopyrine, en haussant les épaules. On m'a envoyé directement chez vous — j'étais de garde —, on m'a dit que Soloviev avait téléphoné.

L'ambulance avant déjà emmené Toporkov et, à l'exception d'un mince filet de sang noirci près de la porte, rien ne témoignait de ce qui s'était passé là une heure plus tôt. Vera la modiste était assise dans un coin sur une chaise, glacée d'horreur, et elle s'enveloppait dans son châle comme si le froid avait été insupportable, alors qu'il faisait trop chaud dans la pièce : des gouttes de sueur glissaient sur le visage de Soloviev, grosses, transparentes, comme les pendeloques de verre du lustre de Vera. Les gouttes coulaient jusqu'à une forte égratignure rouge-bleu sous sa pommette, et Soloviev grimaçait de douleur.

— Raconte, dit Jeglov.

À la manière dont il regardait ses pieds, comme pour s'assurer que ses bottes brillaient bien comme toujours, et aussi au ton de sa voix, soudain devenue râpeuse, rugueuse, je compris qu'il était très mécontent de Soloviev.

— Eh bien, toute la journée ça a été calme, commença Soloviev d'une voix plaintive qui laissait transparaître son effroi. À 22 h 50, quelqu'un a frappé à la porte. Alors j'ai dit à Vera de laisser entrer.

Soloviev souffla un peu, sortit de sa poche un paquet de Kazbek et, de ses mains qui tremblaient, alluma une cigarette. Allez savoir pourquoi, je pensai qu'au moment de la solde on ne nous donnait pas de Kazbek mais qu'elles étaient en vente dans le commerce au prix de 42 roubles le paquet.

— Oh, j'en tremble rien que d'y penser ! dit Soloviev, qui tirait convulsivement sur sa cigarette et touchait avec précaution la cicatrice sur sa joue.

Jeglov l'interrompit :

— Qu'est-ce que t'as à geindre comme une femme prête à accoucher ? Raconte comment ça s'est passé !

— Mon p'tit Gleb, c'est ce que je fais ! Toporkov s'était mis là, derrière la porte, moi je restais assis à la table.

— Autrement dit, tu dirigeais les opérations ? demanda doucement Jeglov.

— Pourquoi tu dis ça sur ce ton, Gleb ? Comme si c'était ma faute s'il a touché Toporkov et pas moi ? !

— Bon, bon, ça suffit, raconte…

— Eh bien voilà, Vera a ouvert la porte d'entrée, l'a fait pénétrer dans la pièce, et, avant qu'il soit habitué à la lumière, je lui ai dis : « Montrez vos papiers ! » Toporkov s'est approché de lui par-derrière, l'autre a jeté un coup d'œil par-dessus son épaule et, ce salaud, il a eu le culot de glisser avec un sourire « S'il vous plaît, chers camarades, vérifiez, mes papiers sont en règle », et il a plongé sa main dans la poche intérieure de son manteau. Toporkov a essayé de lui attraper le bras et je me suis approché d'eux mais soudain, à travers sa poche, à bout portant, pan ! En plein dans Toporkov ! Ça a été si rapide et le coup de feu, à travers son manteau, a claqué si faiblement que je n'ai pas compris tout de suite ce qui s'était passé. À ce moment, il a sorti son pistolet de sa poche et m'en a foutu un coup en pleine poire ! Ensuite, j'ai perdu connaissance et il en a profité pour se sauver.

J'allais lui demander de me décrire le criminel quand une voix faible se fit entendre de l'angle de la pièce :

— Il vous ment, il a pas perdu connaissance.

C'était Vera qui venait de parler.

Soloviev fit un mouvement vers elle, mais Jeglov gueula :

— Tais-toi ! Tu parleras quand je t'interrogerai ! Et il se tourna vers Vera :

— Comment ça s'est donc passé ?

Le visage immobile, les yeux fixes, Vera entama son récit :

— Il est tombé à genoux quand Fox lui a foutu le coup de revolver, alors Fox a dit en lui appuyant le canon sur la nuque : « Allonge-toi au sol dix minutes si tu veux vivre. » Et à moi, il a dit : Si jamais j'apprends que c'est toi, sale chienne, qu'as mis les flics sur mes traces, je t'étriperai et après je te pendrai à tes tripes… » Puis il est parti.

— Et celui-là ? demanda Jeglov en montrant Soloviev.

— Quoi, celui-là ? Il est resté allongé un moment puis a couru téléphoner. Moi, j'ai examiné votre blessé, le sang coulait par sa bouche, il a une balle dans la poitrine.

Jeglov resta muet un bon moment, regardant le sol, et, pour la première fois, je vis en lui une sorte d'abandon étonnant, une fatigue terrible, inhumaine, comme tout à coup abattue sur lui de tout son poids.

— Gleb, cria Soloviev, qu'est-ce qui te prend ? ! Est-ce que tu crois vraiment cette voleuse, cette sale receleuse ? Et moi, ton camarade…

— T'es pas mon camarade, dit Jeglov à voix basse. T'es un trouillard, un salaud. Tu es un traître. Un pou rampant.

— T'as pas le droit ! cria Soloviev. J'ai été blessé, tu répondras de ce que tu viens de dire !

— Il aurait mieux fait de te descendre, dit tristement Jeglov. On demande pas des comptes aux morts. Nous, on se remettra pas de cette honte. Tu nous as tous trahis, tous ! À cause de toi, les voyous vont penser qu'ils peuvent faire peur aux mecs du MOUR.

— Tu mens ! J'ai pas eu peur, j'ai perdu connaissance ! hurla Soloviev qui suintait une trouille certainement plus forte encore que lorsque Fox l'avait frappé.

— C'est pas connaissance que t'as perdu, c'est ta conscience, dit Jeglov sans élever la voix et, dans son ton, je sentis, non pas de la méchanceté, mais une pointe de désespoir.

La porte s'ouvrit et, à grand bruit, Passiouk, Taraskine, Mamykine, quelques autres gars de la 2e section firent leur entrée ; aucune trace de Svirski. Dans la pièce régnait une telle tension qu'ils se turent immédiatement. Quant à Jeglov, il poursuivit :

— Quand il a braqué son revolver sur toi, t'as pas pensé à ta conscience, ni à ton devoir de tchékiste, ni à tes camarades tués, mais à tes 50 000 roubles, à ta maison à Javoronki avec une vache et un porc.

— Oui, oui, oui ! dit Soloviev en agitant les poings. Et j'ai aussi pensé à mes gosses ! Si on me tue, est-ce que c'est toi, espèce de braillard, qui les nourriras ? C'est toi qui en feras des hommes ? Il y a longtemps que j'ai remarqué que depuis que j'ai gagné tu ne peux plus me sentir. Vous vous êtes tous mis à me regarder de travers, comme si c'était pas l'État qui me l'avait donné mais comme si je l'avais volé, cet argent ! J'aurais très bien pu ne pas vous dire que j'avais gagné, mais j'ai pensé, par naïveté, que vous, comme des bons camarades, vous

vous réjouiriez de mon coup de chance, mais vous vous êtes mis à me regarder méchamment, parce que j'en ai pas bu la moitié avec vous, parce que j'ai pas dilapidé mon propre bien. Je vois parfaitement, je vois, je suis pas encore aveugle, hein ?

Tous dans la pièce firent un pas en arrière, comme pétrifiés par ses paroles. Alors, Soloviev réalisa et se tut, il regarda de ses yeux ronds, effrayés, chacun de nos visages et il sembla y lire quelque chose qui le força à se prendre la tête entre les mains. Il laissa échapper un sanglot hystérique.

Jeglov se leva et dit dans un murmure :

— Sois maudit, salaud !

Une seconde encore le silence régna dans la pièce, et soudain, de derrière, de quelque part dans nos dos, retentit l'accent typique de Svirski :

— J'ai écouté votre conversation, Soloviev. Très intéressant…

Les gars s'écartèrent. Lev Alexeïevitch pénétra dans la pièce, qu'il balaya d'un coup d'œil, s'assit sur une chaise, plissa les yeux et regarda Soloviev, figé :

— Vous, Soloviev, rendez votre arme, vous n'en aurez plus besoin. Vous passerez devant le tribunal. Et dégagez d'ici, vous êtes de trop.

Soloviev se mouvait comme dans un rêve. Il fouillait dans ses poches comme s'il avait oublié où il avait mis son TT, le trouva dans son veston et le posa sur la table. Le pistolet fit un léger bruit sourd. Le cran de sûreté n'avait même pas été retiré. D'un pas incertain de somnambule il approcha du portemanteau, enfila, en se trompant d'abord de manche, son manteau fait avec une capote reteinte et se dirigea vers la porte. Tous les gars s'écartèrent sur son passage.

Il avait déjà saisi la poignée lorsque Svirski lui dit dans le dos :

— Soloviev, revenez.

Soloviev se retourna brusquement et on put lire sur son visage l'espoir d'un pardon, mais Svirski frappa légèrement de sa paume sur la table :

— Votre laissez-passer, ici.

Soloviev revint sur ses pas, posa le petit carnet rouge sur la table, prit le paquet de Kazbek à 42 roubles, le paquet qu'il avait oublié, et le mit dans la poche où se trouvait son pistolet. Et il partit. Il avait oublié sa chapka au portemanteau.

Quant à nous, nous nous taisions en nous efforçant de ne pas nous regarder, comme si nous étions nous-mêmes les accusés, honteux : et douloureux. Soudain, à la surprise générale, Vera, qui nous observait depuis son coin, rompit le silence :

— Il a dit à Fox que vous l'attendiez ici.

— Quoi, quoi ? dit Svirski en se tournant vers elle.

— T'as bien entendu. Fox a braqué le revolver sur lui et a dit : « Dis-moi donc, ventre rouge, qui c'est que vous guettez ici, sinon je t'envoie au ciel. » Alors votre agent a dit qu'il ne savait pas très bien, mais qu'ils devaient attendre un certain Fox. L'autre a éclaté de rire et s'est envolé.

Une heure plus tard, Toporkov mourait. De l'hôpital Sklifossovski, Kopyrine nous reconduisit, Gleb et moi, jusque chez nous. De toute évidence, Jeglov n'avait pas envie de nous parler, il alla prendre place au fond du car, sur la dernière banquette, et s'y assit, cassé, le visage entre les mains, en geignant doucement comme une bête blessée. J'étais installé devant, juste derrière Kopyrine, qui gémissait aussi, faisant claquer sa langue avec tristesse et, à mi-voix, se disait à lui-même :

— Comment ça se fait que les gens soient devenus si cruels ? La vie d'un homme ne vaut plus que dalle. Combien on en a déjà coffré de ces salauds et, malgré tout, on n'est toujours pas plus tranquilles. Et ils vont encore tuer, et on n'en voit pas la fin de cette zizanie…

Maintenant, qu'est-ce qu'il leur faut encore ? On aurait pourtant dit que la vie commençait à s'améliorer après la guerre.

— Ronchonne pas pour rien, vieux, dit Jeglov d'une voix sourde.

En faisant balancier avec ses bras, il remonta jusqu'à l'avant dans notre « chariot » soumis au roulis, s'assit à côté de Kopyrine, le saisit fermement par l'épaule, le regarda dans les yeux et demanda avec instance :

— Ça ferait du bien de boire un coup maintenant, Ivan Alexeïevitch, hein ?

— Bien sûr que ça ferait du bien, dit évasivement Kopyrine, après avoir passé son poing sur ses moustaches dures et hérissées. Tu le sais très bien toi-même, Gleb Gueorguievitch.

— Tu en as assez chez toi, dit fermement Gleb. Au moins aujourd'hui, fais voir que t'as pas peur de ta femme. Dis que c'est pour moi, je te le rendrai à la prochaine solde.

— C'est pas là la question, je sais bien que tu me le revaudras, dit Kopyrine dans un hochement de tête. J'en ai rien à faire de ma bouteille. C'est de ma femme que j'ai peur…

Mais, de lui-même, il avait tourné dans la rue Skladotchnaïa, vers la rue Souchtchevka, là où il habitait.

— Je vais me faire passer un drôle de savon, marmonna plaintivement Kopyrine.

Il freina près de sa maison et descendit sans arrêter le moteur, comme s'il s'apprêtait, en cas d'échec, à mettre les bouts au plus vite.

— Attendez, ordonna-t-il, en plein désarroi, avant de plonger dans l'entrée.

Jeglov fumait sans mot dire et je ne lui posai aucune question. Nous restâmes donc ainsi à nous taire, cinq minutes durant. Seules nos cigarettes rougeoyaient dans l'obscurité. Kopyrine sortit enfin de la maison avec, dans les mains, deux bouteilles de vodka. Il s'installa au mieux sur son siège, tendit les bouteilles à Jeglov, soupira, l'air soulagé :

— Elle m'a signifié de pas rentrer à la maison.

— C'est bien, le consola Jeglov. Tu viendras chez nous.

— Ah ça, non ! Je suis pas mal avec vous, mais à la maison c'est quand même mieux. Ma vieille, elle est pas méchante, après tout. Elle s'est seulement un peu emportée, elle gueulera un peu et ça passera. En plus, elle cuisine bien, elle est propre, elle travaille drôlement. Non, y'a pas à dire, elle est de première…

— Dans ce cas, t'as qu'à vivre chez toi, dit Jeglov comme s'il lui en donnait l'autorisation.

Kopyrine ne souhaita pas non plus passer chez nous.

— On reçoit pas des invités la nuit ! On va se réconcilier avec ma femme, elle nous fera des raviolis au fromage blanc, alors vous pourrez passer un de ces jours. On saura bien trouver des sujets de conversation.

Et, dans un grand bruit de ferraille, grinçant de toutes parts, Ferdinand descendit le boulevard Rojdestvenski. Nous restâmes encore un peu dans la rue, respirant l'air pur de la nuit.

— Il est bien, Kopyrine, dis-je.

— Oui, répondit Jeglov, et il pénétra dans l'entrée.

Mikhal Mikhalytch était assis dans la cuisine et lisait un journal. Il tendit vers nous sa tête de tortue, comme s'il s'extrayait de sa carapace, et dit :

— Vous travaillez trop, jeunes gens…

— Vous non plus, vous ne dormez pas, dit Jeglov, dans un sourire qui ressemblait à un rictus.

— Je pensais que vous rentreriez sûrement sans avoir mangé et je vous ai fait cuire des pommes de terre.

— C'est magnifique, fit Jeglov avec un signe de tête.

— Merci, Mikhal Mikhalytch, lui dis-je. Peut-être prendrez-vous un verre avec nous ?

— Non, je vous remercie, dit en s'inclinant Mikhal Mikhalytch. Il y a déjà longtemps que je ne me permets plus de telles choses.

— Un petit verre, ça pourra pas vous faire de mal, assura Jeglov.

— C'est sûr que ça ne me fera rien, mais alors, vous n'aurez plus de voisin. Si vous n'y voyez pas d'inconvénients, je resterai là tout simplement avec vous.

Nous allâmes dans notre pièce et Mikhal Mikhalytch apporta le faitout enveloppé dans deux serviettes pour garder la chaleur. Apparemment, il y avait déjà longtemps qu'il avait fait cuire ses patates. Nous saupoudrâmes de gros sel gris du pain noir, prîmes chacun un demi-oignon, nous versâmes un verre. Jeglov leva le sien et dit :

— Au souvenir de l'âme du lieutenant Toporkov. Que la terre lui soit douce. Mémoire éternelle à lui…

Et, en trois gorgées goulues, il en vida le contenu. J'avalai mon verre aussi. Mikhal Mikhalytch nous regarda pensivement et trempa légèrement ses lèvres dans le sien.

Le pain était rassis et je ne sentis guère le goût de ma patate. Jeglov, lui, ne mangea rien et remplit de nouveau nos verres. Nous restâmes assis, sans parler, jusqu'à ce que Mikhal Mikhalytch demande :

— Un de vos camarades est mort ?

Jeglov leva vers lui ses yeux lourds aux paupières rougies et prononça lentement :

— Deux. Un a été tué par un malfrat, l'autre est mort à nos yeux, le salaud…

Les écailles, sur le visage de tortue de Mikhal Mikhalytch, eurent un léger mouvement :

— J'ai pas compris.

— Ah ! dit Jeglov avec un geste plutôt méchant de la main.

Il se tourna vers moi :

— Nous ne savons même pas comment il s'appelait, Toporkov… Si le diable existe ici-bas, dit-il en levant son verre, il a pas des cornes et des pieds de bouc, il ressemble plutôt à un dragon tricéphale, et ses trois têtes ont pour nom Lâcheté, Avidité et Trahison. Si l'une d'elles mord quelqu'un, les deux autres le rongent jusqu'au bout des ongles. Jurons, Chaparov, de couper ces damnées têtes tant que nos épées ne seront pas émoussées, et quand nous n'aurons plus de forces, alors on pourra nous envoyer tous les deux au diable, à la retraite, et ce sera la fin de notre histoire !

Ce qu'avait dit si joliment Jeglov me plut, et je trinquai de bon cœur avec lui. Mikhal Mikhalytch, lui aussi, acquiesça en silence. Une légère fumée flottait dans la pièce. À ce moment-là Jeglov m'était particulièrement cher, avec lui je me sentais prêt à couper plus d'une tête.

Jeglov ne mangea rien non plus après son deuxième verre, et but seulement un peu d'eau froide à même le bec de la cruche ; des taches rouges colorèrent ses pommettes, ses yeux se mirent à briller de rage, et il commença à tirer le bras de Mikhal Mikhalytch :

— Moi aussi, ils peuvent me descendre, demain, comme Toporkov, mais ils font pas le poids pour faire peur à Jeglov ! Et moi, eux, ces vers rampants, je vais les écraser, jusqu'à mon dernier souffle ! Et je vivrai plus longtemps qu'eux pour planter moi-même un pieu de tremble sur leurs sales tombes ! Vassia Vekchine a laissé sa mère et trois petites sœurs, alors que le voyou, ce salaud, il se trimbale quelque part sur cette Terre, il se gave, l'enfoiré…

Autour de moi, la pièce tournait lentement. Je me levai, pris la cruche sur la table et allai chercher de l'eau à la cuisine. Je sentis que je tanguais un peu, comme si j'étais sur un bateau, je me sentais léger comme une plume, on aurait dit qu'on m'avait insufflé de l'air dans le corps.

— … Votre fermeté, votre esprit et votre courage ne suffisent pas, disait Mikhal Mikhalytch lorsque je revins dans la pièce.

Après un petit zigzag, je tombai sur ma chaise.

— Que faut-il donc encore ? demanda Jeglov en plissant les yeux.

— Il faut du temps et des changements sociaux…

— Quels changements qu'il vous faut donc ? s'enquit Jeglov avec suspicion.

— Nous venons de vivre la guerre la plus terrible de l'histoire de l'humanité et il faudra des années, des décennies, peut-être, pour soigner, effacer ses conséquences matérielles et morales.

— Par exemple ? demanda Jeglov, qui se dressait face à Mikhal Mikhalytch.

— Primo, il faut reconstruire des villes entières, remettre sur pied l'agriculture. Les usines travaillaient pour le front, maintenant, il va falloir habiller, chausser les gens, et de deux ! Il faut des logements, des foyers, pour ainsi dire, alors on pourra en terminer avec les orphelins. Donner à tous un travail intéressant et plaisant, et de trois, et de quatre ! Voilà, c'est uniquement ainsi, par ce moyen naturel, qu'on viendra à bout de la criminalité. Si toutes ces conditions sont réunies, la criminalité n'a plus de raisons d'être…

— Et nous ?

— Vous, alors, vous ne vous occuperez plus de milliers de criminels, mais de quelques-uns. Les récidivistes, pour ainsi dire…

— Quand cela aura-t-il lieu, d'après vous ? Dans vingt ans ? Dans trente ? demanda Jeglov en fendant avec irritation l'air de sa main.

Son image sembla se décomposer devant mes yeux, comme s'il était fait de fumée de tabac.

— Peut-être, dit Mikhal Mikhalytch en écartant ses bras de tortue.

— Compte là-dessus ! cria Jeglov. Nous n'avons pas le temps d'attendre. Aujourd'hui, les voyous ne laissent plus les gens honnêtes vivre normalement !

— Je ne propose pas non plus d'attendre, dit Mikhal Mikhalytch en haussant ses épaules rondes. Je voulais seulement dire que, d'après moi, notre pays remportera une victoire définitive sur la criminalité non par ses organes de répression mais grâce au cours naturel de la vie, grâce au développement économique. Surtout, grâce à la morale de notre société, à la miséricorde et à l'humanisme de notre peuple.

— La miséricorde, c'est un mot de curé, dit Jeglov soudain renfrogné.

Je tanguais sur ma chaise, ma tête tournait de gauche à droite comme une poupée chinoise en porcelaine, j'étais tout simplement en train de m'endormir et ne pus avoir le dernier mot.

— Vous vous trompez, mon cher jeune homme, dit Mikhal Mikhalytch. La miséricorde n'est pas un instrument de curé, mais la forme des rapports humains vers laquelle nous tendons tous.

— Exact ! ironisa méchamment Jeglov. Le « Chat noir », il va vous en donner, de la miséricorde. Et nous aussi, si jamais il tombe entre nos mains.

Je passai sur le divan et, à travers la torpeur qui m'envahissait, déferlaient sur moi les cris stridents de Jeglov et le parler doux, coulant comme une source, de Mikhal Mikhalytch :

— Une tribu africaine a un calendrier différent du nôtre. D'après eux, à l'heure actuelle, sur la Terre, c'est l'Ère de la Miséricorde. Et, qui sait, peut-être que ce sont eux, précisément, qui ont raison ; peut-être qu'aujourd'hui dans le malheur, le sang et la violence, est en train de poindre l'aube joyeuse d'une grande époque de l'humanité : l'Ère de la Miséricorde, avec l'épanouissement de laquelle nous pourrons tous nous sentir sincèrement amis, camarades et frères.

CHAPITRE 14

PRÉPARATION À LA RÉCEPTION DES SOLDATS

Dans les différents arrondissements de la capitale, on est en train de préparer activement la réception des soldats de la deuxième vague de démobilisation au sein de l'Armée Rouge.

Les députés des Soviets d'arrondissements, avec les actifs des quartiers, passent en revue les appartements des démobilisés. Là où cela se révélera nécessaire, on fera les réparations requises.

Les entreprises préparent des cadeaux pour les démobilisés et leurs familles. La fabrique de chaussures n° 3 coud 400 paires de chaussures ; la fabrique de bottes de feutre, 300 paires de bottes pour les écoliers, fils des soldats du front. La fabrique d'articles en fourrure a produit 200 chapkas…

Moscou-Soir.

Taraskine me rencontra dans le couloir et me prévint, l'air sévère :

— Aujourd'hui, à 17 heures, réunion du Komsomol. Pour le compte rendu et les élections. T'as fait ton transfert ?

— Non. Le comité d'arrondissement m'a pas encore envoyé ma carte de cotisation.

Taraskine prit un air important et se montra extrêmement soucieux :

— Téléphone au comité d'arrondissement, presse-les. Il faut participer plus activement à la vie sociale.

Il me regarda comme s'il voulait chicaner et ajouta gravement :

— Je te dis ça en tant que membre du bureau. En tout cas, il faut absolument que tu viennes à la réunion.

— Bien. Tu as demandé à Jeglov qu'il te libère ?

— Qu'est-ce que ça veut dire, « qu'il me libère » ? ! s'indigna Kolia. Je l'ai averti, un point, c'est tout. La réunion est un acte politique important, et Jeglov lui-même se doit d'y assister.

— Jeglov, il est membre des Jeunesses communistes ? m'étonnai-je.

— Bien sûr ! À vrai dire, il a déjà vingt-cinq ans… On va bientôt le recommander pour qu'il fasse son entrée au parti.

Je n'avais, jusqu'alors, pas songé que Jeglov n'avait, en tout et pour tout, que trois ans de plus que moi.

La réunion eut lieu dans la salle de conférences qui n'en avait que le nom tant elle était exiguë. Je voulus m'installer près de l'entrée, sur le rebord de la fenêtre, quand je vis Varia qui me faisait signe de la main depuis le centre de la salle. Je me dirigeai alors vers elle ; je marchai sur les pieds de quelqu'un, m'appuyai sur des dos, me fis engueuler sur tous les tons, pousser, bousculer. Enfin, j'arrivai près de Varia et m'installai à côté d'elle : deux de ses copines s'étaient serrées, louchant vers moi et riant sous cape.

Le président agita sa sonnette et prit la parole :

— Camarades ! Notre dernière réunion de comptes rendus et d'élections s'était tenue alors que la Grande

Guerre nationale faisait rage, le 20 septembre 1944. Notre pays est passé par beaucoup de choses, et nous aussi, au cours de cette année. Le rapporteur y reviendra plus en détail. Mais pour l'instant, je vous propose de vous lever et de marquer une minute de silence à la mémoire de ceux qui sont morts depuis la dernière réunion.

La salle, comme un seul homme, se leva, le silence se fit, quelqu'un derrière moi soufflait lourdement. La voix enfantine du président retentit :

— Anikine, Bagaoutdinov, Vekchine, Grinberg, Sédova, Toporkov, Ouvalov, Yakovlev… Mémoire éternelle aux Komsomols morts les armes à la main pour le bonheur de notre Patrie !

Le compte rendu fut lu par notre secrétaire, Stepan Zakharov, un agent opérationnel blond et frisé de la section de lutte contre le vol de la propriété socialiste. Le bruit diminua progressivement dans la salle. J'étais assis près de Varia et je sentais son épaule chaude et douce contre la mienne. Je n'arrêtais pas de l'observer du coin de l'œil. Elle me donna un petit coup de coude dans les côtes, comme pour me dire : « Écoute et arrête de gigoter ! »

Stepan parlait bien, sans lire son papier, ne regardant son bloc-notes que de temps à autre, lorsqu'il avait besoin de citer des chiffres. Sa voix était forte, bien placée, il parlait avec beaucoup d'expressivité, sans bougonner. Quand il avait l'impression que sa voix ne portait pas suffisamment, il joignait le geste, vif et décidé, à la parole, comme si, avec un sabre, il écartait la question.

— Les donneurs de sang de la milice de la capitale ont offert plus de quinze mille litres de sang pour les soldats de l'Armée Rouge, dit Stepan d'une voix de stentor, depuis la tribune.

Et il applaudit le premier. À sa mine réjouie, on eût dit qu'il avait été sauvé grâce au sang des donneurs. Il poursuivit :

— Un remerciement tout particulier pour nos chères jeunes filles, les Komsomols donneuses de sang, parmi lesquelles je voudrais citer Seredina, Akimova, Léontieva, Rarnzina, Popriadoukhina, Kikot et de nombreuses autres, qui ont donné vingt, trente fois leur sang !

La salle explosa en applaudissements, je m'inclinai vers Varia et demandai doucement :

— Et toi, Varia, tu as donné ton sang ?

— Sept fois, sourit Varia, un peu gênée, comme si elle avait honte de ne pas l'avoir donné trente, comme Katia Ramzina.

Je serrai légèrement ses doigts et murmurai :

— Variouche, alors, peut-être que j'ai de ton sang dans mes veines ?

— La campagne agricole a eu une très grande importance pour améliorer le ravitaillement en produits alimentaires des employés de la milice, poursuivit Stepan Zakharov en écartant les bras. Et il faut reconnaître que, assurément, les meilleurs, dans cette importante entreprise, sont les collaborateurs du 78e poste de la milice qui, dans leur jardin, à Izmaïlovo, ont arraché entre seize et dix-sept sacs de patates dans chaque parcelle. Quant aux gars de la section de lutte contre le vol de la propriété socialiste de l'arrondissement Kalininski, ils ont manqué de sérieux dans cette affaire, puisqu'ils n'ont pas ramassé plus de deux-trois sacs.

Stepan critiqua encore un peu le service des transports, qui n'assurait pas en temps voulu les réparations des véhicules, puis marqua une pause et dit à voix basse :

— Hélas, nous rencontrons un problème.

La salle, immédiatement, se figea.

— Un des nôtres s'est révélé être un lâche.

Le silence dans la salle atteignit son intensité maximale.

— Alors qu'il était à son poste de combat, le lieutenant Soloviev a eu peur, il a trahi ses camarades.

La salle poussa des cris d'indignation.

— Honteux ! Lâche !

Une jeune fille avec des galons de sergent, qui était assise devant nous, s'inclina vers son amie et lui murmura à voix intelligible :

— Ils étaient en mission et il a laissé partir l'assassin, il a eu peur…

La salle grondait :

— L'exclure du Komsomol !

Zakharov frappa avec son crayon sur la carafe :

— Silence, camarades. Le cas personnel de Soloviev sera examiné à part. Maintenant, revenons-en à l'ordre du jour.

Il parla encore de nos tâches, du perfectionnement professionnel, du renforcement de la discipline. Lorsqu'il eut terminé, le président, à ma plus grande surprise, prit la parole.

— Pour les débats, nous donnerons tout d'abord la parole à la présidente de la commission de parrainage du bureau du Komsomol, le sergent Sinitchkina…

Varia se leva et rajusta sa jupe.

— Camarades, je peux parler fort, je parlerai donc depuis ma place, car c'est pratiquement impossible d'aller jusqu'à la tribune.

— Qu'elle aille sur la scène ! cria Jeglov, que je découvris assis sur l'estrade, deux sièges à la gauche du président.

— Qu'elle parle depuis sa place ! cria-t-on depuis la salle. Sinon elle va passer son temps à se frayer un chemin !

Et moi aussi, bien sûr, je criai :

— Depuis sa place ! Ça sera mieux !

Jeglov m'aperçut, esquissa un sourire ironique et ouvrit les mains :

— La volonté des masses est loi pour le présidium !

— Camarades, la commission de parrainage a effectué un important travail au cours de la période écoulée, bien qu'il reste encore plein de problèmes en suspens. Nous avons accordé l'essentiel de notre attention aux enfants et aux familles de nos camarades tués : ceux qui sont tombés au front ou qui sont morts en service, ici. Au club de la Direction, nous avons organisé une grande fête pour les enfants, à laquelle étaient présents nos remarquables artistes Katchalov, Moskvine et Khmelev. Nous avions préparé des friandises : du pain avec de la compote, des noix et d'excellents bonbons au soja. Pour la prochaine fête, celle du vingt-huitième anniversaire de la Grande Révolution d'Octobre, nous nous sommes aussi efforcés de préparer des cadeaux pour les enfants de nos camarades disparus. Nous avons distribué cent cinquante morceaux de savon, quarante-trois bons pour des articles manufacturés — pour l'essentiel, des chaussures et des manteaux — et nous avons déjà donné à chacune des familles cent cinquante kilos de pommes de terre, cinquante kilos de chou et deux mètres cubes de bois.

Le visage de Varia était tout rouge, ses grands yeux gris vert brillaient, elle parlait vite, gaiement, et, lorsque je la regardai, mon visage s'éclaira involontairement d'un sourire béat.

— L'adjudant Ivanov, Komsomol, qui dans le civil était cordonnier, s'est particulièrement distingué. Il a très bien réparé et vite, en vue de l'hiver qui arrive, les chaussures de tous les enfants des collaborateurs de la Direction et celles de nombre de nos camarades, car elles étaient déjà bien usées alors qu'il n'était pas encore temps pour eux de toucher les suivantes.

Il devait sûrement s'agir d'Ivanov, de la compagnie du Commandement, auprès duquel Taraskine avait promis de me conduire.

— Konovalov, qui est responsable de la répartition des cadeaux aux blessés dans les hôpitaux de Moscou, manque de sérieux. S'il n'y avait pas eu l'initiative des jeunes filles de la section de l'inspection de la sécurité routière, cette entreprise aurait pu tourner court, c'est une honte ! Il faut dégager Konovalov de ce poste à grandes responsabilités.

Varia s'assit à sa place et je lui dis :

— Tu as très bien parlé.

Ensuite, Jeglov se leva de la table de la présidence et commença à parler en marchant sur l'étroite bande qui menait à la tribune.

— Quand, il y a un an, le parti et le gouvernement nous ont fait le grand honneur de nous décorer de l'ordre du Drapeau rouge, le Komsomol nous avait fixé l'objectif suivant : « Tous les miliciens doivent finir sept classes à l'école ! » Est-ce que nous justifions la confiance qu'on nous a faite ? Faisons-nous notre possible pour que ce slogan devienne réalité ? Il faut reconnaître franchement que, pour l'instant, dans ce domaine, ça ne marche pas très bien ! Le chef du groupe Mamykine n'a pas réussi à terminer la septième classe, l'agent Flegontov a été exclu de l'école, l'agent Passiouk triple sa sixième classe.

— Pourquoi tu parles pas de mon grand-père, tant que t'y es ? ! cria-t-on dans la salle. Passiouk a déjà trente ans passés !

— Et alors, qu'est-ce que ça fait que Passiouk ne soit plus un jeune homme ? Est-ce que c'est une raison pour qu'il reste dans les ténèbres de l'ignorance ? Voilà ce que nous avons à faire : les collaborateurs plus instruits doivent amener à leur niveau les collaborateurs qui sont à la traîne. Un milicien est un représentant du pouvoir soviétique et vous savez qu'on peut discréditer le pouvoir non seulement par une conduite déplacée, mais encore par son obscurantisme.

— Avec toi, en tout cas, tout est clair ! cria de nouveau la même voix depuis la salle. Passiouk est dans ton groupe, tu ferais bien de l'amener toi-même à ton niveau !

— Je le ferai ! Mais si tu veux prendre la parole, viens à la tribune et n'interromps pas sans arrêt l'orateur…

— « L'orateur ! » lancèrent en riant plusieurs gars.

Mais il en fallait plus pour déstabiliser Jeglov.

— Toi, Sapeguine, tu ris, mais tu as dit toi-même aux cours d'instruction politique que tu te souviens de l'Antarctique parce que cet État n'a pas de capitale ! Dans ta zone, il y a le planétarium, les gens font un voyage de cinq mille kilomètres pour le visiter. Toi, tu passes au moins sept fois par jour à côté et tu n'y es certainement jamais entré, hein ?

Tous éclatèrent de rire en chœur. Sapeguine, hochant la tête, l'air perdu répondit :

— J'y suis pas allé, j'aurai encore l'occasion de le visiter. Après tout, je flâne pas autour avec quelqu'un au bras…

— Nous devons tous développer la culture en nous-mêmes, et les moyens les plus sûrs pour cela sont l'étude, la lecture, la participation aux activités des clubs artistiques amateurs. En septembre, pour la revue de la garnison, les chefs des 10e et 42e postes de milice ont refusé de laisser leurs collaborateurs y participer. Comment devons-nous comprendre cela ?

Les jeunes filles se mirent à discuter avec animation. Jeglov leva la main pour calmer l'assemblée et termina :

— Vladimir Ilitch Lenine a dit que la machine de l'administration soviétique doit travailler sans bavure, honnêtement et vite. Si, à notre honnêteté, on ajoute l'instruction requise, alors tous nous nous mettrons à travailler de la sorte !

Il termina son discours sous une tempête d'applaudissements.

Ce fut ensuite au tour de Mamykine de prendre la parole :

— Camarades, beaucoup d'entre vous, ou peut-être seulement quelques-uns, considéreront que ce que je vais dire n'est pas très important, mais je considère pour ma part que c'est capital.

Il s'arrêta une minute, but un peu d'eau.

— Il se trouve pas mal de jeunes camarades parmi nous, y compris des membres du Komsomol, qui sont prêts à dépenser des dizaines de roubles pour des glaces, des cigarettes et des bonbons. Ces gaspilleurs oublient qu'un salaire de 478 roubles n'est pas extensible, et ils viennent ensuite emprunter à leurs collègues pour la cantine. Cela n'est pas digne d'un agent de la milice !

La salle se mit à rire et à applaudir.

Après Mamykine, cela dura encore une heure et demie ; l'air était devenu irrespirable, les vitres étaient sillonnées de petites rigoles d'eau.

Le colonel Karassev remit au sergent Macha Kolesnikova un cadeau de valeur de la part du chef de la Direction de la milice — une pièce de tissu — pour avoir arrêté deux bandits armés.

Puis on procéda aux votes. On cria à s'en casser la voix, ajoutant certaines candidatures, en repoussant d'autres. La liste s'allongeait. Je fus sûrement le seul à ne pas participer à cette pagaille.

Avant le décompte des voix, on marqua une pause et j'en profitai pour demander à Varia si elle voulait bien que je la raccompagne. Elle accepta, mais Jeglov s'approcha et, tout sourire, dit :

— Varvara, je vais devoir vous séparer…

— Pourquoi ça encore ? rétorquai-je en montant sur mes grands chevaux.

Jeglov cligna des yeux :

— On a une affaire à régler tous les deux, en vitesse…

Je me tournai vers Varia :

— Je te téléphonerai, hein ?

— Oui. Bonne continuation !

Et elle disparut dans la salle.

Nous montâmes au bureau. Jeglov regardait sans arrêt sa montre. Il composa un numéro de téléphone et dit sur un ton bizarre :

— C'est toi ? Mouais, salut… Bien… Comme convenu… C'est tout, j'y serai…

Il me jeta un coup d'œil et se mit à rire :

— Alors, l'aigle, tu fulmines ? T'es salement mécontent, hein ?

Je haussai les épaules.

— Écoute, Chaparov, comment t'arrives à parler à Varia ? Pour te faire parler, il faut te tirer les vers du nez !

— C'est rien, je m'en sortirai sans ta faconde à toi.

— M'en veux pas ! Je t'ai empêché d'aller avec elle, mais tu le sais bien toi-même : « *En premier lieu, en premier lieu, les avions…* »

CHAPITRE 15

Le 10 octobre 1945, dans la salle Octobre de la Maison des syndicats, se tiendra le 34ᵉ tirage de l'emprunt d'État émis lors de la 4ᵉ année du deuxième quinquennat.

Annonce.

Nous sortîmes de la Direction vers 21 heures. La nuit, liquéfiée par les lumières jaunes et blafardes sur les boulevards, se dispersait dans les rues environnantes. Une pluie fine tombait et le vent soulevait, dans un grand vacarme, les feuilles de tôle et de zinc mal accrochées sur les toits ; nous étions frigorifiés, dans nos imperméables. De la rue Karetny, nous débouchâmes dans la rue Kolobovski, puis descendîmes vers le cirque, et sautâmes par-dessus la palissade d'une grande maison en construction, qui avait un air sinistre avec les trous béants et noirs de ses fenêtres. Cet édifice aurait dû abriter un théâtre, ou bien le nouveau cirque, mais, à cause de la guerre, le chantier avait été abandonné avant que ne soit posé le toit, et le temps avait fait son œuvre, tel un bombardement. Il me rappelait la cathédrale presque totalement détruite de Saint-Nicolas, à Berlin, là où les Allemands avaient placé une batterie antichar et d'où nous les avions chassés, gênés d'avoir à tirer à vue sur une église. Cette bâtisse donnait l'impression d'avoir été prise d'assaut, pleine de tas de briques brisées, de tourets de vieux câbles électriques, de poutres de béton fendues posées là comme des piquets antichar. Nous nous assîmes sur une caisse retournée, et je demandai à Jeglov :

— Qui donc attendons-nous ici ?

— Des gens qui savent... répondit brièvement Jeglov.

— Dans le noir, ils nous verront pas, tes gens qui savent.

— Moi, par contre, je les verrai, fit-il avec une pointe d'ironie.

— Mais, tu sais bien...

Jeglov posa sa main sur mon épaule et murmura :

— Taisons-nous un peu, si tu veux. Ça sera mieux...

Nous nous tûmes. Un certain temps. Jusqu'au moment où j'entendis un léger bruissement, des débris rouler sous des pas, des semelles crisser dans les détritus. Je donnai un coup de coude dans les côtes de Jeglov : ils arrivaient ! Mes yeux s'étaient habitués à l'obscurité et je vis Jeglov tendre le cou et l'oreille. Je distinguai la silhouette d'un homme. Jeglov siffla très doucement par deux fois. L'autre lui répondit exactement de la même façon.

— Attends-moi ici, me dit Jeglov.

Il glissa sans bruit dans l'obscurité vers l'homme qui savait. De derrière la palissade ne provenait aucun bruit, seulement un reflet de la lumière des réverbères, on entendait loin le bruit des roues sur la chaussée défoncée. Dans ce faible reflet, je voyais, se détachant nettement, les silhouettes de Jeglov et de l'autre homme, comme découpées dans du papier noir par l'invalide de guerre si habile du cinéma Uranus. Mais on avait oublié de les coller sur du carton, et elles bougeaient tout le temps, se penchaient l'une vers l'autre ; et j'eus l'impression d'assister à un match de boxe projeté en ombres chinoises : elles se poussaient du bout des doigts, se battaient corps à corps, se séparaient et, de nouveau, se relançaient dans un simulacre d'attaque.

L'homme qui savait disparut furtivement, Jeglov siffla et me fit un signe de la main. J'approchai, et malgré mon envie de savoir ce qui s'était dit, je ne demandai rien. Si Jeglov n'avait pas voulu que j'entende leur conversation, c'est qu'il avait ses raisons.

Nous débouchâmes sur le boulevard Tsvetnoï, et je me pris à penser que nous finissions toujours par revenir là où Vassia Vekchine avait été tuée. Je n'arrivai pas à comprendre si c'était un pur hasard ou s'il y avait là un sens secret.

Nous traversâmes la ligne du tramway et nous enfonçâmes dans la rue Soukharevski. Jeglov me jeta un regard de biais et me demanda :

— Pourquoi tu fais cette tête de chien battu ?

— Moi ? Je fais pas la tête ! Tu te trompes…

— Ah, je me trompe ! Tu crois que je suis aveugle ?

— Si t'es pas aveugle, pourquoi tu demandes alors ?

— Oh, Chaparov, combien de fois dois-je te le répéter ? Avec le temps, tu comprendras que le travail opérationnel exige une vraie confiance entre les partenaires, et qu'une tierce personne peut être bien plus gênante qu'en amour !

— Alors, pourquoi tu m'as pris avec toi ? Pour ne pas t'ennuyer ?

Jeglov éclata d'un rire joyeux :

— Comment ça, pourquoi ? Et si mon interlocuteur avait voulu me filer un petit coup de couteau ? Tu sais, ces gens-là sont sans scrupules et nerveux…

Je n'arrivai pas à comprendre si Gleb était sérieux ou s'il plaisantait, car il m'abandonna soudain près d'un porche après avoir marmonné à mon intention :

— Une minute…

Il frappa à une fenêtre du rez-de-chaussée, toc, toc, puis encore trois fois, toc, toc, toc. La lumière s'éteignit à l'intérieur, un visage apparut furtivement à la fenêtre, s'écrasa contre la vitre avant de disparaître. Jeglov entra dans la cour :

— Reste assis sur le banc et attends-moi.

Une vieille ébouriffée rejoignit Jeglov aux granges et ils parlèrent longtemps ensemble, la vieille grondait comme un moteur à plein régime et Jeglov tentait de la calmer :

— Compris, compris... Mémé, baissez un peu le ton. Doucement... Ne criez pas comme ça !

Puis nous remontâmes la rue Soukharevski, traversâmes la Sretenka et, par la rue Daev, fîmes plein de détours par des cours d'immeubles et des arrière-cours, pour arriver enfin dans la rue Ananievski. Je n'y tins plus et demandai :

— Et alors ?

— Rien ! dit négligemment Jeglov. Ils savent que dalle...

Un peu plus loin, Jeglov discuta avec quelqu'un dans une entrée ; je ne vis pas non plus son visage. Nous prîmes le trolleybus dans la rue Mechtchanskaïa et descendîmes rue Kapelski, et recommença un tour vertigineux à travers d'innombrables cours, impasses, baraquements et vieilles maisons déjetées. C'est d'ailleurs uniquement grâce à mon sens de l'orientation, acquis pendant la guerre, que je réalisai que nous progressions vers la Kalantchevka, vers les trois gares.

Il était aux environs de minuit lorsque Jeglov redescendit en sifflant joyeusement du grenier d'une maison de cinq étages située près du remblai d'une voie de la gare de Leningrad. Il poussait devant lui un gamin incroyablement sale :

— Toi, Roublik, ne fais plus de sottises, va dire que c'est de ma part, ils s'occuperont de toi. Demain, je téléphonerai, tout ira bien. Pigé ?

— Pigé, dit le gamin d'une voix enrouée. Vous n'allez pas me tromper, citoyen Jeglov ?

— T'es pas dégonflé, comme mecton ! T'as déjà entendu dire que Jeglov mentait ? Sauve-toi avant que je change d'avis. File !

Le gamin se sauva en direction des gares et Jeglov me donna une bonne tape dans le dos.

— C'est tout, on peut aller dormir. Petia la Paluche sera demain au théâtre Bolchoï…

Je ne pus cacher mon enthousiasme :

— Eh ben, dis donc ! Et où t'as pêché ça ?

— C'est mon petit doigt ! répondit Jeglov, un sourire aux lèvres, en me tirant vers l'arrêt de tram.

CHAPITRE 16

À l'attention des Moscovites

À partir du 16 octobre 1945 seront distribués des tickets pour l'achat du pétrole. Le pétrole sera délivré à toute la population de la ville à raison de 2 litres par personne. Les tickets seront distribués aux bureaux des cartes de ravitaillement.

La vente du pétrole débutera le 17 octobre. Les tickets seront valables jusqu'au 1er novembre 1945.

Filippov, directeur du département du commerce de la ville de Moscou.

Annonce du département du commerce de la ville de Moscou.

Je signai le laissez-passer de sortie à une femme du service du personnel du théâtre et regardai ma montre : 12 h 30. La journée s'écoula en tâches ingrates qui ne me plaisaient guère. Conformément à la liste que nous avions établie avec le procureur Pankov, je procédais aux auditions des collègues de Grouzdev et de Larissa sans savoir quoi, exactement, leur demander. « Que pouvez-vous dire de lui en tant qu'homme ? », « Comment travaille-t-il ? », « Savez-vous quelque chose sur leurs rapports ? », rien que des bêtises sans intérêt pour l'enquête.

La fiche de renseignement concernant le casier judiciaire de Grouzdev stipulait : « *… n'a jamais été jugé, n'a jamais été impliqué dans une affaire criminelle, n'a jamais fait l'objet de mandat d'amener* ». Ses collègues de travail étaient unanimes pour dire que c'était un gars bien, posé, bon travailleur, etc. Il n'avait pas caché qu'il était parti de chez sa femme, seulement dit qu'elle avait trouvé un autre homme. Aucune menace à l'encontre de Larissa, laquelle ne s'était jamais plainte de Grouzdev, au contraire, elle aurait même dit que les hommes comme lui étaient plutôt rares quand il était parti de chez elle.

Le directeur de la troupe avait expliqué qu'il lui était arrivé de demander à Larissa de jouer des rôles au pied levé. Des seconds rôles, bien sûr, mais il était question de l'inclure dans la troupe. Là, pourtant, quelque chose clochait. La dame du service du personnel m'avait montré la notification de licenciement de Larissa après qu'elle eut donné sa démission. Elle m'avait raconté qu'elle était venue comme ça, sans prévenir, au service du personnel, le samedi 18 avec sa lettre, et avait demandé qu'on lui donne son solde pour le 20. À la question de savoir ce qui s'était passé, elle n'avait pas répondu, invoquant des raisons personnelles. Quant à Nadia, sa sœur, elle ne savait rien de tout cela, et malgré un interrogatoire serré, nous n'avons rien pu apprendre de plus.

Vers 13 heures, j'appelai la préposée à la distribution du courrier. En fouillant dans les papiers de Larissa, j'avais remarqué, datant du 20 octobre, 18 h 05, le télégramme suivant : « *Départ Moussa retardé décembre. Baisers. Tante Liza.* » Nadia m'avait expliqué qu'il s'agissait d'une de leur parente de Semipalatinsk ; elle devait venir mais avait apparemment eu un empêchement. Je voulais connaître l'heure exacte de la distribution de ce télégramme : si elle était arrivée à temps, peut-être la postière avait-elle pu voir Grouzdev dans l'appartement.

Notre conversation fut brève, mais instructive.

— Cet appartement, je le connais bien, dit la vieille préposée, qui avait chaussé sur son petit nez pointu de grandes lunettes, modèle masculin, et vérifiait son carnet de tournée. Vous savez, c'est pas la première fois que je distribue le courrier dans ce quartier. Tenez, regardez : « *Télégramme pour Larissa Grouzdeva, en provenance de Semipalatinsk. Heure de délivrance : 19 h 20. Date : 20 octobre* », et la signature de la main de Larissa.

Je ne saisis pas immédiatement. C'était impossible : le voisin, Lipatnikov, avait vu Grouzdev sortir de la maison après le match, c'est-à-dire vers 19 heures, heure supposée du crime.

— Vous êtes sûre que vous avez distribué le télégramme à cette heure-là ?

La préposée en fut offusquée :

— Il y a jamais eu de plainte contre moi ! En plus, je vis dans la maison d'à-côté, si bien que je distribue tout sans retard !

— Peut-être que c'est quelqu'un d'autre qui a reçu le télégramme, et pas Larissa ?

— Non, c'est elle, en personne, je vous le dis. Je la connaissais bien, il n'y a pas d'erreur possible ! Elle m'invitait toujours à prendre le thé, une femme très gentille, polie, attentive…

Je persistai :

— Avez-vous remarqué si elle était dans un état normal ou plutôt agitée, abattue ?

— Que dites-vous là ? ! Au contraire, elle était très gaie, elle fredonnait sans arrêt, elle m'a amenée à la cuisine : leur couloir est très petit… Là-bas, à la cuisine, elle a lu le télégramme devant moi et a signé, mais elle ne m'a pas proposé de thé, ça je l'ai remarqué, parce que d'habitude elle m'en propose toujours.

— Il n'y avait personne d'autre dans l'appartement ?

La préposée fronça les sourcils pour réfléchir un instant à la disposition de l'appartement, puis, sûre d'elle, répondit :

— Il n'y avait personne, c'est certain : la porte donnant sur la pièce était grande ouverte, et il n'y avait personne.

Cette histoire de télégramme me compliquait la tâche ! Si le voisin Lipatnikov ne se trompait pas, Grouzdev était sorti de la maison alors que Larissa était encore en vie. Et, de surcroît, seule. Pourquoi Grouzdev mentait-il donc en affirmant qu'il ne l'avait pas vue ? Pourquoi refusait-il de souscrire à la déposition du voisin ? Il me fallait demander conseil à Gleb, même si pour lui l'affaire semblait résolue.

En effet, Gleb présumait que Grouzdev avait tué Larissa pour récupérer son appartement. Il avait pris les effets de Larissa plus tard. Dans ce cas, que venait faire le fameux Fox là-dedans ? Se pouvait-il que Grouzdev l'ait payé pour tuer, précisément avec les affaires volées ? Personne, dans l'entourage de Grouzdev, ne l'avait vu en compagnie d'un gars correspondant à la description de Fox. De telles choses se décident évidemment en cachette, et il faut prendre en considération qu'un intellectuel, docteur en médecine, et un criminel s'acoquinent rarement. Je me demandais ce que Gleb penserait du fait que j'interroge Grouzdev à nouveau.

Heureusement, l'adjudant du service de l'intendance au magasin d'habillement avait une voiture : je n'aurais jamais pu emporter tout ce qu'on me donna. Impensable, ce qu'il y avait dans les trois grands sacs que je mis une heure à faire sur le long comptoir de bois même pas raboté : une capote, une tenue complète, des vareuses, des pantalons bouffants, du linge de corps, des bottes, des bottes de feutre, une chapka, une casquette, des bandes molletières, des semelles de rechange, une ceinture à bandoulière toute neuve, brillante et raide, qui me fit penser à un harnais, et même des galons argentés avec un liseré rouge : quatre paires et, sur chaque galon, trois petites étoiles, pour le grade de lieutenant-chef. L'armée, lorsque j'étais arrivé, m'avait aussi, naturellement, chaussé et habillé, mais les temps étaient durs, et je me souvenais avoir touché des bottes en similicuir, une capote, une vareuse et une culotte déjà portées, plus un calot, un point, c'est tout ; ce n'est que par la suite que j'avais touché les compléments d'équipement, et j'avais fini par avoir l'air aussi martial que les autres. À Prenzlau, près de Berlin, j'avais même déniché un costume civil en pur cover-coat, de coupe sportive, avec une doublure de soie et des épaulettes ouatinées, des poches plaquées et une martingale.

L'adjudant eut l'amabilité de me ramener jusqu'à la maison, rue Sretenka, et m'aida à monter mes affaires. Il était 18 h 30 quand je retournai rue Petrovka. Jeglov, tiré à quatre épingles, m'attendait. Il était rasé de près et sentait l'eau de Cologne Carmen, quant à ses bottes, elles brillaient encore plus que de coutume. Il m'examina de la tête aux pieds, l'air critique, mordilla ses lèvres et se contenta de hocher la tête. Je me pris à penser que le lendemain il ne pourrait plus me reprocher quoi que ce soit, car je brillerais comme une médaille un jour de revue.

— J'étais au magasin d'habillement, j'ai touché mon équipement. J'ai seulement besoin de passer un coup de fil…

Et je composai le numéro du service de la balistique.

— C'est bien avec le Bayard qu'on a tiré, annonça immédiatement l'expert. Cela ne fait absolument aucun doute. Comme la balle était un peu plus grosse que les balles standard de la marque, elle porte des empreintes nettes caractéristiques de l'arme. Les photos sont dignes d'un manuel de criminologie. Nous vous enverrons notre rapport, comme convenu. Salut…

CHAPITRE 17

Berlin, le 11

Aujourd'hui, s'est tenue la quatorzième réunion du Commandement interallié de la ville de Berlin. À l'issue de la réunion il a été décidé de donner des instructions au chef de la police en ce qui concerne :

a/ l'organisation d'une Schutzpolizei, police du maintien de l'ordre, et d'une Criminalpolizei, police criminelle ;

b/ les pouvoirs généraux du chef de la police de Berlin.

TASS.

— Si tu veux, on peut y aller à pied, proposa Jeglov.

La soirée était claire, chaude et, sans hâte, nous prîmes la rue Petrovka en direction du centre. La foule se pressait près du théâtre de l'Ermitage : les humoristes à la mode Lev Mirov et Evsei Darski donnaient un spectacle, et des gamins débrouillards se faufilaient dans la foule en criant : « Achetez des billets ! Mirov et Darski font rire, Eddy Rozner se produit avec son orchestre de jazz ! » Je me mis à rêver d'y emmener Varia un jour, mais après la paye, car les billets coûtaient plus de 30 roubles.

— Ah, si nous pouvions attraper la Paluche aujourd'hui, dit rêveusement Jeglov.

— Ça sera dur, sûrement.

— Comment ça, « dur » ? Même dans notre métier nous devons compter sur la chance. Tous mes espoirs résident dans le fait qu'il ne nous connaisse pas de vue, ni toi ni moi.

— Et toi, tu le connais ?

— Je l'ai aperçu. Et puis sa complice nous aidera, dit Jeglov avec un sourire ironique.

— Qu'est-ce que tu veux dire par là ?

— Eh bien, quand tu verras la plus belle femme du théâtre, il ne sera pas loin.

— Pourquoi ?

— C'est son mode opératoire. Il se sert toujours de très belles femmes pour l'aider. Ils arrivent au théâtre ou dans un restaurant de luxe et repèrent un couple avec des manteaux de fourrure. À la première occasion, il soutire son jeton de vestiaire au cavalier, sa vamp récupère le manteau et ils mettent les bouts. Le tour est joué.

— On peut penser qu'avec son jeton, même une femme laide pourrait récupérer son manteau, dis-je, dubitatif.

— Tout l'art de la psychologie réside dans le fait qu'une belle femme détourne l'attention par sa seule présence, on a toujours envie de faire quelque chose d'agréable pour elle. Et puis, partager ses gains avec une jolie femme est certainement plus agréable qu'avec une laideronne.

— Voilà, c'est sûrement en cela que consiste toute sa psychologie, dis-je sombrement.

Ça me chagrinait de penser qu'un homme se servait de jolies femmes pour voler, quand elles auraient peut-être pu faire le bonheur de quelqu'un de bien.

— On s'en balance, de toute façon, de la manière dont il s'y prend. La seule chose qui compte, pour nous, ce sont les faits !

— Et d'où tient-il son surnom, la Paluche ?

— C'est plutôt marrant. Au départ, on pensait que ça lui venait de son premier job : pickpocket de stylos.

— Ah oui ?

— Il s'approche d'un gentleman, un étranger de préférence, et commence à lui donner joyeusement des tapes sur les épaules, sur la poitrine, il rit fort, crie : « Salut, Boris ! », ou Kolia, ou Vassia, qu'importe. La mise en scène consiste à faire croire qu'il a, soi-disant, fait erreur, qu'il a pris cet homme pour un vieil ami. Ensuite, la vérité éclate, il en a même les larmes aux yeux tant il est confus. Il s'excuse et part.

— À quoi bon ?

— Eh bien, il palpe l'homme si habilement qu'il arrive à lui piquer son stylo dans sa poche et même, s'il a de la chance, son portefeuille. Sache qu'un bon Parker avec une plume en or vaut dans les 1 000 roubles.

— Il est fort, l'animal !

— Eh oui. Figure-toi que lorsqu'on l'a repéré et coincé, il s'est trouvé qu'il avait le nom de l'emploi : Routchnikov[1]. On en revient toujours aux paluches !

Nous entrâmes dans le théâtre par l'entrée de service, où un gros administrateur en nage, les lunettes sur le front, se disputa avec Jeglov. Ce dernier en vint rapidement à bout : il l'attrapa par un bouton et l'attira vers lui avec une telle force que les fils en craquèrent :

— Je ne veux ni contremarques ni billets, et vous allez me faire un mot pour l'ouvreur des loges, qu'il me place là où je le lui dirai. Vous allez me faire cela sans

1. De « *rouka* », la « main ».

attendre, mon brave, je n'ai pas de temps à perdre avec vous…

— De vrais fous ! s'exclama l'administrateur en agitant les bras. Qu'est-ce que vous croyez, que je vais vous faire des places avec du vent ?

— Je ne crois rien, le coupa Jeglov, cela ne m'intéresse pas. Je n'ai rien à faire de vos danses, je serais jamais venu ici si je n'y avais été conduit par une affaire d'importance nationale.

L'administrateur ne s'en remettait pas : commettre un tel sacrilège dans le temple de l'art ! Il regarda Jeglov, bouche bée, comme si Gleb lui avait pris tout son air.

— Vous savez lire le russe ? Dans ce cas, lisez ce qui est écrit ici.

Jeglov lui tendit son laissez-passer, où il était inscrit qu'il était chef de la section de lutte contre le banditisme du MOUR.

— Nous sommes chez vous, non pas pour nous distraire, mais pour travailler…

Une quarantaine de minutes avant le début du *Lac des cygnes*, nous nous installâmes dans le vestiaire, derrière une grosse armoire d'incendie d'où nous pouvions voir le long couloir menant aux barrières au-delà desquelles s'affairaient des petits vieux et des petites vieilles proprets, en uniforme couleur cerise portant des plaques « Théâtre Bolchoï » sur le revers des poches. Nous leur achetâmes un programme. Les gestes de grand seigneur de Jeglov m'étonnèrent : il prit, pour 10 roubles, deux paires de jumelles de théâtre nacrées. Il regarda au fond du passage avec ses jumelles en les réglant longtemps à l'aide de la molette avant, tout comme moi, de les glisser dans sa poche.

— Quelle pacotille, ça vaut pas un pet, ces machins !

— Si tu m'avais prévenu, on aurait pris mes jumelles de campagne de l'armée. Elles grossissent huit fois.

— Ici, t'es pas en première ligne ! Pourquoi pas trimbaler une lunette binoculaire, tant que t'y es ? !

— Qu'est-ce que tu crois ? dis-je en riant. On aurait installé notre engin sur l'armoire, et nous, on aurait tout vu d'ici, bien installés et au calme.

Nous discutâmes de choses et d'autres sans cesser un instant de surveiller les allées et venues. J'étais nerveux et espérais secrètement que la Paluche serait à l'heure ; j'aurais bien guigné le spectacle. J'étais en train de renoncer à élever le niveau de ma culture quand Jeglov siffla :

— Ah, voilà notre beau mec qui se ramène.

Je scrutai désespérément le flux qui avançait jusqu'au vestiaire : des officiers bardés de décorations, des employés avec leurs costumes en cheviotte bien repassés, des femmes avec des permanentes à la mode et des robes en panne de velours, certaines portant même des étoles en renard argenté, des étrangers habillés de façon assez discrète, malgré tout distinguables de nos compatriotes.

— C'est pas par là qu'il faut regarder, murmura Jeglov. Il est près de ce comptoir là-bas, en costume gris.

Je n'en revins pas. J'avais commencé à m'habituer à la méchante mascarade à laquelle nous assistions en permanence avec Jeglov, soulevant les masques des visages pour dévoiler les loups cachés sous des peaux d'agneaux. Pourtant, je continuais de m'étonner de l'énergie que dépensaient les gens pour ne pas avoir l'air de ce qu'ils sont dans la réalité. La Paluche portait un magnifique costume gris, une chemise blanche bien repassée, une cravate à rayures ornée d'une pince brillante, de gros souliers comme pour danser le shimmy, et s'appuyait lourdement sur une canne.

— Il boite ou quoi ? demandai-je à Jeglov.

— C'est ce qu'il veut te faire croire ! Essaie un peu de faire la course avec lui, sa canne, c'est pour la frime, pour faire sérieux, je t'assure !

La Paluche avait l'air d'un étranger. Mais la femme qui l'accompagnait n'avait rien des femmes de diplomates, à lunettes et aux jambes fines comme des flûtes : elle était blanche, lascive, incroyablement belle, avec une lourde couronne de tresses châtain foncé. La Paluche lui donna le bras et ils traversèrent cérémonieusement le vestiaire vers la sortie du foyer. Rien à redire, c'était un hôte de qualité qui venait d'arriver. Ils marquèrent un bref arrêt près du vestiaire où les spectateurs des baignoires laissaient leurs manteaux.

Jeglov me secoua le bras :

— Allez, en avant !

Nous les suivîmes sur une dizaine de mètres, jusqu'à la première sonnerie. Jeglov m'ordonna de ne pas les quitter des yeux, disparut quelques minutes, et je vis qu'il secouait l'administrateur par le revers de son veston. J'ignore ce qu'il lui dit, mais lorsque nous approchâmes de la loge nº 4, l'ouvreur nous laissa passer sans rien dire et nous montra deux places libres au fond de la loge. Je ne voyais pas toute la scène tant elle était large, pouvais observer à ma guise la Paluche et sa dame, assis tout au fond et dans la pénombre de la loge située en face de la nôtre.

Je voulus m'approcher de la barrière pour mieux contempler la salle que je n'avais vue qu'au cinéma, mais Jeglov me saisit par le bras, irrité :

— Te fais pas remarquer ! Reste assis ici, au fond.

— Juste un coup d'œil, va savoir quand on aura l'occasion de revenir !

— Voyez moi ça, v'là qu'on s'découvre des goûts pour le théâtre ! pouffa Jeglov à voix basse. T'es que la cinquième roue du chariot, ton boulot est de surveiller ton client.

— À quoi bon le surveiller en ce moment ? Où qu'il pourrait aller avant l'entracte ?

— Eh bien, dis donc, Chaparov, tu m'étonnes ! D'après toi, pourquoi il a tourné autour de l'Anglais au vestiaire ?

Pour être honnête, je n'avais pas remarqué d'Anglais, encore moins la Paluche tourner autour de lui. Après avoir donné son manteau, il était allé directement au foyer et ne s'était attardé qu'un instant près de l'entrée du vestiaire.

Jeglov dit, l'air pensif :

— J'en suis pas très sûr, naturellement, mais il me semble qu'il a piqué le jeton de vestiaire de ce quidam.

Trois dames vinrent occuper les places de devant dans notre loge. Jeglov les laissa passer avec galanterie, approcha les chaises, plaisanta avec elles et promit de leur apporter de la limonade à l'entracte. Les lumières s'éteignirent.

Un vieillard ventripotent aux cheveux gris, en costume noir aux revers brillants, prit place sur sa petite tribune éclairée, juste devant l'orchestre, salua la salle et fit un geste de sa baguette. La musique retentit, le magistral rideau brodé d'épis d'or s'écarta, découvrant une magnifique vue composée d'un vieux château, de montagnes enneigées et d'un lac. Je ne sais pas combien de temps s'écoula, mais la représentation me plut tant, qu'il me sembla que tout cela n'avait guère duré qu'un instant, comme un paysage qui défile derrière les vitres d'un train lancé à grande vitesse. Jeglov venait de me porter un fort coup dans les côtes, je tournai aussitôt la tête et regardai dans la loge d'en face : la Paluche et sa belle avaient disparu.

Je suivis Jeglov hors de la loge, dans le corridor. Il marchait très vite.

— Je me charge de la Paluche, il doit être quelque part dans le coin à attendre. Toi, laisse-la enfiler le manteau. Intercepte-la près de la porte et appelle aussitôt les gars des vestiaires.

Elle venait à ma rencontre, grande, bien mise, les pans de son manteau de fourrure satiné flottant au vent. Sa tête était fièrement rejetée en arrière, elle balançait nonchalamment son sac à main au bout de sa lanière et de son air blasé semblait dire qu'elle avait vu cent fois déjà ce genre de ballets… J'étais gêné d'avoir à arrêter dans son élan une telle diva, mais je lançai à tue-tête, avec fermeté :

— Attendez, ma petite dame, j'ai à vous parler.

Elle me passa devant en pointant légèrement le menton en avant :

— Je ne parle pas aux hommes que je ne connais pas !

Je ne sais pas pourquoi ces paroles me libérèrent comme par enchantement de ma maladresse. Je la pris par le bras et lui dis :

— Je suis un inconnu, mais du MOUR, et, par conséquent, il va falloir que vous parliez quand même.

Un responsable du vestiaire, aux cheveux gris et tiré à quatre épingles, nous avait rejoints sur un signe de ma part. Soudain, dans un mouvement imperceptible, la belle essaya de glisser, comme un filet d'eau, hors de son manteau, mais comme je la tenais fermement par le coude, il lui resta pendu au bras.

— Ne me jouez pas de tours, je serais désolé d'avoir à me servir de la force, lui dis-je. Cette dame a pris le manteau de fourrure d'une autre, fis-je en me tournant vers le responsable du vestiaire, je vous prie de me suivre chez l'administrateur.

Le vieux faillit avoir une attaque. Il passa, par vagues successives, par toutes les couleurs : il blêmit, bleuit, rougit, se lamentant de sa voix haut perchée :

— Les scélérats ! Les gredins ! Nous, on en aurait au moins pour dix ans à rembourser ce vison ! Pourtant, elle a l'air bien, comme ça !

Jeglov apparut en poussant devant lui la Paluche, un bras tordu dans le dos, hurlant des menaces — il allait faire prévenir le procureur de la ville ! — et décrivait les sanctions auxquelles Jeglov, impassible, s'exposait. Il tenait toujours dans sa main gauche sa canne, ce qui rendait le tableau tout à fait ridicule.

L'administrateur, qui tout à l'heure avait refusé des places à Jeglov, avait maintenant compris toute l'importance de notre tâche. Il faisait les cent pas dans son bureau, levait les bras au ciel, menaçait la Paluche et son amie de terribles châtiments, proposait son aide à Jeglov et répétait sans cesse :

— Quelle honte ! Quelle honte ! Nous compromettre de la sorte devant des étrangers !

— Je propose à toutes les personnes étrangères de quitter ce bureau ! J'appellerai ceux dont j'ai besoin, lança Jeglov, irrité.

L'administrateur, sûrement peu habitué à ce qu'on le mît dehors de la sorte, et de son propre bureau, soupira bruyamment avant de sortir.

— Que les employés du vestiaire attendent, ne les laissez pas partir ! lui cria Jeglov.

Gleb appela le service de garde et ordonna d'envoyer Ferdinand :

— Que Passiouk et Taraskine viennent aussi, on leur trouvera du boulot.

D'une main il tenait le combiné, de l'autre il avait retourné le sac de la voleuse et en éparpillait le contenu sur la table.

J'observai attentivement les deux complices impassibles qui, quelques instants plus tôt allaient bras dessus, bras dessous et se regardaient maintenant en chien de faïence.

Jeglov examinait un laissez-passer tombé du sac et recomposa le même numéro :

— C'est encore Jeglov. Allez, frérot, demande au fichier des renseignements sur Volokouchina Svetlana Petrovna, née en 1921. Peut-être que en 1922, c'est pas moi qui l'ai baptisée, et elle m'a pas encore fait de confidences. Bon, salut… Vous donnerez les résultats à Taraskine, allez, remuez-vous un peu… Mouais…

Il reposa le combiné et s'assit dans le profond fauteuil de soie marron à rayures de l'administrateur, et, à la manière dont il s'étira, lascivement, en maître des lieux, je vis qu'il s'y trouvait plutôt bien. Il fit jouer les muscles de ses épaules, comme pour se décontracter après l'escarmouche avec la Paluche et sourit gaiement :

— Eh bien, mes chers petits criminels, on va passer à nos petits jeux, voulez-vous ?

La Paluche et Volokouchina ne daignèrent même pas lui jeter un coup d'œil. Jeglov, qui n'en eut pas le moins du monde l'air affecté, se contenta de tapoter la table polie du bout des doigts.

— Me permettez-vous de vous révéler un petit secret professionnel ?

La Paluche et sa belle ne sourcillèrent pas.

— « Qui ne dit mot consent. » C'est comme ça qu'on dit, il me semble ? Nous disons donc que je vous suis très reconnaissant d'avoir bien voulu daigner m'écouter. Cela vous concerne, vous en premier lieu, citoyenne Volokouchina — comment vous appeler si c'est pas votre vrai nom ? Dommage que je ne sois pas peintre, j'aurais fait votre portrait.

Volokouchina eut un sourire méchant, mais je ne notai aucune crainte particulière en elle.

Jeglov poursuivit son numéro.

— Le Créateur m'a pas gratifié de ce talent, mais il m'a doté de celui de deviner toutes sortes de petits secrets chez les gens. Je vais donc vous faire part d'un de ces petits secrets de votre passé pas très lointain…

Ils levèrent en même temps leur regard vers Jeglov.

— Quand le remarquable gaillard Piotr Routchnikov vous a convaincu, Volokouchina, de voler pour la première fois, vous, comme toute femme, naturellement, vous aviez peur, très peur, vous avez pleuré et dit que vous n'aviez jamais fait ça. Lui, il a répondu que personne n'avait jamais fait ça avant la première fois, qu'il suffisait d'essayer et que vous n'auriez rien à faire, que tout résidait dans son art à lui de prendre le jeton de vestiaire du gogo. Vous vous rappelez cela, Volokouchina ?

Jeglov la regardait dans les yeux avec sollicitude, comme un confesseur, une brebis égarée. Elle tentait de se dérober, trahie par ses oreilles, devenues soudain pourpres.

— Donc, vous vous souvenez, soupira Jeglov, satisfait. Mais vous ne le croyiez pas tellement, alors il vous a même montré le Code pénal, il vous a expliqué clairement que pour le vol de biens privés vous risquiez trois ans, dans le pire des cas. Il a ajouté qu'avec sa maîtrise à lui et votre beauté à vous un tel cas ne se présenterait jamais. Et un jour il a réussi à vous convaincre.

— Toi, le flic, c'est pas des tableaux que tu devrais faire, mais des livres, dit soudain la Paluche en remuant à peine sa mâchoire inférieure.

Jeglov semblait avoir oublié la Paluche dans son coin. Il ronronnait de sa voix de baryton près de l'oreille de Volokouchina.

— Alors a vu le jour une association criminelle, que la loi qualifie de « bande organisée » et qui, avec pas mal de succès, a fait des ravages chez les gogos. J'ai ordonné qu'on me rassemble les dossiers sur les vols commis à la

Galerie Tretiakov, au théâtre d'Hiver de l'Ermitage, à la Philharmonie de Leningrad et dans d'autres lieux du même genre, on s'occupera de tout ça plus tard. Mais aujourd'hui, vous avez commis une erreur impardonnable, et pas uniquement parce que nous vous avons mis la main dessus…

— Quoi, aujourd'hui, c'est un jour maigre ? donna de la voix la Paluche.

— Non, aujourd'hui, c'est un jour ordinaire. Mais c'est pas le bon numéro que t'as touché.

— Ah oui ? fit la Paluche en plissant les yeux.

— Vous avez dérobé le manteau de la femme d'un diplomate anglais. Conformément aux accords en vigueur, sa valeur, une centaine de milliers de roubles, doit être remboursée par le Bolchoï, c'est-à-dire par une institution d'État. Toi, la Paluche, tu comprends où je veux en venir ?

— Tu veux me coller sur le dos l'arrêté 7-8, répondit l'autre sans hésiter.

Jeglov bondit de son luxueux fauteuil et leva les bras au ciel, à la manière de l'administrateur peu de temps avant :

— Moi ! Je veux te coller ? ! Qu'est-ce que je viens faire là-dedans ? Si tu prenais un peu de recul par rapport à toi-même, tu verrais que l'arrêté du 7 août, celui que t'appelles le 7-8, est déjà inscrit sur ton front !

Jeglov marqua une pause et ajouta tristement :

— Et, pour ton amie, Volokouchina, c'est encore pis ! Ça va faire dans les dix ans par tête de pipe ! Dans les dix ans !

Le visage de Volokouchina n'était déjà plus aussi impassible que celui de la déesse en bronze à demi-nue posé sur un socle de bois dans l'angle du bureau. Elle tourna des yeux effrayés vers la Paluche, avant de revenir vers le tranquille et bienveillant Jeglov. Gleb fit claquer sa langue avec compassion et hocha la tête tristement. Elle interrogea une nouvelle fois les yeux gris de la Paluche, espérant qu'il se mettrait à rire, sortirait le Code pénal de sa poche et expliquerait à Jeglov qu'il ne connaissait pas les lois, ces mêmes lois qui ne pouvaient la sanctionner elle pour sa seule participation.

Mais la Paluche ne s'intéressait pas du tout à elle. Il scrutait le capitaine Jeglov, abattu par le malheur qui venait de les frapper. Il cherchait visiblement à inventer quelque chose en vitesse. Le silence dura, puis il finit par demander, d'une voix traînante :

— Dis-moi, pourquoi tu nous manifestes tant d'intérêt ? Qu'est-ce que tu attends de nous ?

— Aide. Conseils. Indications, dit brièvement et tranquillement Jeglov.

— J'ai pas compris, marmonna la Paluche en s'étranglant.

— Qu'est-ce que t'as pas compris ? J'ai été franc avec vous. Maintenant, je veux que tu me parles un peu, à cœur ouvert, de ton petit copain Fox.

— Rien à foutre de ta franchise ! répondit la Paluche sur un ton aussi léger que celui de Jeglov.

Jeglov montra ses belles dents éclatantes :

— Que t'es mal élevé, Routchnikov ! Je te prie de choisir tes mots en la présence de ces dames, sinon je risque de t'offenser sérieusement à mon tour ! À t'en rendre d'un triste !

— Tu m'as déjà assez offensé comme ça ! marmonna la Paluche. Explique-moi quelle raison j'ai d'être franc avec toi ?

— Toutes les raisons. Tu me murmures des mots intéressants à l'oreille, et moi je raccroche le manteau à sa place.

Les bras ballants entre ses genoux, la Paluche réfléchit longuement avant de redresser la tête :

— Je ne te dirai rien. Tu m'auras pas avec ce numéro-là. Je vois à tes quinquets de loup que c'est un piège. Je vais donc me la fermer, je m'en sentirai que mieux.

— C'est sûr ! Tu retireras ton costard étranger, enfileras une veste ouatinée et iras sur un chantier d'abattage, dans la république ensoleillée des Komis ! rétorqua Jeglov.

— Peut-être, fit la Paluche en haussant les épaules. Seulement, il vaut mieux être en veste de camp ouatinée sur un chantier d'abattage dans le Grand Nord qu'en beau costume avec le couteau de Fox dans le dos !

Jeglov se leva, croisa les bras et toisa la Paluche jusqu'à ce que ce dernier glapisse :

— Qu'est-ce que t'as à m'regarder comme ça ? ! Je suis un voleur professionnel, je vends pas mes potes, et j'ai pas peur de toi !

Jeglov resta muet un instant, puis dit pensivement :

— Justement, en ce moment, je suis en train de me dire que tu as moins peur de la loi que de tes petits amis, les bandits. Certainement que le plus logique serait de te laisser repartir.

— Comment ça ?

— Comment, comment ? Mais le plus simplement du monde. Personne ne t'a vu prendre le jeton de vestiaire de l'Anglais, et c'est Volokouchina qui a été prise avec le manteau. Toi, après tout, t'étais même pas dans les parages. Donc, nous allons la juger. Quant à toi, va… Va tranquillement ton petit bonhomme de chemin.

— Et moi ? ! cria Volokouchina.

— Vous, ma chère, vous allez devoir répondre en stricte conformité avec les lois, dit Jeglov en écartant les bras. Quant à votre ami, Svetlana Petrovna, nous allons le lâcher. Tu es libre, la Paluche. Dégage d'ici.

— Je ne voulais pas ! Je suis innocente ! Je pensais… sanglota Volokouchina.

— Va, la Paluche, va, reste pas ici. Tu nous déranges, dit sèchement Jeglov.

Et la Paluche, d'une démarche indolente et un peu raide, prit la direction de la sortie, sans réussir à comprendre qu'on l'ait libéré.

— Chaparov, accompagne-le jusqu'à la rue, me souffla Jeglov à voix basse. « Jusqu'au car... » articulat-il en silence du bout des lèvres.

Je poussai la Paluche dans le couloir. Il n'en avait pas parcouru la moitié de sa démarche titubante qu'il se tourna vers moi :

— Merci, je connais le chemin.

— Eh non, dis-je en souriant. Avec moi, ça sera plus sûr.

Nous fîmes encore quelques pas :

— Dans un jour ou deux, lui confiai-je, on attrapera Fox, il sera drôlement heureux de savoir qu'on t'a pris par la main, qu'on a parlé un peu de lui, qu'on t'a relâché et qu'on a fait plonger ta complice.

— Vous, chiens de flics, je vous ai rien dit ! gueula la Paluche.

— T'as rien dit, mais tu finiras bien par parler, promis-je.

Passiouk et Taraskine avançaient à ma rencontre.

— Qu'est-ce que c'est que ce gus ? s'intéressa Taraskine.

— Un vrai pote de criminels. Il veut pas donner Fox, il a peur de se ramasser un couteau entre les omoplates, quant à la femme qu'il a dévoyée, il l'a laissée au trou à sa place.

— Ce gars est pire qu'un clou, il entre tout seul dans le mur, dit ironiquement Taraskine. Que faut-il faire de lui ?

— Conduis-le jusqu'à Ferdinand et attends-nous, on sera plus longs. On ira en perquisition chez eux...

— On m'a libéré ! gueula la Paluche. Tu n'as pas le droit de me garder, ton supérieur te l'a ordonné !

— Va, va, pas besoin de tes commentaires, dit Taraskine.

Je revenais dans le bureau de l'administrateur quand, dans les couloirs sombres, la lumière s'alluma. Les gens sortirent en discutant, et tout s'anima alentour : c'était l'entracte, qui marquait la fin du premier acte. Toutes ces aventures m'avaient vraiment fait perdre la notion de temps.

Jeglov s'était installé sur le bras du fauteuil où Volokouchina était assise. Ils se parlaient comme deux personnes bavardent de choses et d'autres sur un banc public.

— Svetlana Petrovna, vous m'êtes très sympathique, c'est pourquoi j'ai cette conversation ennuyeuse avec vous. Comprenez que le plus simple pour moi serait de vous envoyer maintenant en prison. Dans une vingtaine de jours, votre affaire serait déjà au tribunal. Vous n'êtes plus une enfant, vous comprenez qu'à partir du moment où la Paluche vous a trahie nous n'avons plus besoin de rien prouver : nous vous avons arrêtée en flagrant délit, avec le manteau, et il y a cinq témoins. « Messieurs, debout, la Cour ! » Après, c'est comme dans la chanson : « *V'là encore devant moi les toilettes de prison, la tour, le garde…* »

— Qu'attendez-vous de moi ? demanda-t-elle, le visage noyé de larmes.

Elle restait malgré tout très belle, elle l'était peut être même plus, maintenant.

— Que vous vous aidiez vous-même face au tribunal. Pour ce faire, il n'y a qu'une solution. Vous ne pourrez vous frayer un chemin vers une vie nouvelle qu'en faisant des aveux complets et sincères, qu'en racontant tout ce qui vous lie à votre passé honteux…

J'ignorais si le ton pontifiant de Jeglov était un calcul de plus ou s'il ne pouvait s'empêcher d'en faire un peu trop devant une femme aussi séduisante.

— Je parlerai de tous les... de tous les...

À l'évidence, elle n'osait prononcer le mot « vols » et cherchait un synonyme moins répréhensible.

— De toutes les fois où nous nous sommes approprié... ce qui n'était pas à nous...

— Je vous crois ! dit Jeglov en bondissant du bras du fauteuil. Je crois que vous avez compris beaucoup de choses et que vous pourrez traverser cette portion de vie comme on survit à un cauchemar. Mais, pour commencer, j'ai une question à vous poser : je veux vérifier encore une fois votre sincérité.

— Je vous en prie, interrogez !

— Vous avez sûrement plus d'une fois rencontré Fox avec la Paluche ? La dernière fois, quand était-ce ?

— Il me semble que c'était il y a trois jours. Ou quatre.

— Où ?

— Au restaurant de luxe le Savoy.

— Fox était seul ?

— Non, avec Ania.

— Qui avait fixé rendez-vous au Savoy ? Routchnikov ? Ou bien Fox ?

— Fox. J'en suis sûre. Routchnikov lui avait parlé au téléphone.

— Qui est-ce qui avait appelé ?

— Fox avait téléphoné chez moi, et j'ai entendu Routchnikov qui demandait : « Où on se retrouve ? »

— Combien de fois avez-vous vu Fox ?

Elle haussa les épaules :

— Je ne me rappelle plus exactement, mais... cinq fois, je crois... Il me semble qu'ils sont amis, tous les deux, Piotr et lui.

Jeglov s'inclina tout près d'elle et demanda sur le ton de la confidence :

— Svetlana Petrovna, peut-être qu'ils ont des affaires en commun ?

— Non, non, je suis sûre que Routchnikov ne travaille avec personne. Il me répétait sans arrêt que sa spécialité exige une grande précision et qu'il n'a pas besoin de compagnie.

— Et Ania, elle est toujours avec Fox ?

Je regardais Jeglov, il interrogeait avec art, il n'y avait dans ses questions aucune sécheresse maladroite et protocolaire, il faisait pression tout en douceur, avec insistance, comme un voisin cancanier un peu curieux autour d'un thé. Les questions fusaient, apparemment sans liens logiques entre elles, mais de telle façon que Svetlana Petrovna n'arrivait pas à se concentrer.

— Ania ? Toujours, il me semble. C'est sa femme. Ou sa maîtresse, ça, je peux pas vous dire exactement.

— Où vivent-ils ?

Volokouchina mit ses mains sur sa poitrine :

— Parole d'honneur, je ne sais pas !

— Elle fait partie du milieu ? demanda rapidement et sèchement Jeglov.

— Non, elle a l'air d'une femme bien, s'étonna Volokouchina.

Et je vis un sourire en coin passer sur les lèvres de Jeglov. « De toute évidence, elle aussi se considère comme une femme bien », semblait-il penser.

— Ont-ils parlé de leurs affaires devant vous ? s'intéressa Jeglov.

— Disons, comme ça, en passant. Dans l'ensemble, ils parlaient peu de leurs affaires. Ils ne semblaient pas non plus s'en cacher.

— Je comprends, dit lentement Jeglov. Je comprends… Mais, dites-moi, que fait Ania ?

— Il me semble qu'elle travaille aux chemins de fer.

— Aux chemins de fer ?

Jeglov s'accrocha à cette phrase comme un bouledogue.

— Comme quoi ? Aiguilleuse ? Conductrice de wagon ? Chauffeuse ?

— Non, que dites-vous là ! Une fois, elle a parlé, mais je n'y ai guère prêté attention, d'un wagon-restaurant. Peut-être est-elle serveuse ? Ou bien en cuisine ?

— En cuisine, en cuisine, en cuisine... répéta rapidement Jeglov. Volodia, tu piges ? me demanda-t-il en levant les yeux vers moi.

— Les produits alimentaires de l'entrepôt et du magasin, dis-je avec un signe de tête.

— C'est un vrai Eldorado, la Klondike, une mine d'or, faire passer par un wagon-restaurant une telle quantité de produits alimentaires, dit Jeglov en hochant la tête. Maintenant, souvenez-vous, Svetlana Petrovna, reprit-il, le regard lourd, à l'attention de la jeune femme. Faites un effort, de cela dépend peut-être ce qu'il adviendra de vous. Comment se contactent-ils, Routchnikov et Fox ?

Un air de bête traquée, effrayée à mort, passa dans les yeux de Volokouchina. Jeglov, avec ses mouvements amples, ses gestes doux, sa voix persuasive captivait son attention, comme un boa, sa proie, et si, d'un trou du plancher était sorti un dragon, il ne l'aurait certainement pas terrorisée plus que Jeglov.

— Routchnikov a téléphoné une fois ou deux à Ania, dit Volokouchina d'une voix cassée. Mais d'habitude c'était Fox qui téléphonait chez moi.

— Bon, bon dit Jeglov en secouant la tête. Allez, allez, souvenez-vous : qu'a dit Routchnikov à Ania quand il a téléphoné ?

— Je ne suis pas sûre, mais il me semble qu'il ne lui a pas parlé à elle.

— Comment ça ?

— Une fois, il a dit, ça je l'ai entendu, c'est sûr : « Dites à Ania que Routchnikov l'a appelée. »

Je compris alors que Jeglov avait réussi à obtenir d'elle sa sincérité et que, de toute évidence, et en la matière, elle disait la vérité.

— Alors Ania vous retéléphonait après ça ?

Jeglov se tenait à côté d'elle, et moi j'attendais qu'il pose sa botte rutilante sur le barreau de la chaise.

— Non, après, c'est Fox qui téléphonait. Il me semble qu'Ania n'a jamais téléphoné chez nous.

— Parfait, parfait, très bien, marmonna Jeglov dans sa barbe. À quoi ressemble Fox ? Physiquement, comment il s'habille ?

Volokouchina réfléchissait tandis que Jeglov s'était approché de moi et me murmurait à l'oreille :

— Mène la Paluche à la Petrovka et fais-lui cracher le numéro de téléphone d'Ania. Il faut qu'on ait ce numéro, à tout prix ! Fais ce que tu veux avec lui, mais il nous le faut ! Tu nous renvoies Ferdinand aussitôt arrivé là-bas.

Je marquai un temps d'arrêt au moment où je sortais, car j'entendis Volokouchina qui disait :

— Il porte toujours un uniforme militaire, sans galons, mais c'est un uniforme cher, d'officier supérieur. Sur la veste, est accroché un ordre de la Grande Guerre nationale. Et il a deux barrettes pour blessures graves.

J'en tombai à la renverse : ce salaud avait une décoration volée ! Impossible qu'il ait pu les mériter.

Je déchargeai sur la Paluche cet accès de rage. Il était assis, fier et offensé, sur la banquette arrière du car, et tapotait une mélodie triste sur ses dents. Kopyrine me le montra d'un signe de tête :

— Il a du talent, le mec, mais il s'en sert pas. Il pourrait en vivre, au lieu de voler…

Je m'approchai de Routchnikov et dis doucement :

— Debout !

Il me regarda irrité et surpris et, rougissant de colère, se mit à crier :

— Arrête de donner des ordres ! Je saurai bien vous faire revenir à plus de raisons, sales chiens !

— C'est à Fox que tu vas te plaindre, ou quoi ? lui demandai-je le plus sérieusement du monde pendant que je le secouai par le col de son bel imperméable gris. Debout, je t'ai dit !

Je devais avoir la main aussi lourde que celle de son pote Fox car il bondit lestement, en grommelant méchamment. Je dis à Kopyrine :

— Direction, la Petrovka.

Et je me mis à fouiller la Paluche. Je trouvai dans une de ses poches un grand mouchoir de soie, que je tendis à Taraskine pour qu'il en fasse un baluchon où je plaçai ses effets personnels. Je ne gardai que son calepin à couverture rouge en cuir, à fermeture ouvragée et petit crayon dorés. Peu ordinaire, ce calepin : à toutes les pages, marquées par une lettre de l'alphabet, des numéros de téléphone, exclusivement, sans noms ni prénoms. Une centaine de numéros dont certains étaient accompagnés de petites marques, d'astérisques, de croix, de points d'exclamation. Les vérifier prendrait au moins un mois. Deux pages m'intéressaient plus particulièrement : celles des lettres « A » et « F ». Si le numéro d'Ania ne figurait pas sous la lettre « A », il devait bien être sur la page de l'initiale de Fox.

Le car s'arrêta dans la rue Karetny, je pris la Paluche par le bras et lui dis, comme si nous nous étions déjà mis d'accord à l'avance :

— Allons, la Paluche, on va téléphoner à Ania, on lui demandera de nous appeler.

Il sursauta pour dégager son bras, mais je le tenais fermement et le tirai derrière moi dans l'escalier. Il marmonna seulement :

— Tu lui téléphoneras toi-même et tu t'entendras avec elle.

À la page « A » étaient inscrits trois numéros ; à la page « F », un seul. Pendant que nous marchions dans les escaliers et les couloirs, j'essayais de réfléchir à quel numéro j'allais balancer à la Paluche pour le désarçonner du premier coup. À l'évidence, il s'agissait de celui de la page « F », Ania ne faisant qu'office d'intermédiaire entre Fox et lui.

Depuis le porte de bureau, je lançai à Taraskine :

— Kolia, ça te dirait de téléphoner à une très belle femme ? Si tu lui plais, elle te fera voyager en wagon-restaurant, elle te gavera à volonté.

— Toujours prêt ! acquiesça Kolia. Envoie ton numéro, on va établir la liaison !

Je regardai dans le calepin à la lettre « F » et, avec un pincement au cœur, énonçai :

— Le K 4-89-18.

Je fermai le calepin et demandai à la Paluche :

— Alors, qu'est-ce qu'on dit de ta part à Ania ? « Salut » ? Ou « Bonjour à Fox » ?

La Paluche grinça des dents et je compris que j'avais mis dans le mille.

— Si j'avais pas besoin d'elles pour le travail, jamais de la vie je me serais lié à ces saletés de bonnes femmes ! Elles ont la langue trop pendue, elles s'en servent à tout vent, ces garces !

Il jura longuement, en choisissant soigneusement ses insultes, les plus grossières possibles. Ne pouvant plus rien tirer de lui, je l'envoyai en cellule.

Bientôt Jeglov rentra. Il s'assit à son bureau et composa un numéro de téléphone :

— Passiouk, c'est toi ? Oui. Le spectacle est terminé ? Bon ! Nous disons donc que lorsque cet Anglais se présentera, mène-le poliment chez l'administrateur, fais-lui remplir une déclaration, un procès-verbal comme quoi c'est bien son manteau, un autre comme quoi on le leur a rendu en parfait état... Quelles remarques, encore ? !... Dans ce cas, tu lui dis que chez eux, en Angleterre, il n'y a pas moins de voleurs que chez nous. Oui, oui. Et aussi que l'ordre dans un pays n'est pas déterminé par la présence ou non de voleurs, mais par l'art des autorités de les empêcher de nuire ! Voilà, c'est comme ça et pas autrement ! Bon, salut.

Il reposa le combiné, ferma un instant les yeux et demanda d'une voix sourde :

— T'as des résultats ? Allez, vante-toi...

— J'ai le numéro de téléphone d'Ania. Il faut demander au central téléphonique de localiser ce poste et aller voir sur place.

Jeglov hochait la tête négativement.

— Quoi, il faut pas ? m'étonnai-je.

— Chercher l'adresse où se trouve ce numéro, il le faut. Mais il est trop tôt pour aller là-bas.

J'étais un peu désorienté : tantôt on fonçait comme des fous, et voilà que maintenant, tout à coup, Gleb freinait des quatre fers. Il me regarda et me fit un sourire ironique mêlé de fatigue et d'amertume.

— Tu comprends pas ?

— Je comprends pas.

— Là-bas, y'a pas d'Ania. Et certainement, même, qu'elle n'y met jamais les pieds.

— Y'a qui alors ?

— Je sais pas, répondit Jeglov en haussant ses épaules d'athlète. C'est un téléphone qui sert qu'à entrer en contact, c'est pas la première fois que j'ai affaire à ce genre de trucs.

— Dans ce cas, explique ! demandai-je un peu vivement, vexé de ne pas avoir suscité plus d'enthousiasme avec ma trouvaille.

— Te fâche pas. Je suis simplement un peu fatigué ces derniers temps. Voilà ce que je pense : il y a quelqu'un près du combiné, un quidam, un perroquet, qui demande qui téléphone, puis Ania ou Fox rappellent et demandent qui les a appelés. T'as compris ?

— Compris, dis-je très lentement dans mon désenchantement. Il faut malgré tout essayer cette variante ! Si jamais c'était pas comme tu le dis ?

— On essaiera, obligatoirement, me calma Jeglov. D'autant plus que, maintenant, il faut à tout prix trouver cette Ania ! Si on arrive, d'une manière ou d'une autre, à la localiser, alors on mettra la main sur Fox. C'est absolument certain, comme deux et deux font quatre ! C'est pas des Ingrid quelconques à qui on a affaire, c'est du sérieux pour lui, un amour pas désintéressé, ça doit donc être sa tanière.

— Pourquoi tu penses que ça sera plus facile de le prendre dans sa tanière ?

Jeglov me regarda en plissant les yeux et sourit :

— Ça fait cinq ans que je patauge dans cette merde, si bien que j'ai pu observer quelques petites choses.

— Dans ce cas, fais-moi part de tes observations.

— Un criminel est comme une bête sauvage, il vit avec ses instincts. À la différence de nous, il ne connaît pas les notions de conscience, de devoir, de camaraderie. Ils ne connaissent que plaisir, douleur, faim, ventre rempli, chaud, froid...

— Et alors ?

— Alors, je vais te dire qu'avant la guerre je suis allé à la ménagerie de Dourov, le dresseur. J'avais été très étonné, à l'époque, par le parcours des souris sur le petit chemin de fer. T'as vu ?

— Oui, j'ai vu. Les souris sortent de la gare, montent dans les wagons et font un tour. C'est marrant !

— C'est marrant, acquiesça Jeglov. Maintenant, dis-moi, comment ils ont réussi à faire en sorte que des bestioles aussi idiotes que des souris prennent toutes, sans exception, place dans ce wagon ? À ton avis ? Tu peux expliquer ça ?

— Je suis pas dresseur !

— Moi non plus. Mais je me suis beaucoup intéressé à la question, jusqu'au jour où j'ai compris. Les souris vivent dans ces petits wagons. Juste avant la représentation, on les sort de là, et le train vide entre en gare. On ouvre la porte, et les souris courent chez elles, dans leur tanière…

— Tu veux attraper Fox au moment où il rentrera chez lui ?

— Oui, quelque chose dans ce genre-là. Et, sa principale tanière, c'est chez cette Ania !

Jeglov se leva de derrière son bureau, s'étira en faisant craquer ses os, bâilla.

— Oh, comme j'ai envie de dormir…

— Dans ce cas, rentre à la maison et dors, lui proposai-je.

— Je peux pas. J'ai encore quelques petits trucs à faire, il faut que j'y aille. Essaie de déterminer l'adresse d'après le numéro de téléphone, tape le procès-verbal de l'interpellation de la Paluche et de Volokouchina, prends son audition à elle, termine au plus vite la paperasserie d'aujourd'hui. Demain, on réfléchira à tout ça.

Jeglov ôta son veston élimé, le regarda, l'air critique, et demanda :

— Chaparov, t'as rien contre si je mets ta veste neuve ?

— Vas-y, dis-je en acquiesçant de la tête et en regardant ma montre.

Il était 22 h 30. Je ne demandai pas où il comptait aller faire le dandy au beau milieu de la nuit. Quant à lui, il n'en dit rien.

— C'est tout, je file. Je rentrerai tard.

Quand je me ramenai à la maison à 2 h 30, Gleb dormait déjà. Sur la chaise à côté de son divan était pendue ma veste d'apparat toute neuve, épinglée de son ordre de l'Étoile Rouge tout neuf, de ses insignes d'excellent milicien, de parachutiste, et de diverses autres décorations. Je faillis en crier de colère car j'avais espéré, en décousant les liserés de cet uniforme, le transformer en un costume civil tout à fait valable, ce dont j'avais grand besoin. Cette maudite veste m'empêcha de fermer l'œil. J'en voulais autant au sans-gêne de Jeglov qu'à ma propre avarice, et finis par me résigner à porter ma tenue d'apparat percée en quatre endroits, telle quelle.

CHAPITRE 18

L'usine d'appareils radioélectriques qui, jusqu'à présent, fabriquait des haut-parleurs Record va bientôt lancer la production de postes radio superhétérodynes à cinq lampes de type Saliout.

Le Bolchevik de Moscou.

Dès le matin, la 2e section, par manque critique de personnel, réquisitionna Taraskine, et Kolia partit rue Stopani où, en plein jour, un enfant avait été dépouillé. Quant à moi, je sortis le dossier Grouzdev du coffre-fort, en tirai la partie consacrée à Larissa et étudiai en détail les lettres de la femme qui la parrainait au théâtre, Ira. Il y en avait quatre : deux postées de Moscou, et deux, de Rouza. Je ne trouvai rien de spécialement intéressant sur ces feuilles couvertes d'une écriture fine et nerveuse, si ce n'est des bavardages anodins entre femmes. Un seul détail retint mon attention : dans la première lettre postée de Rouza, Ira écrivait : « *De temps en temps, j'ai la visite de "Mon aventure", mais cela ne débouche sur absolument aucune perspective. La différence d'âge se fait sentir et je peux sans arrêt saisir ses regards sur les jambes des jeunes petites actrices qui passent à proximité…* » Dans la lettre suivante, écrite une quinzaine de jours plus tard, Ira, sur un drôle de ton, annonçait : « *Grâce à Dieu, je suis de nouveau libre comme l'air ! "Mon aventure" est morte, au sens où il a annoncé notre rupture totale. Tu connais son habitude d'utiliser des clichés à tout va : "Ce qui est cassé est cassé…", "On s'est éloignés comme des bateaux en mer…" Et il est parti naviguer. Parole d'honneur, je ressens un certain soulagement. Avec lui, il y avait toujours quelque chose qui me pesait, m'étouffait… Si jamais il passe dans tes parages, sois très prudente avec lui, ma petite.* »

Je gardai la dernière phrase dans un coin de ma mémoire et je mis les deux lettres de côté, jetai ensuite un rapide coup d'œil sur le courrier de sa mère, datant déjà, et m'attelai aux comptes et aux télégrammes.

« *Si jamais il passe dans tes parages, sois très prudente avec lui, ma petite.* » L'amie devait certainement avoir en tête des affaires sentimentales en écrivant cela, mais le crime donne, à des expressions qui pourraient paraître banales, des colorations sombres, et appelle à tout vérifier dans les moindres détails. Je regardai l'adresse de l'expéditeur sur l'enveloppe : « *Moscou, Bojedomka 7, app. 4* » et un gribouillis incompréhensible. Il me suffirait de demander à Nadia le nom de cette Ira. À cet instant, un souvenir éclata comme un éclair dans ma tête : Bojedomka 7 ! Bojedomka 7 ! C'est là-bas qu'habite cette femme, l'ancienne maîtresse de Fox ! Ingrid Karlovna Sobolevskaïa !

Interloqué, je me levai. « Mon aventure ». La voilà bien, l'aventure ! Ce n'est pas en vain qu'elle prévenait Larissa de faire attention. Voilà donc comment le cercle s'était refermé ! Et dire que cela faisait une semaine que je gardais une telle lettre au frais dans le coffre-fort ! Quant à la signature, « *Ira* », c'était bien sûr un diminutif d'« Ingrid », comment n'y avais-je pas pensé avant ? ! Gleb allait avoir de quoi se moquer de moi !

Ce jour-là, je n'étais pas au bout de mes surprises. La porte de l'appartement 4, au 7, rue Bojedomka, s'ouvrit sur une belle femme, qui dit doucement :

— Je savais que vous reviendriez.

Je rentrai ma colère pour garder la tête froide. Je me remémorai ce que l'adjudant Formaniouk avait l'habitde de dire : « Chef, si tu piques une colère, c'est que tu as tort. »

— Pourquoi vous ne m'avez pas dit que votre remarquable « aventure », Fox, n'était pas étranger à l'assassinat de Larissa Grouzdeva ?

Malgré son teint blanc, je la vis blêmir, elle serra les poings et s'égosilla :

— Non ! No-on ! Je n'ai pensé à ça que lorsque vous êtes venu chez moi…

— Ce n'est pas vrai ! Il y a déjà longtemps, vous aviez prévenu Larissa par lettre d'un certain danger.

Elle hocha la tête, comme contrariée :

— Ce n'est pas ça, ce n'est pas ça… J'avais tout autre chose en tête…

— Quoi, précisément ?

Elle alla chercher ses cigarettes et en alluma une. Elle se tourna vers la fenêtre et se tut longuement. Sa respiration un peu haletante me laissa deviner qu'elle pleurait. Mais je n'avais pas le temps d'attendre et la pressai :

— Alors, à quoi pensiez-vous quand vous avez écrit : « *Sois très prudente avec lui, ma petite* » ?

Sans se tourner vers moi, elle dit :

— Il est des choses dont les femmes ont du mal à parler. Je ne vous aurais jamais dit ce que je vais vous dire si Larotchka n'était pas morte… Face à ça, tout perd son sens… Tout devient si mesquin, si pitoyable… En un mot, Fox m'a laissé tomber pour s'occuper de Larissa. Après tout, elle a dix ans de moins que moi. C'est très dur et ça serait insupportable si… Ah ! Croyez-moi, je n'étais pas fâchée contre Lara, j'avais simplement pitié d'elle. Je l'avais prévenue que tout cela finirait mal. Cependant, croyez-moi, je ne pouvais pas prévoir une telle horreur…

— Et maintenant ?

— Maintenant, je sais ce que tous savent : Ilia Sergueïevitch a été arrêté pour l'assassinat de Larissa. Je sais encore que vous recherchez Fox. De quelle manière leurs chemins se sont croisés, je n'en ai aucune idée. En tout cas, de mon temps, ils ne s'étaient jamais rencontrés.

— Et après ?

— Je ne sais pas ! Mais je suis convaincue que Fox a dû faire quelque chose d'horrible pour qu'Ilia Sergueïevitch, avec tout son sang-froid, décide de…

Je saisis ce qu'Ingrid essayait de me faire comprendre et je demandai :

— Ilia Sergueïevitch était jaloux ?

— Difficile à dire… Malgré toute la noblesse d'âme, il peut y avoir des situations où le caractère s'extériorise.

Je décidai qu'il ne servait à rien de cacher ce que je savais et je dis donc franchement :

— J'ai peur que vous vous fassiez une idée erronée de l'assassinat. Vous pensiez que Grouzdev a tué Larissa par jalousie, c'est ça ?

Ingrid agita vigoureusement la tête. Ses beaux cheveux cendrés rassemblés en un haut chignon tombèrent sur ses épaules, elle les rejeta, l'air contrarié, dans son dos :

— Chez vous, tout est un peu trop simple. N'oubliez pas qu'ils sont restés amis après s'être séparés, et qu'Ilia Sergueïevitch vivait avec une nouvelle femme. À partir de là, tout est beaucoup plus compliqué. Je pense que Fox a joué un tour incroyable, outrageant, il est champion pour ce genre de trucs.

— Mais si on suppose autre chose ?

— Par exemple ? s'enquit Ingrid.

— Disons qu'il aurait pu trouver un terrain d'entente avec Grouzdev... contre Larissa...

Elle leva ses mains au ciel, comme si elle repoussait la possibilité même d'une telle idée :

— Que dites-vous là ? C'est purement et simplement ridicule ! Je répète : ils ne se connaissaient pas. En tout cas, Lara ne savait rien à ce sujet.

— Alors, comment pouvez-vous expliquer le fait que des affaires de Larissa aient été découvertes chez Fox ?

— Alors, vous l'avez trouvé, malgré tout ? !

— Non, hélas, pour l'instant nous n'avons mis la main que sur ces affaires...

Elle réfléchit un peu avant de dire :

— Vous savez, malgré ce qui s'était passé entre nous, Lara était franche avec moi. Peu avant sa mort, elle m'avait dit comme ça, en passant, que Fox lui avait fait une proposition. Il voulait la convaincre de quitter la grisaille et la boue de Moscou pour aller vivre dans sa région natale, la Crimée, où il avait en vue une belle datcha pas très chère. Il lui avait raconté que le directeur du théâtre local était un ami, qu'il lui était redevable, et donc que sa carrière était assurée.

Ça collait assez bien avec le fait qu'elle avait donné sa démission et retiré tout son argent de la caisse d'épargne.

— Je n'ai pas trop cherché à lui ouvrir les yeux, continua Ingrid. Vous comprenez vous-même qu'elle aurait pu penser que c'était par jalousie. D'ailleurs, j'ai peur que ce soit précisément le cas, car écouter mes conseils ne l'empêchait pas, de toute évidence, de les dédaigner.

Ingrid marqua un long silence. Il était sûr que maintenant, après ce qu'elle venait de me dire, ma présence lui était insupportable. Mais je dis quand même :

— Vous comprenez, Ingrid Karlovna, Fox et Grouzdev sont liés par quelque chose dans cette histoire. Pour l'instant, nous n'arrivons pas à comprendre par quoi. Un seul homme peut mettre les choses au clair, c'est Fox…

— Et Grouzdev ? me coupa Ingrid.

Je pensai que je ferais mieux de ne pas dévoiler mes cartes à une femme ayant vécu une histoire d'amour avec un suspect. Tout peut arriver, le vieux feu peut se remettre à fumer et même, qui sait, à flamber.

— Vous savez, nous sommes en train de mener une longue opération, répondis-je. Je vous raconterai une autre fois. Pour l'instant, il nous faut Fox. Où a-t-il l'habitude de se rendre ?

— Dans les restaurants, dit-elle sans réfléchir, presque mécaniquement, en regardant par la fenêtre.

Aussitôt, elle sembla regretter ses paroles et s'en mordit les lèvres.

— Lesquels ? demandai-je avec un excès de politesse.

— Je sais pas très bien, répondit-elle, l'air visiblement contrarié. Il ne va pas dans les musées, n'est pas inscrit dans les bibliothèques, où pourrait-il donc aller si ce n'est dans les restaurants ?

— Mais vous, personnellement, dans quels restaurants êtes-vous allée avec lui ? insistai-je.

— Dans différents… Deux, en tout et pour tout.

— Lesquels, dites-moi quand même.

— À l'Astoria et… et au Grand-Hôtel, marmonna-t-elle en regardant de côté.

Je compris qu'elle mentait. Pourquoi donc ?

— Eh bien, nous allons vous demander de venir avec nous au restaurant et de l'identifier, dis-je, l'air décidé.

— Moi ? Avec vous ? ! L'identifier au restaurant ? ! Vous êtes fou ! Pour qui me prenez-vous ?

— Comment ça, pour qui ? Pour une connaissance de l'homme que nous soupçonnons de complicité de meurtre.

Et j'ajoutai, sur le ton le plus venimeux possible :

— Le meurtre de votre amie, entre parenthèses…

Ingrid avança avec dédain la lèvre inférieure et lâcha entre ses dents :

— Vous pouvez soupçonner qui vous voulez. Bien que vous n'ayez aucune raison pour cela, est-ce que le malheureux Grouzdev ne vous suffit pas ? En effet, ce n'est pas pour rien que vous l'avez mis en prison ?

— Bien sûr que c'est pas pour rien, dis-je en colère. Mais ça ne veut pas dire que tous les autres sont innocents… la complicité, c'est… c'est une chose très complexe…

Elle me répondit du tac au tac :

— Jamais je n'aiderai à attraper un proche, même s'il se révèle par la suite être le dernier des salauds. Vous me connaissez mal.

— Je la coupai avec emportement :

— On peut vous y obliger !

Elle sourit :

— Non. Dans cette vie, je ne fais que ce que, moi, je veux. Et si je ne veux pas faire quelque chose, vous pouvez même me fusiller…

Je compris qu'il était inutile de la forcer à identifier Fox. De plus, cela aurait été risqué : elle pouvait nous jouer un mauvais tour. Je me levai, fis un signe relativement poli de la main en guise d'au revoir et sortis.

À la Direction, il n'y avait personne de l'équipe. Je m'assis à mon bureau, inscrivis dans mon bloc-notes les principaux éléments de ma conversation avec Ingrid et décidai de relire ses lettres une fois encore. Dans ma hâte, je les avais laissées sur ma table, avec le dossier Grouzdev. Mais j'eus beau chercher, impossible de mettre la main dessus. Pensant que Jeglov avait dû les ranger dans le coffre, avec ma propre clé qu'il m'avait remise avec autant de solennité que s'il s'était agi d'une médaille, j'actionnai la serrure et tirai la lourde porte d'acier.

Dans le couloir retentirent des voix, et Taraskine entra dans le bureau accompagné de deux personnes : une petite fille de six-sept ans au visage perdu et effrayé — elle tenait dans une main une poupée de chiffon sale, tandis que, de l'autre, elle barbouillait ses larmes sur son petit visage maigre et pâle — et une femme, habillée pauvrement, encore jeune, avec des yeux comme des cerises aussi effrayés que ceux de la petite.

Taraskine, indigné, gueulait depuis la porte :

— Tu te rends compte, Chaparov, jusqu'où vont ces gredins, ils volent même les enfants !

— Que s'est-il passé ? demandai-je.

— Tu te rends compte, cette gosse se balade dans la cour, la mère, cette citoyenne, est au travail. Tout est calme et paisible. Soudain un homme s'approche de la petite et demande : « Ton nom, c'est comment ? »

— Nooon, le monsieur a demandé : « Comment tu t'appelles ? » corrigea la fillette. J'ai dit : « Lidotchka », « Et ton nom ? » qu'il demande. « Vorobieva », que je réponds.

Le visage éveillé de la petite se tordit, ses lèvres se mirent à trembler, elle éclata en sanglots amers tandis que sa mère se précipitait pour la consoler. Taraskine baissa le ton et finit le récit à sa place :

— Le père, tu comprends, est mort au front. Bien sûr, la petite, c'est clair, n'est pas au courant, à quoi bon le lui dire ? Eh voilà donc un mec en uniforme militaire qui s'approche d'elle : « Eh, Lidotchka, t'es Vorobieva ? Très bien ! Où qu'il est ton papa ? — Au front. — Tu sais, tu te trompes, il est blessé, on l'a ramené du front à l'hôpital. Maintenant, il est guéri et va rentrer à la maison. Moi, je suis arrivé avant lui pour voir si tout est prêt pour recevoir le héros blessé… »

J'écoutais, pétrifié, je n'avais encore jamais eu affaire à des trucs pareils.

— Ceci, cela, continua Taraskine. Donc, ce salaud dit : « Montons chez toi, faisons un peu de ménage avant l'arrivée de ton papa, on fera un peu de rangement… » Ils sont montés, ont fait du rangement et il a alors proposé à la petite d'aller acheter un esquimau. Pour cela il lui a donné de l'argent et elle a filé, toute heureuse. Mais à son retour, il n'y avait plus personne. Dans l'appartement, tout était sens dessus dessous. Tout ce qui avait plus ou moins de valeur, il l'avait emporté, le salaud.

— Il s'assit à notre bureau et commença à enregistrer l'événement alors que je me dirigeais vers le coffre. Comme par un fait exprès, je ne trouvai pas le dossier Grouzdev, et il me fallut remuer une grosse pile de papiers divers sur le rayon du haut, puis sur celui du milieu et, enfin, sur celui du bas. En vain.

— Kolia, t'aurais pas vu, par hasard, un dossier ici, sur la table ? demandai-je à Taraskine au moment même où je me souvins qu'il avait quitté le bureau avant moi.

Taraskine leva la tête de ses papiers et dit distraitement :

— Comment j'aurais pu ? J'étais pas ici.

Je jetai un coup d'œil dans les bureaux voisins, dans l'espoir de trouver Passiouk ou, à la rigueur, Gricha Six-sur-Neuf, mais ils restaient introuvables. Je fus soulagé de voir Jeglov apparaître au bout du couloir, s'approcher de moi et me donner une tape sur l'épaule :

— Eh bien, l'aigle, qu'y a-t-il de neuf en ce bas monde et dans ses environs ?

Sans répondre à sa question, je lui demandai sur le ton le plus léger possible :

— Je dois travailler sur le dossier, tu l'aurais pas embarqué sans le dire ?

— Quoi ? Qu'est-ce que j'aurais pris sans le dire ?

— Eh bien, le dossier de Grouzdev… marmonnai-je, en essayant de conserver un semblant de calme. Il était sur mon bureau.

— Le dossier Grouzdev ? Sur le bureau ? redemanda lugubrement Jeglov en me lançant un méchant regard de ses yeux perçants. Et quoi ? Où il est maintenant ?

J'écartai les bras :

— Nulle part… Je pensais que c'était toi qui l'avais pris…

— Ça va pas, Chaparov ? Tu te rends compte de ce que tu dis là ? Allez, allez…

Et il fila à toute vitesse vers notre bureau.

— Où qu'il était, tu dis, sur ton bureau ?

Il faisait une telle tête que j'en frissonnai.

— Eh bien, eh bien… c'est… quand je lisais les lettres… de Sobolevskaïa… l'amie de Larissa… Ensuite, je suis allé… aussitôt chez elle… Le dossier était resté sur le bureau…

Les pupilles de Jeglov s'étrécirent et son visage se pétrifia. Il dit doucement :

— Taraskine, prends ces gens, passe avec eux dans le bureau d'à-côté. Nous te dérangeons…

Pendant que Taraskine rassemblait les feuillets de son procès-verbal, emmenait la victime et la petite fille, Jeglov se taisait, et son silence pesait sur moi d'une manière insupportable comme un rocher de cent tonnes, je sentais que quelque chose de grave s'était passé. Après le départ de Taraskine, Jeglov continua de se taire, lourdement affalé sur sa chaise, concentré. Enfin, il demanda :

— Tu as regardé dans le coffre ? Il n'y est pas ?

Je hochai la tête négativement.

— Il y avait quelqu'un dans le bureau quand tu es parti ?

— Non. Je l'ai fermé.

— Va voir Nioucha, la balayeuse. Elle est la seule à avoir la clé…

Je courus au réduit où Nioucha était en train de boire, sans se presser, un verre de thé. Elle n'était pas rentrée dans le bureau et, par conséquent, ne savait rien au sujet du dossier. Je retournai sur mes pas. Jeglov était toujours assis et soufflait méchamment.

— Où il a bien pu passer, hein, Gleb ? demandai-je terrifié.

Je n'arrivais pas à m'imaginer qu'une quelconque chose puisse disparaître d'un bureau fermé du MOUR !

— Où il a pu passer ? siffla-t-il entre ses dents. Et l'affiche à l'entrée de la cantine, tu l'as vue ?

J'avais vu cette affiche. Dès le premier jour, elle avait retenu mon attention : elle représentait un étui de revolver marron avec un lacet rouge, d'où sortait la crosse d'un Nagant, et, à proximité, une patte velue avec de grandes griffes et une inscription de deux mètres : « *Camarade ! Surveille ton arme ! La main de l'ennemi se tend vers elle !* »

— J'ai vu, dis-je en baissant la tête.

— Cette affaire, c'est plus grave que la perte d'un Nagant, hein ? As-tu déjà vu des papiers sur mon bureau ? Comme ça, quand je suis pas à ma place ?

J'essayai de me souvenir : je n'avais jamais rien vu de tel.

— Tu l'as jamais eu en mains en entier, dis-je avec morosité. C'est nous qui travaillons avec, tantôt moi, tantôt Passiouk ou Taraskine.

— Juste. Mais je travaille quand même avec certains de ces papiers, n'est-ce pas ?

— Oui, et alors ?

— Eh bien, toi, par exemple, est-ce que tu as pu lire une seule fois sur ma table, ne serait-ce qu'un seul papier sur lequel je travaillais ?

Je me souvins avoir remarqué que, dès que quelqu'un approchait de son bureau, Jeglov retournait le papier qu'il était en train de lire, de manière tout à fait naturelle, ou bien il le couvrait avec un autre, un journal ou une chemise quelconque.

— Non, j'ai jamais pu, tu les retournes toujours, grommelai-je sans bien comprendre où il voulait en venir.

— Sais-tu pourquoi ? As-tu réfléchi à cela ? Je vais t'expliquer. Pour certains papiers sur mon bureau ou sur le tien — c'est du pareil au même —, un criminel serait prêt à donner la moitié de sa vie, t'as compris ? Vis-à-vis de vous, bien sûr, j'ai pas de secrets et je peux pas en avoir, tu le sais parfaitement. Mais c'est une habitude, une habitude inébranlable que j'ai mis des années à acquérir, t'as compris ? Jamais aucun document ne doit tomber à portée d'un œil étranger !

Jeglov se leva et fit les cent pas dans le bureau puis dit, l'air las :

— Mais là, c'est tout un dossier qui a disparu. Mon Dieu, qu'est-ce que ça va faire ?

Je fus envahi par une sorte d'hébétement. Je m'imaginais qu'on allait m'amener chez Svirski et, ensuite, chez le directeur en personne, le terrible lieutenant-général Makhankov. Je me souvins alors du visage terrifié de Soloviev chez Vera la modiste et me représentais maintenant assis à côté de lui sur un banc oblong de bois brut. Comme s'il avait deviné mes pensées, Jeglov dit :

— C'est un coup à passer devant un tribunal. Essaie un peu d'expliquer aux chefs qui est en train de lire ce dossier à l'heure actuelle ! Qui, hein ?

Mes dents se mirent littéralement à claquer ; et cela non pas tant parce que j'avais peur des chefs, mais parce que je me sentais honteux exactement comme si, pendant la guerre, on m'avait confié un prisonnier à garder et que je m'étais endormi, le laissant s'évader le plus simplement du monde.

— Que faire, hein, Gleb ? demandai-je en jetant un coup d'œil vers Passiouk et Taraskine.

Je cherchais du soutien auprès d'eux, qui me regardaient avec compassion.

— Je ne sais pas ce qu'il faut faire, répondit Jeglov. Réfléchis…

Et il sortit en claquant la porte.

Passiouk demanda :

— Peut-être que tu l'as pris avec toi quand t'es allé chez cette petite dame ?

Voulant y croire, je vérifiai mon porte-dossiers, puis, pour la vingtième fois, refis l'inventaire du coffre. Ainsi étais-je, le regard fixé sur les rayons du coffre, lorsque la porte s'ouvrit. Les bottes de Jeglov grincèrent à travers la pièce et un claquement sonore se fit entendre, comme quelque chose qui tombe à plat sur une table. Avec un frisson dans le dos, je me retournai : sur mon bureau se trouvait la chemise verte du dossier Grouzdev et, à côté, Jeglov, qui agitait la tête en signe de désapprobation. De mes mains tremblantes je l'ouvris : tout était en place !

— Où l'as-tu trouvé, Gleb ?

Jeglov tordit ses lèvres avec dédain et lâcha en se moquant de moi :

— Trouvé. Ouais, drôle de bureau des objets trouvés ! Je l'avais donné au secrétariat pour qu'il l'enregistre. Et, en même temps, pour t'apprendre à toi, espèce de bleu à la noix, à laisser traîner un dossier sur ton bureau.

Impuissant, je regardai tour à tour Jeglov, Passiouk et Taraskine. Sur le visage de Taraskine se lisait un immense soulagement ; Passiouk, lui, fronçait les sourcils, et dans ses yeux brillait un éclat méchant. Jeglov, pour sa part, comme à son habitude, affichait un large sourire ironique. Après la vague de joie qui m'avait envahi, je fus soudain submergé par le sentiment d'une humiliation sans bornes, comme si on m'avait donné une claque en public. J'étouffais de rage et avançai vers Jeglov :

— T'es, t'es… une charogne… Qu'est-ce que c'est que ces tours ? Moi, je deviens fou, je suis déjà prêt à me passer la corde au cou, et toi, tu fais des plaisanteries !

Jeglov recula d'un pas, releva le menton et dit :

— Eh, eh, calme-toi ! C'est pour ton bien, ça te servira de leçon…

— Qui c'est qui t'as permis de me donner des leçons ? ! Qu'est-ce que je suis pour toi ? Un morveux sans froc ? Je comprends peut-être pas quand on m'explique ? Je suis un officier, un éclaireur, j'ai fait la guerre ! Pendant que t'étais ici à l'arrière à apprendre à devenir agent opérationnel, moi, j'ai traversé quarante-deux fois la ligne de front, et maintenant v'là que tu me traînes dans la boue… Je ne veux plus te voir. C'est tout !

Je jetai le dossier sur son bureau et me dirigeai vers la sortie mais, arrivé à la porte, je me souvins, me tournai vers lui et lui lançai :

— Dégage de chez moi ! Aujourd'hui même, t'entends ? ! Aujourd'hui même ! Va au diable !

CHAPITRE 19

Trois établissements de bains se trouvent dans le quartier Taganski, mais aller s'y baigner est tout un problème. Les gens perdent de nombreuses heures à attendre pour y entrer.

— Nous sommes en travaux, se justifient les directeurs de ces bains. Vous verrez, quand ça sera fini, ça ira beaucoup mieux de ce côté-là…

Mais les travaux avancent trop lentement. Les organisations de quartier n'accordent pas l'attention requise à ces entreprises qui assurent des services courants à la population.

Les Izvestia.

Je dévalai l'escalier. La tension, en retombant, la colère et cette offense me faisaient trembler de tout mon être. J'avais honte, j'avais mal, mais surtout j'étais complètement abattu, parce que je venais de saisir quelque chose de tangible dans cette affaire Grouzdev si trouble et si embrouillée. Des idées, encore assez floues, il est vrai, avaient pris forme dans mon esprit au cours de mes recherches, et voilà qu'on me demandait d'aller me rhabiller, car, j'en étais sûr, Jeglov allait me retirer l'affaire, jamais il ne me pardonnerait ma conduite devant tout le groupe. Qu'il aille au diable !

— Volodia ! Volodia !

Je me retournai et vis Varia. Elle portait un léger manteau de couleur claire, des escarpins à la mode et tenait un parapluie à la main ; c'est ce parapluie qui me fit comprendre que ce n'était pas le sergent Sinitchkina que j'avais devant moi, mais Varia, tout simplement. Un parapluie, c'est un accessoire qui n'existe que dans le civil.

— Volodia, je viens du service du personnel.

— Démobilisation ?

— Juste ! À partir du 20 novembre.

— Félicitations, Varia ! Que vas-tu faire ?

— Demain, j'irai prendre les programmes à l'institut.

— Et tu nous oublieras pour toujours ?

— D'abord, j'ai encore une semaine à faire, et puis, demain, c'est la soirée de la Direction. Tu viendras ?

— Si Jeglov ne me trouve pas une occupation quelconque…

Me souvenant de notre prise de bec, je rectifiai :

— Je pense que je pourrai venir.

— Tu as des ennuis ? demanda Varia.

— Comment dire… Je n'ai aucune raison particulière de me vanter.

— Ton travail ne te plaît pas ?

Elle me prit par le bras et m'emmena vers la sortie. Avec tant de simplicité et de naturel… C'était peut-être ce parapluie… Toujours est-il que j'eus soudain envie de confier mes difficultés à ce sergent devenue une jolie femme, et seule la crainte d'apparaître à ses yeux comme un geignard et un empoté m'en garda.

— Qu'as-tu, Volodia ? Dis-moi, peut-être qu'ensemble on trouvera une solution.

Nous sortîmes dans la rue, dans l'obscurité pluvieuse et brumeuse et, me sentant une pointe de hardiesse, je la pris par le bras et l'attirai vers moi :

— Varia, je ne devrais certainement pas te dire cela, car les femmes aiment les hommes forts et solides... Mais, à part toi, je n'ai personne à qui le dire !

Elle ne s'écarta pas et dit tendrement :

— Comment tu sais qui les femmes aiment ? En plus, tu sauras jamais faire semblant.

À cause de la brume, les réverbères paraissaient violets, des gouttes d'eau clapotaient et les fils des trolleybus gémissaient au-dessus de nos têtes.

— Varia, je ne peux pas m'y faire : heures, minutes, aiguilles, cadrans ; le temps nous presse, on se croirait en diligence, tout le monde s'en prend à quelqu'un, ment, prend, pleure, gémit, les putes se gaussent, les coups de feu, les voleurs, les embuscades, je ne sais jamais si j'ai tort ou raison.

— Volodia, mon cher, dis-moi, est-ce qu'à la guerre c'était plus facile pour toi ?

— Varia, c'est pas de facilité que je veux parler ! À la guerre, tout était simple : l'ennemi était là-bas, au-delà de la ligne de front ! Mais ici, dans ce damné boulot, je commence à n'avoir plus confiance en personne.

Nous étions seuls dans cette rue bleuâtre vespérale battue par la pluie. Soudain, Varia, à ma grande surprise, prit ma tête à deux mains et m'embrassa, ce fut pour moi comme une douce syncope, ses lèvres avaient le goût de la pomme et de la pluie.

Elle serra ma tête contre son corps et, rapidement, dit à voix basse :

— T'es encore un vrai gosse, tu es très fatigué et tu manques de confiance en toi, parce que t'es seulement en train d'apprendre le métier, parce que tu ne peux pas encore faire voir ce que tu vaux... Crois-moi, les femmes sentent cela très bien : à ton poste, tu es plus utile que Jeglov. Tu es bon comme du pain. Fort et honnête. Tu seras toujours pour la justice, car sans la justice la satiété peut devenir odieuse aux gens, n'est-ce pas ?

Ses yeux étaient immenses, purs, l'un gris et l'autre vert clair, et je savais que je ne pourrais jamais la trahir. La tendresse coulait en moi, me procurant une douce et agréable sensation de chaleur. J'embrassai ses yeux sous la pluie qui tombait maintenant à verse et quelque chose en moi se brisa lorsque je me rendis compte que notre ballade allait bientôt prendre fin.

Varia ouvrit son parapluie. C'était la première fois de ma vie que j'allais abrité sous un parapluie, jusqu'alors cela m'avait semblé absolument honteux (si ce n'est de porter des caoutchoucs), mais maintenant, j'aurais volontiers juré d'aller toute ma vie sous un parapluie, avec Varia, bien sûr.

— Volodia, mon cher, beaucoup d'années vont passer, vingt ou trente, on sera déjà vieux et disons, par exemple, vers 1975, par ici passeront deux amoureux, et leur amour sera aussi soudain qu'un cri dans la nuit, mais ils n'auront peur que de leurs propres sentiments parce que, à ce moment-là, il n'y aura plus de voleurs, de bandits et de prostituées, et les gens n'auront plus l'occasion de pleurer que de bonheur, et surtout pas de peur. Plus personne ne coincera plus personne et cela, les amoureux de l'époque te le devront aussi à toi, mon petit soldat.

Son visage renversé en arrière était frais et clair, tandis que la nuit autour de nous scintillait dans l'humidité, recouvrant les trottoirs noirs comme les bottes de Jeglov, et aussi heureux que je fusse, je sentais dans mon cœur le frisson du temps qui passe sans bruit… Arrivés près de la maison, j'osai enfin :

— Je ne peux pas vivre sans toi.

— Nous nous verrons demain. Tu t'apprêtais bien à venir à la soirée, il me semble ?

— Non, ce n'est pas ce que je veux dire. Je veux toujours être avec toi, tout le temps… À chaque instant.

Elle m'embrassa et, tendrement, comme si elle me lavait, elle passa ses longues paumes fraîches sur mon visage :

— Ne sois pas trop pressé.

Et elle s'en alla.

Je rentrai en flânant à la maison, alors que la sensation de bonheur s'estompait progressivement et qu'une sorte d'inquiétude indéfinissable se mettait à me ronger. Un goût amer de dépit flottait sur mes lèvres et je n'arrivais pas à comprendre ce qui me torturait. Soudain, tout devint clair : j'avais chassé Jeglov et je regrettais maintenant la vivacité de ma réaction.

Tout en me tançant intérieurement, je montai au premier étage, ouvris la porte de l'appartement, passai dans le couloir sur la pointe des pieds, ouvris la porte de ma chambre et allumai la lumière. Couvert jusqu'à la tête, Jeglov ronflait, bien installé sur le divan, sur la table se trouvaient quelques boîtes de conserve et quatre plaquettes de chocolat. Au milieu de la pièce trônaient ses bottes, propres et brillantes.

Jeglov rejeta le coin de la couverture, souleva son visage endormi de l'oreiller et murmura, irrité :

— Éteins la lumière ! Avec toi, pas moyen de se reposer, de jour comme de nuit !

Il reposa sa tête et se rendormit aussitôt profondément. Un sentiment de bonheur m'envahit de nouveau. C'est ainsi que je m'endormis, fermement convaincu que le monde entier était merveilleux.

CHAPITRE 20

HIPPODROME
25, route de Léningrad
24 octobre
Essais de trot
Début à 15 heures
Buffet
Orchestre.

Je fus réveillé par un terrible cri, strident comme une scie circulaire. Hébété de sommeil, j'essayai de comprendre ce qui pouvait bien se passer, je me pris même à penser que quelqu'un était mort dans notre appartement. Pendant que je cherchais mes bottes, Jeglov avait sauté de son divan et, enfilant son pantalon en marchant, sortit pieds nus dans le couloir.

Dans le couloir, Chourka Baranova se roulait par terre. Sur son cou, maigre et ridé, les filets bleus de ses veines se gonflaient, des taches rouges apparaissaient sur son visage émacié et pâle, qui reflétaient une telle souffrance humaine et un tel désespoir que je compris que quelque chose d'horrible s'était produit.

À genoux devant Chourka, Jeglov la tenait par ses épaules osseuses.

— De l'eau ! me lança Gleb.

J'étais si abasourdi et effrayé que je me dirigeai dans notre chambre au lieu d'aller à la cuisine. Jeglov, se remplissant la bouche d'eau, aspergeait son visage en soufflant. Apeurés, les voisins se serraient dans les coins, Guenka, le fils aîné de Chourka, geignait doucement tandis que Semion, son invalide de mari, restait figé avec un sourire idiot accroché aux lèvres.

— Les tickets ! Les tickets ! lança Chourka dans un terrible hurlement viscéral. Tous ! Tous ! Tous mes tickets d'alimentation ! Volés ! Les cinq petits... ils vont... crever de faim ! Ah ! Le mois... vient seulement... de commencer... Mes tickets... pour tout le mois !... Comment... je pourrai... les nourrir ?... Ah !

Aujourd'hui, 4 novembre, restaient vingt-six jours à attendre jusqu'aux prochains tickets. Au marché, une miche de pain coûtait 50 roubles.

Jeglov plissa les yeux comme si on lui passait une roulette dans une dent, la secoua avec force et cria :

— Arrête de gueuler ! Tu crois que le voleur va avoir pitié de toi si tu cries ? Regarde tes gosses, tu les as effrayés ! Tais-toi ! Je te retrouverai le voleur et tes tickets avec...

Chourka s'arrêta d'un coup.

— Glebouchka, Glebouchka, mon cher, se mit-elle à sangloter de nouveau. Où que tu trouveras cette sale gueule de bandit, ce maudit salaud, cet assassin de mes enfants ? Comment je pourrai les nourrir un mois entier ? Ils sont déjà assez maigres comme ça, ils mangent que des épluchures de patates, comment donc on va pouvoir tenir un mois sans rien manger ?

— Arrête, arrête ! dit Gleb, tranquille et imperturbable. C'est plus la guerre, quand même, grâce à Dieu ! On n'en mourra pas, on se débrouillera bien pour passer l'hiver...

Il se tourna vers moi :

— Allez, Volodia, amène un peu nos tickets.

Et, sans attendre, il bondit lestement et courut dans notre chambre. Personne n'avait encore repris ses esprits qu'il fourrait dans les mains de Chourka nos tickets d'alimentation et des lettres attestant qu'on était officiers.

— Tiens, on a déjà trouvé à manger pour la moitié de la famille, pour les autres, on arrivera bien à trouver encore quelque chose.

Chourka faisait non de la tête, elle repoussait ses mains de côté, refusant d'accepter les papiers roses quadrillés, ses lèvres toutes mordillées remuant à peine :

— Nooon, je les prendrai pas… Et vous, qu'allez vous devenir ? Je peux pas…

— Prends, qu'on te dit ! cria Gleb. Qu'est-ce que c'est que cette histoire, faire des cérémonies entre nous ?

Il alla une nouvelle fois dans la chambre et rapporta une boîte de conserve, un bloc de sucre brut, un paquet de saindoux : il avait sorti tout ça de ce que nous avions économisé et de ce qu'il avait pu acheter la veille en prévision des fêtes.

— Mangez autant que vous voulez, dit-il avec bienveillance.

Bien que, pieds nus, il n'eût pas l'air aussi important qu'avec ses belles bottes brillantes, il avait fière allure en disant sévèrement à Chourka :

— Nourris tes gars, on aura encore besoin de soldats. L'Ère de la Miséricorde, c'est pas encore pour demain, malgré tout.

Une larme grise coula sur la joue écailleuse de Mikhal Mikhalytch, qui hochait très vite la tête en tendant un sac de patates et d'oignons, l'équivalent de tout ce qu'il lui restait.

Chourka, sans forces, pleurait doucement en bougonnant :

— Mes bons, mes braves gars, mes fils, je prierai Dieu toute ma vie pour vous, vous avez sauvé mes enfants de la mort, que tous mes chagrins retombent sur ce damné voleur, quant à vous, je ferai tout pour vous : je ferai votre lessive, votre ménage, je ferai tout ce que vous voudrez.

— Alexandra ! hurla Jeglov. Que j'entende plus jamais de telles inepties ! Des citoyens soviétiques, des membres du Komsomol ne peuvent pas utiliser le travail des autres sans en éprouver de la honte !

Il se tourna vers moi et dit, irrité :

— Qu'est-ce que t'as à rester planté là ? Va faire chauffer la bouilloire, on est déjà assez en retard comme ça tous les deux.

En marchant à côté de Jeglov en direction du travail, je réfléchissais à ce que nous allions manger pendant tout ce mois. Pour vingt-six jours, il ne nous restait que soixante tickets de plats chauds. Nous aurions certainement droit à un sac de patates venant des jardins que nous cultivions.

Il restait quelques boîtes de conserve et de quoi améliorer l'ordinaire avec la choucroute de Kopyrine. Passiouk, pour sa part, s'était vanté d'avoir reçu un sacré morceau de lard, et j'espérais qu'il nous en donnerait un peu. Le pain, même si on devait l'acheter au marché au prix fort de 50 roubles la miche, ne nous ferait pas défaut. Il était toujours possible de revendre des affaires de notre paquetage, nos montres. Bref, on devrait pouvoir s'en sortir.

En même temps que je faisais ces calculs mesquins, j'en éprouvais de la honte quand Jeglov, lui, allait en sifflotant après avoir donné toute sa ration mensuelle, la mienne avec.

Sur la place Troubnaïa, nous montâmes dans un tramway. Jeglov s'adressa à la receveuse :

— Service, lettre B…

Nous prîmes place sur la plate-forme, à l'arrière. Nous approchions de la rue Petrovka lorsqu'il me tapota sur l'épaule.

— Volodia, tu essaieras de voir un peu, qu'on le veuille ou non, il faudra bien qu'on bouffe pendant ce mois-ci tous les deux.

La matinée passa vite, à traiter les affaires courantes. Après le repas, un Taraskine en nage fit son apparition, fatigué mais content de lui. Il avait réussi à coincer, la veille au soir, en flagrant délit sur la place Zatsepa, le scélérat qui avait dévalisé la famille du défunt soldat de la rue Stopani : il n'avait pas encore eu le temps de fourguer les frusques de l'orpheline, les pièces à conviction se trouvaient chez lui. Taraskine avait aussitôt prévenu Jeglov de son succès, et Gleb lui avait demandé de s'occuper d'identifier l'abonné du numéro de téléphone K 4-89-18. La difficulté consistait à rester discret, mais Taraskine avait trouvé un prétexte quelconque pour justifier sa curiosité. Il avait obtenu des renseignements assez complets, mais sans grande utilité à mes yeux.

— C'est un téléphone privé, annonça Kolia en s'affalant lourdement derrière le bureau que nous partagions lui et moi. La propriétaire : Zadokhina Ekaterina Petrovna, soixante-dix ans, habite boulevard Tchistoproudny, nº 13, appartement 5…

Aux traits de Jeglov, je devinai qu'il ne voulait pas priver Kolia de son sentiment de triomphe. Taraskine, pour être franc, était loin d'être le meilleur en matière d'enquêtes de voisinage et de renseignements. Gleb, qui n'avait pourtant pas la patience d'écouter son récit point par point, l'interrompit en lui posant de brèves questions précises :

— L'appartement : individuel ou communautaire ? Kolia fournit une réponse circonstanciée :

— Appartement communautaire. En plus de Zadokhina, il y a quatre voisins, à savoir les Ivolguine, les Sergueïev…

— Les voisins se servent du téléphone ?

— Dans un sens…

— C'est-à-dire ?

— La mémé les autorise à téléphoner, mais elle leur interdit formellement de donner son numéro pour qu'on puisse les appeler.

— Ouais. Bon. Continue.

— La mémé habite là depuis toujours. Avant la révolution, elle était femme de ménage à l'hôtel Raskhodov, rue Sretenka. Ces derniers temps, elle a travaillé dans diverses cantines, d'abord comme serveuse, puis comme plongeuse…

— Là où il fait chaud, autrement dit ? nota Jeglov.

— Ouais. Dans la restauration grand public, dit Taraskine sans discuter.

Il était évident qu'il ne partageait pas l'ironie du chef dans la mesure où sa femme était serveuse — il était d'ailleurs toujours au courant de ce qui se passait dans la restauration, et son appétit s'en trouvait constamment moins grand que le nôtre.

— Des parents, des connaissances, elle en a, la mémé ?

— D'après le livre d'enregistrement, elle n'a plus de parents depuis 1939.

— Et d'après d'autres sources ?

— Elle a une nièce qui vient la voir de temps en temps. D'après ce que disent les voisins, la nièce vit dans la région de Briansk, au village Novye, ou Nijnie Liady. Elle s'appelle Nioucha…

— Nioucha ? s'intéressa Jeglov. Nioucha… Nioucha… Anna… J'y suis ?

— Pour être Anna, c'est bien Anna mais, d'après moi, c'est pas celle-là, dit Taraskine de manière très réfléchie. Premièrement, elle a trente-cinq, quarante ans, ça fait un peu vieux ; deuxièmement, à part le fait qu'elle apporte de l'eau-de-vie maison dans des bouillottes en caoutchouc, elle a rien sur la conscience. C'est une femme sans histoires.

— Compris. Est-ce qu'il y a quelque chose sur cette mémé Zadokhina au fichier ?

— Rien de compromettant. Elle vit sans excès, va à l'église, n'a jamais fait l'objet d'un mandat d'amener, n'a jamais été condamnée. Elle se nourrit et s'habille conformément aux moyens que lui donne sa retraite.

— Bon, bon, bon, marmonna Jeglov. Nous disons donc qu'elle a rien sur la conscience. Bon, assieds-toi, fais ton rapport. Ah, oui, est-ce qu'elle reçoit des visites, parfois ?

Taraskine, sortant une feuille de papier du tiroir, dit d'une voix sans enthousiasme :

— Quels visiteurs elle pourrait bien recevoir, c'est un vrai fossile ! Personne n'a jamais vu dans les parages une beauté dans le genre de l'amie inconnue de Fox, celle qui a pour nom de code « Ania » et qui, d'après nous, doit être pas mal de sa personne.

Taraskine rédigeait son rapport en tirant la langue tant cela lui coûtait d'efforts, tandis que Jeglov, les sourcils froncés, faisait les cent pas, martelés par le grincement de ses bottes. Je l'apostrophai :

— Il est rusé, ce Fox. Je pense que c'est pas ici qu'on pourra le coincer : on a affaire là à une double sécurité. Dans ma compagnie disciplinaire, y'avait un mec, Fedor Siniaev, monte-en-l'air de profession avant la guerre. Je l'ai tiré un peu de là, je lui ai fait oublier son mode de vie nonchalant.

— Écoutez bien, c'est un cas tiré de la pratique militaire du chef de compagnie Chaparov, dit Jeglov, avec son habituel sourire ironique.

Je ne m'en offusquai pas et poursuivis :

— Dans l'ensemble, c'était un mec sérieux, économe, après sa blessure, c'est à lui que j'avais confié les services de l'arrière. Oui. Donc, lui, il aimait voler dans les appartements dont les locataires étaient partis pour longtemps. Il m'a raconté comment il s'y prenait : il passe et repasse sous les fenêtres d'un appartement, dans la journée, le soir. Si, le jour, les rideaux sont tirés, et si le soir, pendant plusieurs jours d'affilée, il n'y a pas de lumière, ça veut dire que la place est libre. Il entre et farfouille le plus tranquillement du monde : il classe tout, sans se presser.

— C'est vrai qu'y a des chacals de ce genre, dit Jeglov sur un ton tout à fait sérieux. Et après ?

— S'il n'arrive pas à tout emporter en une fois, il place un journal entre la fenêtre et le rideau. Si les locataires reviennent, ils toucheront les rideaux et les journaux tomberont. Alors, il comprendra que ce n'est pas la peine de continuer. Voilà pour le mode opératoire…

— Tu dis ça pour nous faire comprendre que Fox, avec mémé Zadokhina, c'est comme s'il mettait des journaux à la fenêtre, hein ?

— Exact, chef ! Mais si je comprends bien, on a affaire à une double sécurité. Parce que si la Paluche l'a donné, il doit malgré tout attendre le coup de fil de Fox. Par conséquent, il a du temps pour réfléchir et se préparer. Voilà ce que j'en pense.

— Tu penses juste. Ainsi donc, qu'est-ce qu'on va faire ?

Taraskine arrêta de rédiger et dit, l'air décidé :

— Convoquer ici la mémé : « Bon, qu'on lui dit, ceci, cela, mémé Katia, quels sont ces bandits très dangereux qui se servent de toi pour entrer en liaison avec leurs complices criminels ? Dis-nous tout franchement, sinon… »

Jeglov le coupa net dans son exposé :

— Ouais, ouais ! La mémé fera son signe de croix dans le coin là-bas comme devant une icône et dira : « Mon très honorable chef, Taraskine, Nikolaï, tu peux me crucifier, mais je sais rien du tout. Y'a bien une jeune fille, Ania qu'elle s'appelle, elle s'occupe de moi dans ma solitude, elle passe de temps à autre pour faire mes courses, la brave fille. Eh bien, elle a pas de téléphone. Elle est jeune et maintenant, les garçons, ils ont l'habitude de téléphoner. Alors, je lui transmets… Mais, pour savoir ce qu'ils veulent et qui ils sont, d'où que je le saurais, moi, vieille imbécile que je suis ? » Et une demi-heure après, Ania est au courant et, en même temps qu'elle, son copain Fox, un gars drôlement retors. Qu'est-ce que tu dis de ça ? !

Taraskine écarta les bras :

— C'est à vous de voir, Gleb Gueorguievitch. C'est vous la tête, c'est à vous de décider…

Et il se replongea dans son rapport qu'il aurait fini, à en juger par son rythme, pour le Nouvel An.

— Et toi, qu'est-ce que tu penses, Chaparov ? demanda Jeglov.

— Moi, je n'ai que des idées, comment dire, négatives, pour l'instant.

— C'est rien, dit Jeglov avec un signe de la tête. On peut aussi arriver à la solution par élimination. Parle !

— À quoi bon parler… Si on appelle au nom de la Paluche, Fox doit le rappeler. Mais que lui dire ? On va s'enliser immédiatement… Essayer de se mettre d'accord avec Volokouchina ? Elle n'est jamais entrée en contact avec eux, et puis elle risque de tout foutre par terre tant elle a peur.

— Il reste plus qu'une chose, résuma Jeglov. Il faut travailler la Paluche au corps.

— On le fait venir ? dis-je en me relevant.

Jeglov hocha la tête :

— Non, il est encore trop tôt. Qu'il marine encore un peu, peut-être qu'il sera bientôt à point. Je le relâcherai, s'il nous donne Fox.

Je le regardai très étonné, j'arrivais vraiment pas à me faire à ces feintes impromptues.

— Fox est un voyou, ajouta-t-il. Il faut le prendre, à tout prix. La Paluche, c'est du menu fretin, on sera pas longs à lui remettre la main dessus !

Quelque chose me dérangeait dans son raisonnement, mais je ne faisais pas encore le poids pour discuter avec Jeglov qui, l'air pensif, poursuivit :

— Quoi qu'on fasse, ce téléphone à la noix, avec Ania, est notre principal point d'appui. C'est pas des sorties dans les restaurants de luxe, c'est du solide. Il faut travailler à fond cette hypothèse.

— Mais comment ?

Jeglov sourit :

— Que des aigles des enquêtes comme nous ne trouvions pas un moyen, jamais de la vie ! C'est impossible ! C'est pourquoi tu seras à 14 heures au bureau 308, chez le camarade Nikolaï Lvovitch Rabine — je me suis déjà entendu avec lui — et vous commencerez à vérifier toutes les données opérationnelles : condamnés, interpellés, receleurs et tout public aussi charmant. Vous tirerez de là toutes les femmes s'appelant Anna correspondant plus ou moins à notre cas de figure. Au fait, jette aussi un coup d'œil dans le fichier des surnoms...

— Mais Anna, c'est bien un... dis-je, ne comprenant pas très bien.

Jeglov me tapota sur l'épaule :

— Ça arrive qu'un prénom ne soit pas un prénom, mais un sobriquet. Quand j'aurai un peu de temps, je te citerai autant d'exemples que tu voudras. D'ailleurs, tu verras bien par toi-même ! Donc, tu notes toutes celles qui correspondent plus ou moins dans ces fiches, pour que nous les ayons toujours à portée de la main.

— Bien !

— C'est un gros boulot, y'en a pour plusieurs jours, mais que faire d'autre ?

J'eus soudain une idée que j'exposai, peu sûr de moi :

— Et si on cherchait dans les gares, Gleb, qu'en dis-tu ?

— C'est-à-dire ?

— Eh bien, on a déjà déduit qu'elle pouvait travailler quelque part dans un wagon-restaurant, n'est-ce pas ? Là-bas, on peut faire passer autant de choses volées qu'on veut, c'est ça ?

Jeglov n'a jamais besoin de longues explications.

— Judicieux, dit-il. On va demander des gens à Svirski, qu'ils recherchent une Ania dans les wagons restaurants de toutes les gares ; après, nous comparerons leur liste à tes fiches. Bon, cette mémé, Zadokhina, il faut la mettre sous surveillance ; si jamais quelqu'un venait la voir ? Je m'occuperai aussi de ça.

Aussi judicieux que ce soit, il me semblait que nous n'exploitions pas à fond cette histoire de téléphone.

— Écoute, Gleb, une fois Passiouk m'a dit que si, par exemple, on nous téléphone, si on nous dit un mot ou deux et qu'on veut savoir d'où on a téléphoné, eh bien, c'est possible. C'est bien ça ?

— Oui, c'est possible, dit Jeglov. Seulement, toi, tu ne dois pas raccrocher et tu dois, depuis un autre poste, appeler le central téléphonique. Là-bas, comme ça, ils arrivent à trouver. Et alors ?

— Attends, j'ai encore une question à te poser. Le fait qu'on a coincé la Paluche, c'est pas un secret pour les bandits, ils le savent, hein ?

Jeglov me regarda, étonné :

— Bien sûr que c'est pas un secret, y'a rien d'extraordinaire à ça. Et alors ?

— Alors, on peut à l'avance prévenir le central téléphonique et demander à Volokouchina de téléphoner à Zadokhina pour parler à Ania. Ania ou bien Fox la rappelleront, alors, Volokouchina leur raconte toute paniquée, en pleine hystérie, que la Paluche a plongé et elle leur demande comment s'en sortir maintenant.

Les yeux de Gleb se mirent à briller. De toute évidence cette idée lui avait bien plu.

— Ouais, ouais, apprécia-t-il à toute vitesse. Alors Fox, d'une manière ou d'une autre, entre en contact avec elle, ce qui est quand même peu probable, ou bien il lui dit d'oublier le téléphone d'Ania et de ne plus téléphoner… bon, bon… et nous, dans un cas comme dans l'autre, le central nous donne le numéro d'où il a appelé. Bravo, Chaparov, t'es un aigle !

Je sentis qu'involontairement mon visage se couvrait d'un sourire de satisfaction et cela me mit mal à l'aise : il suffit que Jeglov me caresse dans le sens du poil pour que je me mette à ronronner de plaisir, comme un chat ! Diable de bonhomme !

Il me regardait, les yeux plissés, et dit :

— Indépendamment de ça, demain on commence une opération dans les restaurants de toute la ville : les gens sont déjà prévus et je me suis déjà mis d'accord avec les chefs. Notre cible principale est le Savoy car, d'après nos renseignements, Fox y est assez souvent. Va savoir, peut-être que c'est là qu'on lui mettra la main dessus ? ! En attendant, jusqu'à 14 heures, mets en ordre la paperasserie.

Et, sans plus d'explications, Jeglov se volatilisa.

Je m'assis à son bureau et m'occupai de la paperasserie, c'est comme ça que nous appelons tout ce qui concerne la chancellerie : description des documents, leur liste, et, avec une grosse aiguille, on les inclut dans le dossier, on numérote les pages, et tout un tas de trucs dans le même genre. Kolia Taraskine, qui avait repris vie après le départ de Jeglov, se lança dans le récit d'une comédie musicale azerbaïdjanaise qui me divertit de mon impatience à me rendre à la fête du soir.

CHAPITRE 21

L'usine de vins mousseux de Moscou

À l'usine de vins de Moscou qui a été créée pendant la guerre, a commencé la mise en bouteilles du mousseux.

Les jeunes vins, vieillis ici pendant deux ans, sont mis en bouteilles pour fermentation et traitement ultérieur. Cette année, l'usine de vins mousseux de Moscou mettra en vente le « champagne soviétique » fait avec des raisins abraü-durso et tbilissi.

Moscou-Soir.

Jeglov réapparut aussi soudainement qu'il avait disparu et se mit à me regarder, l'air pensif. Je compris qu'il était rongé par l'envie de me donner un travail urgent. Afin de le devancer, je dis sur un ton très ferme :

— C'est tout, j'y vais.

— Permettez que je vous demande où ? demanda ironiquement Jeglov.

— À la maison, me changer. Aujourd'hui, c'est la soirée, lui rappelai-je.

— Ah ! J'avais complètement oublié.

Jeglov réfléchit un instant, puis dit, avec un geste de la main :

— Écoute, c'est une idée, on va se distraire un peu aujourd'hui, hein ? Nous aussi, comme les chevaux, on doit avoir le droit de souffler, il faudrait pas que je vous crève à la tâche, quand même…

— Oui, sûrement, dis-je avec prudence, mais j'entretenais l'idée secrète de passer mon temps avec Varia plutôt qu'avec Jeglov. J'avais l'impression d'être terne quand j'étais à côté de lui.

— Nous disons donc, ordonna Jeglov sans accorder la moindre attention à ma prudence, à la maison, tu prendras une ou deux boîtes de viande en conserve et une plaque de chocolat, moi, ici, je m'occuperai de trouver de l'eau bénite.

— Tu ne vas pas te changer ? demandai-je.

— À quoi bon ? éclata de rire Jeglov, laissant voir ses belles dents blanches. Je suis comme Diogène, j'ai tout mon bien avec moi.

J'avais une heure pour me préparer. Jamais certainement de toute ma vie je n'ai mis autant de temps. Avec le fer presque chauffé au rouge, à travers une pattemouille, je repassai le pantalon et la veste de ma tenue d'apparat avec tant d'application que les plis du pantalon en étaient presque tranchants. Ensuite j'arrangeai ma tenue sur une chaise, sortis mes bottes neuves à trépointe et les astiquai comme des miroirs. J'allai à la salle de bains et me rasai de près, et me coiffai avec une raie sur le côté. Je cousus un nouveau faux col à ma chemise. Je m'assis sur la chaise en face de toutes ces richesses et réfléchis. Je me résolus à masquer les quatre trous faits par Jeglov avec mes décorations à moi, bien que je me sois juré de ne les porter qu'après avoir fait mes classes au MOUR. Mais il m'était impossible, et interdit par le règlement, d'aller à une soirée avec des trous sur la poitrine quand Varia y serait !

C'est ainsi que je luttai sans grande conviction contre moi-même. Je me levai, décidé, et fis avec une petite alêne un autre trou à droite et deux à gauche. Je plongeai dans ma valise et en sortis un lourd paquet en flanelle, et disposai mes décorations sur la table. J'apportai de la cuisine un quart d'eau et de la poudre dentifrice, les frottai un peu pour qu'elles éclaircissent sans trop briller. Ensuite, sans me presser, je vissai les deux ordres de la Grande Guerre nationale, les Étoiles, l'insigne de la Garde du côté droit et, du côté gauche, l'ordre du Drapeau rouge, mes sept médailles, la croix polonaise « *Virtuti militari* » et la médaille de bronze « Pour la Bravoure ». Je passai la veste, la boutonnai jusqu'au col, passai la bandoulière de ma ceinture sous l'épaulette, me regardai dans le miroir et fus satisfait du résultat.

Au vestiaire du club, Taraskine et Gricha Six-sur-Neuf étaient en train de se mettre d'accord avec les gars du groupe de Mamykine. Gricha m'aperçut et cria :

— Ah, voilà Chaparov ! On va l'envoyer là-bas tout de suite ! Volodia, viens ici !

— Tout de suite.

Je laissai mon manteau et ma casquette au vestiaire, m'approchai d'eux et, pour plaisanter, leur fis un beau salut militaire :

— À vos ordres !

Taraskine me regardait, comme pétrifié de froid, et dit lentement :

— Eh bien, dis donc, Chaparov...

— Pas mal ! dit Gricha plein d'enthousiasme.

— Rougis pas ! dit Mamykine en me donnant une tape sur l'épaule. Elles sont à toi, tu les as pas volées.

— C'est de plaisir, bougonnai-je un peu troublé.

— Quelle sainte nitouche tu fais, Chaparov, dit Taraskine en hochant la tête, l'air désolé. T'aurais pu nous prévenir au moins.

— De quoi ? demandai-je un peu perdu.

— Chaparov, je ferai un petit article à ton sujet dans notre journal mural, promit Gricha.

— Arrêtez un peu, ça suffit comme ça !

Jeglov fit alors son apparition. Ce n'est qu'après être arrivé à ma hauteur et m'avoir superbement ignoré, voire pas reconnu, qu'il exécuta un virage brutal, me regarda attentivement, apprécia et s'adressa à Mamykine :

— Prends-en de la graine, tu vois quels aigles il faut former ! C'est pas comme tes demi-portions !

Même les « demi-portions » de Mamykine, qui se trouvaient à côté, éclatèrent de rire. Jeglov me tapota dans le dos :

— Eh bien, quand pour ton travail au MOUR on t'en aura accroché autant, tu pourras dire que t'as pas vécu ta vie en vain. Et tu ne seras pas rongé par la honte d'avoir vécu inutilement…

Les gars se dirigèrent en groupe vers la salle tandis que je restais à déambuler dans le vestibule. Je vis passer des collaborateurs que je connaissais, d'autres que je ne connaissais pas, beaucoup étaient accompagnés de leurs femmes, tous étaient sur leur trente et un ; un air de fête, ému et solennel, éclairait les visages. Svirski, le chef du département, passa à côté de moi. Il portait un costume civil noir sur les revers duquel chatoyait l'insigne doré de « Travailleur émérite du NKVD » et exhibait une très belle cravate. Il marqua un temps d'arrêt à ma hauteur, me détailla de la tête aux pieds, eut un sourire ironique et approbateur à la fois :

— Bravo Chaparov, on voit que t'es un ancien militaire à ta manière de porter l'uniforme. C'est pas comme nos sacs, on peut passer deux poings derrière la ceinture.

Il alluma une Bélomorkanal, souffla un long filet de fumée bleue, et demanda :

— Alors, comment ça entre le métier, l'ami ?

— Ça va, mon colonel, je fais mon possible. Bien que, pour l'instant, je sois pas d'une grande utilité.

— Pour l'instant, mais après... Tu sais, Jeglov chante tes louanges...

Et, sans terminer sa phrase, il s'éloigna.

En haut, au foyer, un orchestre d'instruments à vent jouait doucement. Au vestiaire, l'intensité de l'éclairage diminuait progressivement, et Varia n'était toujours pas là. Je descendis l'escalier quatre à quatre vers la porte d'entrée, sortis dans le rue pour l'attendre sous la pluie.

C'est alors que Varia apparut, sortant du trolleybus. Pendant qu'elle avançait à ma rencontre, je me souvins de la fois où je l'avais accompagnée du regard à la porte de la maternité quand elle portait le gamin qu'on avait trouvé ce matin-là, et il me semblait que cela c'était passé il y a des siècles, alors que ça faisait moins d'un mois... À ce moment, comme un éclair, me vint l'idée que ce gamin abandonné m'avait porté bonheur et qu'il serait bien de le lui rendre en l'adoptant, Varia et moi.

Varia, elle, toute fluette, grande, infiniment belle, avançait toujours à ma rencontre. Ému, je léchais les gouttes de pluie salée et froide. Une poussière de pluie, comme des étincelles, brillait sur ses cheveux qui sortaient de dessous son fichu, et je voulus crier à tous les passants que nous allions nous marier, adopter le gamin abandonné et avoir cinq fils.

Mais je ne dis rien, je ne fis que sourire, un peu perdu et béat, pendant que Varia ouvrait son parapluie au-dessus de ma tête et me serrait contre elle pour que je ne sois pas complètement trempé. Je voulais lui parler de l'Ère de la Miséricorde qui commençait ce soir-là, et dans laquelle vivraient l'enfant abandonné ainsi que nos cinq fils, mais Varia, en fait, ne savait pas encore que nous allions adopter l'enfant trouvé et que nous aurions cinq fils à nous, et elle n'avait pas entendu, dans la somnolence sourde d'une fatigue mortelle, le récit d'une époque merveilleuse et passionnante qui se nomme l'Ère de la Miséricorde…

C'est pourquoi elle me harcelait gaiement et, avec étonnement, me caressait le visage en disant :

— Volodenka, mais tu es un vrai héros ! Comme tu es beau aujourd'hui ! Je vais te faire voir aux filles, elles en mourront d'envie ! Volodenka…

Nous entrâmes dans la salle. Le lustre accroché au plafond était éteint. À la tribune le chef de la Direction faisait un discours bien rythmé, sans élever la voix. Il marquait chacune de ses phrases par un geste de la main, bref et énergique. Les reflets clairs de ses galons dorés de général jouaient sur la longue banderole tendue au-dessus de la scène : « *Vive le 28e anniversaire de la Grande Révolution socialiste d'Octobre !* » Cela me plaisait bien, qu'il ne fût pas en train de nous réciter un compte rendu appris par cœur, mais qu'il donnât l'impression de discuter sans se presser, posément, avec nous tous, en faisant en sorte que chacun d'entre nous comprenne de quoi il était question.

— Jamais devant nous, camarades du ministère de l'Intérieur, ne s'est profilée une tâche plus sérieuse et plus importante. Une année s'est écoulée depuis la décision du Comité du Parti de la ville de Moscou et depuis l'arrêté du Commissaire du peuple « Sur le renforcement de la lutte contre la criminalité ». Nous avons déjà fait beaucoup, mais la situation en ville est encore malgré tout très tendue. Chaque citoyen est en droit de nous demander : « Comment se fait-il, chers camarades, que nous ayons tordu le cou à Hitler, anéanti le fascisme mondial, porté sur nos épaules une guerre comme il n'y en a jamais eue et que, aujourd'hui, il soit encore risqué d'aller se promener le soir dans le parc d'Ostankino et, la nuit, d'emprunter le pont Krestovski, comment ça se fait ? »

Il leva les bras, comme s'il nous priait de lui en donner les raisons.

— Vous savez, les gens se souviennent qu'avant la guerre Moscou était une ville presque tranquille ! À l'époque, au prix de gros efforts, il est vrai, nous avions obtenu ce que nous voulions : on avait attrapé la majorité des bandits dangereux, leurs repaires étaient connus de nous et fermés un à un, tous les receleurs étaient sous les verrous. Nous avions annoncé officiellement, et à juste titre, qu'on en avait fini dans le pays avec la criminalité.

Il accompagna ce fait d'un geste bref avec sa paume.

— Mais en 1941, quand le front prit la majeure partie de nos collaborateurs — on peut dire sans exagérer que c'était la fleur de la milice de Moscou —, quand toute notre attention, toutes nos forces, toutes les ressources en personnel et en matériel de notre pays étaient concentrées pour organiser la résistance contre les occupants nazis, ici, les éléments criminels se sont remis à bouger. Vladimir Ilitch Lenine, de son temps, disait déjà que les criminels et les spéculateurs sont les premiers complices de la contre-révolution. Pendant que notre peuple versait son sang, défendait les grandes réalisations du socialisme, défendait notre Patrie, ici reprenaient vigueur les voleurs qui n'avaient pas été totalement éliminés ; ils se sont organisés, regroupés en bande, des repaires ont vu le jour, les receleurs ont recommencé à faire fortune sur le dos du peuple affamé, les spéculateurs, telles des sangsues, se sont mis à prospérer en profitant du malheur des autres ; ils se réjouissaient du fait qu'à cause de la famine et de la pauvreté, n'importe quelle babiole était redevenue une source de revenus pour eux.

Le général, du tranchant de la main, sembla couper les têtes de toutes ces tarentules, et sa voix, menaçante, se fit plus forte :

— Maintenant que la guerre la plus terrible de l'humanité est finie, ce marais remue encore. Les criminels profitent du fait que, pour l'instant, pour les anéantir totalement et définitivement, nous manquons d'hommes. De nombreux enquêteurs expérimentés sont morts sur les divers fronts de la guerre, nous manquons encore de spécialistes. C'est pourquoi nous fondons de grands espoirs sur les renforts que nous recevons des anciens soldats du front. Nous comptons sur leur audace, leur hardiesse, leur grande discipline militaire, leur habitude des situations difficiles et leur esprit d'observation.

Varia me donna un coup dans le côté :

— C'est de toi qu'il parle.

— Camarades soldats du front ! La situation ne nous permet pas de vous faire suivre le cycle complet des cours de sciences juridiques et d'instruction criminelle. Vous devez apprendre en vous mettant sur-le-champ au travail, en prenant exemple sur nos collaborateurs comme le commandant Lioubouchkine, le capitaine Jeglov, le commandant Fédosseïev, le capitaine Mamykine, le commandant Mourachko, le capitaine Sapeguine. Vous connaissez mieux que quiconque le principe de la vie à l'armée : « Fais comme moi ! » Et si vous pouvez faire mieux, vous aurez droit à la reconnaissance et à la gratitude de millions de travailleurs moscovites qui sont en droit d'exiger de nous que nous éliminions complètement la vermine criminelle dans notre remarquable ville socialiste !

Le chef de la Direction fut chaleureusement applaudi. Ensuite, on lut les listes de récompenses, de remises de médailles et, sur ce, la partie officielle de la soirée prit fin. La lumière s'alluma et nous sortîmes dans le vestibule. L'orchestre d'instruments à vent se mit à jouer très fort, quelques couples de danseurs commencèrent à virevolter. Jeglov, souriant, s'approcha de nous :

— T'as entendu, Chaparov, la haute appréciation des supérieurs ? T'as qu'à prendre exemple…

Varia sourit et, le regardant d'un air innocent, dit :

— Moi, j'avais eu l'impression que le général, au contraire, accordait une plus grande attention à Chaparov. Du moins en ce qui concerne l'engagement patriotique.

Jeglov la regarda avec condescendance et éclata de rire :

— Assez de jouer les langues de vipère ! Ce n'est pas en vain que j'ai lu quelque part que Varvara ou Barbara, en latin ou bien en grec, je ne me rappelle plus exactement, signifie « méchante ». Chaparov, te marie pas avec elle, elle te bouffera. Tu es un homme doux, pas méchant, mais elle, par contre !

— C'est exact ! dit Varia dans un signe de tête. Tu sais, Jeglov, quand je discute avec toi, je sens que dans ma bouche poussent trois autres rangées de dents. Et toutes contre toi !

Je les regardais tous deux avec plaisir parce que, dans leur altercation enflammée, on pouvait sentir une certaine tendresse. En fin de compte, Jeglov fit un signe de dépit de la main et abandonna la partie :

— Avec toi, Varvara, pas moyen d'avoir le dernier mot ! Venez, je vous invite à dîner en toute camaraderie. Toi, Chaparov, pendant que tu essayais toutes tes décorations, t'aurais pas oublié la bouffe, par hasard ?

— Non, j'ai pas oublié. Dans ma poche, celle de mon manteau.

— Allez, va chercher tout ça, pendant ce temps-là, je vais garder ta Varvara. N'aie pas peur, va, je ne te la volerai pas.

Taraskine et Passiouk approchèrent, et Kolia, en regardant Jeglov droit dans les yeux, dit comme s'il l'implorait :

— Je me sens triste et seul, faut-il envoyer chercher le brûle-gueule ?

— Quel fils de diable, celui-là, éclata de rire Passiouk. Il pense qu'à se rincer la gorge !

— Ouais, ouais, toi, on le sait, tu t'en sers que pour les compresses, dit Kolia sur un ton mordant. Moi, ce que j'en dis, c'est pour que tout le monde s'amuse mieux.

Kopyrine fit son apparition, il menait avec cérémonie son épouse par le bras, une femme maigre, pas vraiment vieille, habillée de vêtements très criards, et qui tournait sans cesse la tête, telle une girouette. Kopyrine lui dit d'un air important :

— Katérina, dis bonjour aux collègues. C'est notre chef, Gleb Egorytch, un homme remarquable.

Tournant rapidement sa petite tête maigre, la femme de Kopyrine nous serra la main à tous, fourrant à tour de rôle dans nos mains sa petite paume fraîche et étroite. L'« homme remarquable » ne lui fit pas grande impression, contrairement à ma tenue d'apparat. Nous tous, y compris Varia, lui manifestâmes toutes sortes de signes de respect et d'attention, à la grande satisfaction de Kopyrine.

Au buffet, on distribuait gratuitement du thé, deux canapés — un au fromage, un au saucisson sec —, et trois bonbons Caucase au soja. Mais beaucoup avaient apporté de la mangeaille de chez eux, ainsi que du vin, et prenaient place par groupes autour des diverses tables :

— C'est inutile que nous soyons tous ici, dit Jeglov. Que Taraskine et Passiouk aillent occuper une table. En attendant, nous, nous allons danser un peu.

Déjà médiocre danseur, j'avais peur d'avoir désappris après quatre années de guerre, les quelques rudiments que je connaissais. Mais Varia m'entraîna derrière elle et je dansai avec légèreté, littéralement transporté sur les ailes de la joie, avec pour seul panorama les yeux brillants de Varia.

L'orchestre d'instruments à vent, que Kolia Taraskine avait qualifié avec irrespect d'orchestre pneumatique, s'efforçait de paraître à la mode et jouait des airs branchés — blues et swings — alors que je ne savais rien danser d'autre que le tango et le fox-trot que j'avais appris au collège technique. Quant à Taraskine qui ne savait danser que la linda, il expliquait qu'il se sentait dans l'obligation de s'abstenir.

L'orchestre marqua une pause et Boris Chilov, un lieutenant de la section du Commandement monta sur la scène. Il jouait très bien de l'accordéon, et lorsqu'il se lança dans les basses pour entamer la Russe, Jeglov se mit à tourner dans le cercle. Musclé, tendu comme une corde, Jeglov avançait sans se presser en suivant le cercle et lorsque, ayant progressivement accéléré le pas, il écarta ses bras sur les côtés, largement, avec légèreté, toutes les filles soupirèrent de concert. Pris dans la saccade des roulements de tambour, il accélérait ses mouvements battus par le scintillement de ses bottes. Il enchaîna avec le pas accroupi et, descendu presque au niveau du plancher, se mit à frapper le parquet de ses paumes et exécuta un saut, comme si les lattes de bois l'expédiaient en l'air tel un trampoline de cirque.

— Ah ! ah ! ah ! criait Jeglov en exhibant ses dents éclatantes, qui contrastaient avec son teint basané.

Comme un tourbillon, il fit le tour du cercle et tous, simultanément, se mirent à applaudir en mesure, admirant son agilité et son élégance.

Deux filles allèrent à sa rencontre en remuant leurs épaules rondes couvertes par des châles. Il suffisait à Jeglov de progresser vers elles en marquant chaque pas pour que, feignant d'être effrayées, elles fassent marche arrière, même s'il était visible qu'elles cherchaient à l'attirer. Mais il les appelait fièrement à lui et elles, d'un pas coulé, comme des canes sur l'eau, nageaient sans bruit derrière lui, encore et encore, jusqu'au moment où il les saisit toutes les deux sous les bras pour tourner sous les cris, les sifflets et les applaudissements déchaînés des spectateurs.

Jeglov accourut vers nous, essoufflé, tout rouge, des éclairs de démence dans les yeux :

— Alors, vous avez vu comment il faut remuer ses jambes ?

— Rien à redire, c'est formidable ! s'exclama Varia en riant.

— Vous voyez ! cria victorieusement Jeglov en nous entraînant vers le buffet.

Toujours organisé, Passiouk avait déjà recouvert de papier deux tables qu'il avait rapprochées. Il y avait installé nos réserves, deux bouteilles de vodka, les canapés du buffet et le thé. D'un côté, près de lui, s'étaient assis Taraskine et Gricha Six-sur-Neuf, en face, Kopyrine et sa femme, Varia et moi ; Jeglov, quant à lui, présidait la tablée et nous regardait comme à son habitude, lorsqu'il se tient sur le marchepied de Ferdinand avant de partir en mission. Apparemment satisfait de sa revue, il fit claquer ses doigts :

— Taraskine, le sac !

Kolia plongea sous la table et sortit d'un cabas à carreaux une bouteille de mousseux. Du mousseux ! Y'avait longtemps que je n'en avais pas vu. La grosse bouteille verte avec son goulot argenté et son bouchon maintenu par du fil de fer passa de main en main et atterrit dans la paume ferme de Jeglov. Un instant, il se battit avec le bouchon, qui finit par sauter dans une agréable détonation. Le vin doré en sortit, bouillonna dans les verres à facettes et en moi éclata une tempête de bonheur.

— Bonne fête ! À notre santé ! À ceux qui ne sont pas avec nous ! dit Jeglov en levant son verre.

Je ne fis que tremper mes lèvres dans mon verre à peine rempli pour laisser Varia s'y désaltérer. Je pouvais parfaitement boire de la vodka et j'aimais la croyance selon laquelle, si l'on boit dans un même verre, on peut apprendre les pensées les plus secrètes de l'autre. Je voulais que Varia sache, en buvant dans mon verre, tout ce que je pensais à son sujet ainsi que mes rêves de gamin trouvé et de cinq fils.

Mamykine approcha et dit en riant :

— Notre table salue bien bas votre table !

Et il tendit à Varia une grosse quenouille jaune vif, un épi de maïs chaud, saupoudré avec sollicitude de gros sel gris.

— Mange, Varioukha, bon appétit.

Varia mordit le maïs et on aurait dit qu'elle jouait d'une flûte sculptée dans un brin de soleil. Elle me le passa mais je n'eus même pas le temps d'y goûter : Jeglov me l'avait arraché des mains et rongeait l'épi de ses belles incisives éclatantes. Il n'avait mordu qu'une fois mais il ne restait déjà plus que quelques grains sur l'épi.

Boris Chilov vint pour inviter Varia à danser, mais Jeglov le devança en disant avec fermeté :

— Dis, Chilov, tu as une boussole ? Eh bien, va, va, va…

Et Jeglov emmena Varia danser une valse. Varia riait dans les bras de Jeglov qui lui murmurait quelque chose à l'oreille et j'éprouvais plus de peine à voir Varia heureuse dans les bras d'un autre que de la jalousie envers Jeglov.

Comme un éclair, aveuglant et imperceptible, le temps avait passé, la musique se tut, les lumières s'éteignirent, les gens se dispersèrent et, alors que nous étions déjà au vestiaire, Jeglov me fourra un paquet dans les mains :

— Tiens, ça pourra peut-être te servir. Aujourd'hui, je ne rentrerai pas.

Et il s'éclipsa sans même faire ses adieux à Varia. Je déchirai un coin du paquet et vis dedans une bouteille de mousseux.

Dans la rue, il ne pleuvait plus, seul le vent transportait encore une fine poussière d'eau et une odeur amère d'arbres mouillés. Les lampes jaunes des illuminations éclairaient le feston gris et déchiré des nuages bas et, sous cette lumière vacillante, le visage de Varia paraissait pâle et un peu irréel. Les rares automobiles roulaient dans les flaques et le bruissement de leurs pneus soulignait le silence ouaté, imperméable comme les petits nuages de vapeur qui gelaient sur mes lèvres. L'air aussi s'était figé, comme une coulée de résine jaune-gris sur un pin.

Nous allâmes jusqu'à la rue Lesnaïa, où se trouvait l'arrêt de tramway. Je savais qu'il fallait que je dise ou fasse quelque chose pour que Varia ne passe pas de l'autre côté de la rue et s'enfonce dans la nuit pour rentrer chez elle, mais j'étais comme pétrifié et ne pus prononcer un seul mot.

Venant de la gare de Savelovo, dans un grincement strident, un wagon rouge de tramway pointa au loin. Je pris Varia par la main, m'approchai d'elle, mais elle, sans me regarder, dit à voix basse :

— Ne dis rien, Volodia. Je sais tout.

Dans le tramway, il y avait beaucoup de places libres mais nous restâmes debout sur la plate-forme, à l'arrière ; à chaque croisement ou tournant nous étions balancés d'un côté à l'autre, je me tenais d'une main à la rambarde tandis que, de l'autre, je serrais fortement Varia contre moi. Au-dessus de nous brillait une longue lampe bleue diffusant une lumière crue et Varia me murmura à l'oreille :

— Quand j'étais petite, avant les fêtes, j'essayais de me coucher tôt pour me réveiller quand la fête serait déjà commencée. Volodia, mon chéri, en ce moment, je suis comme à la veille d'une fête. Volodia, mon bien-aimé, je veux fermer les yeux et me réveiller heureuse. Seigneur, quelle joie de vivre à la veille du bonheur…

Ses cheveux sur mon visage, l'éclair de ses yeux bleu vert dans la pénombre, les battements de son cœur me grisaient tant que je ne pus que grogner pour lui manifester le mien.

Je n'allumai pas la lumière dans la pièce pour que Varia ne vît pas le dénuement de notre logement de célibataires. J'y fus aidé par les voitures dans la rue, dont les faisceaux laiteux des phares pénétraient avec obstination dans la pièce et balayaient les murs en taches bleuâtres aux formes floues qui déchiraient l'obscurité en petits lambeaux.

Sur la chaise à côté du lit, le vin offert par Jeglov pétillait doucement dans les verres. Et, tout aussi doucement, le souffle de Varia effleurait mon bras. J'avais peur de bouger et de la réveiller, je ne quittais pas des yeux son visage aux pommettes légèrement creusées et aux profonds cernes. Mon cœur était à deux doigts d'exploser de tendresse, de reconnaissance et de l'espoir que nous vivrions cent ans ensemble, Varia et moi, que nous élèverions l'enfant trouvé et nos cinq fils dans un monde enfin pacifié où la peur serait enfin surmontée. Il semblerait à nos enfants que l'Ère de la Miséricorde serait venue toute seule chez les hommes, comme arrive le printemps dans la rue, et ils ne sauraient sûrement jamais qu'elle avait vu le jour dans le sang et la peur…

J'étais couché, immobile, attentif à la respiration régulière et douce de Varia et, devant moi défilaient des visages : le sergent Lioubotchkine qui avait sauté dans le pré bleu miné, la tête de Tsigane, de bête sauvage de Levtchenko, le gars du bataillon disciplinaire avec lequel nous avons traversé la Vistule pour aller faire un prisonnier, et le visage rond, enfantin de Vassia

Vekchine qu'un malfaiteur avait épinglé à un banc avec son couteau, sur le boulevard Tsvetnoï ; et tous ces gens innombrables que j'avais eu le temps de perdre de vue depuis vingt-deux ans que je vivais. J'étais soudain tourmenté, troublé, effrayé à l'idée d'être le seul d'entre eux à avoir eu le droit à tant de bonheur.

J'entendais dans la nuit le temps qui passait sans faire de bruit et, à mon bonheur, se mêla le frisson désagréable et amer d'un pressentiment, une petite pointe amère de peur…

Varia, sans ouvrir les yeux, demanda :

— Tu ne dors pas, mon chéri ?

J'embrassai son épaule et je fus de nouveau étonné de la douceur de sa peau. Caressant ses cheveux bouclés et ses bras fins et souples, je brûlais de tout mon être, tandis qu'elle, fraîche et fine, sentait le soleil et les premières petites feuilles de peuplier. Sa poitrine, avec ses petites lunes tendres, m'éclairait dans l'obscurité violette de l'aube, ses jambes étaient longues et fraîches comme des rivières. La tête plongée dans ses cheveux, je murmurai :

— Varia, marions-nous aujourd'hui.

Elle resta muette un moment et, sans ouvrir les yeux, elle répondit :

— D'accord, mon chéri. Je suis si bien avec toi, mon bon…

Je me mis à rire, libéré et empli de bonheur, et demandai :

— Varioucha, que puis-je t'offrir pour le mariage ? Pour le mariage, il faut offrir quelque chose de très bien à la fiancée.

Elle me prit par le cou, sourit. Je vis ses lèvres de velours remuer :

— Tu t'es déjà offert à moi.

— Drôle de cadeau !

— Tu ne comprends toujours rien, dit-elle me fermant la bouche de sa main. Un jour tu comprendras pourquoi je t'ai aimé.

Elle posa sa tête sur ma poitrine, m'embrassa au menton et dit :

— Nous ne connaissons pas très bien nous-mêmes la valeur de nos cadeaux. Il y a cent ans, très loin d'ici, dans la ville de Paris, vivait un étudiant musicien qui aimait beaucoup une jeune fille. Mais, va savoir pourquoi, elle se maria avec son ami, et l'étudiant leur offrit, pour leur mariage, une marche qu'il avait écrite juste avant la cérémonie, n'importe comment, il n'avait pas d'argent pour leur faire un autre cadeau.

— Et alors ?

— Il a offert un cadeau à toutes les fiancées du monde.

— Comment s'appelait-il, cet étudiant ?

— Il s'appelait Félix Mendelssohn-Bartholdy.

Nous arrivâmes au bureau de l'état civil pour l'ouverture. Dans le local gris, mal entretenu, il faisait froid, la vitre cassée d'une fenêtre avait été remplacée par du contre-plaqué. Un ficus couvert de poussière, à demi-desséché, était en train de mourir. Une vieille dame aux doigts déformés par les rhumatismes nous demanda sur un ton sévère :

— Mariage ou décès ?

Varia éclata de rire tandis que moi, je crachai par-dessus mon épaule gauche, par superstition.

— Y'a aucune raison de rire ! nous sermonna la dame. Ça peut arriver à tout le monde…

— C'est pour un mariage, dit Varia.

Ses grands yeux gais brillaient de tout leur feu, son visage, rose de froid, était frais et reposé : plus de traces de cernes sous ses yeux, plus que des petites taches de rousseur à la base de son nez.

— Dans ce cas, revenez après la fête. L'inspecteur est malade en ce moment, et moi, je m'occupe que de l'enregistrement des décès.

— Pourquoi une si bizarre répartition des tâches ? demanda Varia.

— Parce que avec les décès, ça ne peut pas attendre, les familles ont besoin immédiatement des papiers pour l'enterrement, pour l'héritage, pour d'autres raisons encore. Mais, en ce qui concerne les mariages, on peut attendre que l'inspecteur soit guéri. Il vous inscrira comme il se doit, dans les formes, comme un pope à l'église.

Nous nous séparâmes, Varia et moi, à l'angle de la place Kolkhoznaïa, j'étais déjà en retard pour aller au MOUR. Elle m'attira vers elle, m'embrassa rapidement et dit :

— Fais attention à toi.

— Bien sûr ! Je te téléphonerai ce soir.

— Ce soir, je suis de service. Téléphone demain matin. Je t'attendrai, mon chéri…

CHAPITRE 22

UNIFORME POUR LES ÉLÈVES
DES ÉCOLES PROFESSIONNELLES

Les élèves de première année des écoles professionnelles et des écoles de cheminots reçoivent un équipement complet : manteau, costume, linge de corps, chaussures. La fabrique de confection Clara Zetkin a déjà livré 1 200 manteaux pour les élèves des écoles professionnelles de Moscou.

Troud.

Je poursuivais littéralement, avec une insistance incroyable, l'expert en criminologie : je m'intéressais aux résultats de l'expertise stomatologiste. Ce jour-là, avant le repas, l'expert Rodionov me téléphona depuis un poste interne et me demanda de monter le voir au laboratoire. Mon intérêt pour cette expertise et les doutes que j'avais ressentis ces derniers temps se révélèrent justifiés.

— Je n'ai rien de rassurant pour vous, dit Rodionov en écartant les bras. À ma demande, deux prothésistes expérimentés ont réalisé des moulages en matière plastique à partir de l'échantillon…

Rodionov aimait s'exprimer en termes scientifiques et ce qu'il avait appelé « échantillon » désignait la plaque de chocolat croquée que nous avions trouvée sur les lieux du crime. Il ouvrit l'armoire pour me montrer deux moulages jaunâtres sur lesquels se détachaient nettement des traces de dents.

— De la même manière, nous avons fait des moulages des dents du suspect et de la victime, continua Rodionov tout en me montrant quatre nouvelles plaques jaunes, ce qui provoqua un certain dégoût en moi.

— Et nous les avons comparées aux traces et indices généraux et particuliers.

— Sois un peu plus simple, Rodionov ! dis-je pour le presser.

— L'analyse de tous ces indices nous force à en arriver à la conclusion que les traces sur l'échantillon n'ont été laissées ni par le suspect ni par la victime.

Je restai coi : beaucoup d'éléments du tableau que nous nous étions dessiné se basaient sur le fait que Grouzdev, ayant voulu donner l'impression d'une conversation des plus paisibles, avait apporté son vin et son chocolat préférés pour détourner les soupçons éventuels de Larissa.

— Constatez par vous-même, lâcha Rodionov. La personne qui a laissé des traces sur l'échantillon a un grand diastème entre les incisives supérieures. De plus, ces dents tournent légèrement sur leur axe. Ces caractéristiques, de toute évidence, ne se retrouvent pas sur les moulages de contrôle.

L'expert avait raison. Ayant surmonté mon dégoût, je comparai par moi-même les moulages : ils ne présentaient rien de commun.

— Quel bazar ! dis-je de dépit à voix haute. Qu'est-ce qu'on va bien pouvoir faire maintenant ?

— Chercher une troisième personne, celle qui a laissé cette empreinte, dit imperturbablement l'expert

Rodionov, comme si je n'avais qu'à retourner le contenu de mes poches pour y trouver, au milieu des pièces de 15 kopecks, des cigarettes Nord et du trousseau de clés, cette fameuse troisième personne.

Sur le chemin du retour au bureau, je pensai que tout, dans cette affaire, était bien embrouillé. Dès le début, nous avions supposé que, voulant se débarrasser de Larissa pour récupérer l'appartement, Grouzdev avait organisé une rencontre paisible avec son ex-épouse. Profitant de sa crédulité, il l'avait tuée, avait tout mis sens dessus dessous pour faire croire à un cambriolage et avait croisé, mal à propos, le voisin Lipatnikov dans l'escalier. Dans son appartement de Lossinka, il avait caché le pistolet Bayard et convaincu sa concubine de confirmer son alibi. Par la suite était apparu le mystérieux personnage de Fox, chez qui on avait trouvé des affaires de Larissa, ce qui avait mis à mal la première hypothèse, à moins que Grouzdev ait eu un complice ou fait appel à un homme de main, un criminel prêt à tout, d'après les aveux de la femme qui l'aimait.

Je rentrai au bureau, m'assis à ma table, pris une feuille de papier et me mis à dessiner des silhouettes aux formes absurdes. J'aurais bien demandé conseil à Jeglov si je n'avais été certain de l'entendre me répondre : « Tu cherches encore des poux, Chaparov, tu ferais mieux de travailler… » Quant à Pankov, il était mystérieusement parti deux jours à Kalouga.

Peut-être que, tous les trois, là-bas chez Larissa, ils avaient bu le thé ensemble avant le meurtre ? La table avait de toute évidence été dressée pour deux. Mais alors, lequel de Grouzdev ou de Fox y était ? Lipatnikov, le voisin, avait aperçu Grouzdev, et on avait retrouvé le pistolet Bayard chez lui. Quant à Fox, personne ne l'avait vu et pourtant, c'était chez lui qu'on avait retrouvé les affaires de Larissa. Difficile de s'imaginer Grouzdev prenant et apportant les affaires de Larissa chez Fox ou encore exigeant de Fox qu'il lui ramène le pistolet immédiatement après son forfait... J'étais bel et bien dans une impasse. Impossible de mettre les faits bout à bout dans une suite cohérente. Grouzdev, Larissa, Fox, Sobolevskaïa, la valise chez Vera, le lézard de Marouska, le pistolet à Lossinka... Et si l'on dissociait Grouzdev et Fox ? Sobolevskaïa avait bien dit qu'entre Larissa et Fox c'était sérieux. Ce n'était pas pour rien que Larissa avait donné sa démission et retiré son argent de la caisse d'épargne. Dans ce cas, que venait faire Grouzdev là-dedans ? Et pourtant, le pistolet... Impossible d'aller à l'encontre de ce fait tangible... Je tournais en rond...

Mes réflexions furent interrompues par Jeglov, qui entra pour téléphoner tous azimuts. Il était le seul à pouvoir réaliser la performance consistant à téléphoner à cent endroits différents en moins de dix minutes et à parler avec concision à chacun de ses interlocuteurs : « Allô, Jeglov à l'appareil. Alors ? Oui, vas-y... », ou bien « Allô, Jeglov... Nous disons donc qu'il vaut mieux pas aujourd'hui, demain, on verra... », ou bien enfin « Petia, salut de la part de Gordeitch, passe chez lui, il te dira... » Je voulais lui faire part de mes doutes mais ma ligne interne sonna, c'était le laboratoire de dactyloscopie. La laborantine dit d'une voix on ne peut plus officielle :

— Dites au capitaine Jeglov que l'empreinte digitale sur la bouteille de Kurdamir n'est pas celle de Grouzdev ni celle de Grouzdeva, mais d'une troisième personne. Vous pourrez obtenir notre rapport auprès du secrétariat du service.

Et elle raccrocha. Je n'eus pas le temps d'en faire part à Jeglov, le téléphone sonna de nouveau :

— Le service de répression du banditisme ? Le lieutenant-chef Pourine, officier de garde à la cellule de détention préventive. Grouzdev demande à être entendu.

Comme à son habitude, dévalant les marches quatre à quatre, Jeglov me cria :

— Ça y est, notre client est mûr, il va se confesser ! Je hochai la tête malgré mon scepticisme.

On amena immédiatement Grouzdev à la salle d'interrogatoire. Sans même nous regarder, il nous salua et s'assit sur le tabouret vissé au sol. Je restai debout et regardai par la fenêtre, par où l'on voyait l'intérieur de la « cour aux chiens », réservée à la promenade des chiens de service.

Jeglov était affalé à la table de l'enquêteur, le visage attentif et plein de compassion : je compris de suite qu'il jouait la comédie. Mais Grouzdev ne lui prêta aucune attention. Il se contentait de fixer d'un regard vide le croisillon supérieur de la fenêtre où l'on apercevait un petit morceau de ciel bleu et un long nuage gris qui ressemblait à un interminable train de marchandises. Jeglov comprit qu'il allait devoir engager la conversation.

— Alors, on va rester muets comme des carpes ? demanda-t-il poliment.

Grouzdev haussa les épaules et un rictus crispa ses fines lèvres.

— L'officier de service m'a annoncé que vous vouliez me parler. C'est vrai ou non ?

— À vous ou à quelqu'un d'autre, je m'en fous, lâcha enfin Grouzdev, sans desserrer les lèvres. À vous moins qu'à tout autre.

— Pourquoi ça, Ilia Sergueïtch ? s'étonna Jeglov avec sincérité. Que vous ai-je donc fait personnellement ? Avec le camarade Chaparov, par exemple, ou bien avec l'enquêteur, nous travaillons tous à la même tâche !

— Écoutez, arrêtez un peu ces bavardages inutiles ! cria Grouzdev. Vous travaillez à la même tâche ! C'est pas à la tâche que vous êtes, et c'est précisément pour ça que vous gardez un innocent en prison !

— Voilà, nous disons donc, c'est à ça que tu voulais en venir.

— Ne me tutoyez pas, cria Grouzdev furieux. Je suis presque deux fois plus âgé que vous et je suis un citoyen soviétique. Je me plaindrai !

— En fin de compte, ça n'a pas d'importance qu'on dise « tu » ou « vous », ça change rien à l'affaire, dit Jeglov.

Il revint à la table et posa son pied ostensiblement sur la chaise.

— Qu'est-ce que ça peut bien changer pour un homme mort ?

J'en eus un frisson. Jeglov avait prononcé ces mots à voix basse et sur un ton presque amical. Grouzdev, quant à lui, blêmit, sa mâchoire se décrocha d'un coup. Une fois ses esprits repris, il rétorqua :

— Qui de nous deux mourra le premier, ça reste encore à voir. Et après ça, je n'ai plus du tout envie de parler avec vous.

— Moi, j'ai envie, sourit Jeglov. Je désire entendre le récit sur Fox, le complice de l'assassinat. Je veux créer une sorte d'émulation entre vous deux, qui en dira le plus et le plus vite sur le compte de l'autre. De cela dépendra lequel d'entre vous, au tribunal, sera la locomotive, et lequel, le tender. Je me fais bien comprendre ?

Grouzdev fixa Jeglov dans les yeux sans rien dire. Puis, il tourna son regard vers moi et se força pour dire :

— Il y a longtemps que je connais ce truc, d'après les livres, bien sûr : un enquêteur se montre grossier, méchant, pendant que l'autre joue au gentil. La psychologie montre que la personne interrogée se tourne vers le « bon » pour lui raconter ce qu'il avait l'intention de cacher. Je vous en prie, partez, avec celui-là — Grouzdev me désigna —, avec celui-là, nous allons parler.

Jeglov éclata de rire :

— Bien ! Chaparov est un jeune enquêteur, mais il est tenace. Je n'ai rien contre le fait qu'il apprenne.

La réflexion de Jeglov me vexa mais je n'en laissai rien paraître et le laissai achever son travail de sape. Juste avant de sortir de la pièce, il dit :

— On ne peut sauver sa peau qu'en étant entièrement sincère et qu'en se repentant de tout son être. Comme on dit, œil pour œil, dent pour dent, mais foie pour rate… Il faut tout dire sur Fox… avant qu'il soit trop tard…

Il claqua la lourde porte et on entendit encore longtemps son rire grincer au rythme du claquement de ses bottes et, je ne sais pourquoi, je me pris à penser que Gleb, bien qu'ayant cessé de tutoyer Grouzdev, s'était aussi débrouillé pour ne pas lui dire une seule fois « vous ». Je m'assis à la table et dis, le plus simplement du monde :

— Ilia Sergueïtch, je ne suis pas depuis longtemps dans la milice, c'est vrai, et je n'ai aucune expérience, je ne suis pas fort non plus en matière de, comment dire, jurisprudence, mais… vous voyez, malgré tout… Quand j'étais chef d'une compagnie de reconnaissance, j'aimais bien adjoindre à un observateur déjà en place depuis longtemps quelqu'un de nouveau. L'ancien lui faisait le compte rendu de la situation, l'autre vérifiait tout avec un œil neuf. Vous savez, parfois, cela donnait des résultats formidables, parce que l'observateur, fatigué par la tension accumulée au cours de la journée, n'avait plus le regard aussi perçant : il pouvait voir ce qui n'existait pas ou, au contraire, ne pas remarquer une chose qui avait changé. Vous comprenez ?

Grouzdev, me sembla-t-il, m'écoutait avec intérêt. Il fit signe que oui de la tête. Je poursuivis ma démonstration :

— Ici, dans quel cas de figure on se trouve ? Après tout, peut-être que le regard de Jeglov s'est émoussé. En plus, point de vue caractère, vous n'êtes pas faits pour vous entendre, vous êtes comme chien et chat, bon sang ! Je vous demande de me croire, je n'ai pas l'intention de faire de vous un bouc émissaire. Si vous êtes coupable, vous aurez à en répondre. Si vous êtes innocent, comme on dit, allez en paix. Mais je veux comprendre. Comprendre, vous saisissez ? !

— Vous ne croyez pas un seul mot de ce que je dis, lâcha Grouzdev, peu sûr de lui.

— Pourquoi le devrais-je ? À quoi bon croire ou ne pas croire, nous devons savoir. Vous pouvez aussi ne pas me croire, nous allons juste nous baser sur les faits. Et encore… sur le bon sens.

— Bien. Si c'est sur le bon sens, essayons donc, acquiesça Grouzdev. Alors, j'ai immédiatement une question qui touche précisément au bon sens. À proprement parler, c'est justement pour cela que je vous ai appelé.

— J'écoute.

— On m'a présenté la conclusion de l'expertise selon laquelle mon pistolet a tiré une balle qui n'était pas prévue pour ce modèle, c'est ça ?

Je lui confirmai, sans trop savoir où il voulait en venir.

— En votre présence, lors des constatations, dans l'armoire, on a trouvé un paquet de munitions de la marque Bayard, si vous vous souvenez, je vous ai indiqué moi-même où elles se trouvaient. Maintenant, laissons parler le bon sens. Dites-moi pourquoi, vous qui êtes militaire, ayant en ma possession des munitions de la bonne marque j'aurais chargé le pistolet avec des munitions d'une autre, prenant le risque qu'il s'enraye ? Hein ? Je vais vous répondre : le véritable assassin ignorait où se trouvaient les munitions et a chargé le pistolet avec ce qu'il avait sous la main et qui correspondait plus ou moins au calibre ! C'est clair ?

— Admettons. Mais, dites-moi, comment expliquez-vous que le pistolet ait été trouvé dans votre nouvel appartement ?

— Voilà ! Voilà, ça c'est la question des questions, dit Grouzdev, l'air pensif. Avec elle, vous me mettez à genoux ! Mais, si on veut, on peut aussi y trouver une réponse. Je vous ai déjà dit : je ne sais pas. C'est à vous qu'il convient de chercher.

Rusé le bougre, il y a longtemps que je l'avais remarqué !

— C'est ce qu'on fait. Et on a déjà trouvé quelque chose. C'est pourquoi le camarade Jeglov vous a demandé de lui parler de Fox.

— Je ne connais pas de Fox ! s'écria Grouzdev en s'emportant. Croyez-moi, je l'aurais dit tout de suite. Je devine seulement que c'est chez lui qu'on a retrouvé le bracelet de Larissa en forme de lézard. C'est ça ou non ?

Malgré mon envie, je ne pouvais pas abattre toutes mes cartes.

— Vous n'êtes pas tombé dans le mille, mais comme on disait au front, vous êtes dans la bonne direction.

— Bien, dit Grouzdev en hochant la tête, vous ne voulez pas le dire, libre à vous. Mais vous aviez vous-même proposé d'examiner tout sous l'angle du bon sens.

— Et surtout des faits, ajoutai-je.

— Et des faits. Mais commençons par le bon sens. Vous, dans n'importe quel cas, vous partez du fait que c'est moi l'assassin. Et vous regardez tous les faits dont vous disposez sous cet angle. Peut-être ne le savez-vous pas, mais dans le domaine scientifique, il existe une méthode de démonstration par le contraire. Admettez pendant dix minutes que je ne sois pas mêlé à cette affaire.

— Comment puis-je l'admettre ! ? dis-je en me levant.

— Attendez, attendez. Je vous dis pour dix minutes. Qu'est-ce que cela vous coûte ?

— Bien, admettons.

— Si vous admettez cela, tout votre système de preuves va commencer à s'écrouler, comme un château de cartes, dit Grouzdev.

Je me souvins comment, plus tôt, j'avais essayé de mettre bout à bout tous les faits en notre possession pour étayer l'accusation de Grouzdev, et comment ces arguments me glissaient entre les doigts pour s'étioler sur le sol meuble de nos certitudes.

— Il serait intéressant de voir comment vous allez procéder.

— Vous allez voir, promit-il avant de se lancer dans sa démonstration. Dès le premier interrogatoire, vous êtes partis du fait que j'avais décidé de me débarrasser de Larissa parce que je la haïssais. C'est vrai que jadis je l'aimais, mais… Il serait trop long de raconter ce qui s'est passé entre nous et pourquoi, mais notre amour s'est entièrement consumé, complètement. Vous considérez que le contraire de l'amour est la haine. Mais, croyez-moi, il n'en est pas ainsi du tout ! Le véritable antipode de l'amour, c'est l'indifférence. Et, si vous voulez savoir, ces derniers temps, Larissa ne suscitait plus rien d'autre en moi que de l'indifférence. L'appartement maintenant… L'appartement, comme vous le savez, est le mien, et la question de l'échange n'était qu'une question de temps. Au fait, savez-vous que Lara voulait d'abord retourner vivre chez sa mère et que c'est précisément moi qui ai décidé de lui laisser une partie de ma surface locative ? Si vous ne le savez pas, demandez à Nadenka, à leur mère, elles vous confirmeront mes dires. Est-ce que je donne vraiment l'impression d'un homme si impatient et cruel qu'il m'est plus facile de tuer que d'attendre un mois ou deux ?

Grouzdev me sondait pour tenter de voir l'impact de ses paroles sur moi. Je lui tendis une cigarette. Il me remercia d'un signe de tête, écrasa le tuyau, l'embout, l'alluma et poursuivit :

— Vous considérez comme une preuve importante contre moi la déclaration de cet ivrogne de Lipatnikov, qui m'aurait vu dans l'escalier. Mais, je vous répète encore une fois : j'étais là-bas non pas à 19 heures, mais à 16 ! Larissa n'était pas chez elle, c'est pourquoi je lui ai laissé un mot. Je ne sais pas comment prouver cela, c'est à vous de m'aider ! En fin de compte, pourquoi les paroles de Lipatnikov ont-elles plus de valeur que les miennes ? Lui, vous le croyez sans le moindre doute, alors que moi, vous ne me croyez pas du tout.

— Votre voisin n'est pas une personne concernée dans cette affaire, donnai-je de la voix.

— Bon, admettons. Après tout, il n'est qu'un homme, *errare humanum est*… C'est une raison de plus pour interroger tous les voisins, pour vérifier sa montre, peut-être qu'elle ne marche pas bien, vous devez faire quelque chose ! Surtout, faites quelque chose, ne restez pas assis les bras croisés en vous contentant d'une seule version. Interrogez encore une fois ma femme, la locataire, comparez leurs déclarations, dans le cas présent le moindre détail peut jouer un rôle capital, dans un sens aussi bien que dans l'autre.

— Bien, le coupai-je. Je vous promets de tout revoir point par point. Mais nous nous sommes écartés de notre sujet.

— Oui. Effectivement.

Grouzdev secoua la tête, comme s'il se libérait d'un accès de sentimentalisme.

— La principale pièce à conviction contre moi est véritablement assassine, ce funeste Bayard…

— Il y a encore la police d'assurance, lui rappelai-je.

— Et cette police à la noix dont je ne connaissais même pas l'existence ! Si l'on suppose que je n'ai rien à voir avec cet assassinat…

— Alors, par conséquent, comme vous l'avez dit à Jeglov, c'est qu'on vous a piégé, l'interrompis-je. Mais pourquoi penser une chose pareille ? Nos gars risquent leur vie tous les jours.

— C'est ce que je croyais. Apparemment, j'avais tort. Sans porter de jugement sur vos qualités morales. Pour me piéger, comme vous dites, encore aurait-il fallu que vous ayez eu entre les mains les pièces à conviction, ce qui me semble peu probable. C'est donc l'assassin lui-même qui les a fourrées chez moi, et, par conséquent, cela signifie qu'il me connaissait. Voilà, c'est dans cette direction que vous devez chercher.

— Dans quelle direction il faut chercher, on le saura bien par nous-mêmes, sans votre aide ! dis-je sèchement pour couper court à son ton péremptoire qui m'insupportait plus que le contenu de ses propos.

Grouzdev comprit qu'il avait exagéré car il fit marche arrière.

— Ce n'est pas ce que je voulais dire… on saura bien vous indiquer ce que vous devez faire sans moi, c'est sûr. Je voulais simplement dire que votre tâche est ingrate : démontrer mon innocence.

Dans un soupir, il poursuivit :

— Il y avait un sage chinois, il s'appelait Confucius, eh bien, il a dit une fois : « *Il est très difficile d'attraper un chat noir dans une pièce sombre. Surtout s'il ne s'y trouve pas…* »

Si Gleb aimait bien ce genre de maxime, moi, cela suffit à m'évoquer le « Chat noir » et à me faire sombrer dans une vague d'ennui. Je restai muet et Grouzdev se tut à son tour. Dans la salle, il n'y avait pas un bruit, et l'on entendait résonner au rez-de-chaussée le bruit des dominos que l'on claque sur la table. Grouzdev avait introduit le doute en moi et, vexé dans mon for intérieur, je voulus m'en défendre :

— Ilia Sergueïevitch, tout ce que nous avons abordé, quoiqu'on en dise, ce ne sont que des suppositions. Pour autant que nous avons supposé que vous n'étiez pas coupable. Cependant, les faits sont là, et pour le tribunal ils sont amplement suffisants pour vous condamner. Quant au verdict, vous savez ce qui vous attend, vous avez dans votre cellule un Code pénal. Alors, ne serait-il pas mieux de tout avouer, car, après tout, vous avez des circonstances atténuantes. Je suis sûr que le tribunal les prendra en considération et que peut-être il vous laissera la vie sauve.

Grouzdev bondit, son visage et son cou se couvrirent de taches rouges, et il hurla :

— Non ! Jamais ! Avouer ce que je n'ai pas fait, un meurtre, en plus ? Jamais ! Comment pourrais-je vivre après ça, après avoir reconnu que je suis un assassin ? Non. Si je dois monter sur ce Golgotha… je monterai… je monterai… Non, mon ami. Puisque je suis né homme, il me faut aussi mourir en homme.

Dans la pièce lourde de notre silence, chacun était plongé dans ses pensées tandis que plus bas on continuait de claquer les dominos, de crier, de rire. Sur le rebord de la fenêtre, dans un grand bruissement d'ailes, un pigeon bleu se posa, nous regarda et tourna d'une manière insolite sa minuscule tête, comme s'il nous invitait à sortir de cette salle enfumée pour aller respirer l'air pur. Grouzdev l'observa longtemps, même lorsque le pigeon s'envola dans le ciel. Soudain, son visage sévère, sec, parcouru de lignes dures le long de la bouche, perdit de sa netteté, ses traits devinrent imprécis et ses lèvres se mirent à trembler pitoyablement : Grouzdev pleurait ! J'essayai maladroitement de le calmer, et il m'était tellement insupportable de voir cet homme pleurer que je me tournai vers la fenêtre, faisant semblant de ne pas remarquer ses larmes, qu'il s'efforçait de contenir. Dans mon dos, j'entendis une lourde expiration et une sorte de ronflement, qui me fit penser à un cheval en train de s'ébrouer.

Une fois calmé, Grouzdev dit :

— Je ne vois pas d'issue ! Je suis pris dans un faisceau de preuves contre moi, comme si quelqu'un m'avait empêtré exprès. Toute ma vie, j'ai été un homme pragmatique, mais... Je ne peux pas lutter contre une ombre, encore moins depuis cette prison... Je ne peux pas trouver ce chat dans une pièce obscure. Et je n'ai aucune chance de sortir d'ici...

Il soupira de manière convulsive, poussa un petit cri, essuya avec sa paume son visage mouillé par les larmes, leva les yeux sur moi :

— Écoute, Chaparov ! Je vois que t'es un gars bien, que t'es pas un pourri. Comprends, je ne peux m'en sortir que si vous attrapez le véritable assassin. Je t'en prie, je t'en supplie, au nom de tous les saints, cherche-le, cherche ! Trouve-le ! Tu pourras le trouver, j'en suis sûr. Comprends, si vous ne le trouvez pas, vous serez vous-mêmes des assassins parce que vous tuerez un homme innocent !

J'appuyai sur le bouton pour appeler le surveillant de service, me levai, et Grouzdev, les mains dans le dos, me cria, alors qu'il était déjà presque sorti :

— Même si on me condamne, cherche-le, Chaparov ! Même si tu sauves pas ma vie, réhabilite au moins mon honneur !

Je me rendis le cœur lourd au Comité de la radio, non parce que Grouzdev m'avait convaincu de son innocence, mais parce qu'il avait infiltré le doute dans mes certitudes. J'appréhendais la réaction de Jeglov, l'entendant déjà me traiter de bonne femme sentimentale. Je fus donc soulagé de ne pas le trouver dans notre bureau. Il s'était absenté quelque part en ville. Je me rendais à la radio pour savoir quel match précisément avait été retransmis le 20 octobre, et à quelle heure, sur quel score il s'était achevé exactement, etc. Je ne voulais plus me fonder sur les calculs approximatifs de Jeglov.

Une toute jeune fille — si je l'avais croisée dans la rue, je ne lui aurais pas donné plus de seize ans — se présenta comme la rédactrice des émissions sportives de service ce jour-là. Je pensais que notre conversation serait brève, mais au lieu de répondre avec précision à ma question, après s'être plongée dans des chemises-classeurs bien rangées, la rédactrice me demanda :

— Quel match vous intéresse ?

Je m'étonnai, car je venais de lui dire qu'il s'agissait de celui du 20 octobre. Ce à quoi la fille objecta tranquillement :

— Le 20, deux matches ont été retransmis, c'est la fin de la saison, et le rythme s'accélère.

CHAPITRE 23

Moscou compte 700 jardins d'enfants. Ils sont fréquentés chaque jour par 70 000 enfants. Le nombre des jardins d'enfants augmente sans cesse. Dans un beau local de la rue Léfortovski Val a été créé un jardin d'enfants pour 250 petits. Récemment, un jardin d'enfants a ouvert ses portes à 100 petits dans l'arrondissement Sverdlovski.

Moscou-Soir.

Comme le disait l'adjudant Formaniouk, j'eus l'impression d'avoir été frappé à la tête par un sac de sable au coin d'une rue. Perplexe, la rédactrice demanda :

— Il s'est passé quelque chose de grave ?

— Oui. Dites-moi quels matches ont été retransmis, où ils ont eu lieu, à quelle heure, etc.

La rédactrice haussa ses étroites épaules :

— Une seconde. Le 20 octobre, 14 heures. Retransmission depuis le stade Dynamo. Reporter Vadim Siniavski. Vingt-deux mille spectateurs. Coupe d'URSS. Le Zénith de Leningrad contre le Spartak de Moscou. Score 4 à 3. La retransmission a pris fin à 15 h 55. Au même stade, rencontre prévue au calendrier entre le club de l'Armée et le Dynamo, à 17 heures…

— Stop, mademoiselle, ça suffit !... criai-je et je me sauvai, ne laissant sûrement pas derrière moi la meilleure des images de la milice de Moscou.

Lorsque je revins de Lossinka, Jeglov était déjà assis à son bureau et travaillait, l'air très concentré, sur quelques notes. Il leva la tête, me regarda sobrement et marmonna :

— Où que tu traînes, Chaparov ? Il est déjà 7 heures, on t'attend...

— Je vais te faire mon rapport, promis-je.

J'ôtai mon imperméable, me recoiffai et pris la pose pour lui montrer que j'attendais. Gleb finit de lire son papier, le retourna pour cacher le texte et dit avec son habituel sourire ironique :

— Allez, vas-y, l'aigle, raconte. À ton air, je vois que tu vas encore te vanter.

— Exact, dis-je. Seulement, je vais pas me vanter, mais te faire mon rapport sur le résultat de mes vérifications.

— Allez, allez, le modeste... J'écoute.

J'attendis pour faire mon effet, avant de déclarer tout de go :

— Grouzdev est innocent. Il faut le relaxer !

Mon effet tomba bel et bien à l'eau, comme si j'avais tiré un coup à blanc. Jeglov fronça les sourcils et dit avec sang-froid :

— Tiens, il s'avère que t'es un vrai plaisantin. Bon, poursuis...

— Je plaisante pas. Dans le livret que tu m'as donné, il est écrit que la force des preuves réside dans leur solidité et non pas dans leur quantité ! Je suis d'accord avec ça.

— Alors tout est en ordre, m'interrompit Jeglov.

— Ouais, exact. J'ai parlé en toute franchise avec Grouzdev et j'ai compris que quelque chose cloche dans notre attitude à son égard. C'est pas son genre d'aller jusqu'à tuer pour récupérer son appartement.

Jeglov m'interrompit une nouvelle fois :

— Bien sûr, je suis pas Léon Tolstoï. Mais je suis un peu psychologue. Et je voudrais éclairer un peu ta lanterne sur Grouzdev. Presque tous ses collègues ont dit que c'était un homme renfermé sur lui-même. D'ailleurs, nous avons pu nous en convaincre par nous-mêmes. Et le fait d'être renfermé sur soi-même entraîne obligatoirement la simulation, c'est-à-dire le mensonge. Et un simulateur est un criminel en puissance.

Je n'écoutai même pas jusqu'au bout ses réflexions à quatre sous.

— Mais si cet homme est renfermé par timidité, par exemple, ou… par modestie plutôt ? C'est aussi un criminel en puissance ?

Ça ne loupa pas, Jeglov rebondit aussitôt sur mon argument :

— Lui, modeste, eh bien, dis donc, comme une jeune fille innocente, pure comme une fleur !

Et, content de lui, il ricana avant de redevenir plus sérieux, comme s'il avait effacé avec un chiffon le sourire qui illuminait son visage :

— Allez, viens-en au fait, viens-en à des choses plus consistantes.

— Je m'apprêtai justement à y venir, mais tu t'es ramené avec ta psychologie, répondis-je, l'air contrarié. Est-ce que tu peux m'écouter sans m'interrompre ?

— Eh bien ?

— Nous avons calculé que le voisin de Larissa avait vu Grouzdev dans l'escalier vers 19 heures, juste au moment où prenait fin le match entre le Club de l'Armée et Dynamo…

— Eh bien ?

— Tu te souviens que ce voisin, Lipatnikov, ne savait pas l'heure et que nous l'avions déduite grâce au match de football ?

— Oui.

— Il ne se souvenait plus qui jouait, tu te souviens ? Il avait même dit qu'il n'était pas un passionné de foot.

— T'as rien d'autre à dire : « il se souvenait », « tu te souviens » ? ! Quelle habitude t'as là !

— Tu comprends, je te fais pas languir, je veux simplement que tu te rappelles les moindres détails, c'est très important. Eh bien, à la radio, on m'a dit que ce jour-là il y a eu un autre match entre Spartak et Zénith et que le reportage s'est terminé à 16 heures ! Tu saisis ce que ça veut dire ? demandai-je en tendant à Jeglov la fiche de renseignements du Comité de la radio.

Il prit la fiche, la lut attentivement, me regarda l'air perplexe, tourna la fiche dans ses mains comme s'il voulait en faire sortir quelque chose, mais il n'y avait rien d'autre écrit dessus, alors il dit :

— Mouais... Ça ébranle un peu les déclarations du voisin... Mais, après tout, on se basait pas tellement sur elles.

— Je m'excuse, dis-je en m'emportant, d'après moi, ça n'ébranle pas seulement et pas tant les déclarations du voisin que tous nos calculs à nous deux. Le voisin, qu'est-ce qu'il dit ? Il affirme qu'il a vu Grouzdev après le match mais, quand c'était, il le sait pas. Grouzdev, lui, a dit spontanément qu'il avait rencontré Lipatnikov à 16 heures. Comment on peut interpréter ça ? Il pouvait pas prévoir ce que le voisin allait dire.

— À quoi bon ces déclarations ? demanda Jeglov fâché. On aurait très bien pu faire sans elles.

— Pour l'instant, en tout cas, on en a eu besoin. Tu as toi-même parlé du caractère renfermé de Grouzdev et t'en as même échafaudé toute une théorie : puisqu'il cache qu'il était là-bas à 19 heures, c'est que..., etc., etc.

Jeglov se mit en colère pour de bon :

— Écoute, l'aigle, c'est pas dans la milice que tu devrais être, mais dans un cabinet d'avocats ! Au lieu de démasquer l'assassin, tu fais tout pour lui éviter un châtiment entièrement mérité.

— Gleb Gueorguievitch, qu'est-ce que tu racontes là ? Nous faisons tous les deux le même boulot, je veux simplement que le châtiment soit juste. Personnellement, tu n'as rien contre Grouzdev, je ne me trompe pas ? Mais tu t'es mis en tête que c'est lui l'assassin et, maintenant, tu veux pas faire marche arrière.

— Pourquoi je devrais faire marche arrière ? s'irrita Jeglov.

— Parce qu'il y a les faits. Écoute-moi calmement, sans te mettre en pétard. J'ai beaucoup réfléchi à ma conversation avec Grouzdev et à toutes les sales petites affaires de ce damné de Fox. Tu comprends, il ne peut vraiment rien y avoir de commun entre eux, je ne peux pas m'imaginer un seul instant que des personnes aussi différentes puissent se mettre d'accord sur quoi que ce soit.

— Il y a encore beaucoup de choses que tu ne peux pas t'imaginer.

— M'interromps pas, Gleb. Écoute-moi plutôt. Sobolevskaïa m'a un peu ouvert les yeux. Nous avons toujours pensé tous les deux que Grouzdev aurait très bien pu brancher Fox sur Larissa, n'est-ce pas ? Mais il se trouve que Fox n'avait pas besoin de Grouzdev, qu'il connaissait Larissa et qu'ils entretenaient une relation. Sérieuse, du moins en ce qui concerne Larissa, il semblerait…

Gleb alluma une cigarette, aspira profondément la fumée, ses joues se creusèrent, et dit :

— Eh bien, eh bien, continue, le psychologue…

Je ne lui prêtai pas attention et poursuivis ma démonstration :

— Quand j'ai appris l'existence du second match, j'ai eu comme un éclair dans la tête. Regarde toi-même, on dirait que tout est fait exprès : la balle non standard, l'empreinte digitale sur la bouteille, les empreintes de dents sur le chocolat. Et encore, il est parfaitement possible qu'il se trouvait là-bas à 16 heures et pas à 19. Et si c'est le cas, alors il ne reste contre lui qu'une seule pièce à conviction : le pistolet.

Gleb s'étira de nouveau comme un félin paresseux et lâcha entre ses dents :

— À elle seule, cette pièce à conviction en vaut cent mille autres.

— Ouais. Et moi aussi, j'ai compris que Fox avait pu penser la même chose. C'est pourquoi je suis allé à Lossinka et j'ai interrogé les deux femmes sur ce qui s'est passé le 20 et le 21 octobre, en détails, minute par minute.

Gleb se leva de sa chaise :

— Et alors ?

— Le 21 au matin, vers 11 heures, un ouvrier est venu vérifier le chauffage central avant l'hiver. Il a passé une vingtaine de minutes dans la maison. Grand, cheveux noirs, bien de sa personne, un imperméable passé sur un uniforme militaire. Au service d'entretien qui s'occupe de ces maisons, ils ne connaissent pas d'ouvriers qui réponde à ce signalement.

Triomphal, je regardai en direction de Gleb :

— Chef, vous avez des questions ?

Gleb fit les cent pas, accompagné par l'inévitable grincement de ses bottes, s'arrêta près de la fenêtre où il regarda longuement quelque chose qui n'intéressait que lui, et, sans même se tourner vers moi, dit :

— La femme de Grouzdev, pour sortir son mari de là serait prête à jurer sous la foi de n'importe quel serment que c'est toi qui a planqué le pistolet. Ou bien même à raconter ce que le saint père Vaarlam a dit à

Gricha l'Imposteur dans l'auberge à la frontière italienne, comme dans le *Boris Godounov* de Pouchkine. La locataire, on peut aussi l'intéresser d'une manière ou d'une autre. Ou bien lui faire peur. Ce ne sont pas des témoins fiables.

Encore une fois, tout mon boulot n'avait servi absolument à rien. Cette course contre la montre, mes émotions, tout ça pour rien. J'en soupirai de dépit et demandai sans élever néanmoins la voix :

— Qui donc peut être un témoin fiable ?

Le regard toujours perdu derrière la fenêtre, Jeglov lâcha :

— Fox, voici l'unique témoin. Si on met la main dessus, alors…

Pleurant presque d'indignation, je hurlai :

— Mais, tu sais très bien que Grouzdev n'est pas coupable ! Pourquoi devrait-il moisir ici à la place de ce bandit ? ! Peut-être que pour lui chaque jour en prison vaut dix ans de sa vie !

Enfin, Jeglov se retourna, mais son regard restait perdu quelque part, sa voix était froide et dure :

— Te laisse pas aller à tes sentiments, Chaparov. Ici, c'est le MOUR, t'as compris ? Le MOUR, et pas un institut pour jeunes filles de bonnes familles ! Une femme a été tuée, une citoyenne soviétique, et l'assassin n'a pas le droit de se promener en toute liberté, il doit être en prison.

— Mais, Grouzdev, tu le sais…

— Restera en prison, je t'ai dit. Et s'il apparaît que si c'est la place de Fox, on le relâchera, un point c'est tout. De plus, ça suffit de parler de ça, lieutenant-chef Chaparov ! Je suis responsable de l'enquête et vous allez me faire le plaisir de respecter le principe de la hiérarchie.

Et il se tut. Ce rappel à l'ordre me paralysa la langue, mais les protestations continuaient à se bousculer dans ma tête. Le haut-parleur diffusait la voix des paroles mélodieuses : « *Il n'y a point de reproches dans ma lettre, comme par le passé, je vous ai-ai-aime…* » Mais cette chanson retentissait dans le méchant silence qui s'était installé entre nous, deux hommes entêtés, deux amis, si l'on peut dire.

Nos deux Nord posées dans le cendrier se consumaient, un petit rayon de soleil entré par la fenêtre était traversé par deux filets de fumée, l'un bleu vif, épais, qui s'étalait sur la table, l'autre, clair, presque transparent, qui s'élevait dans les airs, et je me pris à penser qu'il était bien étrange que deux cigarettes identiques puissent se consumer de manières aussi différentes. Jeglov s'était de nouveau tourné vers la fenêtre, la masquant de son large dos. Je songeai à toutes ses plaisanteries, sa hardiesse, sa crânerie et son caractère ferme et bien trempé. « C'est un gars en acier, notre Jeglov », avait dit une fois Kolia Taraskine en parlant de lui.

À 9 heures du matin, un garde conduisit la Paluche dans notre bureau. En une nuit passée en cellule, il avait pris un sacré coup : son visage avait jauni, une barbe dure et clairsemée lui avait rajouté une bonne vingtaine d'années, sa mâchoire prognathe pendait, ses yeux renfoncés brillaient méchamment dans leurs profondes orbites. Je le fis asseoir sur une chaise dans un coin du bureau et il fixa son regard sur ses chaussures de dandy qui, dépourvues de leurs lacets, avaient l'air aussi pitoyables que leur propriétaire. Jeglov marchait dans le bureau en chantonnant : « *En premier lieu, en premier lieu, les avions…* » et moi, assis à ma table, j'examinais ostensiblement la Paluche. La pause dura comme une scène au théâtre, jusqu'au moment où la Paluche toussota pour s'éclaircir la voix et demanda :

— Pourquoi vous m'avez sorti, chefs ? Vous me laissez même pas dormir.

Ce à quoi Jeglov répliqua promptement :

— Mens pas, mens pas, Piotr Routchnikov, t'as pas du tout envie de dormir en ce moment, t'es plutôt frappé d'insomnie !

La Paluche ne le contredit pas, il regardait avec mélancolie le mur derrière Jeglov. Puis, sans raison apparente, il se fit un peu plus gai et lui demanda une sèche.

— Tiens, profite de ma bonté.

Après avoir attendu que la Paluche ait tiré plusieurs bouffées avides, Jeglov s'enquit :

— T'en as pas marre de moisir dans notre établissement ?

— Si, j'en ai marre, chef ! dit sèchement la Paluche. On peut dire qu'ici il y a de quoi crever d'ennui. Je suis avec un tordu de passage, un vrai péquenot, bref, pas moyen de jouer à quoi que ce soit avec…

— Alors que dehors, c'est le paradis, dit Jeglov jouant les tentateurs. À cette heure-ci, tu te serais déjà enfilé une bouteille, tu serais allé aux courses pour risquer le coup.

La Paluche soupira :

— À quoi bon le dire, en liberté, la vie est bien meilleure que dans la cellule 7, mais que faire ?

Il s'étira en faisant craquer ses os, bâilla à s'en décrocher la mâchoire.

— Oh, j'en ai mal au cœur, messieurs les chefs, si vous relâchiez le gamin que je suis…

— On te relâchera, dit avec empressement et tout à fait sérieusement Jeglov. Tu me donnes Fox, je te donne la liberté. Je n'ai qu'une parole, tu pourras le demander à n'importe quel gars du milieu !

— Exact. Tu me donnes la liberté, et Fox, lui ?

La Paluche baissa la tête et poursuivit, gravement :

— Il me tuera. Fox est un vrai dingue. À la première occasion, si c'est pas lui, c'est ses potes qui me feront la peau, c'est ça, hein ?

Il leva la tête, jaugea Jeglov, il avait perdu l'air bêta qui imprégnait son visage une minute auparavant, on ne lisait plus sur ses traits que la frayeur.

— Le diable est moins noir qu'on le dit, lança Jeglov en se forçant à sourire. On le coincera quoi qu'il arrive…

— Oui, mais pas à cause de moi, pas à cause de moi, marmonna la Paluche. Pour moi, le principal, c'est que j'ai la conscience tranquille, alors, devant n'importe qui je pourrai répondre.

Gleb se mordilla les lèvres et son visage reprit son masque sévère.

— Tu as peur de Fox, dit-il lentement. Tu as tort. Pour l'instant, c'est plutôt de moi que tu devrais avoir peur, je pourrais facilement causer ta perte si tu te conduis comme ça.

— Oh, ma prison, ma maison natale ! fit le voleur dans un geste de dépit. J'irai racheter ma faute sur un chantier d'abattage, la scie à la main, et après je sortirai la conscience tranquille ! Ne croyez pas, messieurs les chefs, que je sois un mauvais bougre.

Son visage se plissa, on aurait pu croire qu'il allait se mettre à pleurer.

— Je veux pas aider ? Je voudrais bien, je le jure ! Mais je peux pas ! Je vais vous raconter une petite fable, sans citer de noms, bien sûr, comme ça, pour vous donner un exemple. Vous voulez ?

— Allez, allez, accouche, lâcha Jeglov sans remuer les lèvres.

— Y'a un endroit béni de Dieu qui s'appelle Labytnanga, latitude nord. Là-bas, y'a un camp à régime très sévère, pour ceux qui, dans un proche avenir, n'ont aucune chance de s'en sortir. Le Grand Nord, la taïga et tout un environnement dans le même genre. Une fois, trois mecs plus hardis que les autres se sont sauvés de là-bas. Sept cents kilomètres de toundra et de taïga sans un seul restaurant, et n'essaye pas d'approcher des maisons d'habitation, parce que, là-bas, les gens, ils ne sont pas tendres avec ceux de notre bord. Imaginez, les chefs, nos gars sont arrivés à la voie ferrée. À deux, naturellement.

— Et le troisième ? demandai-je. Il est pas arrivé ?

Accablé, la Paluche hocha la tête et soupira :

— Ils l'ont pas conduit jusque-là. Il était pas des leurs, ils l'avaient pris avec eux pour avoir à manger.

— Comment ça ? ! dis-je, saisi de stupeur.

— Comme ça. Tu vois, telles sont parfois les mœurs dans notre milieu. La vie vaut pas un pet. Et, avec Fox, c'est encore pis.

On fit reconduire la Paluche. Restait Volokouchina. Jeglov se précipita pour lui parler, et elle donna son accord sans trop de résistance pour appeler Ania au téléphone. On s'était arrangés à l'avance avec les gars du téléphone et, moins d'une heure s'était écoulée que nous étions déjà dans la petite pièce bien douillette de Volokouchina, au 21 de la rue Krivokolenny. La pièce, même après la perquisition, était propre et agréable : un buffet massif, acheté à la coopérative, brillait de tous ses feux avec ses vitres ciselées bien propres, le couvre-lit en dentelle et le petit napperon de même motif, sous le téléphone, étaient tout raides d'amidon, des petits éléphants en marbre, sept exactement, disposés en ordre croissant de taille, portaient bonheur, bonheur que Volokouchina désirait passionnément, mais qui ne lui avait pas souri…

Après le coup de téléphone de Volokouchina à mémé Zadokhina, nous n'avions plus rien de spécial à nous dire, nous étions donc assis en silence, chacun absorbé par ses pensées ; seul le sergent-chef Safioulline, du service des télécommunications, venu avec nous pour gérer la technique, vérifiait de temps à autre si les écouteurs, qu'il avait branchés sur le téléphone à notre demande, ne produisaient aucun parasite. Nous eûmes de la chance : quarante minutes plus tard, le téléphone sonnait. Nous nous saisîmes d'un geste brusque des écouteurs pour nous les coller sur les oreilles. Moins vive, Volokouchina blêmit et décrocha. Une voix grave, masculine, résonna, comme si elle se trouvait dans l'appartement d'à-côté :

— Sveta ?

— Oui, c'est moi.

Volokouchina nous fit signe que c'était Fox.

— Où est Petka ?

Exactement comme convenu, Volokouchina se mit à sangloter.

— Pourquoi tu chiales, idiote ? demanda Fox sur un ton méchant... Tu vas t'expliquer clairement ? !

— Ils ont coincé Pétenka, glapit Volokouchina. Fox, mon petit, mon chéri, aide-moi, qu'est-ce que je vais devenir maintenant ?

— Et toi, comment tu t'en es sortie ? demanda-t-il soupçonneux.

— Il s'est fait prendre avec un jeton de vestiaire dans la poche.

— Compris, dit Fox sur un ton affairé. Écoute-moi bien : primo, je l'aiderai dans la mesure de mes moyens. Deuxio, arrête de téléphoner à Ania, je te rappellerai plus tard. Tertio, si les flics te prennent, tu restes muette comme une carpe. Je te sortirai de là. Si tu bavasses, je te coupe la langue. C'est tout.

Une tonalité à brefs intervalles annonça que la communication était terminée, et presque aussitôt retentit la sonnerie du téléphone spécial de Safioulline. Depuis le central téléphonique, on lui dit que Fox avait appelé à partir d'un poste public dans la boulangerie de la porte Srétenski. Directement depuis le central,

Passiouk avait filé là-bas en voiture pour passer au peigne fin les environs.

Mais Fox semblait s'être volatilisé malgré les efforts de Passiouk.

— Te bile pas, le consola Jeglov. Il ne m'échappera pas, ce salopard. Parole d'honneur ! Rentrez chez vous ! Récupérez. Rendez-vous à 19 h 50 à l'entrée du Savoy. Allez, ouste !

CHAPITRE 24

L'exposition des armes prises aux Allemands en 1941-1945 ne cesse de se compléter. De nombreux échantillons de matériel de guerre pris à l'ennemi à Berlin, à Budapest et dans d'autres régions, théâtres des récents combats, ont été acheminés à Moscou.

Les Izvestia.

C'était puéril, mais j'étais très excité à l'idée d'aller au Savoy. On avait beau dire, c'était la première fois de ma vie que je me préparais à aller dans un restaurant. Un peu avant la démobilisation, j'avais fréquenté une ou deux fois des *Gaststätte* allemands, mais ce n'étaient que de minables gargottes. Je regrettai néanmoins d'avoir à m'y rendre à la recherche de Fox plutôt que pour goûter aux plaisirs d'une bonne viande, d'un vin fin, et de danses insouciantes en compagnie de Varia.

Mais ce rêve était inaccessible... Nous avions donné nos tickets d'alimentation à Chourka Baranova, et nous devrions faire preuve de mille ruses, jusqu'à la fin du mois, pour obtenir à manger, et encore, du pain et des patates. De toute façon, nos tickets, valables uniquement pour les plats de résistance, n'étaient acceptés que par la cantine de la Direction. Le restaurant était au-dessus de nos moyens. Jeglov nous rappela cette triste réalité au moment où le car stoppait non loin de l'entrée du Savoy, à 19 h 50. Il remit à chacun d'entre nous un billet bleu crasseux de 100 roubles, en précisant :

— C'est l'argent de l'État, alors, pas de tralala, surtout qu'on ne sait pas s'il viendra.

Tout le monde rit : allez donc essayer de vous saouler la gueule avec un billet de 100 dans un vrai resto ! Gricha Six-sur-Neuf demanda :

— Qu'est-ce qu'on peut commander pour 100 roubles ?

Jeglov loucha vers lui d'un air désapprobateur :

— Deux tasses de café, un verre de vin sec et une bouteille de limonade. Mais tu n'es pas concerné, Kopyrine et toi, vous nous attendez ici.

— Mais voyons, quelle histoire, il se pourrait que je…

— Trèves de parlote ! Vous devez couvrir nos arrières pas vous la couler douce. On ne sait pas comment les choses vont tourner là-bas, c'est pourquoi vous devez être tout le temps sur le qui-vive. Pas de distraction, pas de journaux à lire, pas de blagues à se raconter, vous devez surveiller en permanence la zone devant l'entrée du restaurant. Si Fox vient et que vous l'identifiez, laissez-le entrer tranquillement ; toi, Kopyrine, tu bouges pas, et Gricha monte me voir. La mission est-elle claire ?

— Parfaitement ! répondit Kopyrine d'un air imperturbable.

— C'est clair, mais je voudrais… commença Gricha.

— Je t'ai tout dit ! l'interrompit Jeglov. Maintenant c'est le tour de Taraskine et Passiouk. Nous disons donc, le restaurant est composé de deux salles en forme de L. On y accède soit par la rue, soit par l'hôtel. Vous entrez et vous vous installez au fond de la seconde salle pour bloquer l'issue de l'hôtel. J'y pénètre le premier et je prends place au milieu, près de la fontaine, de sorte qu'on puisse me voir depuis les deux salles. Chaparov ferme la marche. À l'entrée de la première salle se situe le bar. Toi, Chaparov, avec ton physique de jeune premier, tu vas te planter devant le comptoir. Tu vas tourner le dos à l'entrée, de profil par rapport au comptoir pour pouvoir voir tout le monde sans que personne, ou presque, ne distingue ton visage. Le dispositif est-il clair ?

— Parfaitement.

— Dès que nous serons partis, Kopyrine, conduis le car à l'angle de Pouchetchnaïa et de Rojdestvenka, de là vous pourrez surveiller les deux entrées : celle du restaurant et celle de l'hôtel.

— Et qu'est-ce qu'on fait si on repère Fox ? demandai-je.

— On reste tranquillement à boire le café gentiment offert par l'intendance. Pas question de le reluquer, de s'agiter, de faire des mouvements brusques. Tout le monde reste à sa place et attend que Fox ait fini de prendre du bon temps, commence à se préparer à rentrer ou à aller aux toilettes. On ne peut le coiffer qu'au vestiaire, il est armé et tout à fait capable de faire des ravages dans la salle. Vous attendez mes ordres pour bouger.

— Dernière question, Gleb. Et si on se goure d'homme ? demandai-je. Si on cavale après le mauvais ? Après tout, nous ne disposons que du portrait-robot de Fox.

— Impossible, affirma Jeglov. J'ai quelqu'un qui le connaît. Point à la ligne. Taraskine, Passiouk, en place !

Jeglov partit une minute après eux, puis ce fut mon tour. Kopyrine me dit, en ouvrant la porte avec son levier-béquille :

— Allez, vieux, bonne chance !

Et il me gratifia d'une claque dans le dos.

Je laissai mon imper au vestiaire, touchai du coude mon pistolet dans la poche intérieure de mon veston, me donnai un coup de peigne devant le miroir et gravis les quatre marches de marbre qui menaient à la salle. Il n'y avait pas beaucoup de monde : je savais que le restaurant était ouvert jusqu'à 3 heures et que les clients ne commençaient à affluer qu'aux environs de 21 heures. Je regardai rapidement autour de moi ; j'étais juste devant le bar. Les tabourets aux sièges rembourrés tendus de cuir pivotaient comme ceux d'une tourelle de mitrailleuse ; juché là, je pouvais aisément observer de tous les côtés. J'avais également une vue imprenable sur la porte d'entrée, qui se reflétait dans les miroirs du buffet. La barmaid s'approcha de moi et dit poliment :

— Bonsoir, soyez le bienvenu.

J'en fus étonné et lui rendis sa politesse :

— Bonjour, ça fait longtemps que j'ai pas mis les pieds ici.

Elle avait des sourcils blancs épilés, soulignés au crayon, et ses boucles soigneusement mises en plis étaient rangées sous un filet moucheté.

— Qu'est-ce que vous prenez ? Cognac, vodka, liqueur, cocktail, punch ?

Elle me le demandait sur un ton confidentiel comme si nous étions en train de nous livrer des secrets ; elle semblait me laisser entendre qu'elle ne dirait à personne que j'avais éclusé son bar.

— Vous allez en attendant me verser un café et me donner le menu, lui répondis-je sur le même ton.

— Le menu est dans la salle, nous avons la carte, dit-elle sans trop d'enthousiasme.

— Va pour la carte, acquiesçai-je avec un air conciliant.

Elle alla faire le café et j'examinai la salle. Devant moi, à gauche de l'entrée, il y avait quatre tables, poussées contre les fenêtres, et des canapés avec des dossiers si hauts que les clients s'y trouvaient assis comme dans un compartiment de train ; personne ne les voyait et ils ne regardaient personne. Derrière le comptoir se trouvait l'entrée des cuisines. La salle s'achevait sur un palier, au milieu duquel jaillissait une authentique fontaine faite d'un petit bassin aux cloisons de cuivre. Dans les miroirs encastrés au plafond se reflétait le fond du bassin, c'était un spectacle d'une beauté féerique — des poissons rouges aux queues splendides évoluaient sur le plafond ! Il fallait de l'imagination pour inventer cela ! En face de la fontaine, sur une petite scène, l'orchestre, entouré de tables pour deux personnes, jouait.

Jeglov était déjà installé à une de ces tables en compagnie d'un homme que je voyais de profil et dont la nuque me paraissait curieusement familière. Il avait accroché au bouton de sa vareuse une serviette blanche empesée et donnait l'impression de se préparer à un copieux repas… pour 100 roubles ! Perché sur mon tabouret, je pouvais discerner son visage, à la fois hautain et sarcastique, et ses yeux, parcourus de lueurs de colère. De temps à autre il lâchait du bout des lèvres quelque chose à son interlocuteur et agitait le doigt devant son nez d'un air doctoral.

— Votre café et la carte.

Je regardai distraitement la carte que me tendait la barmaid pour ne pas perdre de vue la salle. Cocktail-fantaisie, vin chaud-moka, champagne-cobler, abricotain, porto-ronko, phare. C'était très exotique mais hors de mes moyens. Je finis par commander le punch au citron à 56 roubles, le moins cher. La barmaid me coulait un regard transparent de ses yeux opalescents et son visage allongé exprimait le plus grand mépris.

— Et c'est tout ?

— C'est tout pour l'instant, lançai-je sur un ton désinvolte.

La barmaid se mit à manipuler carafons et bouteilles, puis jeta dans le verre deux cerises et un cube de glace. Elle y planta encore une longue paille aux frais de la maison. Il me restait de quoi payer une tasse de café. Un problème se profilait à l'horizon : les serveurs passaient et repassaient les bras chargés de mangeaille. Toutes ces odeurs me faisaient venir l'eau à la bouche et j'en oubliais presque le but de ma mission. J'avais beau éviter de regarder dans les assiettes, elles me passaient sous le nez et me narguaient. Je me délectais surtout à la vue d'une côte de mouton, bien rôtie et fumante, garnie de frites dorées, d'oignons revenus au beurre et d'un cornichon en forme de cœur. L'os de la côte était orné d'une grande fleur de papier à festons. Quel spectacle !

J'enrageais surtout à l'idée que j'avais dans la poche de mon imper une belle tranche de pain enveloppée dans du papier journal. Si seulement j'avais pu la récupérer pour accompagner le punch et le café sucré, j'aurais atteint la félicité ! Mais le standing de cet établissement m'interdisait de telles pratiques. Quelle honte !

Bref, tout en pensant à ces vétilles, accoudé au comptoir, j'examinais la salle, table par table. Il y avait des officiers accompagnés de femmes, des civils bien habillés et, plus fâcheux, des parvenus aux manières arrogantes et lâches à la fois, aux femmes bruyantes et maquillées à outrance. L'orchestre faisait un boucan de tous les diables et comme les clients se levaient sans cesse pour aller danser, j'avais tout le loisir de les observer. Quiconque entrait dans le restaurant passait devant moi et s'arrêtait un instant à côté de moi, à la recherche d'une table inoccupée. J'avais donc acquis la certitude que Fox n'était ni parmi les convives ni parmi ceux qui étaient arrivés après moi.

Je ne pouvais pas voir de quoi se régalait Jeglov, mais chaque fois que quelqu'un entrait, Gleb semblait pousser son partenaire, qui se tournait et regardait dans la salle en se cachant derrière sa main.

Le saxophoniste dit de sa voix forte et roulante depuis la scène :

— Notre cher hôte Boris Borissovitch fait jouer ce morceau de musique pour l'honorable Avtandil Namaladzé.

Et le jazz attaqua un air géorgien, intitulé « *Souliko* ».

C'est à ce moment qu'un militaire de haute stature passa à côté de moi. Jeglov dut une fois encore pousser son partenaire ; je faillis en tomber à la renverse : Soloviev ! L'officier de service Soloviev était assis à la table de Jeglov ! Il avait vu Fox bien en face et je compris pourquoi Jeglov était si sûr de lui en prétendant que nous ne pourrions pas nous tromper d'homme. Jeglov intercepta mon regard étonné, sourit et me fit un clin d'œil à peine perceptible comme pour dire : « Ce salaud se rend utile au moins de cette façon-là. »

Je n'avais naturellement pas vu Soloviev depuis le fâcheux incident et je dois avouer qu'il était plutôt mal en point. Pâle et ratatiné, la courbure de son échine avait quelque chose de servile ; en l'examinant de profil, je le voyais sourire obséquieusement à chaque parole de Jeglov.

Pendant que je les observais, la barmaid à l'allure de jeune cane émergea, me sembla-t-il, de dessous mon bras et demanda de sa voix impersonnelle :

— Vous désirez encore quelque chose, jeune homme ?

Sous-entendu que je n'avais pas intérêt à user en vain le haut tabouret tendu de cuir.

— Oui, lui répondis-je gaiement. Vous allez me faire un autre café, ajoutai-je après l'avoir longuement et attentivement regardée dans les yeux. J'aime bien le coin et j'ai l'intention de rester longtemps, très longtemps, ici…

Les clients s'enivraient peu à peu, l'ambiance devenait de plus en plus bruyante, les serveurs couraient de plus en plus vite, les bras chargés de carafons et d'assiettes, ils faisaient tourner les plateaux, agitaient les assiettes, le saxophoniste criait de plus en plus fort pour couvrir le brouhaha :

— Tamara Podchibiakina félicite son frère Vassili, arrivé de la lointaine Vorkouta !

Et le jazzman explosait : « *Je viens, je viens à toi, ma chérie* », et le frère Vassili, qui n'occupait pas un poste de géologue à Vorkouta à en juger par ses ratiches en or et sa gueule balafrée, dansait à la russe autour de la fontaine en pliant les genoux…

Jeglov se tenait le menton appuyé sur ses poings fermés, en regardant d'un œil brillant les gens se déchaîner autour de lui et j'étais certain qu'il mourrait d'envie de contrôler leur identité. Mais pour accomplir la mission, il devait se contenter d'écouter les doléances de Soloviev.

Une belle brune élancée et fière ayant dépassé la trentaine allait et venait dans la salle. Elle portait une coiffe blanche et poussait devant elle une table roulante en verre chargée de plaques de chocolat, de petits fours Moscou la Rouge, de bonbons très chers, de bouteilles de cognac de marque, de paquets de cigarettes. Cette buffetière « automotrice » faisait le tour des tables en proposant aux hommes de faire un cadeau à leurs dames. Certains se détournaient, d'autres disaient d'une voix dégagée : « Merci, nous avons tout ce qu'il nous faut », d'autres encore lui prenaient quelque chose. Le frère Vassili de Vorkouta prit un vase de fruits, un paquet de cigarettes et jeta sur le plateau une liasse de billets. Il me vint alors à l'idée que Fox devait également s'approvisionner à sa table.

La buffetière « automotrice » s'approcha de moi, me fit un sourire mielleux et demanda :

— Vous prenez quelque chose ? Cigarettes ? Chocolat ?

Je regardai encore une fois sa guimbarde de verre en me disant qu'elle devait coûter plus que mon année de salaire.

— Non, merci.

À ce moment la porte claqua dans mon dos, je louchai en douce par-derrière : un homme de haute stature en uniforme sans galons passa à côté de moi et s'arrêta au milieu de la salle, à la recherche d'une place libre. Il prenait tout son temps et avait l'air sûr de lui. Je ne pouvais pas voir son visage.

— Alors prenez du Muscat, il n'y en a pas au buffet, n'en démordait pas l'automotrice.

— Je ne veux pas de Muscat non plus, dis-je d'une voix basse mais ferme, les yeux rivés sur Jeglov.

Or, Jeglov regardait de côté, à croire que c'était le spectacle des poissons rouges et de la fontaine qui l'intéressait. L'orchestre jouait *It's a Long Way to Tipperary* et le visage blanc de Soloviev, aveugle de terreur et de haine, semblant s'adresser au nouveau venu comme une plainte muette d'épouvante et de dégoût me convainquit que c'était bien Fox qui se tenait à dix pas de moi.

Je compris que Jeglov l'avait également aperçu : tout en regardant de côté, il débitait quelque chose à l'intention de ce lâche d'idiot de Soloviev ; il devait lui ordonner de se détourner, mais l'autre était pris de stupeur. Rien, ni la peur des sanctions, ni la honte n'avaient plus de prise sur lui ; seule sa terreur viscérale le tenait sous son emprise.

Je glissai en bas du tabouret et l'automotrice revint à la charge :

— Votre copine va certainement aimer ces petits fours.

— Allez, mémé, fichez-moi la paix, dis-je entre les dents. J'en ai vraiment marre.

Fox vit Soloviev, remua lentement la tête sur son cou musclé, son regard se fixa un instant sur Jeglov qui semblait contempler les poissons, et je compris que la bataille allait avoir lieu précisément dans la salle et pas comme prévu. Il était à dix pas de moi et j'aurais pu l'attaquer par-derrière, mais Jeglov avait exigé qu'on attende ses ordres.

— Fi, en voilà des manières ! entonna l'automotrice à côté de moi. Et dire que vous êtes encore un tout jeune homme, un officier à coup sûr…

— Du vent… eus-je le temps de dire.

Fox se retourna rapidement, balayant la salle du regard. Je compris qu'il m'avait repéré. Fox resta encore immobile quelques secondes, hésitant, se tourna vers l'automotrice et lança brièvement, sur un ton autoritaire :

— Marianne, viens ici !

Il me faisait maintenant face et je pouvais voir l'ordre de la Grande Guerre nationale briller d'un éclat d'or sur sa veste. Je me faisais fort de lui faire répondre également de cette décoration.

L'automotrice se précipita sur lui, m'oubliant du même coup.

— Bonsoir ! Bonjour, mon cher ! Que désirez-vous ?

Fox se baissa sur la guimbarde comme s'il était intéressé par son magasin gastronomique de luxe. Il examinait les bouteilles, triait lentement les boîtes tout en regardant de biais Jeglov et en louchant de mon côté. Je compris qu'il voulait prendre une paire de bouteilles pour s'en servir comme d'une matraque et reculai de deux pas vers la porte en souriant intérieurement : Fox craignait de sortir son arme.

— Les dames invitent leur cavalier ! C'est la danse des dames ! hurla le saxophoniste.

Tout le monde se leva, je perdis un instant Jeglov de vue et se produisit alors une chose tout à fait incompréhensible. Fox dit à voix haute à l'automotrice :

— Eh hien, Marianne, on danse avant de se quitter…

— Je n'ai pas le droit… commença l'autre.

Mais Fox la tenait déjà fermement et je vis qu'ils se tenaient devant une table inoccupée près de la fenêtre. La suite se déroula à un rythme époustouflant qui m'envoûta.

Fox souleva brutalement Marianne qui ne résistait pas encore ; un sourire apeuré et béat baignait son beau visage hâlé. Son pied heurta sa boutique roulante et tout son magasin gastronomique roula par terre dans un grand fracas de verre et de ferraille. Une femme hurla de peur, Marianne glapit, je me précipitai vers eux en voyant Jeglov fendre la foule pour leur couper la retraite. Fox nous prit tous de vitesse. Il avait envoyé dinguer les chaises et courait. Nous ne pouvions tirer parce qu'il se servait de Marianne, qui se débattait, comme d'un bouclier.

Quelques pas seulement nous séparaient lorsque Fox appuya la tête contre le ventre de Marianne et, se servant d'elle comme d'un boutoir, enfonça la large vitrine. Tous les deux roulèrent au-dehors. Un grand trou aux bords coupants apparut dans la vitre. Quand j'y plongeai, je vis Fox bondir sur ses pieds et détaler rapidement. C'est à ce moment que le reste du vitrage s'effondra sur moi ; la douleur me brûla simultanément le visage, les mains, les épaules et le dos. Je n'eus que le temps d'avoir peur pour mes yeux, mais je compris vite qu'ils étaient hors de danger en voyant Fox descendre au pas de course la rue Pouchetchnaïa.

— Saleté, tu ne m'échapperas pas, marmonnai-je tout en réglant mes appareils de visée.

Mais le sang qui coulait sur mes paupières m'empêchait d'ajuster. Je tirai une fois, puis deux — en vain !

Jeglov sauta de la fenêtre brisée, suivi de près par Passiouk et Taraskine. À côté, sur le trottoir, gisait le corps de Marianne, tel un pantin désarticulé.

— Attends, Chaparov, tire pas ! hurla Jeglov. Il est coincé, on le prendra de toute façon !

Notre car ronronnait déjà tout près et je regardais Fox courir en zigzaguant. La rue était dégagée, et je n'arrivais pas à comprendre pourquoi il courait sur la chaussée au lieu de se sauver par les cours.

— Vite ! Dans le car ! Gricha, tu reste ! hurlait Jeglov en m'aidant à monter sur le marchepied.

J'étais aveuglé par le sang qui coulait de ma blessure. Gleb se précipitait à la suite de Fox, talonné par Passiouk et Taraskine.

Kopyrine appuya sur l'accélérateur : on avait à peine roulé cinq mètres que Fox sautait sur le marchepied d'un camion Studebaker qui avançait lentement devant nous. Nous ne l'avions pas aperçu dans le noir, c'est pour le rejoindre que Fox courait dans la rue, au risque de s'exposer aux tirs. Le camion tourna dans la rue Néglinnaïa et fonça sans allumer ses feux de position.

Kopyrine rattrapa les agents qui s'engouffrèrent dans le car et Jeglov lança :

— Kopyrine, colle-lui au cul !

— « Colle-lui au cul », tu parles ! bougonna Kopyrine. Son moteur est trois fois plus puissant que le nôtre…

CHAPITRE 25

Au cours des années du 4ᵉ quinquennat stalinien les usines de Moscou produiront trois nouveaux modèles de voitures : la Moskvitch, la ZIS-110 et la ZIS-150.

La Moskvitch est une petite cylindrée à 4 places peinte en gris…

Au poste de combat.

Allez, allez, allez ! hurlait Jeglov. Écrase le champignon !

Le camion, à environ trois cents mètres devant nous déjà, prenait allégrement de la vitesse. Notre char à bancs le filait comme au temps de sa jeunesse. Place Troubnaïa, le Studebaker vira à droite et monta la côte en rugissant. Kopyrine tourna brusquement dans la rue Rojdestvenskaïa.

— Où tu vas ? ! Où tu vas ? ! bondit Jeglov.

L'autre se retourna, rageur :

— Chacun son métier, Gleb Egorytch !

— Il va nous semer ! Nous semer !

— Pas du tout, répliqua calmement Kopyrine.

La rue Sretenka était fermée au trafic à cause des aérostats qui devaient passer par Kirovskaïa. Ils ne nous échapperaient pas.

Kopyrine tourna à gauche, dans la rue Varsonofievski, déboucha dans la rue Dzerjinski et le Studebaker tous feux éteints glissa bruyamment sous notre nez. Le débrayage émit une plainte sourde, les paliers grincèrent. Kopyrine passa en seconde et fonça derrière le camion en direction de Kouznetski Most. Deux cents mètres nous séparaient.

Passiouk essuyait le sang sur mon visage avec un torchon. Un trolley baigné d'une lumière bleu jaune s'avançait lentement à notre rencontre depuis la Place du Manège.

— Taraskine, y'a un poste de milice routière près de l'hôtel Métropole, saute en marche et dis qu'ils donnent l'alarme, ordonna Jeglov.

Le Studebaker vira à gauche dans un grincement de pneus, s'engagea sur la voie inverse, juste en face du trolley dont l'énorme caisse lumineuse se cabra, littéralement, sur les roues arrière dans un craquement assourdissant. Les perches quittèrent les fils, la lumière s'éteignit et le pare-chocs rendit l'âme dans un dernier froissement de tôle. Le Studebaker plongea dans un étroit passage avant de disparaître sous l'arc.

Nous fûmes projetés de nos sièges. Soucieux de ne pas percuter le trolley immobile, Kopyrine effectua un virage brutal et fonça sur le trottoir en sautant la bordure, redressa le car et fila derrière le camion, sous l'arc à côté du monument à Fédorov, le premier imprimeur. Kopyrine avait eu le temps de faire fonctionner le levier-béquille, la porte s'ouvrit, le vent s'engouffra, et Kolia plongea dans le trou noir et humide. Quand je le regardai par la vitre arrière, il était déjà sur ses pieds et courait en boitant en direction du Métropole.

Le Studebaker nous distança à nouveau de quelques dizaines de mètres. Il filait maintenant en direction de la Place Rouge. Il ne pouvait nous échapper, les postes de milice qui se trouvaient plus loin bloqueraient la voie.

Dans un virage, ma tête heurta la paroi et le sang recommença à couler. Je l'essuyai avec ma manche en pensant, curieusement, à l'imper que j'avais laissé au Savoy et dans la poche duquel il y avait mon mouchoir et une grosse tranche de pain.

Kopyrine freina brutalement, donna un coup de volant à gauche et lâcha au même instant la pédale du frein. Ferdinand tourna presque à la perpendiculaire, sauta dans le trou noir d'un arc : gauche, droite, tout droit, à gauche, un enclos, à gauche, un hangar… Une clôture de planches vola en éclats… choc… À droite, une crevasse, gauche, à gauche, l'arc, et puis la rue Vétochny. À gauche… À droite…

— Le v'là ! Le v'là, ce salaud ! hurla Passiouk en montrant une ombre qui filait rapidement dans la nuit.

Le Studebaker était à nouveau tout près et fonçait en direction de la rue Kouïbychev.

— Gleb Egorytch, mes pneus sont en train de lâcher. Je n'ai pas cessé d'en réclamer des neufs.

— Allez, fonce, fonce ! C'est pas le moment.

— Il file à Zariadié, ce sagouin. Là-bas, il aura pas de mal à se planquer.

— Coupe-lui la route ! Tourne à gauche.

— Impossible ! Il va se ménager un passage vers le quai et alors plus moyen de le coincer.

Dans la descente qui conduit à la rue Razine, notre car rattrapa le retard et colla au train du Studebaker. Soudain surgit de nulle part une M-1 qui vint se placer entre notre capot et la ridelle de fer arrière du Studebaker ! Passiouk marmonnait dans sa barbe, Jeglov jurait et grinçait des dents en tirant sur la commande coincée de la sirène, Kopyrine éclaira pleins phares, appuyant allégrement sur le klaxon. À la lumière des feux nous pouvions voir sur le siège arrière de la M-1 un colonel, brandissant le poing dans notre direction, il criait quelque chose à l'adresse de son chauffeur qui retenait son véhicule pour nous bloquer la route.

— Bande d'idiots ! râlait Jeglov.

Le Studebaker avait déboulé dans la rue Razine et tournait à gauche, vers Zariadié. Jeglov se pencha hors de la fenêtre et hurla :

— Place ! Place ! Milice !

Mais les passagers de la M-1 ne l'entendaient pas ainsi et avaient bien l'intention d'arrêter ces « voyous de la route ». Un pistolet brilla dans la main du colonel.

Jeglov dit tout bas à Kopyrine :

— Allons, vieux, fais-le toi.

— Mais, Gleb Egorytch, bredouilla Kopyrine d'une voix hésitante, on va s'attirer des ennuis, de gros ennuis.

— Pour sûr, Kopyrine, les emmerdements, on en a toujours. Vas-y !

Kopyrine soupira, lâcha les gaz, donna un léger coup de volant, faisant mordre le trottoir à une roue, et arriva à la hauteur de la M-1, prit à gauche et la poussa hors de la route. La tôle arrachée grinça, la M-1 virevolta ; Kopyrine coupait déjà par la rue Razine vers la rue Chtchepotinkine où venait de filer le Studebaker. Nous n'eûmes pas le temps de le coincer dans les rues sinueuses du quartier de Zariadié et le camion rapide s'engagea sur le pont Moskvoretski. Kopyrine, sur la file de gauche, écrasait le champignon pour empêcher le Studebaker de tourner place Bolotnaïa.

À la sortie du pont le feu était rouge et je vis l'agent de la circulation sortir de son bocal et courir pour couper le chemin au Studebaker en sifflant et en agitant son bâton bicolore. Il avait couru jusqu'au milieu de la chaussée lorsque le camion vira à nouveau dans le sens opposé. Il cacha un instant l'agent à ma vue et je ne compris pas tout de suite ce qu'était ce grand objet sombre ressemblant à un sac qu'avait percuté le Studebaker ; ce n'est que lorsque les feux éclairèrent les pavés qu'apparurent le corps inanimé et la tête renversée, qui disparurent au même instant dans la nuit. Kopyrine dit sourdement :

— Ils l'ont tué, les salauds…

Le Studebaker roula avec fracas sur les pavés et fonça en direction de Baltchoug, vers le quai de la Yaouza.

— Gleb Egorytch, il va nous semer ! Son moteur est plus puissant que le nôtre.

Mais Jeglov était penché au dehors et, appuyé sur la fenêtre, son parabellum effilé se balançait au rythme des mouvements du véhicule.

— Tire, Gleb Egorytch, ils vont nous échapper, les maudits ! disait Kopyrine d'une voix pleurnicharde.

Jeglov ne répondait pas. Le coup partit au moment où on s'y attendait le moins. Le Studebaker fit une embardée, mais continua à prendre de la vitesse. Le canon noir se balançait lentement, une langue de feu s'en échappa brusquement, puis une autre.

Le moteur rugissait sourdement, les vieux pneus hurlaient en battant les pavés, un tram sonna au loin ; on entendit le trille d'un sifflet de milicien.

Plusieurs coups tirés par Jeglov déchirèrent la nuit. Le Studebaker amorça un grand virage à droite, vers le parapet en fonte du quai, qu'il percuta dans un bruit terrible, le faisant voler en éclats. Les roues arrière tournèrent un moment dans le vide, on pouvait même voir, à la lumière de nos phares, le tuyau d'échappement cracher de la fumée, avant de plonger dans l'eau.

Kopyrine éclaira la rivière en garant le car le nez sur le trottoir, à l'endroit où le camion avait percuté le parapet. À cet endroit, la rivière n'était pas profonde et le Studebaker ne s'était enfoncé que jusqu'à la cabine.

— Les aurais-je descendus tous les deux ? demanda Jeglov, désemparé.

Des voitures pilèrent à côté de nous, un motard de la milice rappliqua, une voiture du MOUR arriva dans les hurlements de sirène, quelques passants s'assemblèrent. Jeglov ordonna à un des agents de dégager les lieux de l'incident.

— Allons, Passiouk, il faut descendre dans l'eau, dit-il.

Passiouk retira ses bottes en silence.

— J'y vais aussi, dis-je.

— On fera sans toi, coupa Jeglov. Faites venir l'ambulance, il faut panser l'un des nôtres ! lança-t-il à l'agent de circulation.

La porte du camion à moitié submergé s'ouvrit soudain et Fox apparut sur le marchepied. Son visage était tuméfié, du sang coulait sur ses mains, il était noir, mouillé, effrayant ; seul l'ordre de la Guerre nationale brillait à la lumière. Il souriait avec sa bouche déchirée, mais ce sourire était pitoyable et comme emprunté, semblable à celui d'un fou.

— Vous avez gagné, citoyens. Vous avez eu du pot, dit-il distinctement.

Jeglov se pencha vers lui :

— Le coq pond chez ceux qui ont de la chance, et même un sale oiseau de ton espèce va pondre chez moi ! Monte, salopard, avant que je mouille mes pieds.

Fox se retourna comme pour mesurer la distance qui le séparait de l'autre rive, mais elle était loin et Jeglov se tenait juste au-dessus de lui.

— T'en as pas encore assez ? ! demanda Jeglov. Je t'ai pourtant bien montré mes performances au tir. Sors, je te dis !

Fox sauta du marchepied dans l'eau. J'étais certain qu'il ne ressentait pas le froid. Il s'approcha lentement du parapet, leva les bras pour qu'on le hisse, manifestement déterminé à se rendre.

Pendant ce temps, Jeglov donnait des ordres :

— Installez un poste, repêchez le corps de l'autre, prenez ses empreintes digitales et envoyez le corps à la morgue, faites venir d'urgence une grue pour retirer le camion et prévenez les experts de la milice routière.

Puis il s'approcha de Fox et lui envoya un coup de pied dans le postérieur pour l'humilier :

— Monte dans le car, salaud.

— Attends ! lançai-je.

Ils se retournèrent tous les deux. D'un coup sec j'arrachai l'ordre de la Guerre nationale de la poitrine de Fox, et on prit la direction de la rue Petrovka.

CHAPITRE 26

Des dizaines d'entreprises du pays sont en train d'exécuter de nombreuses commandes du chantier du gazoduc Saratov-Moscou. Les entreprises de Moscou fabriquent des équipements très complexes pour les conduites et les stations de compresseurs.

TASS.

Tout le monde s'était réuni dans le bureau et dévisageait Fox, confortablement installé sur la chaise près de la porte, les jambes croisées, qui nous regardait avec intérêt et un vague sourire, sans méchanceté affichée. Il tira de sa poche un beau mouchoir, l'appliqua contre l'égratignure qui labourait sa joue droite et hocha la tête d'un air désapprobateur, puis regarda ses mains couvertes de sang, coupées par des éclats de verre, ses doigts maculés d'encre d'imprimerie après le relevé dactyloscopique, et dit tranquillement, d'un ton léger, sans s'adresser à personne en particulier :

— Vous n'auriez pas de l'eau de Cologne, hein, citoyens détectives ? Je n'ai pas l'habitude d'avoir les mains sales. Ou un peu d'essence, à la rigueur, hein ?

Passiouk tira sans rien dire de sa table un flacon de térébenthine et le tendit à Fox qui s'essuya les doigts et rendit le flacon après avoir esquissé une courbette.

— Ça va encore durer longtemps, ce cirque ? Je veux et j'ai le droit de savoir de quoi il retourne.

Jeglov regarda Fox longuement et attentivement, avec dans le regard un éclair de ruse, comme s'il demandait le prix d'un article sur le marché sans montrer au vendeur l'intérêt qu'il lui portait. Il sortit un paquet de Nord. Fox se souleva un peu de sa chaise et tendit sans obséquiosité à Gleb un paquet de Kazbek humide et froissé. Jeglov, qui ne cessait de scruter Fox de ses yeux bruns de faucon, écarta d'un geste plein de mépris la main de Fox et lâcha :

— Le cirque, tu dis ? Eh bien…

Il regarda les pièces d'identité de Fox qui se trouvaient sur la table et les tapota avec son doigt :

— Elles sont à toi ?

— À moi… répondit poliment Fox. Vous, citoyen, vous devrez me les rapporter à domicile… entre les dents… sur les pattes arrière…

Et il fit un large sourire en montrant ses dents éclatantes avec une fente accusée entre les incisives supérieures.

— Mais dis donc ! siffla Jeglov en lui envoyant à son tour un sourire sympathique. Entre les dents ? Là, tu exagères.

Il se tourna vers moi en désignant Fox de la tête :

— Il a du toupet, ce gars, hein, Chaparov ? Je parie que tu n'as encore jamais vu un oiseau pareil ?

Je fis non de la tête, et Jeglov parla d'une voix basse, sur un ton si terrible que, même moi, j'en eus des frissons dans le dos.

— Voilà, Chaparov. Ce type est à toi. Il est à toi, ne discute pas. À ton entière disposition. Tu en fais tout ce que tu veux. Tu peux le mettre en pièces, le tabasser, le malmener autant que tu veux parce que c'est un assassin sans cœur et sans pitié. Réduis-le, Chaparov, au nom de Dieu, de Notre-Dame et des saints apôtres et qu'il ne reste que de la bouillie de ce salaud… En route, les gars !

Il se leva, les autres suivirent, mais Gleb s'arrêta sur le seuil, près de Fox et dit :

— T'as plus qu'un espoir, gagner les bonnes grâces de Chaparov, mais ça demande des efforts. Compris, bandit ?

Et il sortit sans attendre la réponse.

Fox le suivit des yeux, hocha la tête et demanda :

— Il est dingue ou quoi ?

— Non, répondis-je sèchement.

J'observais ses mains fortes et belles, posées sagement sur ses genoux, aux ongles longs et soignés.

Fox dit sur un ton de confidence comme s'il avait lu dans mes pensées :

— Vous regardez mes mains ? Des mains d'artiste ! Ma vie a malheureusement suivi une autre voie.

La manchette droite de sa chemise était déchirée et je vis un début de tatouage. Je m'approchai, retroussai sans façon la manche et pus lire : « *Qui n'y est pas allé ira, qui y est allé n'oubliera pas.* »

Fox expliqua avec un sourire :

— Des erreurs de jeunesse. J'ai dû y faire un séjour et m'en souvenir une fois pour toutes. Afin que ça ne se répète plus.

— Vous travaillez ? demandai-je sur un ton maussade.

— Bien sûr, répliqua vivement Fox. « Celui qui ne travaille pas ne boit pas », comme on dit. Je suis agent d'approvisionnement dans un entrepôt de saturateurs.

— Et à quoi consacrez-vous vos loisirs ?

— Je vais vous le dire franchement, je joue. Au billard, aux cartes, à n'importe quoi pourvu que ce soit un jeu. Parfois, ça me revient cher, mais… les passions se déchaînent ! Or, le Code pénal, c'est sacré pour moi, car je suis un honnête homme, ne l'interdit pas ! Et voilà que je suis victime d'une arrestation arbitraire ! Mon Dieu, mais qu'est-ce qui se passe ? !

Je demandai le plus calmement possible :

— Pourquoi avez-vous cassé la vitre au Savoy ? Pourquoi cette fuite ?

Il fit une grimace comme s'il venait d'avaler une pilule amère :

— J'ai eu l'impression que votre copain ou supérieur ou autre chose, bref, qu'il ressemblait beaucoup à un caïd avec qui j'avais malheureusement perdu aux cartes. Il a prévenu qu'il allait me tuer si je ne payais pas ma dette, c'est horrible !

Fox alluma une cigarette, tira une bouffée aux formes baroques vers le plafond et poursuivit :

— Quand j'ai vu votre compagnie, j'ai eu une peur terrible et j'ai décidé de me sauver à tout prix. Je suis prêt à payer la vitrine cassée et à faire mes excuses à Marianne. Votre chef divaguait drôlement en affirmant que je suis un assassin et que vous allez m'écraser, etc. On a beau dire, le MOUR, c'est une institution. J'aimerais savoir ce qu'il a en tête.

Le téléphone sonna. L'expert du service anthropométrique, Sapojnikov, venait de comparer le relevé d'empreintes de Fox avec celles trouvées sur les pièces à conviction et il était pressé de m'exposer ses conclusions : l'empreinte sur la bouteille de Kurdamir était celle de l'annulaire de la main gauche de Fox, les empreintes laissées sur la pince-monseigneur découverte dans le magasin cambriolé étaient également les siennes, celles de sa main droite. Fox me disait quelque chose, mais je ne l'écoutais pas.

Vint l'expert Rodionov. Il apporta une sorte de pâte rose dans un bocal de faïence, en tira habilement à l'aide de baguettes de verre une boule grosse comme une patate et leva vers moi un regard interrogatif.

— Que faut-il faire ? demandai-je.

— Qu'il morde là-dedans, répondit Rodionov.

Fox haussa les épaules :

— Qu'est-ce que c'est que ça encore ?

L'expert le rassura :

— N'ayez aucune crainte, c'est tout à fait inoffensif.

— Ça se peut, mais pas pour moi, grinça Fox.

— Ça suffit ce cirque, Fox, lui dis-je. Si vous êtes un honnête homme comme vous voulez nous le faire croire, vous n'hésiterez pas à subir ce test, n'est-ce pas ?

Fox ne comprenait visiblement pas tout à fait la signification de l'expérience que nous étions en train de mener, mais, comme il voulait continuer à jouer son rôle, il prit négligemment la « patate », mordit dedans avec une grimace de dégoût en recrachant l'autre morceau sur la table. Rodionov passa un moment à faire de la sorcellerie et m'appela au bout de deux à trois minutes ; sur la table, à côté de l'échantillon témoin, se trouvait l'empreinte en plâtre des traces de dents laissées dans la plaque de chocolat de chez Larissa Grouzdeva.

— C'est les mêmes, regardez… dit Rodionov.

Je constatai que les traces de dents étaient identiques : la fente entre les incisives supérieures, leur position par rapport aux autres dents, la taille.

Je tapotai l'expert sur l'épaule, nous échangeâmes des sourires et il prit congé. J'examinai alors le livret de caisse d'épargne au nom de Fox. Le montant du dépôt s'élevait à 267 000 roubles !

— Plus d'un quart de million… Mais dis donc… Ça provient de l'entrepôt de saturateurs ou de la salle de billard, hein ?

Fox remua un peu et comme à son accoutumée, esquissa un large sourire :

— Camarade Chaparov, votre visage est celui d'un homme bon et sympathique. Il invite à la franchise.

Je connaissais bien la franchise à laquelle mon visage invitait, surtout mon nez retroussé et mes mirettes minuscules. Je rendis à Fox son sourire et le regardais d'un air interrogatif.

— Je vais donc être tout à fait franc avec vous. À mon âge, les gamineries sont honteuses. Mais je suis célibataire, aime sortir avec les femmes, or, quoi qu'en disent les idéalistes, les femmes aiment les hommes riches. Et moi, je suis pauvre. Mais oui, ne vous étonnez pas, je suis un pauvre employé et c'est uniquement à la faveur des coups de fortune sur le tapis vert que je peux parfois sortir ma dame au restaurant.

— Et le quart de million ? rappelai-je.

— Un instant, je vais tout vous expliquer. C'est bien triste, mais les femmes préfèrent les riches avares aux pauvres généreux. Mais oui ! Alors n'importe quelle femme ouvre ses bras à l'homme qui a plus d'un quart de million sur son livret de caisse d'épargne. Peu importe qu'il soit aussi dur à la dépense que moi, elle compte le faire payer en faisant jouer ses charmes.

Je sentis une vague de haine glacée me monter à la gorge : je me souvins de Chourka Baranova roulant sur le plancher de la cuisine et au même instant de Varia, de ses yeux immenses débordant de tendresse. Ce misérable les souillait sans se douter même de leur existence. C'est donc malgré moi que je lançai :

— Hé-ho, vous, là, suffit de parler des femmes ! Vous ne sortez qu'avec des prostituées.

Fox me coupa la parole :

— Mais voyons, camarade Chaparov, je suis loin de généraliser ! Bien sûr que je parle de celles de ma connaissance.

— Revenons plutôt à nos moutons. Qu'en est-il de vos millions ?

— Mais rien, dit tranquillement Fox. Ils n'existent pas. C'est une fiction. J'ai ajouté une nouvelle ligne au dépôt précédent de 100 roubles. Vous n'avez qu'à vérifier et vous saurez qu'à mon grand regret mon épargne ne représente que 100 roubles.

Et il écarta largement les bras comme pour s'excuser de sa légèreté.

Je le crus. Je le crus tout de suite, même sans vérifier, car je ne doutais plus qu'il ne faisait que des saloperies.

— Fox, tu es plus qu'un agent de ravitaillement et un joueur de cartes, tu es un bandit et un assassin. Tu as tué Larissa Grouzdeva, le gardien du magasin de la rue Trifonovskaïa, et j'en passe des choses du même genre qui sont à mettre à ton passif.

— C'est donc de ça qu'il s'agit ! Vous êtes de sacrés malins pour faire porter le chapeau aux innocents…

J'explosai à nouveau :

— Ne salis pas mes camarades. Ils s'exposent aux balles à cause de salauds de ton espèce. Et c'est pas la peine de loucher sur la fenêtre, elle ne donne pas sur la rue, mais sur la cour, juste sur le chenil. Tu prends le risque ?

Il hocha la tête et dit avec reproche :

— Je ne croyais pas qu'on avait cette façon de traiter les gens au MOUR… Il faut encore prouver tout ce que vous avancez.

— Nous allons tout prouver, tu peux en être sûr. Et Larissa, et votre fameux « Chat noir ».

— Mais je ne connais aucune Larissa, qu'est-ce qui vous prend ? se défendit Fox.

Je compris qu'il était très intéressé par le fait de pouvoir glaner quelques informations.

— Pour tout vous dire… Tenez, un exemple… Vous avez connu Larissa Grouzdeva par Ira Sobolevskaïa, attendez, elle va vous identifier, vous l'avez entortillée, vous êtes un as en la matière : l'amour jusqu'à la tombe et le reste. Vous avez persuadé Larissa de déménager en Crimée, d'y acheter une maison et tout le saint-frusquin, d'autant plus que vous aviez déjà 267 000 roubles à la caisse d'épargne, la somme qui devait suffire pour tout : monter le ménage et acheter votre propre bagnole, une Horch. Il y avait aussi votre copain au théâtre du coin. Vous lui avez fait quitter son travail, vous lui avez dit de faire ses valises et de retirer l'argent gagné à la sueur de son front.

Le téléphone sonna. C'était Passiouk, qui arrivait avec Galina Jeltovskaïa, la nouvelle femme de Grouzdev.

— Qu'elle attende là-bas, répondis-je. Trouve-moi deux hommes de l'âge de Fox et des témoins, on va procéder à un tapissage.

Fox demanda :

— C'est de Sokolovskaïa dont vous avez parlé ?

À croire qu'il le faisait exprès. Je continuai sans relever :

— Et puis vous avez organisé un dîner d'adieu avec Kurdamir et chocolat...

Fox m'interrompit à nouveau :

— Minute ! Je veux faire un petit aveu. J'avais effectivement une liaison avec Grouzdeva, mais, d'abord, l'homme ne doit pas afficher des choses pareilles sans nécessité, et puis je ne voulais pas être mêlé à cette histoire de meurtre.

L'animal avait pigé que Sobolevskaïa allait l'identifier sans difficulté et il se préparait une porte de sortie.

— Et après ? demandai-je.

— Il n'y a pas eu de dîner d'adieu, vous avez inventé tout ça.

— Une de vos empreintes est restée sur la bouteille, c'est établi.

Il réfléchit un peu et dit en haussant les épaules :

— Ça ne prouve encore rien. Nous avons effectivement bu du vin avec Larissa. Du Kurdamir, une semaine avant ce terrible malheur ! C'est alors que j'ai pu laisser mes empreintes.

Je m'approchai du coffre, l'ouvris et en tirai la bouteille qui avait contenu le Kurdamir, la pris avec précaution en la tenant par le goulot et le fond et fis signe à Fox d'approcher :

— Regardez à la lumière. Voici l'empreinte de l'annulaire de votre main gauche. Il y a aussi les empreintes des autres doigts, mais elles ne sont pas bien nettes.

— Oui, je vois, confirma volontiers Fox.

— Alors vous affirmez avoir laissé ces empreintes une semaine avant le meurtre ?

— Exactement, le 11 ou 12 octobre…

— Dans ce cas, regardez attentivement l'envers de l'étiquette…

J'allumai la lampe de bureau et en approchai la bouteille. On voyait nettement à travers le verre vert le tampon : « *18 octobre 1945* ». Je devinai sans attendre ses nouvelles inventions :

— Vous pouvez évidemment « vous souvenir » que vous avez bu ce vin non pas une semaine mais un jour avant le meurtre. Il serait temps de se dire que tous ces mensonges ne servent à rien.

— Je me souviens justement… commença Fox avec son sempiternel sourire arrogant.

Mais à ce moment la porte s'ouvrit et Passiouk entra accompagné par deux jeunes gens de haute stature.

— Ce sont les gars pour la représentation, expliqua-t-il. Les témoins sont dans le couloir.

— Alors, fais-les entrer.

La porte s'ouvrit et Jeltovskaïa entra, son visage terrorisé marqué par des fossettes. Elle ne comprenait visiblement pas ce qui se passait, et son émotion n'en était que plus grande : son visage accusait une grande pâleur, ses lèvres tremblaient, ses yeux s'embuaient de larmes.

— Citoyenne Jeltovskaïa, calmez-vous, dis-je avec dépit. Vous allez maintenant examiner ces trois jeunes gens. Prenez votre temps, regardez attentivement. Vous nous direz si vous reconnaissez quelqu'un parmi eux. Je vous préviens que les fausses dépositions sont punissables aux termes de la loi. Voici ces hommes. Regardez-les.

Les hommes en question étaient assis le long du mur. Jeltovskaïa s'était arrêtée au milieu du bureau et les regardait en silence à tel point que je me pris à douter qu'elle reconnaisse qui que ce soit. Mais je ne tardai pas à comprendre qu'elle ne les voyait pas tout simplement : ses yeux étaient embués de larmes et elle avait un regard absent.

— Jeltovskaïa, je vous prie encore une fois de vous calmer, dis-je avec toute la douceur dont j'étais capable. Regardez ces hommes.

Elle renifla brusquement comme un enfant en se mordant les lèvres pour retenir ses sanglots. Puis elle essuya ses larmes avec un mouchoir et dit :

— C'est celui-ci, et elle désigna Fox de la tête.

— Quel est son nom, depuis quand le connaissez-vous, dans quelles circonstances avez-vous fait connaissance ?

— J'ignore son nom, dit Jeltovskaïa dans un murmure. Nous ne nous connaissons pas. Ce garçon est plombier à la gérance des immeubles à Lossinka.

— Vous le voyez souvent ? ajoutai-je.

— Non, je ne l'ai vu qu'une fois, ce jour maudit où Ilia...

Et elle se mit à pleurer de nouveau.

— Et que s'est-il passé ce jour-là ? insistai-je.

— Il est venu chez nous pour vérifier le chauffage.

— Et vous vous en souvenez ? demandai-je avec une note de défiance.

Elle écarta les bras et répondit simplement :

— Oui.

— Que faisiez-vous pendant qu'il s'occupait du chauffage ?

— J'étais sur la véranda en train de terminer le résumé de ma thèse. Puis il est sorti de la cuisine, a dit que tout était en ordre et est reparti. Voilà, c'est tout.

Passiouk fit sortir tout le monde, je restai en tête-à-tête avec Fox, mais je n'avais aucune envie de lui parler. Lui non plus. Je suggérai :

— Allons, Fox, je vous propose de tout avouer. Un innocent se morfond dans une cellule à cause de vous. Il faut avoir au moins un peu de cœur.

À quoi Fox répliqua avec arrogance :

— C'est pas à cause de moi qu'il se morfond. C'est vous qui l'y avez mis, pas moi…

Je ne pouvais pas discuter avec lui, comme si quelque chose s'était rompu au fond de moi, mais je ne pouvais pas non plus lui laisser le dernier mot.

— Ne discutons pas. Nous savons tout sur vous, vous êtes un membre actif de la bande. C'est vous qui avez tué Grouzdeva.

Jeglov et Pankov firent leur apparition. J'étais vraiment heureux de pouvoir arrêter cet interrogatoire si pénible pour moi. Je saluai Pankov et lui dis :

— Sergueï Ipatiévitch, voici le fameux Fox. Vous allez vous en occuper tout de suite ?

Pankov approuva de la tête. Sans regarder Fox, il retira dans le coin ses caoutchoucs noir-rouge.

Jeglov me dit sans prêter, lui non plus, la moindre attention à Fox :

— Il avait un beau salaud pour chauffeur…

— C'est-à-dire ? demandai-je.

— Il avait déjà été paluché. Tu te souviens du surin avec lequel on a agrafé Vassia Vekchine ?

— Oui.

— On y a découvert les mêmes empreintes digitales que celles du chauffeur que j'ai abattu, dit Jeglov. Je parie que tu ne connais pas non plus le chauffeur Essine qui te promenait à bord du Studebaker ? demanda-t-il en se tournant vers Fox.

— Je l'ai vu pour la première fois devant le restaurant, dit Fox, posant sa main sur son cœur.

— Tant pis pour ta pomme ! dit Jeglov dans un hochement de tête. Viens, Chaparov.

Je dis encore à Fox :

— Voici le camarade Pankov, le procureur. C'est lui qui va s'occuper de votre cas et le soumettre devant le tribunal.

Fox opina poliment. Je cédai à Pankov ma place devant la table, pris Gleb par l'épaule et nous sortîmes dans le couloir.

— Bon, ça va, approuva Jeglov. On va rentrer chez nous, hein ? Ça fait vingt heures qu'on est debout.

— Et Grouzdev ?

— Mais puisque je viens de te le dire : il fait nuit dehors et on ne va pas le lever de son lit !

— Je pense que de ce lit-là on s'en sauve même en pleine nuit. D'autant plus que sa femme est ici.

— Volodia, t'es un vrai veau, va. Comment ils vont faire pour rentrer chez eux ?

— Qu'à cela ne tienne, ils iront à pied, à la rigueur. Allons, Gleb, finissons-en et après on rentre.

— Mais il va falloir poireauter encore une heure !

J'en avais marre de discuter avec lui, je décrochai le récepteur, appelai la cellule préventive et donnai l'ordre à l'agent de service de nous envoyer Grouzdev. Jeglov maugréa sans conviction :

— Espèce de bleu, tu aurais pu au moins dire que tu le réclames avec ses affaires, sinon il va falloir le faire revenir.

En effet, je n'y avais pas pensé. Je rappelai l'agent qui pensait que l'on réclamait Grouzdev pour un interrogatoire.

— Puisque c'est comme ça, il me faut un bon de sortie en bonne et due forme, déclara l'agent vexé.

Je l'assurai que j'allais l'apporter moi-même et Jeglov consentit à m'en dicter le contenu, qui se terminait par cette phrase : « *Commuer la peine de détention en un engagement par écrit à ne pas quitter Moscou.* » Là, nous eûmes une nouvelle discussion, car je croyais qu'il aurait été plus correct d'écrire : « Libérer comme innocent », mais Jeglov coupa court à mes scrupules :

— Mais qu'est-ce que tu as à faire l'andouille ? Si on écrit comme ça, on ne va pas finir de nous emmerder, y'aura plus moyen de travailler. Or, du travail, nous en avons plein les bras ! S'il s'agit d'une commutation de la peine, ça ne regarde personne. L'instruction est libre de décider si l'accusé doit être mis sous mandat de dépôt ou rester en liberté, compris ? Dès que nous en aurons fini avec Fox, nous lèverons cette obligation pour Grouzdev.

J'ignorais encore toutes ces nuances et je ne m'imaginais pas à quel point il était pénible de se conformer aux règles de l'instruction. Je consentis sans plus discuter et attendis que Jeglov appose sa fameuse signature en colimaçon.

Je courrais à la cellule. Jeglov irait voir Pankov, qui aurait eu le temps d'obtenir de Fox la ferme assurance qu'il n'avait jamais commis de crime, que nos preuves étaient montées de toutes pièces et que l'instruction ne devait en aucun cas modifier sa position.

— Nous disons donc, Chaparov, me dit Jeglov, tu t'occupes de Grouzdev, moi, je vais faire acte auprès de Pankov…

— Tu ne veux pas dire au revoir à Grouzdev ?

— Pour quoi faire ? répliqua froidement Jeglov. Ce n'est pas un parent.

— Je pense qu'on doit s'excuser auprès de lui, dis-je non sans hésiter.

Gleb éclata de rire :

— Là, tu pousses un peu, Chaparov ! Il sera tellement heureux qu'il te baisera les mains !

Je ne voyais pas ce qu'il y avait de si drôle. Grouzdev n'avait à mon sens aucune raison de nous baiser les mains.

— Mais, Gleb, nous avons bel et bien mis en prison un innocent.

— Non, il y a quelque chose que tu ne comprends pas, dit Gleb avec assurance. Il n'y a point de punition sans culpabilité. Il aurait dû penser à qui il avait affaire et faire plus attention à ses nanas et ne pas laisser traîner son pistolet un peu partout.

— Non, répéta-t-il encore une fois avec conviction, il n'y a point de punition sans culpabilité !

Je n'appréciai guère ce raisonnement et je continuai donc avec entêtement :

— Arrête de me raconter des salades ! J'essaie d'y voir clair, d'être humain. Nous l'avons fait souffrir. Il n'est pas coupable. Donc, il faut s'excuser : « Ce n'était pas sur un coup de tête, mais à cause d'un concours de circonstances, on vous souhaite bonne chance et ne nous en gardez pas rancune. » Voilà un langage humain.

Jeglov rit de nouveau :

— Mais puisque je te dis qu'il se fiche de nos excuses comme un lièvre d'un panneau « Stop ». Ce ne sont pas les paroles, mais les actes, qui comptent. Tu le remets en liberté, c'est ça qui compte maintenant pour lui. Les paroles ? De la bagatelle ! Tu te souviens des règles que je t'ai énoncées l'autre jour ?

— Oui, et alors ?

— Nous avons été interrompus. Je vais finir. Retiens bien les deux dernières règles de Jeglov et tu ne passeras jamais pour un idiot à tes propres yeux. Premièrement : même un simple « bonjour » peut être une offense mortelle. Deuxièmement : même le mot « salaud » peut parfois faire fondre de plaisir. T'as pigé ? Allez, bonne chance !

Il me donna une joyeuse claque sur l'épaule et se dirigea vers la porte.

Il avait encore pris le dessus, je faisais une nouvelle fois figure de bleu. Je fus brusquement pris d'une telle rage que je lui lançai :

— Je connais une autre règle, moi : on peut faire les pires turpitudes en offrant une chaise. Mais rembourrée... Tu peux l'ajouter aux autres, tu entends, Jeglov ? !

Il ne se retourna même pas et j'entendis le crissement de ses bottes et un morceau de la chanson qu'il fredonnait : « *En premier lieu, en premier lieu les avions...* »

Je restai à ne rien faire, histoire de me calmer un peu. L'horloge indiquait 5 heures. Malgré une sorte de brouillard dans ma tête, je n'avais plus sommeil et ma blessure à la tête me faisait mal. Soudain je me souvins qu'on devait amener Grouzdev d'un moment à l'autre et que Jeltovskaïa était dans le couloir. Je sortis avec précipitation et l'invitai à passer à l'intérieur : je ne voulais pas qu'elle voie son mari les mains dans le dos et conduit sous escorte.

Elle entra, abrutie par les émotions, par la nuit sans sommeil, ne sachant toujours pas ce qui l'attendait : à ses yeux Fox n'était qu'un plombier.

— Vous permettez ?

L'homme d'escorte passa la tête par la porte.

Je hochai la tête et il fit entrer un Grouzdev aux cheveux ébouriffés, portant les vêtements fripés dans lesquels il dormait sur le bat-flanc — les prisonniers n'avaient pas droit à un lit, en cellule. Sa barbe d'une semaine ne parvenait pas à cacher son visage boursouflé et pâle. Il avait le teint terreux des détenus et les paupières si gonflées que ses yeux rougis par l'insomnie en étaient presque clos. Grouzdev porta machinalement son regard sur moi et sur la femme comme s'il ne s'agissait que d'un pion de la machine judiciaire en train de le broyer, mais reconnut alors Jeltovskaïa et se précipita vers elle. Elle se leva à sa rencontre. Grouzdev s'arrêta à mi-chemin et se tourna vers moi avec une plainte muette. La captivité faisait déjà son effet. Je fis oui de la tête et un signe à l'homme d'escorte qu'il pouvait disposer. Grouzdev embrassa Jeltovskaïa, ils se figèrent un instant, puis on entendit des gémissements et la voix de Grouzdev :

— Il ne faut pas, Galotchka, ce n'est pas permis... il ne faut pas.

Je ne regardais pas de leur côté mais je sentais la honte m'envahir d'avoir tant fait souffrir ces gens. Je me tournai vers la fenêtre et méditai quelques instants sur la violence du pouvoir que nous conférait notre fonction. Je jurai de me souvenir toute ma vie du prix, que l'on doit payer soi-même ou que doivent payer les autres, de sa douce possession...

Grouzdev toussota et je me tournai vers eux. Ils regardaient avec espoir. Grouzdev demanda lentement après avoir désigné du menton le maigre baluchon qui traînait près de la porte :

— Je vais être... maintenant... transféré à la prison de la Boutyrka ou...

Sa voix s'étrangla, il toussa et seuls ses yeux me fixèrent pleins d'une interrogation douloureuse.

Malgré mon envie de m'excuser d'une telle erreur judiciaire, je lui dis simplement :

— Ilia Sergueïevitch, mon cher, je suis très content pour vous, nous avons mis la main sur Fox, le véritable assassin. Vous êtes libre.

Grouzdev se tint un instant immobile comme s'il n'en croyait pas ses oreilles. J'eus presque peur qu'il tombe. Tout à coup, il émit un cri de joie, se précipita vers moi, m'embrassa, me serra contre lui et, sans doute parce que j'étais un inspecteur inexpérimenté, je l'embrassai également de tout mon cœur. Au bout d'un moment, gênés de cet élan, nous nous séparâmes et Grouzdev dit :

— Chaparov, c'est grâce à vous, mon cher, c'est grâce à vous. J'ai eu confiance en vous dès que je vous ai vu. J'ai toujours eu confiance en vous… Merci, merci infiniment, je me souviendrai de vous toute ma vie.

— Ilia Sergueïevitch, tout s'est imbriqué de telle sorte, dis-je en le regardant droit dans les yeux, que votre culpabilité ne faisait aucun doute. C'est pour cela que vous avez été arrêté.

— Oui, je comprends tout ! m'interrompit avec ferveur Grouzdev. Il n'y a rien à redire.

— Mais si, il y a des choses à redire. Je dois m'excuser auprès de vous en mon nom propre et au nom de mes camarades. Nous avions tort. Excusez-nous et… vous êtes libre. Je vous raccompagne.

Jeltovskaïa enlaça Grouzdev avec fermeté comme si elle avait peur que je change d'avis, et Grouzdev se mit à lui caresser la tête. Il me tendit la main :

— Adieu, Chaparov. Tu es un homme bien. C'est un bon début. Les hommes comme toi devraient être plus nombreux. Je te souhaite bien du bonheur.

Sur le pas de la porte, il dit après une légère hésitation :

— Dans la vie il est très important de juger correctement les hommes, surtout s'il s'agit de tes amis…

Je le regardai avec étonnement.

— Je suis un homme direct, poursuivit-il. Je vais te dire une chose, sauf ton respect : ton Jeglov est un sale type. Ne crois surtout pas que c'est parce que nous avons eu des démêlés tous les deux... Non, il se fiche pas mal des autres, tout simplement. Et il n'hésitera pas à piétiner tout le monde, toi y compris, le cas échéant.

Un jour gris et humide commençait à poindre. Les balayeurs faisaient leur apparition dans la rue, tout mon corps était empli d'une fatigue que je ne pouvais plus contenir. Je me tenais immobile sur le trottoir devant le poste, pensant vaguement à la rapidité avec laquelle nous étions enclins à porter des jugements. Grouzdev aussi venait de dire du mal de Jeglov et était parti le cœur plein d'amertume et de haine, sans se douter que quelques heures plus tôt à peine le même Jeglov s'était jeté sans aucune hésitation contre Fox dans un combat dont l'issue était plus qu'incertaine afin de permettre que lui, Grouzdev, puisse rentrer chez lui avec à son bras la femme qu'il aimait.

CHAPITRE 27

La première gelée

Ce matin les toits de Moscou étaient couverts de givre. Cette première gelée matinale survient un mois plus tard que d'habitude. Les champs et les clairières étaient aussi couverts de givre, mais les bois de sapins et de résineux n'ont pas encore été atteints.

Notes d'un observateur.

Le bureau était plus enfumé que jamais : Svirski fumait la pipe en faisant sortir toutes les trois secondes un nuage si dense de son fourneau noir qu'à quatre, avec nos cigarettes Nord, nous ne pouvions rivaliser. On s'était réunis plus tard que d'habitude après les événements de la veille, et cela faisait une heure et demie déjà qu'on discutait de la façon de coffrer la bande. Svirski conclut, après avoir rechargé son « instrument » et tiré une nouvelle bouffée de fumée épaisse et odorante :

— Vous avez mis la main sur Fox, c'est une très bonne chose. Tout porte à croire que c'est un membre très actif de la bande.

— Ou même son chef, fit Jeglov.

— C'est ça. Il n'en reste pas moins que nous avons bigrement peu de tuyaux sur les autres : l'hypothèse qu'ils aient leurs quartiers quelque part dans Sretenka ou Marina Rochtcha, les traces des pieds, le signalement fort incomplet d'un autre voyou... Ce n'est même pas une bauge, on se demande s'il y viendra des porcs. Bien sûr, on peut attendre que Fox nous renseigne davantage.

— Il ne dira rien, le rassura Jeglov. Il tient bien sa langue.

— Il nie tout, enchaînai-je, même l'évidence. On ne peut rien tirer de lui, pas même l'heure.

— Il faut le prendre par ruse, ce sagouin, proposa subitement Passiouk.

— Oui ? Et comment ?

Svirski le regarda avec une lueur d'espoir.

— Je ne pige rien à tout ça, dit Passiouk en levant au ciel ses énormes battoirs. C'est Gleb Egorytch, le spécialiste.

Cela fit rire tout le monde, mais je pensai intérieurement qu'il y avait un brin de vérité dans les paroles de Passiouk. En effet, à la guerre, on obtenait souvent par la ruse ce qu'on ne pouvait obtenir par les armes. Jeglov dit :

— Nous n'avons pour le moment qu'un tuyau, c'est Ania, la petite amie de Fox.

— Oui, j'y ai déjà pensé, dit Svirski. Qui est-ce qui s'occupe d'elle ?

— Chaparov, dit Jeglov. Il la cherche partout : dans les gares, il dépouille tous les fichiers.

— Bien, approuva Svirski. Bon, appliquez-vous à chercher de ce côté-là. Pour les contrôles dans les gares je mets tout de suite six agents à votre disposition. L'équipe de Konognov de la 3e division est justement libre depuis hier. Vous me ferez votre rapport ce soir.

Le temps passait vite, mais il n'y avait toujours aucune trace d'Ania. La petite idée de savoir pourquoi on ne se servait pas du numéro de téléphone de mémé

Zadokhina me trottait dans la tête. Je demandai donc à Jeglov, peu avant d'aller manger :

— Écoute, Gleb, pourquoi ne pas essayer de se servir du téléphone de la mémé pour remonter jusqu'à Ania ?

— On va leur faire peur... dit mécaniquement Gleb en s'arrachant de ses papiers et me regardant attentivement comme s'il finissait le raisonnement à ma place. C'est marrant, Volodia, à quel point on tient pour axiome certain des choses qui n'en sont pas. L'arbre est un solide, le lait, un liquide. Et le beurre ? Le beurre peut être à la fois solide et liquide, hein ? Par exemple, on dit que le téléphone de Zadokhina doit être utilisé avec circonspection, un point, c'est tout. Pourquoi diable il faudrait l'utiliser avec circonspection puisque nous tenons Fox, hein ? On risque d'effaroucher la bande ? C'est déjà fait. Et puis, va un peu effaroucher des truands aussi invétérés. Pas question d'espérer non plus qu'ils abandonnent les affaires.

— C'est bien ce que je pense, dis-je. Reste à savoir quelle ruse employer pour remonter jusqu'à elle.

— Non, la question n'est pas là, répondit Jeglov en secouant la tête de gauche à droite, il faut penser à ce qu'on fait d'elle. Suppose qu'elle refuse de nous mettre sur la bande ?

— Mais qu'est-ce qu'on y perd ? demandai-je. On va l'interroger et on verra après.

— Mais non, Chaparov, traîna Gleb. Nous devons avoir un plan précis. Quand tu étais dans la reconnaissance tu ne pratiquais pas ainsi, hein : « va là-bas ! ramène ça ! » ou je ne sais quoi. Nous devons savoir exactement ce que nous voulons tirer d'elle et comment nous y prendre. Après ça, on parlera.

Je restai longtemps à méditer sur tout cela en me disant qu'il fallait arriver à faire sortir Ania de sa cachette avant de l'interroger et que Jeglov avait tort de négliger cette difficulté. Passiouk avait certainement raison en voulant utiliser la ruse et non des méthodes plus directes. J'échafaudai différentes hypothèses, les ébauchai même sur le papier, mais chaque fois tout dépendait de la façon dont on allait entrer en contact avec elle. Je compris également qu'on ne pourrait faire sauter la bande que de l'intérieur.

Bon, revenons-y encore une fois. Il faut faire sortir Ania ; comment faire ? Avec l'aide de Volokouchina ? Non, ça ne va pas. Fox lui a interdit d'utiliser ce téléphone et Ania n'ira certainement pas au rendez-vous... Ce sera donc un coup à blanc... Qui Ania voudra-t-elle voir alors ? Attendez... attendez... uniquement quelqu'un qui a un message de Fox... Là, ça vient... Qui pourrait porter ce message ? Mais c'est clair, l'homme qui se trouvait dans la même cellule que Fox. Bon. Et cet homme a été relâché... Pourquoi ? Pourquoi il a été relâché ?... Bon, ça peut s'inventer... Disons qu'il a un message pour Ania, verbal ou écrit... Elle peut toujours exiger que la lettre soit envoyée par la poste... Mais non, il faut donner une adresse !... Bon... Supposons qu'elle vienne au rendez-vous... Mais ça ne sert à rien de l'amener ici... Il faut encore prouver qu'elle a partie liée avec les voyous...

Une idée me vint subitement et je courus à la bibliothèque de la Direction.

L'homme d'escorte fit claquer ses bottes, ouvrit les menottes de Fox, qui agita ses poignets engourdis, et me sourit :

— Bonjour, Vladimir Ivanovitch...

Il avait déjà eu le temps d'apprendre le prénom et le patronyme de chacun de nous et faisait le zouave aux interrogatoires en répondant par des blagues et en se faisant passer pour un idiot enjoué à qui la malheureuse passion du jeu et des femmes attirait tous les ennuis de la terre. Je lui tendis le message de Grouzdev et dis :

— Nous avons découvert votre lettre avec des menaces à l'endroit de Larissa Grouzdeva. Ce sera une bonne preuve à conviction.

Il prit le message avec un soupir condescendant, le lut, fit claquer sa langue :

— Une nouvelle erreur, Vladimir Ivanovitch. Ce n'est pas mon écriture.

— Mais de qui est-elle alors ?

— Je n'en sais rien ! s'exclama Fox dans un geste d'impuissance. Ce n'est pas moi qui l'ai écrite.

Ce fut à mon tour de sourire avec malice :

— Nous avions prévu que vous nieriez. Heureusement qu'il y a l'expertise graphologique…

— Je vous en prie. Prouvez-le.

Je pris sur mon bureau une fine feuille de papier d'emballage, un crayon, et remis le tout à Fox :

— Écrivez : « Échantillon d'écriture libre du citoyen Fox Evgueni ».

Fox s'exécuta et leva la tête :

— Et après ?

— Et après vous pouvez écrire tout ce que vous voulez. À votre convenance.

Fox saisit le crayon, le mouilla avec sa salive — le stylo laissait des traces trop pâles sur la surface glacée du papier d'emballage — et se mit à écrire avec une application feinte tout en me jetant des regards sournois.

Il écrivit plusieurs lignes en couvrant le papier de lettres pointues en pattes de mouches, me le montra :

— Ça va comme ça ?

Je pus lire sur le morceau de papier : « *Le bon et sage gamin Fox se morfond en tôle pour rien, la vérité n'existe pas dans le monde, pas plus que le bonheur. Mes bourreaux ne me donnent pas à manger, ils ont confisqué mes tickets de ravitaillement et j'ai personne avec qui jouer au vingt et un.* »

— Toujours en train de plaisanter, bougonnai-je d'un air maussade.

Au fond j'étais content qu'il acceptât de se prêter à mon jeu. Une chose me tracassait cependant : je craignais qu'il ne change d'avis au dernier moment.

— Voici encore une feuille de papier, écrivez en haut : « *Fox Evgueni Petrovitch* ».

Il prit le papier et s'exécuta. Alors je dis en lui montrant le livre que j'avais emprunté pour deux heures en échange de ma parole d'honneur :

— Je vais vous dicter quelques phrases de ce manuel. Et vous allez les écrire en tâchant d'éviter les fautes.

— C'est encore à voir qui de nous deux fait des fautes en écrivant, répondit Fox avec son habituelle arrogance.

— « *Lev Kassil.* » À la ligne. « *Que signifie "pas de biographie"* ? *Mon cher, c'est de l'intellectualisme vieux jeu que tout ça. Ce n'est pas la biographie qui façonne l'homme mais juste le contraire. Seuls les princes de sang viennent au monde avec une biographie toute faite.* » Ça y est ? Allez, continuez, à la ligne… « *A.S. Pouchkine.* » À la ligne. « *J'avais vu trois tsars : le premier me fit retirer ma casquette et sermonna à mon propos ma bonne ; le deuxième ne me portait pas dans son cœur, le troisième fit de moi un gentilhomme dans mes vieux jours, mais je ne veux pas l'échanger contre un quatrième : le mieux est l'ennemi du bien.* »

Fox faisait crisser avec application le crayon en le léchant de temps en temps et je pensais que c'était le moment de profiter de l'intérêt qu'il portait à cette distraction.

— C'est fait ? demandai-je. Très bien. Encore un test. À la ligne. « *Borski.* » Bien. À la ligne. « *Je t'envoie un message du grand bleu. Il y a une grande tempête et nous risquons fort de couler. Notre quartier-maître est dispensé de navigation pour cause de maladie. Ania, c'est lui qui a le message, sois bien gentille avec lui pour ses bonnes paroles, ton ami pour toujours.* » Mets la date et signe. Je pris les deux papiers, regagnai ma table, cependant que Fox s'essuyait les mains avec son mouchoir immaculé, brodé de monogrammes aux coins. La besogne achevée, il leva les yeux et demanda brusquement plein de méfiance :

— Borski, qui c'est cet écrivain ? J'ai jamais entendu ce nom.

À quoi je lui répondis gravement :

— Il est très connu pour ses excellents romans.

— C'est un contemporain ? n'en démordait pas Fox.

— Tout ce qu'il y a de plus contemporain, éclatai-je de rire.

Je me demande toujours quel diable me poussa, peut-être que je ne voulais tout simplement pas jouer à cache-cache avec un salaud de l'espèce de Fox, mais je dépliai le deuxième papier, le pliai soigneusement à l'endroit où se terminaient les paroles de Pouchkine et où figurait le nom de Borski, y passai mon ongle pour bien marquer le pli et en découpai toute la partie inférieure sous les yeux de Fox. J'avais devant moi la lettre venant du « grand bleu » adressée à Ania et signée par Fox en personne à la date du jour même !

On a beau dire, Fox était un salaud intelligent. Il pigea tout en l'espace d'une seule seconde et, en un instant, il se jeta sur moi, traversant tout le bureau, visant ma gorge et la malencontreuse lettre en même temps. Mais je cueillis le coco par un direct au menton et le frappai de toutes mes forces pour lui faire perdre l'habitude de grimacer. Je terminai par un croc-enjambe et il alla s'étendre sur le plancher et n'eut pas le temps de se relever car l'homme d'escorte accourut et lui passa les menottes en moins de deux. C'est alors que Fox me dit doucement avec un méchant sourire :

— Écoute, Chaparov, je te parle d'homme à homme. Vous êtes bien malins, salauds de flics, avec vos ruses, mais nous avons assez de surins pour vous tous, vous serez servis en temps et en heure, comme l'autre jour sur le boulevard Tsvetnoï. Allez, salut, Chaparov ! Porte-toi bien !

Et, depuis le couloir, il lança sans se cacher :

— Mes amitiés à votre toutou Senka Touzik !

Le bruit des pas s'évanouit dans le couloir. Je relus la lettre de Fox et la caressai de plaisir. Bien joué ! Il y avait maintenant des choses à dire à Ania ! Il y avait de quoi parler avec elle ! Je montrai la lettre à Jeglov qui venait d'entrer et proposai :

— On va la contacter par mémé Zadokhina et on lui fixe rendez-vous : il y va de la vie de Fox ! Elle ne peut pas ne pas mordre à l'hameçon.

— C'est encore à voir, douta Jeglov. Ils ont peut-être prévu un autre moyen de se joindre dans ce cas-là ?

— Mais voyons, Gleb, ce ne sont pas des espions, mais des bandits, des droit commun comme les autres. Ils ont eu du bol d'avoir ce téléphone. Un coup de chance sûrement.

— Bon, bon, dit Jeglov, toujours aussi incrédule. Allez, continue.

— Eh bien, je lui fais croire que je suis un droit commun relâché pour une raison ou une autre et qui a fait la connaissance de Fox. Je produis cette lettre comme preuve en précisant que l'essentiel du message sera verbal.

— Bon.

— Elle me conduit jusqu'à la bande. Aucun droit commun ne connaît encore ma tronche et je fixe les détails de l'opération « sur ordre de Fox ». Nous discuterons des détails après, l'important c'est de se décider sur le fond maintenant. Et pendant l'opération on les coffre tous !

Jeglov allait et venait dans le bureau, remuait les lèvres, marmonnait quelque chose d'inaudible, signe qu'il était plongé dans une profonde réflexion.

Brusquement il demanda en s'arrêtant au milieu du bureau :

— Tu te souviens de ce qui est arrivé à Vassia Vekchine ?

Et je voyais d'après son visage devenu cireux, d'après ses lèvres pincées, qu'il ne le demandait pas pour la forme mais qu'il se faisait réellement du souci pour moi.

— J'irais bien moi-même, mais ce sera un jeu d'enfant de me démasquer, vu que ma tronche est connue de n'importe laquelle de ces canailles.

— Pas question que tu y ailles, dis-je gravement. Allons, Gleb, il faut prendre une décision, le temps presse ! Une occasion pareille peut ne plus se présenter.

— J'ai tout décidé, dit sourdement Jeglov. Je comprends qu'il faille y aller, mais je ne peux pas, je n'ai pas le droit d'assumer cette responsabilité. Tu ne peux pas t'imaginer ce qui s'est passé ici après Vassia Vekchine !

Il réfléchit encore un peu, regarda sa montre, fit un geste d'impuissance :

— Je monte voir Lev Alexeïevitch. Attends, Chaparov !

Jeglov revint assez rapidement et je devinai d'après son air recueilli que les supérieurs avaient donné leur accord.

— Svirski a donné son autorisation. Il veut évidemment te parler, te donner des instructions, mais le gros de l'affaire est expédié. J'ai encore trouvé un truc pendant ce temps-là : on va prendre à Fox son fameux mouchoir, il te servira de mot de passe, hein ?

Et il sourit largement.

CHAPITRE 28

— Coupe d'URSS de football. Le Zénith est en demi-finale.

— Le nouveau long métrage Fautifs sans faute, *scénario et réalisation de Vladimir Pétrov, Prix Staline, a été vu par un million de spectateurs.*

— Le Théâtre de satire de Moscou achète des bijoux anciens en fausses pierres, des bagues, bracelets, boucles d'oreilles, broches, pendentifs, gants, de la dentelle et des éventails.

Radio-Moscou. Informations locales.

— Eh bien qu'est-ce qu'on attend ? demanda Svirski. Téléphone, Chaparov. On va voir ce qu'on va voir…

Svirski se tenait à califourchon sur la chaise posée devant la table, Taraskine, Passiouk et Gricha se morfondaient dans les angles du bureau, Jeglov était debout, le dos contre la porte comme pour signifier que personne ne sortirait avant d'avoir expédié l'affaire.

Des bourdonnements et des murmures lointains parasitèrent la ligne puis un bruit sec se fit entendre et une voix éraillée de vieille dame répondit :

— Allô ! J'écoute !

— Salut, mémé, débitai-je rapidement d'une voix étranglée. Appelle-moi Ania.

— Où veux-tu que je la prenne ? Elle n'est pas là. Tu lui laisses un message, si t'as besoin, je lui dirai tout sitôt qu'elle revient.

— Allez, mémé, écoute attentivement. Il faut absolument que tu la trouves pour lui dire qu'y a un bonhomme qui trimbale le bonjour de Fox. Je veux plus t'appeler, tu vas lui dire que je serai aujourd'hui à 16 heures devant le monument à Timiriazev au bout du boulevard de Tver. Je suis de taille moyenne et je serai habillé d'un pardessus noir. J'aurai aussi une casquette grise et un journal à la main. Elle pourra me repérer si elle veut. J'ai une lettre pour elle. Si elle ne vient pas, je ne vais plus la chercher parce que j'ai pas le temps, je suis de passage. T'as tout pigé ?

La mémé haleta et répondit lentement :

— J'ai tout compris, mais je ne comprends rien à vos affaires. Si elle vient, je lui laisse le message.

— C'est bien mémé, salut.

Je raccrochai et sentis que mon dos était trempé comme si je venais de trimbaler des sacs de farine. Svirski se leva, me donna une tape sur l'épaule :

— Tu as bien parlé, tranquillement. Continue dans le même état d'esprit.

Jeglov repartit avec Svirski et les gars m'apportèrent toutes les fiches des femmes qui se prénommaient Ania. Je pris mon temps pour les lire tout en examinant attentivement les photos et en m'efforçant de mémoriser les signes particuliers. Elles formaient déjà une jolie pile sur mon bureau.

Anna Choumkova, vingt-trois ans, voleuse… Anna Mapova, bouilleuse de cru, clandestine, trente-sept ans, lobe de l'oreille gauche sectionné… Anna Rojdestvenskaïa, sans domicile fixe, vingt-six ans, fréquente souvent les restaurants en compagnie d'hommes différents, rousse, se teint les cheveux... Anastassia Chvariova, alias Nadejda Simonova, alias Natalia Kostriouk, alias Anna Novikova, vingt-quatre ans, belle, petite cicatrice oblique sur le cou, voleuse « à la confiance »... Anna Laritcheva, alias Anna Pimus, alias Maïa Fedorenko, alias Anna Mereïko, trente ans, proxénète, un tatouage représentant un pigeon, un cœur et le nom « Ania » sur le poignet de la main droite, quatre condamnations... Anita Aldaberguenova, trente-deux ans, dealeuse (opium brut)...

Les gars étaient partis vaquer à leurs occupations et le bureau était curieusement désert et silencieux. Je tirai vers moi le téléphone et composai le numéro de Varia.

— Allô ?

Sa voix se propagea à travers les fils.

— Varenka, ma petite, c'est moi.

— Bonjour, mon chéri.

— J'ai terriblement envie de te voir.

— Moi aussi.

— Varia, j'ai à faire ce soir, si ça ne marche pas, je me libère tôt et nous passerons toute la soirée ensemble. Ton service commence à minuit ?

— Oui. Et si ça marche ?

— Alors je ne sais pas. Je serai absent pendant trois jours, si ça marche comme prévu.

— Dis, tu veux que ça marche ou que ça marche pas ?

— Je ne sais pas Varia. Je veux l'un et je veux l'autre.

— Mais c'est impossible.

— Oui, c'est impossible. Varia, chérie, attends-moi, dis-je d'une voix soudain découragée.

Elle se tut un instant, quelque chose grésillait dans l'écouteur, à croire que des souris grattaient les fils quelque part sous la terre, et demanda :

— Ça ne va pas ? Ou tu es inquiet ?

— Non, ni l'un ni l'autre. Je pense tout le temps à toi. Je n'ai pas eu le temps de te dire une chose très importante.

— Autant le dire maintenant.

— Non, ça ne se dit pas au téléphone. Je veux voir tes yeux.

— Tu me le diras aujourd'hui, si ton affaire ne marche pas ou dans quelques jours.

— Oui, mais je brûle d'impatience.

— Moi aussi. Je ne t'ai pas parlé de Vetlouguina ?

— Non.

— Nous avons été à l'école ensemble. C'était une fille laide, aux longues jambes qui portait des lunettes. Chaque hiver elle se rendait à la campagne, ramassait des tiges gelées et les plantait dans des bouteilles et des bocaux et, en plein hiver, des feuilles vertes poussaient dessus. En février, la pièce sentait la sève de peuplier. Vetlouguina avait également un chien, le bâtard Pounka, il a été tué par un éclat de bombe lorsque nous montions la garde sur le toit pendant les raids aériens. Pounka gisait sur ses genoux et Vetlouguina pleurait à chaudes larmes. Je la prenais alors pour une tarée, pleurer pour un chien, alors qu'il y avait tant de malheur autour de nous.

— Et après ?

— Je la comprends maintenant, je sais pourquoi elle pleurait. Ce n'est que maintenant que je commence à comprendre.

— Vous vous êtes brouillées ?

— Elle a été tuée devant Szekesfehervar. Je la vois souvent en rêve comme si elle voulait m'expliquer ce que je ne comprenais pas alors… Volodia, chéri, je t'aime.

Et à nouveau les piles de fiches : employées des restaurants des chemins de fer se prénommant Ania ou quelque chose de ressemblant.

Anna Kondyréva, serveuse, vingt-quatre ans… Anna Erofeïeva, cuisinière, vingt-huit ans… Anna Bouxe, femme de ménage, dix-neuf ans… Anna Klioueva, vingt-cinq ans, plongeuse… Anna Mérenkova, vingt-cinq ans, agent d'approvisionnement… Anna Pachkevitch, vingt ans, expert en marchandises… Anna Solomina, vingt-quatre ans, buffetière… Anna Zoubova, vingt-cinq ans, chiffreur… Anna Dziouba, vingt-deux ans, marchande à l'éventaire… Anna Diatchkova, vingt-quatre ans, chef de production… Anna Krassilnikova, dix-huit ans, éplucheuse… Anna Ossokina, vingt-trois ans, magasinière…

J'ignore si l'Ania qui nous intéressait figurait parmi elles, mais je mémorisai toutes celles qui étaient dans le fichier.

Jeglov vint me prendre aux environs de 15 heures. Il avait obtenu des bons d'alimentation de première catégorie et on nous servit un repas de roi : salade aux anchois, borchtch au lard, ragoût garni de gruau de millet, et même de la gelée de fruits pour le dessert.

Nous échangions des mots d'esprit, plaisantions gaiement. J'avais envie de lui demander de prendre soin de Varia s'il m'arrivait malheur mais je n'en fis rien car j'avais peur qu'il pense que j'avais le trac.

Nous nous levâmes de table et Jeglov dit :

— Bon, on a passé un bon moment ensemble.

— Oui, c'était bien, convins-je.

— Bon, quand tu la quittes, ne reviens surtout pas à la Petrovka : ils pourraient te suivre et tu ne te sens pas encore bien quand quelqu'un te file le train.

— Bien. J'irai au ciné, à Povtorny. C'est de là que je téléphonerai, d'une cabine publique.

— Entendu. Ne discute pas, qu'ils fixent eux-mêmes le lieu du deuxième rendez-vous : ils n'en seront que plus tranquilles et nous aurons le temps d'installer des postes d'observation.

Je voulus faire mes adieux aux gars, mais Jeglov anticipa mon geste :

— Pas de cérémonies. De telles affaires se conduisent sans tambour ni trompette. Allons, Kopyrine nous attend déjà.

Nous descendîmes dans la cour où Kopyrine était accroupi devant Ferdinand et examinait quelque chose par-dessous tout en hochant la tête d'un air mécontent.

— Allons-y, vieux, c'est pas le moment de s'en prendre aux pneus.

En silence nous roulâmes jusqu'au Théâtre de musique de chambre. Kopyrine tourna dans une rue déserte et stoppa net. Je vidai mes poches de tout ce qui s'y trouvait : mes cartes de réquisition et des Jeunesses communistes, passeport, quittances, calepin, stylo allemand et mon fidèle revolver TT usé jusqu'à l'acier, blanc éclatant. Je tendis tout ce que je possédais à Jeglov qui le fourra dans ses poches et me donna en échange le mouchoir de Fox avec le message et le certificat de libération qui disait que la mesure de contrainte me concernant avait été commuée en assignation à résidence.

— C'est le moment, vas-y. Et te fais pas de souci, on te tiendra tout le temps à l'œil. Allez, merde…

— Merci.

— Chaparov ! m'interpella Kopyrine.

Je me retournai. Il ne savait pas où je devais aller ni dans quel but, mais ça faisait si longtemps qu'il travaillait dans la maison.

— Tiens, prends ça, tire une bouffée si ça va pas.

Et il me fila sa blague à tabac. Il y a également un bout de journal dedans…

— Merci, Kopyrine, tu auras peut-être ta blague ce soir.

— Fasse Dieu…

Il fit claquer son levier-béquille et je me retrouvai dehors.

Je suivais le boulevard de Tver désert et mouillé par une pluie d'automne grise, et le crépuscule filtrait à travers le brouillard blanc et sale accroché aux branches nues des arbres. J'évitais de penser à Varia et à la laide Vetlouguina qui gisait à des milliers de kilomètres d'ici sous une pyramide de bois surmontée d'une étoile rouge. Qui étais-tu en première ligne, âme charitable qui pleurait sur le bâtard Pounka ? Soldat des transmissions ? Observatrice ? Technicienne de l'aviation ? Soldat de DCA ? Dactylo à l'état-major ? Malheureuses, que d'épreuves inhumaines vous avez dû endurer ! Je voulus me représenter le visage de Vetlouguina, mais seuls les visages d'innombrables Ania défilaient devant mes yeux, comme dans un film au ralenti, les visages que je m'étais appliqué à retenir aujourd'hui : jeunes, usés, beaux, repoussants, m'empêchaient de m'imaginer le visage de Vetlouguina. J'avais curieusement peur d'en oublier le visage de Varia et il me revenait sans cesse, se superposant à ceux de toutes ces voleuses, profiteuses, receleuses, entremetteuses et prostituées.

Je longeai une ou deux fois le monument à Timiriazev qu'on avait eu le temps de remettre à sa place après qu'il eût été soufflé par l'explosion d'une bombe de cinq cents kilos. Seul son socle fendu était sali de ciment. Je tâchai de ne pas regarder autour de moi, fixant le monument comme si c'était la chose qui m'intéressait le plus. Je tressaillis quand même lorsque quelqu'un me tapota sur l'épaule par-derrière et, d'une voix légèrement rauque, me demanda :

— Eh ! C'est toi qui voulais me voir ?

CHAPITRE 29

Le Théâtre du Soviet de Moscou recherche :
— Chauffeur, pour une voiture neuve ZIS-5
— Acteurs
— Chanteurs : basses et ténors pour l'ensemble vocal du théâtre.

Annonce.

— Eh ! C'est toi qui voulais me voir ?

Je me retournai en prenant tout mon temps et vis un joli minois d'environ vingt-deux ans, allongé, pâle, pur, le front étroit, l'arête du nez large, le nez court, retroussé, de forme triangulaire, les lèvres lippues, le menton pointu, les oreilles légèrement décollées, de taille moyenne, les cheveux teints, clairs, sans signe distinctif. Avant d'ouvrir la bouche, je savais déjà qu'elle ne figurait pas dans le fichier que j'avais compulsé.

— Oui, peut-être, si tu es Ania...

— Je suis bien Ania et toi, quel oiseau tu fais ?

Ses yeux bruns tirant sur le jaune, pétillants, arboraient une expression arrogante et pourtant vide d'expression. Je me détournai, m'approchai du banc, m'y assis en croisant les jambes et allumai ma Nord, si bien qu'elle dut s'asseoir à son tour sur le banc humide et froid.

— La mémé Zadokhina t'a passé le message ?

— Disons que oui. Et après ?

Je tâchai de ne pas la regarder en face pour retrouver mes esprits. Quelque chose dans son attitude me mettait sur mes gardes. Ça ne cadrait pas avec mon plan.

— Bon, ton Fox est sérieusement coincé.

— Ce sont les ordures qui t'ont demandé de me le dire ? demanda-t-elle avec un sourire, découvrant deux couronnes en métal.

Leur reflet bleuté me glaça.

— J'en ai rien à foutre de c'que tu marmonnes ou de c'que tu penses. En tout cas, Fox et moi, on s'est retrouvés pendant trois jours logés à la même enseigne, et il m'a demandé de l'aider. Du coup, je suis ici à me les cailler avec toi, sombre idiote.

— Aboie pas, mais allonge. Moi non plus j'ai aucun intérêt à être ici avec toi, dit-elle, alors qu'un frisson secouait ses épaules et qu'elle battait des pieds dans ses bottines de caoutchouc.

— J'ai un mot pour vous.

Je lui tendis un bout de papier roulé, pas plus gros qu'une allumette, et le mouchoir de Fox. Elle saisit le papier et le déroula sur-le-champ, quant au mouchoir, dans un geste automatique, elle me le rendit. Elle ne connaissait pas ce morceau de tissu de soie de couleur avec des initiales brodées dans les angles.

Je souris légèrement bien que j'ignorasse s'il fallait me réjouir ou me désoler de mon premier succès. J'avais réussi à les faire bouger. Il n'était pas étonnant que je n'ai reconnu dans cette beauté aucune des Ania dont j'avais étudié les photographies. À côté de moi, sur ce banc mouillé du boulevard, ce n'était pas Ania. Il se pouvait parfaitement qu'elle s'appelât Ania, mais ce n'était pas la bonne. C'était l'amie d'un voleur quelconque qui ne savait pas grand-chose sur eux et qu'ils avaient envoyée pour voir qui j'étais. En ce moment, il ne faisait aucun doute que dans mon dos se trouvaient plusieurs paires d'yeux qui attendaient avec impatience pour voir si j'allais arrêter cette chèvre, persuadé d'avoir mis la main sur l'authentique Ania.

— C'est écrit ici qu'il envoie un salut de vive voix, par conséquent, tu dois me dire quelque chose ? demanda Ania plus méfiante que jamais.

— Oui, affirmai-je dans un signe de tête.

— Eh bien, dis, fais pas traîner les choses.

— On dirait que tu sais lire, pourtant ? Tu as tout lu, au moins ?

— Tout !

— On dirait pas que t'as vraiment tout lu. C'est écrit : chausse-le, habille-le, nourris-le et sois douce avec lui ! Douce, tu comprends ! ?

— C'est pas le moment de se faire des douceurs. Plus tard, ce soir, je t'en ferai…

Je la regardai avec une pointe d'ironie, crachai à deux mètres un jet de salive entre mes dents et éclatai de rire :

— J'en ai rien à foutre de tes caresses. Moi, Fox m'a dit que si je délivrais ce mot et surtout si j'expliquais de vive voix à quoi il en est arrivé avec les pourris aux interrogatoires, alors, pour ça, je toucherai 5 000. Voilà quelles caresses j'attends de toi ! Avec 5 000, je pourrai me payer les caresses de qui je veux.

Ses yeux se firent encore plus rusés et plus vireux :

— Pas de problème, tu toucheras tes 5 000. Raconte tout ce qui se passe là-bas et tu les toucheras ce soir.

— Dis-donc, t'es pas bête, toi ! Peut-être tu me les fais parvenir par le téléphone de la mémé, hein ? Quelle mauvaise graine vous êtes, vous, les femmes ! Espèce de chiennes ! Là-bas ton mec est en train de moisir et tu fais la radine pour cinq malheureux petits 1 000, t'es même prête à l'envoyer à l'échafaud.

— Va te faire foutre ! Joue pas les popes. Essaie pas de me faire honte ! J'ai pas d'oseille sur moi ! Je vais faire un saut à la maison et j't'amène ça, que tu t'étouffes avec !

— Voilà, voilà ! Va chez toi, prends le fric et reviens ici. Et, rappelle-toi, Fox m'a dit qu'il avait deux ou trois jours devant lui, qu'après ils le transféreraient à la prison le Silence du Matelot et alors ce serait râpé ! Alors que pour l'instant il a encore une chance de mettre les bouts. Tiens, prends son mouchoir, je ne sais pas pourquoi mais il m'a ordonné de te le donner. Et file chercher le flouze, je me ramènerai ici dans une paire d'heures !

Sur son étroit front se dessina nettement une petite ride, seule, comme une orpheline ; elle réfléchissait à une solution de repli que les voyous avaient dû prévoir.

— Je dois aller loin, finit-elle par dire. Si t'es d'accord, on se retrouve dans la rue Pervaïa Mechtchanskaïa, à l'angle de la rue Bankovski. Là-bas, y'a une boulangerie. À côté de cette boulangerie alors, vers 19 h 30. D'accord ?

— Moi aussi, ça me fait loin pour y aller. Oh, après tout, comme tu voudras ! Mais, surtout, me joue pas des tours, je recompterai le fric avant, me prends pas pour un idiot.

Elle acquiesça et esquissa un sourire ironique, dans la dureté duquel je crus bien déceler quelque chose de mauvais.

— À ce soir, salut !

Elle me fit un signe de la main et s'en alla en direction de la porte Nikitskie. Je n'avais repéré aucun des miens dans les parages. Quelque part, pourtant, devaient se trouver Jeglov, Passiouk et Kolia Taraskine.

Quant à moi, j'allais au cinéma où passaient des reprises. À 16 h 30, on donnait *La Voie radieuse*. Je pris un billet et entrai dans le vestibule. Alors que j'étais à la caisse, je repérai un gars qui tournait dans les parages : il portait des bottes plissées, un pantalon à gros ourlet et une mèche sur le front qui sortait d'une casquette dernier cri avec une étroite visière et un bouton fiché au beau milieu.

Je regardai avec attention toutes les photos d'acteurs accrochées dans le vestibule et, du coin de l'œil, je voyais que la casquette ne me lâchait pas d'un centimètre. Je descendis au rez-de-chaussée puis aux toilettes, toujours suivi par la mèche posée sur des petits yeux de souris. Non loin du téléphone public, ce regard méfiant me transperça, c'était comme s'il me palpait, et je vis qu'il avait peur, soit de me perdre, soit de se découvrir. Je tournai encore quelques minutes sans but précis : il fallait que je laisse le temps à Jeglov de rentrer. Comme par un fait exprès, le téléphone n'était pas isolé dans une cabine mais simplement accroché au mur. Je fouillai dans ma poche, trouvai une pièce de 15 kopecks et la glissai sans bruit dans la fente. J'entendais presque sa respiration dans mon dos. Une seule sonnerie retentit dans mon écouteur et la rapide voix de baryton de Jeglov me lâcha dans l'oreille :

— J'écoute !

— Mania ? C'est Mania ? commençai-je sans me presser. Mania, c'est moi, Volodia…

— Chaparov, je t'écoute, parle.

— Comment que je pourrais venir, on m'a retiré mon permis.

— Quoi ? Ils sont à côté de toi ? Chaparov, tu sais que tu es filé ?

— C'est justement ce que je t'explique ! Sans permis, je peux pas. Mais je pense que le 19 ou le 20 je pourrai aller chez vous.

— Volodia, on t'a donné rendez-vous entre 19 et 20 heures ? Je t'ai bien compris ?

— Bien sûr, ça dépend pas de moi. Je ferai de mon mieux. Quelque part vers le milieu…

— À 19 h 30 ? C'est ça, Volodia ? Je t'ai bien compris ?

— Bien sûr, t'es une gonzesse épatante, toi. C'est pour ça que je t'apprécie tant.

— Arrête ton baratin, calme-toi un peu ! Oriente-moi plutôt sur le lieu.

— Naturellement ! Depuis chez moi, c'est tout droit, en suivant le soleil, et salut.

— Rue Sretenka ? demanda rapidement Jeglov.

— Nooon. Depuis le kolkhoze, la route asphaltée.

— Depuis la place Kolkhoznaïa ? Rue Mechtchanskaïa.

Je sentais à quel point Jeglov était tendu à l'autre bout du fil.

La première sonnerie retentit, les portes de la salle allaient s'ouvrir, il fallait en finir.

— Ouais, bien sûr. Une fois arrivée sur la grand-route, tu peux plus te perdre. C'est le cinquième croisement, si je me trompe pas.

— L'angle avec une petite rue ?

— Ouais. Si Dieu le veut, je viendrai bientôt chez vous, Mania.

— La rue Astrakhanski ? Kapelski ?

— Non, Mania, je pourrai pas, plus tard.

— Bankovski ?

— C'est ça ! Là-bas pour les gosses, ils auront plus de pain à se mettre sous la dent…

— Tu veux parler de la boulangerie à l'angle ? s'égosillait Jeglov qui criait de toutes ses forces dans le téléphone.

— Juste, Mania. Alors ? J'ai décidé d'aller au cinoche, maintenant, j'ai du temps devant moi. Bon, adieu, embrasse tes enfants pour moi. J'essayerai d'aller faire un saut chez vous.

Je raccrochai le combiné, me retournai : la casquette marron filait dans la foule où elle se perdit. Il avait entendu toute la conversation.

Dans la salle, ce salaud resta tout le temps derrière moi, à deux rangs d'écart, et sa présence m'indisposait. Je ne sais pourquoi, mais j'avais toujours dans les yeux le pauvre Vassia Vekchine épinglé à son banc. Sur l'écran, Lioubov Orlova chantait, dansait, lançait des clins d'œil et progressait de manière triomphale sur la voie qui la menait de la jeune fille souillon à la Stakhanoviste de renom, mais, pour être honnête, je ne retins rien du film tant je n'avais pas la tête à ce qui se passait à l'écran. Dans la salle, il faisait lourd et régnait une odeur âcre de tissu humide, de sueur et de cirage. Les gens riaient et tapaient des pieds. Pendant ce temps, je pensais que j'avais peu de chances de voir Varia. Elle prenait son service à minuit — trois services à assurer avant d'être démobilisée — et si aujourd'hui tout se passait bien pour moi, avant la fin de la semaine nous pourrions aller tous les deux à l'état civil et organiser, ensuite, notre noce, à laquelle Jeglov et tous les gars, les amies de Varia seraient invités pour une fête formidable. Il ne restait plus qu'à en finir avec cette maudite vermine !

Vers la fin du film, quand toutes les affaires de Lioubov Orlova furent réglées et quand son ingénieur bien-aimé eut également compris à quel point elle était formidable, je me sentis submergé par un sentiment d'impuissance. C'était comme avant un assaut : l'attente et l'incertitude avant de franchir le parapet de la tranchée, même si on savait qu'une heure plus tard, tout serait décidé.

Fête, joie, mariage, médailles, fin ! La lumière se ralluma dans la salle et les spectateurs, comme des ruisseaux, s'écoulèrent entre les fauteuils en direction de la sortie. Je ne me retournai même pas, je savais que la petite casquette me filait déjà le train.

Une obscurité humide enveloppa complètement la ville. Les réverbères n'arrivaient pas à chasser toutes ces ténèbres et ne formaient que des halos laiteux autour de leurs poteaux, traversés par les traits obliques d'une triste pluie de novembre. Le trolleybus était bondé, les portes ne fermaient pas, et les gens étaient accrochés en grappes aux barres à l'entrée, prenant appui sur les marchepieds. Le receveur s'égosillait à exiger que les gens se tassent à l'intérieur. Mais il n'y avait pas assez de place et le temps d'un arrêt je fus trempé jusqu'aux os. Mon ombre ne prenait plus aucune précaution, il était accroché juste à côté de moi et, je dois le reconnaître, j'avais une furieuse envie de lui décocher un coup de pied au cul pour qu'il aille voltiger à l'arrière du trolleybus.

Je pris une correspondance à la place Kolkhoznaïa, le trolley était un peu moins bondé que ceux de la ligne circulaire. Je m'arrêtai près de la vitrine éclairée de la boulangerie. Il y avait un auvent sous lequel, d'habitude, on déchargeait les camions de pain. C'est là que je me mis à l'abri des gouttes froides qui dégoulinaient dans mon dos. Je jetai un coup d'œil alentour, Ania n'était pas encore arrivée. Il n'y avait, le long du trottoir, qu'un fourgon à pain d'où deux gars sortaient des caisses vides. Mon ombre avait disparu, mais j'avais parfaitement vu qu'il avait sauté du trolleybus en marche. Je consultai ma montre : 19 h 32. Dans quelques minutes, tout serait joué. À ce moment-là, je vis une femme se diriger vers moi.

Elle était grande, svelte, portait un joli manteau clair. Ses chaussures étaient de marque étrangère, avec une semelle de caoutchouc ondulé. Elle avait aussi un parapluie. Elle me tendit la main comme à une vieille connaissance :

— Bonjour, vous venez de la part d'Evgueni Petrovitch ?

— Bonjour.

Je la regardai, l'air soupçonneux, et ne cachai nullement l'intérêt que je manifestais à son égard. Je retins ma main un instant de plus que requis. Je sentis à un de ses doigts une bague avec une pierre en forme de petite rose. Je levai même sa main à la lumière et regardai la bague sans me gêner. Elle retira sa main de la mienne et demanda avec méchanceté :

— Qu'est-ce qui vous prend ?

— Rien de spécial. Seulement Evgueni Petrovitch m'a chargé tout d'abord de vous dire de planquer comme il faut cette bague. Elle est recherchée comme pièce à conviction dans un meurtre.

C'était une des bagues de Larissa Grouzdeva, je ne pouvais pas me tromper, j'avais vu des dizaines de fois sa description dans le dossier.

— Et c'est pour ça qu'il vous a envoyé ? demanda-t-elle avec ironie.

— Non, il m'a envoyé pour vous expliquer comment le faire sortir du trou. Et vous, vous me prenez pour un idiot, vous me faites tout un cirque ! On m'envoie une imbécile quelconque ! Qu'est-ce que vous croyez, que Fox m'a pas dit comment vous étiez en m'envoyant à votre rencontre ?

— Alors, pourquoi il vous a envoyé à la mémé et pas à moi directement ?

— Ha ! Quand on s'est quittés, on n'était pas sur un banc du parc Gorki ! Il était pas sûr à 100 % de moi, si jamais les flics me faisaient parler ? Ou bien d'un seul coup si je me dégonflais et allais vous dénoncer de moi-même ? Alors, je vous les amène directement dans votre lit tout chaud. Il faut croire que c'est à ça qu'il pensait. Mais, après tout, Dieu seul sait à quoi il pensait : vous,

vous savez parfaitement qu'il est pas simple comme mec.

— Alors, qu'est-ce qu'il vous a dit ? Que devez-vous me transmettre ?

— Des instructions. C'est ce qu'il a dit : des instructions. C'est, qu'il m'a dit, le plus gros paquet que tu toucheras de toute ta vie : souviens-toi mot à mot, transmets tout et tu toucheras 5 000.

— C'est drôlement cher payé pour un tel boulot.

— Lui, là-bas, au trou, ça lui semble pas trop cher. D'autant plus qu'il est question de sa peau. Il risque l'échafaud.

— Bien, je vous écoute.

— Je vous en prie, on paye à l'avance. L'amitié, c'est bien, comme on dit, mais mieux vaut tenir que…

Elle ouvrit son sac et me tendit un paquet enveloppé dans un journal. Je me mis à défaire le paquet, mais, en colère, elle sifflait comme un serpent :

— Arrêtez ! Il y a tout rond 5 000 dedans. Racontez.

J'hésitai un instant, puis fis un geste de dépit de la main :

— Faites gaffe, je vous fais confiance. Moi aussi je risque là-dedans, j'ai pas envie d'avoir affaire au MOUR.

— Essayez seulement de mentir !

— À quoi bon je mentirais ? !

Je jetai un coup d'œil dans la rue, personne hormis les gars qui s'affairaient avec leurs caisses près du fourgon à pain.

— Bon, Fox a dit qu'au MOUR on le tarabustait au sujet du vol du magasin et de l'assassinat du gardien. Ses affaires sont mal en point : il y a ses empreintes digitales sur la pince-monseigneur. Pour l'instant, il est enfermé à la Petrovka, la semaine prochaine ils doivent le transférer en prison, au Silence du Matelot, et là-bas, ça sera foutu, pas moyen de mettre les bouts quand on est en prison.

— Et de la Petrovka, on peut mettre les bouts, peut-être ? demanda-t-elle.

Elle me regardait droit dans les yeux, de ses yeux noirs légèrement bridés. Ses narines n'arrêtaient pas de frémir.

— De la Petrovka non plus, on peut pas se barrer. Mais si, pour la reconstitution, il part de la prison, l'escorte est toute différente, des vrais chiens de garde avec des pistolets-mitrailleurs. Dans ce cas, tout serait vain. Alors que de la Petrovka, il sera accompagné par des agents opérationnels, ceux-là, ils sont forts pour attraper, mais pour ce qui est de garder, ils sont pas tellement à la hauteur. Là-bas, on peut se les faire tous, dis-je en baissant la voix et en me penchant vers elle.

— Comment ça ?

— Quoi, « comment, comment » ? Vous êtes pas née de la dernière pluie ! Pan, pan, et bonjour la liberté !

— De quelle reconstitution il est question ? demanda-t-elle pleine de suspicion.

— Eh bien, il reconnaît ceci, cela, disons, c'est moi qui ai tué le gardien et je veux faire voir comment ça c'est passé sur place. Comme il était totalement muet jusque-là, le juge se réjouit et veut confirmer au plus vite ses dépositions. Les opérationnels le conduiront là-bas à coup sûr…

— Qu'a dit d'autre Evgueni Petrovitch ?

— Eh bien, divers détails pour réaliser son plan. Et aussi, il a ordonné que vous disiez au bossu que s'ils le sortent pas des griffes des hommes du MOUR, il prendra pas tout sur lui, il le donnera, et ses hommes avec…

— Compris… compris… dit-elle en traînant sur chaque mot. Vous allez venir avec moi et vous raconterez tout ce qu'il faut faire, dans tous les détails.

— Non, dis-je en hochant la tête. C'était pas prévu comme ça, j'avais dit à Fox : « Je vais essayer de retrouver ta nénette, je lui dirai tout, mais je veux pas aller avec eux, j'ai pas l'intention d'être mêlé à vos affaires. »

— Toi, ordure, personne te demande rien ! retentit doucement une voix dans mon dos, et je sentis le canon d'un pistolet dans les côtes. Monte dans le fourgon.

Je tournai légèrement la tête et reconnus les hommes qui chargeaient le camion à pain : l'un tenait le pistolet tandis que l'autre se trouvait un pas en arrière avec une main dans la poche.

J'en eus le souffle coupé. Quelle bêtise, voilà donc pourquoi la casquette avait disparu : il avait laissé la main. Je les regardai l'air idiot, m'efforçant de réfléchir au plus vite à ce que je devais faire, mais rien de valable ne me vint à l'esprit. Ils étaient deux, armés, et même si je ne me laissais pas faire et que les collègues, que je n'avais au demeurant pas encore vus, venaient à ma rescousse, ils avaient le temps de me descendre et tout tomberait à l'eau.

Je nasillai :

— Citoyens, camarades, mes chers, qu'est-ce que vous faites donc là ? Moi, je voulais vous aider, mais vous…

— Ta gueule, ordure, ordonna l'un des voyous.

Son visage avait l'air d'être fait entièrement de fonte, grisâtre, spongieux, avec des yeux blancs, bref, il n'y avait rien d'humain en lui. Il me poussa encore plus fort avec le pistolet et dit :

— Monte en vitesse là-dedans, baveux à la manque !

J'en avais vu de toutes couleurs quand j'étais au front, mais jamais je n'avais eu l'impression de frôler la mort d'aussi près. Cet homme avait quelque chose en lui qui le faisait ressembler à la mort et, de plus, il dégageait une odeur fétide.

Je fis un pas vers la porte du fourgon à pain. Le deuxième homme s'installa au volant, la seconde place dans la cabine revint à Ania, alors que la canaille de fonte montait derrière moi et refermait la double porte.

Je n'avais pas encore eu le temps de m'asseoir sur une caisse que le camion s'ébranlait. J'essayai de compter les virages pour m'orienter, il me sembla que le camion allait en direction de la Kalantchovka, ensuite, il se mit à tourner, à prendre de la vitesse, à freiner, quelque part il fit demi-tour au beau milieu d'une rue, nous étions secoués dans des ornières et des fondrières, puis, de nouveau, l'asphalte crissa sous les roues, un bruit sourd retentit lorsque nous passâmes sur des rails : à en juger par le choc, il s'agissait de rails de chemin de fer et non de tramway. Quelque part, non loin, un train de banlieue siffla. Ensuite, nous restâmes sur place un long moment, une locomotive à vapeur passa, soufflant péniblement dans un grand bruit de bielles, puis recommencèrent les ornières et les cahots d'un chemin accidenté, puis l'asphalte crissa de nouveau sous les roues, et je compris qu'ils faisaient exprès de tourner en rond pour vérifier si le fourgon n'était pas suivi. On roulait, tantôt vite, tantôt lentement, on s'arrêta de nouveau avant de repartir. Et, lorsque le camion stoppa, que la porte de la cabine claqua et que la double porte s'ouvrit de l'extérieur, je n'avais pas la moindre idée de l'endroit où nous nous trouvions.

Le chauffeur demanda :

— Il faut lui bander les yeux ?

Gueule de fonte se mit à rire :

— À quoi bon ? Il dira plus rien à personne…

Nous étions dans la cour d'une petite maison biscornue à un étage, enfermés dans le carré d'une haute clôture en bois. Je pensai que depuis la rue il n'y avait aucune chance de voir même le toit du camion. Je chassais de moi l'idée que les collègues aient pu perdre totalement sa trace. Ou bien même qu'ils n'aient pas pu relever son numéro.

Bien que Gueule-de-Fonte m'ait déjà mis les points sur les *i* quant à mon sort, je voulais encore croire que je m'en sortirais. S'ils m'avaient démasqué, ils n'auraient pas pris toutes ces précautions et se seraient contentés de me tirer une balle dans le buffet ou de me poignarder sur place.

Je me serais certainement senti bien moins à l'aise si j'avais su qu'à hauteur du passage à niveau de Rostokino, la voiture suiveuse avait définitivement perdu de vue le fourgon et que Gleb Jeglov était maintenant en train de ratisser au peigne fin chaque maison de la zone d'Ostankino et de Rostokino, en même temps qu'il essayait d'identifier le fourgon à pain numéro MG-38-03.

— Allez, le Bardot, conduis-le, dit Gueule de fonte au chauffeur. Moi, je vais jeter un coup d'œil pour voir si les flics rôdent pas dans les parages.

Le Bardot me poussa dans le dos et je lui rétorquai :

— Pousse pas, salaud !

C'était Ania qui ouvrait la marche. Elle avançait dans l'entrée obscure puis dans l'étroit couloir avec beaucoup d'assurance et j'en déduisis que ce n'était pas la première fois qu'elle venait ici. Elle tira à elle une porte recouverte d'une toile de jute, et la lumière d'un abat-jour couleur carotte me fit plisser les yeux, habitué à l'obscurité où j'étais resté plongé trop longtemps.

Je me tenais sur le seuil à essayer de me redonner du courage en me répétant mentalement la principale incantation des éclaireurs — « on ne meurt qu'une fois » — et j'examinai les cinq hommes entassés dans la pièce, portant mon regard sur chacun des membres de la bande, sans me gêner, pour autant qu'eux ne cachaient pas non plus leur intérêt.

Le voilà, le nain. À proprement parler, ce n'était pas un nain, mais un bossu, un petit bonhomme usé, avec un visage bouffi, une blouse en velours et des bottes de feutre. Sur ses genoux était installé un lapin tout blanc avec les yeux et une truffe rouges.

Il y avait aussi une vieille connaissance, la petite casquette. Il s'était découvert et était assis à table, très fier de lui, découvrant ses dents pointues de souris.

— Pourquoi tu rayonnes comme un pot de chambre ? lui lançai-je. T'es qu'un imbécile ! Si ç'avait été un flic à ma place, ça ferait déjà une demi-journée que tu serais au trou ! Gros malin, j'avais repéré dès le cinoche que tu me tournais autour.

Il bondit de derrière la table en hurlant et postillonnant, jura longuement à tort et à travers, agitant ses bras devant mon nez.

— Eh, gueule pas comme ça, j'suis pas sourd ! Et postillonne un peu moins, sinon, après toi, il va me falloir une serviette de bain pour m'essuyer.

Le bossu desserra enfin ses fines lèvres de serpent :

— Buvard, assieds-toi à ta place. Arrête ton cirque.

Le sale petit roquet obéit immédiatement.

Le Bardot alla directement de la porte à la table et, sans prêter attention aux autres, commença à manger avec avidité. Il se versa un verre de vodka, se l'enfila cul sec et, de nouveau, avala goulûment d'autres morceaux de nourriture, tel un chien affamé. Des excroissances en forme de boules roulaient derrière ses oreilles.

Gueule de fonte entra dans la pièce. Il s'assit à califourchon sur une chaise et me dévisagea à son tour. Je me tenais toujours debout sur le seuil. Ania, elle, se tenait dans un angle, près du buffet. Elle s'était prise à bras-le-corps, les mains passées par-dessus ses épaules pour calmer ses tremblements. Je vis qu'elle n'avait plus la bague au doigt et je compris instantanément qu'elle avait mordu à l'hameçon, la saleté !

À gauche du bossu était assis un grand et beau gars, une guitare entre les mains. Un de ses yeux restait absolument immobile, et en regardant de plus près, à son éclat égal, je compris que c'était un œil de verre. Une des nombreuses fiches que j'avais consultées s'imposa à moi : « *Recherché, dangereux criminel, récidiviste : Tiagounov, Alexeï Démidovitch. Signes particuliers : œil de verre de couleur bleu vif...* » Enfin, me tournant le dos, au bout de la table, se trouvait un autre individu, large d'épaules, à la nuque rouge, rasée. Il m'avait jeté un coup d'œil en vitesse quand nous avions débarqué et, encore aveuglé par la lumière, je ne l'avais pas bien vu. Assis, il fumait avec insouciance une cigarette roulée.

Le bossu me regarda longuement avant de partir dans un rire crépitant :

— Eh bien, bonjour, brave homme. Assieds-toi à table, mange un peu avec nous, tu seras comme notre invité.

Tout en disant cela, il caressait le lapin derrière les oreilles, et celui-ci, de plaisir, avait fermé les yeux et ronflait comme une bouilloire.

— Quand on est invité, on vient de son plein gré et on n'est pas amené de force, on n'est pas poussé avec un feu dans le dos, dis-je pour marquer mon mécontentement.

Je n'avais aucune raison de me laisser amadouer, les voyous cherchent toujours à dépecer deux fois l'agneau trop doux.

— C'est vrai, répondit le bossu dans un sourire ironique. Mais si j'invite quelqu'un, d'habitude, il se ramène en quatrième vitesse. Toi, prends place à table, on va boire un coup tous les deux, manger un peu et causer de nos tristes affaires.

CHAPITRE 30

CONSEILS POUR LES MÉNAGÈRES

Vous obtiendrez une bonne compote si vous prenez, en quantités égales, de la citrouille, de la betterave à sucre et des carottes. Cette compote est bien sucrée, il n'est pas nécessaire d'y ajouter du sucre, même si l'on s'en sert pour garnir un gâteau.

Olga Zorina, Moscou-Soir.

— Tu bois ? demanda le bossu.

— Si vous m'en versez, je boirai.

— Klacha ! appela le bossu sans élever la voix.

De la porte donnant dans la pièce attenante apparut une vieille, solide et joufflue. Elle posa sur la table trois autres bouteilles de vodka, s'écarta un peu, s'adossa contre le mur et me regarda à son tour. Son regard me fit froid dans le dos, elle avait posé sur moi ses lourds yeux de vampire et me dévisageait sans ciller.

— À quoi allons-nous boire ? demanda le bossu.

— À ce que vous voulez, donnez-moi seulement un verre plein.

— Boire à ta santé, ça serait idiot, car bientôt, t'auras plus besoin de ta santé.

— Comment ça ?

— Nous avons des doutes, brave homme, nous croyons que t'es une balance ! dit le bossu avec douceur, et il cligna deux fois de ses paupières rougies. Imbécile mal dégrossi, qui voulais-tu tromper ? Nous nous sommes tout de suite dit que tu devais être une ordure de flic.

J'écartai les bras, haussai les épaules et lui répondis cordialement :

— Alors, dans ce cas, buvons à ta santé ! Apparemment, toi, t'as l'air de vouloir vivre deux siècles.

Il se mit à rire sans produire aucun son, il riait toujours de la sorte, doucement, comme s'il riait à voix basse pour que les autres ne l'entendent pas. En riant, il découvrait ses gencives blanches malades et ses dents irrégulières couvertes de plaque dentaire poreuse et marron, comme une théière culottée.

— On dirait que tu me menaces, flic à la manque ? demanda-t-il à voix basse.

— De quoi pourrais-je te menacer quand t'as toute ta bande autour de toi ? Avec leurs feux et leurs surins, par-dessus le marché ! En une minute, il resterait plus que ma ceinture et mes semelles.

— Et tes potes du MOUR, où qu'ils sont donc ? Pourquoi ils viennent pas te donner un coup de main ?

J'étais assis, muet, regardant le plancher, puis je dis lentement :

— Écoute, pépé, hier soir, juste à la même heure, ton pote Fox me disait des choses remarquables. Je sais pas, bien sûr, à quoi il pensait, il m'a pas mis au parfum, mais voilà ce qu'il m'a dit : la chose la plus chère au monde, qu'il dit, c'est l'idiotie. Parce que c'est pour elle qu'il faut payer le plus cher ici-bas.

— Qu'est-ce que tu veux dire ? demanda doucement le bossu.

— Que ma bêtise à moi va me coûter drôlement cher. Oui, ma bêtise et mon avidité. J'avais seulement envie de me faire du fric facile et maintenant, je sens que vous allez me le faire bouffer, même si j'en veux plus.

Je pris mon verre et le bus cul sec. Je piochai un peu dans la choucroute, jetai un coup d'œil au bossu qui y allait de son rire muet.

— T'as raison de faire ça, p'tit flic, chasse au loin ta tristesse. N'aie pas peur, on te tuera sans te faire mal. Pchit ! Et t'es déjà au ciel !

— C'était pas la peine de traverser toute la ville pour ça.

— Quoi, t'es pressé ?

— Je peux encore bien attendre une cinquantaine d'années.

— Mais nous, on peut pas attendre, c'est pour ça qu'on t'a amené ici. Et si tu veux pas mourir dans des souffrances terribles, tu vas nous raconter ce que vous pensez faire avec Fox, vous, les poulets…

Ses dents marron et poreuses avancèrent, ses gencives avaient encore blanchi et ses yeux incolores de tortionnaire s'étaient enflammés d'une lueur méchante. Qu'ils aillent au diable : au moins, pendant qu'ils me menaçaient, ils ne passaient pas à l'acte.

Je jetai un regard circulaire sur la bande, ils étaient tous assis à me regarder, comme des loups encerclant une bête blessée, et, pour la première fois, mon cœur fut transpercé par la lame glaciale de la peur et du désespoir. J'avais la conviction qu'ils ne m'avaient pas démasqué, mais ils n'avaient pas l'intention de prendre le moindre risque.

— Dis, tu habites à Moscou ? demanda le bossu.

— Non. La région de Yaroslavl, l'arrondissement de Kojinovo, le village de Bougry, le sovkhoze « Znamenski ».

— Quoi, t'es un campagnard ? s'étonna le bossu, et tous les autres se turent, comme ensorcelés.

— Campagnard, moi ? Non, mais j'ai eu droit à la zone des cent kilomètres, ils me donnent pas le droit de vivre ici, alors je ronge mon frein comme chauffeur dans un sovkhoze.

— Dis, t'as des papiers ?

— J'ai qu'une feuille. Je sortis de ma vareuse un certificat de relaxation suite à une modification de peine.

Le bossu l'approcha de ses yeux, lut à haute voix :

— « *... Sidorenko, Vladimir Ivanovitch... modification de peine... assignation à résidence...* » Là-bas, à la Petrovka, y'a tout un bureau entier qu'est prêt à te faire plein de certificats dans ce genre, dit-il dans un sourire ironique.

— On fait avec ce qu'on a. N'importe comment, j'ai rien d'autre, dis-je en écartant les bras.

— Mais, comment que t'es tombé avec Fox ? demanda-t-il pacifiquement, et, de nouveau, une petite lueur d'espoir brilla.

— C'est lui qui, y'a trois jours, a été balancé dans ma cellule.

— Et toi, qu'est-ce que tu foutais là ?

— Ils m'ont fait mariner là pendant une semaine pour rien du tout. J'avais livré des patates à l'usine Boretz — ils ont un contrat avec notre sovkhoze —, j'avais déchargé mes patates et je repartais déjà quand, dans la rue Souchtchevski val, y'a une ZIS-101 qui grille un feu rouge et me rentre dedans à toute vapeur — boum ! Moi-même, j'ai été coupé de partout par des éclats de verre, mais eux, dans la voiture, bien sûr, c'était de la bouillie. Et le passager, c'était une grosse légume ! Bien sûr, aussitôt les mecs du service de la circulation, des andouilles de l'Inspection routière, un lieutenant-colonel de la milice en Willis, se sont tous ramenés, ça faisait un de ces bazars, des cris partout ! Et y me mettent ça sur le dos ! Je demande qu'on entende les témoins qui avaient vu qu'il m'était lui-même rentré dedans après avoir grillé le feu rouge, et eux, ils pensent qu'à emmener la civière avec le passager. Normal, ils font partie de la même bande ! Heureusement encore qu'il s'est trouvé quelques braves gens pour laisser leur adresse et leur téléphone. Moi, on me conduit à la Mechtchanskaïa, c'est là le bureau de l'Inspection pour Moscou, ils enregistrent ma déposition, vérifient si je suis saoul. Quant à moi, depuis le matin, j'avais pas eu la moindre goutte dans le gosier.

Je marquai un instant d'arrêt et vis qu'ils m'écoutaient avec intérêt et, une fois encore, je chantai en moi-même les louanges de Jeglov qui avait monté tout ce scénario. Le bossu, lui, était assis et restait parfaitement immobile, les jambes repliées sous lui et son regard fixé dans le mien. Seul son lapin émettait quelques geignements et remuait sur ses genoux.

— Bon, ils font le procès-verbal, remplissent un questionnaire, ils arrivent au moment où j'ai été condamné et où je suis assigné à résidence hors de la zone des cent kilomètres, alors, ils s'acharnent : il faudrait encore démontrer que t'avais pas envie de commettre un acte terroriste.

J'espérais que les voyous aillent vérifier mon histoire rue Mechtchanskaïa : là-bas, dans la cour, se trouvait un ZIS-5 avec une plaque minéralogique de Yaroslavl dont l'avant était démoli et, au poste de garde, un milicien bavard racontait à qui veut l'accident de la rue Souchtchevski.

— Donc, par conséquent, ils m'ont mis à moisir en cellule préventive jusqu'à ce qu'ils m'annoncent avant-hier que l'expertise a établi que le chauffeur du ZIS-101 était saoul. Comme si ça n'avait pas été établi dès le soir même. À vrai dire, Evgueni Petrovitch m'avait déjà dit il y a trois jours de ça : « T'as pas à t'en faire, tu seras bientôt en liberté, sinon y'a déjà belle lurette qu'ils t'auraient tarabusté rien qu'avec les confrontations... »

— T'avais là un bon conseiller, dit le bossu dans un signe de tête. Mais pourquoi donc Fox t'a-t-il fait confiance tout de suite ?

— J'ai dû bien lui plaire. Mais surtout, apparemment, il avait pas d'autre solution. Je dois dire que pendant que j'étais avec lui, j'ai pu voir qu'il aimait le risque, le mec. « Je suis un joueur, qu'il m'dit, c'est ma nature, la vie sans risque, pour moi, c'est comme de la graille sans sel. »

— Il a gagné le gros lot à risquer, l'imbécile. Je l'avais pourtant prévenu que les femmes et l'alcool le conduiraient au trou, marmonna le bossu entre ses dents.

— Tu as tort de dire ça de lui, dit Ania, essayant de le défendre.

Mais le bossu ne décocha qu'un seul regard dans sa direction :

— Ferme-la ! Allez, Volodia, continue. Dis-nous donc pourquoi t'as été limité à la zone cent et pourquoi on t'a condamné ?

— En 1943, au-delà du Dniepr, j'ai été réformé après deux blessures. Pour être plus convaincant, j'ai débouclé ma ceinture et remonté ma vareuse, exhibant mes cicatrices rouge bleu dans mon dos et sur ma poitrine. Invalide du deuxième groupe. Je me suis remis un peu et ici, à Moscou, j'ai commencé à travailler comme chauffeur sur un camion. Au parc de la Flotte fluviale. Un jour, près de la gare de Biélorussie, un lieutenant m'arrête : « Tu veux pas te faire un peu de fric ? » qu'il dit. Qui c'est qui veut pas ? ! « T'en as pour deux petites heures et ça te fera 500 roubles en poche. » On est partis à la brasserie Badaev, il m'a dit de faire voir ma feuille de route à l'entrée, tout était arrangé d'avance, qu'il disait. Des chargeurs roulent deux tonneaux de bière et les montent à l'arrière. Je les ai amenés à la gare de triage de la Krasnaïa Presnia et j'ai même aidé à décharger. Une semaine après, en pleine nuit, des archanges viennent me chercher, avant d'avoir dit ouf, j'suis déjà embarqué ! À la Petrovka, ils demandent : « Où avez-vous mis la bière avec votre complice ? — Quel complice ? que je demande. — Celui qu'a sorti deux tonneaux de bière avec une fausse facture », qu'ils me répondent. J'essaye de noyer le poisson, jure mes grands dieux, leur parle du lieutenant, le décris : grand comme ça, avec des moustaches, des brûlures au visage. Au tribunal, j'ai écopé de quatre ans.

— T'es donc innocent ? demanda le bossu.

— Tout juste. Quand j'ai raconté ça à Fox dans la cellule, il s'est marré pendant une demi-journée en se tenant le ventre. Il se trouve qu'il connaît ce lieutenant, son surnom est le Brûlé et il est pas lieutenant…

Le bossu regarda en vitesse Tiagounov l'assassin, qui fit un signe à peine perceptible de la tête, et je sentis que j'étais en train de marquer des points : le truand Korovine, surnommé le Brûlé, moisissait au loin dans un camp et ne pouvait démentir l'histoire élaborée par Jeglov. De plus, ce récit s'étayait sur une histoire vraie dont ils pouvaient parfaitement avoir entendu parler.

Le bossu versa de la vodka dans mon verre et, dans le sien, fit couler une sorte de liqueur trouble contenue dans une petite carafe. Il fit un signe bienveillant de la tête aux autres et toute la bande se jeta sur les verres. Ils se versèrent à boire, levèrent leurs verres et trinquèrent sans prononcer de toast. C'est alors que je vis celui qui se trouvait à l'autre bout de la table lever son verre dans ma direction. Penché par-dessus la table, il dit lentement :

— On boit à la chance, hein ?

Son visage était maintenant à un mètre de moi, et je cessai de voir tout ce qui m'entourait, mon cœur me donna l'impression de s'arracher et de tomber comme une lourde pierre quelque part dans mon bas ventre. Il battait à coups sourds, rares, maladifs, et chacun de ses battements chassait mon âme, résonnait dans mon cerveau paralysé, et dans ma gorge se coinça un cri d'horreur.

Je trinquai avec lui et n'eus pas la force de détourner le regard : je ne connaissais rien de pire que d'être en face de l'homme par qui sa mort va arriver.

Je levai mon verre d'un bras de plomb qui ne voulait pas plier et je bus cul sec. En face de moi se tenait Levtchenko. De ma compagnie, au front…

Le gars du bataillon disciplinaire, Levtchenko. On devait le réhabiliter à titre posthume parce qu'il avait disparu dans un train sanitaire qui avait été bombardé aux environs de Brest. Avant cela, il avait été grièvement blessé au cours de notre raid à travers la Vistule. Il n'était donc pas mort et avait repris ses affaires d'avant-guerre.

— Pourquoi tu dis plus rien ? Continue, dit le bossu.

Je me pris à penser que le bossu devait être un mec drôlement sérieux pour avoir su établir une telle discipline avec des coupe-jarrets pareils : depuis mon arrivée, aucun n'avait ouvert la bouche sans y avoir été autorisé.

— Pépé, je peux manger un peu ? demandai-je avec indolence. Après la bouffe de l'État, ça fait mal au ventre de voir comment tu vis.

— Mange, mange, acquiesça-t-il. La nuit sera longue.

Sans en sentir le goût, je mastiquais sous mes dents la viande, les patates et je mangeai du pain de froment par petits morceaux. Je sentais peser sur moi le regard de Levtchenko. Mon Dieu, peut-on vraiment oublier comment nous avons traversé la Vistule glacée sous la lumière mortelle des fusées éclairantes, comment nous étions couchés côte à côte, aplatis dans l'argile humide et fraîche derrière le parapet de la tranchée en épiant les conversations des Allemands dans le poste d'observation avancé ? Aujourd'hui, je venais de franchir une nouvelle fois le parapet, mais cette fois-ci, c'est Levtchenko qui m'attendait, et je savais que lui et ses amis risquaient trop gros pour me laisser repartir. Je compris pour la première fois que la guerre n'était pas finie et que seuls les camps avaient changé : c'était une véritable guerre, avec ses règles impitoyables, que nous livrions au crime.

Quand j'étais à la tête de ces hommes venus du bataillon disciplinaire, je n'espérais pas, bien sûr, que les survivants deviendraient des citoyens modèles, mais, malgré tout, je n'arrivais pas à croire que toutes ces terribles épreuves ne changent pas son homme. Y survivre, c'était comme recevoir la vie une seconde fois, et je ne comprenais pas qu'on se risque à nouveau à la salir dans la boue et la honte.

Je levai les yeux sur Levtchenko pour essayer de lui parler mais il ne me regardait même pas. Il était assis, tenant sa tête dans sa main, comme si ma présence ne le concernait pas. Comment pouvait-il se taire alors qu'il savait pertinemment que ma présence au milieu d'eux signifiait leur perte à eux tous ? Seul Levtchenko savait qu'en 1943 je n'avais pas été réformé comme invalide et que c'était seulement en 1944 que j'avais pris le commandement de leur compagnie disciplinaire près de Kovel.

Qu'attendait-il donc ? Son silence me mettait en porte à faux et je ne savais plus si je devais raconter des histoires en sa présence ou me taire et les laisser venir.

— Tu conduis bien ? me demanda le bossu.

— Pas mal, on s'est jamais plaint de moi.

— Et où t'étais au front ? Tu étais chauffeur ?

— J'ai été deux ans au volant, dis-je dans un gros effort, sentant que ma langue devenait lourde comme si j'étais saoul. C'est au bataillon motorisé de la 114e brigade d'artillerie lourde que j'ai servi. J'ai même eu deux médailles, quand j'ai été jugé, ils me les ont reprises, dis-je avec un peu plus d'assurance.

Levtchenko ne me regardait toujours pas et continuait à se taire.

— Fox, il t'aurait pas parlé de son pote ? demanda doucement le bossu.

— Les flics ont descendu son copain.

— Où ça s'est passé ?

— Je sais pas, j'y étais pas et Fox me l'a pas dit. Il a seulement dit qu'ils étaient bêtement tombés sur ces ordures et que son pote s'était ramassé une balle dans la nuque. Il est mort sans souffrir, sur le coup. Il a encore dit que c'était peut-être mieux comme ça, qu'un blessé est faible et qu'on peut le forcer facilement à parler.

Je jetai un coup d'œil circulaire pour voir comment ils réagissaient à la nouvelle de la mort de leur copain Essine mais je ne pus rien déceler. Le Bardot continuait de se goinfrer. Tiagounov faisait des réussites. Gueule de fonte nettoyait son arme assis à table : il avait un sacré feu, un revolver Lefaucheux avec, en plus du canon, un couteau, dont la crosse pouvait aussi servir de poing américain. Ania était assise, recroquevillée, elle avait pris en un rien de temps un sale coup de vieux ; ses narines frémissaient, ses doigts tremblaient et je pensai qu'elle devait s'adonner à la cocaïne. La mémé-vampire était adossée au mur, immobile, elle ne me quittait pas des yeux. Buvard, lui, prenait dans une petite coupe des morceaux de sucre, les posait sur sa paume et, d'un geste rapide et agile, les lançait en l'air avant de les gober, tel un chien dressé. Le bossu, lui, caressait son lapin, tout en me regardant de ses yeux rougis légèrement plissés. Seul Levtchenko avait l'air absent.

— Et qu'est-ce qu'il a demandé de nous dire, Fox ? demanda le bossu en entrant dans le jeu.

— À vous, il m'a rien dit de dire. Il m'a promis de l'argent si je trouvais sa nénette et si je lui racontais ce qu'il faut faire. C'est elle qui l'a décidé de m'amener ici.

— Qu'est-ce qu'il faut donc faire ? Qu'est-ce que t'a dit Fox ?

— Il a donné l'ordre de le sortir de là.

— Comment je pourrais le sortir de là ? Je vais me lancer à l'assaut de la Petrovka, peut-être ?

— Ça, je sais pas. Je peux que répéter ce qu'il m'a dit.

— Allez, allez, parle…

— Hier soir, il a dit à l'enquêteur qu'il voulait avouer avoir participé au vol au magasin où le gardien a été tué.

— À quoi bon ?

— Selon la loi, c'est ce que Fox dit, ils doivent le mener sur les lieux du crime pour qu'il fasse voir comment tout s'est déroulé, une reconstitution qu'ils appellent ça. Comme il ne lâche rien d'autre, ils se sont jetés sur ses aveux, là-bas, ils doivent tout enregistrer, photographier pour qu'il ne puisse pas se rétracter par la suite. Devant lui, ils se sont mis à téléphoner pour organiser ça demain.

— Bon, ça, j'avais compris, et après ?

— Après, voilà comment il voyait les choses : tant qu'il est à la Petrovka, son escorte sera pas faite de gardes militaires, mais du groupe opérationnel accompagné par l'enquêteur. Et sur place, ils doivent être trois ou quatre, cinq tout au plus. Pour ça, ils feront fermer le magasin. Pour vous, ça sera le signal : dès qu'on verra qu'ils ferment le magasin en pleine journée, ça signifiera qu'ils vont pas tarder à l'amener là-bas. Il m'a dit qu'il avait réfléchi à tout dans les moindres détails, qu'il avait examiné chaque point en particulier.

— Le salaud, il aurait mieux fait de réfléchir avant pour pas tomber dans les pattes de ces chiens, lâcha le bossu en colère.

— Ça, je sais pas, moi, je dis que ce qu'il m'a dit de dire. Bon, alors, son plan est le suivant : ils le font entrer dans le magasin et ils verrouillent la porte de l'intérieur, alors que vous, de la même manière que l'autre fois, vous entrez dans l'annexe en passant par la cave. Le camion doit se trouver sur le terrain vague derrière le magasin. Quand, avec les opérationnels, il descendra dans l'annexe, vous les surinez tous à cet endroit et, tranquilles, par la sortie de service, vous sortez. Voilà, c'est tout ce qu'il a mis au point. Il m'a dit que les forces seraient à coup sûr suffisantes parce que le principal, dans cette affaire, c'est l'effet de surprise.

Un silence de plomb s'abattit sur l'assemblée et j'en oubliai même un instant Levtchenko et ce qu'il savait. Tous se taisaient et fixaient le bossu le temps d'une éternité.

— Bien pensé, dit enfin Tiagounov, à qui il ne devait pas sembler trop difficile de suriner trois ou quatre opérationnels.

— « Bien pensé » ! « Bien pensé » ! gueula le bossu en le singeant, ses gencives blanches se découvrant en un rictus menaçant. Ils ont aussi des feux ! Ils peuvent parfaitement descendre la moitié d'entre nous.

— Le risque est une noble chose, dit tranquillement Tiagounov. N'importe comment, on finira bien un jour par se faire descendre.

— Dis pas des choses pareilles, espèce de choléra borgne ! cria le bossu. Si vous vous faites descendre, c'est à cause de votre connerie ! Si vous m'écoutiez, imbéciles sans cervelle, vous vivriez comme des rois au paradis !

Puis il se tourna vers moi et demanda irrité :

— Fox t'a rien dit d'autre ?

— Rien. Seulement il m'a demandé de transmettre à Ania qu'il n'avait pas l'intention de déguster pour toute la bande et que ça l'ennuierait d'aller tout seul à l'échafaud. En résumé, si vous voulez pas le sortir de là, il se met à table.

— Mouais, mouais, ça tourne au vinaigre, on dirait, lâcha le bossu en tapotant de ses doigts osseux sur la table. Et bien, mes bons messieurs, qu'est-ce que vous en pensez ?

Ania dit immédiatement :

— Vous devez absolument le sauver.

— Toi, tais-toi ! T'iras pas présenter ton dos aux balles des flics, à ce que je sache !

— C'est pas une affaire de femmes peut-être ! Dans mon secteur, j'étais meilleure que vous, c'est par moi que tout le fric se ramenait ici !

Elle criait de toutes ses forces, en pleine crise d'hystérie, ses narines se gonflaient convulsivement, son visage était tout bleu.

— J'ai voix au chapitre comme chacun d'entre vous !

— Ici, c'est pas un bureau de vote ! dit le bossu en frappant sur la table. Et c'est pas une assemblée. Je ne résous pas les problèmes en votant, je veux simplement écouter l'avis de chacun, peut-être que quelqu'un pourra lancer une idée valable.

Gueule de fonte me désigna de la main :

— Il faut l'emmener d'ici, j'ai pas confiance en lui.

Le bossu me lança un rapide coup d'œil et hocha la tête :

— Qu'il reste ici, ça change rien.

Le Bardot arrêta de manger et leva sa sale tête hirsute :

— Dommage si on perd Fox. Il pouvait encore nous servir. Et, en plus, s'il s'allonge, ça va faire du vilain dans les parages.

— T'es courageux parce que tu penses nous attendre dans la cabine pendant qu'on sera en train d'en découdre avec les flics, dit le bossu. Compte pas là-dessus, si on se décide, tu viendras avec nous.

— T'as pas peur de rester sans chauffeur ? demanda le Bardot. Essine est mort, les flics ont eu sa peau.

— J'ai pas peur, dit le bossu dans un sourire plein de fiel. Au cas où, je mettrai celui-là au volant, dit-il en me montrant de sa grande main noueuse.

— Ouais, dit Gueule de fonte. Et il te conduira directement à la Petrovka.

— Arrêtez votre bazar ! dit soudainement Levtchenko, et mon cœur se mit à battre la chamade.

Levtchenko se tut un instant avant de poursuivre :

— Il faut sortir Fox du trou. Si on le libère pas, c'est notre fin à nous aussi !…

Et il replongea de nouveau dans la pénombre. J'arrivais pas à saisir ce qu'il avait en tête. Le bossu ne m'en laissa pas le temps :

— Voilà ce que je décide : nous te prenons avec nous.

— Pourquoi ? dis-je en me levant de ma chaise.

— Pour ça. Supposons que tu sois flic, si on te fait la peau maintenant, on n'obtiendra rien. Mais si on te prend avec nous, on obtiendra quelque chose. Si tu nous amènes dans une embuscade, tu seras le premier à y passer. Si t'es un flic, vous aviez bien un plan, hein ? Tu devais nous chanter tes chansons ici, après, nous, on te relâchait pour que t'ailles raconter à tes chefs comme tu nous as embobinés.

— À quoi bon vous entortiller ? J'ai rien à foutre de vos manigances.

— On sait, on sait, cherche pas à nous endormir avec tes berceuses. Pour m'entortiller, tu fais pas encore le poids. Je te prendrai avec moi au magasin et dès qu'on voit le premier opérationnel, on commence à te découper, en lanières qu'on te découpera, charogne.

Si c'était un retournement de situation, il n'en finissait pas moins par un cul-de-sac et je n'avais aucune chance de m'en sortir.

— Dans ce cas, t'as qu'à me découper en petits morceaux maintenant ! lui dis-je sur un ton provocateur. J'irai nulle part avec vous ! J'ai rien à faire là-bas.

— Ah ! dit le bossu en traînant sur la syllabe, on brûle déjà un peu plus.

— Tu brûles, t'es chaud, j'en ai rien à foutre ! Réfléchis seulement : quelle raison j'aurais d'aller fourrer mon nez là-bas ? Vous, vous avez à faire : sortir vot'pote, vous avez joué la même partie, maintenant il faut rembourser la mise. Mais moi, quelle raison j'aurais d'aller me mouiller là-dedans ? Vous vous en êtes foutu plein les poches avec vos affaires à la noix, demain vous allez risquer le coup et si jamais vous avez du pot, vous vous retrouverez libres et pleins aux as. Mais moi, quelle raison j'aurais d'aller au-devant des balles de la milice ? Pour vos malheureux 5 000 roubles ? !

— Pourquoi t'étais d'accord s'ils sont si malheureux que ça ?

— Dis-moi, j'étais d'accord pour quoi ? Transmettre un message et raconter comment ça se passe là-bas. Mais aller sous les balles ou risquer la peine de mort, ça je suis pas d'accord. Vous feriez mieux de me tuer maintenant, peut-être alors que ma mère aura droit à une pension quelconque, alors que, comme ça, je vais contre la loi pour des nèfles.

— Et si c'était pas pour des nèfles ! dit le bossu en regardant avec ironie dans ma direction.

Je bougonnai quelque chose avant de lâcher :

— C'est pas sérieux, cette conversation. Si t'es sérieux, dis-moi combien, dis tes conditions : ce qu'il faudra faire, je suis pas une chèvre pour te suivre la corde au cou.

— Toi, t'as qu'une chose à t'occuper pour l'instant : sortir vivant d'ici. Et pour ça, tu vas faire tout ce que tu vas pouvoir.

— Non, dis-je doucement et je tirai violemment ma vareuse à hauteur de la poitrine. Tiens, vas-y, tue-moi, j'ai jamais été le larbin de personne et c'est pas par toi que je vais commencer. Pourquoi vous jouez comme ça avec mes nerfs ? « On va te suriner, t'étrangler, te tuer... » Vous me croyez pas, c'est votre affaire ! Mais vous pouvez pas dire que j'ai menti et vous, vous êtes sans foi ni loi, vous n'avez même pas de parole, comme en ont les gars du milieu ! Moi, Fox, qu'est-ce qu'il m'avait promis ? Eh bien, tenez parole à la place de votre pote, au moins !

— Quand on apprendra que t'as menti, il sera trop tard pour nous, dit tristement le bossu, et il me sembla qu'il commençait à avoir des doutes.

— Eh bien, réfléchissez vous-mêmes avec votre caboche.

— À quoi bon réfléchir ? dit Gueule de fonte en me fusillant du regard.

— Si j'étais un chien à la solde des flics et qu'ils m'avaient dit de téléphoner à la nénette, de chercher Ania, est-ce que vous croyez qu'ils m'auraient laissé débarquer ici, chez vous ? Là-bas, rue Bankovski, ils l'auraient prise, elle, et ces deux abrutis, et alors, à la Petrovka, ils auraient bien su faire parler la belle Ania qui aurait fini par lâcher vos noms, vos portraits, vos planques et adresses. À quoi j'aurais bien pu servir dans ce cas-là, hein ? Ils seraient venus ici à deux sections, avec leurs mitraillettes, ils auraient fait de la chair à pâté avec vous et auraient mis fin à toutes vos petites affaires.

— Tu creuses bien, salaud, mais t'oublies une chose : et si Ania, à la Petrovka, se met pas à table ? Qu'est-ce qu'elle ferait alors, ta Criminelle ?

— Qu'est-ce que tu crois, qu'avec quatre bonshommes ils n'en ont pas assez ? Si on compte Fox ? Et si on ajoute encore le chauffeur tué, ça fait cinq ? T'as qu'à compter, en une seule soirée, vous seriez moitié moins.

Ça, c'est pour un. Deuxièmement, tu dis qu'Ania pourrait ne pas se mettre à table ? Peut-être que t'as raison. Seulement moi, j'étais au trou avec des mecs d'une autre trempe, et même ceux-là, ils se sont mis à table, là-bas, au MOUR.

— J'ai une question à te poser, dit en se penchant vers moi le bossu en chassant le lapin de ses genoux. Qu'est-ce que tu veux faire du fric que Fox t'a promis ?

— Comment ça ? Qui c'est qu'a pas besoin de fric ?

— Dis ce que tu veux faire avec ? Le boire, le claquer avec des nénettes, le jouer aux cartes, ou peut-être, t'acheter un costard ?

— C'est pour vous que le fric vaut pas grand-chose, qu'il file à toute vitesse, vous pouvez le claquer avec des femmes ou le flamber aux cartes. Moi, j'en ai besoin pour quelque chose de sérieux.

— Et pour quoi ?

— Réfléchis toi-même, on habite là-bas, à Bougry, dans une isba qu'est pas à nous. J'attendais toujours une amnistie pour qu'ils me rendent le droit d'habiter à Moscou, mais que dalle… Donc, il faut s'installer définitivement à Bougry. Au village, y'a pas beaucoup de mecs, en plus j'sais conduire un camion et un tracteur, je suis habile de mes mains, par conséquent on me donnera sûrement une isba libre. Mais il faudra refaire le toit, hein ? Revoir les poutres des murs, mettre des vitres, refaire le poêle, bâtir une petite grange. Pour tout ça, il faut des matériaux et, pour les matériaux, il faut payer ! Je pourrai me marier, acheter une vache, une paire de cochons à engraisser. D'ailleurs, on peut faire pas mal de choses quand on a des espèces sonnantes et trébuchantes en poche !

— Je vois que t'aime le fric ? ! dit le bossu en plissant les yeux.

— Je l’aime, répondis-je avec défi. Fais-moi donc voir quelqu’un qu’aime pas le fric. Tout le monde l’aime.

— Eh bien, demain tu vas aller avec nous chercher Fox et s’il se trouve que t’es pas une ordure de flic, mais un bon citoyen, je te donnerai du fric, dit le bossu avec fermeté.

— Tu me prends pour un imbécile ? ! Ma vie, en ce moment, elle vaut 2 kopecks mais demain, si tout se termine bien, entre tes mains, elle vaudra plus un pet.

— Pourquoi ça, dis-moi ?

— Parce que, même maintenant, pour me rafler l’argent que j’ai gagné comme convenu, mes 5 000 à moi, tu dis que je suis un flic et vous êtes prêts à me faire ma fête le plus tranquillement du monde. Alors si demain ça se passe bien, à cause de ce fric, vous aurez encore plus de raisons de me butter et si jamais les flics se montrent plus agiles que vous, alors ils me boucleront à la cave avec vous.

— Parle, mais n’oublie pas à qui tu parles ! dit le bossu en se renfrognant. Si un gars du milieu a volé un ami, il est jugé conformément à la loi du milieu. Et si on parle d’argent avec toi, c’est parce que t’es pas du milieu et qu’on te croit pas.

— Pépé, mon cher, dis-moi, qu’est-ce que je dois faire pour que tu me croies ? Me tuer moi-même ? Ou bien apporter de la milice un certificat comme quoi je travaille pas pour eux ?

Mécontents, ils s’agitèrent avant de se mettre à parler à voix basse quand soudain, à la surprise générale, Levtchenko éclata de rire.

— Marrant, le mec ! dit-il en se tournant vers le bossu. Karp, t’as entièrement raison, ce bon citoyen peut nous servir, il est rapide et malin. Il a quelque chose. N’écoute pas les autres imbéciles, t’as tout à fait raison.

— Apprends plutôt à ta femme à faire la soupe ! J'ai encore rien décidé, lui lâcha méchamment le bossu. Quant à toi, petit mec, dit-il en se tournant vers moi, je le répéterai plus, tu viendras avec nous, tiens-toi prêt et ferme ta grande gueule.

— Combien tu m'donneras de fric, le défiai-je, si demain Fox est ici avec toi, assis à cette table ?

Le bossu réfléchit, remua ses fines lèvres de serpent :

— 10 000.

Je me levai de table, m'approchai de lui, m'inclinai très bas, presque jusqu'à terre :

— Merci à toi, pépé, pour ta bonté, ta générosité. Donc, si je suis un chien, vous me laissez sur le carreau et si aujourd'hui j'ai sauvé votre bande d'une mort certaine, tu me gratifieras de 10 000 roubles. J'pourrai acheter vingt bouteilles de vodka. Merci, pépé, pour ta bonté sans borne.

Je n'avais pas encore eu le temps de me redresser que sa botte de feutre, comme un éclair, vola en l'air, je vis trente-six chandelles et je tombai par terre sur le côté, le visage en sang. Je réussis tant bien que mal à me redresser à quatre pattes, estourbi tant par l'émotion et la vodka que par la douleur à la figure.

— Encore une fois, merci pépé pour ton équité. Et pour les caresses que Fox m'avait promises…

Le bossu riait sans faire de bruit, sa gueule blanche ouverte laissant voir ses horribles dents poreuses. Les autres souriaient bêtement, quant à Levtchenko, il me regardait sombrement.

— T'as eu ton compte ? demanda doucement le bossu.

— Oui, merci beaucoup.

— Maintenant, tu crois en ma parole ?

— Non, j'y crois pas plus.

Je ne vis pas le clin d'œil qu'il adressa à Gueule de fonte, et celui-ci me frappa par-derrière sur la nuque, avec les deux poings serrés et je m'écroulai de nouveau au sol, crachant du sang sur les planches claires.

— Pépé, mon cher, je te crois pas, tu peux me découper en petits morceaux.

Le bossu, le regard pensif posé sur son lapin blanc, dit :

— J'aime les lapins, ces créatures de Dieu, ils sont bons, reconnaissants, tendres. Et ils acceptent la mort sans rechigner. Alors que vous, les hommes, vous vous agitez toujours, n'arrêtez pas un seul instant de courir après le fric.

— Ouais, y'a de quoi s'agiter…

Et je m'efforçai de me relever au plus vite avant qu'ils se déchaînent tout à fait sur moi.

— T'as tort ! T'as tort ! Tu ferais mieux de penser à ton âme !

Au même moment, le bossu serra dans sa paume la tête blanche du lapin et, tout en le caressant derrière sa grande oreille avec le pouce, prit une fourchette sur la table et, dans un geste vif comme l'éclair, la planta dans la truffe rouge frémissante de l'animal. Je ne vis jaillir qu'une minuscule goutte de sang, mais la boule poilue, chaude de vie, se tordit convulsivement, tressaillit, poussa un petit cri à peine audible. Et mourut. Le bossu souleva de ses genoux en la tenant par les oreilles la bête qui pendait comme un sac de sable au bout de sa main.

— Quel beau morceau, dit le bossu. Il fait bien dix livres.

Il le lança à la mémé-vampire et dit doucement :

— Fais-en un civet avec des champignons.

Il se tourna alors brusquement vers moi et planta ses yeux congestionnés dans les miens :

— T'as compris ce que tu vaux dans ce bas monde ?

— J'ai compris, fis-je de la tête. Eh bien voilà, demain il faudrait que t'envoies un de tes coupe-jarrets à la caisse d'épargne pour ouvrir un livret à mon nom. 40 000. Et je te servirai de mon mieux.

— Dis donc, t'es têtu comme un baudet ! éclata de rire le bossu. Mais pourquoi donc sur un livret de caisse d'épargne ?

— Ma garantie que vous me liquiderez pas après comme une charogne. Ce fric, ils vous le donneront pas si le livret est à mon nom. Je me trompe pas ? Et si on libère Fox, il pourra encore me servir. Et, peut-être même que lui-même, Fox, il me donnera aussi quelque chose pour sa libération. Non, je peux pas aller avec vous si j'ai pas un livret de caisse d'épargne.

— Va au diable, espèce de péquenot rapace. T'es un abominable rapiat, ton avarice de cul-terreux me dégoûte.

— Toi, avec la bouffe que t'as, peut-être que ça te dégoûte, mais moi, j'aime aussi le pain blanc et la viande…

— Ta gueule, imbécile ! Buvard, demain, pour 8 heures, t'iras à la caisse d'épargne, tu déposeras 25 000 à son nom, qu'il s'étouffe avec, le rapiat… Et tu me donneras le livret à moi.

— À moi, dis-je en donnant de la voix. À moi, que tu fileras, le livret. Il me réchauffera le cœur quand je descendrai à la cave. Avec lui, j'aurais moins peur des balles des miliciens.

— Ta gueule, dit le bossu sur un ton fatigué. Il se fait tard, tout le monde au pieu. Demain, on aura besoin de toutes nos forces. Lever à 6 heures. Qui c'est qui va garder cette gueule ?

Tous avaient envie de dormir et seule la voix de Levtchenko résonna :

— Moi.

Il se tut un instant et ajouta :

— Il pioncera là-haut dans la piaule. Je le surveillerai…

Il se leva de table, s'approcha de moi et me poussa doucement dans le dos :

— Allez, remue un peu tes sabots. Monte là-haut.

Nous montâmes au premier étage par un escalier dont les marches grinçaient et pliaient sous nos pas. Nous entrâmes dans une pièce sombre. Dans le reflet bleu humide de la fenêtre, je distinguai sur le côté un châlit et m'assis dessus. J'avais l'impression de me réveiller d'une longue syncope. Quelque part, tout à côté, les ressorts du lit grinçaient sous le corps puissant de Levtchenko. De nouveau, le silence se fit. Des bribes de voix venaient d'en bas, où la vaisselle tintait. Gueule de fonte disait quelque chose d'inaudible. Levtchenko respirait bruyamment et son silence me pesait de plus en plus. Soudain, il chuchota :

— Eh bien, salut, chef.

— Salut, Levtchenko.

Il se tut de nouveau avant de continuer :

— Dans une heure, ils vont se calmer. Je te ferai sortir d'ici.

— Non, Levtchenko, je ne partirai pas.

Il prit son temps pour répondre, et quand il se mit à parler, je sentis dans ses paroles comme une tristesse :

— Ils te tueront, Chaparov. Ça, je le voudrais pas…

— Qu'est-ce que ça peut te faire ?

— Rien. Je veux pas, c'est tout.

— Non, Levtchenko. Pas la peine. Si j'avais voulu partir, je serais pas venu ici et c'est tout.

— Compris.

Levtchenko se tut tout aussi brutalement et la tension entre nous redevint palpable.

— Dans ce cas-là, Chaparov, je vais être obligé de te donner à mes potes. Après tout, t'es venu pour prendre leur vie. Et la mienne avec. Et t'es pas prêt à transiger.

— Dénonce-moi, Levtchenko, dénonce… Mon sang retombera sur toi, et la terre te recevra pas, elle te rejettera comme la poussière et la caillasse.

— Qu'est-ce que je peux faire d'autre, Chaparov ?

— C'est toi qui dois partir d'ici. Il est pas encore trop tard, demain, tu peux ne pas aller à la cave si tu te barres aujourd'hui.

— Qu'est-ce que ça donnera ?

— Je ferai ce pour quoi je suis venu ici. Et je ne prendrai pas ta vie.

— Mais, dans ce cas, eux, ils te tueront sûrement.

— C'est probable. Mais ça ne sera déjà plus important.

— Est-ce que vraiment ça peut ne pas être important ?

— Oui, parfois, Levtchenko. Quand il y a un an nous avons traversé la Vistule, pour nous deux, ce n'était pas si important que ça de mourir ou non. Pour Sacha Korobkov non plus. Et maintenant, tu es dans la tranchée d'en face. Quant à moi, je nage de nouveau depuis nos lignes. C'est pourquoi je te dis : pars, dégage, fous le camp. Ça sera mieux pour nous deux.

Une nouvelle fois nous nous replongeâmes dans un mutisme dense et âcre comme une vapeur de buanderie. En bas, des voix bruissaient, Ania se mit à pleurer fort et à crier. Monotone comme un grincement de scie, la voix de la vieille Klacha, la vampire, ne tarissait pas. Les minutes s'écoulaient. Enfin, Levtchenko donna de la voix :

— Allez, couchons-nous, demain, il va falloir se lever tôt.

— Mais, dis-moi, qu'est-ce que t'as décidé ?

— J'irai avec vous tous.

— Tu te feras tuer. Les nôtres vous tueront si jamais vous résistez. Et si tu te rends, c'est la prison qui t'attend. Pour longtemps…

Levtchenko toussa, s'étira sur son matelas en geignant sourdement et en faisant grincer les ressorts sous lui.

— S'ils me tuent, c'est que c'est écrit. On ne meurt qu'une fois et il faut bien y passer un jour. Quant à la prison, non… je n'irai pas en prison. Plus jamais de la vie.

Ma vue se faisait peu à peu à l'obscurité. Le corps massif de Levtchenko formait une masse sombre et compacte sur le matelas près du mur. Il respirait régulièrement et avec bruit. Je ressentais ce bruit comme celui d'une bombe à retardement dont j'ignorais quand elle exploserait et réduirait tout en poussière.

En bas, Tiagounov l'assassin était saoul et chantait. Le bossu gueula méchamment contre lui, et Ania, hystérique, se mit à pleurer encore plus fort.

— Je t'envie, Chaparov, dit Levtchenko.

— Demain y'aura plus personne à envier. À part ça, tout va bien, dis-je dans un sourire ironique.

— C'est justement ça que j'envie, dit Levtchenko, ta vie avait un sens.

Et je remarquai involontairement qu'il parlait de moi comme d'un mort.

— Tu sais, Levtchenko, demain je vais certainement déguster. Mais je ne regrette rien. J'y vais en sachant que c'est pour une grande cause. Mais toi ? C'est pour ce vampire de bossu ? Tu te souviens lorsque nous étions dans cet abri démoli près de Kovel, nous étions là à rêver à ce que serait notre vie après la guerre.

— Le malheur c'est qu'avec nous, à ce moment-là, ne rêvait pas le sale chien à cause de qui ma vie est repartie sur la mauvaise pente.

— Qui ça ?

— Quand les Allemands ont bombardé le train sanitaire près de Brest, tous mes papiers ont brûlé. J'ai repris conscience, je voulais me barrer de l'hôpital avant qu'on signe mon bon de sortie, pour vous rejoindre. Je rêvais déjà de brioches et je lui avais parlé de ce régiment de réserve, de ceci, de cela, trois fois condamné auparavant, je suis passé par un régiment disciplinaire, maintenant des démarches sont réalisées pour que toutes mes condamnations soient effacées de mon casier judiciaire, car j'ai racheté mes fautes par mon sang et une demande de médaille à mon nom a même été expédiée : c'est toi-même que me l'as dit, alors qu'on était encore au service sanitaire de campagne. Mais lui, c'était un de ces chiens galeux, un rat de l'arrière, avec une tête bouffie et rouge de mec rassasié. Et il m'a dit : « Y'a rien à ce sujet dans votre dossier, soldat Levtchenko, et, en attendant que nous éclaircissions cela, retournez dans une compagnie disciplinaire. » Je me suis senti berné. Je lui ai dit quelques mots « doux » et lui, il s'est mis à gueuler, on en est venu aux mains, et le tribunal militaire m'a collé une nouvelle condamnation. Tout était râpé ! En juin, je me suis barré et voilà, je suis de mèche avec ces fumiers. Qu'est-ce que je peux faire maintenant ? J'ai plus qu'une issue.

— Écoute, Levtchenko, je suis plus ton chef, je peux pas te donner d'ordres, mais en tant qu'homme, je te dis : pars aujourd'hui. Si demain je m'en sors, je ne te laisserai pas tomber, je raconterai comment tu t'es battu à la guerre.

— Tu parleras aussi de mes exploits d'après-guerre ? demanda tristement Levtchenko. Non, Chaparov, je suis un mec fini. Et si je t'ai pas démasqué, c'est parce que nous avons dormi sous un même manteau tous les deux, parce que t'allais pas bouffer ta ration supplémentaire d'officier en cachette sous ton lit, parce que tu te cachais pas des balles derrière nos dos. Et parce que tu m'as sorti de la Vistule avec un éclat d'obus dans le dos et tiré jusqu'aux infirmiers. C'est pourquoi on ira tous les deux ensemble, demain, et là-bas, on verra bien ce que Dieu nous a réservé.

— Levtchenko ! l'interpellai-je.

— Bon, ça suffit, Chaparov ! Dormons, ça sert à rien de discuter.

Et il se remit à respirer fort : inspiration-expiration, inspiration-expiration, inspiration-expiration, tic-tac, tic-tac... Je m'étendis sur mon châlit, fermai les yeux et sentis que la peur et la tension commençaient seulement à s'estomper.

Impossible en effet de partir avec Levtchenko, il suffirait que les bandits s'aperçoivent de mon absence pour que le repaire soit déserté aussitôt... Jeglov et moi n'avions pas du tout envisagé les choses comme ça. Nous avions pensé les attirer au magasin, pas qu'ils feraient de moi un otage. Voilà comment ça se présentait à présent : mieux pour l'affaire, pis pour moi. J'essayai d'apprécier mes chances de me sortir de cette histoire : objectivement, aucune. Réelle en tout cas. Même si les chefs du MOUR modifiaient l'opération et n'attaquaient qu'à proximité du magasin, et pas à l'intérieur, ces salauds auraient le temps de me loger un pruneau dans le coffre ou de me filer un coup de couteau. Au diable les leçons de sambo, au diable Filimonov, ils seraient trop nombreux pour le sambo ! C'est la fin, Chaparov. Tu crois que t'as encore des chances de t'en sortir ?... Allez, Jeglov, là-bas, doit être assis à réfléchir à la meilleure façon de me libérer... Mais nous n'avons aucun moyen d'entrer en contact... T'inquiète pas, ils trouveront quelque chose, c'est sûr. Ils doivent trouver ! Ils t'abandonneront pas...

Cette pensée me regonfla d'un mince espoir et je me mis à penser fébrilement à ce que pouvaient bien faire les gars. Il me fallait réfléchir aussi posément que si j'avais été avec eux... Bon, si j'étais avec eux et que c'était actuellement Passiouk qui occupait ma place...

nous serions en train de chercher un plan pour le libérer… un plan à deux personnages… Le seul *hic*, c'est qu'on ne peut pas entrer en contact avec lui… Allez, Chaparov, qu'inventerait Jeglov ? Il utiliserait des données que nous connaîtrions tous les deux, d'avant le début de l'opération, on n'avait plus besoin de communiquer…

Ma tête tintait comme une cloche et je n'avais pas la moindre envie de dormir. Je voulais trouver la faille, je ne voulais pas mourir !

Que connaissions-nous tous les deux, Jeglov et moi, de l'opération ?

La composition de la bande ? non.

Leurs caractères ? non.

Le changement de plan ? non.

Le lieu de l'opération ? OUI ! !

CHAPITRE 31

À l'hôpital, où le chef est le camarade Livchitz, s'est tenue une rencontre entre les blessés et le champion d'échecs de Moscou, Vassili Smyslov. Le grand maître a parlé aux soldats du match URSS-USA et a ensuite donné une séance de jeu simultané.

Le Bolchévik de Moscou.

Le lieu de l'opération ! ! C'était ça ! Ils ne pouvaient pas changer le lieu de l'opération. Je pouvais être sûr qu'ils amèneraient Fox là où nous avions pensé que ce serait plus facile pour nous de les prendre.

Je connaissais bien l'endroit : la cave du magasin. Le long tunnel étroit, la réception, les resserres... La fameuse resserre où le bossu avait asséné le coup de hache sur la tête du gardien. Une petite pièce d'un mètre et demi sur un mètre et demi avec une épaisse porte couverte de tôle. Nous y avions traîné longtemps avec Jeglov. La porte ouvrait sur l'extérieur... Il y faisait très clair. Gricha avait mis une lampe de 100 watts pour examiner les lieux et prendre des photos. La porte de ce réduit était fermée par un lourd verrou... Et si jamais il faisait tout noir ? Si Jeglov pense à ouvrir le verrou et à entrebâiller la porte du réduit... Dans l'obscurité, on peut plonger… Les bandits pourraient démolir la porte, mais pour ça il leur faudrait au moins deux minutes… Et en deux minutes il peut se passer pas mal de choses… Le réduit était carré, avec une étagère… d'un côté de la porte, une petite marche et une petite niche dans le mur de briques… une niche minuscule… mais, de côté, on peut s'y loger si ces salauds se mettent à tirer à travers la porte. Une ou deux minutes… Ma vie tenait à une ou deux minutes… Ah si Jeglov pouvait penser à ça ! Gleb, j'ai envie de vivre ! Varia m'attend ! Nous avons rendez-vous…

Varia, ma chérie, je sais que tu ne dors pas, tu es de service cette nuit, de minuit à 8 heures… Varia, ma chérie, je ne savais pas que ça se passerait comme ça. Je ne voulais pas te tromper, j'ai toujours su que c'était impossible… Varia, ma femme, mon bonheur vif et clair, en fin de compte on n'est pas allé à l'état civil tous les deux… Varia, et nos cinq fils et l'enfant trouvé qui devait me porter bonheur ? Varia, toi, la lumière de ma vie, mon amour, Varia, j'ai su que je t'aimerais toute ma vie dès que je t'ai vue, fluette, grande, svelte, avec notre enfant trouvé dans les bras… Nous l'avons emmené à la maternité Grauermann où, jadis, je suis né moi-même… Varia, ce n'est pas de ma faute… Notre amour n'aura duré qu'une nuit, violette, instantanée, comme une étincelle… Varia, tu as dit toi-même que dans vingt ans les gens passeront dans la rue, tranquilles. Moi je paierai tout ça de ma terrible peur, de ma nostalgie, de ma douleur… Varia, ma chérie, si dans ton cœur tu portais l'étincelle de moi-même ? Varia, comme ce serait plus facile pour moi de mourir demain si je savais que je ne vais pas disparaître totalement de la Ville Sans Peur, mon fils, ton enfant, ma chérie… Varia, ne m'oublie pas, tu es très jeune et très jolie, on t'aimera encore, sois heureuse, seulement, Varia, ne m'oublie pas totalement, souviens-toi de moi, ne serait-ce qu'un peu…

Varia, comme c'est bon que tu sois venue me voir... N'es-tu pas de service jusqu'au matin ?.. Où as-tu cueilli tant de fleurs ? C'est l'automne... Elles sont pour moi ? ne pleure pas, ma chérie, tu es si belle quand tu ris... Merci pour ces fleurs, Varia, je n'ai jamais vu de marguerites en novembre... Varia, tu peux tout... Varia, recherche l'enfant que nous avons trouvé... Comment ça, tu ne te souviens pas ? Tu l'as laissé à la maternité près de la place Arbatskaïa. Il doit y avoir des traces dans les registres. Jeglov t'aidera. N'aie pas peur, il ne prendra pas mes fleurs... Il me sauvera de la cave et nous lui donnerons ces marguerites. Il me sauvera, Varia... Il me sauvera... Où vas-tu ? ne pars pas ! Varia... J'ai peur, si peur tout seul ! Varia !

J'ouvris les yeux et vis, penché au-dessus de moi, le visage noir de Levtchenko.

— Debout, Chaparov, il est l'heure, dit-il sourdement.

La pièce était inondée de la pénombre grisâtre de l'aube, et dans cette aurore planait le pressentiment d'un changement dont je ne connaissais pas la nature. Je me levai, approchai de la fenêtre et vis qu'au cours de la nuit tout s'était couvert de neige. La terre boueuse, battue par les pluies d'automne, était recouverte d'une neige épaisse, lourde comme une crème glacée.

— Alors, Chaparov, on va la tacher de gouttes rouges aujourd'hui ? demanda dans mon dos Levtchenko.

— On verra ce qui nous attend.

Pour aller aux toilettes, je fus escorté par Gueule de fonte qui, dès lors, ne me lâcha plus d'une semelle. En bas, dans la grande pièce, le bossu était assis à sa place, au cours de la nuit, son visage d'un blanc farineux avait enflé et était devenu gris. Mais il plaisantait, se donnait du courage, criait après ses comparses et me demanda dans une explosion de rire :

— Alors, t'as pas changé d'avis pendant la nuit ? Sinon on peut facilement, au petit matin, te faire en vitesse ta fête.

— Avant de promettre, je réfléchis toujours. Si j'ai mon livret de caisse d'épargne, j'irai et je ferai tout ce que tu diras.

On mangea au petit déjeuner de la viande bouillie, deux douzaines d'œufs frits dans du saindoux, le tout accompagné de thé. Ania était absente, soit qu'elle dormait encore, soit qu'elle était partie dans la nuit, et à part Buvard, tout le monde était présent. Le bossu permit à chacun de boire un verre pour faire passer le mal aux cheveux.

— Fasse Dieu que nous revenions avec notre bien, alors on fera la fête, dit-il. Mais pour aller au turbin, il faut la tête claire et la main précise.

À 8 h 30, Buvard fit son apparition et tendit au bossu un livret gris tout neuf avec les armoiries du pays sur la couverture.

— Tu as déposé sur un livret ordinaire ou à échéance ? demandai-je.

— Sur un ordinaire, dit le bossu en feuilletant le livret.

— Dommage, sur un à échéance, ça rapporte 1 % de plus par an.

— Essaye d'abord de vivre au moins pendant un an, dit le bossu en jetant le livret à travers la table.

Le livret glissa et tomba par terre. J'avais bien vu qu'il l'avait fait exprès, pour me forcer encore une fois à m'incliner devant lui. Je le ramassai au sol, le feuilletai tout était en ordre : « *Sidorenko, Vladimir Ivanovitch… 25 000…* »

— Merci à vous, pépé.

Je cachai le livret dans ma poche et m'assis pour finir mon thé. Au cours de ce pantagruélique petit déjeuner, dans cette agitation matinale, dans l'attente de l'inconnu, flottait déjà l'odeur sucrée et écœurante de la mort.

Un peu après 9 heures, le bossu descendit de sa haute chaise et donna l'ordre de se préparer. Il attrapa le petit manteau que le Bardot lui tendait, entoura sans se presser son cou dans une longue écharpe en laine, mit son bonnet en renard roux et enfila ses longs bras de singe dans les manches de son chaud manteau coupé comme celui d'un roi, tandis que le Bardot se tenait patiemment debout derrière lui comme un larbin dégoûtant.

Buvard mit sa petite casquette et enfila à son tour son manteau, Tiagounov passa un raglan, Gueule de fonte mit une veste ouatinée, Levtchenko serra sa capote avec une ceinture. Près du mur, se tenait, immobile, mémé Klacha, qui me transperçait de son regard sans mot dire.

— Alors, mes braves, mes chers, à la grâce de Dieu ? dit sur un ton interrogatif le bossu. Asseyons-nous un instant, comme le veut la coutume, avant de partir vers la réussite. La neige aussi est notre alliée, si les ordures de flics nous y attendent, ils ont dû obligatoirement laisser des traces sur le terrain vague.

Tous s'assirent, et le bossu continua :

— Je suis convaincu qu'on réussira, on y va pour une cause sacrée, tirer un ami du malheur.

Je me pris à penser qu'il lui aurait fait exactement ce qu'il avait fait la veille à son lapin s'il n'avait pas eu peur que son « ami » ne les donne tous, sans exception.

Le bossu se leva, s'approcha de Klacha, la mémé-vampire, la prit dans ses bras et lui donna trois baisers.

— Attends, mère, on reviendra mission pleinement accomplie.

Bande de cafards ! Saletés de vampires ! Vous vous êtes repus du sang des autres, vous avez construit des repaires sur le malheur des autres, sur les larmes des hommes. Et toi, mémé Klacha, c'est pas moi qu'il faut regarder, mais ton formidable bossu ! C'est la dernière fois, salauds, que vous vous voyez !

— Surveille-le bien, Karp, mon petit, dit la mémé-vampire en me montrant du doigt.

Quant à moi, je m'inclinai dans sa direction et dis :

— Mémé Klacha, prépare à boire et à manger, je reviendrai faire festin chez toi.

— Va te faire foutre ! souffla-t-elle à voix haute, pleine de haine, et elle se détourna.

Le bossu me poussa légèrement dans le dos :

— Assez de bavardages. Allons-y.

Dehors, tout était blanc et silencieux. Dans la cour, derrière la palissade de deux mètres de haut, se tenait, le moteur déjà chaud, le fourgon à pain. Le bossu monta avec le Bardot à l'avant tandis que nous sautions dans la caisse de fer, à l'arrière. Le moteur se mit à rugir, le tuyau d'échappement trembla sous nos pieds, le camion s'ébranla et roula doucement, franchit la butte près de la porte et déboucha dans la rue. Nous étions partis.

Tiagounov, Levtchenko et moi étions assis sur des caisses vides ; Gueule de fonte et Buvard avaient tiré une longue planche du bord. À sa place s'étaient formées de longues fentes, comme des embrasures. À l'intérieur du fourgon, il fit plus clair, et par les fentes je pus voir les maisons qui défilaient, un tramway, une tour de guet de pompiers apparut et disparut aussitôt. Nous roulions depuis le quartier de Tcherkizov en direction de la Stromynka.

J'avais terriblement envie de fumer. Dans ma poche, je sentis la blague que Kopyrine m'avait donnée hier : « Si tu sens que ça va mal, tire une bouffée, ça te soulagera l'esprit… » Soit on était fortement secoués dans les fondrières de la chaussée verglacée, soit mes mains tremblaient, toujours est-il que je n'arrivai pas à rouler ma cigarette. Levtchenko me regarda longtemps faire, puis me prit la blague des mains et, très agilement, vite, me roula une cigarette, qu'il me tendit. Je tirai une bouffée de cette fumée âcre, la tête me tourna légèrement et j'en appréciai l'agréable sensation. Je m'adossai sur les bords froids du camion et fermai les yeux.

Les freins grincèrent, le fourgon commença à ralentir jusqu'à s'immobiliser complètement. Le silence se fit, je me levai de la caisse pour regarder par la fente.

— Assieds-toi à ta place, salaud ! siffla à mon intention Gueule de fonte.

— Pourquoi tu fais du vent, imbécile ? demanda Levtchenko à Gueule de fonte. Il va descendre à la cave avec nous, tu lui laisses même pas examiner les lieux. Assieds-toi à ta place et ferme-la !

Je regardai par la fente et à cause de la blancheur éclatante qui régnait dehors, je plissai les yeux. Le fourgon se tenait dans une petite rue non loin du magasin, d'ici on voyait l'entrée et le coin du terrain vague jouxtant l'entrée de service et les annexes. La neige alentour était encore vierge, à part quelques traces de pas entre une annexe et la porte. Le bossu sortit de la cabine et nous dit à travers la fente :

— Que Buvard aille au magasin voir ce qui se passe là-bas.

De sa démarche dégingandée, Buvard alla jusqu'au magasin. Rien qu'à son dos frêle on voyait qu'il avait peur. Il resta un instant devant l'entrée et revint faire son rapport : le magasin était fermé, il avait vu deux femmes en blouses blanches à l'intérieur, apparemment des employées. Mon cœur se mit à battre la chamade, l'opération était commencée. Les femmes en blouses blanches n'étaient pas des vendeuses, mais probablement des filles de la section du Commandement.

— Regardez sans arrêt, ne vous laissez pas distraire, dit le bossu et il monta dans la cabine.

Les minutes s'égrenèrent, les secondes s'étirèrent, tout s'estompa. Je ne sais pas combien de temps l'attente dura, mais je m'efforçai de me souvenir avec minutie du nombre de pas qu'il y avait entre la porte et le tunnel, puis de la longueur du tunnel et de la distance entre lui et le coude, juste après lequel se trouvait la porte du réduit devenue ma seule porte sur la vie.

— Les voilà ! Les voilà ! cria Buvard d'une voix étouffée.

Nous nous précipitâmes tous ensemble vers les fentes et vîmes que près de la porte du magasin notre Ferdinand avait ralenti. Derrière le pare-brise, je distinguai parfaitement Kopyrine. Il monta sur le trottoir de gauche, fit marche arrière et s'arrêta de telle sorte que sa porte donne juste sur l'entrée du magasin. La porte de la cabine s'ouvrit, et je vis Jeglov en jaillir dans un saut léger. Il frappa sur la vitre et montra quelque chose à ceux qui étaient dans le magasin. On ouvrit la porte d'entrée, du car sortit Passiouk tenant Fox par un bras, dans le dos, Taraskine le couvrait. Ils firent entrer Fox immédiatement à l'intérieur tandis que dehors ne restèrent que Gricha et Kopyrine.

C'était tout. À l'intérieur, devaient attendre les nôtres et, à l'extérieur, dans la rue, d'autres encore devaient tenir le fourgon à pain en joue. Le Bardot mit le moteur en route, et le fourgon, lentement, en première, glissa derrière l'angle, sur le terrain vague, en direction de la sortie de service, la bloquant, tout comme Kopyrine avait bloqué l'entrée principale depuis la rue.

Le bossu descendit lentement de la cabine et frappa de la main contre la paroi. Nous sautâmes rapidement par la porte sur la neige. Pas de cadenas. Gueule de fonte la tira légèrement à lui, elle s'ouvrit. Le premier à s'engager sur le chemin en pente fut Tiagounov, suivi du bossu. Gueule de fonte me prit par le bras, mais Levtchenko le poussa :

— Passe devant et fais gaffe qu'il te double pas pour rejoindre les flics. Je couvre par-derrière.

Gueule de fonte disparut par la porte, Levtchenko jeta un coup d'œil alentour, mais derrière, Buvard et le Bardot poussaient déjà, arme au poing. Levtchenko eut un geste de dépit et je m'engageai à mon tour sur le chemin en pente qui menait à la cave.

Après la blancheur éclatante de la rue, l'obscurité dans la cave était presque totale. Je n'entendais qu'un léger bruissement de pas devant moi et la lourde démarche de Levtchenko, de Buvard et du Bardot dans mon dos. Nos yeux se faisaient progressivement à l'obscurité, le bossu traversa sans hésitation la réception, plongea rapidement dans le petit tunnel et dans le coude du couloir brilla faiblement, à la lumière des 15 Watts de la lampe couverte de poussière, un Walter bleu acier. Tiagounov pénétra également dans le tunnel, ses chaussures bruissant sur le sol cimenté ; Gueule de fonte marchait lourdement, et, courbé, j'entrai à mon tour, suivi de Levtchenko. Quelque part devant nous, en haut, retentirent des voix, et le bossu nous conduisait droit vers elles. Cinq pas, six, sept, huit, neuf, maintenant le tunnel va prendre fin, le bord de la voûte très basse, trouver un bâton pour assommer Gueule de fonte d'un seul coup. En espérant que Jeglov ait pensé à éteindre la lumière dans la cave.

La fin du petit tunnel… Ici, à quatre pas, il doit y avoir un tournant à droite, après lui, encore deux pas, et le réduit… Trois, quatre… le tournant… Un… deux…

Une obscurité d'encre ! Le silence se fit, tous s'arrêtèrent.

Un pas de côté, tout contre le mur. Un pas en avant. Un bref juron du bossu, une allumette qui craque. Le fer-blanc sur la porte, le contact froid du fer. Mes mains tremblent. Pourvu que les gonds de la porte ne grincent pas ! La porte s'ouvre doucement sous la pression de mes doigts, elle tourne vers l'intérieur sans le moindre bruit, les gonds avaient été graissés, le réduit m'accueille comme un fleuve, comme les bras d'une mère, comme la vie…

Je n'avais en tête aucune pensée, tandis qu'en moi s'affrontaient mes instincts enragés et mes habitudes acquises au fil des années. Hier, Jeglov savait bien ce qu'il faisait quand il avait fixé la grosse barre du verrou et n'avait pas regardé à la graisse pour qu'elle glisse sans un bruit dans le trou, comme un silure dans le filet.

Je me tenais debout, serré contre le mur en brique et sa froideur caressait mon visage enflammé quand je me mis à suffoquer sous l'effet de la raréfaction de l'air.

Derrière la porte, retentit la voix du bossu, légèrement chevrotante et tendue :

— Volodia, Volodia, t'es où ? Allez, dis quelque chose ! Quoi, t'as décidé de jouer à cache-cache, hein, ordure ?

Je pénétrai de côté dans la niche en brique, je passai la main sur le mur et le petit comptoir. Soudain, je touchai quelque chose de lourd et de froid : un pistolet ! Mon TT ! Jeglov avait aussi pensé à ce détail !

— Volodia ! glapit à voix basse le bossu. Je te dépècerai avec mes dents, salaud !

Je continuais de me taire, appuyé contre le mur.

— Il faut partir d'ici, dit Levtchenko.

— Ici, il y a une porte, quelque part à droite, retentit la voix de Gueule de fonte. Il a pu plonger dedans…

Et aussitôt, ils exercèrent une lourde pression sur la porte.

— Karp, laisse-le donc, il faut décamper ! dit de nouveau Levtchenko d'une voix sourde.

— Il faut le tuer, le chien, alors, on décampera, lâcha entre ses dents le bossu.

Apparemment, ils s'étaient mis à deux sur la porte, dont les gonds gémirent plaintivement. Et soudain, au milieu de ces jurons prononcés à voix basses, de ces méchants halètements émis sous l'effet de l'effort, retentit la forte voix de baryton de Jeglov :

— Messieurs les bandits ! Attention !

La pression sur la porte diminua et je les sentis se figer de surprise ; moi-même je n'avais pas compris sur le coup que Jeglov leur parlait par le trou d'aération. Dans ce réduit rance et obscur surplombé par une voûte, sa voix résonnait comme une trompette de Jéricho. J'étais presque certain que Jeglov avait prévu cet effet.

— Vous êtes tous totalement bloqués. Les deux issues sont barrées. Au fait, votre fourgon a déjà été arraisonné. Je vous propose de vous rendre, vous ne sortirez pas d'ici.

— Qui c'est qui aboie comme ça ? cria le bossu.

— Avec toi, espèce de porc, n'aboie pas, mais parle le capitaine Jeglov. Tu dois sûrement connaître ce nom ? Alors, je vous propose de vous rendre sans faire d'histoires...

— Et si on veut faire des histoires ? demanda le bossu.

— Alors, ce sera une autre paire de manches. Vu le caractère très dangereux de votre bande, j'ai des ordres de la direction pour ne pas faire de quartiers, de ne pas vous prendre vivants si vous n'acceptez pas mes conditions. Qu'est-ce que tu penses de cette variante ?

— Et ton petit flic, tu nous le donneras à bouffer ? Tu sais bien qu'on le dépècera vivant.

Jeglov répondit très posément :

— Eh bien. Qu'il fasse des démarches pour vous, on examinera sa demande.

Gleb venait de me donner une sacrée chance au cas où les choses tourneraient mal. Pendant quelques instants plana un silence tendu, puis Jeglov éclata de rire et son rire retentit comme un coup de tonnerre dans toute la cave :

— T'auras des queues de cerises, mais t'auras pas notre argent. Y'a longtemps qu'il s'est envolé ! T'as pas le bras assez long pour l'atteindre.

Ils tinrent conseil près de ma porte, et j'entendis comment la méchanceté rageuse et l'excitation due à la peur firent place à la certitude que le piège s'était refermé sur eux.

— Je vous donne encore deux minutes, lança Jeglov.

Ma tête se mit à tourner, je ne sentais plus mes jambes, les voix de la bande tantôt faisaient surface, tantôt s'estompaient, et, mille ans plus tard, j'entendis le bossu crier :

— Allez au diable, ordures, vous avez gagné, nous nous rendons !

— Sortez de la cave. Un par un. Devant la porte, vous vous arrêtez et jetez à l'extérieur vos feux et lames. Je vous préviens, la porte est prise sous un feu croisé, pas de feintes, on tire sans sommation...

Des pas retentirent, puis s'éloignèrent, le silence se fit et, au loin, écrasée par les voûtes et les coudes, déformée, la voix de Jeglov retentit :

— Nous disons donc, que le premier jette son arme et sorte.

Quelques secondes s'écoulèrent et j'entendis de nouveau la voix de Jeglov :

— Le deuxième peut sortir... Le troisième... Maintenant, que le bossu sorte... J'ai dit, le bossu !... Le cinquième... Au suivant !

Des voix confuses retentirent et, enfin, Jeglov, triomphant, gueula :

— C'est tout, Chaparov, sors ! Tous sont ici !

Je tirai le verrou, mes mains ne m'obéissaient pas. Perché sur des jambes de coton, j'atteignis la pente, fis très lentement les derniers pas et sortis dans la rue, mon pistolet toujours à la main.

Je regardai, l'air égaré, de tous les côtés quand Taraskine et Gricha me serrèrent dans leurs bras de toutes leurs forces. Jeglov me tapa avec force sur l'épaule :

— Bravo, Chaparov, tu nous as fait une de ces peurs !

Passiouk ramassait toutes les armes jetées sur la neige, les voyous, déjà fouillés et menottés, montaient dans le panier à salade, dit « corbeau noir ». Les miliciens du cordon de sécurité me regardaient avec curiosité. Près de la porte du « corbeau » se tenait Levtchenko.

— Les mains ! lui ordonna le milicien.

Levtchenko leva ses lourds yeux sur moi et tendit ses mains au milicien. Je fis un pas dans sa direction. Levtchenko poussa le milicien à la poitrine avec ses bras tendus et le fit tomber. Levtchenko l'enjamba et courut à travers le terrain vague. Il courait tout droit en exécutant de longs sauts réguliers en direction de la palissade derrière laquelle se trouvait la voie ferrée de la gare de Rjev.

Mon engourdissement disparut d'un coup et je me précipitai derrière lui en criant :

— Levtchenko, arrête ! Sérioja, arrête, je te dis ! Arrête de courir ! Sérioja !

Je n'arrivais pas à le rattraper et je vis du coin de l'œil Jeglov prendre le fusil d'un milicien de l'escorte.

— Arrête ! Arrête ! Ne tire pas !

Le canon du fusil lâcha une brève bouffée de fumée, je criai alors comme un sauvage :

— Ne tire pas !

Je me retournai et vis Levtchenko pencher vers l'avant jusqu'à ce que sa tête plonge dans la neige.

Je courus jusqu'à lui, le retournai, ses yeux étaient déjà transparents, comme du verre. La neige ne fut rouge qu'un instant, avant de noircir. Je levai la tête, Jeglov se tenait à côté de moi.

— Tu as tué un homme, dis-je las.

— J'ai tué un bandit, sourit ironiquement Jeglov.

— Tu as tué un homme qui m'a sauvé la vie.

— C'est un bandit malgré tout, répondit doucement Jeglov.

— Il était venu ici avec moi pour livrer la bande.

— Dans ce cas, il aurait pas dû se sauver, j'avais bien prévenu que je tirerais sans sommation.

— Tu l'as tué.

— Oui, je l'ai tué et je ne le regrette pas. C'est un bandit, dit Jeglov, la voix pleine de conviction.

Je regardai dans ses yeux et j'eus peur, car ils étaient pleins d'une joie espiègle.

— Il me semble que ça te plaît de tirer, dis-je en me relevant sur les genoux.

— Quoi, t'es devenu fou ?

— Non, je ne veux plus te voir.

Jeglov haussa les épaules :

— Comme tu veux.

Je traversai le terrain vague vers le magasin, là où s'était formé un attroupement. Des jurons et des larmes roulaient dans ma gorge. Je pris Kopyrine par le bras :

— Conduis-moi à la Direction…

— Bien, dit-il sans me regarder.

Il monta dans le car. Je jetai un coup d'œil vers Passiouk, Taraskine, je dévisageai Gricha, le fixant droit dans les yeux, et il me sembla qu'ils se détournaient de moi, l'air réprobateur ; j'ignorais pourquoi. Ils avaient tous l'air bizarre, comme s'ils étaient fautifs ou mécontents.

Kopyrine filait dans les rues de la ville et se marmonnait quelque chose à lui-même, rien qui concernait les pneus cette fois-ci. Il parlait des jeunes, de l'injustice et du destin. Je ne l'écoutais que distraitement et me concentrais surtout sur le rapport que j'allais rédiger. Je ne travaillerai plus avec Jeglov.

À la porte de la Direction, je dis :

— Merci, Kopyrine. Pour tout. Et pour la blague à tabac. C'est le gars tué qui l'a sur lui.

CHAPITRE 32

L'abat-jour est un objet indispensable, il embellit notre intérieur, participe au confort. Un atelier de services à la population a fait preuve d'une bonne initiative en organisant dans ses locaux la fabrication d'abat-jour. Chaque travailleur du commissariat de l'Intérieur peut commander un joli abat-jour en fournissant son propre tissu selon des modèles qui n'existent que dans notre atelier.

Au poste de combat.

— Je vais avec toi, dit Kopyrine en descendant de son siège.

— Pour quoi faire ? m'étonnai-je. Quoique, si tu veux, t'as qu'à venir…

Dans le vestibule, comme toujours, il y avait beaucoup de monde, des collègues à l'air soucieux allaient et venaient. Je me dirigeai vers l'escalier et, soudain, je vis sur une petite table près du mur une photo de Varia. Une grande photo, comme un agrandissement réalisé à partir d'une photo d'identité.

Que faisait-elle donc ici ?

J'en eus les jambes coupées, je m'arrêtai, cloué sur place. Mon cœur battait à tout rompre.

Aujourd'hui, le sergent de la milice Varvara Alexandrovna Sinitchkina a péri alors qu'elle accomplissait son service.

— Volodia, Volodia, qu'est-ce que t'as… Tu la feras pas revenir, marmonna Kopyrine à mon oreille.

Varia ! Varia ! C'est impossible ! Absurde ! Impensable ! Varia !

Varia, c'est moi qui devais mourir aujourd'hui ! Varia, tu avais promis de m'attendre !

Cette nuit, au cours de l'arrestation de criminels armés, notre camarade, cette remarquable jeune Soviétique qu'était Varia Sinitchkina, a succombé. Il n'y a personne dans toute la direction qui ne soit profondément touché par cette terrible nouvelle…

La plaque de marbre sauta sous mes pieds, tout devant mes yeux se mit à danser. Le portrait, les fleurs, Varia ! C'est impossible !

Je fus submergé par le cri de nos cinq fils qui ne naîtraient jamais, par celui de notre enfant adopté qui devait nous porter bonheur ! Varia tournait avec moi dans une valse et ses yeux flamboyaient devant les miens. Je me souvenais de chacun de ses traits. Ses lèvres douces me caressaient et j'entendis son murmure : « Fais attention à toi », mes bras étaient chargés des fleurs qu'elle m'avait apportées en plein mois de novembre, au cours de la nuit la plus terrible de ma vie.

Kopyrine me tenait par les épaules, il me murmurait quelque chose. Je le regardais, des larmes perlaient au bout de ses longues moustaches rousses. Ils étaient tous au courant et c'est pour cela qu'ils avaient eu peur de me regarder dans les yeux.

Une sorte de brouillard gris m'enveloppait, je ne comprenais rien malgré tous les efforts de Kopyrine, je ne bougeais pas de l'endroit où était placée la photo de Varia.

Ses cheveux étaient rassemblés sous son béret et ses yeux gais avaient un éclat incroyable.

Le souvenir de Varia Sinitchkina, glorieuse fille de la Jeunesse communiste léniniste, restera à tout jamais dans nos cœurs…

Je repoussai Kopyrine et me sauvai en courant dans la rue. De nouveau la neige tombait à gros flocons, elle fondait sur mon visage, formant des gouttelettes qui me chatouillaient. J'avais perdu ma casquette quelque part, mais je ne ressentais pas le froid. Je ne sentais absolument rien, je m'étais entièrement transformé en une boule de douleur brûlante et hurlante, en une véritable plaie vive. Varia…

Je ne me souviens plus où j'ai erré toute la journée, ce qui m'est arrivé, avec qui j'ai discuté, ce que j'ai fait.

Lorsque j'ai repris mes esprits, j'étais dans notre bureau. Je ne savais pas si c'était encore le jour ou la nuit, mais les gars se tenaient autour de moi : Gricha, Passiouk, Taraskine et Kopyrine.

— Volodia, viens chez moi, tu passeras la nuit chez moi, dit Taraskine.

— Allons-y, acquiesçai-je.

Tout m'était absolument indifférent.

La porte s'ouvrit, un commandant aux joues rouges demanda :

— Où est Jeglov ?

— Il fait son rapport aux chefs, répondit Passiouk en accompagnant ses dires d'un geste de la main.

Tous se mirent à ranger leurs affaires. Moi, j'étais assis au bureau étroit que nous partagions depuis si longtemps, Taraskine et moi, et ma mémoire se torturait toute seule pour se rappeler ce qui avait été présent à mon esprit pendant tout ce temps où j'avais perdu les pédales. Pendant que tous s'habillaient et que le haut-parleur diffusait la voix éraillée d'un chanteur qui affirmait : « *J'ai trouvé mon bonheur dans l'amitié avec toi* », j'essayais de me rappeler cette chose importante qui m'avait inquiété tout le temps, mais je n'arrivais pas à me concentrer.

— Allons-y, Volodia, dit Taraskine.

Arrivé à la porte, je me souvins.

Je me souvins.

Je fis demi-tour et dis :

— Les gars, allez-y, je veux rester seul un moment.

Lorsque les pas se furent éloignés dans le couloir, je décrochai le combiné. Je réchauffai longuement son corps froid d'ébonite noire dans mes mains alors que la tonalité résonnait, forte et impérieuse. Je tournai lentement le disque : d'abord 0, puis 9, il y eut un bref craquement dans mon oreille et une voix sonore de jeune fille annonça :

— Les renseignements...

Je restai silencieux encore un bref instant et demandai rapidement :

— Mademoiselle, il me faut le numéro de téléphone de la maternité Grauermann...

Mai 1975, Moscou.

DES MÊMES AUTEURS

Aux Éditions Gallimard

Dans la collection Série Noire

LA CORDE ET LA PIERRE, 2006, Folio Policier n° 505.

LA FACE CACHÉE DE LA LUNE, *n° 2371*, 1995, coécrit avec Leonid Slovine.

Dans la collection La Noire

L'ÉVANGILE DU BOURREAU, 2000, Folio Policier n° 368.

Aux Éditions Fayard

38, RUE PETROVKA, 2005, Folio Policier n° 464.